W0186189

Ammianus-Verlag

Der Autor

Michael Kuhn, Jahrgang 1955, studierte in Aachen Geschichte und Politische Wissenschaften. Im Anschluss war er in unterschiedliche historische Projekten involviert, arbeitete in der Archäologie und organisierte im eigenen Unternehmen geschichtliche Events.

Das Anliegen, bei seinen Mitmenschen Interesse und Verständnis für die faszinierende Welt der Geschichte zu wecken, durchzieht seine bisherige Vita wie ein roter Faden.

2008 gründete er den Ammianus-Verlag und veröffentlichte seine spätrömische Trilogie um »Marcus – Soldat Roms«. 2010 folgte dann die Trilogie »Marcellus«, die im Frühmittelalter angesiedelt ist. Mit dem Zweiteiler »Sextus Valerius« kehrt Kuhn in die Antike zurück.

Auch diesem Roman ist eine umfangreiche Spurensuche angegliedert, die die Leser an die Truppenstandorte und Schauplätze im »wilden« Nordwesten des Imperiums diesseits und jenseits des Rheins führt.

www.ammianus.eu

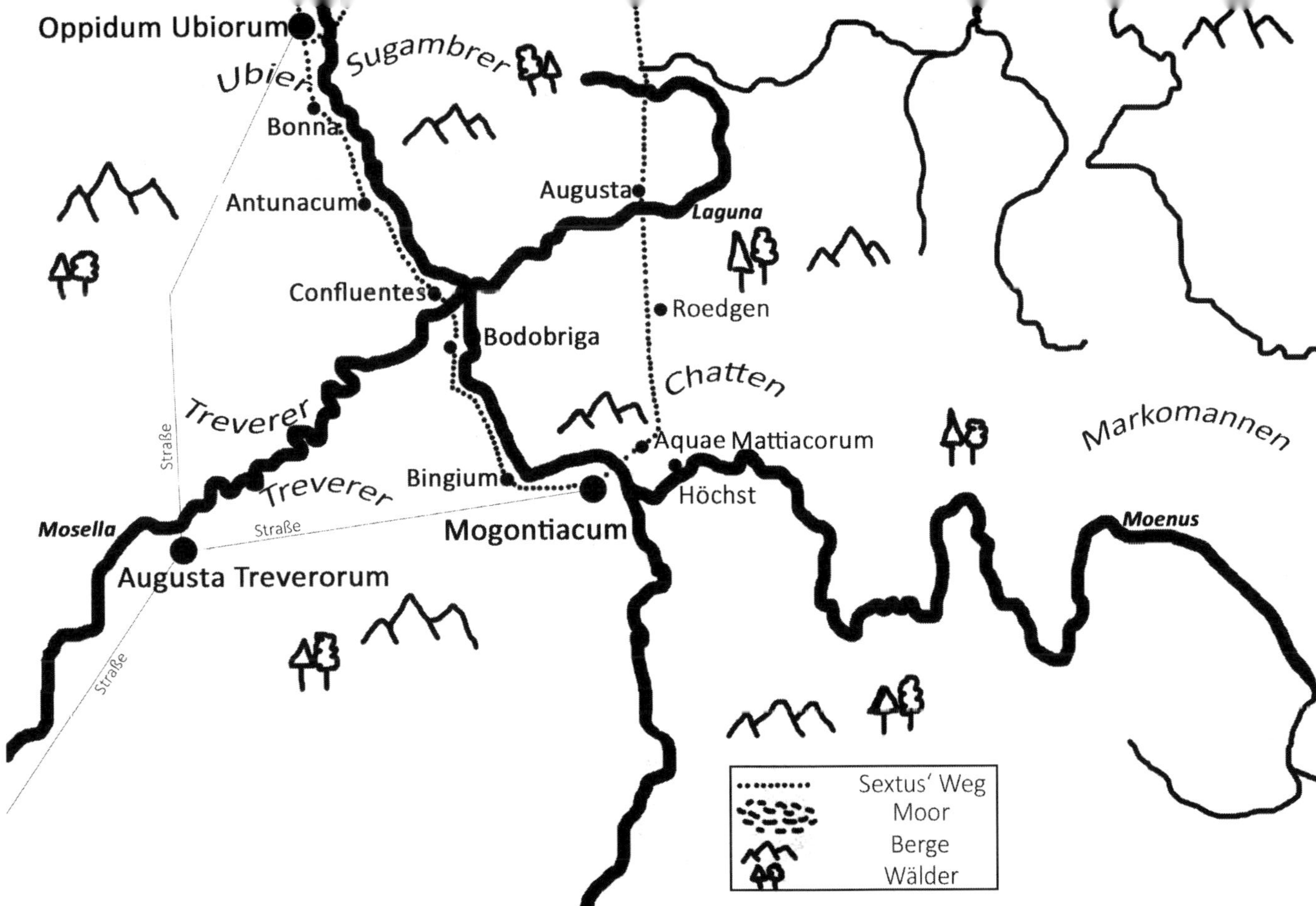
Oppidum Ubiorum
Ubier
Sugambrer
Bonna
Antunacum
Augusta
Laguna
Confluentes
Bodobriga
Roedgen
Chatten
Treverer
Treverer
Aquae Mattiacorum
Markomannen
Bingium
Höchst
Straße
Straße
Mosella
Mogontiacum
Moenus
Augusta Treverorum
Straße
Sextus' Weg
Moor
Berge
Wälder

Orlen, 3. Oktober 2017

Michael Kuhn

Sextus Valerius

Varusgold

Viel Spannung mit den Römern!

Michael Kuhn

Historischer Roman

Impressum

Erste Auflage November 2015

© 2015 Ammianus GbR Aachen

Alle Rechte vorbehalten. Der Druck, auch auszugsweise, die Verarbeitung und Verbreitung des Werks in jedweder Form, insbesondere zu Zwecken der Vervielfältigung auf digitalem oder sonstigem Wege sowie die Verbreitung und Nutzung im Internet dürfen nur mit ausdrücklicher und schriftlicher Genehmigung des Verlags erfolgen. Jede unerlaubte Verwertung ist unzulässig und strafbar.

Umschlaggestaltung: Thomas Kuhn, unter Verwendung eines Fotos der Legio XXI Rapax
Lektorat: Martin Wagner
Korrektorat: Philipp Mattes
Karten: Hilâl Hansen-Ampah
Fotos im Innenteil: Michael Kuhn und Peter Bongartz
Satz: Michael Mingers
Druck: tz-verlag

Printausgabe-ISBN: 978-3-945025-07-9
Ebook-ISBN: 978-3-945025-32-1

www.ammianus.eu
www.facebook.com/AmmianusVerlag

In Erinnerung an Dr. Imke Ristow

Danksagung

An dieser Stelle möchte ich allen danken, die zum Gelingen des Buches beigetragen haben.

Dr. Cliff A. Jost, Generaldirektion Kulturelles Erbe Rheinland-Pfalz, Direktion Landesarchäologie, Außenstelle Koblenz,
Dr. Gerd Rupprecht, Generaldirektion Kulturelles Erbe Rheinland-Pfalz, Direktion Landesarchäologie, Mainz,
Dr. Mario Becker, Usingen,
Dr. Tobias Schubert, Köln,
Dr. Mark Schrader, Stadtmuseum Bergkamen,
Dr. Jörg Fündling, Historisches Institut RWTH Aachen,
Dr. Rudolf Aßkamp, LWL Römermuseum Haltern,
Lukas Czerwinski MA, Legio Rapax,

Judith Vogt, Jenny Riemek, Juliana Polsterer, Andreas Schulte und Rainer Schulz haben als Testleser wertvolle Tipps und Anregungen beigesteuert.

Thomas Kuhn gab dem Cover seine künstlerische Gestalt.

Hilâl Hansen-Ampah erstellte die Karten.

Peter Bongartz erstellte und bearbeitete das Fotomaterial.

Sollte ich jemanden an dieser Stelle nicht bedacht haben, so bitte ich dies zu entschuldigen.

Prolog

»Türe zu!«, rief der grauhaarige Legionär. Ehe die Neuankömmlinge dem Begehren nachkamen, fegte ein zweiter Windstoß in die Baracke.

»Bei Pluto«, fluchte der untersetzte Tavernenwirt und wischte einige Blätter und Regenspritzer mit der Hand vom Tisch. »Wollt ihr uns umbringen?«

Grölen und empörte Rufe schlugen dem Signifer[1] und seinen Begleitern, offenbar jungen Rekruten, entgegen.

Mit fahrigen Bewegungen stemmte sich der Größte der Jungen mit der Schulter gegen die Brettertür und legte den Riegel vor. Erst dann schlug er die Kapuze der Paenula[2] zurück, fuhr sich mit dem Schweißtuch durch das feuchte Antlitz und suchte den Blick seines Vorgesetzten. Das aufgeweckte, offene Gesicht mit den stahlblauen Augen und dem dunklen Haar der Südländer war von der Anstrengung des Marsches gezeichnet. Er mochte vielleicht siebzehn Jahre zählen, das Mindestalter für den Eintritt in die Legion.

»Gut gemacht, Sextus.« Der Signifer nickte ihm kurz zu und schaute sich nach einem freien Tisch um.

Sextus rieb sich die Schulter, die leicht schmerzte.

»Warum hast du nicht gewartet?«, sprach ihn einer der Rekruten an. »Ich hätte dir geholfen.«

»Nicht nötig, Lucius. Die Tür hat nur geklemmt. Es war der Wind.«

»Trotzdem«, widersprach Lucius. »Wir sind Freunde. Wir haben uns geschworen, immer zusammenzuhalten. Die Legion ist kein Ort für Einzelkämpfer.«

Ein dumpfer Aufprall, begleitet von einem leisen Klirren, lenkte die Blicke des Signifers und seiner Rekruten an den Tisch des Grauhaarigen. »Zwei, drei, vier, sechs«, murmelte

1 Feldzeichenträger in der römischen Legion
2 römischer Kapuzenmantel

der Legionär. »Nichts.« Er schob den Würfelbecher seinem Sitznachbarn zu. »Du bist dran.« Mit einer raschen Bewegung nahm der Mann das lederne Gefäß, schüttelte es kurz und schlug es auf die rohen Bohlen der Tischplatte.

»Eins«, lachte der Graue. »Da ist eine Eins bei. Geld auf den Tisch.«

Der Würfler schüttelte ungläubig den Kopf. Dann fingerte er eine Münze aus seinem Beutel und legte sie auf den stattlichen Haufen in der Mitte des Tisches. »Fortuna ist nicht mit mir.«

»Was wollt ihr?«, fuhr der Tavernenwirt die Neuankömmlinge an. »Nehmt den Tisch dahinten oder macht, dass ihr wieder rauskommt. Er wies auf einen freien Tisch im Hintergrund der Schänke. »Lucilla! Bring ihnen Cervisia[3] oder was sie sonst wollen.«

»Ja, Vater.« Ein dunkelhaariges, schlankes Mädchen, vielleicht siebzehn Jahre alt, erhob sich vom Tisch der Spieler und geleitete die Männer durch den Raum an ihre Plätze. Sie schenkte den neuen Gästen einen Blick aus ihren leicht schräggestellten braunen Augen, lächelte und streckte den Rücken, was ihre festen Brüste unter der wollenen Tunika zur Geltung brachte. Ein schönes Mädchen, das gelernt hatte, ihre Reize einzusetzen. Während der Signifer ihrem Augenaufschlag anerkennend begegnete, schauten die Rekruten verlegen zur Seite.

»Wein für alle«, verlangte der Offizier und streckte seine Beine unter dem Tisch, nachdem sie ihre Mäntel ausgezogen und Platz genommen hatten.

Mit seiner Körpergröße von sechs Fuß war der Signifer Kaeso eine beeindruckende Erscheinung, dazu breitschultrig und das wettergegerbte Gesicht mit dem energischen Kinn von Narben gezeichnet. So wie es sich für einen Feldzeichenträger und Geldverwalter einer Centurie gehörte – weshalb ihn der Centurio auch ausgewählt hatte, das schwierige Geschäft der Anwerbung zu übernehmen.

3 Bier

Mehr als sieben Stunden waren seit ihrem Aufbruch im Straßenposten Bodobriga[4] vergangen, viel zu lange für die wenigen Meilen bis nach Confluentes[5]. Ein kleines, mit einer Holz-Erde-Mauer und einem Spitzgraben gesichertes Kastell am Zusammenfluss von Rhenus[6] und Mosella[7]. Die wenigen Hütten des dazugehörigen Vicus[8] gehörten Fischern und Handwerkern. Dazu kamen noch ein Bordell und die heruntergekommene Taverne, in der die Legionäre und Auxiliare[9] ihren kargen Sold vertranken. Insgesamt hatten sie vier Tage von Mogontiacum[10] bis hierhin gebraucht, es hatte die meiste Zeit wie aus Eimern geschüttet, und sie würden noch einmal so lange unterwegs sein, bis sie das Ziel ihres Marsches, das Legionslager Vetera[11], erreichten. Aber nur dann, wenn es nicht weiter von morgens bis abends regnen würde. Und es war, so früh im Oktober, viel zu kalt für die Jahreszeit. Die Caligae[12] schmerzten Kaeso an den Füßen. Obwohl er das Leder vor dem Aufbruch ausgiebig eingefettet hatte, würde es durch die Witterung bald brüchig werden. Und er hatte keine Lust, sich schon wieder ein neues Paar zuzulegen. Es dauerte, bis das Schuhwerk eingelaufen war und nicht mehr schmerzte.

»Keinen Wein, Signifer«, antwortete das Mädchen mit Bedauern. »Es gibt nur noch Cervisia. Der Patron hat es frisch angesetzt. Es schäumt noch.«

»Dann eben Cervisia«, murrte der Offizier. »Was gibt es zu essen?«

---

4 Boppard
5 Koblenz
6 Rhein
7 Mosel
8 Dorf
9 Angehöriger der römischen Hilfstruppen
10 Mainz
11 Xanten
12 Sandalen

»Puls[13]. Mit Speck und frischen Kräutern.« Ein schalkhaftes Lächeln umspielte Lucillas Lippen. Sie wusste, dass die Gäste keine andere Wahl hatten. Es gab im Umkreis von mehreren Meilen keine andere Taverne. Der Offizier und die Rekruten mussten mit dem Vorlieb nehmen, was ihre karge Küche hergab. Soldatenkost gegen den Hunger und Cervisia für angenehme Träume. Sie schlug die Bestellung kurz im Kopf durch. »Das macht zwei Denare[14] und fünf Asse[15] für alle.«

»Bei Merkur, dem Gott der Händler und Diebe«, entfuhr es dem Signifer. »Habe ich Schweinebraten in Honig, Liquamen[16] und Pinienkernen bestellt?«

»Das Leben ist teuer, Dominus«, entgegnete Lucilla. »Ihr könnt auch wieder gehen. Bis zur nächsten Taverne sind es fünf Meilen. Auch dort werdet ihr nichts anderes bekommen. Es gibt erst neue Ware, wenn das Wetter sich bessert.«

»Habt ihr denn einen Schlafplatz für mich und meine Rekruten?«

»Im Schuppen. Heu und Decken für zwei Denare. Wenn ihr sofort zahlt, habt ihr die Plätze sicher. Wer weiß, wer heute noch kommt.« Sie hielt dem Offizier die Handfläche der Rechten hin.

Der Signifer Kaeso verzog das breite Gesicht zu einer Grimasse, griff aber in seinen Beutel und zählte dem Mädchen die Münzen in die Hand. Dann besah er sich den Rest seiner Barschaft. »Rekruten«, begann er gedehnt. »Das Geld reicht nicht bis nach Vetera. Ich brauche von jedem noch einmal fünf Denare.«

»Dann bleiben mir nur noch zehn Denare von meinem Handgeld«, empörte sich der Rekrut Sextus, der die Türe zugestemmt hatte.

---

13 römischer Eintopf
14 Silbermünze
15 kleinste Bronzemünze
16 Fischsauce

»Wie du willst, Sextus«, entgegnete der Signifer. »Bezahle deinen Teil selber. Es wird dann aber teurer.«

Der Rekrut Sextus schaute Lucilla an, die zustimmend nickte.

»Da«. Er knallte seine fünf Denare auf den Tisch und wandte sich ab. Der Junge war empört. Für fünf Denare, den halben Monatslohn eines Handwerkers, bekam man ein Paar genagelte Caligae, eine wollene Tunica und einen warmen Mantel.

Als Kaeso den Obulus seiner Rekruten im Beutel verstaut hatte, rief er das Mädchen wieder zu sich. »Lucilla, eine Runde Cervisia für meine Freunde.«

Bis auf Sextus stimmten die Rekruten begeistert zu. Er nahm den Becher, den Lucilla vor ihm abgestellt hatte und nahm einen Schluck.

In was für eine Gesellschaft war er da geraten? Er hatte sich alles ganz anders vorgestellt. Mit einem Empfehlungsschreiben seines Vaters versehen, hatte er den weiten Weg von seinem Dorf in Etrurien[17] bis nach Mediolanum[18] zu Fuß oder auf einem Ochsenkarren zurückgelegt. Dort war er auf Lucius getroffen, der wie er zur Legion wollte. Gemeinsam setzten sie ihren Weg ins ferne Germanien fort, wo neue Rekruten gesucht wurden.

Er hatte den älteren, untersetzten Jungen mit den ausdrucksstarken Augen und der vorspringenden Nase vom ersten Augenblick an gemocht. Das aschblonde Haar, auf dem ein rötlicher Schimmer lag, ließ auf eine gallische Herkunft schließen. Vielleicht war sein Vater den Reizen einer cisalpinischen Schönheit erlegen. Lucius stammte aus der Tribus Terentina[19] in der Campania und hatte ebenfalls einen Onkel, der in der Legion gedient hatte. Sextus und Lucius hatten sich schnell angefreundet. Was Sextus an seinem neuen Freund missfiel,

---

17 die Toskana

18 Mailand

19 Verwaltungsbezirk in Kampanien (Süditalien)

war dessen Hang zum Leichtsinn und die Leidenschaft für das Glücksspiel.

Nach einem beschwerlichen Marsch über die Alpen und dann weiter den Rhenus hinab gelangten sie schließlich nach Mogontiacum. Sie meldeten sich im Legionslager, wo sie vom Signifer Kaeso von der XVIII. Legion gemustert wurden. Nach einem kurzen Gespräch und einem flüchtigen Blick auf sein Empfehlungsschreiben hatte er sein Handgeld erhalten. Zwanzig Denare, mit denen er auch seine Reisekosten zu seinem Stationierungsort begleichen musste. Danach waren er und Lucius mit den anderen Neuankömmlingen, Bauernsöhne aus der Gallia Cisalpina[20], in aller Eile vereidigt worden. Kaeso hatte einen Teil des Handgeldes direkt einbehalten; ein übliches Vorgehen, was eine sichere Ankunft der Neuen gewährleisten sollte. Mit Befremden hatte Sextus die Annäherung zwischen seinem Freund und dem Signifer aufgenommen. Je länger sie unterwegs waren, desto häufiger hockten die beiden zusammen. Zuweilen hatte Sextus das Gefühl, dass seine Anwesenheit den Freund und den Offizier störte. Er zog sich zurück und legte auch keinen Wert auf die Gesellschaft der Cisalpiner. Ungehobelte Gesellen, die, wer weiß wie, in den Besitz des römischen Bürgerrechts gekommen waren.

Ein Ausruf der Enttäuschung folgte dem Aufprall des Würfelbechers. »Hund«, jubelte der Graue. »Er hat den Hund geworfen. Merkur ist mit mir. Her mit dem Geld.«

»Ich habe genug«, stammelte der Verlierer, erhob sich von seinem Platz und wankte zur Tür.

»Was ist mit euch? Mut für ein Spielchen?« Der Graue wiegte den Würfelbecher in der Hand und schaute herausfordernd zum Tisch der Neuankömmlinge.

Kaeso lachte und gab Lucius einen Klaps auf die Schulter. »Zeig ihm, wem Fortuna gewogen ist.«

---

20 Norditalien

»Komm mit«, forderte Lucius seinen Freund Sextus auf und erhob sich.

Wie zufällig suchte er den Augenkontakt mit Lucilla, die ihn mit einer Geste aufforderte, zu folgen. Die anderen Gäste murmelten erwartungsvoll und bildeten einen Kreis um die neue Spielrunde.

»Was spielen wir?«, fragte Lucius.

»Das Venusspiel mit vier Würfeln«, antwortete der Herausforderer. »Bei einer Eins wandert eine Münze in den Topf.« Er wies auf die Mitte des Tisches. »Wer vier unterschiedliche Werte ohne die Eins und die Sechs wirft, bekommt das Geld. Desgleichen für den Venuswurf, das sind drei Sechsen.«

»Und was ist der Hund?«, fragte Sextus vorsichtig.

»Drei Einser, Junge. Wer den Hund würfelt scheidet aus.«

»Worum spielen wir?« Lucius holte seinen Beutel hervor. »As oder Doppelas[21]?«

»Sesterz[22], wenn du dich traust.« Der Graue grinste und gewährte dabei einen Ausblick auf seine Zahnlücken.

»Gut«, bestätigte Lucius, während Sextus abwehrend die Hände hob.

»Lass dich nicht unterkriegen.« Lucilla war mit einem vollen Becher Cervisia hinter Sextus getreten. Dann beugte sie sich zu ihm herunter und flüsterte ihm etwas ins Ohr. Der Rekrut wurde rot und es durchlief ihn heiß, als er die Brüste des Mädchens durch seine Tunika spürte.

»Ich bin dabei«, bestätigte er leise. »Aber nur ein Spiel.«

Der Graue streifte ihn mit einem verächtlichen Blick. »Dann lass es, bevor du dir in die Tunika machst.« Die Umstehenden lachten und Lucilla trat einen Schritt zurück.

»Wir werden sehen.« Sextus eilte sich, sein angeschlagenes Ansehen wieder herzustellen.

»Na also«, brummte Lucius, und Sextus spürte Lucillas Hand auf der Schulter.

---

21 kleinwertige Münzen

22 Bronzemünze

Lucius begann.

»Sechs, drei, zwei, zwei«, zählte der Graue die Augen. »Nichts«.

Sextus und Lucius hatten jeweils eine Eins in ihrem Wurf und legten einen Sesterz in die Mitte. Sie spielten eine ganze Weile, und der Haufen der Münzen wuchs. Schließlich war es Lucius, dem der Gewinnwurf gelang.

»Zwei, Drei, Vier, Fünf«, rief Kaeso. »Gut gemacht. Das sind meine Rekruten.«

»Bei den Schwänzen des Höllenhundes«, fluchte der Graue, während Lucius seinem Freund zuzwinkerte.

Die beiden nächsten Spielrunden gingen ohne einen nennenswerten Gewinn an Lucius und den Grauen.

»Du bist ein würdiger Gegner«, lockte Lucius den Grauen. »Wollen wir den Einsatz nicht erhöhen? Denar?«

Sextus lehnte sofort entrüstet ab, was Lucilla mit einem Ausruf der Enttäuschung quittierte. Sie verließ ihren Platz und drängelte sich hinter Lucius. Alle Augen wandten sich nun dem Grauen zu, der nach einem Blick in die Runde zustimmte. Was nun folgte, sollte noch Wochen später für Gesprächsstoff in der Taverne sorgen.

Als hätten alle bösen Mächte ihre Hände im Spiel, gelang es keinem, den erlösenden Wurf zu machen. Der Haufen der Denare wuchs immer mehr an, bis den Zuschauern der Atem stockte. In der Mitte des Tisches lag der halbe Jahressold eines Gregarius[23]. Unbemerkt von den Zuschauern, deren Augen gebannt an den Münzen und den Würfeln hingen, hatten Lucius und der Signifer begonnen, flüchtige Blicke auszutauschen. Nur Sextus war die Zwiesprache der Gefährten nicht entgangen.

Wieder fluchte der Graue und warf einen Denar in die Mitte. Dann war die Reihe an Lucius, der ebenfalls zum wiederholten Mal hintereinander eine Eins in seinem Wurf hatte. Er griff in seinen Beutel und schaute verzweifelt hoch.

23 niedrigster Dienstgrad

»Sextus«, wandte er sich hilfesuchend an den Freund. »Du musst mir aushelfen. Das war mein letzter Denar.«

»Dein Pech«, triumphierte der Graue. »Dann gehört alles mir.« Seine Hände zuckten nach vorn, bereit, das Silber zu sich herüberzuziehen.

»Sextus!«, rief Lucius vorwurfsvoll. »Lass mich nicht im Stich!«

»Hilf deinem Freund!« Lucilla stemmte beide Hände in die Hüften und fixierte den jungen Rekruten aus zusammengekniffenen Augen.

Widerwillig holte Sextus seinen Beutel hervor und warf Lucius einen Denar zu.

»Bei Venus«, rief eine spöttische Stimme. »Jetzt hat der Junge seinen ganzen Gewinn verloren. Lucilla muss ihn gleich trösten.« Ein dröhnendes Gelächter erschütterte die Taverne.

Dann hielten alle den Atem an, als der Graue seinen nächsten Wurf machte.

»Zwei Drei, Vier und Eins«, schrie Lucilla mit heller Stimme.

Lucius wischte sich den Schweiß von der Stirn, während sein Gegner ein besorgtes Gesicht machte. Sein Vorrat an Denaren schien ebenfalls zur Neige zu gehen. Dann fing sich der Graue wieder, und er schob Lucius den Becher zu. In diesem Augenblick machte Lucius eine ungeschickte Bewegung und wischte den Becher mitsamt den Würfeln vom Tisch.

»Bleib sitzen. Ich mach das.« Der Signifer schob die Umstehenden zur Seite und ließ sich auf die Knie herab. Dann klaubte er umständlich die Würfel zusammen, erhob sich und reichte seinem Rekruten das Spielgerät. Der lächelte und wog den Becher lange in der Rechten. Das Publikum hielt den Atem an, als er den Arm hob und den Becher in weitem Schwung auf den Tisch knallte.

»Venus«, kreischte Lucilla. »Der Venuswurf.« Sie fiel dem Gewinner um den Hals und drückte ihm einen Kuss auf die Lippen. Alles drängte an den Tisch, um die drei Sechser zu sehen.

»Betrug«, schrie der Graue, sprang auf und riss den Pugio[24] aus der Scheide. Sofort fielen ihm die Umstehenden in die Arme und entwanden ihm den scharfkantigen Dolch.

Sextus sah aus den Augenwinkeln, wie Kaeso den Becher und die Würfel an sich nahm und wieder auf den Tisch stellte.

»Überprüfe die Würfel. Da!« Er schob dem Grauen, der sich immer noch nicht beruhigt hatte, den Becher zu. Der langte hinein und wog die Würfel lange in den Händen. Dann machte er einige Probewürfe, von denen nur einer eine Sechs hergab. Schließlich schleuderte er Becher und Würfel durch die Taverne, riss die Tür auf und stürzte ins Freie.

»Cervisia für alle«, rief Lucius im Freudentaumel. Dann drückte er Sextus zwei Denare in die Hand. »Für deine Hilfe, Freund.«

»Sag mir«, raunte Sextus ihm zu, »ist das mit rechten Dingen zugegangen? Was hat Kaeso mit den Würfeln gemacht?«

Lucius lachte schallend. Dann legte er ihm den Arm um die Schulter und zog seinen Kopf zu sich heran. »Man muss sein Glück schon mal erzwingen, Sextus.«

Lange bevor der Signifer seine Rekruten aufforderte, sich in den Schuppen zur Nachtruhe zu begeben, hatten Lucius und Lucilla die Taverne verlassen. Als die beiden, eng umschlungen an Sextus‘ Platz vorbeikamen, warf das Mädchen ihm einen bedauernden Blick zu und zuckte leicht mit den Schultern. Dann hatten die beiden auch schon den Raum verlassen.

Zurück blieb ein nachdenklicher Rekrut, der den schalen Geschmack der Enttäuschung mit einem Schluck Cervisia hinunterspülte.

---

24 Dolch

CLADES VARIANA[25]

Mein Name ist Sextus Valerius, geboren im 743. Jahr nach der Gründung der Stadt Rom oder in dem Jahr, als Africanus Fabius Maximus und Jullus Antonius Konsuln waren.

Mein Vaterhaus steht in einem kleinen Dorf in der Nähe der Stadt Arretinum.[25] Dort betreibt meine Familie noch heute eine gut gehende Töpferei, deren rotglänzende Produkte bis in die nördlichen Provinzen vertrieben werden. Noch heute kommt es zuweilen vor, dass ein Teller meinen Weg kreuzt, in dessen Boden das Herstellungszeichen VAL eingeprägt ist. Wenn ich einen solchen Gruß aus der Heimat in den Händen halte, wird es mir schwer ums Herz, und ich denke an die glücklichen Tage meiner Kindheit.

Es ging uns so gut, dass mein Vater zwei feste Bedienstete und je nach Auftragslage mehrere Tagelöhner beschäftigte. Dazu kam ein germanischer Sklave, den er auf dem Markt in Ariminum ersteigert hatte. Oft saß ich an den Abenden mit dem alten Mann vor dessen Behausung und lauschte seinen Geschichten. Er erzählte von unendlich tiefen Wäldern und bodenlosen Mooren, in denen die absonderlichsten Wesen hausten. Mich gruselte vor Donar, dem Blitzeschleuderer, dem listenreichen Loki und Hel, der Herrin des Todes. Wie der Alte begann ich den Tag zu fürchten, an dem alles in einem gewaltigen Schlachten enden würde. Weil der Alte die Klänge seiner Heimat vermisste, begann er bald, mir die Worte seiner Sprache beizubringen. Ein Kind lernt schnell und so dauerte es nicht lange, bis ich das Cheruskische leidlich beherrschte. Ein Umstand, der mir später noch viel nutzen sollte.

Den Gebrauch der lateinischen Schrift und die ersten Einblicke in Kunst und Wissenschaften verdanke ich dem Hauslehrer, den mein Vater an vier Vormittagen in der Woche

25 Die Niederlage des Varus
26 Arezzo in Italien

kommen ließ. Gemeinsam mit den Jungen und Mädchen der Nachbarschaft wetteiferten wir darin, eine Unmenge von Schreibtäfelchen mit unseren Schreibgriffeln zu ruinieren. Am liebsten lauschte ich dem Magister[27], wenn er die unerhörten Taten und ruchlosen Verbrechen der Altvorderen rezitierte. Ich träumte des Nachts, wie Hannibals Elefanten unsere Legionäre zertrampelten, die Gallier Rom niederbrannten und Cäsar die Völker des Nordens bezwang.

Selbst unsere Spiele kreisten um die Ruhmestaten der Helden. Wir kämpften mit Octavian gegen Marcus Antonius und sperrten die Schwester eines Spielkameraden als Kleopatra in einen alten Töpferofen, dessen Öffnung wir bis auf einen kleinen Spalt verschlossen. Weder das Mädchen noch der erboste Vater wussten, dass es nur eine harmlose Äskulapnatter war, die wir zum Schluss hineinwarfen. Es setzte eine gewaltige Tracht Prügel. Danach wandten wir uns dem göttlichen Drusus zu und stellten seine Züge gegen die wilden Germanen nach. Er wurde zum Heros meiner Jugend und ich träumte davon, es ihm eines Tages gleichzutun. Und das geschah früher, als ich zu träumen gewagt hätte.

Eines Tages rief mein Vater mich zu sich und eröffnete mir, dass wir über meine Zukunft sprechen müssten. Ich ahnte, was er von mir wollte und mir war nicht wohl bei dem Gedanken, mein Auskommen als Töpfer im väterlichen Betrieb verbringen zu müssen. Von Kind an hatte ich ihm und meinem älteren Bruder helfen müssen, hatte aber keinen Spaß an der harten Arbeit gehabt.

Aber es kam anders. Er eröffnete mir, dass das Unternehmen für meinen Bruder und mich zu wenig abwerfen würde und dass es besser wäre, wenn ich mir einen anderen Lebensunterhalt suchte. Er überreichte mir einen auf Pergament geschriebenen Brief meines Oheims, der bei der Legion gedient hatte. Er hatte es dort bis zum Optio gebracht und seinen Dienst bei der XIV. Legion Gemina in Mogontiacum beendet. Mit

27 Lehrer

der Abfindung hatte er in Borbetomagus[28] *einen gut gehenden Steinmetzbetrieb gegründet. Ich las das Schreiben und begriff, dass es sich um ein Empfehlungsschreiben an den ehemaligen Centurio seiner alten Einheit handelte. Mein Vater hatte ihn gebeten, ihm diesen Gefallen zu tun.*

Ich war begeistert und trotz der Widerstände meiner Mutter bereit, das große Abenteuer zu wagen.

Zu Fuß oder für ein paar Quadrans[29] *auf der Ladefläche eines Karrens begann ich den Weg in das große Abenteuer. In Mediolanum traf ich in einer Mansio*[30] *einen Jungen, der das gleiche Ziel hatte. Er hieß Lucius Poblicius und war an den Hängen des Vesuvius aufgewachsen. Gemeinsam zogen wir los, die verschneiten Alpen zu überwinden. Mehr als einmal mussten wir uns gegen räuberische Weggenossen und hungrige Wölfe verteidigen. Dass es sich dabei wohl eher um verwilderte Hunde und lahme Invaliden handelte, schmälerte unseren Triumph in keinster Weise.*

Was als Schicksalsgemeinschaft begann, entwickelte sich in den nächsten Wochen zu einer tiefen Freundschaft. Wir teilten uns Geld, Essen, Unterkunft und auch die Mädchen, denen wir unterwegs in den Tavernen und Herbergen begegneten. Am Abend saßen wir lange bei einem Krug mit saurem Wein zusammen, solange es unsere Mittel zuließen. Als unser Geld verbraucht war, machten wir für einige Tage auf einem Gehöft Halt und halfen dem Patronus bei der Arbeit, was uns einige Tage weiterbrachte. Am liebsten waren mir die anregenden Gespräche, die wir an den Abenden führten. Wir träumten von Heldentaten und großen Reichtümern, die wir gemeinsam erringen wollten. Wir beschlossen sogar, nach unserer Dienstzeit zusammenzubleiben und ein florierendes Geschäft zu eröffnen. Lucius schwelgte von den Möglichkeiten, die sich

28 Worms
29 Kupfermünze
30 Herberge

einem tatkräftigen Mann in den nördlichen Provinzen bieten würden.

Nach vielen Wochen erreichten wir schließlich den Rhenus und nahmen die Uferstraße bis nach Mogontiacum, dem vermeintlichen Ziel unserer Reise. Eigentlich sollte mir das Empfehlungsschreiben meines Oheims einen Platz in der XIV. Legion Gemina sichern, aber es kam anders. Die in Niedergermanien stationierten Truppen suchten dringend Verstärkungen und ich wurde an den Signifer Kaeso verwiesen, der im Auftrag der XVIII. Legion neue Mannschaften anwarb. Nach einem kurzen Blick in mein Schreiben und einer knappen Musterung meiner körperlichen Voraussetzungen, wurde ich vereidigt und erhielt das mir zustehende Handgeld von zwanzig Denaren. Ich platzte regelrecht vor Stolz, weil dieser schier unermessliche Reichtum das erste selbst verdiente Geld meines neuen Lebens war. Man hätte damit eine Kuh und zwei Schweine oder einen kräftigen Sklaven kaufen können. Dass bei der Legion der Wert des Geldes anders bemessen wurde, sollte ich bald erfahren.

Am nächsten Tag brachen wir noch in Zivil zu dem beschwerlichen Marsch in den Norden nach Vetera auf. Kaeso stellte es als Vorteil dar, dass wir erst dort eingekleidet werden sollten. Wir könnten so unsere alten Sachen auftragen und würden den Dienst mit neuen Tuniken, Mänteln und Caligae beginnen.

Von meinem Handgeld blieben mir leider nur wenige Denare. Das meiste musste ich dem Signifer aushändigen, der damit meinen Anteil an den Reisekosten beglich. Eine lange geübte Praxis der Anwerber, die sich auf diese Weise einen ansehnlichen Nebenverdienst zuschanzten.

Lucius hatte dagegen mehr Glück. Er hatte zum einen eine Vorliebe für das Glücksspiel und zum anderen hatte er es von Anfang an verstanden, sich der Kumpanei des Signifers Kaeso zu versichern. Diese Kombination führte zu einem erheblichen Zuwachs seiner Barschaft. Als wir Vetera erreichten, hatte er schon den Jahresverdienst eines Immunis[31] *erwirtschaftet. Obwohl mich seine berechnende Art zuweilen verstörte, neidete ich ihm sein Glück nicht. Nur sein Erfolg bei der schönen Lucilla hatte meinem Selbstbewusstsein einen Schlag versetzt.*

Wir erhielten direkt nach der Ankunft unsere Grundausrüstung und wurden der zweiten Centurie der fünften Kohorte zugeteilt. Ich zerbarst förmlich vor Stolz, als ich meinen ersten Gladius[32] *in der Hand hielt. Leider hatte das Auswirkungen auf den ersten Abschlag, den ich auf meinen Sold erhielt. Ich bekam sehr viel weniger, als ich mir ausgerechnet hatte, weil ich die Ausrüstung in Raten abstottern musste. Meine erste Erfahrung, dass einem, außer dem Handgeld, nichts geschenkt wurde.*

Das betraf auch den Dienst, den ich mir wesentlich heroischer und weniger strapaziös vorgestellt hatte. Als »Germanenfutter«, beschrieb beim Latrinendienst ein altgedienter Legionär unsere vorläufige Verwendung. »Beim Marsch vorne und im Gefecht in der ersten Reihe. Sieh zu, dass du voran kommst, sonst wirst du hier nicht alt.«

Zum Glück für Lucius und mich wies uns der Centurio, ein Freund Kaesos, dem gleichen Contubernium[33] *zu. Somit blieb uns die weitere Gesellschaft der Cisalpiner erspart. Unsere sechs Stubengenossen waren eine weitaus angenehmere Gesellschaft, zumal Lucius von Anfang an darauf verzichtete, sie beim Würfelspiel um ihren hart verdienten Sold zu bringen.*

Die ersten Wochen der Grundausbildung waren eine einzige Tortur. Unser Optio[34]*, ein bärbeißiger Lehrmeister schlug mir gleich am ersten Tag mit dem hölzernen Übungsschwert beide Unterarme und die Finger blutig. Bei den Übungswürfen mit dem klobigen Pilum*[35] *zerrte ich mir die Schulter, und*

---

31 Gefreiter

32 Schwert

33 Stubengemeinschaft von meist 8 Soldaten

34 Unteroffizier

35 Wurfspieß

ein Stoß mit der eisenbeschlagenen Kante eines Scutums[36] *traf mich so unglücklich am Kopf, dass ich einen Tag im Lazarett verbringen musste. Zu allem Überfluss mussten wir gerade dann, wenn wir am wenigsten damit rechneten, zu einem Übungsmarsch in voller Montur aufbrechen. Wundgescheuert von Kettenpanzer und Caligae schleppten wir uns die letzten Meilen zum Lager zurück. Am schlimmsten waren die mehrtägigen Märsche. Hatten wir die Plackerei des Tages endlich überstanden, mussten wir am Abend noch einen Graben ausheben und den entstandenen Wall mit ausgestochenen Grassoden und hölzernen Übungspila befestigen.*

Meine Freundschaft zu Lucius half mir, die ersten Wochen relativ unbeschadet zu überstehen. Wir unterstützten und halfen uns bei jeder Gelegenheit. Hatte er einen wundgescheuerten Rücken, übernahm ich einen Teil seines Gepäcks und umgekehrt. Es sprach sich unter den anderen Rekruten bald herum, dass man besser mit keinem von uns Streit suchte. Der Erste, der das versuchte, landete beim Latrinendienst in der Kloake. Wir passten einen günstigen Augenblick ab, stellten ihm ein Bein und warfen ihn in die Abortgrube. Von diesem Zeitpunkt an ließ man uns in Ruhe.

Nach zwei Monaten hatte die Schinderei endlich ein Ende und wir konnten zum geregelten Lagerdienst übergehen. Wir waren jetzt Gregarii, gemeine Soldaten, und hatten damit die erste Stufe der Legionshierarchie erklommen.

Nicht einmal ein Jahr sollte vergehen, bis ich es zum »Immunis« brachte. Ich hatte dies weder meinem Empfehlungsschreiben noch meinem Geschick im Umgang mit den Waffen zu verdanken. Einzig und alleine die Tatsache, dass ich lesen und schreiben konnte und Kaeso auf Veranlassung von Lucius ein gutes Wort für mich einlegte, ließ mich mit meinem Freund gleichziehen. Lucius war bereits einige Monate vorher dem Signifer als Unterstützung zugeteilt worden. Ich erhielt einen

---

36 Schild

Posten als Librarius[37] *in der Schreibstube und tauschte den staubigen Exerzierplatz gegen die weiß getünchte Principia*[38].

Ein weiteres Jahr später stiegen Lucius und ich in den Rang des Optio auf, weil die Götter bestimmt hatten, zwei Planstellen freizumachen. Unseren fechtwütigen Ausbilder brachte ein entzündeter Zahn zu Fall. Der Mann hatte sich geweigert, wegen dieser scheinbaren Lappalie den Medicus zu konsultieren. Lucius verdankte seine Beförderung dem Missgeschick des Optios der 1. Centurie. Ein völlig überflüssiger Streit mit einem Auxiliaren endete damit, dass der Mann sein Leben mit einem Pugio im Bauch aushauchte. Neider behaupteten, dass Lucius bei der Vergabe der Posten entscheidend nachgeholfen hatte. Die betreffenden Centurionen sollen ihm wegen ihrer Spielschulden einen Gefallen schuldig gewesen sein.

Als Optiones tauschten wir die Enge unserer Unterkunft mit einem komfortablen Raum im Wohnhaus unseres Centurios. Unsere ruhigen Tage waren aber gezählt. Uns oblagen jetzt auch die Ausbildung der Rekruten und die Führung von Erkundungsmärschen. Bei einem dieser Unternehmen erlebte ich das erste Gefecht meines Lebens.

Wir folgten einem Trupp Plünderer auf die andere Seite des Rhenus und gerieten in einen Hinterhalt. Mit Mühe behaupteten wir uns gegen die Übermacht und kehrten mit zwei Verwundeten nach Vetera zurück. Ich war überrascht, wie kühl und abgeklärt ich auf die Situation reagiert hatte. Der Drill der vergangenen Jahre hatte sich ausgezahlt.

Wenige Wochen nach diesem Vorfall rückten wir mit Varus, dem Statthalter und Befehlshaber der niedergermanischen Legionen, ins Innere Germaniens vor. Grund dieses Vorstoßes waren Schwierigkeiten bei der Schaffung römischer Strukturen in den von Tiberius unterworfenen Gebieten. Es gab sogar

37 Schreiber
38 militärisches Verwaltungsgebäude

Gerüchte, dass illoyale Stammesführer einen Aufstand vorbereiten würden.

Wir durchzogen die Wildnis vom Rhenus bis zur Visurgis[39] *ohne auf nennenswerte Widerstände zu stoßen. Als der Sommer zu Ende ging, gab Varus den Befehl, in die Winterquartiere zurückzukehren. Bis heute kann ich nicht verstehen, dass er dabei nicht den direkten Weg wählte. Es waren nur unbestätigte Gerüchte einer bevorstehenden Revolte, die ihn zu einer Änderung der Marschroute bewogen hatten.*

39 Weser

Seit vier Tagen regnete und stürmte es ohne Unterlass. Und seit drei Tagen lagen wir im Gefecht.

Ich kann mir bis heute keinen Reim darauf machen, warum ein missgünstiger Gott den Kopf unseres Feldherrn so vernebelt hatte. Allen Regeln der Kriegskunst zum Trotz hatte er uns in den Hinterhalt dieser erbärmlichen Barbaren geführt.

»Bei den Mächten der Unterwelt. Wir sind verloren!«

Ich schaute in die Richtung, in die die zittrige Hand des Legionärs wies. Wenige hundert Schritte entfernt zogen flatternde Raben ihre Kreise. Das Krächzen war bis zu uns zu hören.

»Das gilt nicht uns«, antwortete Lucius sarkastisch. »Das war die fünfte Kohorte. Die haben es hinter sich.«

»Zusammenschließen«, schrie ich die Männer an. Ich riss einen Legionär hoch, der mit seinem Pugio im Dreck wühlte. »Lass das. Du brauchst dein Geld noch.«

Der Mann schüttelte mich mit einer Bewegung seines Oberkörpers ab und drückte eine Handvoll Münzen in das Loch. »Das kriegen sie nicht, Optio.« Er richtete sich auf, scharrte mit den Füssen Erde über das Loch und nahm seinen Platz in unserer zusammengeschmolzenen Stellung wieder ein.

Nur einige Dutzend Legionäre unseres Manipels[40] hatten den Vormittag überlebt. Eine Handvoll von der ersten und vielleicht dreißig von der zweiten Centurie. Fünfunddreißig Mann von einhundertsechzig.

Die meisten hatten am Vormittag bei diesem unsinnigen Sturm auf die Hangbefestigung ihr Leben gelassen. Drei Mal hatte uns der Primus Pilus[41] Marcus Caelius von der ersten Kohorte gegen die Verschanzungen des Feindes anrennen lassen. Wer es unter dem Beschuss von Pfeilen und Speeren bis zum Hang geschafft hatte, fand in dem matschigen Untergrund keinen festen Stand. Der Feind brauchte mit seinen primiti-

---

40 militärische Einheit, zwei Centurien

41 ranghöchster Centurio

ven Framen[42] nur nach unten zu stechen um in dem Gewirr der keuchenden, vom Gewicht der Rüstung niedergedrückten Körper ein Opfer zu finden. Dann hatten sie ihre Deckung verlassen und waren mit Geheul unter uns gesprungen. Drei oder vier von ihnen kamen auf einen von uns. Sie rissen die Männer zu Boden und machten sie mit Knüppeln und Messern nieder. Das war nicht der Kampf, für den wir ausgebildet waren. Die Pila hatten wir beim Ansturm ohne Wirkung verbraucht. Und unsere Ketten- und Schienenpanzer hinderten mehr, als dass sie nutzten. Die Schilde hatten die meisten an der Hangsohle weggeworfen. Wozu hätten sie auch noch nützlich sein sollen. Vollgesogen mit Wasser hinderten sie beim Hinaufklettern. Selbst der tödliche Gladius verfehlte seine Wirkung. Zu kurz gegen die primitiven Speere, angespitzte Stöcke, die im Feuer gehärtet waren. Und zu unhandlich im Ringen Mann gegen Mann. Hier half nur der Pugio, um sich etwas Luft zu verschaffen.

Ein letztes Mal hatte Mars uns seine Gunst geschenkt. Er gestattete es mir und einigen meiner Männer uns aus der Umklammerung der Feinde zu befreien. Trotzdem hatten wir einen fürchterlichen Blutzoll entrichtet, als wir die Enge zwischen Hang und Moor endlich passiert hatten.

Es war ein Fehler gewesen, unser letztes Lager, das wir auf einer einigermaßen freien Fläche angelegt hatten, zu verlassen. Legaten[43], Tribune[44] und die Centurionen der ersten Ordnung[45] hatten auf Varus eingeredet, den Feind aus dieser sicheren Stellung zu bekämpfen. Kopfschüttelnd und ohnmächtig vor Wut mussten sie die Weisungen des Statthalters umsetzen, die meisten Wagen und die unhandlichen Pfeil- und Wurfgeschütze zu zerstören. Wie ein verzweifelter Spieler setzte der Befehlshaber der niedergermanischen Legionen alles auf sei-

42 Spieß
43 entspricht einem General
44 Stabsoffizier (entspricht einem Oberst)
45 entspricht einem Major

nen letzten Wurf. Ein törichtes Unterfangen. Als ob man sich in den dichten Wäldern mit den ausgedünnten Verbänden vom Feind hätte lösen und vor ihm davonlaufen können. Mit Mühe hatten wir uns bis zu dieser Lichtung durchgekämpft, in deren Mitte die Leibwachen des Varus aus wenigen umgehackten Bäumen und ausgerissenem Gestrüpp eine kümmerliche Deckung errichtet hatten.

Zweimal hatte meine Gruppe hier den Feind abgewehrt, der sich immer wieder sammelte und an vielen anderen Stellen zugleich zuschlug. Die Centurionen waren längst gefallen, der eine am Vormittag beim Sturm auf den Sperrwall und der zweite beim letzten Angriff. Als ihre Stellvertreter waren Lucius und ich an ihre Stelle gerückt. Eine Ehre, auf die ich gerne verzichtet hätte. Vielleicht zehn Schritte von den ersten Bäumen entfernt hatten wir die Männer antreten lassen, um die nächste Angriffswelle zu erwarten.

»Sie kommen«, kreischte ein Rekrut und starrte, ohne den Schild zu heben, in das Unterholz. Im nächsten Augenblick kippte er ohne einen weiteren Laut mit einem Pfeil im Hals nach vorne. In diesem Augenblick öffneten sich wieder die Pforten des Himmels und das Prasseln des Schauers übertönte das Schreien der Angreifer.

»Die Schilde hoch«, schrie ich, obwohl ich wusste, dass man mich nicht hören würde. Dann brachen die ersten Feinde aus dem Wald, schleuderten ihre Speere und sprangen uns an. Aber jetzt im eingeübten Verband, Mann neben Mann, konnten wir uns wehren. Wir stemmten uns gegen die Angreifer, brachten sie zum Stehen und stießen mit unseren Gladii nach vorne. Ich achtete nicht darauf, dass mir Blut ins Gesicht spritzte. Immer wieder stieß ich zu und spürte, wie meine Klinge sich in zuckendes Fleisch bohrte. Ich keuchte vor Anstrengung und spürte wie mein Schildarm sich verkrampfte, weil er das Gewicht des vollgesogenen Holzes kaum noch halten konnte. Etwas krachte gegen die Stirnverstärkung meines Helmes und ich riss mit letzter Kraft das Scutum hoch, um dem Angreifer den bronzenen Schildbuckel ins Gesicht zu stoßen. Dann stach ich nach und hatte das Gefühl, mich vor Anstrengung übergeben zu müssen. Ich rutschte in dem Morast aus Schlamm und Blut aus, fing mich im letzten Augenblick und fand wieder einen festen Stand. Aber der Gegner drängte nicht weiter nach. Die Angreifer zogen sich zurück und ließen mehr als zwanzig Gefallene und Schwerverwundete zurück. Wir hatten nicht einmal mehr die Kraft, sie zu erstechen und zogen uns stattdessen mehrere Schritte zurück. Wir waren nur noch achtundzwanzig Legionäre, von denen keiner unverwundet geblieben war.

»Das nächste Mal ist es vorbei«, keuchte der Soldat, der mich eben auf die Raben hingewiesen hatte. Er stützte sich auf seinen Schild und erbrach sich.

»Lucius!«, hörte ich eine Stimme. »Lucius, komm! Es ist soweit.«

»Ich komme«, sagte mein Freund und drückte seinem Nebenmann sein Scutum in die Hand.

»Was …?«, stammelte ich konsterniert und wollte meinen Freund zurückhalten. »Du haust ab? Das kannst du nicht machen!«

»Das ist ein Befehl«, schrie Kaeso mich an. Statt des Feldzeichens hielt er den Gladius in der Hand. Den Bärenfellumhang hatte er abgelegt und stattdessen eine lederne Schultertasche umgehängt.

»Du hast uns als Signifer nichts zu befehlen«, erwiderte ich wütend. »Wo ist das Feldzeichen?«

Kaeso winkte ab. »Lucius und ich müssen zum Zelt des Feldherrn. Der Primus Pilus will es.« Zieht euch weiter auf die Lichtung zurück. Ihr seid viel zu dicht am Wald.«

Wie um seine Worte zu unterstreichen zischten einige Pfeile aus dem Dickicht, die zwei unserer Legionäre niederstreckten.

»Zurück«, befahl ich.

»Ich komme wieder«, versicherte Lucius. »Ich lass dich nicht im Stich.«

Ich sah noch, wie Kaeso grinste, als er sich abwandte. Ich blickte dem Freund und dem Signifer hinterher, die mit großen Schritten zum Verhau und dem dahinter sichtbaren Feldherrenzelt eilten. Dann hatte ich die beiden in dem Gewimmel der herumeilenden Legionäre aus den Augen verloren. Was ich aber sah, war ein großer Scheiterhaufen, der aus den Resten der letzten Wagen und Zeltstangen errichtet worden war. An einigen Stellen stieg dunkler Rauch auf, der entsteht, wenn nasses Holz mit Öl entzündet wird.

Überall um die Lichtung ertönte Geschrei und die Angreifer strömten aus dem Wald und setzten zum Sturm an. Immer weiter wurden wir zurückgedrängt und die ersten entnervten Männer, die seit Tagen im Gefecht standen, warfen ihre Waffen fort. Sie knieten nieder, hoben die Hände und flehten um Gnade. Vergeblich, sie wurden an Ort und Stelle niedergemacht und von der Flut verschluckt. Bis auf einige Stellungen, wie der unsrigen, löste sich die Ordnung auf und die Feinde drangen rechts und links von mir zum Verhau vor.

Das musste das Ende sein. Mit grimmiger Verzweiflung erwartete ich jeden Augenblick den Stoß, der mich von hinten oder von der Seite zu meinen Ahnen befördern würde. Nur nicht in Gefangenschaft geraten und von den grässlichen Priestern der Cherusker bestialisch zu Tode gequält werden. Jeder von uns wusste, wie der Feind mit Gefangenen umging. Entweder schnitt man ihnen den Kopf ab, um sie an die Bäume zu nageln oder stach ihnen die Augen aus und schnitt die Zunge ab, ehe man sie qualvoll am nächsten Ast aufhängte. Ein Opfer für ihren Gott Wodan, wie sie es nannten.

»Sextus«, hörte ich es rufen. »Sextus!«

Lucius hielt im Galopp auf einem Rappen auf mich zu, ein anderes Pferd am Zügel hinter sich herzerrend. »Spring auf und rette dich. Wir brechen durch.« Hinter ihm sah ich Kaeso und einige Reiter, die auf bepackten Pferden saßen.

»Halt dich nicht auf«, brüllte Kaeso. »Nicht anhalten.«

»Nein«, stöhnte ein verwundeter Centurio. »Das ist Fahnenflucht im Angesicht des Feldherrn.«

»Varus ist selber desertiert«, schrie Lucius den Offizier an. »Zu den Göttern und seinen Ahnen. Er wird gerade verbrannt.«

Schon wollte ich nach dem hingehaltenen Zügel greifen, aber ich ließ die Hand wieder sinken. Ich sah meine Männer, die mit leeren Blicken zu mir herüberstarrten. Hatte ich das Recht, sie ihrem Schicksal zu überlassen? Zu desertieren?

»Überleben«, schoss es mir durch den Kopf. Ich wollte nicht sterben. Varus hatte seinen Eid gebrochen, nicht ich. Der Selbstmord des Statthalters hatte mich von meinen Pflichten entbunden. Es konnte nur noch gelten, sich selbst zu retten.

»Sextus«, schrie Lucius mich an und duckte sich tief im Sattel. Eine Lanze fuhr zischend über ihn hinweg.

Voller Panik, dass ich zu lange gezögert hatte, griff ich nach dem Zügel. Ich warf einen letzten Blick auf den rauchenden Scheiterhaufen, schwang mich auf den Gaul und jagte hinter Lucius und den anderen her. Mir war, als wenn es in den Lederbeuteln klirrte, die an die Lastsattel der Packpferde gebunden waren.

Fortuna war mit uns. Der Feind schien es nur noch darauf anzulegen zu plündern oder wehrlose Gegner niederzumachen. Sie sprangen zur Seite und ließen uns kampflos ziehen. Sie hatten selber tagelang gekämpft und wollten sich nicht im Angesicht der lockenden Reichtümer an Wodans Tafel wiederfinden. Nur einige wenige Pfeile schwirrten hinter uns her und holten einen Reiter aus dem Sattel.

Es ging in den Wald hinein, vorbei an verlassenen Verhauen und Baumsperren. Dann trat das Unterholz zurück und wir galoppierten durch einen lichter werdenden Hochwald die nächste Anhöhe hinauf. Die Pferde keuchten und stöhnten vor Anstrengung. Oben verhielten wir und ließen die Gäule zu Atem kommen. Dann orientierten wir uns am Lärm des Schlachtfeldes, änderten die Richtung und kämpften uns weiter durch Unterholz und Buschwerk. Wir duckten uns unter Äste, glitten aus den Sätteln, um die Tiere über Hindernisse zu führen, sprangen wieder auf und jagten ein Stück über Wildwechsel weiter, bis es wieder nur im Schritt weiter ging.

Langsam verklang das Getöse des Massakers in unserem Rücken, aber wir wagten erst dann eine längere Pause einzulegen, als wir mehrere Stunden zwischen uns und den Feind gelegt hatten. Wir sanken auf die Kruppen unserer Tiere und ließen uns zu Boden gleiten, wo wir ausgepumpt liegen blieben.

Ich brauchte einige Zeit, bis ich mich erholt hatte und mein Atem ruhiger ging. Dann wandte ich mich an den Signifer: »Das halten die Tiere nicht aus, Kaeso.«

»Was sagst du?« Der Signifer starrte mich verständnislos an.

»Sie sind viel zu schwer beladen. Die Germanen holen uns ein, wenn die Tiere zusammenbrechen.«

»Sextus hat Recht«, sagte einer der Reiter. Er erhob sich, ging zu seinem Pferd und machte sich an der Verschnürung eines der Lederbeutel zu schaffen.

»Finger weg«, brüllte Kaeso. Er schnellte hoch und hielt ihm die Spitze des gezückten Gladius an den Hals. »Wer die Beutel anrührt, ist tot.«

»Was ist da drin?«, fragte ein anderer.

»Das geht euch nichts an«, herrschte Kaeso ihn an. »Weg mit den Kettenhemden, Schilden und Helmen. Dann haben die Gäule weniger zu tragen. Das Zeug ist bloß hinderlich.«

»Der Signifer hat Recht«, mischte sich Lucius ein. »In die Büsche mit dem Zeug und dann weiter. Wir wollen überleben und keinen Krieg führen.«

Ehe ein Wort des Widerspruchs erhoben werden konnte, schnallte er das Cingulum[46] ab, streifte das Kettenhemd herunter und warf alles mitsamt dem Helm ins nächste Gebüsch.

46 Waffengurt

Dann legte er den Gürtel wieder an. Die Männer blickten sich an, murrten verhalten und taten es ihm gleich. Auch ich fügte mich, weil ich mir eingestehen musste, dass Kaeso im Recht war. Unsere schwere Bewaffnung hätte uns im Kampf wenig genutzt, dafür waren wir zu Wenige. Es kam eher darauf an, eine Begegnung mit den Feinden unter allen Umständen zu vermeiden.

Wir ließen die Pferde etwas grasen und an einem der zahlreichen Wasserlöcher saufen, bevor wir wieder aufbrachen. Bei dieser Gelegenheit trat Kaeso zu mir und zog seine Umhängetasche von der Schulter. »Schau rein, Optio.« Ich warf einen Blick hinein und erkannte die Phalerae[47] und die anderen Embleme unseres Feldzeichens. »Damit du später nicht rumerzählst, dass ich unser Signum weggeworfen hätte.«

Um die Tiere zu schonen, führten wir sie eine Weile am Zügel. Als sie sich erholt hatten, saßen wir auf und ritten im Schritt weiter.

Mir ging Kaesos angriffslustiges Verhalten nicht aus dem Kopf. Was hatte es mit dem Inhalt der Beutel auf sich? Als ich mich einige Augenblicke unbeobachtet wähnte – wir ritten gerade in einer auseinandergezogenen Reihe durch ein steiniges Bachtal – nutzte ich die günstige Gelegenheit. Möglichst unauffällig beugte ich mich nach vorn und führte meine Handfläche unter einen der Ledersäcke. Es kostete mich einige Anstrengung, ihn anzuheben, wobei meine Finger kleine Metallplättchen fühlten. Ich war mir sofort sicher, dass es Münzen waren, viele Münzen. Ein Schatz, den der Signifer offenbar wie seinen Augapfel hütete.

Es klirrte leise, als ich den Beutel fahren ließ. Kaeso drehte sich sofort im Sattel um, aber ich hatte meine vorherige Sitzposition wieder eingenommen und bemühte mich, eine unbeteiligte Miene aufzusetzen. Der Blick des Signifers glitt prüfend über mich hinweg und wandte sich meinem Hintermann

47 Zierscheiben, Orden, Auszeichnungen

zu, ehe er sich wieder nach vorne orientierte. Ich atmete durch und beschloss, Lucius auf meine Beobachtung anzusprechen.

Danach kreisten meine Gedanken um den Albtraum, den ich erlebt hatte. Ich hatte Mühe, die wirkliche Welt von den Schemen meiner Vorstellung zu unterscheiden. Als würde ich sie durch einen Schleier betrachten ... Vielleicht war ich längst tot und bewegte mich zwischen den Schatten der Unterwelt, oder würde gleich im Toben der Schlacht wieder aufwachen. Ich kniff mir in den Arm und stellte mit Erleichterung fest, dass es kein Traum war.

Etwas knackte in den Büschen, und ich schreckte auf. Meine Hand krallte sich sofort um den Griff des Gladius, was mich beruhigte. Lebend würden sie mich nicht bekommen. Es waren aber keine Cherusker oder Brukterer[48], die durch die Büsche brachen. Ein Rotte Schwarzwild kreuzte den Pfad und verschwand auf der anderen Seite im Unterholz.

Ich rieb mir die Schläfen und hing wieder meinen Gedanken nach. Das einzig Gute war, dass ich überlebt hatte, wobei mir aber das »Wie« zunehmend zu schaffen machte. Wäre es nicht besser gewesen zu bleiben? Meine Nachkommen würden sich an einen Mann von Ehre erinnern, der für das Imperium in den Tod gegangen war. Sie hätten mir einen Grabstein errichtet und mich geehrt. Ich musste mir ein Lächeln verkneifen, weil es natürlich noch keine Nachkommen gab, die mir den alljährlichen Totenschmaus hätten ausrichten können. Dann übermannte mich wieder die Scham, versagt zu haben. Ich war feige weggelaufen, als das Vaterland das höchste Opfer von mir forderte. Ich war ehrlos und durfte mich bei den Meinen nicht mehr blicken lassen. Und wenn mich dereinst der Fährmann über den Totenfluss ruderte, würden sich die Ahnen mit Scham von mir abwenden. Ich hatte die Schande gewählt und ritt einem ungewissen Schicksal entgegen.

---

48 germanische Stämme

Als es dunkel wurde, passierten wir ein kleines Seitental. Der Zugang war durch Gestrüpp und eine umgestürzte Eiche halb verborgen. Dahinter erhoben sich steile Felswände. Ein sicherer Lagerplatz, der leicht zu verteidigen war. Wir saßen ab und führten die Pferde ein Stück in die feuchte, finstere Klamm hinein. Bevor wir lagerten, ging Kaeso mit Flavus, einem der Reiter, von Pferd zu Pferd und nahm die Beutel an sich. Sie trugen sie zu einer Felspalte, und der Signifer breitete eine Decke darüber, um sie unseren Blicken zu entziehen. Wir anderen pflockten die Pferde hinter einem Gebüsch an und suchten uns einen halbwegs trockenen Platz, den wir mit belaubten Ästen gegen den herabrieselnden Regen schützten. Kaum waren wir fertig, als, begleitet von Donner und Blitzen, ein kräftiger Schauer niederging.

»Gut so«, brummte der Signifer. »Das verwischt unsere Spuren.«

Wir hüllten uns fröstelnd in die Mäntel und kauten etwas von dem Proviant, den wir untereinander aufteilten: aufgeweichtes Brot, etwas Speck und ranzigen Käse. Als einer der Männer sich daran machte, mit Feuerstein und Zunder ein Feuer zu entzünden, wurde er sogleich von Kaeso angefahren. »Bist du von allen Göttern verlassen? Das riecht man meilenweit.«

Eingeschüchtert steckte der Mann seine Utensilien wieder weg. »Ich hatte gedacht, wir …«

»Du sollst nicht denken, sondern gehorchen.«

Der Mann, ein Immunis namens Titus, nickte ergeben.

Wir anderen waren dem Disput wortlos gefolgt. Jetzt, einen halben Tag nach unserer dramatischen Flucht und dem stundenlangen Ritt, brüteten wir teilnahmslos vor uns hin. Wie sollte es weitergehen?

»Lucius.« Der Angesprochene hob den Kopf, erhob sich und ging die wenigen Schritte zum Signifer, neben dem er sich niederließ. Es war offenbar, dass Kaeso eine Aussprache mit meinem Freund suchte. Es versetzte mir einen Stich, weil ich als Unteroffizier eigentlich dazu gehört hätte. Kaeso schien jedoch keinen Wert auf meine Meinung zu legen.

Die beiden tuschelten eine Weile miteinander, bis Lucius zurück kam und seine Sachen vom Boden aufraffte. Den Gladius und seine Decke in den Händen trat er zu mir.

»Sextus, wir haben die erste Wache. Komm mit.« Ich folgte meinem Freund zum Zugang unseres Verstecks, wo wir uns hinter dem umgestürzten Baum niederließen. Es hatte aufgehört zu regnen und einige wenige Sterne blinkten aus den Wolkenlücken zu uns herab. Es würde noch einige Stunden dauern, bis der Mond aufgehen und etwas Licht verbreiten würde. Wir hüllten uns in die Decken und lauschten in die Nacht, aus der hin und wieder das Rascheln eines Waldbewohners zu uns drang. Dort draußen vollzog sich der immerwährende Kampf um das alltägliche Überleben. Fressen und gefressen werden, und wir waren ein Teil davon.

»Sextus.« Mein Freund brach zuerst das Schweigen. »Du denkst darüber nach, ob es richtig war, sich zu retten?«

»War es das?«, erwiderte ich.

»Was mich betrifft, ja«, antwortete Lucius. »Ich pfeife auf Ehre und Heldentod.«

»Aber unser Eid, Lucius. Wir haben geschworen, unsere Pflicht zu erfüllen und, wenn es notwendig ist, unser Leben zu geben. Und was haben wir getan? Unsere Legionäre und die Zivilisten des Trosses im Stich gelassen! Frauen und Kinder, Lucius, die den Wilden auf Gedeih und Verderb ausgeliefert sind. Vielleicht sind sie jetzt alle tot! «

»Ich halte einen Eid«, antwortete Lucius schroff. »Aber nur dann, wenn es nötig ist. Das war es aber nicht. Es war sowieso alles verloren.«

Ich zuckte mit den Schultern und scharrte mit der Spitze des Gladius im Laub herum. »Du hast dich mit Kaeso besprochen, wie es weiter geht?«

»Wir werden versuchen, uns nach Süden an die Lupia durchzuschlagen. Im Lager Aliso stehen zwei Kohorten unter Caedicius. Das ist der einzige sichere Platz zwischen hier und dem Rhenus.«

»Warum hat Kaeso mich übergangen?«, begehrte ich auf. »Ich bin schließlich Optio. Wie du.«

»Weil ich mich schon gestern mit dem Signifer abgesprochen hatte«, antwortete Lucius kurz angebunden.

»Warum hast du nicht mit mir geredet?«

»Sextus.« In der Stimme des Freundes schwang ein Vorwurf mit. »Ich wollte mit dir nicht über Pflicht und Ehre diskutieren. Es galt, einen Entschluss zu fassen, unser Leben zu retten. Und du kannst mir nicht vorwerfen, dich vergessen zu haben.«

»Habe ich das, Lucius?«

»Nein, aber du hast es auch bisher nicht für nötig befunden, dem Signifer und mir zu danken.«

Ich schwieg und stocherte weiter mit dem Schwert im Waldboden.

»Wenn uns einer im Stich gelassen hat, dann war es Varus«, fuhr Lucius bitter fort. »Er hat diesem Arminius vertraut, trotz aller Warnungen. Dann hat er Fehler gemacht, furchtbare Fehler. Es war dumm, das feste Lager zu verlassen. Wir hätten uns so lange halten können, bis den Cheruskern die Lust vergangen wäre. Was hätten sie gegen die Befestigungen und die Geschütze ausrichten können? Wir hätten sie zu Tausenden weggeschossen, ehe sie den Wall erreicht hätten. Varus war es, der uns dem Feind ausgeliefert hat.

Und was hat er dann getan? Er hat sich mitsamt seinen hohen Offizieren zu Pluto verdrückt und uns gezwungen, unser Schicksal selbst in die Hand zu nehmen.«

»Hat Varus sich wirklich umgebracht?« unterbrach ich Lucius. »Hast du seine Leiche gesehen?«

Lucius lachte auf. »Als wir zum Feldherrnzelt kamen, trug man ihn gerade hinaus. Du hast doch den brennenden Scheiterhaufen gesehen, oder?«

Ich nickte.

Lucius schwieg eine Weile, bevor er fortfuhr. »Kaeso ist einer, der sich nicht dem Schicksal beugt. Du kennst ihn. Hart gegen sich und andere, aber voller Tatkraft. Als er von der Absicht des Selbstmordes erfuhr, hat er gehandelt. Er hat Proviant und Decken von seinen Gehilfen Titus und Flavus beiseiteschaffen lassen. Claudius hat sich um die Pferde gekümmert. Die drei anderen, Quintus, Marcus und Decimus haben sich uns zufällig angeschlossen. Sie waren zur rechten Zeit am richtigen Ort. Wir verdanken Kaeso unser Leben. Und«, er hob den Zeigefinger, »das Imperium kann froh über jeden Legionär sein, der es über den Rhenus schafft. Drei Legionen, Sextus, drei Legionen sind ausgelöscht. Niedergermanien ist dem Feind schutzlos ausgeliefert. Wer anders als wir, die Überlebenden, kann den Feind noch darin hindern, die Grenzen zu überschreiten und in Gallien einzufallen?«

In diesem Fall musste ich meinem Freund zustimmen.

»Vielleicht hast du Recht, Lucius. Aber …« Ich wechselte das Thema: «Was ist mit den Lederbeuteln?

»Das hat dich nicht zu interessieren, Sextus.«

»Sie sind voller Münzen«, fuhr ich unbeirrt fort. »Ich habe einen in die Hand genommen und es genau gefühlt. Viele und wertvolle Münzen. Dem Gewicht und der Größe nach viel Gold und Silber. Was habt ihr damit vor?«

»Sollten wir das alles dem Arminius und seinen vertierten Kriegern überlassen?« Die Augen meines Freundes funkelten.

»Ihr habt euch an den Geldern der Toten vergriffen«, hielt ich Lucius vor. »Das ist Frevel an den Göttern!«

»Mach dir keine Sorgen um unsere Seelen«, lächelte Lucius. Er hatte sich wieder in der Gewalt.

»Gib es zurück, wenn wir durchkommen!«, bedrängte ich ihn.

»Sextus!«, unterbrach er mich. »Halte dich da raus. Du hast nichts damit zu tun. Kaeso ist schon misstrauisch. Du bist nicht sein Freund. Er hat dich nur mitgenommen, weil ich es wollte. Sei froh, dass du überlebt hast.«

»Vielen Dank«, murmelte ich und starrte in die Dunkelheit.

Das waren die letzten Worte, die wir während unserer Wache wechselten. Nach zwei Stunden wurden wir von Titus und Flavus abgewechselt. Ich lag noch lange wach, ehe ich in einen unruhigen Schlaf fiel.

Bevor es hell wurde, brachen wir das Lager ab und verwischten unsere Spuren. Wie am Vortag schlugen wir uns mühsam durch den Wald. Die Himmelsrichtung bestimmten wir mit Hilfe der Sonne und hofften, uns einigermaßen südlich zu halten.

Beim Aufbruch waren die Beutel mit den Münzen wieder auf die Pferde verteilt worden. Nur bei mir hatte Kaeso eine Ausnahme gemacht. Lucius hatte ihm wohl gesteckt, dass ich mir zu viele Gedanken um die Herkunft der Gelder machte.

Als sich eine Gelegenheit ergab, mit Lucius zu sprechen, sagte er mir, dass Claudius einige Monate mit einer Vexillation[49] in Aliso stationiert war. Als Reiter hatte er einige Erkundungsritte in die weitere Umgebung gemacht. Wir hofften, dass er, je weiter wir nach Süden vorankämen, das eine oder andere wiedererkennen würde. Damit war aber erst in einigen Tagen zu rechnen.

Erst jetzt, am zweiten Tag unserer Flucht, begannen sich die Blessuren der Schlacht unangenehm bemerkbar zu machen. Keiner von uns war von Abschürfungen, Prellungen oder leichten Stichverletzungen verschont geblieben. Über meinen Unterarm zog sich eine verkrustete Schramme, die aber nicht eitern würde. Schlimmer hatte es meine Schulter erwischt, die von einem Speerstoß geprellt war. Ich hatte es meinen Schutzgöttern zu danken, dass die Spitze den Kettenpanzer nicht durchschlagen hatte. Ich nahm mir vor, den Laren[50] meiner

---

49 Reitereinheit
50 Schutzgötter

Familie und auch den Manen[51] bei nächster Gelegenheit ein Opfer darzubringen.

Am Ende des Tages lichtete sich der Wald. Von den Strahlen der tief stehenden Sonne beschienen, breitete sich die Ebene vor uns aus. Bevor es dunkelte, hatten wir die Ausläufer der Berge hinter uns gelassen. Wir versteckten uns in einem Wäldchen und warteten mit Wachen und Schlafen den nächsten Morgen ab. Die Unwetter, die sich während der drei Schlachttage mit dem Feind gegen uns verbündet hatten, waren einem milden Spätsommer gewichen. Die Wassermassen, die unablässig vom Himmel geströmt waren, hatten jedoch als letzten Fluch Heerscharen von summenden Plagegeistern zum Leben erweckt. Es gab nichts, was wir gegen die Mückenplage tun konnten, da wir uns scheuten, ein Feuer zu entzünden.

Der folgende Tag brachte keine erwähnenswerten Vorkommnisse, bis wir am späten Nachmittag auf einer Anhöhe rasteten.

»Da. Seht ihr sie?« Claudius wies mit der Hand nach Westen, wo sich gegen die tiefstehende Sonne ein langer Reiterzug abzeichnete. Wir verbargen uns hinter einigen Büschen und betrachteten stumm das furchteinflößende Schauspiel. Es mussten Hunderte sein, die in einer Entfernung von einer Meile an uns vorüber zogen. Zwischen ihnen waren deutlich mehrere Wagen zu erkennen; schwer beladen mit der Beute, die sie in der Schlacht gemacht hatten. Gefangene waren nicht auszumachen.

»Die werden uns nicht gefährlich«, murmelte Kaeso. »Die wollen nach Westen.«

»Das sehe ich auch so«, bestätigte mein Freund. »Aber wir sind nicht mehr alleine. Wir werden uns in den nächsten Tagen noch mehr vorsehen müssen.«

Die Männer nickten und blickten auf den Signifer.

»Wir werden hier die Nacht verbringen«, entschied Kaeso. »Morgen geht es in aller Frühe weiter.«

---

51 Totengötter

Mittlerweile war es mir gleichgültig geworden, dass ich niemals nach meiner Meinung gefragt wurde. Lucius und Kaeso stimmten in ihren Einschätzungen immer überein und ein Konflikt hätte nur den Frieden der Gruppe gestört und das gemeinsame Ziel zu überleben gefährdet. Ich hoffte nur, dass dies alles bald ein Ende finden und ich wohlbehalten nach Aliso gelangen würde. Dann, und auch nur dann wollte ich einige Dinge zur Sprache bringen, wobei die Frage nach den Geldern an oberster Stelle stand.

So, wie unser Proviant täglich schrumpfte, verringerte sich auch die Entfernung zu unserem Ziel. Am fünften Tag zog sich vor uns ein dunkler Streifen durch das sumpfige Land, der Claudius einen Jubelruf entlockte. »Pontes Longi[52]! Das sind die Pontes Longi! Noch zwei Tage bis zur Lupia.«

Instinktiv trieben wir unsere Tiere an. Jeder wollte der erste sein, den von Ahenobarbus[53] erbauten Knüppeldamm zu erreichen. Wir waren es satt, uns durch sumpfige Wiesen und dichtes Gehölz voran zu quälen. Seit Tagen sehnten wir uns danach, endlich wieder festen Boden unter den Hufen zu haben und die Pferde ausgreifen zu lassen.

»Halt, ihr Dummköpfe!«, brüllte Kaeso uns hinterher. »Wollt ihr kurz vor dem Ziel dem Feind in die Arme laufen? Der Damm ist nicht zerstört. Also wird er benutzt. Germanen sind einfältig, aber nicht dumm!«

Wir zügelten unsere Tiere und schauten uns beschämt an. Kaeso hatte Recht und wieder einmal seine Qualitäten als Anführer unter Beweis gestellt. Lucius blickte mich an und wies rechthaberisch auf den Signifer.

»Wir sollten in Reichweite des Dammes bleiben. Er gibt uns die Richtung an.« Ich hatte eher Lucius als die Gruppe gemeint.

52 »lange Brücken«, Knüppeldämme

53 römischer Feldherr

»Ich habe unseren Optio nicht nach seiner Meinung gefragt«, spottete Kaeso. »Vorhin konntest du es nicht erwarten, vorzupreschen.«

Ich schluckte meinen aufwallenden Ärger herunter und hielt mich für den Rest des Tages am Ende des Zuges. Die schadenfrohen Blicke der anderen ignorierte ich. Ich hatte mich damit abgefunden, die Rolle des Außenseiters bis zum Ende unseres Weges zu übernehmen. Sollten sie doch denken, was sie wollten. Mit etwas Glück würden sich unsere Wege in wenigen Tagen hoffentlich trennen.

Ich ahnte nicht, dass unser Glück am folgenden Tag aufgebraucht war. Die Schuld daran hatten wir uns selber zuzuschreiben.

Zuerst rochen wir den Rauch, der von einem abgelegenen Gehöft aufstieg. Ohne die Genehmigung des Signifers einzuholen, ließen sich Marcus und Decimus, die am Ende des Zuges ritten, zurückfallen. Eine halbe Stunde später hatten sie uns wieder eingeholt. Decimus hielt einen prall gefüllten Sack in die Höhe, während sein Begleiter dem Blick Kaesos unsicher auswich.

»Was habt ihr angestellt?«

Marcus blickte zu Boden, während Decimus den Inhalt des Raubzuges vor uns ausbreitete. Schinken, Eier, ein gutes Scheffel Getreide, Mohrrüben und ein Dutzend Äpfel ließen uns das Wasser im Mund zusammenlaufen.

»Wo habt ihr das her?« Die Stimme des Signifers ließ nichts Gutes erwarten.

»Von dem Bauernhof eine halbe Stunde hinter uns«, antwortete Decimus.

»Hat man euch gesehen?«

»Ja«, druckste Marcus herum. »Den Bauern haben wir getötet. Aber …«

»Was, aber?« Das Gesicht unseres Anführers verfärbte sich vor Wut.

»Die Frau ist weggelaufen«, gab Decimus kleinlaut zu. »Wir haben sie nicht gefunden. Sie ist in den Wald gerannt und hat sich dort versteckt. Aber sonst war keiner in der Nähe. Wir …«

»Idioten«, fuhr Kaeso die beiden an. »Habe ich nicht gesagt, dass wir auf keinen Fall auffallen dürfen? In wenigen Stunden haben wir eine Horde rachedurstiger Wilder auf unserer Spur.«

Dann hatte er sich wieder in der Gewalt und gab die notwendigen Befehle. »Sextus, Flavus, ihr bleibt hier.« Er sah sich um. »Dort auf die Anhöhe. Ihr wartet, bis sich die ersten Verfolger zeigen. Dann folgt uns, so schnell ihr könnt.«

»Und wenn bis zum Abend nichts geschieht?«, fragte Flavus. »Es war ein einsamer Hof! Vielleicht braucht die Frau Tage, bis sie Hilfe holen kann.«

»Ihr bleibt bis zum Morgen«, entschied Kaeso. »Wenn sich bis dahin keiner sehen lässt, ist unser Vorsprung groß genug.«

»Bist du sicher, dass wir euch dann noch erreichen?« Ich wollte sicherstellen, mich nicht dem Vorwurf der Desertion auszusetzen, wenn wir unsere Gefährten nicht mehr einholen sollten. Kaeso musste einen Grund haben, mich für diese Aufgabe eingeteilt zu haben. Ich blickte auf Lucius, der mir aufmunternd zunickte.

»Keine Sorge, Sextus. Du hast mein Wort.«

»Gib endlich Ruhe«, herrschte mich der Signifer an. »Wer sollte es sonst machen? Die beiden da?« Er wies auf Marcus und Decimus. »Zur Not findet ihr den Weg nach Aliso auch ohne uns. Es sind höchstens zwei Tage.«

Kaeso ließ uns etwas Proviant aushändigen und trieb dann die Männer zum Aufbruch an. Nach wenigen Augenblicken waren sie unseren Blicken entschwunden.

»Wir könnten uns in die Büsche schlagen und uns verstecken«, schlug Flavus vor. »Wenn die Luft rein ist, schlagen wir einen Bogen und gelangen sicher nach Aliso. Sollen die sich doch mit den Wilden herumschlagen. Ich habe keinen Bauern getötet.«

»Denke nicht einmal daran!«, herrschte ich ihn an. »Die anderen verlassen sich auf uns.«

»Schon gut«, beschwichtigte mich der Gehilfe des Signifers. »Das war nur ein Gedanke.«

»Das will ich für dich hoffen«, gab ich unwirsch zurück.

Von der Anhöhe hatten wir einen guten Ausblick auf das nur leicht bewaldete Gelände, das von Bachläufen und kleinen Gewässern durchsetzt war. Eine Gruppe von Verfolgern, ob zu Fuß oder zu Pferd, konnten wir nicht übersehen, wenn wir wachsam blieben. Deshalb blockte ich Flavus' Versuche ab, mich in ein Gespräch zu ziehen.

Wir hatten etwa zwei Stunden auf unserem Beobachtungsposten zugebracht, als ich eine Gruppe Berittener bemerkte, die auf uns zuhielt. Als sie näherkamen, zählte ich fünf Bewaffnete. Sie saßen auf kleinen, struppigen Gäulen, deren Widerrist einem Mann von mittlerer Größe bis zur Brust reichte. Angeführt wurden sie von einem Krieger, der einen schwarzen Mantel um die Schulter geschlungen hatte. Ihre Bewaffnung bestand aus geflochtenen Weidenschilden und Speeren. Der Anführer und ein weiterer Krieger trugen zusätzlich ein Schwert an der Seite. Dieser Mann war größer als seine Mitstreiter, denn er musste seine Knie anwinkeln, damit seine Füße nicht über den Boden schleiften. Seine offene, blonde Mähne wehte wie eine Fahne im Wind. Weitere Verfolger waren nicht auszumachen. Umgehend führten wir die Pferde am Zügel von der Anhöhe herab, schwangen uns in die Sättel und galoppierten nach Süden.

Wir holten alles aus unseren Tieren heraus, und obwohl die Gefährten ein scharfes Tempo vorgelegt hatten, holten wir sie am späten Nachmittag ein.

»Nur fünf Verfolger.« Kaeso rieb sich zufrieden die Hände. »Die denken, dass sie nur einige Versprengte der Schlacht vor sich zu haben. Mars hat sie mit Blindheit geschlagen. Wir werden sie gebührend empfangen.«

Wir ritten noch etwas weiter, bis Kaeso uns anhalten ließ. Die Stelle war für einen Hinterhalt wie geschaffen. Wir verteilten uns hinter den Stämmen eines kleinen Wäldchens. Es gab nur wenig Unterholz und das Gras stand so hoch, dass es uns einerseits verbarg, andererseits aber ein freies Wurffeld bot.

Bevor wir die Feinde zu Gesicht bekamen, hörten wir sie. Anscheinend stritten der Anführer und der Blonde miteinander. Aus den wenigen Sprachbrocken, die ich verstand, hörte ich heraus, dass der Blonde vor einem Hinterhalt warnte. Der andere hielt dagegen, dass die zwei Mörder zu wenig seien, um ihnen Schwierigkeiten zu machen. Bis auf den Blonden hatten sie sich anscheinend nicht die Mühe gemacht, unsere Spuren richtig zu deuten.

Als sie die Mitte unserer vorbereiteten Stellung erreicht hatten, sprang Kaeso hoch, schnellte vor und rammte dem Anführer seinen Gladius von unten in den Bauch. Der Mann stöhnte, sackte aus dem Sattel und schlug hart auf dem Boden auf, wo er leblos liegen blieb. Wir anderen warfen unsere Speere und fielen die Überlebenden mit gezückten Schwertern an. Bis auf den blonden Hünen leisteten die Verfolger keinen Widerstand. Bevor sie wussten, was geschehen war, waren sie bereits auf dem Weg zu ihren Göttern. Unsere Männer kannten kein Erbarmen. Zu tief saßen die Wut und der Stachel der Niederlage, die sie vor wenigen Tagen erlitten hatten.

Der Blonde jedoch war aus einem anderen Holz geschnitzt. Er wehrte zwei Speere mit seinem Schild ab und setzte sich mit seinem Schwert zur Wehr. Er verletzte Titus am Arm und hätte ihn erschlagen, wenn Lucius ihn nicht von hinten mit dem Speerschaft niedergeschlagen hätte. Bevor er wieder auf die Beine kam, waren Claudius und Quintus über ihm und hielten ihn am Boden fest. Der Kampf war vorbei, bevor er richtig begonnen hatte. Ich war nur dazu gekommen meinen

Speer zu schleudern und den Gladius zu ziehen. Ich kann noch nicht einmal sagen, ob mein Wurf sein Ziel erreicht hatte.

Mit einem breiten Grinsen hob Kaeso seinen blutverschmierten Gladius und holte zum Schlag aus.

»Halt!« Ich ging dazwischen und drängte ihn zur Seite. »Wir sollten ihn verhören. Vielleicht bekommen wir etwas aus ihm heraus.«

»Was?« Kaeso glotzte mich aus wirren Augen an. Ich hatte ihm offenbar den Spaß am Töten verdorben.

»Sprichst du unsere Sprache?«, fragte ich den Blonden, ohne mich weiter um Kaeso zu kümmern.

»Ja, ein wenig«, antwortete der Mann in holprigem Latein. Er schaute unsicher auf mich und dann auf Kaeso, der nach Fassung rang.

»Bist du Cherusker?«, setzte ich das Verhör fort.

»Nein, Marser[54]«, lautete die Antwort.

»Warum seid ihr uns gefolgt?«

»Weil ihr den Bauern getötet habt.«

»Was geht es dich an?«, fuhr ich fort. »Der Mann war Cherusker.«

Der Blonde schien genau zu überlegen, welche Antwort er geben sollte. »Ich war in dem Dorf, als die Frau kam. Der Dorfvorsteher«, er wies auf den Toten mit dem schwarzen Umhang, »hat mich aufgefordert, mitzukommen. Ich hatte keine Wahl. Das Gastrecht fordert es.«

»Warum warst du im Dorf?«

»Ich bin Schmied. Geschäfte.«

»Schmied?«, mischte sich Lucius interessiert ein. »Wir sollten ihn vielleicht wirklich am Leben lassen.«

»Was soll der Unsinn!« Kaeso schob meinen Freund zur Seite und baute sich vor mir auf. »Der Marser wird auf der Stelle getötet und dann machen wir, dass wir weiterkommen. Hast du mich verstanden, Sextus?« Kaeso hob seine Waffe und richtete die Spitze gegen mich. »Stich ihn endlich nieder!«

54 germanischer Stamm zwischen Lippe und Ruhr

»Er ist Schmied, Kaeso. Wir sollten ihn mitnehmen.«

»Töte den Mann«, schrie Kaeso außer sich. »Das ist ein Befehl!«

Meine Wut, die sich seit Tagen gegen den Signifer aufgebaut hatte, brach sich mit aller Gewalt Bahn. »Du hast mir gar nichts zu befehlen«, brüllte ich zurück.

»Und ob«, entgegnete Kaeso. »Ich bin Signifer und stehe über einem Optio. Tu jetzt nichts, was du später bereust.«

Die Gruppe umringte uns. Die Männer wollten sich die Machtprobe nicht entgehen lassen. Ihren Gesichtern war nicht anzusehen, auf wessen Seite sie sich schlagen sollten. Vielen war es wie mir ergangen. Sie hatten ihren Ärger gegen das selbstherrliche Auftreten unseres selbsternannten Anführers lange mit sich herumgetragen. Andererseits hatte Kaeso sich als umsichtiger Befehlshaber erwiesen. Eigentlich konnte ich im Ernstfall nur auf Decimus und Marcus zählen, die eine Strafe wegen des eigenmächtigen Überfalls befürchten mussten. Bei Lucius war ich mir nicht sicher, ob er zu mir halten würde. Bei aller Freundschaft war er immer seinem eigenen Vorteil verpflichtet gewesen. Und wenn ich an die Beutel mit den Münzen dachte, schien es nicht nur um unser Überleben, sondern auch um viel Geld zu gehen.

Ich schob die Bedenken entschlossen zur Seite. Die Drohung des Signifers hatte meine Wut nur noch vergrößert. Endlich hatte ich die Möglichkeit, Kaeso die Stirn zu bieten, weil er einen Fehler gemacht hatte.

»Wir sind im Krieg, Kaeso. Und im Krieg nimmt ein Optio die Stelle des Centurio ein, wenn dieser gefallen ist. Unsere Centurionen sind tot. Oder siehst du einen?«

Einige Männer murmelten beifällig.

Kaeso war blass geworden und der Gladius zitterte in seiner Hand. Er stand kurz davor, sich auf mich zu stürzen.

»Schluss!« Lucius ging dazwischen. »Lasst es gut sein. Das führt zu nichts. Das könnt ihr in Aliso klären. Wir brechen sofort auf. Den Gefangenen nehmen wir mit.« Er zog den widerstrebenden Kaeso mit sich und sprach unentwegt auf ihn ein, bis dieser sich beruhigte.

Trotzdem wollte der Signifer seine Schlappe nicht auf sich beruhen lassen. Als wir aufgesessen waren, trieb er sein Pferd zu mir. »Das wirst du bereuen, Sextus. Glaube nicht, dass die Sache damit erledigt ist.«

Ich lachte ihm ins Gesicht, was Lucius mit einem Kopfschütteln kommentierte.

Wir setzten unseren Weg fort, wobei ich darauf achtete, in der Nähe des Gefangenen zu bleiben. Ich traute es Kaeso zu, den Mann ohne weiteres niederzustechen. Alleine aus dem Grund, sich an mir zu rächen. Eine Vorsichtsmaßnahme, die ihren Zweck erfüllte, weil Kaeso sich möglichst weit von mir fernhielt.

Ich betrachtete den Mann von der Seite und stellte fest, dass er ein angenehmes Äußeres hatte. Groß gewachsen, blond und mit einem aufrichtigen Gesicht. Er hatte ein energisches Kinn und über seine rechte Wange zog sich eine Narbe, wie sie von einer Schnittwunde herrührte. Er nickte mir kurz zu, um sich für mein Eintreten zu bedanken.

Ich war mir sicher, dass er bei dem Verhör nicht die volle Wahrheit gesagt hatte und nahm mir vor, noch einmal mit ihm zu sprechen. Ich kannte noch nicht einmal seinen Namen. Er machte einen niedergeschlagenen Eindruck. Sicherlich war ihm seine hoffnungslose Situation bewusst. Selbst wenn Kaeso ihn vorläufig am Leben ließ, hatte er als Gefangener nichts Gutes zu erwarten. Man würde ihn in Aliso erneut verhören und dann wahrscheinlich hinrichten. Zu viele Römer waren von Arminius' Cheruskern und ihren Verbündeten getötet worden. Ich schalt mich insgeheim einen Narren, weil ich mir so viele Gedanken um sein Schicksal machte.

Ich trieb mein Pferd an und lenkte es an die Seite des Gefangenen. Eine Zeitlang ritt ich neben ihm und sprach ihn schließlich an: »Wie heißt du?«

»Gernot«, antwortete er unbeteiligt und starrte dabei auf die Mähne seines Pferdes.

Ich ließ es dabei bewenden. Wenigstens wusste ich jetzt seinen Namen.

Als wir später einen geeigneten Lagerplatz gefunden hatten, hob man Gernot vom Pferd und fesselte ihn sitzend an einen Baum. Das einzige, was ich für ihn tun konnte, war, ihm etwas zu essen zu bringen und dafür zu sorgen, dass ich in seiner Nähe lagerte.

Später gesellte sich Lucius zu mir.

»Was hast du dir dabei gedacht, den Signifer bloßzustellen?«

Ich zuckte mit den Achseln. »Er hätte den Gefangenen umgebracht.«

»Wir sind im Krieg! Aber das war nicht dein Grund«, beharrte Lucius. »Höchstens der Anlass. Du wolltest die Auseinandersetzung. Ich sehe es dir schon seit Tagen an. Du hast etwas gegen Kaeso.«

»Und wenn schon«, gab ich verärgert zurück. »Siehst du nicht, wie er alle für seine Zwecke einspannt? Auch dich?«

Lucius hob erstaunt die Augenbrauen. »Wie meinst du das?«

»Glaubst du, ich bin blind? Seit Tagen tuschelt ihr miteinander. Ihr scheint nur ein Thema zu haben. Es geht doch um die Münzen des Varus, oder?«

Lucius winkte ab. »Dir ist doch klar, dass du dir Kaeso zum Todfeind gemacht hast. Er wird nicht eher ruhen, bis er die Dinge in seinem Sinne gerade gerückt hat.«

»Er kann es ja versuchen, Lucius. Aber mit der Waffe traut er sich nicht. Alle haben es gesehen. Es wäre ihm auch nicht bekommen.«

»Sei dir da nicht zu sicher«, widersprach Lucius. »Er ist gefährlich. Leg dich nicht mit ihm an und entschuldige dich.«

»Das werde ich bestimmt nicht tun.« Ich schaute meinem Freund in die Augen. »Warum hast du dich eigentlich für den Gefangenen eingesetzt?«

»Das ist meine Sache«, entgegnete Lucius und erhob sich. »Wir werden spät oder erst morgen nach Aliso kommen. Gib auf dich Acht.«

Gernot überlebte die Nacht und wir brachen mit den ersten Sonnenstrahlen unser Lager ab. Am Mittag tränkten wir die Pferde in den Fluten der Lupia und Claudius erklärte uns mit strahlendem Gesicht, dass ihm die Gegend bekannt vorkäme. Wir würden vor dem Abend Aliso erreichen.

Wir schickten Flavus und Titus flussabwärts, die nach zwei Stunden zurückkehrten.

»Wir haben die Türme und Wälle von Aliso gesehen«, berichteten sie aufgeregt. »Unsere Legionäre sind da. Sie patrouillieren auf den Befestigungen, und es steigt Rauch in den Himmel.« Bis auf Gernot brachen alle Männer in Jubel aus. Danach besprachen sich Kaeso und Lucius eine Weile.

»Sextus.« Mein Freund sprach so laut, dass alle es hören mussten. »Du reitest mit den Männern vor. Ich werde mit Kaeso nachkommen. Der Gefangene bleibt bei uns. Wir treffen uns in Aliso.«

»Der Gefangene reitet mit mir«, erwiderte ich entschlossen.

»Wie du meinst.« Lucius schüttelte den Kopf und tauschte einen Blick mit dem Signifer. »Marcus, du bleibst.« Der Genannte wirkte überrascht, wagte aber keinen Widerspruch.

»Flavus, Titus! Sammelt die Beutel und packt sie auf zwei der Lastpferde. Beeilt euch.«

Die Gehilfen des Signifers eilten sich, dem Befehl nachzukommen.

»Lucius.« Ich beugte mich zu Lucius herüber und senkte meine Stimme. »Ich brauche dich wohl nicht fragen, was ihr vorhabt?«

»Nein, Sextus. Das brauchst du nicht.«

Ich gab den Befehl zum Aufbruch und setzte mich an die Spitze unserer zusammengeschmolzenen Schar. Nach einer

Weile blickte ich mich um und sah, wie die Zurückgebliebenen mit den Packpferden im Wald verschwanden.

»Die verstecken das Gold, Optio.«

Ich wandte den Kopf zur Seite, worauf Quintus hinter sich deutete. Der junge Rekrut aus Marsilia war mir noch der angenehmste von meinen Kameraden, immer höflich und zuvorkommend. Der Legionär aus dem Süden Galliens musste griechische Vorfahren haben: dunkle Augen, ein fast schwarzer Haarschopf und eine ins Oliv spielende Tönung der Haut.

»Mag sein«, antwortete ich ausweichend. »Es geht uns nichts an. Vergiss das Gold, wenn du am Leben hängst.«

»Es ist Unrecht«, beharrte der Legionär. »Wirst du den Vorfall melden, wenn wir in Aliso sind?«

»Quintus.« Ich lachte den Jungen aus. »Wo sind die Beweise, wenn sie es vergraben haben?«

»Ich würde es bezeugen«, antwortete Quintus tapfer.

»Und dann?«, fragte ich. »Das Wort eines Immunis und eines Optios gegen das eines Signifers und eines Optios. Was glaubst du, wie die anderen sich verhalten werden?«

Quintus wiegte den Kopf. »Wir sollten es versuchen.«

»Das sollten wir nicht«, erwiderte ich. »Wir haben nichts in der Hand. Vielleicht kann ich Lucius umstimmen, das geraubte Gold zurückzugeben. Ich glaube, dass wir einige Zeit in Aliso[55] bleiben müssen.«

»Glaubst du, er gibt es zurück?«, fragte Quintus.

»Nein«, antwortete ich resigniert. »Aber die Götter haben schon so manches Wunder bewirkt.«

Inzwischen waren die Türme und Mauern von Aliso in Sicht gekommen. Es war verlockend, aber es wäre töricht gewesen, als bewaffneter Trupp aufs Geratewohl die Straße herab zu galoppieren und an der Porta Praetoria um Einlass zu bitten. Wir hatten fast alle militärischen Ausrüstungsstücke weggeworfen

55 Haltern

und würden mit unseren zerschlissenen Tuniken und zerfetzten Mänteln keinen vertrauenerweckenden Eindruck machen. Man hätte uns für Germanen halten und aus dem Sattel schießen können. Ich wusste, dass die alarmierten Schützen auf den Wällen nur darauf warteten, ihre Bögen zu spannen. Das gleiche galt für die Bedienungen der Ballisten und Scorpione.

Wir hielten uns in der Mitte der planierten Straße und näherten uns in gemächlichem Trab. Auf der linken Seite lagen hinter den Entwässerungsgräben die Grabgärten und Grabhügel der vornehmen Verstorbenen. Tribunen, Legaten und höheren Offizieren stand eine weithin sichtbare Erinnerungsstätte zu. Die Bretter mit den Namen der einfachen Legionäre und Auxiliare nahmen die hinteren Reihen ein. Meist nur ein schmuckloses Stück Holz mit dem Namen des Verblichenen, das auf die Grabgrube gesetzt wurde, in der sich die Urne mit den Resten der Feuerbestattung und wenige Beigaben befanden.

Dahinter schlossen sich die Arbeitsgruben und Brennöfen der Töpfer an, die ihr feuergefährliches Gewerbe außerhalb des Lagers ausübten. Dazwischen verteilten sich einige Bretterhütten, die den Huren und Schankwirten vorbehalten waren. Ein richtiges Lagerdorf wie in Vetera, in dem Einheimische und Zugewanderte ihrem Erwerb nachgingen, hatte sich erst in Ansätzen entwickelt. Einige hundert Schritte entfernt erhoben sich über dem Ufer der Lupia die Befestigungen und Lagerschuppen des Schiffsanlegers. Mir fiel auf, dass weder Lastkähne noch Patrouillenboote am Kai vertäut lagen. Hinter den letzten Brennöfen bogen wir in die breite Straße ab, die mit einer leichten Steigung zur Porta Praetoria führte.

Auf den Wällen und den Doppeltürmen des Tores wimmelte es mittlerweile von Legionären, die uns zuwinkten und kaum verständliche Wortfetzen zuriefen. Man hatte uns offenbar als Römer identifiziert.

Vor dem Tor war eine Abteilung gewappneter Legionäre in Stellung gegangen. Sie hatten die Schilde vor sich in den Boden gerammt und die Pila zur Abwehr erhoben. Vor der Front hatte sich breitbeinig ein Centurio aufgebaut, dessen quergestellte Helmzier im Wind flatterte. An seinen Phalerae, den Armreifen und Halsringen, erkannte ich, dass ich einen hoch dekorierten Offizier vor mit hatte.

»Das ist Gaius Fabricius«, raunte Quintus mir zu, als wir mit staksigen Beinen aus den Sätteln rutschten, um die letzten Schritte zu Fuß zurückzulegen. »Der Schlächter der XIX. Legion. Einer der ganz üblen Primi Pili. Der hat schon viele durch die Gasse geschickt und dabei selber mitgeprügelt.«

Ich musterte den Centurio ausgiebig. Allein sein Äußeres schien das Urteil des Kameraden zu bestätigen. Fabricius war von kräftiger untersetzter Gestalt. Sein Gesicht mit den kalten, grauen Augen versprach weder Güte noch Barmherzigkeit. Die gebogene Nase, deren Spitze das ausladende Kinn fast zu berühren schien, verstärkte diesen Eindruck. Zudem waren seine Augenbrauen zusammengewachsen. Nervös spielte er mit seiner kräftigen Rute in den klobigen Händen.

»Sextus Valerius, Optio der zweiten Centurie, erstes Manipel, fünfte Kohorte, XIIX. Legion«, machte ich meine Meldung. »Bei mir sind fünf Legionäre und ein gefangener Marser.« Ich wies auf den gefesselten Gernot. »Es fehlen ein Legionär, der Optio Lucius Poblicius von der ersten Centurie und der Signifer der fünften Kohorte, Kaeso Vorrenus. Sie kommen nach.«

»Vorrenus? Kaeso Vorrenus? Und du sagst er ist Signifer?« Der Blick des Centurios schien mich zu durchbohren.

»Ja«, antwortete ich unsicher.

»Warum kommen sie später?«

Ich zuckte mit den Achseln.

»Hat man dir nicht beigebracht einem Centurio zu antworten?«, fuhr mich Fabricius an.

»Ich weiß es nicht«, antwortete ich beherrscht. »Der Signifer und der Optio haben es so entschieden.«

»Habt ihr an der Schlacht teilgenommen?«, fuhr Fabricius ungeduldig fort.

»Ja.«

»Und?« Der Ton des Centurios wurde unangenehm schneidend. »Ihr seid davongelaufen und habt eure Kameraden im Stich gelassen?«

Ich sah mich schon nur mit meinem Schurztuch bekleidet durch ein Spalier von Legionären laufen, die mit Ruten auf mich eindroschen. »Wir haben uns abgesetzt, als alles verloren war«, rechtfertigte ich mich. »Varus, die hohen Offiziere und die meisten Legionäre waren bereits tot. Das Heer des Statthalters ist vernichtet.«

»Also ist es wahr.« Fabricius starrte düster zu Boden. »Ob ihr Deserteure seid, wird sich zeigen. Aber bete zu den Göttern, wenn du feige davongelaufen bist! Du wirst dann den Tag verfluchen, an dem du geboren wurdest.«

Plötzlich wurde sein Ton freundlicher. »Ich kenne den Signifer. Kaeso ist kein Feigling. Er wird seine Gründe gehabt haben, sich abzusetzen.«

Fabricius begann wieder mit seinem Stock zu spielen und musterte die Gefährten. Schließlich blieb sein Blick an Gernot hängen. »Ist das der gefangene Cherusker?«

»Er ist Marser«, stellte ich richtig. »Er hat uns während der Flucht gute Dienste geleistet und spricht unsere Sprache. Ich glaube, dass man ihm vertrauen kann.«

»Ich habe dich nicht nach deiner Meinung gefragt«, polterte Fabricius los. In seinen Augen stand der Tod des Marsers. »Bringt ihn zu den anderen Gefangenen. Der Praefectus Castrorum[56] wird über ihn entscheiden.«

Zwei Legionäre der Torwache legten ihre Schilde und Speere ab, hoben den Gefangenen vom Pferd und führten ihn durch das Tor ins Lager.

»Du.« Der Centurio wies mit seinem Stock auf meine Brust. »Du wirst mich zu Lucius Caedicius, dem Lagerpräfekt, begleiten. Deine Männer können im Innenraum lagern, bis wir über euch entschieden haben.«

---

56 Lagerkommandant, höchster Dienstgrad unter dem Legaten

Eskortiert von Fabricius und seiner Wachmannschaft passierte ich das Tor. Wir folgten der breiten Via Praetoria bis zum Eingang in die Principia. Inzwischen hatten sich viele Lagerinsassen eingefunden, deren Fragen auf mich einprasselten.

»Sind wirklich alle tot?«

»Was ist geschehen?«

»Was ist mit Claudius Magnus von der XVII. Legion?«

»Gibt es Überlebende?«

»Kommen die Germanen?«

Ich stellte mich stumm und auch Fabricius tat so, als würde ihn das alles nichts angehen. Je näher wir der Principia kamen, desto dichter standen die Fragenden und es dauerte, bis wir endlich eintreten konnten. Wir querten einen Flur und gelangten über einen weiten Innenhof zu einer Türe, die direkt ins Praetorium, den Repräsentationsbereich des Lagerpraefekten, führte.

»Warte.« Fabricius wies auf einen Schemel, der neben der Pforte stand.

Ich verzichtete darauf, mich zu setzen und schaute mich um. Aliso war vor mehr als fünfzehn Jahren erbaut worden, was man den Gebäuden ansah. Der Lehmverputz war mitsamt dem weißen Anstrich an einigen Stellen abgeplatzt, so dass die Balken der Fachwerkkonstruktion sichtbar wurden. Die verwendeten Baustoffe litten unter dem feuchten und im Winter kalten Klima. Was nach der Fertigstellung beeindruckend wirkte, machte inzwischen einen heruntergekommenen Eindruck. Eine ewige Baustelle, auf der es immer etwas auszubessern gab. Hatte man ein Gebäude hergerichtet, drohte ein anderes wieder zu verfallen. Das gleiche galt für die Holz-Erde-Wälle der Umwallung mitsamt den Türmen und Toren. Ein großartiges Provisorium, das erst dann enden würde, wenn man die gesamte Anlage in Steinbauweise erneuern würde. Daran war jedoch zurzeit nicht zu denken. Erst mussten die Germanen vollständig unterworfen und der derzeitige Aufstand niedergedrückt werden.

»Komm herein.« Fabricius stand in der geöffneten Tür und wies auf einen klobigen Holztisch hinter dem Lucius Caedicius, der Praefectus Castrorum der XIX. Legion, thronte. Er hatte beide Hände auf die Löwenköpfe der Armlehnen gestützt und schaute mich erwartungsvoll an. Ich trat ein und blieb vor dem Arbeitstisch stehen.

»Setz dich, Optio.« Caedicius lächelte mir aufmunternd zu und wartete, bis ein Sklave einen Schemel herbeigeschafft hatte, auf dem ich umständlich Platz nahm. Nach dem frostigen Empfang durch den Centurio Fabricius traute ich dem Frieden nicht.

»Berichte von der Schlacht im Saltus Teutoburgiensis[57].« Der Präfekt beugte sich vor. »Ist es wahr, dass Varus tot ist? Stimmen die Gerüchte? Gestern kam schon ein Trupp hier an, der zu Beginn der Schlacht versprengt wurde. Was für ein Unglück. Was haben wir getan, dass uns Jupiter straft?« Im Gesicht meines Gegenübers standen Bekümmertheit und Sorge. Das in Büscheln abstehende weiße Haupthaar und die Ränder unter seinen wasserblauen Augen zeugten von einer durchwachten Nacht. Vor mir saß ein beleibter und jovialer Mann, dem Lachen und Leutseligkeit vergangen waren.

Ich gab einen detaillierten Bericht der Katastrophe, dem Caedicius mit Spannung folgte. Er stöhnte leise, als ich schilderte, wie man den toten Varus aus dem Zelt trug und auf den Scheiterhaufen bettete. Bei der Schilderung unserer Flucht und den Strapazen der vergangenen Tage trommelte er unablässig mit den Fingern der Rechten auf der Tischplatte. Die Mitnahme der Gelder erwähnte ich mit keinem Wort. Als ich geendet hatte, hing eine leere Stille im Raum.

»Sag mir, Sextus Valerius, seid ihr auf dem Weg nach Aliso größeren Verbänden des Feindes begegnet?«

»Nein«, antwortete ich wahrheitsgemäß. »Wir haben alles getan, eine möglichst große Distanz zwischen uns und etwa-

57 Teutoburger Wald

igen Verfolgern zu legen. Wir sollten vielleicht den Marser fragen, den wir mitgebracht haben.«

Fabricius, der die ganze Zeit unbewegt zugehört hatte, verdrehte die Augen und verschränkte die Hände, bis die Fingerknöchel knackten.

»Wir werden ihn verhören, Fabricius.« Die Stimme des Präfekten klang streng und präzise. »Der Mann wird gut behandelt. Hast du mich verstanden?«

Fabricius nickte zur Bestätigung.

»Sorge dafür, dass der Optio und seine Männer gut untergebracht werden.« Dann wandte er sich wieder mir zu. »Ihr werdet vorerst hier bleiben. Ich glaube, wir werden in den nächsten Wochen jeden Legionär und jeden Offizier gebrauchen können.« Damit waren wir entlassen und durften den Raum verlassen.

»Glück gehabt«, zischte Fabricius mir zu, als wir das Praetorium verließen. »Aber ich werde dich im Auge behalten. Für Deserteure habe ich nichts übrig.«

Wir wurden in einer der leerstehenden Mannschaftsbaracken an der Via Sagularis[58] in der Nähe der Porta Decumana untergebracht. Ich bezog die Diensträume des Centurios, während sich die Männer auf die verwaisten Contubernien[59] verteilten.

Zwei Stunden später, die Sonne warf bereits lange Schatten, kamen Lucius und Kaeso durch das Tor geritten. Marcus war nicht dabei, und die Packsättel der Lasttiere waren leer. Ich konnte von weitem beobachten, wie sich Fabricius und Kaeso umarmten. Anschließend verschwanden sie in einem der Gebäude, in dem zu normalen Zeiten die hohen Offiziere in Quartier lagen.

Wieder etwas später sah ich Lucius, der zu Fuß auf unsere Unterkunft zuhielt.

58 umlaufende Lagerstraße

59 Mannschaftsstuben für 8 Soldaten

»Du bist vorerst zur Bewachung der Gefangenen abgestellt«, erklärte er mir ohne Umschweife. »Quintus, Claudius und Decimus werden dich unterstützen. Flavus und Titus kommen mit mir. Wir sollen in den nächsten Tagen die Umgebung beobachten.«

»Wer hat das angeordnet, Lucius?« Ich hatte damit gerechnet, dass er mir nicht sagen würde, wie er die Zeit bis zu unserem Zusammentreffen verbracht hatte. Ich war aber erstaunt, dass er mit keinem Wort auf das Fehlen von Marcus einging.

»Eigentlich solltest du Fabricius zugeteilt werden«, fuhr er fort. Das habe ich aber verhindert. Ist etwas vorgefallen? Er ist nicht gut auf dich zu sprechen.«

»Welcher Freund von Kaeso ist das schon?«, erwiderte ich spitz.

Lucius stutzte, ging aber nicht darauf ein.

»Was ist mit Marcus?«

Lucius lachte. »Er hat sich davongemacht. Die Götter wissen, warum.«

»Das soll ich dir glauben?« Ich dachte nicht daran, mich mit dieser dreisten Lüge abspeisen zu lassen.

»Deine Schuld«, entgegnete Lucius. »Ich wollte den Gefangenen dabei haben, was du verhindert hast.«

Ich winkte ab. »Du willst mir auch nicht sagen, was ihr mit den Beuteln gemacht habt? Ihr hättet sie Caedicius aushändigen sollen.«

»Du kannst dich ja beim Lagerpräfekten beschweren«, antwortete Lucius frech.

»Du weißt genau, dass das ohne Beweise keinen Sinn macht.« Ich hatte keine Lust mehr auf das Gespräch und hätte es am liebsten beendet. Diesen Gefallen tat mir mein Freund aber nicht.

»Lass es dabei bewenden«, bedrängte er mich. »Es hat die Münzen nie gegeben. Wir sollten uns vielmehr darum kümmern, hier lebend rauskommen. Ich rechne damit, dass die Germanen uns bald einschließen. Wir müssen durchhalten, bis wir entsetzt werden. Asprenas soll sich mit der I. und der V. Legion zum Rhenus durchgeschlagen haben. Sie werden uns hier rausholen. Und noch einmal«, fuhr er fort. »Mach dir Kaeso nicht vollends zum Feind. Er wird sonst mit seinem alten Freund Fabricius alles daran setzen, dich loszuwerden.« Lucius machte eine Pause und schien nachzudenken. »Ich habe bisher immer zu dir gehalten. Das soll auch so bleiben.«

Als er gegangen war, fragte ich mich, ob er überhaupt noch mein Freund war. Wir gingen uns in den nächsten Tagen aus dem Weg.

Kurz nach unserer Ankunft waren wir aus den unerschöpflichen Magazinen des Lagers mit Helm, Panzer und Schild ausgerüstet worden. Den Helmbusch, die Crista[60], hatte ich sogleich entfernt. Ich dachte nicht daran, auf dem Wall eine weithin sichtbare Zielscheibe abzugeben. Fabricius hatte mich sofort darauf angesprochen, dass ich die Dienstvorschrift verletzt hätte. Weil aber die meisten Optiones und auch einige Centurionen ebenfalls auf ihre Helmzier verzichteten, fand sein Protest vor Caedicius kein Gehör. Wir befanden uns im Krieg und nicht auf einem Exerzierplatz.

Ich dankte Mars, dass ich mich nicht in einen der neuen Schienenpanzer zwängen musste. Sie boten zwar einen besseren Schutz vor Pfeil- und Stichverletzungen, machten den Träger aber unbeweglicher. Man bekam die Arme nicht über den Kopf gehoben und nahm beim Sitzen immer eine unbequeme Position ein. Eine schlecht sitzende Lorica segmentata[61] war der Alptraum jedes Legionärs. Zum Schluss gürtete ich mich mit Schwert und Pugio und griff nach der ovalen Parma[62], dem Schild der Auxiliare. Wann immer es möglich war, zog ich sie dem unhandlichen Scutum vor, der für den Einsatz im linearen Gefecht konzipiert war. Oben auf dem Wall kam es in erster

60 Helmbusch, der quer (Centurio) oder längs (Optio) getragen wurde
61 Schienenpanzer
62 ovaler Schild

Linie darauf an, eine handliche Schutzwaffe zur Hand zu haben, die den Träger nicht so schnell ermüdete.

Quintus war der einzige, mit dem ich hin und wieder das Gespräch suchte. Ich mochte den aufgeweckten jungen Kerl, der mir vorher nicht aufgefallen war. Quintus steckte noch voller Ideale und hatte ein ausgeprägtes Gefühl für Recht und Unrecht. Wie ich war er mit siebzehn Jahren in die Legion eingetreten und hatte sich nach einem Jahr zum Immunis hochgedient. Mehr als einmal erzählte er mir, dass er nach unserer Rückkehr am liebsten weiter unter mir dienen würde.

Während meines Wachdienstes sah ich nach Gernot, der sein Schicksal stoisch ertrug. Er war mit zwanzig Mitgefangenen in einer heruntergekommenen, aber trockenen Baracke untergekommen. Ich bemühte mich darum, dass die Gefangenen ordentlich verpflegt und ausreichend mit Decken versorgt wurden. Einmal führte ich ein kurzes Gespräch mit dem Marser. Er erzählte von seiner Familie und seinem Heimatdorf. Seine Eltern waren früh gestorben und er hatte sich wie ein Vater um seine jüngere Schwester Hildiko gekümmert. Als er zu den Cheruskern aufgebrochen war, hatte er sie bei einem Verwandten untergebracht. Er machte sich Gedanken, ob es ihr gut gehen würde. Mehr erfuhr ich vorerst nicht und auch das Verhör bei Caedicius hatte keine verwertbaren Ergebnisse gebracht.

Ich zog mich zurück und verbrachte die dienstfreie Zeit in meinem Quartier. Ich hatte es über, von jedem Rekruten oder Gregarius auf die Schlacht angesprochen zu werden. Vielleicht hätte ich es an ihrer Stelle ebenso gemacht, aber ich wollte ihre Angst vor dem unheimlichen Feind nicht schüren. Hinzu kam, dass ich das Geschehene nicht als eine Ruhmestat meiner militärischen Laufbahn ansah.

Trotzdem war ich über die Geschehnisse im Lager gut informiert. Quintus stellte für mich eine Art Brücke zur Außenwelt dar, weil er mich ungefragt auf dem Laufenden hielt. Eines

Abends kam er zu mir und erzählte, dass Lucius seine Abende in den Tavernen verbringen würde. Zusammen mit Kaeso und Fabricius würfelten sie dabei um hohe Beträge. Viele Legionäre hatten große Summen verloren und sich bei ihren Vorgesetzten beschwert. Caedicius hatte schließlich das Venusspiel verbieten lassen.

Es verging kaum ein Tag, an dem nicht ganze Gruppen von Versprengten in Aliso ankamen. Sie verstärkten die Reihen der Verteidiger, deren Zahl dadurch auf mehr als tausend anstieg. Ich wunderte mich, wie viele den Germanen entkommen waren. Nach einer Woche begann der Strom jedoch zu versiegen. Es kamen nur noch einzelne durch, und dann hörte es ganz auf.

Das Wetter war inzwischen umgeschlagen und der Spätsommer dem Herbst gewichen. Der Wind wehte die Blätter von den Bäumen und es regnete täglich. Es wurde kalt, die Wiesen erstarrten im Raureif, und auf den Pfützen bildete sich in der Nacht eine dünne Eisschicht. Es wurden bereits Wetten abgeschlossen, wann der erste Schnee fallen würde. Aus dem nahen Wald klang das Gebrüll der brunftigen Hirsche herüber und jagte den Wachen auf den Wällen Schauer über den Rücken. Es war, als wollten die Könige der Wälder das Nahen der Angreifer verkünden.

An einem dieser kalten Morgen klopfte Quintus an meine Kammer und stürmte aufgeregt herein. Er holte Luft, schloss die Türe und warf einen Blick aus dem Fenster. Dann drehte er sich mit strahlendem Gesicht zu mir um.

»Du wirst es nicht glauben, Sextus. Ich weiß, wo sie das Geld versteckt haben.«

»Was?« Ich konnte nicht es fassen.

»Ich war gestern in der Taverne …«

»Weiter«, trieb ich ihn an.

»Also, als ich herauskam, sah ich den Signifer und seinen Freund, den Schlächter Fabricius. Sie gingen zum Tor und ich bin ihnen nach. Wer geht schon um diese Zeit zum Tor? Fabricius sprach mit der Wache und die hat sie rausgelassen.«

»Und dann?« Ich konnte meine Ungeduld kaum zügeln.

»Ich bin rauf auf den Wall und dann an einer unbeobachteten Stelle vor der Porta Decumana runtergesprungen.«

Ich schaute Quintus ungläubig an. »Gesprungen?«

»Das ist nicht so tief. Höchstens fünfzehn Fuß. Ich habe mich mit den Händen an die Holzbrüstung gehängt und fallen lassen. Dann habe ich mich versteckt und gewartet, bis die beiden um die Ecke kamen und vorbei waren. Ich bin ihnen gefolgt, bis sie in den Wald abgebogen sind.«

»Die ganze Strecke bis zu der Stelle, wo wir uns damals getrennt haben?«

»Nein, Sextus. Höchstens eine Meile.«

»Aber …?«, fragte ich verständnislos. »Dann haben die gewartet, bis wir außer Sicht waren und sind hinter uns her geritten?«

»So muss es gewesen sein«, bestätigte Quintus. »Ich bin ihnen vorsichtig gefolgt und habe gesehen, wie sie neben einer dicken Eiche den Boden abgesucht haben. Dann haben sie gebuddelt und mehrere Säcke rausgeholt. Luna sei Dank war der Mond aufgegangen, so dass ich genug gesehen habe. Dann haben sie die Säcke ausgeschüttet und drei Haufen gemacht. Einen kleineren und zwei große. Als sie fertig waren, haben sie die Beutel wieder gefüllt und bis auf den kleineren vergraben. Den haben sie mitgenommen. Ich habe noch etwas gewartet, bis ich ihnen gefolgt bin. Den Torwachen habe ich erzählt, dass ich mich beim Holz machen verlaufen habe.«

Ich stellte noch einige Fragen und legte mir alles noch einmal im Kopf zurecht.

»Denkst du, was ich denke?«, fragte ich Quintus.

Der verzog das Gesicht zu einem Grinsen. »Die haben das Gold aussortiert und mitgenommen. Die haben etwas damit vor.«

»So wird es sein«, bestätigte ich die Schlussfolgerung meines Gefährten.

Quintus sprang auf. »Dann lass uns zu Caedicius gehen und ihm alles erzählen. Ich habe Beweise, schau!«

Quintus nestelte unter seiner Tunika und hielt mir die rechte Handfläche hin: Fünf Sesterze, vier Doppelasse, drei Denare und ein Aureus. Die kleineren Werte trugen alle den Stempel des Varus. »Den da«, er zeigte auf den Aureus, »haben sie vergessen.«

»Halt.« Ich hielt den Heißsporn zurück, der auf dem Weg zur Tür war. »Das muss gut überlegt werden. Du weißt, mit wem wir es zu tun haben. Fabricius gehört jetzt auch dazu. Und steck das Geld weg.«

»Da war noch was«, druckste Quintus herum. »Ein frischer Erdhügel nicht weit von der Stelle, wo die Beutel vergraben sind.«

»Groß genug, dass darunter ein Mensch liegen könnte?«

Quintus legte die Stirn in Falten und dachte nach. »Ich glaube ja, Sextus.«

»Du findest die Stelle wieder?«, fragte ich nach einer Weile.

»Aber sicher.« Quintus strahlte mich an.

»Wir gehen in der Nacht hin«, entschied ich. »Wir untersuchen den Erdhügel und nehmen noch mehr Münzen mit. Damit gehen wir zu Caedicius und legen ihm die Beweise vor. Es bleibt ihm nichts anderes übrig, als sofort zu handeln. Wenn wir nur mit Anschuldigungen kommen, sind wir schneller tot, als wir denken. Wir dürfen Kaeso und Fabricius keine Zeit zum Handeln lassen.«

»Und Lucius?«, gab Quintus zu bedenken. »Er ist dein Freund.«

»Da bin ich mir nicht mehr sicher. Er hat es sich mit seiner Habgier selber eingebrockt.«

»Wann gehen wir?«, fragte Quintus.

»Nach der zehnten Stunde, wenn es dunkel ist. Und bring ein Seil und einen Haken mit. Ich möchte sicher hinaus und später wieder hereinkommen.«

Den Rest des Tages verbrachte ich in gespannter Erwartung. Je weiter es dem Abend zuging, desto ungeduldiger wurde ich. Um mir die Zeit zu vertreiben inspizierte ich die Gefangenen und wechselte ein paar Worte mit Gernot. Dann bestieg ich den Wall und blickte nach Westen, wo die Sonne langsam dem Horizont entgegenstrebte. Es waren nur noch wenige Stunden, bis ich Gewissheit haben und meine räuberischen Kameraden ihrer Bestrafung entgegensehen würden.

Doch Fortuna hatte sich entschieden, dem Schicksal eine andere Wendung zu geben.

Aus dem Wald ertönten Schreie. Eine Gruppe Legionäre, nur mit Tuniken und Caligae bekleidet, brachen durch das Dickicht, querten die Straße und rannten zum Lager. Untergehakt schleiften sie einen Kameraden mit sich, dem immer wieder die Beine wegknickten. Es war der Arbeitstrupp, den Caedicius am Vormittag zum Holzschlagen nach draußen geschickt hatte. Jetzt konnte ich auch ihre Schreie verstehen.

»Germanen! Die Germanen sind da! Macht das Tor auf!«

»Bogenschützen!«, brüllte ein Centurio vom Wall in das Lager herab. »Wo bleiben die Bogenschützen?«

Während eine Rotte Reiter aus dem Wald hervorpreschte, dröhnten die hölzernen Treppen unter den genagelten Stiefeln der hinaufhastenden Schützen.

»Schießt doch!«, schrie der Centurio mit sich überschlagender Stimme, als die ersten Verfolger die Fliehenden fast erreicht hatten. Im gleichen Moment surrten die Sehnen und vom nahen Turm war das Entriegeln eines Scorpios[63] zu hören. Dicht über die Köpfe des Arbeitskommandos hinweg zischten Pfeile und Bolzen dem Feind entgegen. Die Reiter zogen die Köpfe ein und schwenkten ab. Tief über die Kruppen ihrer Gäule

63 Pfeilgeschütz

gebeugt jagten sie zurück, bis sie außer Schussweite waren. Dicht vor den ersten Bäumen wendeten sie und warteten auf ihre Gefährten, die in hellen Scharen aus dem Wald strömten. Zuerst waren es hunderte, dann tausende Barbaren, die ihre Framen gegen die Schilde stießen und ein wildes Geschrei anstimmten.

»Bei Pluto und allen Schatten der Unterwelt«, stöhnte ein Legionär neben mir. »Mars hat uns verlassen. Wir werden sterben!«

»Halt`s Maul!«, brüllte ihn ein Optio an. »Die sollen nur kommen und sich die Zähne an uns ausbeißen.«

Eine Gruppe Ruderer und Zivilisten liefen aus der Porta Praetoria zur Schiffslände. Ihnen kamen die Legionäre der Hafenbefestigung entgegen, die gemäß dem Befehl des Lagerpräfekten ihre Stellung räumten. Caedicius hatte schon vor Tagen angeordnet, die Hafenbefestigungen nicht zu verteidigen.

Wenig später waren die verbliebenen Schiffe, ein Patrouillenboot und ein Lastkahn, aus ihren Schuppen gezogen und zu Wasser gelassen worden. Die Ruderer stemmten sich in die Riemen, und die Galeere nahm langsam, den Kahn im Schlepptau, Fahrt auf. Begleitet von den Schmährufen der Germanen, von denen sich inzwischen viele am Ufer eingefunden hatten, kamen sie nach der ersten Flussbiegung außer Sicht.

Wir packten unsere Waffen, während immer mehr Legionäre die Treppen hinauf eilten. Der Angriff der Barbaren blieb jedoch aus. Sie begnügten sich damit, einen fürchterlichen Lärm zu veranstalten und uns Beleidigungen zuzurufen.

Plötzlich teilten sich die Massen, und ein Reiter hielt durch die geöffnete Gasse auf das Lager zu. In angemessenem Abstand zügelte er sein Pferd und schrie etwas, das wir nicht verstanden. Dann packte er einen in ein Tuch gehüllten Gegenstand und warf ihn in weitem Bogen zu uns herüber. Die Botschaft schlug auf dem Boden auf, wodurch sich das rot verschmierte Tuch öffnete. Unter dem Jubel der Angreifer holperte der grausige Inhalt auf das geschlossene Tor zu, bis er liegenblieb. Entsetzt starrten wir auf den abgetrennten Kopf eines Römers, der das Unglück hatte, dem Feind in die Hände zu fallen. Der Reiter wendete, schrie uns noch eine Verwünschung zu und galoppierte zurück. Daraufhin zogen sich die meisten Angreifer in den Wald zurück, wo wir sie lärmen hörten.

»Alle Offiziere in die Principia!«, ging es durch die Reihen. »Nur die Optiones der Wallbesatzung bleiben oben. Beeilt euch.«

Wenig später fanden wir uns im Innenhof der Lagerverwaltung ein. Einige Schritte entfernt sah ich Lucius und Kaeso, die aufgeregt mit Fabricius tuschelten. Als sie mich bemerkten, beendeten sie das Gespräch und wandten mir den Rücken zu.

Als Caedicius und sein Stab erschienen, ordneten wir uns nach Dienstgraden und nahmen Haltung an. Vorne standen die Centurionen, dahinter die Signiferi und in der letzten Reihe die Optiones.

Der Lagerpräfekt hielt eine kurze Ansprache, in der er uns ermahnte, gemäß unserem Eid auf den Imperator unsere Pflicht zu tun. Dann führte er aus, dass unsere Lage keineswegs hoffnungslos sei. Wenn wir lange genug durchhielten, würde uns Asprenas mit den verbliebenen Legionen hier herausholen. Wir sollten auf die Götter vertrauen und an unsere Stärke glauben. Zum Schluss dankte er allen, die sich nach Aliso durchgeschlagen hatten.

»Ihr habt die Zahl der Verteidiger nahezu verdoppelt. Durch euer tapferes Beispiel werden wir jeden Angriff der Barbaren im Blut ersticken. Jupiter und Mars sind mit uns.«

Die energisch vorgetragene Rede war ganz nach dem Geschmack der Männer. Wir zogen die Schwerter, brachten ein Hoch auf den Vaesar Augustus aus und schlugen im Stakkato an unsere Schilde. Der ganze Hof dröhnte unter dem Lärm der Waffen.

In unserem Widerstandswillen bestärkt kehrten wir auf unsere Positionen zurück. Der Feind machte aber keine Anstalten, an diesem Tag noch einen Angriff zu wagen. Als es dunkel wurde, durften daher die meisten, darunter auch ich, in unsere Unterkünfte zurückkehren. Unten am Wallaufgang traf ich Quintus, der aufgeregt nach mir gesucht hatte.

»Bleibt es bei unserem Vorhaben, Sextus?«

Ich schüttelte den Kopf. »Das ist Wahnsinn. Es geht nicht. Wir werden eine Möglichkeit bekommen. Aber später.«

Quintus wollte widersprechen, brachte aber keinen Ton heraus. Schließlich machte er eine hilfesuchende Geste mit den Händen und nickte ergeben. »Du hast Recht. Später.«

Er folgte mir in die Unterkunft, wo er wütend die Tür zu seinem Contubernium hinter sich zuschlug.

Ich brauchte lange, bis ich in den Schlaf fand. Es war nicht alleine das nervige Wummern und Grölen des Feindes, was mich nicht zur Ruhe kommen ließ. Es waren vor allem die Enttäuschung und das schale Gefühl der Niederlage. Es war kaum zu ertragen, dass Kaeso und Lucius am Ende davonkommen sollten. Würde es die Beweise überhaupt noch geben, wenn die Germanen abgezogen waren? Welcher missgünstige Gott hatte seine Hand schützend über die Verbrecher gelegt?

Als mich am nächsten Morgen der Klang der Hörner weckte, hatte ich das Gefühl, nur wenige Stunden geschlafen zu haben.

Ich wusch mich mit Wasser aus dem Bottich unter dem Vorbau und schlang etwas von dem Getreidebrei herunter, den Quintus in aller Frühe zubereitet hatte. Dann rüstete ich mich mit Helm und Kettenhemd.

Es war merkwürdig ruhig, als ich auf dem Wall in der Nähe der Porta Decumana meinen Gefechtsabschnitt erreiche. Ich wunderte mich, dass mein Gruß kaum erwidert wurde. Stattdessen starrten die Wachhabenden mit versteinerten Gesichtern in den Nebel, der wie ein Leichentuch über den Wiesen lag. Ich verengte die Augen zu Schlitzen und bemerkte einen dunklen Gegenstand, der an etwas Spitzem befestigt schien. Eine leichte Brise strich in diesem Augenklick über das Feld und teilte die Schwaden. Jetzt konnte ich es genau erkennen. Der Gegenstand war ein Kopf, den man auf eine Stange gespießt hatte. Dann sah ich den nächsten und noch einen. Der Nebel lichtete sich und gab den Blick auf das grausige Schauspiel frei, das die Barbaren uns bereitet hatten.

»Das sind die Schiffsbesatzungen«, bemerkte ein Legionär trocken. »Gracchus war eben unten und hat nachgeschaut. Man hat ihnen die Hälse durchgeschnitten und sie danach aufgespießt.«

Ein Gregarius und ein Rekrut übergaben sich geräuschvoll.

»Bei Pluto«, fuhr ich die Männer an. »Geht endlich raus und macht diesem Irrsinn ein Ende! Sie sollen verbrannt und bestattet werden.«

Als hätten die Männer auf diesen Befehl gewartet, eilten sie den Wall herunter und durch das Tor hinaus.

»Passt auf! Lasst euch nicht vom Feind überraschen«, rief ich ihnen nach.

Es dauerte nicht lange, bis die grausige Arbeit getan und alle unversehrt zurückgekehrt waren. Auf den Türmen steckten die Bogenschützen ihre Pfeile weg, die sie zum Schutz des Bergungskommandos auf die Sehnen gelegt hatten.

Die makabren Überreste der unglücklichen Schiffsbesatzungen waren hinter der Porta Decumana, für alle sichtbar, in mehreren Weidenkörben abgestellt worden. Irgendein mitleidiger Legionär hatte ein Tuch darüber ausgebreitet, das sich an einigen Stellen rot zu verfärben begann.

»Macht die Gefangenen nieder«, rief eine erste Stimme vom Wall herab.

»Kreuzigt sie im Angesicht des Feindes«, forderte eine andere.

Die Rufe mehrten sich, bis von allen Seiten Legionäre und Zivilisten herbeiliefen. Die wenigen Sklaven blieben, wo sie waren, um nicht zur Zielscheibe der Wut zu werden. Der Sturm der Entrüstung steigerte sich zum Orkan, und die Offiziere hatten Mühe, die Männer im Zaum zu halten. Viel hätte nicht gefehlt und der entfesselte Mob wäre zur Gefangenenbaracke gestürmt, um ein Massaker an den Wehrlosen anzurichten. Dazu sollte es aber nicht kommen.

»Germanen!«, brüllten die Posten auf den Türmen. »Die Germanen kommen!«

Das Geschrei und das Dröhnen der Cornus fegte die Menge auseinander. Die Legionäre hetzten auf ihre Posten, die sie eigenmächtig verlassen hatten. Ich warf einen Blick auf Fabricius, der den Nachbarabschnitt befehligte. Er hatte eine Schreibtafel in den Händen, auf der er hastige Eintragungen machte. Der Stilus[64] fegte nur so über die wächserne Beschichtung.

Denunziant, fuhr es mir durch den Kopf. Ich ahnte, dass einige pflichtvergessene Legionäre ihre Disziplinlosigkeit mit einer Tracht Prügel bezahlen würden.

»Sextus!« Quintus stieß mich an und deutete auf den Wald.

Der Nebel hatte sich so weit gelichtet, dass wir alle Einzelheiten deutlich erkennen konnten. In hellen Haufen sammelten sich die Angreifer und rückten unter den Klängen ihrer Kriegshörner singend vor. Einige von ihnen torkelten und stolperten auf dem unebenen Boden.

»Die sind betrunken«, rief ein Legionär. »Bis an den Rand mit Met und Bier abgefüllt. Die Götter seien uns gnädig, wenn sie über den Wall kommen.«

Deutlich konnte ich sehen, dass jeder Haufen eine oder mehrere hastig zusammengezimmerte Leitern mit sich führten.

»Zielt auf die Leiterträger!«, brüllte ein Optio von dem Turm. »Sie dürfen nicht über den Graben!«

---

64 Schreibgriffel

Sklaven und Gregarii hetzten mit Weidenkörben über die Stiegen und Wehrgänge – Wurf- und Schießmaterial für die Bogenschützen und Geschützbedienungen.

Zuerst nahmen die Ballisten und Scorpione[65] ihre Arbeit auf. Jetzt zahlte es sich aus, dass die verdrillten Seilzüge sorgsam gepflegt und immer unter maximaler Spannung gehalten wurden. Die Barbaren hatten noch nicht einmal die Hälfte der Strecke zurückgelegt, vielleicht dreihundert Schritte, als die ersten Wurfmaschinen mit einem trockenen Knall entriegelten.

Mit den Augen konnten wir die Flugbahn der Bolzen, Speere und Steinkugeln verfolgen. Als die ersten Geschosse ihr Ziel erreichten, gellten Schreie über das Feld. Es gab so gut wie keinen Schutz gegen den mörderischen Beschuss. Die Angreifer trugen weder Helm noch Panzer. Ihre mit bemaltem Leder überzogenen Schilde aus dünnen Brettern oder geflochtenen Weideruten wurden zerfetzt oder durchschlagen. Ich sah, wie ein armlanger Bolzen zwei Männer nacheinander durchschlug und am Boden festnagelte. Was wie selbstvergessene Tapferkeit wirkte, war in Wahrheit panische Angst. Sie rannten in Scharen vorwärts, um in den Schutz des Walles und außerhalb der Reichweite unserer Geschütze zu gelangen. Sie liefen in ihr Verderben, denn je näher sie kamen, desto eher gerieten sie in die Reichweite unserer Bogenschützen. Als sie sich bis auf hundert Schritte genähert hatten, prasselte die erste Salve auf sie nieder. Dreikantige, fingerdicke Spitzen, die sich handbreit in zuckendes Fleisch bohrten. Ihre Jagdbögen hielten keinem Vergleich mit den Waffen unserer Syrer stand. Sie reichten aus, einen Hasen oder eine Ente zu erlegen, prallten aber wirkungslos an unseren Schilden und Kettenpanzern ab.

Am schlimmsten wurde es für die Feinde, als sie den Spitzgraben erreichten. Sie stauten sich in der Sohle des zwanzig Fuß breiten und acht Fuß tiefen Annäherungshindernisses. Die syrischen Auxiliare rissen an ihren Sehnen und jagten Schuss auf Schuss hinab, bis ihnen das Blut von den Händen

65 Schleuder- und Pfeilgeschütze

rann. Das einzige Blut, das an diesem Tag auf unserer Seite geflossen ist. Verzweifelt versuchten die Barbaren, ihre Leitern zu benutzen, die viel zu kurz waren. Sie hatten die Tiefe des Grabens nicht berechnet. Ihre Kletterhilfen reichten gerade bis zur Hälfte unseres mehr als zehn Fuß hohen Walls. Sie ließen sie liegen und versuchten, aus dem Graben herauszukommen. Dabei wurden sie aber von ihren eigenen Kriegern zurückgestoßen, die von oben nachdrängten. Endlich sahen sie die Sinnlosigkeit ihrer Bemühungen ein und stoben in wilder Flucht davon. Was folgte, war ein wildes Wettschießen der Geschützbesatzungen. Sie jubelten, wenn sie einen Flüchtenden von den Beinen holten.

Wir machten uns nicht die Mühe, die Toten zu zählen. Es müssen hunderte gewesen sein. Das ganze Feld war übersät von ihnen. Wir jubelten unsere Freude heraus und die Schützen prahlten und stritten um die Zahl ihrer Abschüsse. Als der Feind seine Frauen und Knechte schickte, um die Toten und Verwundeten zu bergen, ließen wir sie gewähren. Nur an den Graben trauten sie sich nicht heran.

Fabricius befahl mir, die Gefangenen zu bringen, um die blutige Arbeit zu verrichten. Bevor sie die Toten herauszogen, sprangen die Legionäre des Begleitkommandos hinab und schlachteten unter dem Jubel der Obenstehenden die Verwundeten ab. Gernot und seine Leidensgenossen standen mit zusammengekniffenen Lippen und leeren Augen daneben. Sie wussten nicht, dass ihnen das hundertfache Sterben vorerst das Leben gerettet hatte.

Bei der Durchsicht der Toten stellte sich heraus, dass nicht nur Cherusker, sondern eine Koalition verbündeter Stämme den Angriff geführt hatten. Unter den Opfern waren auch Marser, Brukterer und einige Chatten. Völkerschaften, die sich vor kurzem noch gegenseitig bis auf Blut bekämpft hatten.

Nachdem man die Gefallenen nach Wertgegenständen untersucht hatte, wurden sie in einer der Arbeitsgruben des Töpferbezirks entsorgt. Die Gefangen mussten sie hineinwerfen, eine Schicht zerbrochener Tonscherben darüber ausbringen und alles mit Erde bedecken. Nach einigen Tagen begann sich die Erde wegen der Faulgase zu regen. Sie hob sich und es roch schrecklich. Dann fiel sie zusammen und hinterließ eine flache Mulde, die mit einer weiteren Schicht bedeckt wurde. Danach waren die Toten dem Gedächtnis der Lebenden entrückt und kein Gedenkstein erinnerte an ihr sinnloses Sterben.

Die Barbaren wagten keinen weiteren Angriff. Sie schienen sich damit zu begnügen, Aliso von allen Seiten abzuriegeln und über ihr weiteres Vorgehen nachzusinnen.

Am Tag nach dem Angriff fand die Trauerfeier für die Toten der Schiffsbesatzungen statt. Unter allergrößter Wachsamkeit wurden die Überreste in einer Grube am hintersten Ende des Gräberfeldes verbrannt. Die Freunde der Ermordeten füllten unter dem Abbrennen von Weihrauch die Asche in mehrere Urnen und gaben einige Fibeln, Münzen und Tongefäße als Beigaben hinzu. Dann wurde das Bustum[66] zugeschüttet und eine Holztafel mit den Namen der Verstorbenen darüber befestigt. Ein Leichenschmaus an der Begräbnisstätte wurde aus Sicherheitsgründen untersagt. Als Ersatz betrank man sich am Abend in der Taverne. Ich begnügte mich mit einem Becher verdünnten Weins und suchte die Baracke der Gefangenen auf. Die Diensthabenden, Quintus und Decimus, waren froh, dass ich sie ablöste.

In der Wachstube, die in der früheren Unterkunft des Centurios untergebracht war, fand ich einen Laib Brot, etwas Käse und einen Krug mit Wein. Ich packte alles in eine lederne Umhängetasche und suchte die Kammer auf, in der Gernot untergebracht war. In Ermangelung einer verschließbaren Türe hatte man ihn an den Pfosten eines Stockbettes gekettet. Die Kette war gerade lang genug, dass er in einem Eimer seine Notdurft verrichten,

66 Brandgrab

die Feuerstelle bedienen und sich auf der untersten Pritsche des Bettes ausstrecken konnte.

Der Marser grüßte mit einem verkniffenen Lächeln und machte sich über das Brot und den Hartkäse her. Danach ließen wir den Krug umhergehen.

»Hast du einen Grund, warum du dir die Mühe machst?«, fragte er und schaute mich an.

»Reden«, antwortete ich knapp.

»Warum?«, entgegnete er unwirsch. »Ich komme hier sowieso nicht mehr raus. Wenn die Cherusker kommen, werdet ihr mich vorher umbringen. Und wenn sie abziehen, ist mein Leben auch nichts wert.«

»Warum sollen wir dich töten? Wenn du dich verständig anstellst, wirst du leben. Caedicius ist kein Unmensch.«

»Aber dieser Centurio«, widersprach Gernot. »Wenn du nicht gewesen wärst, wäre ich längst tot.«

»Was hast du bei den Cheruskern gemacht, Gernot?«

»Also doch ein Verhör.« Der Marser lachte.

»Interesse«, antwortete ich. »Oder hast du was zu verbergen?«

Gernot schüttelte den Kopf. »Was sollte ich verbergen? Dass ich mit den Cheruskern gegen Römer kämpfen wollte, kannst du dir denken.«

»Und warum?« Ich war konsterniert von der Aufrichtigkeit meines Gegenübers. Bei Fabricius hätte das die Kreuzigung bedeutet.

»Was haben wir euch getan? Wer hat euch daran gehindert, in Frieden mit uns zu leben. Wir können euch so viele Dinge bringen. Damit fängt es an.« Ich deutete auf den Krug.

»Sowas haben wir früher von den Kelten gegen Felle und Honig eingetauscht. Außerdem ziehe ich unser Bier vor. Deswegen brauchtet ihr nicht zu kommen.«

»Aber unser Recht«, begehrte ich auf. »Menschen brauchen Regeln, nach denen sie leben.«

»Euer Recht.« Gernot lachte erneut. »Wir haben unsere eigenen Rechte. Ihr habt uns eure Regeln aufgezwungen. Ihr habt Hände abgehackt, gekreuzigt und gehenkt. Und wofür? Für Vergehen, die wir mit Entschädigungen regeln. Ein paar Hühner oder ein Ochse und die Sache war geritzt.«

Ich konnte es nicht fassen und machte meiner Empörung Luft. »Entschädigung? Ich weiß nur von unsäglichen Blutrachen, denen ganze Familien und Stämme zum Opfer fallen. Das ist barbarisch. Wie die Menschenopfer für eure Götter.«

»Dann lasst uns doch.« Gernot ließ sich nicht aus der Ruhe bringen. »Wenn dem so wäre, bräuchtet ihr bloß abzuwarten, bis wir uns alle selber abgeschlachtet haben. Schont doch das Leben eurer Legionäre, wenn euch sowieso alles zufällt.«

Der Marser brachte mich mit seiner Logik in Verlegenheit. War das ein Wilder, deren menschliche Natur viele unserer Philosophen in Frage stellten? Bevor ich mir eine Antwort zu Recht gelegt hatte, fuhr Gernot fort.

»Und ihr habt für alles und jedes Abgaben verlangt. Ihr nennt das Steuern, oder?«

»Um damit öffentliche Einrichtungen zu unterhalten«, wehrte ich mich.

»Du meinst, um eure Legionen zu bezahlen, um uns zu unterdrücken?«

Er reichte mir den Krug, der bis zum Grund gelehrt war. »Hast du noch etwas von dieser Errungenschaft eurer Kultur?«

Ich überhörte den Spott und besorgte neuen Wein aus der Wachstube.

Wir tranken die halbe Nacht, bis Quintus und Decimus aus der Taverne zurückkehrten. Die beiden waren erstaunt, mich bei dem Gefangenen zu sehen, sagten aber nichts.

Als ich mich erhob, reichte Gernot mir die Hand. »Du bist ein guter Mensch, Sextus Valerius.«

Ich schüttelte die Hand und wandte mich der Tür zu.

»Einen der Toten aus dem Graben kannte ich.« Gernot hatte mehr zu sich selbst als zu mir gesprochen. »Er war mein Vetter, mit dem ich zu den Cheruskern gegangen bin.«

»Wir sprechen weiter.« Ich nickte ihm zu und schloss die Türe.

Es folgten noch viele Gespräche in den nächsten Wochen, und ich begann immer mehr Anteil am Schicksal des Marsers zu nehmen. Hin und wieder beschlich mich das unangenehme Gefühl, meine Pflichten zu vergessen. Gernot war schließlich ein Feind, der gekommen war, um uns zu bekämpfen. Dass er daraus keinen Hehl machte, machte die Sache nicht einfacher. Ich beschloss immer wieder, meine Besuche einzuschränken und den Kontakt auf das Notwendige zu beschränken. Ein Vorsatz, den ich nicht einhielt. Der Mann faszinierte mich.

Lucius ging ich bewusst aus dem Weg, obwohl er des Öfteren nach mir schaute. Wir tauschten Belanglosigkeiten aus, und ich vermied es, ihn noch einmal auf die Gelder und auf Marcus anzusprechen. Wir waren einmal Freunde gewesen, aber die Kluft, die sich zwischen uns aufgetan hatte, wurde immer breiter. Am meisten verübelte ich ihm die Freundschaft mit Kaeso und Fabricius. Wer sich mit solchen Verbrechern gemein machte, hatte meine Achtung und mein Mitgefühl nicht verdient. Ich würde keinen Moment zögern, ihn, wenn ich könnte, der Gerechtigkeit auszuliefern.

Nach den ersten Frostnächten nahmen die Ereignisse wieder an Fahrt auf. Zuerst hatten wir uns nichts dabei gedacht, dass die Feinde begonnen hatten, die Palisaden und Schuppen der Schiffslände[67] abzutragen. Sie fuhren das Holz aber nicht ab, sondern stapelten es in unmittelbarer Nähe des Südwalls. Entweder wollten sie uns mit Qualm ausräuchern und in seinem Schutz einen weiteren Angriff unternehmen oder ein Feuer entfachen, das auf unsere Befestigungen übergreifen sollte. Meine

67 befestigter Anleger

Erfahrung war, dass eine Holz-Erde-Befestigung, wenn sie erst einmal brannte, kaum zu löschen war und schnell einstürzte.

Caedicius erkannte die Gefahr und befahl in der Nacht einen Ausfall. Wir sollten so viel von dem Holz abtragen, wie wir tragen konnten und in das Lager schaffen. Der Feind sollte denken, uns sei das Feuerholz ausgegangen. Der Plan hatte Erfolg. Bereits am nächsten Tag trugen die Barbaren die Haufen ab und schafften sie fort.

In einer der folgenden Nächte brach großer Jubel bei unseren Feinden aus. Sie lärmten die ganze Nacht, und wir begannen uns zu fragen, was sie dieses Mal planten. Die Antwort erhielten wir am nächsten Morgen.

Ein einzelner Reiter preschte bis vor die Porta Praetoria und verlangte in leidlichem Latein eine Unterredung mit Caedicius. Der Präfekt schickte einen der Centurionen hinaus, der mit großen Neuigkeiten zurückkehrte. Arminius war in der Nacht mit Verstärkungen erschienen. Er machte uns das Angebot eines ehrenvollen Abzuges mit allen Waffen. Caedicius lehnte selbstverständlich ab. Die Barbaren hatten oft genug bewiesen, dass sie sich nicht an Abmachungen hielten, wofür Arminius selbst das beste Beispiel war. Er war es gewesen, der Varus in Sicherheit gewiegt und dann verraten hatte. Der Gefahr, beim Abzug bis auf den letzten Mann niedergemacht zu werden, wollte er sich nicht aussetzen. Es gab auch keinen Grund, aufzugeben. Solange unser Proviant reichte, konnte der Feind uns nichts anhaben. Ihre Angriffe waren fehlgeschlagen und sie hatten keine Belagerungsmaschinen, mit denen sie uns zusetzen konnten.

Trotzdem ließ es sich Arminius nicht nehmen, sich mit einer großen Geste zu verabschieden. Er ritt mit seinem Gefolge bis auf Rufweite heran und überschüttete uns mit Drohungen und Verwünschungen.

Obwohl er eine Auxiliarkohorte kommandiert und bei Varus ein – und ausgegangen war, hatte ich den Cherusker vorher noch nicht zu Gesicht bekommen. Ich hatte ihn mir größer vorgestellt. Trotzdem war er in seinem dunkelblauen Mantel und seiner blonden Haarpracht, die ihm in Locken bis auf die Schulter fiel, eine beeindruckende Erscheinung. Von seinem Gesicht konnte ich wegen der Entfernung nur wenig erkennen.

Caedicius ließ einige Ballisten und Pfeilgeschütze laden und die Reitergruppe beschießen. Obwohl die Geschosse nicht weit genug trugen, zogen sich der Cherusker und seine Leute unter unserem Hohngelächter zurück. Er muss bald darauf wieder abgezogen sein, denn es erfolgte keine weitere Provokation.

Es wurde Winter und die Saturnalien mussten in diesem Jahr ausfallen. Außerdem gab Caedicius an diesem Tag die Anweisung, die täglichen Rationen zu kürzen. Wir mussten unsere Gürtel enger schnallen, wenn wir den Winter überstehen wollten. An einen Entsatz des Lagers durch Asprenas war bei dieser Jahreszeit nicht mehr zu denken. Etwa zur gleichen Zeit begann ein Bautrupp die erste unbewohnte Mannschaftsbaracke abzureißen. Mit der Kälte wuchs der Bedarf an Brennholz.

Die Barbaren hatten auch unter der Jahreszeit zu leiden. Spähtrupps hatten uns unterrichtet, dass ein großer Teil abgezogen sei. Trotzdem waren sie uns zahlenmäßig immer noch weit überlegen.

Fabricius zog die Türe hinter sich zu und warf den Mantel über einen unbesetzten Schemel. Lucius und Kaeso erwiderten seinen Gruß und boten ihm einen Platz auf der Kline[58] *an. Der Centurio dankte, zog es aber vor, zuerst seine Hände über dem brennenden Kohlenbecken zu wärmen.*

»Eine komfortable Unterkunft. Hier lässt es sich leben.« Fabricius ließ seine Augen umherwandern. »Steht euch das eigentlich zu? Früher hat hier einer der Tribune residiert.«

»Mach dir keine Gedanken«, wiegelte Lucius ab. »Caedicius hatte nichts dagegen einzuwenden.«

---

68 Ruhebett

Fabricius setzte sich zu seinen Kumpanen und spießte mit dem spitzen Endstück seines Löffels ein Stück Fleisch von der silbernen Vorlegeplatte. Genüsslich kaute er den Bissen und spülte ihn mit einem Schluck unverdünnten Wein herunter.

»Das Fleisch hat die Patrouille mitgebracht. Der Eber muss ihnen direkt in die Spieße gelaufen sein. Sie haben einen unverschämten Preis dafür verlangt.«

»Danach habe ich nicht gefragt«, antwortete Fabricius und schob sich einen zweiten Brocken in den Mund. Dann wischte er sich über die Lippen und räusperte sich.

»Ich komme von Caedicius. Wir müssen handeln.«

»Du machst mich neugierig.« Kaeso richtete den Oberkörper auf und hob gespannt den Kopf. »Der Lagerpräfekt will in spätestens vier Wochen den Ausbruch wagen. Die Barbaren sind zum großen Teil abgezogen oder haben sich in ihre Erdlöcher verkrochen. Er glaubt, dass wir in der Dunkelheit ungesehen durchkommen, wenn wir uns in Gruppen aufteilen.«

»Die Cherusker sind nicht blind«, bemerkte Lucius abschätzig. »Sie haben mit Sicherheit Wachen aufgestellt.«

»Caedicius ist nicht dumm«, maßregelte ihn der Centurio. »Sie werden sich zuerst auf den Tross stürzen und Beute machen. Das gibt uns die Zeit, uns abzusetzen. Es sind nur zwei Tagesmärsche bis zum Rhenus. Außerdem will er einen Boten zu Asprenas schicken. Er soll uns entgegenkommen.«

»Schön und gut.« Kaeso kaute an seinen Fingernägeln und spuckte aus. »Was machen wir mit den Münzen? Nehmen wir sie mit?«

»Das ganze Gold und Silber, das nicht im Versteck ist?«, fragte Lucius.

Fabricius legte die Stirn in Falten. »Es wird auffallen, wenn jeder von uns zwei Beutel mit sich trägt. Das ist zu viel, um es im Marschgepäck zu verstecken. Wir könnten es hier vergraben.«

»Bist du von allen Göttern verlassen?« Kaeso zeigte mit einer Handbewegung, was er von dem Vorschlag des Centuri-

os hielt. »Wenn die Barbaren nach unserem Abzug das Lager plündern, werden sie keinen Balken auf dem anderen lassen und das ganze Gelände nach Wertgegenständen absuchen. Das ist viel zu riskant.«

»Was schlägst du vor?«, fragte der Centurio.

Kaeso schüttelte den Kopf.

»Der Gefangene!« Lucius schlug sich an die Stirn. »Dass ich nicht eher daran gedacht habe!«

Die anderen sahen ihn verständnislos an.

»Der Marser ist Waffenschmied«, fuhr Lucius fort. »Er kennt sich bestimmt mit edlen Metallen aus. Er soll alles einschmelzen. Das Gold zu Armreifen und das Silber zu Dolch- und Beilklingen. Zum Schluss soll er es mit Kupfer oder Blei überziehen. Wir tragen unseren Reichtum unauffällig am Körper.«

Kaeso schnalzte anerkennend mit der Zunge. »Und wo soll er das Gold einschmelzen?«

»Flavus und Titus sollen aus der Schmiede in den Fabrica[69] alles Notwendige beschaffen. Er kann hier in Ruhe arbeiten.«

»Und was ist mit den Beuteln, die draußen versteckt sind?« Fabricius stand die Gier in den Augen.

»Die lassen wir, wo sie sind«, stellte Lucius sachlich fest. »Dort wird keiner suchen. Wir werden sie später holen. Wenn das Lager wieder besetzt wird oder sich die Verhältnisse beruhigt haben.«

»Das ist gut.« Kaeso rieb sich die Hände und ein Grinsen überzog sein Gesicht. »Stellt euch vor, wenn einer die Leiche von Marcus findet! Der reißt sofort aus. Dann ist der Kerl doch noch zu etwas nutze gewesen.«

Lucius verzog unmutig den Mund. »Musstest du ihn töten, Kaeso? Das war nicht nötig.«

»Er wollte uns erpressen. Hast du vergessen, was er für sein Schweigen verlangt hat?«, verteidigte sich der Signifer.

»Ein paar Goldmünzen hätten genügt«, hielt ihm Lucius entgegen. »Sextus ist bereits misstrauisch genug.«

---

69 Werkstätten

»Bring ihn endlich zum Schweigen«, fuhr Fabricius ihn an. »Oder ich tue es.«

»Du rührst ihn nicht an.« Lucius war die Zornesröte ins Gesicht geschossen. »Er war mein Freund! Wir haben jahrelang alles geteilt. Ich werde ihn noch zur Vernunft bringen. Außerdem kann er nichts beweisen.«

»Das will ich für dich hoffen«, knurrte der Centurio. »Und dieser Quintus benimmt sich auch sehr auffällig. Decimus ist auch nicht zu trauen. Der hängt zu viel bei den beiden rum. Für Flavus und Titus kann ich mich verbürgen. Die werden uns noch wertvolle Dienste leisten.«

»Decimus übernehme ich«, schlug Kaeso vor. »Bei Quintus ist es schwieriger. Das ist ein aufgeweckter Kerl. Da muss ich mir etwas einfallen lassen.«

»Eines nach dem anderen«, warf Fabricius ein. »Der Schmied soll zuerst seine Arbeit machen.«

»Und wie bringen wir ihn zum Schweigen, wenn er seine Arbeit erledigt hat?« Kaeso ließ nicht locker.

»Es wird reichen, ihm zu drohen und die Freiheit zu versprechen, wenn er den Mund hält.«

»Wir werden sehen«, erwiderte Kaeso.

»Mach keinen Fehler«, zischte Lucius ihn an.

»Schon gut«, beschwichtigte ihn der Signifer. »Ich werde Sextus' Liebling nicht anrühren.«

Wir hatten bisher kaum Ausfälle durch Tod oder Krankheit zu beklagen gehabt, was sich aber im Winter ändern sollte.

Der Feind hatte seine Kampfesweise umgestellt und keine verlustreichen Angriff mehr unternommen. Er hoffte darauf, dass uns der Proviant ausgehen und wir früher oder später aufgeben müssten. Es kam aber immer wieder zu Gefechten, wenn unsere Patrouillen auf den Feind stießen.

Von einer dieser Unternehmungen kehrte Decimus nicht zurück. Er war in der Nacht mit Kaeso und neun weiteren Legionären zu einem Erkundungsgang aufgebrochen. Kaeso erzählte, dass man sie aus dem Hinterhalt angegriffen und bis vor das Lager verfolgt hatte. Außer Decimus hatte es keine Verluste gegeben. Seine Leiche wurde nie gefunden und wir mussten uns damit begnügen, ihm auf dem Gräberfeld ein leeres Grab zu bereiten. Außer mir nahmen noch Quintus, Claudius, einige Legionäre und Lucius mit angespannter Miene an der Trauerfeier teil.

»Ich werde in den nächsten Tagen bei dir vorbeischauen«, verabschiedete er sich von mir. Ich hielt es für eine Floskel und scherte mich nicht darum. Es wunderte mich auch nicht, dass Kaeso mit seinen Gehilfen nicht gekommen waren. Die Reihen der Gefährten, die mit uns im Saltus Teutoburgiensis aufgebrochen waren, begannen sich zu lichten.

Den nächsten, den wir zum Verbrennungsplatz trugen, war Claudius. Er erlag dieser rätselhaften Krankheit. Zuerst waren es nur wenige, die wegen Kopf- und Gliederschmerzen ins Valetudinarum[70] eingeliefert wurden. Was wie eine normale Erkältung aussah, schlug schnell in eine gefährliche Erkrankung der Lunge um. Mehr als die Hälfte schafften es nicht, und es gab Tage, an denen es fünf oder sechs Tote gab. Es traf vor allem die älteren Zivilisten und die Kinder, die schon seit Wochen an Haar- und Zahnausfall litten. Ihre erschöpften Körper hatten der neuen Krankheit nichts entgegen zu setzen. Erst als der Medicus alle Lagerinsassen mit Radix Britannica behandelte, besserte sich die Lage. Er hatte einige Bleibüchsen mit der getrockneten Heilpflanze im Magazin der Krankenstation gefunden. Es gelang mir, etwas von dem Heilmittel für die Gefangenen abzuzweigen, die alle überlebten.

Als die Seuche abgeklungen war, machte Lucius seine Ankündigung wahr. Eines Abends klopfte er an die Türe meiner Unterkunft. Ohne Umschweife kam er noch auf der Schwelle zum Grund seines Besuches.

---

70 Lazarett

»Du sollst mir den Gefangenen, den Marser, übergeben.« Er reichte mir eine geöffnete Schreibtafel mit dem diesbezüglichen Befehl des Lagerpräfekten.

»Was habt ihr mit ihm vor?«, fragte ich gerade heraus und verwehrte Lucius den Zutritt.

»Es wird ihm nichts geschehen, Sextus. Er soll einige notwendige Schmiedearbeiten verrichten.«

»Du gibst mir dein Wort?«, hakte ich nach.

»Du hast es«, antwortete er hastig.

»Das reicht mir nicht«, erwiderte ich. Ich bat ihn jetzt doch hinein und bot ihm einen Platz an meinem Arbeitstisch an. Ich nahm eine unbenutzte Schreibtafel und einen Stilus und verfasste eine Abholungsbestätigung.

»Ich brauche einen Beleg, dass ich dir den Gefangenen übergeben habe.«

Lucius starrte mich entgeistert an, wobei mein Blick auf den Siegelring an seinem kleinen Finger fiel. Ein schönes Stück, dass er sich in Vetera aus einem Onyx mit Goldeinfassung hatte schneiden lassen.

»Mach dein Zeichen und setz dein Siegel daneben.«

Lucius schüttelte mit dem Kopf, zog aber seinen Ring von Finger und drückte ihn in das Wachs. Ich nahm die Tafel und kontrollierte das Zeichen, einen Skorpion mit erhobenem Stachel.

»Ich bringe den Mann morgen zurück.« Lucius stand auf und verließ grußlos den Raum.

Wie versprochen, lieferte er Gernot am nächsten Tag wieder ab. Der Marser machte einen übernächtigten und mitgenommenen Eindruck. Es waren aber keine Spuren von Misshandlungen zu erkennen. Sobald Lucius gegangen war, stellte ich ihn zur Rede.

»Haben sie dich gut behandelt?«

»Ja. Ich kann mich nicht beklagen«, antwortete der Marser tonlos.

»Was musstest du für sie tun?«

»Dies und das. Nichts Wichtiges. Nur einige kleine Schmiedearbeiten.«

»Das war alles?« Ich glaubte ihm nicht.

»Wenn ich es sage«, antwortete Gernot gereizt. Dann warf er sich auf sein Lager und schloss die Augen. Quintus übernahm die traurige Pflicht, ihn wieder anzuketten. Als er fertig war, nahm ich den Vierkant, mit dem er die Schelle um das Fußgelenk geschlossen hatte und steckte ihn ein.

Vor meiner Dienstwohnung wartete Lucius auf mich. »Ich habe dir noch etwas zu sagen, Sextus. Lass uns hineingehen.«

Ich war erleichtert, dass er Wort gehalten hatte und ließ mich darauf ein. Als ich die Türe hinter uns zugezogen hatte, ging er wortlos zu meinem Arbeitstisch und zog einen Beutel aus seiner Umhängetasche. Dann zählte er bedachtsam zwölf Aurei auf die hölzerne Platte.

»Was ist das?«, fragte er lockend.

»Einige der Münzen, die ihr gestohlen habt«, erwiderte ich trocken.

Lucius überhörte den Angriff. »Das ist der Jahressold eines Optios.« Er strich beinahe zärtlich mit der Hand über die Münzen. »Wie viele Gehälter willst du? Fünf oder zehn? Du brauchst nicht mit uns gemeinsame Sache zu machen. Du sollst es nur vergessen.«

Ich war sprachlos und hätte ihm am liebsten die Münzen ins Gesicht geworfen.

»Überleg es dir«, fuhr Lucius fort.

Er drehte sich um und hielt bereits den Riegel in der Hand, als ich mich gefangen hatte. »Nimm dein Geld mit. Ich will es nicht.«

Lucius lächelte mich an. »Sieh es als eine Anzahlung auf deinen guten Willen. Behalte es, ich habe genug davon.«

Ohne meine Antwort schlüpfte er hinaus und eilte davon.

Wie vom Blitz Jupiters getroffen stand ich regungslos in der Mitte des Zimmers. Dann ermannte ich mich, steckte die Münzen in einen kleinen Beutel und warf ihn in den Kasten mit meinen anderen Wertgegenständen. Ich nahm mir vor, ihm das Geld bei nächster Gelegenheit vor die Füße zu werfen.

Die weiteren Ereignisse gingen aber über diesen Vorsatz hinweg.

An den Iden des Februarius wurden alle Offiziere zu Caedicius befohlen. Der Lagerpräfekt eröffnete uns, dass unsere Vorräte in drei Wochen aufgezehrt wären.

»Zwei Dinge sind es«, eröffnete er uns, »die zu tun sind. Erstens: Wir müssen den Ausbruch aus Aliso vorbereiten. Gestern kam ein Bote von Asprenas. Wir sollen von heute an am zehnten Tag nachts aufbrechen. Er kommt uns mit einer Kohorte entgegen.

Zweitens: Wir müssen den Feind in Sicherheit wiegen. Er soll denken, dass wir noch für Monate zu essen haben. Der Ausbruch kann nur gelingen, wenn die Barbaren ahnungslos sind. Sextus Valerius«, wandte er sich mir zu. »Du wirst morgen die Gefangenen durch zwei unserer Vorratsspeicher führen. Sie müssen den Eindruck bekommen, dass sie bis unters Dach gefüllt sind. Nimm dir so viele Legionäre, wie du brauchst, und lass alles in diese Baracken bringen. Danach lassen wir sie laufen, damit sie es ihren Leuten erzählen können.«

»Du willst die Reihen unserer Feinde verstärken?«, meldete sich Fabricius zu Wort. »Du glaubst doch nicht, dass sie nach Hause gehen.«

»Was schlägst du vor?«, fragte Caedicius.

»Ich sorge dafür, dass sie ihr Leben lang keine Waffe mehr in die Hand nehmen können.«

»Du willst ihnen die Hände abschlagen?« Ich wurde wütend. »Das ist barbarisch!«

Die meisten Anwesenden begannen wegen meiner Einlassung zu murren. Sie hatten noch die Bilder der enthaupteten Schiffsbesatzungen im Kopf.

Caedicius zuckte nur mit den Schultern und zog sich in seine Diensträume zurück.

Wie ein wildes Tier in seinem Käfig fand ich in der Enge meiner Dienststube keine Ruhe. Vor meinem inneren Auge sah ich, wie Fabricius mit einer Axt weit ausholte und sie auf Gernots Handgelenk niedersausen ließ.

Das durfte nicht sein, niemals. Aber was sollte ich tun? Den Gefangenen laufen lassen? Das war Hochverrat! Kaeso oder Fabricius würden mir mit Vergnügen eigenhändig den Kopf abschlagen. Je mehr ich die Gedanken in meinem Kopf wälzte, desto mehr wurde mir bewusst, dass es keine Alternative gab.

Augenblicke später stand ich auf der Via Sagularis, den Vierkant zu Gernots Fußfessel und ein Seil mit einem Haken in der Hand.

Hermes, dem Gott der Diebe, sei Dank, war die Wachstube unbesetzt. Quintus, der heute Dienst tat, inspizierte vermutlich die Gefangenen. Ich huschte unter der dunklen Veranda bis zu der Türe, hinter der Gernot angekettet war. Ein letzter Blick noch die Veranda entlang, aber alles war ruhig. Ich schlüpfte hinein und öffnete mit fahrigen Fingern die Schelle. Der Vierkant wäre mir dabei beinahe aus der Hand geglitten.

»Was machst du da?«, fragte der Marser schläfrig.

Ich hielt ihm die Hand vor den Mund. »Du musst hier raus, sofort. Komm!«

Mit dem Instinkt des Kriegers war Gernot auf der Stelle hellwach und auf den Beinen. Wir schlichen zur Veranda und hielten uns im Schatten der Baracken, bis wir eine Stelle am Wall erreichten, die heute nur schwach besetzt war. Lautlos nahmen wir die Stiege und hockten uns oben auf den schlüpfrigen Wehrgang. Im Feuerschein eines Kohlebeckens, der nicht bis zu uns herüberreichte, sah ich die Wache. Der Legionär stützte sich auf sein Pilum und schien zu träumen. Auch die nächste Turmwache war zu weit weg, um uns in unseren dunklen Mänteln auszumachen.

»Beeil dich, Gernot.« Ich befestigte den Haken an der hölzernen Brustwehr und hielt ihm das Seil hin. Gernot griff danach und setzte sich rittlings auf die Aussparung zwischen den Zinnen.

»Ein Wort noch«, flüsterte ich und hielt ihn am Ärmel seiner Tunika zurück. »Was hast du bei Lucius gemacht?«

»Nicht jetzt, Sextus.« Er schüttelte mich ab und ließ sich am Seil herunter. Als er den Boden erreichte, löste ich den Haken und ließ ihn mitsamt dem Seil hinabfallen. Ich hörte, wie Gernot alles zusammenraffte, dann wagte ich einen Blick hinaus. Undeutlich sah ich den Marser im schwachen Mondlicht. Er hob die Hand zum Gruß, huschte davon und war im gleichen Augenblick in der Dunkelheit verschwunden.

Merkur sei Dank, erreichte ich ungesehen die Baracke, schlüpfte hinein und schob von Innen den Riegel vor. Das Herz pochte mir noch im Hals, als ich auf mein Lager sank.

»Wo ist der Marser?« Bebend vor Zorn hatten sich Fabricius und Kaeso vor mir aufgebaut, während sich Lucius und das Begleitkommando im Hintergrund hielten.

Sie hatten in aller Frühe an meine Türe geklopft, um die Gefangenen zu holen. Ich hatte ihnen die Schlüssel ausgehändigt, worauf sie die Gefangenen vor die Baracke zerrten. Mit ängstlichen Blicken standen sie in einer Gruppe zusammen und rieben sich die tauben Glieder. Es konnte nichts Gutes bedeuten, wenn man sie aller Frühe von einer Abteilung waffenstarrender Legionäre abholen ließ. Einige suchten meinen Blick, als ob ich ihnen gegen die gesenkten Pila und gezückten Gladii beistehen könnte.

»Gib es zu«, ereiferte sich Kaeso, »du hast ihn in der Nacht laufenlassen.«

»Warum sollte ich das getan haben?«, fragte ich möglichst unbeteiligt.

»Weil du fast jeden Tag bei ihm gewesen bist. Viel öfter als bei den anderen Gefangenen. Decimus und Claudius haben es mir gesagt.«

»Die beiden sind tot, Kaeso. Sind sie dir im Schlaf erschienen?«

»Willst du es leugnen, dass du ihn mehr als die anderen aufgesucht hast?« Fabricius war bis auf einen Schritt an mich herangetreten. Sein Stock zitterte, als warte er nur darauf, ihn mir durchs Gesicht zu ziehen.

»Nein, will ich nicht«, antwortete ich herausfordernd. »Deshalb weiß ich auch, warum Lucius ihn geholt hat.« Im gleichen Augenblick war mir bewusst, dass ich mich zu einer Dummheit hatte hinreißen lassen.

»Was weißt du?«, fauchte Kaeso mich an.

»Dass er für Lucius und dich einige Schmiedearbeiten erledigt hat.« Ich versuchte, meinen Fehler ungeschehen zu machen, indem ich vorgab, nichts Genaues zu wissen, was ja auch der Wahrheit entsprach.

Ich bedauerte, dass ich nicht erfahren hatte, was Gernot für die beiden in jener Nacht erledigt hatte. Es musste aber mit Sicherheit etwas gewesen sein, was keiner wissen durfte. Ich spürte, dass ich mich mit meiner unbedachten und haltlosen Bemerkung in große Gefahr gebracht hatte. Selbst Lucius starrte mich böse an.

Angriff ist die beste Verteidigung. Ich tat jetzt das, was mein Vater mir schon als Kind beigebracht hatte. »Warum soll ich ihn laufengelassen haben? Er hat sich selber befreit. Ihr wart es doch, die ihm geholfen haben.«

Fabricius brachte vor Verwunderung keinen Ton heraus.

»Bis du von allen Göttern verlassen?« Kaeso schnappte wie ein Fisch auf dem Trockenen nach Luft.

»Ihr habt ihn die ganze Nacht in der Schmiede arbeiten lassen. Er hatte alle Möglichkeiten, sich heimlich ein Werkzeug einzustecken, mit dem man eine Fußschelle öffnen kann. Der Marser ist nicht dumm.«

Kaeso verzog enttäuscht das Gesicht. Ich sah ihm an, dass er mich am liebsten auf der Stelle niedergestochen hätte. Meine geschickte Verteidigung hatte ihm aber die Grundlage und die Berechtigung entzogen.

»Lass es gut sein.« Lucius fasste Kaeso am Arm und zog ihn zurück.« Es bringt nichts, wenn wir uns gegenseitig zerfleischen. Wir haben einen Befehl auszuführen. Caedicius erwartet, dass seine Anordnungen unverzüglich ausgeführt werden.«

Er wandte sich an die Legionäre des Begleitkommandos. »Verbindet den Gefangenen die Augen und führt sie zu den Vorratsspeichern!«

Die Betroffenen leisteten nur geringen Widerstand. Sie hatten kaum ein Wort von dem verstanden, worum es zwischen uns gegangen war, und wahrscheinlich mit ihrem Leben abgeschlossen.

Mir blieb keine andere Wahl, als der düsteren Prozession zuzusehen, die mit langsamen Schritten auf das erste Speichergebäude zuhielt.

Die Gefangenen wurden durch die offene Türe hineingestoßen, worauf ihnen die Binden von den Augen genommen wurden. Voller Angst blickten sie um sich, konnten aber nichts außer einer Unmenge aufgestapelter, randvoller Körbe entdecken. Alleine die Getreidekörbe in diesem Speicher mussten ausreichen, die Besatzung von Aliso für mehr als einen Monat zu ernähren. Dann wurden den Gefangenen wieder die Binden umgelegt und sie mussten den Speicher durch die Hintertüre verlassen. Auf dem Weg hinaus griff ich in einen der Körbe und stellte erstaunt fest, das die Schicht der Roggenkörner nicht mehr als eine Handbreit maß. Darunter fasste ich in trockenes Blattlaub. Das zweite Magazin enthielt wiederum Getreide und eine Unmenge zu Haufen geschichteter Äpfel und andere getrocknete Feldfrüchte. Von der Decke hingen gepökelte Schinken und Würste, die einen betörenden Geruch verströmten. Allen Beteiligten lief das Wasser im Mund zusammen.

Wiederum wurden den Gefangenen die Binden umgelegt und durch die Hintertüre in den ersten Speicher zurückgeführt. Ich erkannte, dass in aller Eile Käseräder und Würste hereingebracht worden waren und man die Stellung der Getreidekörbe verändert hatte. Die Gefangenen mussten glauben, sich in einem andern Gebäude zu befinden. Noch zwei Mal wurde die gesamte Prozedur wiederholt, bis auch dem letzten Zweifler bewusst sein musste, dass wir Vorräte für ein gutes Jahr eingelagert hatten.

Die Gefangenen wirkten jetzt auch zunehmend entspannter, zumal ihnen ein Legionär im gebrochenen Dialekt der Cherusker mitgeteilt hatte, dass sie gleich aus dem Lager entlassen würden. Sie sollten ihren Kameraden mitteilen, dass es keinen Sinn machen würde, auf ein baldiges Ende unserer Vorräte zu hoffen. Man verzichtete darauf, ihnen die Augen wieder zu verbinden und führte sie über die breite Straße zur Porta Praetoria.

Kaeso hatte nach der halben Strecke den Umzug verlassen und erwartete uns vor dem geöffneten Tor. Was ich sah, ließ mir den Atem stocken. Er hielt den blanken Gladius in der Hand und wies auf einen hölzernen Haublock, den man aus den Fabrica herbeigeschleppt hatte. Daneben standen Titus und Flavius, die mit breitem Grinsen Schlingen in den Händen wiegten.

»Den da!« Fabricius wies auf einen der Männer, einen graubärtiger Greis, der zu zittern begann. Flavus legte ihm eine Schlinge um das Handgelenk, zog sie zu und zerrte den schreienden Alten zum Block. Titus zwang den Bedauernswerten in die Knie und presste den Unterarm auf den Block, während Flavus den Strick anspannte. Der Mann konnte seinen Arm nicht mehr bewegen und starrte mit entsetzten Augen auf Kaeso, der den Arm hob und den Gladius mit der Schneide auf den Handgelenk niedersausen ließ. Ein lauter Schrei stieg in die kalte Winterluft und der Alte wälzte sich vor Schmerzen auf der Erde. Verzweifelt versuchte er, mit dem Ärmel seines Kittels das herausschießende Blut zu stillen.

»Abbinden!«, befahl Fabricius grob. Zwei Legionäre sprangen hinzu und schnürten dem Opfer den Stumpf ab.

»Der Nächste!«, befahl Fabricius, und man schleppte den zweiten Delinquenten zum Block. Der Mann schrie, dass man es im ganzen Lager hören musste.

Lucius wandte sich angeekelt ab.

»Aufhören«, schrie ich Kaeso an, als der zum zweiten Mal ausholte. Ich hatte meinen Schock überwunden und wollte alles daransetzen, diese Barbarei zu beenden. Ein sinnloser Versuch, der zudem das Missfallen der meisten Anwesenden nach sich zog.

»Memme«, spottete ein Gregarius, dem sich die umstehenden Kameraden lachend anschlossen.

»Weg mit dem Feigling«, befahl Fabricius, worauf mich zwei Legionäre am Arm packten und fortzogen.

Wieder ertönte ein dumpfer Aufprall, der vom Schrei des Opfers übertönt wurde. Ich wand mich im Griff meiner Bewacher, denen sich weitere angeschlossen hatten.

Noch zwei weitere Male wiederholte sich die grässliche Prozedur, bis plötzlich Ruhe einkehrte.

»Aufhören! Sofort aufhören!« Caedicius war, begleitet von zehn Legionären, vor dem Tor erschienen. »Was soll das, Fabricius? Du bringst die Barbaren um.«

»Ich führe nur deine Anweisungen aus«, rechtfertigte sich der Centurio.

»Das da«, Caedicius wies auf den Richtplatz, »habe ich nicht angeordnet. Ihr solltet denen da die Vorräte zeigen und sie laufenlassen.«

»Wir hatten erörtert, dass sie später nicht die Waffen gegen uns erheben können!« verteidigte Kaeso seinen Kumpanen.

»Wenn du allen die Hände abschlagen lässt, kannst du sie selber zu ihren Leuten führen. Sie sollen von unseren Vorräten berichten und nicht vorher verbluten.

Fabricius gab Kaeso einen Wink, der grinsend den Gladius mit einem Lappen abwischte und in die Scheide schob.

Meine Bewacher hatten mich unterdessen längst losgelassen und sich in der Menge der Umstehenden verdrückt.

»Verbinden!«, befahl Caedicius. Der Medicus sprang mit seinen Begleitern herbei und begann in aller Eile, die Wunden fachmännisch zu versorgen. Für den Alten kam jede Hilfe zu spät. Er war an dem Schock und dem Blutverlust gestorben.

Als der Medicus seine Arbeit beendet hatte, öffnete sich eine Gasse, um die Gefangenen aus dem Tor zu lassen. Von je zwei Kameraden gestützt, wankten die Verstümmelten durch die Porta Praetoria in die Freiheit. Den Toten trugen die Verschonten in eine Decke gehüllt mit sich. Einer von ihnen drehte sich zu mir um und nickte mir und dem Medicus zu, als er die Schwelle passierte.

Kaeso schien das bemerkt zu haben. »Du hättest besser mit deinen Freunden gehen sollen«, flüsterte er mir ins Ohr. Mir ekelte vor dem Geruch, der seinem Mund entströmte. »Du wirst Fabricius und mich jetzt richtig kennenlernen. Da kann dir auch Lucius nicht mehr helfen.«

Ich verzichtete auf eine Antwort und tat einen Schritt zurück. Dann spuckte ich aus und drehte ihm den Rücken zu.

Die Schaulustigen zerstreuten sich und die Legionäre nahmen ihre Posten auf den Wällen wieder ein. Caedicius hatte eine erhöhte Alarmbereitschaft befohlen, aber nichts geschah.

Später am Tag wurde ich zu Caedicius befohlen. Mir schwante nichts Gutes, weshalb ich zur Vorsicht die Schreibtafel mit dem Zeichen und dem Siegel des Lucius einsteckte. Meine Befürchtung sollte sich bewahrheiten.

Als ich das Praetorium betrat, kam mir Lucius entgegen, der gruß- und wortlos an mir vorüber eilte. Im Dienstraum des Lagerpräfekten warteten bereits Kaeso und Fabricius auf mich. Ohne dass man mir am Besprechungstisch einen Platz angeboten hätte, wurde ich sofort von Caedicius angefahren.

»Sextus Valerius, es liegt eine Beschwerde gegen dich vor.« Der Präfekt wies auf den Centurio und den Signifer. »Diese beiden Offiziere beschuldigen dich, den gefangenen Marser freigelassen zu haben. Das ist ein Vergehen, das ich aufs Härteste bestrafen werde. Hast du etwas zu deiner Verteidigung zu sagen?«

Ich schluckte und legte mir meine Antwort genau zurecht.

»Das ist nicht wahr, Präfekt. Ich habe dem Gefangenen nicht zur Flucht verholfen. Das habe ich den beiden bereits erklärt. Der Marser Gernot muss sich selbst befreit haben. Es muss spät in der Nacht geschehen sein. Als ich gegen Mitternacht vorschriftsmäßig nach ihm gesehen hatte, war er noch da.«

»Lüg mich nicht an!« Caedicius wies mit dem Zeigefinger auf mich. »Der Gefangene war angekettet. Er kann sich nicht selbst befreit haben.«

»Doch, Präfekt. Er muss etwas bei sich gehabt haben, womit er die Fußfessel öffnen konnte.«

»Woher soll er so etwas haben?« Caedicius trommelte ungeduldig mit den Fingern auf der Tischplatte.

»Er hat es sich in der Schmiede besorgt, Präfekt. Der Optio Lucius Poblicius hat ihn abgeholt, um einige Schmiedearbeiten ausführen zu lassen. Der Marser hatte genug Zeit, sich in der Schmiede mit allem notwendigen zu versehen. Entweder einen passenden Vierkant oder ein anderes spitzes Eisengerät. Eine Feile war es nicht, dass hätte man der Fußfessel oder der Kette angesehen. «

Caedicius blickte überrascht auf. »Ist das wahr, Fabricius? Davon hast du mir nichts gesagt. Hast du dem Optio gestattet, den Gefangenen für sich arbeiten zu lassen?«

»Das ist nicht wahr!«, ereiferte sich Kaeso, der der Befragung bisher regungslos gefolgt war. »Sextus Valerius lügt, um seinen Hals zu retten. Er schreckt nicht davor zurück, einen alten Freund in die Sache hineinzuziehen. Lucius kann sich noch nicht einmal dagegen wehren, weil er nicht hier ist.«

»Kannst du deine Anschuldigung beweisen?«, fragte mich der Präfekt. »Oder soll ich den Optio holen lassen?«

»Das wird nicht nötig sein«, erwiderte ich selbstsicher. Sextus und Kaeso starrten mich überrascht an.

Ich holte die Tafel aus meiner Gürteltasche hervor und reichte sie dem Präfekten. »Ich habe eine ordnungsgemäße Meldung verfasst und sie vom Optio gegenzeichnen lassen. Hier siehst du sein Siegel.«

Caedicius las die Meldung und betrachtete eingehend das Zeichen und den Abdruck des Siegelrings. Dann reichte er Fabricius die Tafel. »Was hast du dazu zu sagen, Centurio?«

»Davon weiß ich nichts, Präfekt«, stotterte Fabricius.

»Entschuldige dich bei dem Optio«, herrschte Caedicius ihn an und riss ihm die Tafel aus den Händen. »Du auch, Signifer.«

Die beiden stammelten etwas, was mit viel gutem Willen nach einer Entschuldigung klang. Dann grüßten sie den Präfekten unterwürfig und schlichen wie zwei geschlagene Hunde hinaus.

»Und jetzt zu dir, Sextus Valerius! Du hältst dich fürs nächste von den beiden fern. Mir ist schon vor Tagen zu Ohren gekommen, dass es Streit zwischen euch gibt. Ich dulde so etwas nicht. Wir müssen alle Kräfte darauf konzentrieren, lebend aus Aliso rauszukommen. Hast du mich verstanden?«

Ich nickte, grüßte und verließ eilig das Praetorium. Den Göttern sei Dank, hatte ich die Eingebung gehabt, diese Meldung zu verfassen. Was zum Schutz für Gernot gedacht war, hatte mich gerettet. Eine Prügelstrafe und eine Degradierung vor der angetretenen Truppe wäre noch die mildeste Bestrafung für mein Vergehen gewesen.

Als ich den Innenhof der Principia durchmaß, sah ich meine Feinde am Durchgang zur Via Praetoria. Sie stritten heftig mit Lucius, der sich gestenreich verteidigte. Als sie mich erblickten, suchten alle eilig das Weite.

Am Abend kam Quintus mit Neuigkeiten. Eine Patrouille hatte beobachtet, dass die Belagerer in Scharen abzogen. Die

List des Präfekten hatte offenbar ihren Zweck erfüllt. Dann erzählte ich ihm von der Unterredung beim Präfekten.

»Du musst dich vorsehen, Sextus.« Quintus stützte seinen Kopf in die Hände. »Auf mich sind sie auch nicht gut zu sprechen. Wir sollten abwechselnd wachen.«

Der missglückte Versuch meiner Feinde, mich durch eine Verleumdung auszuschalten, schien ihren Rachedurst gebremst zu haben. Sie wussten, dass ein weiterer Versuch sofort den Verdacht des Präfekten auf sie gelenkt hätte. Wenn sie geahnt hätten, wie nahe sie mit ihrer Anschuldigung der Wahrheit gekommen waren …, ich lächelte still in mich hinein.

Bald verdichteten sich die Anzeichen, dass Caedicius den Ausbruch aus Aliso befehlen würde. Wir entledigten uns aller überflüssigen Dinge. Es begann mit der Vernichtung der Wagen und endete mit der Demontage der Ballisten und Pfeilgeschütze. Zum Schluss wurden alle Bolzen und Metallteile vergraben. Dem Feind sollte nach unserem Abzug nichts Wertvolles in die Hände fallen.

Da keiner wusste, wann der Befehl zum Aufbruch gegeben würde, hatte ich vorsorglich die Sachen bereitgelegt, die ich mitnehmen würde. Es war nicht viel, ein Mantel, eine zusätzliche Tunika, einen silbernen Löffel und ein Schreibbesteck, die ich zu einem Bündel verschnürte. Zusammen mit den Waffen waren sie schnell auf eines der Packtiere gebunden.

Ich überlegte hin und her, ob ich die Aurei von Lucius vergraben oder einstecken sollte. Schließlich entschloss ich mich, sie in meine Tunika einzunähen. Genau genommen war es das Geld, was die Legion mir schuldete. Es stand fast ein ganzer Jahressold aus und der Signifer meines Manipels, der die Ansprüche der Legionäre verwaltete, war wahrscheinlich gefallen. Bei den Münzen handelte es sich sicherlich um den fälligen Sold und Lucius hatte versucht mich mit dem zu bestechen, was mir ohnehin zustand.

Einen Tag vor den Kalenden des Martius[71] waren die Vorbereitungen abgeschlossen und wir sammelten uns hinter der Porta Decumana. Nach den Ausfällen durch Kämpfe und Krankheiten waren immer noch mehr als sechshundert Legionäre und Zivilisten zum vereinbarten Treffpunkt gekommen.

Am Abend hatte leichter Schneefall eingesetzt, der aber zum Glück nicht liegen geblieben war, weil die Temperaturen leicht über dem Gefrierpunkt lagen. Eine mondlose Nacht, feucht und kalt, in die man keinen Hund hinausgejagt hätte. Alle hofften, dass sich die Sicherungsverbände der Barbaren in ihre primitiven Unterstände zurückgezogen und gegen die Kälte mit Met abgefüllt hätten.

Die Centurionen hatten damit begonnen, die einzelnen Gruppen einzuteilen. Direkt am Tor warteten die Reiter, die ihre Pferde am Zügel hielten. Sie hatten den Tieren Scheuklappen angelegt und die Hufe mit Lappen umwickelt.

Dahinter kamen die Legionäre. Sie trugen nur ihre Ketten- oder Schienenpanzer unter den Mänteln. Die Helme und Schilde steckten in Leinensäcken und ledernen Futteralen. Man hatte sie mit dem Proviant den Mulis aufgebürdet, von denen jedem Contubernium eines zustand. Auf Zelte und Schanzzeug hatten wir verzichtet. Es waren nur zwei lange Tagesmärsche bis zum Rhenus. Entweder würden wir durchkommen oder in den Wäldern verrotten. Alle trugen den Gladius und den Pugio an der Seite und hielten einen Speer oder Pilum in der Hand.

Im Vergleich zu den übrigen Legionären und Offizieren hatten sich Lucius, Kaeso und Fabricius wie zu einer Parade herausgeputzt. An Lucius und Kaeso fielen mir die protzigen Armreife auf, die sie um die Handgelenke trugen. Kaeso hatte zusätzlich zwei Torques[72] an seinem Panzer befestigt. Fabricius trug ein Riemengeflecht mit allen Phalerae, die ihm in seiner Dienstzeit verliehen worden waren.

---

71 1. März

72 Arm-/ Halsreife, Auszeichnungen

Mehr konnte ich nicht erkennen, weil sie sich von mir absonderten und es in der Gruppe der Zivilisten zu rumoren begann. Die Männer, Frauen und Kinder sollten sich mit den Proviantpferden am Ende des Zuges halten. Sie hätten nur gestört, wenn es zu Kampfhandlungen kommen würde.

Auf einen leisen Befehl hin wurden alle Lichter gelöscht, und die Flügel der Porta Decumana schwangen lautlos auf. Ab jetzt durfte nur noch im Flüsterton gesprochen werden. Angeführt von den wegekundigen Kundschaftern und abgesessenen Patrouillenreitern setzten sich die Kolonnen lautlos in Bewegung. Hin und wieder waberte das Scheppern von Waffen oder das unterdrückte Weinen eines Kindes durch die Dunkelheit.

Ich hatte mich mit Quintus am Ende der Kolonne der Legionäre eingereiht. Weit entfernt von meinen Feinden, die weiter vorne marschierten und nahe genug, um im Bedarfsfall in einen Kampf eingreifen zu können.

Es schien alles gut zu gehen. Ungesehen kamen wir durch die ersten beiden Postenlinien der Barbaren. Entweder waren sie nicht besetzt worden oder die Barbaren hatten sie viel zu weit auseinandergezogen. Nach unseren Berechnungen mussten wir in wenigen Schritten auf die letzte Reihe treffen. Plötzlich stockte die Kolonne und wir gingen weisungsgemäß in die Knie, während die Reiter und Mauleselführer ihre Hände auf die Nüstern der Tiere legten. Ich nahm vor uns eine Bewegung wahr und sah, wie die Legionäre eine Gasse bildeten, um zwei Männer nach hinten durchzulassen. Es waren Kaeso und ein hochrangiger Centurio, die offenbar nach mir suchten.

»Du bleibst mit Quintus und zehn weiteren Legionären zurück!« Kaeso wies dabei wahllos auf einige Männer. »Ihr übernehmt den Schutz der Zivilisten. Da vorne stehen die Barbaren.« Er wies in die Dunkelheit.

»Willst du uns auf diese Art loswerden?« Ich hatte damit gerechnet, dass meine Feinde mich nicht vergessen hätten. Aber so?

»Das ist ein Befehl«, raunzte mich der Centurio unterdrückt an. »Fabricius hat mir gesagt, dass es keinen Besseren für diese Aufgabe gibt. Haltet euch nach rechts, wenn es zum Kampf kommt. Da gibt es eine Lichtung, wo ihr in Stellung gehen könnt. Haltet dort mit den Zivilisten aus, bis wir euch rausholen.«

Das war unmissverständlich und jeder Widerspruch zwecklos. Wir konnten nur hoffen, dass es nicht zu einem Zusammenstoß kommen würde.

Man sagt, dass die Hoffnung zuletzt stirbt. Dieses Mal beeilte sie sich damit.

Kaum waren der Signifer und der Centurio verschwunden, gellte weiter vorne der Todesschrei eines Menschen. Ich sollte später erfahren, dass Fabricius einem Posten der Barbaren sein Pilum durch den Leib gerammt hatte.

Unmittelbar darauf fegte ein Wutgeheul durch den Wald. Die Barbaren hatten erkannt, dass es kein Erkundungstrupp war, der ihnen zu nahe gerückt war. Überall flammten Lichter auf und Schatten huschten durch das Unterholz. Entsetzt schrien die Frauen und Kinder, als sie das Kriegsgeschrei der Legionäre vernahmen. Sie fürchteten nicht zu Unrecht, dass man sie ihrem Schicksal überlassen würde.

Die ersten Pfeile zischten heran und streckten mehrere Menschen nieder.

»Weg hier«, versuchte ich mit lauter Stimme das Chaos zu übertönen. »Nach rechts in den Wald bis zur Lichtung.« Ich packte den nächst stehenden und stieß ihn voran. Voller Panik drängten die meisten nach, um dem Beschuss zu entgehen. Einige blieben jedoch schreckensstarr zurück und fielen den angreifenden Barbaren in die Hände.

Wir hasteten vorwärts. Zweige schlugen in die Gesichter, wir stolperten über Wurzeln. Aber weiter, nur weg von den nachsetzenden Schatten. Endlich erreichten wir offenes Gelände, wo wir uns in der Mitte zusammenballten. Wir rissen den

Maultieren die Schilde von den Packsätteln, und ich versuchte, daraus einen provisorischen Schutzwall zu organisieren.

Im Licht der Fackeln sah ich Quintus, der sich am Waldrand mit zwei Germanen herumschlug.

»Lauf!«, schrie ich ihm zu. »Lauf weg. Bring dich in Sicherheit.«

Quintus wehrte einen der Männer ab und schaute in meine Richtung.

»Weg!«, brüllte ich noch einmal.

Quintus duckte sich unter einem Keulenschlag hindurch und sprang ins Gebüsch.

Dann ging ein wahrer Geschosshagel auf uns nieder, dem viele zum Opfer fielen. Ich schlug die Pfeile mit dem Gladius aus meinem Scutum und wartete auf den Feind, der begonnen hatte, uns einzukreisen. Schritt für Schritt rückten die Germanen vor, bis sie uns auf engstem Raum zusammengedrängt hatten.

Das ist also das Ende, schoss es mir durch den Kopf. Hatte ich die Schlacht und die Belagerung nur überlebt, um hier abgeschlachtet zu werden? Ich sah die Mordlust in den Augen der andrängenden Feinde und wusste, dass Charon mich mit seinem Kahn erwartete. Aber kampflos würden sie mich nicht bekommen.

Ein untersetzter Krieger sprang mich an und stach mit dem Speer nach mir. Die Spitze prallte gegen mein Scutum, während ich ihn mit dem Gladius am Arm erwischte. Im gleichen Augenblick riss mich etwas von den Füßen, so dass ich auf dem Rücken landete. Mit verlangsamter Wahrnehmung sah ich, wie der Verletzte sich aufrappelte und seinen Speer hob, um ihn mir durch den Leib zu stoßen.

»Nein, Marbod!«, hörte ich eine vertraute Stimme. Irgendetwas drängte den Angreifer im letzten Moment zur Seite, so dass sich seine Lanzenspitze wenige Fingerbreit neben mir in den Boden bohrte.

»Gib auf, Sextus!« Gernot stand breitbeinig über mir und hielt mir die Spitze eines Langschwertes an die Kehle. »Ergib dich, und du wirst leben.«

Ich schloss die Augen und ließ den Gladius aus der geöffneten Hand gleiten. Sofort entriss man mir das Scutum und fesselte mir die Hände auf den Rücken. Ich blickte mich nach meinem Retter um, der verschwunden war.

Von ferne drang jetzt das Dröhnen von Kriegshörnern an mein Ohr. Wie ein Blitz durchzuckte mich die Hoffnung. Das war das Angriffssignal der Legionen. Sie würden uns hier herausholen!

Aber nichts geschah. Es gab keine Legionäre, die auf die Lichtung strömten. Hatte die Phantasie mir einen Streich gespielt?

Die Angreifer hatten die Signale ebenfalls gehört. Sie rissen uns hoch und stießen uns voran. Immer weiter weg von unseren Rettern, die nicht kamen. Wer über eine Wurzel stolperte oder sich fallen ließ und nicht schnell genug wieder hochkam, wurde gnadenlos abgestochen. Ich weiß nicht mehr, wie viele Meilen wir uns durch die Wildnis kämpften, bis wir an einem Bachlauf rasten durften. Dort, wo wir standen, ließen wir uns zu Boden fallen und rangen nach Atem. Ich zählte knapp drei Dutzend Römer. Zivilisten und Legionäre, die das Chaos überlebt hatten. Der Rest lag tot oder verwundet im Wald.

»Wasser?« Gernot saß neben mir und hielt mir eine Feldflasche hin. Der lederne Schutzbezug war fleckig von frischem Blut. Ich dankte und trank mit großen Schlucken.

»Verhalte dich möglichst unauffällig. Wenn sie erfahren, dass du ein Offizier bist, töten sie dich. Sag das deinen Leuten.«

Ich nickte und biss in den Brotfladen den er mir reichte.

»Lass dich nicht von Marbod provozieren. Das ist der, den du am Arm verwundet hast. Er wird es überleben.« Der Marser lachte geringschätzig.

»Was wird aus mir, Gernot? Wo bringt ihr mich hin?«

»Das weiß ich nicht.« Gernot zuckte mit den Schultern. »Denk daran, was ich gesagt habe. Dann wird dir nichts geschehen.«

»Die Frauen und Kinder!«, schrie ein Legionär. »Sie sind ohne uns verloren.«

»Angriff«, brüllte Caedicius mit sich überschlagender Stimme. »Drauf und durch. Keine Rücksicht auf Nachzügler und Verwundete. Es geht ums Leben.«

Kaum einer kümmerte sich um die Schilde auf den Packpferden. Alles rannte nach vorne, wo auflodernde Fackeln die Stellung des Feindes anzeigte. Sie kümmerten sich nicht um das Zischen der Geschosse und die Schreie der Getroffenen. Dann waren sie heran und warfen ihre Pila und Hastae in das Gewirr der flackernden Lichter und schwarzen Schemen. Jetzt waren es die Barbaren, die in ihrer Todesnot schrien. Die Spitzen und Schneiden der Dolche und Schwerter hieben auf alles ein, was sich ihnen in den Weg stellte. Äste, Schilde und Waffen barsten unter der Wucht der Attacke.

Die Germanen hatten dem Zorn der Hunderte wenig entgegenzusetzen und spritzten nach allen Seiten auseinander, nur fort aus der Reichweite der schrecklichen Gladii. Sie verzichteten auf eine Verfolgung und machten sich über die wiehernden und auskeilenden Packtiere her. Vorne wartete der Tod, während hier leichte Beute und wehrlose Verwundete lockten.

Auch die Legionäre verschwendeten keine Gedanken an die Zurückgebliebenen. Immer weiter stürmten sie in den Wald, bis Caedicius mit lauter Stimme zum Sammeln rief.

»Die Cornuträger zu mir. Schnell!«

Mit fliegendem Atem und hochroten Gesichtern scharten sie sich um den Präfekten.

»Blast«, befahl er ihnen. »Blast zum Sturmschritt der Legionen. Die Barbaren werden glauben, dass Verstärkung gekommen ist.«

Wie ein Reptil hatte sich Quintus durchs Unterholz geschlängelt. Dann war der Weg frei, und er jagte zurück. Die Richtung gab das Geschrei der durchbrechenden Kameraden vor. Er schlug einen Bogen um die plündernden Krieger und lief weiter. Plötzlich war da das Dröhnen der Kriegshörner.

»Asprenas«, jubelte er in wilder Freude und warf sich gleich wieder unter den nächsten Busch. In Scharen passierten die Germanen sein Versteck. Alles floh vor dem vermeintlichen Sturmangriff des Entsatzheeres. Als sie vorüber waren, sprang er auf und rannte den vertrauten Klängen entgegen.

»Quintus. Da ist Quintus«, rief ein Optio. Kaeso hob den Kopf und schnitt eine Grimasse.

»Wir müssen umkehren.« Quintus rang nach Atem. »Sie haben sie erwischt! Frauen, Kinder, die Alten und den Begleitschutz. Schnell, bevor es zu spät ist. Asprenas ist gerade rechtzeitig gekommen.«

»Es gibt keinen Asprenas.« Ein Gregarius hielt ihm seine Trinkflasche an die Lippen. »Das war eine Finte des Präfekten. Wir müssen weiter. Komm.«

Quintus warf einen langen Blick zurück und folgte den anderen, die im Eilschritt nach Westen zogen.

Die nächsten Stunden und Tage waren eine einzige Tortur. Man verhöhnte und schlug uns nach Belieben. Als die Anführer nachlässig wurden, machten sich die Krieger heimlich über die gefangenen Frauen und Mädchen her. Das hörte erst dann auf, als ein Häuptling einen Vergewaltiger niederschlug. Das jedoch geschah nicht aus menschlicher Empörung. Die Sklavenhändler zahlten hohe Summen für Jungfrauen.

Am Abend passierten wir einen der zahlreichen heiligen Haine. Klobige, grob geschnitzte Stelen mit abstrusen Gliedern umstanden einen Tümpel. Wir hielten an einem mächtigen Findlingsblock, auf dem das Blut eines grausigen Rituals eingetrocknete Rinnsale hinterlassen hatte. Es roch nach

Verwesung und fauligem Laub. Wahllos griffen sich die Krieger einen Gefangenen, und hängten den verzweifelt um sich Schlagenden an den Ast einer Eiche. Als er nicht mehr zuckte, holten sie ihn herunter, schlugen ihm den Kopf ab und nagelten die Trophäe an den nächsten Stamm. Ein Opfer für ihren grausamen Wodan.

Ich wandte mich voller Entsetzen ab und sehnte die Nacht herbei. Vielleicht würde ich, wenn Gernots Kumpane schliefen, ein wenig Ruhe finden. Doch kein Schlaf erlöste meinen unruhigen Geist. Wie Gespenster stiegen die Bilder der vergangenen Tage wieder in mir auf.

Was war das für eine Welt? Jeder schien darauf bedacht zu sein, den anderen an Grausamkeit und Niedertracht zu überbieten! Römer bestahlen Römer und hackten Hände ab, was die Barbaren mit Gemetzeln an Wehrlosen und grässlichen Opferungen vergalten.

Meine Gedanken flogen weiter. Warum war ich in diese Lage gekommen? Hatten es Kaeso und Fabricius darauf abgesehen, dass ich dem Feind in die Hände gefallen war? Hatten sie es mit Lucius abgesprochen? Die beiden waren schlecht, grausam und verderbt bis in den letzten Winkel ihrer Seele. Warum war mein alter Freund an ihrer Seite? Waren Reichtum und Fortkommen so wichtig, dass er dafür alles hinten anstellte?

Mir war kalt, und ich fragte mich, wie ich die Nacht überstehen sollte. Man hatte mich so fest verschnürt, dass ich mich kaum bewegen konnte. Mit einem Mal war mir alles egal. Wenn es mir bestimmt war, sollte ich hier sterben. Was hielt mich noch in dieser Welt? Meine Sinne schwanden, und ich ließ mich sinken.

Als ich erwachte, konnte ich Arme und Beine ein wenig bewegen. Irgendeine mitleidige Seele hatte meine Fesseln gelockert und eine Decke über mich gebreitet. Ich wälzte mich herum und sah Gernot, der sich wenige Schritte entfernt über einen dampfenden Kochtopf beugte.

Ein römischer Topf, fuhr es mir durch den Kopf. Auch der silberne Löffel, mit dem er darin herumrührte, stammte von unserer Seite des Rhenus. War es Beute, oder hatte man die Teile von einem Händler erworben? Es war nicht von Belang. Wichtiger war, dass er das irdene Gefäß vom Feuer nahm und neben mir abstellte. Dann löste er mir die Handfesseln, so dass ich mich aufsetzen und die Hände bewegen konnte.

»Iss«, forderte er mich auf.

Ich warf ihm einen dankbaren Blick zu und begann die eingedickte Suppe hinunterzuschlingen. Ich schmeckte Bohnen, zermuste Dinkelkörner, Kräuter und sogar Fleisch. Dazu gab es einen Kanten feuchtes Brot. Selten hatte ich mit mehr Genuss gegessen. Es war die erste Nahrung, die ich seit zwei Tagen zu mir genommen hatte. Ich hörte nicht eher auf, bis der letzte Tropfen und die letzte Krume vertilgt waren.

»Wo sind die anderen?«, fragte ich Gernot, nachdem ich mich umgeschaut hatte. Außer uns waren noch vier Männer da, die um ein Feuer saßen.

»Die Cherusker und Brukterer sind bei Tagesanbruch aufgebrochen. Sie hatten es eilig, zurück in ihre Dörfer zu kommen, und haben die anderen Gefangenen mitgenommen.«

»Und die?« Ich wies auf die Gruppe am Feuer.

»Das sind Marser. Wir haben einen weiteren Weg und wollen noch etwas ausruhen.«

»Und dieser Marbod, den ich verwundet habe?«, fragte ich gespannt. »Ist der auch weg?«

Gernot schüttelte den Kopf. »Der ist mit zwei anderen jagen. Sie werden bald zurück sein. Hoffentlich bringen sie Fleisch mit. Du hast das letzte Stück gerade gegessen.«

Einer der Männer erhob sich, kam herüber und setzte sich zu uns. Das offene Gesicht mit den schütteren Haaren kam mir irgendwie bekannt vor. Dann blickte ich auf den Armstumpf, der mit einem sauberen Tuch umwickelt war. Es war der, der nach dem Alten als nächster seine Hand verloren hatte.

»Das ist Harald.« Der Ältere nickte mir freundlich zu.

»Harald hat mir erzählt, dass du der einzige warst, der sich für die Gefangenen verwendet hat.«

»Es hat nichts genutzt«, antwortete ich knapp.

»Hast du …«, Gernot unterbrach sich für einen Moment und blickte mir in die Augen. »Hast du gewusst, was man mit den Gefangenen vorhatte? Hast du mich deshalb laufenlassen?«

»Nicht genau«, antwortete ich mit einem Blick auf Harald. »Ich hatte es befürchtet.«

»Warum hast du nicht alle laufen lassen?«

Ich sah ein unheilvolles Glitzern in den Augen des Marsers.

»Lass es gut sein, Gernot.« Der andere legte ihm den gesunden Arm um die Schultern. »Das hätte er nicht gekonnt. Ein Gefangener kann unerkannt entweichen. Aber nicht zwanzig. Mehr konnte er nicht tun.«

Gernot schaute zuerst ihn, dann mich an und nickte. Seine Gesichtszüge entspannten sich.

»Harald«, begann er langsam, »ist der Vorsteher unseres Dorfes. Er hat den Trupp angeführt, der zu den Cheruskern gegangen ist. Wir waren ihnen diesen Gefolgschaftsdienst schuldig. Sie hatten uns vor einem Jahr gegen die Chatten geholfen.«

Marbods Rückkehr beendete unser Gespräch. Er stapfte mit seinen Jagdgefährten übellaunig auf die Lichtung und warf einen einzelnen Hasen neben das Feuer.

»Ist das alles?«, fragte einer der Männer.

»Versuch es doch selber«, fuhr er dem Mann über den Mund. »Es sind zu viele Römer im Wald.« Er zeigte in meine Richtung. »Die vertreiben das Wild.«

Die Männer am Feuer lachten und warfen mir feixende Blicke zu.

Marbod kratzte sich am Arm und verzog schmerzhaft das Gesicht. Wahrscheinlich hatte sich seine Wunde entzündet.

»Dafür wirst du noch bezahlen«, rief er zu mir herüber und setzte sich ans Feuer.

Gernot wollte hochfahren, wurde aber von Harald zurückgehalten.

»Ich regle das. Bleib sitzen.«

Harald erhob sich wegen der fehlenden rechten Hand etwas linkisch und ging zu den anderen. Ich sah, wie er einige Zeit auf Marbod einsprach.

»Halte dich an meiner Seite, wenn wir weitergehen.« Während er sprach, ließ Gernot die Gruppe am Feuer nicht aus den Augen. »Er wartet nur darauf, es dir heimzuzahlen.«

Wir brachen auf und die Blicke, die mir Marbod und die anderen zuwarfen, wurden immer drohender. Der verletzte Marser hatte sich fürchterlich aufgeregt, als er erfuhr, dass ich am Morgen das letzte Fleisch bekommen hatte. Das war aber der einzige Vorfall, der sich an diesem Tag noch ereignen sollte. Die folgenden Tage verliefen ähnlich ereignislos. Wir kamen gut voran und Marbods Zustand verbesserte sich zusehends. Er musste gutes Heilfleisch haben und meine Hoffnung, dass ihn die Wunde umbringen würde, erfüllte sich nicht.

Gernot wich mir kaum von der Seite, was mir die Gelegenheit gab, oft mit ihm zu sprechen.

Meine Frage nach dem Schicksal meiner Kameraden war schnell beantwortet. Gernot erzählte mir von der Finte, die Caedicius angeordnet hatte. Jetzt verstand ich, was die Hornsignale und die überstürzte Flucht der Germanen zu bedeuten hatten.

Später sprach ich ihn noch einmal darauf an, was man mit mir vorhätte. Er dachte kurz nach und meinte, dass es das Beste für mich wäre, wenn ich in sein Dorf käme. Mich alleine zum Rhenus aufzumachen, hielt er für einen schlechten Einfall, der einem Selbstmord gleichkäme. Er nahm an, dass die Cherusker nach der Aufgabe von Aliso zum Rhenus vorgerückt waren. Ich war also dazu verdammt, bei den Marsern zu bleiben und mich ihnen auf Gnade oder Ungnade auszuliefern. Ein Gedanke, der mich nicht allzu sehr schreckte … Ein Lächeln stahl sich über meine Lippen. Wenn man es von allen Seiten betrachtete hatte sich nichts geändert. Gernot und ich hatten lediglich die Rollen getauscht. Selbst Kaeso und Fabricius hatten in der Person von Marbod ihre Entsprechung gefunden.

Man hatte mir inzwischen die Fesseln abgenommen, was die Marschgeschwindigkeit der Gruppe steigerte. In einem unbeobachteten Augenblick, untersuchte ich die Stelle meiner Tunika, an der ich die Münzen eingenäht hatte. Die Naht war aufgetrennt und die Münzen verschwunden. Ich nahm es hin, ohne mir weitere Gedanken zu machen. Die Götter hatten es so entschieden. Sollte ein anderer mit dem Gold des Varus glücklich werde. Vielleicht lag ja ein Fluch auf den Münzen.

Am nächsten Abend zerstach ich die Blasen an meinen wundgelaufenen Füßen. Gernot gab mir einige Blätter, mit denen ich sie in der Nacht behandeln sollte. »Wenn du nicht mehr weiterkannst«, teilte er mir mit, »wird Marbod dafür eintreten, dich umzubringen. Die meisten Männer stehen auf seiner Seite. Er ist der reichste Mann des Dorfes. Er hat sich bisher noch nicht mit mir angelegt, weil er sich in meine Schwester Hildiko verguckt hat. Sie ist zwar erst dreizehn, wird aber später sehr schön werden. Außerdem steht ihr eine große Mitgift zu – zehn Kühe und drei Felder mit bestem Boden, die Hälfte unseres Besitzes. So hatte es unser Vater verfügt, bevor er starb. Er wollte, dass das Mädchen einen guten Mann bekommt.«

»Marbod?«, fragte ich amüsiert.

»Kümmer dich um deine Füße, Sextus.«

Ich wurde durch einen Stoß in die Seite geweckt. Der Schreck fuhr mir in die Glieder, als ich realisierte, dass mir jemand den Mund zuhielt.

»Sei still«, flüsterte eine Stimme an meinem Ohr. Ich war erleichtert, als Gernot seine Hand wegnahm und mir hoch half. »Komm mit. Es ist Zeit zu gehen.«

Er ging voran, bis wir außer Hörweite seiner schlafenden Gefährten waren. Dann brach er sein Schweigen. »Siehst du den Hang?«

Ich schaute in die Richtung, die seine Rechte vorgab und sah im Mondlicht eine bewaldete Anhöhe. Wir kletterten hinauf und ließen uns auf zwei bemoosten Steinen nieder. Es war die erste milde Nacht und es roch nach Frühling.

»Du hattest etwas gut bei mir«, begann er. »Ich beschreibe dir jetzt den Weg, der dich zu deinen Leuten bringt. Unten im Tal kommst du an einen kleinen Fluss. Folge ihm stromaufwärts bis zur Quelle. Dort wirst du einen Hügel mit einer unbewaldeten Kuppe vor dir sehen. Besteige ihn und suche am Horizont einen mächtigen Bergkegel. Dort oben liegt eine Bergfeste der Chatten. Halte dich rechts, aber komm dem Berg nicht zu nahe. Behalte die Richtung bei, bis das Gelände zum weiten Tal der Lagona abfällt. Du kannst den Fluss nicht verfehlen. Über dem Ufer erhebt sich hinter Türmen und Wällen die Stadt Augusta. Wenn du es dahin schaffst, bist du bei deinen Leuten und in Sicherheit. »

»Wie lange werde ich unterwegs sein?«

»Ich schätze zwei Wochen, oder drei«, antwortete Gernot und reichte mir einen Beutel, seine Feldflasche und meinen Mantel. »Das dürfte reichen. Die Flasche kannst du unterwegs nachfüllen. Es gibt genug Wasser.«

Ich nahm den Leinensack und die Feldflasche.

»Verlier den Verschluss nicht«, ermahnte er mich. »Sonst ist sie wertlos.«

Ich öffnete den Proviantsack und fand darin neben Brot, hartem Käse und meinem Pugio einen kleinen ledernen Beutel. Ich öffnete ihn; die Münzen, die man mir abgenommen hatte, blinkten mir entgegen. Ich verschloss ihn wieder und hielt ihn Gernot hin.

Gernot hob die Hände. »Behalte dein Geld.«

»Aber ...«, protestierte ich.

»Behalte es. Du wirst es brauchen. Ich will es nicht.«

Gernot erhob sich und klopfte die Tannennadeln von Hosen und Kittel.

»Noch eins.« Ich hielt ihn zurück. »Sagst du mir jetzt, was du für Lucius tun musstest?«

Er lachte und nahm wieder Platz. »Du hast es also nicht vergessen?«

»Nein.« Ich lächelte in stiller Zustimmung.

»Lucius«, begann er, »brachte mich in das Haus, in dem er mit Kaeso und Fabricius wohnte. Es waren noch zwei andere da. Ich glaube, ihre Namen sind Titus und Flavus. Die beiden mussten mir zur Hand gehen und alles besorgen, was noch fehlte.

Zuerst ließ man mich schwören, meinen Mund zu halten. Sie versprachen mir die Freiheit, wenn ich alles zu ihrer Zufriedenheit ausführen würde.«

»Das hast du geglaubt?«, fragte ich.

»Was blieb mir anderes übrig?«

»Willst du wissen«, fragte ich weiter, »was sie daran gehindert hat, dich sofort zu beseitigen?«

»Ja«, antwortete er interessiert.

»Ich habe mir von Lucius auf einer Schreibtafel bestätigen lassen, dass ich dich ihm übergeben habe. Sie konnten dich nicht unauffällig verschwinden lassen.«

Gernot machte eine anerkennende Geste und fuhr fort. »Auf einem Tisch lagen viele Münzen, sorgfältig nach Gold und Silber getrennt. Daneben Schmiedewerkzeuge, wie Hämmer und Zangen und einige Tiegel. Holzkohle, Blasebalg und eine Esse waren ebenfalls vorhanden. Ich musste das Metall schmelzen und in vorbereitete Formen aus getrocknetem Ton gießen. Soweit ich weiß, hatten sie vorher ihre Phalerae, Armillae[73], Gürtelbeschläge und Torques in den feuchten Ton

73 Armreife

gedrückt. Es wurde ein lausiger Guss, was ihnen aber gleichgültig war. Voller Blasen und Unebenheiten. Als das Metall hart war, zerschlug ich die Formen und löschte die Teile in Wasser ab. Dann begann meine eigentliche Arbeit. Ich sollte die Oberflächen so bearbeiten, dass man den Wert der Gegenstände nicht erkennen konnte. Alles sollte möglichst billig und abgetragen wirken. Mit Asche, Fett und etwas Blei stellte ich das gewünschte Ergebnis her.

Ich schüttelte den Kopf »Deshalb waren sie beim Aufbruch so herausgeputzt. Haben sie sich darüber unterhalten, was sie damit vorhaben?«

»Nein.« Gernot schüttelte den Kopf. »Sie haben mich zum Schluss noch einmal schwören lassen und bedroht. Dann hat Lucius mich zurückgebracht. Das war alles.«

»Warum hast du dich mir nicht anvertraut? Ich hätte ihnen damit den Raub beweisen können.«

»Hättest du das wirklich?«, fragte Gernot.

Ich war mir jetzt nicht mehr sicher.

»Hättest du es mir an deiner Stelle gesagt?«, setzte er nach.

»Du hast Recht, Gernot. Wahrscheinlich nicht.«

Der Marser erhob sich und reichte mir die Hand. »Mögen deine Götter dich sicher nach Hause geleiten. Ich wünsche es dir. Vielleicht sehen wir uns in diesem Leben noch einmal wieder.«

»Oder im nächsten«, antwortete ich.

Augusta[74]

»Haut ab! Macht, dass ihr wegkommt.«

Die Legionäre des Begleitkommandos fassten ihre Schilde fester. Unruhig wanderten ihre Blicke über die Menge, die sich zu beiden Seiten der Straße gebildet hatte. Den Centurio und die wenigen Zivilisten hatten sie mit ihren Karren in die Mitte genommen.

Es war keine zwei Stunden her, dass die Nachricht aus Mogontiacum gekommen war, sich aus Augusta zurückzuziehen und in das Basislager nach Mogontiacum zurückzukehren. Tiberius hatte vor seiner Ankunft in den bedrohten Provinzen befohlen, alle verfügbaren Truppen zusammenzuziehen.

»Feiglinge«, schrie eine Frau und schüttelte drohend die Faust. Ein Stein flog heran und knallte dumpf gegen ein Scutum.

»Ruhe«, befahl der Offizier und duckte sich. Der gegen seinen Helm zielende Wurf sauste knapp vorbei.

»Schneller«, jammerte ein fetter Mann in den Vierzigern. »Die sind völlig außer Rand und Band. Tut doch etwas.« Der Steuerbevollmächtigte zog den Kopf ein und suchte hinter dem Sklaven Deckung, der mit ihm auf dem Kutschbock saß. Seine Hände krallten sich um die beiden Geldsäcke, in die er die Einnahmen des letzten Jahres gepackt hatte.

»Weiter«, befahl der Centurio. »Nicht stehenbleiben. Lasst euch nicht provozieren.« Seine Augen suchten in der Menge nach einer Frau. Endlich, sie waren schon fast am Tor, entdeckte er die schöne Tavernenbesitzerin.

»Lucilla«, rief er durch den Lärm. »Lucilla! Komm mit.«

Die Angesprochene schüttelte ihre Locken. Ihr schmallippiger Mund formte Worte, die in dem Tumult untergingen.

Die junge Frau war nicht viel älter als zwanzig Jahre. Sie war schön und genoss es, wenn die Blicke der Männer auf ih-

74 mutmaßlicher Ortsname für das heutige Waldgirmes

rem schlanken Körper und den festen Brüsten ruhten, die sich unter ihrer Tunika abzeichneten. Ihr schwarzes, üppiges Haar hatte sie nur mit wenigen Nadeln gebändigt. Es gab ihrem Gesicht mit den hohen Wangenknochen und dem energischen Kinn einen verwegenen Ausdruck, wenn ihr eine Strähne in die Stirn fiel. Es gab keine Frau in Augusta, die es mit ihr aufnehmen konnte.

Seit zwei Jahren lebte sie jetzt in der aufblühenden Ansiedlung, die einmal eine richtige Stadt, vielleicht sogar eine Colonia[75]*, werden sollte. Ihr Vater hatte die lukrative Taverne und den Marketenderladen in der Nähe des Westtores eröffnet. Als er im letzten Herbst gestorben war, hatte sie kurz überlegt, das Geschäft zu verkaufen und nach Mogontiacum zu gehen. Ein Blick in die gut gefüllte Kasse hatte sie jedoch überzeugt, es alleine zu versuchen. Einen Beschluss, den sie bis heute nicht bereut hatte. Der Centurio, der gerade im Begriff war, die Stadt zu verlassen, bot ihr seinen Schutz an, was sie bereitwillig angenommen hatte. Die wenigen Nächte, die sie seitdem mit ihm verbrachte, waren zu verschmerzen gewesen. Dafür hatten die Legionäre nicht nur ihren Wein getrunken, sondern ihrem Laden auch zu einer nie gekannten Blüte verholfen.*

»Lucilla«, rief der Centurio erneut. Dieses Mal legt er seine linke Hand als Trichter um sein Ohr, um sie verstehen zu können.

Undeutlich glaubte er in dem Lärm die Worte »Taverne«, »Geschäft« und »Hierbleiben« herauszuhören. Der Centurio Marcus Vitulus zuckte mit den Achseln. Vielleicht war es besser so. Schließlich hatte er in Mogontiacum Frau und Kinder, die in den Canabae, der Lagervorstadt, auf ihn warteten. Es war keine richtige Ehe, eben das, was man in der Legion als Verbindung duldete. Für Lucilla wäre dort kein Platz gewesen, also war es besser, wenn sie blieb. Er hatte eine schöne Zeit mit ihr gehabt, und die war jetzt zu Ende. Er winkte ihr zu,

---

75 Stadt mit besonderen Rechten

als sein Zug das offene Tor passierte und verschwand damit, wie er glaubte, aus ihrem Leben.

Ein harter Schlag wie von Metall auf Metall ließ Lucilla aufhorchen. Schon glaubte sie, sich getäuscht zu haben, als sie es wieder hörte. Jetzt war es ganz deutlich. Sie schaute sich um und bemerkte die Menschen, die von allen Seiten zum Forum liefen. Begleitet von den immer häufigeren Schlägen schloss sie sich der Menge an. Als ein lautes Bersten die Luft erfüllte, begann sie mit den anderen zu rennen. Am Zugang des Forums staute sich die Menge. Sie bereute inzwischen ihre Neugierde, aber es gab kein Zurück. Schließlich wurde sie von den Nachdrängenden in den von einem geschlossenen Säulengang umgebenen Innenhof geschoben.

Von den goldenen Reiterstatuen des göttlichen Augustus und den engsten Angehörigen der kaiserlichen Familie standen nur noch die Postamente. Zwischen dem Gewirr verbogener und geborstener Metallteile wimmelten Menschen, die mit Hämmern und allem, was sie sonst zur Hand hatten, auf die gestürzten Giganten einschlugen.

»Nieder mit den Blutsaugern«, schrie ein Schmied und schwang seinen mächtigen Vorschlaghammer.

»Immer feste, immer drauf!«, feuerte ihn die Menge an. Der Kopf eines Pferdes zersprang in seine Einzelteile, wobei ein Fragment vor Lucilla niederfiel. Sie hob es auf und betrachtete die mit Mühe und Kunstverstand eingeprägten Ziselierungen. Es musste sich um einen Teil des Zaumzeugs handeln, das sie in ihren Händen drehte.

»Steck es weg.« Dem Akzent nach musste die Alte, dir sie angesprochen hatte, eine Chattin sein. »Das ist mindestens fünf Sesterze wert.«

»Warum tun die das?«, fragte Lucilla und reichte der Frau das Metallstück. Gierig griff sie danach und ließ es in ihrer Tasche verschwinden. Von allen Seiten stürzte sich die Menge jetzt auf die Trümmer und sammelte sie in Körben, Eimern

und sonstigen Behältnissen. In erster Linie waren es die Germanen und die Kelten, die die günstige Gelegenheit nutzten. Lucilla sah aber auch einige Römer, die sich bedienten.

»Was glaubst du?« Die Alte fing an zu kreischen. »Was, glaubst du, werden die Germanen machen, wenn sie kommen und die Statuen sehen?«

Lucilla schaute sie aus großen Augen an. Die sinnlose Zerstörung war ihr unbegreiflich.

»Sie werden uns alle töten«, fuhr die Alte fort und raffte ein weiteres Stück Bronze vom Boden auf.

»Aber warum?«, fragte sie verstört. »Wir leben hier friedlich zusammen. Römer, Chatten und die Kelten. Und der Centurio und seine Legionäre sind weg. Wir haben keinem etwas getan.«

»Sag es ihnen.« Die Alte wies in die Runde. »Die Nachricht vom Untergang des Varus und seiner Legionen hat alle verrückt gemacht.«

Lucilla zuckte mit den Schultern und ließ die Alte stehen. Sie kämpfte sich gegen den Strom aus dem Hof heraus und lief nach Hause. Erleichtert sah sie, dass ihr Haus und der Laden unversehrt waren. Mit einem Seufzer der Erleichterung zog sie die Türe hinter sich zu und schob den Riegel vor.

Vielleicht hätte sie doch besser mit dem Centurio, den Beamten und den reichen Händlern gehen sollen.

Die müden Beine weit von mir gestreckt, saß ich auf einer Bank unter der Porticus und ließ mir die Sonne ins Gesicht scheinen. Ich hatte Augusta an einem schönen Frühlingstag im Aprilis erreicht und mich sofort nach einer Taverne durchgefragt. Aber anstatt das Wetter und die wiedergefundene Sicherheit zu genießen, hatten mich die Probleme der Vergangenheit eingeholt. Ein Blick in meinen Geldbeutel sagte mir, dass ich eine Entscheidung treffen musste.

Wenn ich das Essen, eine große Portion Puls mit Speck und Kräutern, und dazu den Wein bezahlte, blieben mir nur noch wenige Sesterzen für die Gestaltung meiner näheren Zukunft. Wovon sollte ich mir noch eine Unterkunft leisten? Und womit den Proviant bezahlen, um nach Mogontiacum zu kommen? Ganz zu schweigen von meinen Caligae, die ausgebessert werden mussten. Noch besser wäre es, ein neues Paar zu erstehen. Die Riemen waren brüchig und die Benagelung der Sohle nur noch an den weniger beanspruchten Trittflächen vorhanden. Mit meiner Tunika und dem Mantel glich ich eher einem Strauchdieb als einem Offizier auf der Suche nach einer neuen Einheit. Das Beste an meinem Aufzug war noch der Pugio. Alles andere hatte ich durch den Überfall und die Gefangenschaft verloren.

Nachdenklich griff ich wieder in den Beutel und ließ die Aurei durch meine Finger gleiten. Dann nahm ich einen heraus und legte ihn in meine geöffnete Handfläche. Ein Sonnenstrahl traf die Münze und brachte sie in ihrer ganzen Schönheit zum Leuchten. Wenn ich sie anbrach, würde das Wechselgeld, das ich dafür erhielt, eine Weile reichen. War es aufgebraucht, müsste ich die nächste Münze nehmen. Irgendwann würde ich sie dann nicht mehr ersetzen können. Aber was war die Alternative? Mich mit dem Jahressold eines Optios zum Betteln an die Straße setzen? Oder sollte ich mir mein Essen bei den öffentlichen Opferungen zusammenschnorren?

»Noch einen Wein«, rief ich der Magd zu, die einigen Gästen am Nachbartisch das Essen brachte.

»Kommt sofort, Dominus.« Sie warf einen abschätzigen Blick auf meine Kleidung. »Kannst du denn bezahlen?«

Der Blick, den ich ihr zuwarf, war alles andere als freundlich. Sie murmelte erschrocken eine Entschuldigung und hastete in die Schankstube.

»Das macht zwei Sesterzen und einen Dupondius für das Essen und den Wein.« Sie hatte den Becher abgestellt und hielt mir ihre Handfläche hin. Als ich den Aureus hineinlegte, weiteten sich ihre Augen. »Herr«, stotterte sie«, ich weiß nicht, ob wir herausgeben können. Ich muss erst die Herrin fragen.«

»Tu das«, erwiderte ich jovial und gab mich wieder meinen Gedanken hin.

Also ist es entschieden, fuhr es mir durch den Kopf. Ich hatte gedacht, ich würde mich weitaus schlechter dabei fühlen. Es lebte sich gut mit dem Gold des Varus.

Ich nahm einen Schluck aus dem Becher, verschränkte die Hände hinter dem Nacken und schloss die Augen.

Mehr als dreißig Tage waren vergangen, seit Gernot mir die Freiheit geschenkt hatte. Seine Wegbeschreibung hatte sich als brauchbar erwiesen, so dass ich mich nicht einmal verlief. Mehrmals hatte ich für ein paar Tage gerastet, wenn das Wetter zu schlecht geworden war. Als ich den Proviant aufgezehrt hatte, fing ich mir in einem Bach einige Fische und Krebse. Ich dankte meinen Schutzgöttern für die Gaben und gedachte unseres alten Sklaven, der mir das Fischen mit den Händen beigebracht hatte. Wie Gernot es gesagt hatte, war die Stadt heute Mittag aus dem Nebel aufgetaucht, der über den Wiesen an der Lagona[76] lag. Von der Anhöhe aus hatte ich mich an dem Anblick nicht satt sehen können. Eine richtige Stadt mit Tempeln, einem Bad, komfortablen Häusern, Werkstätten, Lagerschuppen, Hütten und einem Forum mit umlaufender Porticus und einem riesigen Hallenbau. Von den Feuerstellen stieg Rauch in den Himmel und Menschen bewegten sich scheinbar arglos inner- und außerhalb der Umwallung. Jenseits des Gräberfeldes zogen Bauern mit ihren Gespannen Furchen in den fruchtbaren Boden. Ein Bild des Friedens in einem Land, das nur aus Gewalt und Tod gemacht schien.

Als ich näherkam, wurde der Eindruck der Friedfertigkeit noch verstärkt. Der Holz-Erde-Wall mit den grazilen Türmchen war nicht besetzt und der einfache Graben an vielen Stellen verstürzt. Eine weitere Befestigung entdeckte ich auf dem nahen Hügel. Sie schien aber nur noch aus einem verflachten Wall mit Graben und umgestürzten Palisaden zu bestehen.

76 Lahn

Vermutlich handelte es sich um das Arbeitslager der Einheiten, die das alles geschaffen hatten.

Im Innern der Ansiedlung war mir das Fehlen jeglichen Militärs aufgefallen. Bevor ich die Taverne aufsuchte, machte ich dem Forum meine Aufwartung. Ein grandioser zweigeschossiger Bau aus mächtigen Balken mit sauber verputztem Fachwerk, Sprossenfenstern und einem wuchtigen Portal. Alles ruhte auf einem sorgfältig gefügten Fundament, die erste Steinmauer, die ich seit Jahren zu Gesicht bekommen hatte. Das einzige, was den Eindruck der vollkommenen Harmonie störte, waren fünf verwaiste Postamente und herumliegender Metallschrott. Ein alter Mann, der die brauchbaren Teile in einem Korb sammelte, machte eine abweisende Geste, als ich nach der Ursache der Verwüstung fragte.

»Die hohen Herren haben sich davongemacht.« Er ruderte mit den Armen und ahmte mit den Lippen das Pfeifen des Windes nach. Der Alte hatte wahrscheinlich nicht alle Sinne beisammen. Ich ließ es genug sein und beschloss, mich anderweitig zu erkundigen.

»Dominus!«, hörte ich eine sanfte, wohlklingende Stimme. Ich hielt die Augen geschlossen und räkelte mich.

»Dominus«, klang es jetzt sehr viel energischer.

Ich blinzelte. »Ja.«

»Du willst mit einem Aureus bezahlen? Ich kann dir nicht herausgeben.«

Irgendetwas sagte mir, dass ich die Stimme schon einmal gehört hatte.

Ich schaute auf und wusste, dass ich schon einmal in diese sanften Rehaugen geblickt hatte.

Die Frau stutzte. »Sextus? Bist du nicht der Rekrut, den sie Sextus nannten? In Confluentes?

»Du?«, fragte ich. »Die Tochter des Schankwirtes?«

»Ja, ich.« Sie klang etwas enttäuscht. »Lucilla.«

»Entschuldige«, murmelte ich. »Aber das sind …« Ich überlegt. »Das muss vor fünf Jahren gewesen sein. Wir waren auf dem Weg nach Vetera.«

»Und ihr habt gegen den Angeber beim Venusspiel gewonnen.« Sie strahlte mich an.

»Nicht ich«, berichtigte ich sie. »Mein Freund Lucius hat gewonnen. Unter Mithilfe des Signifers.

»Lucius«, sagte sie versonnen.

Obwohl die Geschichte sich vor so langer Zeit ereignet hatte, saß der Stachel immer noch in meiner Seele. »Ja, Lucius«, fuhr ich kühl fort. »Er hat dir gefallen. Mehr als ich.«

»Ach der.« Lucilla machte eine wegwerfende Handbewegung. »Er hat versprochen, mir zu schreiben. Ich habe nie mehr was von ihm gehört. Ich war noch jung und naiv. Ich habe es Venus zu verdanken, dass ich damals nicht schwanger wurde.«

Sie schaute mich an und schüttelte ungläubig den Kopf. »Dass ich dich wiedersehe, hier, an diesem Ort. Unglaublich. Welcher Gott hat da seine Hände im Spiel?«

Sie strich mir mit der Hand über den Oberarm und dann durch die Haare. »Was führt dich nach Augusta? Was …?« Sie sprang auf. »Du musst mir alles erzählen, alles. Willst du noch Wein, Wasser? Oder hast du noch Hunger?«

»Nein, keinen Hunger, aber Durst!«, antwortete ich lachend. »Aber womit soll ich bezahlen? Du kannst nicht herausgeben, hast du gesagt.«

»Vergiss das bisschen Geld«, lachte sie. »Du bist mein Gast. Der erste vernünftige Mensch seit langem.«

Wir saßen den ganzen restlichen Tag zusammen. Als es kühl wurde, gingen wir hinein und sprachen im Gastraum weiter. Es war spät, als mir beim Erzählen beinahe die Augen zufielen.

»Wo schläfst du? Hast du eine Unterkunft, Sextus?«

»Noch nicht«, antwortete ich mit schlechtem Gewissen. »Ich hätte mich längst darum kümmern müssen. Kannst du mir etwas empfehlen?«

»Die Mansio ist viel zu teuer. Bleib doch hier. Die Kammer meines Vaters ist frei. Bleib, solange du willst. Über die Bezahlung werden wir uns schon einig. Du bleibst?«

Es schien Lucilla viel daran zu liegen, dass ich bei ihr blieb.

»Abgemacht«, sagte ich und hielt ihr die Rechte hin. »Bis ich nach Mogontiacum gehe, bleibe ich hier. Aber das kann einige Tage dauern. Ich möchte baden, viel schlafen und endlich wieder einen Menschen aus mir machen.«

»Schön«, sagte sie und erhob sich. »Bis morgen. Das Mädchen richtet dir das Zimmer. Ich wünsche dir schöne Träume und freue mich auf morgen.« Sie ging zu dem Mädchen, das hinter dem Schanktisch die Becher ausspülte und sprach kurz mit ihr. Dann winkte sie mir zu und verschwand durch die Hintertür in ihre Privaträume.

Asprenas war gerade noch rechtzeitig gekommen, um sich als Retter der unbeugsamen Verteidiger von Aliso aufspielen zu können. Das Übersetzen der vierten Kohorte der fünften Legion war gerade beendet, als die ersten Flüchtlinge am Ufer auftauchten. Die Männer fielen sich lachend und frohlockend in die Arme und ließen den Legaten hochleben. Noch am gleichen Tag zogen sie im Triumph in Vetera ein. Nach der Vernichtung der varianischen Legionen war es der erste Erfolg der römischen Waffen, der gebührend gefeiert wurde.

Die Neuankömmlinge wurden in dem Teil des Lagers untergebracht, den man für die Überlebenden ausgespart hatte. Die alten Quartiere waren von den neu abkommandierten Legionen, der Legio V Alaudae[77] *und der Legio XXI Rapax*[78]*, belegt worden. Asprenas war von Augustus zum ersten Legaten und kommissarischen Nachfolger des Varus bestimmt worden.*

Gleichzeitig wurden erste Fragen nach den Soldgeldern der untergegangenen Legionen laut. Nicht wenige zweifelten daran, dass Varus sie bei sich gehabt hätte. Zumindest nicht

77 Alaudae: die Lerchen

78 Rapax: die räuberische

die volle Summe. Zuerst wurden die überlebenden Offiziere verhört, was zu keinem Ergebnis führte. Auch die Befragung einzelner Legionäre lief ins Leere. Lucius und Fabricius ließen Quintus nicht aus den Augen, der sich hütete, etwas von seinem Wissen preiszugeben. Schließlich kamen Gerüchte auf, die Asprenas beschuldigten, mehr über die Gelder zu wissen, als er vorgab.

Man erwartete jetzt täglich das Eintreffen des Tiberius, der als designierter Thronerbe die Lage am Rhenus wieder herstellen sollte. Mittlerweile war auch die Entscheidung gefallen, die verlorenen Legionen nicht wieder aufzustellen. Die Überlebenden sollten, sofern sie sich im Kampf bewährt hatten, auf die bestehenden Einheiten des rheinischen Heeres aufgeteilt werden.

Am meisten profitierte die fünfte Legion Alaudae. Sie hatte in den Kämpfen des Vorjahres starke Verluste erlitten und es war ihrem Legaten Asprenas nur Recht, wenn er sie mit erprobten Kämpfern auffüllen konnte. Trotzdem hatten auch die Legaten der anderen am Rhenus stationierten Legionen ihre Anwerber nach Vetera geschickt.

Quintus hatte geistesgegenwärtig die Möglichkeit genutzt, seinen Kameraden zukünftig aus dem Weg zu gehen. Bevor Caedicius angeordnet hatte, dass alle Verteidiger von Aliso geschlossen in die fünfte Legion überstellt wurden, hatte er sich der Legio I Germanica angeschlossen, die im Oppidum Ubiorum stationiert war. Fabricius und Kaeso hatten zwar versucht, das eigenmächtige Vorgehen ihres ehemaligen Untergebenen zu revidieren, was aber am Widerstand des Anwerbers scheiterte. Quintus hatte bereits das Handgeld erhalten und war nicht gewillt, es zurückzugeben. Die beiden mussten sich damit abfinden, wodurch Quintus sich ihrem Einfluss entzogen hatte. Er hielt sich auch keinen Tag länger als nötig in Vetera auf und machte sich umgehend mit seinen zukünftigen Kameraden auf den Weg. Unter ihnen befand sich auch der Kriegsheld Cassius Chaerea, der von Asprenas vor den an-

getretenen Legionen mit der Corona Civica[79] *ausgezeichnet worden war. Es war ihm gelungen, sich mit hundertzwanzig Legionären nach Vetera durchzuschlagen.*

Lucilla und ich verbrachten viel Zeit miteinander. Trotzdem kamen wir uns nicht so nahe, wie Lucilla es sich vielleicht gewünscht hätte. Die Abfuhr, die sie mir damals in Confluentes erteilt hatte, saß immer noch tief. Dabei hatte es weniger mit ihr als mit Lucius zu tun. Die Umstände hatten mich gezwungen, auf sein Geld zurückzugreifen, und ich hatte kein gutes Gefühl dabei, es mit seinem Mädchen ebenso zu halten. Aber sie war ein schöne und kluge Frau, ein Traum für einen Soldaten, der seit mehr als einem Jahr keine Frau gehabt hatte und ich war mir sicher, dass ich meine Standhaftigkeit früher oder später bereuen würde.

Lucilla fühlte, dass etwas zwischen uns stand, obwohl sie nicht wissen konnte, was es war. Und ich unterließ es, mich ihr in diesem Punkt zu offenbaren.

Trotzdem wurde unser Verhältnis immer vertrauter, und sie erzählte, wie sie die letzten Jahre verbracht hatte. Im Gegenzug berichtete ich ihr vom Untergang der Legionen und meiner Flucht nach Augusta. Ich verschwieg ihr aber die Mitnahme des Varusgoldes und die Verstrickung meiner damaligen Kameraden.

Es war wieder kälter geworden und das so verheißungsvoll begonnene Frühjahr ließ dem Winter noch einmal den Vortritt. Regen und Graupelschauer machten die Wege und Straßen unpassierbar

»Was willst du jetzt tun?«, fragte sie mich eines Abends. »Du willst doch nach Mogontiacum. Oder hast du es dir anders überlegt? Ich könnte einen Mann an meiner Seite gebrauchen.«

Da war er, der Moment, den ich unbedingt vermeiden wollte.

---

79 Bürgerkrone, für die Rettung römischer Bürger verliehen

Sie rückte näher an mich heran, so dass ich ihren Körper fühlen musste. Dann legte sie mir den Arm um die Schulter, und ich spürte ihren Atem an meiner Wange. Ich rutschte unwillkürlich ein Stück zur Seite.

»Sextus«, hauchte sie, »du willst es.« Lucilla zumindest wusste ganz genau, was sie wollte. Und sie war gewohnt, es auch zu bekommen.

»Wie stellst du dir das vor, Lucilla?«

»Wie meinst du das?«, fragte sie erstaunt.

»So wie ich es gesagt habe. Ich muss nach Mogontiacum und mich bei der Legion melden. Ich bin kein Deserteur und möchte weder meine Karriere in der Legion, noch meine Ansprüche verlieren. Ich habe dem Kaiser Treue geschworen. Weißt du, was sie mit Soldaten machen, die ihren Schwur brechen?«

»Du kannst jetzt nicht nach Mogontiacum!« Lucilla war nicht bereit nachzugeben. »Der Regen hat alles aufgeweicht. Und ohne Begleitschutz kommst du nicht durch. Denk an die Chatten, das ist viel zu gefährlich.«

»Nicht gefährlicher als das, was hinter mir liegt.«

Lucilla griff nach meiner Hand. »Ich kann dich nicht umstimmen?«

Ich schüttelte den Kopf.

»Wann gehst du?«

»In ein paar Tagen, wenn der Regen nachgelassen hat.«

Lucilla ließ sich ihre Enttäuschung nicht anmerken und blieb meine wohlmeinende Gastgeberin. Sie richtete es aber so ein, dass unsere abendlichen Unterhaltungen nicht mehr stattfanden. An den Iden des Aprilis[80] drehte das Wetter, und es wurde beinahe frühsommerlich warm. Jetzt gab es nichts mehr, was mich länger in Augusta halten konnte. Aber die Götter entschieden anders.

---

80 13. April

Ich packte gerade meine Sachen für den nächsten Tag, als ein Trupp Legionäre durch das Westtor in die Stadt einzog. Marcus Vitulus, Centurio der Legio II Augusta, war mit dreißig Legionären und Auxiliaren zurückgekehrt. Er hatte Mogontiacum kaum erreicht, als der Legat ihn zu sich gerufen hatte. Er hatte entschieden, die Stadt Augusta, die man unter vielen Mühen erbaut hatte, doch nicht den Chatten zu überlassen. Er hatte ihm ein neues Begleitkommando zugeteilt, das aus dem bestand, was man im Legionslager entbehren konnte.

Marcus Vitulus hatte sich mit gemischten Gefühlen auf den Rückweg gemacht. Zum einen reizte ihn die Aussicht auf weitere erregende Nächte mit der schönen Tavernenwirtin. Zum anderen rückte seine anstehende Beförderung in weite Ferne. Man konnte in Augusta alles, nur keinen Ruhm und Beute erringen. Seine Frau hatte ihm auf den Kopf zugesagt, dass man ihm kein verantwortungsvolles Kommando zutrauen würde. Während seine Offizierskameraden sehnsüchtig das Kommen des Tiberius und damit lukrative und verdiente Einsätze erwarteten, hatte man ihn in die Bedeutungslosigkeit zurückgeschickt.

Lucilla war ebenfalls nicht begeistert, ihren Centurio so schnell wiederzuhaben. Aber sie ergriff die Möglichkeit, die ihr das Schicksal mit dieser Wendung gegeben hatte. Bevor ich mich von ihr verabschieden konnte, hatte sie Marcus Vitulus aufgesucht und ihm von dem Optio erzählt, der sich durch das Land der Chatten nach Augusta durchgeschlagen hatte. Der Centurio war hoch erfreut über die unerwartete Verstärkung seines Kommandos und befahl mich zu sich.

Marcus Vitulus hatte sein altes Quartier in der einzigen Mannschaftsbaracke des Ortes nicht mehr bezogen, sondern sich in einem der verlassenen Häuser niedergelassen. Es gehörte dem Steuerbevollmächtigten des Ortes, den er vor wenigen Tagen wohlbehalten von hier nach Mogontiacum begleitet hatte. Da mit seiner baldigen Rückkehr nicht zu rechnen war, hatte er sich umgehend in dem komfortablen Gebäude eingerichtet.

»Sextus Valerius«, grüßte ich förmlich, »Optio der achtzehnten Legion.«

Der beleibte Vorgesetzte schaute mich mitleidig an. »Die Achtzehnte gibt es nicht mehr, Optio. Sie ist untergangen.«

»Das weiß ich«, erwiderte ich ungehalten, »ich war dabei. Ich bin auf dem Weg nach Mogontiacum, um …« Weiter kam ich nicht.

»Die Achtzehnte gibt es nicht mehr, und auch keine Siebzehnte und keine Neunzehnte. Sie werden nicht mehr aufgestellt. Ihre Nummern sind für alle Zeiten gestrichen. Die Überlebenden wurden auf die übrigen rheinischen Legionen verteilt.«

»Ich muss trotzdem nach Mogontiacum«, beharrte ich auf meinem Entschluss.

»Daraus wird nichts.« Marcus Vitulus wurde energisch. »Ich brauche hier jeden Mann. Und du bist ein Optio ohne Einheit. Betrachte dich vorläufig der Legio II Augusta zugehörig. Alles weitere holen wir später in Mogontiacum nach.«

»Wann wird das sein?«, fragte ich ohne Hoffnung. Mir wurde bewusst, dass sich meine Abreise erledigt hatte.

»Einige Wochen oder Monate, eher Monate.« Marcus Vitulus griff nach seiner Schreibtafel, um sich eine entsprechende Notiz zu machen.

Ich beschloss, den fetten Offizier nicht zu mögen. Und es gab ein Mittel, ihm die Laune zu verderben.

»Wenn ich schon bleiben muss«, begann ich bestimmt, »bestehe ich auf meinem Handgeld. Es steht mir zu.«

Marcus Vitulus starrte mich mit offenem Mund an. Ich fühlte seine Unsicherheit, denn er schien sich mit dieser Vorschrift nicht auszukennen. Wenn er mein Ersuchen ungerechtfertigt ablehnte, hätte ihn das die nächste Beförderung kosten können. Er zog eine Grimasse und zählte zwanzig Denare auf den Tisch.

»Zehn Denare habe ich für deine Ausrüstung einbehalten. Lass dir einen Gladius, Schild und Pilum geben. Mehr habe ich nicht. Helm und Panzer bekommst du später. Für neue Caligae, Tunika und Mantel musst du selber aufkommen.« Er schaute mich gewichtig an. »Das Geld gibst du aber zurück, Optio, wenn es dir nicht zusteht.« Er griff wieder nach seiner Tafel, um einen weitere Eintrag zu machen.

Von diesem Tag an war ich ein Bestandteil der ruhmreichen Legio II Augusta mit dem Dienstort Mogontiacum.

Lucilla war hoch erfreut, als ich mit der Neuigkeit zu ihr kam.

»Dann bleibt mir mein Optio erhalten.« Sie strich mir zärtlich über die Wange.

Das blieb für längere Zeit die letzte Zärtlichkeit, die sie mir gewährte. Obwohl ich mein Zimmer bei ihr behielt, sah ich sie nur noch selten. Meine Aufgabe als erfahrener Germanenkämpfer bestand darin, der verlotterten Truppe die Grundbegriffe des Grenzkrieges zu vermitteln. Ich erkannte sehr schnell, dass ich einen Haufen Drückeberger, Feiglinge und Simulanten befehligte. Die mit der Abstellung betrauten Centurionen hatten die Möglichkeit genutzt, ihre Querulanten und Nichtsnutze loszuwerden. Wie es der eine oder andere von ihnen zum Immunis geschafft hatte, blieb mir ein Rätsel.

Wenn überhaupt, bekam ich Lucilla nur an den Abenden in der Taverne zu sehen. Sie schien aber jegliches Interesse an mir verloren zu haben. Sie kümmerte sich mit aufreizender Zuvorkommenheit um Marcus Vitulus und machte keinen Hehl daraus, ihn mehrmals bei sich nächtigen zu lassen.

Obwohl ich mir sagte, dass ich selber schuld sei, nagte das Gift der Eifersucht an mir. Was hatte dieser Fettkloß, was ich nicht hatte? Wie konnte sie mit diesem Dummkopf reden, scherzen und schlafen? Was würde Lucius tun, wenn er an meiner Stelle wäre? Ich stieß diesen Gedanken weit von mir. Wäre Lucius nicht gewesen, hätte es diese verfahrene Situation gar nicht gegeben!

An einem lauen Abend nach den Kalenden des Junius ertrug ich es nicht mehr. Ich hatte mehr als die üblichen drei Becher Wein zu mir genommen. Obwohl ich mich bemühte wegzuhören, klang mir das anzügliche Lachen Lucillas in den Ohren, während der Centurio den verliebten Gockel spielte. Ein letztes Mal sagte ich mir, dass ich mich beherrschen müsste, dann stand ich mit einem Ruck auf, wodurch der Schemel zur Seite kippte.

Es war ein gut besuchter Abend und alle Gäste blickten interessiert hoch, als ich mit ungelenken Schritten an Lucillas Tisch trat.

»Komm, Lucilla.« Ich streckte ihr auffordernd die Hand entgegen und bemühte mich, artikuliert zu sprechen.

»Was soll das, Sextus? Du bist betrunken.«

»Komm!«, wiederholte ich meine Aufforderung. »Wir müssen reden.«

Marcus Vitulus starrte mich an, ohne etwas zu sagen.

»Du machst dich lächerlich, Sextus.« In Lucillas Stimme schwangen Ärger und Abneigung. »Ich habe Spaß mit dem Centurio. Vergraul mir nicht die Gäste.«

»Lucilla!« Meine Stimme war jetzt bis in den letzten Winkel der Taverne zu hören.

»Noch ein Wort, Sextus, und ich lass dich hinauswerfen. Geh in dein Zimmer und schlaf deinen Rausch aus.«

»Jawohl«, meldete sich Marcus Vitulus zum ersten Mal zu Wort. »Rauswerfen!«

Marcus Vitulus hätte sich heraushalten sollen. Es sprach nicht für seine Menschenkenntnis, dass er mir diese Gelegenheit eröffnete.

»Hinauswerfen?«, fragte ich in die Runde. »Wer soll mich rauswerfen? Du etwa?« Mein Zeigefinger bohrte sich in die verfettete Brust des Centurios. Marcus Vitulus wich erschrocken an die Wand zurück.

Die Gäste waren mittlerweile aufgesprungen und johlten vor Vergnügen. Es waren einige Soldaten darunter, die ihrem

Vorgesetzten die Abreibung gönnten. Marcus Vitulus war bei seinen Untergebenen nicht beliebt. Sie hassten ihn dafür, dass er in Mogontiacum unverschämt hohe Summen für Urlaubsgenehmigungen verlangte, und sie zwang, seiner Frau außerhalb des Lagers mit niederen Diensten zur Hand zu gehen. Außerdem hatte er sich nie dagegen verwahrt, dass seine Leute vermehrt zum Wach- und Latrinendienst abgestellt wurden.

Marcus Vitulus schwitzte, und Speichel rann ihm als feiner Faden aus den Mundwinkeln auf das verfettete Doppelkinn. Er hatte Angst und hätte wie ein Schwein gequiekt, wenn ich ihn angefasst hätte.

»Was für ein Feigling«, lachte ein Gast.

»Und so einer soll uns gegen die Chatten schützen?«, rief ein anderer.

Ich kümmerte mich nicht darum und hatte nur noch Augen für Lucilla. Ich griff nach ihrer Hand, zog sie hoch und zerrte sie hinter mir her zum Ausgang. Nach einem Blick in meine Augen hielt sie es für angeraten, keinen Widerstand zu leisten.

Ich ließ ihre Hand erst los, als wir durch die Türe hinaus und um die Hausecke gebogen waren.

»Sextus!« Das klang nicht nach Wut, eher nach Verwunderung. »So kenne ich dich nicht.«

Ich nahm ihre Hände und schaute sie an. »Ich will dich, Lucilla. Jetzt, morgen und an jedem weiteren Tag.«

Ihre Augen blitzten im Triumph und ein Lächeln spielte um ihre Mundwinkel. Für den Bruchteil eines Augenblicks kam mir der Gedanke, dass es so abgelaufen war, wie sie es geplant hatte. Dann schlang sie ihre Arme um meinen Hals und schmiegte sich an mich. »Endlich, Sextus. Hast du wirklich geglaubt, dass mir der Dicke etwas bedeutet?«

Unsere Lippen fanden sich und Lucilla drängte mich gegen die Hauswand. Sie stöhnte vor Verlangen, drängte mich zur Hintertüre und zog mich in ihre Kammer.

Wir kehrten an diesem Abend nicht mehr in die Taverne zurück, die wir der Obhut der Magd überließen. Der Frau blieb nichts anderes übrig, als den tief in seinem Ansehen und seiner Ehre getroffenen Centurio unter dem Hohngelächter der Gäste hinauszuwerfen.

Am nächsten Tag stand die Sonne bereits hoch am Himmel, als ich das Haus verließ. Lucilla hatte mich noch zurückhalten wollen, weil sie der Meinung war, das es besser sei, dem gedemütigten Centurio für diesen Tag aus dem Weg zu gehen. Der Mann war zwar kein Held, aber jederzeit zu einer Schlechtigkeit bereit. Eine Sorge, die nicht unberechtigt war.

Marcus Vitulus ordnete immer häufiger Erkundungsritte unter meinem Kommando an. Er wollte mich loswerden, um sich wieder an Lucilla heranzumachen. Sobald ich aus dem Tor heraus war, sucht er die Taverne auf und blieb, bis Lucilla ihn mit den letzten Gästen hinauskomplimentierte.

Bei meiner Rückkehr berichtete Lucilla, dass Marcus Vitulus zudringlich geworden sei. Er hatte ihr vor den Gästen den Arm um die Hüften gelegt und ihr mit der freien Hand an die Brust gegriffen. Trotz ihrer Gegenwehr hatte er noch versucht sie zu küssen. Sie hatte dem Centurio daraufhin eine schallende Ohrfeige versetzt und ihn der Taverne verwiesen.

Ich ging sofort zu ihm, öffnete die Tür seines Dienstzimmers und legte von innen den Riegel vor. Es folgte eine Abreibung, die noch tagelang in seinem Gesicht zu sehen war. Bis sein Gesicht abgeschwollen war, traute sich Marcus Vitulus nicht mehr hinaus. Er wollte sich nicht zum Gespött seiner Truppe machen lassen.

Als nächstes versuchte er es damit, mir den fälligen Sold vorzuenthalten. Als Lucilla daraufhin drohte, ihm und seinen Männern keinen Wein mehr auszuschenken, bekam ich das Geld.

Es wäre noch wochenlang so weitergegangen, wenn Marcus Vitulus nicht beschlossen hätte, sein Ansehen bei Lucilla durch eine Heldentat aufzupolieren

Am diesem Morgen, dem letzten im Leben des Marcus Vitulus, war eine Nachricht von einem der Höfe außerhalb der Ansiedlung gekommen. Der Überbringer, ein keltischer Knecht, hatte berichtet, dass ein Verbrechen geschehen sei. Ein Trupp von fünf Chatten hatte in der Nacht versucht, eine Kuh zu stehlen. Der Besitzer, sein Herr, war bei dem Versuch, das zu verhindern, erschlagen worden.

Wenige Stunden später hatte Marcus Vitulus die Centurie antreten lassen und war mit der Hälfte der Einheit zu seinem Rachefeldzug aufgebrochen.

Die Männer waren ihm nur widerwillig gefolgt, weil er in die nächste Ansiedlung der Chatten wollte, um von dem dortigen Häuptling Genugtuung und Schadenersatz zu fordern.

Am Abend kehrte der Trupp zurück. Marcus Vitulus ritt aber nicht mit stolzgeschwellter Brust in Augusta ein. Seine Männer hatten ihn bäuchlings auf seinen Sattel gelegt und mit Stricken festgezurrt. In seinem Rücken steckte noch der abgebrochene Pfeil, der seinem Leben ein Ende gesetzt hatte.

»Wir wurden aus dem Hinterhalt angegriffen und konnten uns nur mit letzter Not retten«, behauptete einer der Männer.

Als Optio war es meine Aufgabe, den Vorfall zu untersuchen und einen Bericht abzufassen. Mir fiel auf, dass sowohl die Leiche als auch die anderen Teilnehmer des Kommandos keine weiteren Verletzungen aufwiesen. Die folgende Befragung aller Teilnehmer verlief ebenfalls ergebnislos. Ich stellte daraufhin meine zugegebenermaßen halbherzigen Ermittlungen ein.

Marcus Vitulus hatte sich sein Schicksal selber zuzuschreiben. Warum musste er auch das Leben seiner Männer mit dieser sinnlosen Aktion gefährden? Er war nicht der erste unbeliebte Centurio, der mit einer tödlichen Wunde im Rücken zurückgebracht wurde.

Je länger ich über den Vorfall nachdachte, desto mehr kam ich zu der Überzeugung, dass sich meine Situation verbessert hatte. Ich war einen unliebsamen Vorgesetzten und einen Bewerber um die Gunst meiner neuen Gefährtin losgeworden.

Lucilla weinte ihrem Centurio ebenfalls keine Träne nach. Sie regte an, ihn noch am gleichen Tag zu bestatten. Es sollte seiner Familie in Mogontiacum überlassen bleiben, ihm dort einen angemessenen Weihestein zu setzen.

Am Abend fand unter mäßiger Anteilnahme die Einäscherung auf dem Verbrennungsplatz des Gräberfeldes statt. Ein schmuckloses Holzbrett mit dem Namen des Centurios bezeichnete die Stelle, an der die Urne mit den Beigaben beigesetzt war.

Es gab keinen Widerspruch, als ich die Funktionen des toten Befehlshabers übernahm. Als Optio war ich verpflichtet, meinen verstorbenen Vorgesetzten bis zum Eintreffen eines höheren Offiziers zu vertreten.

Zuerst musste ich mich um mein äußeres Erscheinungsbild kümmern. Ich ließ den Helm des Marcus Vitulus vom Schmied dahingehend umarbeiten, dass er eine Vorrichtung für einen längs gestellten Helmbusch erhielt. Er kümmerte sich auch um meinen Gladius, der einen neuen Griff erhielt. Der Kettenpanzer des Centurios war mir viel zu weit, so dass ich ihn umarbeiten ließ. Eine Arbeit, die mehrere Tage in Anspruch nahm. Einen Mantel im Rostrot der Legion hatte ich bereits vorher von Lucilla erhalten. Ihr Marketenderladen war zum Glück mit Kleidung und Schuhen gut bestückt. Die Strapazen und Unbilden der letzten Monate hatten nur mein Cingulum und der Pugio unbeschadet überstanden. Alles andere war zerschlissen oder abhandengekommen. Auf den Vitis meines Vorgängers verzichtete ich. Als bewährter Germanenkämpfer brauchte ich keinen Stock, um mir den Respekt meiner Untergebenen zu sichern.

Meine dringlichste Aufgabe bestand darin, aus dem verlotterten Haufen eine halbwegs funktionierende Einheit zu schaffen. Ich unterrichtete die Männer im sinnvollen Gebrauch der Waffen und organisierte einen durchgehenden Wachdienst. Zusätzlich ordnete ich an, nachts auf den Türmen Feuer zu entzünden und die Wälle von mindestens sechs Männern gleichzeitig besetzen zu lassen.

In den ersten Wochen kamen einige bewaffnete Reitertrupps bis auf Rufweite heran und umrundeten neugierig die Ansiedlung. Sie schienen schließlich zu der Überzeugung gelangt zu sein, dass sich ein Angriff wegen der zur erwartenden Verluste nicht lohnen würde.

Stattdessen kamen immer mehr Händler, die ihre Waren wie frisches Wildbret, Honig und gewebte Decken auf dem Forum anboten. Sie waren ganz versessen auf gläserne Schmuckperlen und unsere rot glänzenden Schüsseln aus den italischen Töpfermanufakturen. Den Verkauf von Klingen und eisernen Werkzeugen hatte ein kaiserlicher Erlass verboten. Ich achtete streng auf die Einhaltung dieser Vorschrift. Wenn überhaupt, wechselten diese Dinge nur unter der Hand ihren Besitzer.

Weil die Weinvorräte der Taverne erschöpft waren, nahm Lucilla Kontakt zu einem der Händler auf. Der schaffte alles an Met und Cervisia herbei, was seine Maultiere tragen konnten. Eines Tages erzählte er, dass einige Marser aus dem Norden vor Wochen eine Kuh zum Verkauf angeboten hatten. Einen chattischen Überall hatte es somit nicht gegeben. Marcus Vitulus war einen sinnlosen Tod gestorben.

Auf diese Weise ging der Sommer vorüber und die Ablösung ließ auf sich warten. Ich genoss das gemeinsame Leben mit Lucilla und verschob meine Pläne auf einen späteren Zeitpunkt. Jetzt, da ich eine Aufgabe in der Legion übernommen hatte, konnte man mir nicht den Vorwurf machen, mich nicht gemeldet zu haben. Je mehr ich darüber nachdachte, kam ich zu dem Ergebnis, dass meine derzeitige Aufgabe eine spätere Beförderung unterstützen musste.

Lucilla und ich führten ein schönes Leben. Zu schön für meinen Geschmack. Mich beschlich immer wieder die Vorstellung, dass das Schicksal eine Atempause einlegte, um später mit voller Wucht zuzuschlagen. Aber im Augenblick war keine dunkle Wolke am Firmament zu sehen. Meine Gefährtin und ich genossen unser gemeinsames Leben, als ob es kein Morgen gäbe. Ich versah meinen Dienst und Lucilla führte ihre

Taverne und den kleinen Laden. Die Chatten blieben friedlich, und es fehlten nur Kinder zu unserem kleinen Glück. Lucilla verstand sich aber darauf, das zu verhindern. An den warmen Sommerabenden gingen wir oft an die Lagona und erfrischten uns in ihren Fluten. Eine willkommene Abkühlung, weil das hölzerne Badegebäude nicht in Betrieb war. Die Zuleitungen hatten dem Winter und den Regengüssen des Frühjahrs nicht standgehalten. Der Zimmermann, der das hätte beheben können, war leider mit Marcus Vitulus vor meiner Ankunft nach Mogontiacum gegangen. Einzig die dem Badegebäude angeschlossenen Latrinen waren noch intakt.

Mit dem Fortschreiten des Sommers wurden einige Dinge des alltäglichen Lebens knapp. Es fehlte an tönernen Schüsseln, Töpfen, Wein und bestimmten Gewürzen wie Garum[81] und Pfeffer. Der Grund lag darin, dass nur wenige Händler den vermeintlich gefährlichen Weg an die Logana auf sich nahmen. Einmal kam ein Kahn von Confluentes den Fluss hoch gerudert. Auch das Salz, das wir von den Kelten der Umgebung bezogen, wurde teurer. Mit den Dingen des alltäglichen Lebens wie Getreide, Feldfrüchte, Milch und Fleisch waren wir gut versehen. Was wir nicht selber im Umfeld von Augusta anbauten, bezogen wir von den Chatten.

Ich sah Lucilla immer nachdenklicher werden. Sie machte sich Gedanken um ihre Geschäfte, die immer schlechter liefen. Alleine mit Met und Cervisia reichte es hinten und vorne nicht. Da war es hilfreich, dass ich jetzt wieder meinen geregelten Sold bezog, den ich mir selber aus der Kasse des Marcus Vitulus auszahlte.

Die Erlebnisse des letzten Jahres begannen allmählich zu verblassen. War es wirklich nötig gewesen, mich derart gegen Lucius und seine Freunde zu positionieren? Was ging mich das Geld des toten Statthalters an, das in jedem Fall verloren gewesen wäre? Wenn sie es nicht genommen hätten, wäre es Arminius in die Hände gefallen. Der Cherusker hätte sicher-

81 Würzsauce

lich gewusst, wie er es zu unserem Schaden verwandt hätte. Ich vergrub den Kopf in den Händen und schloss die Augen. Warum waren die Gefährten tot? Hatten sie versucht, Kaeso und Lucius zu erpressen? Oder wollten sie die Münzen an sich bringen? Vielleicht lag ein Fluch auf dem Geld, und es war besser, die ganze Geschichte zu vergessen. Andererseits verstand ich nicht, dass Lucius sich mit Kaeso und Fabricius gemein gemacht hatte. Das waren grausame und rücksichtslose Kreaturen, die weder Gut noch Böse kannten. Wäre es besser gewesen, Lucius weniger Vorwürfe zu machen und stattdessen zu versuchen, mäßigend auf ihn einzuwirken?

Die einzige Wunde, die sich nicht schließen wollte, war der Verrat, den meine Kameraden in Aliso an mir verübt hatten. Ich hätte vieles verzeihen können, aber nicht, dass sie mich auf Gnade und Ungnade dem Feind ausgeliefert hatten. Alleine deshalb musste ich sie zur Rechenschaft ziehen.

Lucilla war in dieser Sache kein guter Ratgeber. Manchmal hatte ich das Gefühl, dass sie wenig Verständnis für meine Bedenken und Vorbehalte hatte. Im Grunde ihres Herzens war sie Lucius ähnlich. Liebenswert, leichtsinnig und jederzeit bereit, ein Risiko zu ihrem eigenen Vorteil einzugehen. Wenn sie auf Lucius zu sprechen kam, schwangen Bewunderung und Anerkennung in ihrer Stimme. Dann rührte sich in mir der Stachel der Eifersucht, den ich seit Confluentes in mir trug.

Nach den ersten Frostnächten kam endlich die, wie wir hofften, ersehnte Ablösung. Ein Zug Infanterie, geführt von einem Tribun, zog in Augusta ein. Ihnen folgte ein Tross von fünf Karren, die alles geladen hatten, was wir sehnlich vermissten. Meine Hoffnungen, Augusta in Richtung Mogontiacum verlassen zu können, wurden jedoch enttäuscht.

Lucius Flavius, Tribun der Legio II Augusta und rechte Hand des neuen Legaten Gaius Piso, war nicht gekommen, um zu bleiben. Er wollte sich nur vergewissern, wie die Dinge in Augusta standen.

Warum sollte auch ein Tribunus Laticlavius aus senatorischem Geschlecht die Arbeit eines Centurios machen? Das Abbild eines Kriegsgottes machte sich begründete Hoffnungen, dereinst zum Legaten aufzusteigen und vielleicht einmal das Konsulat zu erreichen. Der gutaussehende, mittelblonde Hüne war zusammen mit Piso und der Legio II Augusta vor der Katastrophe der varianischen Legionen von der Hispania Citerior[82] nach Germanien verlegt worden. Ich sollte nicht zu viel erwarten und mich bemühen, die Gunst eines hohen Stabsoffiziers zu gewinnen.

Tatsächlich lobte er die Arbeit, die ich geleistet hatte und verlor kein Wort des Bedauerns über das Ableben von Marcus Vitulus. Danach hörte er sich mit Interesse meine Geschichte an.

»Die Götter sind mit dir, Sextus Valerius.« Flavius hob seinen Becher und trank mir zu. »Du sagst, dass du, wenn du hier abkömmlich bist, nach Mogontiacum möchtest?«

Ich nickte.

»Wir können gute Offiziere gebrauchen. Ich werde mich bei Piso für dich verwenden. Vielleicht springt eine Beförderung heraus.« Flavius blickte mich streng an. »Aber nur dann, wenn du dir nichts hast zuschulden kommen lassen. Ich werde mich bei Caedicius erkundigen. Wir haben zusammen in Pannonien gedient.«

Ich bedankte mich mit höflichen Worten, obwohl mir der Schreck in die Glieder gefahren war. Nur gut, dass er Fabricius nicht genannt hatte. Ich war mir sicher, dass Caedicius nicht Nachteiliges sagen würde. Der Centurio hätte sich dagegen die Möglichkeit nicht entgehen lassen, mir zu schaden.

»Das hat aber Zeit bis zum Frühjahr«, fuhr Flavius fort. Dann teilte er mir mit, dass es aufgrund der angespannten Lage keine verfügbaren Truppen in Mogontiacum gäbe und ich bis zum Frühjahr durchhalten müsste.

Am nächsten Tag machte er sich wieder auf den Rückweg. Immerhin nahm er einige Kranke auf den entladenen Karren

82 Ostspanien

mit und ließ dafür zehn brauchbare Auxiliare zurück. Die Männer fluchten und blickten ihren abrückenden Kameraden sehnsüchtig hinterher.

»Elender Winter«, schimpfte Lucius und schlug sich den Schnee vom Mantel. Er öffnete die Türe zur Lagertaverne, worauf ihm ein Schwall abgestandener Luft entgegenschlug. Er musterte die dicht besetzten Tische, bis er Kaeso und Fabricius ausmachte, die ihn herbestellt hatten.

»Es gibt Neuigkeiten?«

»Setz dich.« Kaeso schob die Würfel zur Seite und stülpte den Becher darüber.

»Ihr habt mich doch nicht zum Spielen herbestellt?«, fragte Lucius mit einem Blick auf den missmutig dreinblickenden Fabricius.

»Nein«, lachte der Signifer, »obwohl du dem Centurio noch etwas beibringen könntest.«

»Hast du denn noch etwas von dem Gold, das du aus Aliso herausgeschafft hast?«

Fabricius packte die Würfel weg und hielt Lucius den Weinkrug hin. »Dafür reicht es noch.«

Die Männer lachten roh.

»Ich war bei Caedicius«, begann der Centurio und schüttete ein.

»Dann sind es keine guten Nachrichten«, folgerte Lucius aus den angespannten Mienen der anderen.

»Wie man es nimmt«, antwortete Kaeso. »Wir sollen wieder auf die andere Seite des Rhenus.«

»Aha«, scherzte Lucius, »habt ihr doch alles verprasst?«

»Wir sind nicht zum Scherzen hier«, rügte ihn Fabricius, »es ist ernst.«

»Dachte es mir«, murmelte Lucius mehr zu sich selbst.

»Caedicius sucht Freiwillige für eine spezielle Aufgabe und hat uns mit der Durchführung bestimmt.«

»Der Lagerpräfekt überlässt nichts dem Zufall«, mischte sich Kaeso ein. »Der weiß, was er will.«

»Und?«, fragte Lucius. »Was sollen wir für ihn tun?«

»Die Cherusker haben uns angeboten, Gefangene freizukaufen.«

»Das kann nicht sein«, protestierte Kaeso. »Die Legion kauft keine Gefangenen frei. Das hat es noch nie gegeben. Wer in Gefangenschaft gerät, hat selbst Schuld. Es gibt kein Geld für ehrlose Versager.«

»Es ist nicht das Geld der Legion«, erwiderte Fabricius. »Die Familien, die Freunde und Kameraden haben es aufgebracht und Caedicius gebeten, es in ihrem Sinne zu verwenden. Er hat sich darauf eingelassen und versprochen, den Austausch gegen eine entsprechende Gebühr zu organisieren.«

»Aber nicht mit uns«, fuhr Kaeso wieder dazwischen. »Die bringen uns um, nehmen das Geld und behalten die Gefangenen.«

Wie vom Blitz getroffen fuhr Lucius hoch. »Wann und wo?«, fragte er ungeduldig.

»In Aliso«, antwortete der Centurio.

»Ist mir zu riskant«, nörgelte Kaeso.

»Rede nicht immer dazwischen«, mahnte Lucius. »Wisst ihr, was das bedeutet?« Er schaute seine Kumpane erwartungsvoll an.

Kaeso und Fabricius blickten verwundert. »Nein«, antwortete Fabricius unwirsch, »aber du wirst es uns bestimmt sagen.«

»Eine bessere Gelegenheit bekommen wir nicht.« Lucius verspritzte vor Aufregung etwas Wein, als er den Becher ansetzte. »Wir machen das und schauen nach dem Geld, das wir zurücklassen mussten. Wir sollten es irgendwo anders deponieren. Ich glaube, dass wir das Lager bald wieder besetzen. Tiberius plant ein Unternehmen auf die andere Flussseite. Und dann wird es für uns schwer, unbemerkt an das Geld zu kommen.«

»Du willst also rübergehen, die Gefangenen freikaufen und dann die Geldsäcke an einen sicheren Ort bringen?«, fragte Kaeso.

»Nicht nur das, Freunde.« Lucius ruderte vor Aufregung mit den Armen in der Luft.

»Vorsicht«, mahnte Fabricius, »es müssen nicht alle mitbekommen, worüber wir reden.« In der Tat hatten sich ihnen einige Köpfe von den Nachbartischen zugewandt.

»Seht ihr es nicht?«, wisperte Lucius voller Mitteilungsfreude.

»Was sollen wir sehen?« Kaeso nahm beim Sprechen die Hand vor den Mund.

»Das Geld, das wir von Caedicius bekommen, bleibt hier. Wir bezahlen mit unseren versteckten Münzen. Wir nehmen die kleinen Werte, die den Stempel des Varus tragen. Die können wir sowieso nicht über den Rhenus bringen. Viel zu auffällig. Wir tauschen für uns wertloses Geld gegen saubere Münzen.«

»Beim Höllenhund des Pluto«, presste Fabricius zwischen den Zähnen hervor. »Das ist genial. Du bist ein gefährlicher Mann, Lucius Poblicius.«

»Und das restliche Gold und Silber holen wir uns auch noch.« Kaeso standen Gier und Begeisterung im Gesicht geschrieben.

»Nicht alles.« Fabricius versuchte die Begeisterung seines Kumpans zu zügeln. »Wir sollten noch genug Geld dort drüben versteckt halten. Vor allem das gestempelte. Das wird nicht der einzige Handel mit den Cheruskern bleiben. Die wollen erst einmal sehen, ob es überhaupt funktioniert.«

»Wir werden reich«, schwelgte Kaeso in unverhohlener Begeisterung.

»Das bist du doch schon.« Lucius wies auf die protzigen Auszeichnungen, die der Signifer am Körper trug. »Willst du die nicht endlich verkaufen? Ich kenne einen Griechen, der gut zahlt. Bis auf das hier«, Lucius hob sein Handgelenk mit dem Armreif, »habe ich alles gegen gemünztes Gold eingetauscht.«

»Was zahlt dir der Grieche für einen Kunden?«, fragte Kaeso spitz. »Du machst bei solchen Geschäften immer deinen Schnitt.«

Lucius lachte. »Dann lass dir deinen Reichtum doch vom nächsten Strauchdieb abnehmen. Du bist geschmückt wie ein Opferstier, der zum Altar des Jupiter geführt wird.«

»Hört auf!«, ging Fabricius dazwischen. »Ich habe noch etwas anderes erfahren. Eine schlechte Nachricht. Sextus ist von den Toten auferstanden.«

»Was?«, fragte Kaeso konsterniert. »Das wird Lucius freuen, oder?«

Der Angesprochene zuckte mit den Schultern. »Was hast du gehört, Fabricius?«

»Ein Tribun aus Mogontiacum hat Caedicius eine Anfrage zukommen lassen. Es geht um einen Sextus Valerius von der achtzehnten Legion, der in Augusta aufgetaucht ist. Man will ihn mit seinem alten Rang in die zweite Legion eingliedern.«

»Der Blitz Jupiters soll ihn treffen«, schimpfte Kaeso ungehalten. »Der Kerl kann uns Ärger machen. Warum haben die Barbaren ihn nicht massakriert?«

»Caedicius hat geantwortet, dass er nichts Nachteiliges über Sextus Valerius zu sagen hat. Er hat ihn an das Tabularium[83] *im Oppidum Ubiorum*[84] *verwiesen. Man hat alle Unterlagen dorthin ausgelagert, weil die Principia in Vetera völlig ausgelastet ist. Es musste Platz für die Dokumente von zwei neuen Legionen geschaffen werden.«*

»Sextus wird sich ruhig verhalten«, bemerkte Lucius. »Warum sollte er uns Ärger machen? Er kann nichts beweisen. Das weiß er. Das gleiche gilt auch für Quintus.«

»Bist du dir sicher?«, fragte Fabricius misstrauisch. »Es wird immer öfter nach dem Gold des Varus gefragt. Selbst in Rom ist man aufmerksam geworden. Der Legat Asprenas ist

83 Archiv
84 Köln

mächtig unter Druck geraten. Man glaubt ihm nicht, dass Varus den ganzen Sold bei sich gehabt hat.«

»Sextus und Quintus müssen weg«, dräute Kaeso ungehalten. »Besser heute als morgen. Wenn durch irgendein dummes Geschwätz die Spürhunde des Senats auf uns angesetzt werden ...«

»Was sollen wir tun?«, fragte Fabricius. »Ins Oppidum Ubiorum und nach Mogontiacum gehen und die Kerle zum Schweigen bringen? Damit können wir uns erst recht verdächtig machen.«

Die Männer überlegten, bis Lucius das Schweigen brach. »Man müsste zumindest Sextus unglaubwürdig machen. Auf das Geschwätz eines Immunis wird keiner etwas geben. Die Anschuldigung eines Optios wiegt schwerer.« Er legte eine Pause ein, während die anderen ihn gespannt ansahen. »Vielleicht sollte man seinen Eintrag bearbeiten. Einen Diebstahl oder etwas Ähnliches vermerken. Dann wird er nicht als Offizier übernommen und er kann erzählen, was er will. Keiner wird etwas darauf geben.«

»Ich erledige das«, meldete sich Fabricius als erster zu Wort. »Ein Vorwand, um ins Oppidum zu gehen, findet sich. Ich kenne dort einen versehrten Centurio, der im Tabularium seine restliche Dienstzeit absitzt. Der Mann hat im pannonischen Aufstand ein steifes Bein davongetragen. Für ein paar Denare besorgt der mir die fragliche Rolle oder Tafel.«

»Ausgezeichnet.« Kaeso rieb sich die Hände und grinste zufrieden. Auch Lucius nickte anerkennend. »So machen wir das.«

»Und wann gehen wir nach Aliso?« Kaeso trug wieder den gierigen Ausdruck im Gesicht. »Ich kann es kaum erwarten.«

»In ein paar Wochen, wenn es wärmer wird«, antwortete Fabricius. »Ab den Kalenden des Martis[85] können wir jeden Tag mit dem Marschbefehl rechnen.«

---

85 1. März

Es wurde ein kalter Winter, den wir Dank der Hilfsgüter des Flavius leidlich überstanden. Ich rechnete mit der Ablösung im Aprilis und war überrascht, als zwei Tage vor den Kalenden des Martis eine Kolonne Reiter und Wagen von der Furt hoch zur Ansiedlung zog.

Lucilla stand neben mir auf dem Wall, als die Legionäre und Fuhrknechte unter der Führung eines berittenen Centurio das Tor passierten. Sie griff nach meiner Hand und schmiegte sich an mich.

Bevor der Winter kam, wäre ich gerne nach Mogontiacum gegangen. Aber jetzt, da die Stunde des Abschieds nahte, fühlte ich mich meiner Gefährtin näher als je zuvor.

»Willst du nicht doch mitkommen?«, fragte ich ohne Hoffnung. Ich hatte das Thema bereits einige Male angesprochen, ohne eine befriedigende Antwort zu erhalten. Lucilla hatte immer vom Vermächtnis ihres Vaters gesprochen und mir versichert, dass sie an eine Zukunft des Ortes glaubte.

Sie fuhr mir durchs Haar und drückte mir einen Kuss auf die Wange. »Ich habe das Geschäft und die Taverne gestern an den Schwager des Schmieds verkauft.«

»Du hast was?«, fragte ich konsterniert. Dann hatte ich begriffen was sie gesagt hatte. »Dann gehen wir zusammen nach Mogontiacum?«, vergewisserte ich mich noch einmal.

»Ja, mein kleiner Offizier«, antwortete Lucilla und lachte ihre Freude heraus. »Wir werden in den Canabae[86] eine Bleibe suchen und du wirst so oft bei mir sein, wie es dein Dienst erlaubt. Wir werden später Kinder haben, und ich werde deine rechtmäßige Frau, wenn du deine Zeit abgedient hast.«

»Das kann zwanzig Jahre dauern«, scherzte ich. »Wirst du dich nicht langweilen?«

»Mogontiacum ist voller Legionäre, die nicht wissen, was sie mit ihrem Sold tun sollen. Sie werden alle zu mir kommen, die Hungrigen und die Durstigen.«

86 Lagervorstadt

»Wenn du es sagst, wird es so sein.« Ich drückte sie an mich und spürte ihren verlangenden Körper. Ich musste aber von ihr lassen, weil die Pflicht in der Person des entsandten Centurios nach mir rief.

Ich überzeugte mich rasch, dass der Legat Gaius Piso einen tatkräftigen Mann mit einer tatkräftigen Truppe zu meiner Ablösung entsandt hatte. Darunter waren auch einige Bausoldaten der vierzehnten Legion Gemina[87], die sich der Schäden an Wegen und öffentlichen Gebäuden annehmen sollten. Offensichtlich hatte der Tribun in seinem Visitationsprotokoll darauf hingewiesen, was dringend benötigt wurde. Ich übergab dem Centurio die Schrifttafeln mit den Tagesberichten, die er interessiert überflog und zur späteren Lektüre beiseitelegte. Von den Schriftstücken, die sich auf meine in Dienststellung bezogen, ließen wir Kopien erstellen. Ich sollte sie in Mogontiacum vorlegen, wenn über meine weitere Verwendung entschieden würde. Der Centurio tippte auf die Tafel, auf der mein Handgeld quittiert war und zog ein bedenkliches Gesicht.

»Das wirst du wahrscheinlich zurückzahlen müssen, Sextus Valerius. Mir ist nicht bekannt, dass ein Angehöriger der Legion zweimal ein Handgeld erhalten hat. Oder hat man das beim ersten Mal vergessen?«

Ich zuckte mit den Schultern und machte mich darauf gefasst, die zwanzig Denare abzuschreiben. Ich hatte ja noch meine Aurei, die ich bis auf den ersten nicht angerührt hatte. Ich nahm es gelassen, weil man mir meine Zugehörigkeit zur zweiten Legion nicht mehr nehmen konnte. Ich hatte mich um Augusta verdient gemacht und brannte darauf, endlich in mein neues Leben aufzubrechen.

Wir brauchten nur einen Tag, um unsere Habseligkeiten zu packen und auf einen Karren zu laden. In einem Kasten ruhte die ansehnliche Summe, die Lucilla für ihren Laden und die Taverne bekommen hatte. Ein ansehnliches Kapital für den Beginn eines neuen Lebens. Unter Tränen verabschiedete sich

87 Zwilling

Lucilla von der Magd, die ihr und ihrem Vater die ganzen Jahre gedient hatte. Ich hatte keinen Menschen in Augusta, dem ich eine Träne nachweinte. Die einzige Person, die mir etwas bedeutete, würde mich begleiten.

Die Wege waren in einem guten Zustand, und die Sonne schien auf frisch gepflügte Felder und kahle Wälder, in denen sich das erste Grün zeigte. Am dritten Tag sah ich den Rhenus, den ich an einem ebensolchen Frühlingstag vor zwei Jahren überschritten hatte. Es kam mir wie eine Ewigkeit vor, als ich jung und voller Tatendrang mit den verfluchten Legionen des Varus in die Germania Magna[88] eingerückt war.

Fabricius hatte es sich im Dienstzimmer des Archivars bequem gemacht. Voller Ungeduld trommelten seine Finger auf die Tischplatte, und seine Augen glitten immer wieder zur Türe, durch die der hinkende Centurio verschwunden war.

Gleich nach seiner Ankunft in Vetera war er in die Principia gegangen und hatte nach seinem Kriegskameraden gefragt. Der hatte sich zuerst geziert, ihm Einblick in die Stammrollen zu gewähren. Schließlich siegten jedoch die alte Verbundenheit und der Beutel mit den fünfzig Denaren. Damit konnte man selbst im Oppidum ein Jahr in Freuden verleben. Gutes Essen, die besten Huren und Wein aus Gallien, mehr konnte ein altes Kämpferherz nicht begehren.

Endlich schwang die Türe auf und der Centurio hinkte mit mehreren Lederrollen unter den Armen hinein. Da er die Hände nicht frei hatte, stieß er die Türe mit dem Fuß zu.

»Das ist alles, was wir zur fünften Kohorte der achtzehnten Legion hier haben. Ich hoffe, dass das Gewünschte dabei ist.« Er ließ die Rollen auf den Tisch gleiten und blieb unschlüssig stehen.

»Lass mich alleine«, knurrte Fabricius und nahm das erste Futteral zur Hand. Er strich mit der Hand über die eingegerbte V / XIIX und nestelte an den Schnüren des Verschlusses. Als

88 Bezeichnung für das rechtsrheinische Germanien

er den Deckel gelöst hatte, blickte er hoch, um sich zu vergewissern, ob er alleine sei. Der Centurio war in der Zwischenzeit lautlos hinaus geschlurft. Fabricius griff in das Behältnis und zog an den Verdickungen der Haltestäbe die Rolle hervor. Der Papyrus knisterte, als er das Dokument entrollte. Er sah auf den ersten Blick, dass er nicht das gesuchte Dokument in den Händen hielt, und packte es wieder ein. Bei der dritten Rolle wurde er schließlich fündig. Fahrig glitten seine Finger über das faserige Papier, bis er bei Valerius innehielt. Es gab unter diesem Namen noch fünf weitere Einträge, bis er den lästigen Querulanten anhand des Vornamens und der Tribun[89] *gefunden hatte.*

Fein säuberlich waren der Tag der Vereidigung und die Beförderungen in einer gestochen klaren Schrift verzeichnet. Daneben hatte jemand kaum leserlich ein `missus´ gekritzelt. Ansonsten gab es keine Einträge und es war noch genügend Platz für sein Vorhaben.

»Du wirst dich wundern«, flüsterte Fabricius gehässig und tauchte die angespitzte Feder in den Tiegel mit der frisch angerührten Tinte. Er bemühte sich, so fein und säuberlich wie möglich vorzugehen und vor allem die geschwungenen Minuskeln seines Vorgängers auf das Genaueste nachzuahmen.

»Perfekt«, murmelte er, als er das Ergebnis betrachtete. Er blies über das Papier, um die Tinte zu trocknen. »Du wirst dich wundern, Sextus Valerius. Damit wird dir niemand einen Posten in der Legion geben. Mögest du im Steinbruch versauern oder für den Rest deines Lebens Latrinendienst schieben.«

Fabricius rollte den Papyrus wieder zusammen und schob ihn zurück in die Hülle. Dann richtete er die Futterale nebeneinander aus. Niemand würde erkennen, welches Dokument er manipuliert hatte.

Er rief nach dem Centurio, verabschiedete sich und eilte zum Hafen. Noch in der gleichen Stunde bestieg er das Schiff, das ihn in weniger als einem Tag zurück nach Vetera beförderte.

---

89 Verwaltungsbezirk

Mogontiacum

Am Abend des dritten Tages hatten wir den befestigten Brückenkopf Castellum[90] erreicht, der zum Schutz des Flussübergangs nach Mogontiacum angelegt worden war; eine kleine Holz-Erde-Festung mit einem überschaubaren Vicus.

Die Stadt hatte sich verändert, seitdem Lucius und ich uns hier vor fünf Jahren anwerben ließen. Das Kenotaph[91] des großen Drusus war auf die doppelte Höhe angewachsen und leuchtete in strahlendem Weiß über den Strom. Seine Spitze bildete ein Pinienzapfen, dessen vergoldete Oberfläche das Licht der Sonne reflektierte. Damals gab es nur ein kleines Monument, das eine bemalte, übermannshohe Mauer einfasste. Unterhalb des Grabmals konnte ich die hölzernen Sitzreihen des Theaters ausmachen, die ein Stück weit den Hang empor geklettert waren. Daneben stand, wie früher, der von einer Mauer umgebene Altar des Drusus, wo die alljährlichen Feiern zu seinem Gedenken ihren Höhepunkt erfuhren. Über dem Theater, in direkter Linie zum Kenotaph, war bereits das Podest aufgeschüttet worden, auf dem später der Tempel des vergöttlichten Augustus entstehen sollte.

Unweit des Kenotaphs erhoben sich auf der Höhe die mächtigen Erdwälle der Legionsfestung, die, wenn die Götter es wollten, meine neue Heimat werden sollte. Die Canabae Legionis, das Lagerdorf, hatten sich den Hang herab ausgebreitet. Rechts vom Theater, wo früher nur vereinzelte Häuser standen, waren ganze Wohnviertel im Entstehen begriffen. Eine Straße verband die Festung mit dem zwei Meilen stromaufwärts erbauten neuen Lager, Stationierungsort der dreizehnten Legion Gemina und der nach Mogontiacum verlegten Auxiliarverbände. Die Städte am Rhenus hatten offenbar von der Katastrophe in den finsteren Wäldern der Germania Magna

90 Kastell
91 Scheingrabmal

profitiert. Wollte man sich mit einem Wall neuer Legionen gegen das Unheil aus dem Norden schützen oder war das der Auftakt einer großen Offensive zur Rückgewinnung der verlorenen Gebiete?

Am Ufer dümpelten zahllose Schiffe im vergrößerten Hafen. Auch hier hatte man die Kaianlagen erweitert, obwohl im stromabwärts gelegenen Vicus ein weiterer Schiffsanleger vorhanden war.

Wir warteten, bis die Fußgänger unserer Kolonne uns eingeholt hatten und beschritten dann die schwankende Fahrbahn der Schiffsbrücke. Die Pferde und Zugtiere scheuten wegen des unsicheren Untergrunds und mussten mit gutem Zureden oder Peitschenhieben davon überzeugt werden, ihre Hufe auf die mit Sand bestreuten Bohlen zu setzen. Eingefasst von hölzernen Geländern war die Brücke so breit ausgelegt, dass zwei entgegenkommende Fuhrwerke ohne Schwierigkeiten passieren konnten. Kurz vor dem anderen Ufer mussten wir halten und einige Schiffe und Kähne passieren lassen. Ich nutzte die Gelegenheit und versuchte die Flussgötter mit einem Münzopfer gnädig zu stimmen.

»Was für eine Verschwendung«, mokierte sich Lucilla. »Was glaubst du, wie viel Geld schon im Fluss liegt?«

»Es wird nicht das letzte gewesen sein«, antwortete ich lakonisch und lächelte sie an.

»Abergläubischer Hasenfuß«, schalt sie mich. »Nimm dein Glück in die eigenen Hände und spar dir dein Geld.«

Schnell waren die Planken wieder an ihren alten Platz verlegt, so dass es weiterging. Als wir wieder festen Boden unter den Füssen hatten, sammelten wir uns und zogen über die gekieste Straße zur Porta Praetoria hinauf.

An einer Mansio auf halber Höhe blieben Lucilla und die mitgereisten Zivilisten zurück. Wir hatten ausgemacht, dass ich, wenn ich alles geregelt hatte, so schnell wie möglich zu ihr zurückkommen sollte. Sie wünschte mir Glück, und ich durchschritt mit klopfendem Herzen das mächtige Tor.

Während die Legionäre des Begleitkommandos und der ehemaligen Besatzung von Augusta die Unterkünfte ihrer Einheiten aufsuchten, fragte ich mich zu Lucius Flavius durch. Ein Immunes der Lagerverwaltung begleitete mich in die Principia und meldete mich im Dienstraum des Tribuns an.

»Sextus Valerius!« Kaum war ich eingetreten, erhob sich Flavius von seinem Sessel und eilte mir entgegen. »Schön, dich zu sehen. Was kann ich für dich tun?«

Er wartete meine Antwort erst gar nicht ab, sondern geleitete mich zu einem zierlichen Tischchen, auf dem eine üppige Silberschale mit getrocknetem Obst und geschälten Nüssen bereit stand.

»Setz dich«, forderte er mich auf und deutete auf einen der eisernen Klappstühle, der an den Scharnieren und Standflächen mit Löwenköpfchen verziert war. Vorsichtig nahm ich auf dem mit Panmotiven besticktem Kissen Platz und fuhr mit der Hand über die filigranen Tischbeine aus poliertem Eichenholz. Die Platte aus rosafarbenem Marmor ruhte auf geschnitzten Capricorni[92], dem Emblem der zweiten Legion.

»Greif zu.«

Ich ließ mich nicht zweimal bitten und nahm eine der Kostbarkeiten aus der Schale. Ich biss herzhaft in die ledrig süße Frucht und spülte den Bissen mit einem Schluck verdünnten Wein herunter, den Flavius mir in einem gläsernen Pokal kredenzte.

»Ein Gruß aus Hispanien«, erklärte er jovial. »Getrocknete Feigen, in Honig gekocht und mit zermahlenen Nüssen bestreut. Wir sind erst vor wenigen Jahren nach Mogontiacum verlegt worden.«

Ich nickte, weil er mir das bereits in Augusta erzählt hatte.

Es trat eine kurze Pause ein, während der ich noch einmal in die Schüssel langte.

»Ich schätze dich und deine Arbeit, die du in Augusta geleistet hast.« Flavius ließ mich nicht dazu kommen, mein Anlie-

92 Fabelwesen

gen vorzutragen. »Von mir aus gibt es auch keine Vorbehalte. Aber der Legat besteht darauf, die Stammrolle einzusehen. Es haben sich in letzter Zeit zu viele zweifelhafte Elemente um eine Wiederaufnahme in die Legion beworben. Es wurden sogar einige Mörder und Deserteure entdeckt, die sich in der Anonymität des Militärs ihrer Strafe entziehen wollten. Sie wurden auf der Stelle hingerichtet.«

»Du hast doch bereits bei Caedicius nachgefragt.« Ich verstand nicht, worin das Problem lag.

»Von meiner Seite gibt es auch keine Vorbehalte. Das Wort des Lagerpräfekten und ehemaligen Primpilars der fünften Legion steht außerhalb jeder Diskussion. Aber der Wind hat sich gedreht und Gaius Piso, der jüngere Bruder von Gnaeus Piso nimmt es ganz genau. Vor allem dann, wenn ein Flavier sich für dich verwendet hat. Gnaeus Piso hat zusammen mit Tiberius vor vier Jahren das Konsulat bekleidet.«

Wegen der offiziellen Datierungen, die ich in meinen Meldungen vornehmen musste, erinnerte ich mich an den Namen.

»Weißt du eigentlich«, fuhr der Tribun fort, »dass es ein neues Gesetz gibt, das allen Überlebenden der Clades Variana[93] untersagt, jemals wieder italischen Boden zu betreten?«

Ich verneinte und rang mich schließlich zu einer Frage durch. »Warum Tribun? Wieso werden Tapferkeit und Entschlossenheit bestraft?«

»Weil Augustus und den Herren im Senat der Schreck in die Glieder gefahren ist. Es gab Tumulte und Gerüchte, dass die Germanen bereits die Alpen überschritten hätten. Man fürchtet, dass die Erzählungen der Überlebenden eine neue Panik auslösen werden.«

»Gilt das auf Zeit oder für immer?« Die Tatsache, meine Familie und die Heimat nicht mehr wiederzusehen, empfand ich als ungerecht und barbarisch. Ich vermied es jedoch, meiner aufkommenden Wut nachzugeben.

---

93 Varusschlacht

Weil ich mich nicht äußerte, sah mich der Tribun prüfend an. »Zurück zu deiner Stammrolle. Gibt es etwas aus der Zeit vor Caedicius, was dir zum Nachteil ausgelegt werden kann?«

»Nein!«, antwortete ich schroff. Ich war gereizt, was Lucius Flavius nicht beeindruckte.

»Bist du dir sicher? Eine kleine Verfehlung oder Disziplinlosigkeit kann reichen, dein Gesuch abzulehnen. Ich möchte mir später vom Legaten keine Vorhaltungen anhören müssen. Unser Verhältnis ist angespannt genug. Es missfällt ihm, dass ich ein gutes Verhältnis zu Germanicus habe.«

Ich schaute überrascht hoch.

»Zu Germanicus?«

Der Tribun lachte höhnisch. »Tiberius wird der neue Imperator, wenn Augustus die Augen für immer schließt. August hat Tiberius nur unter der Bedingung zum Nachfolger ernannt, dass er seinen Neffen Germanicus adoptiert.«

Ich nickte.

»Germanicus wird Tiberius‘ Nachfolger werden. Damit ist der jüngere Drusus, der Sohn des Tiberius, von der Thronfolge ausgeschlossen. Was ihm aber noch mehr aufstößt: Germanicus ist beliebt und der Abgott der Legionen. Er hat sich hervorragend in Pannonien bewährt. Viele sähen ihn lieber als direkten Nachfolger.«

»Du glaubst«, fragte ich, »dass Germanicus gegen Tiberius putscht und nach den kaiserlichen Insignien greift?«

»Nein«, meinte der Tribun mit Bedauern. »Völlig ausgeschlossen. Germanicus ist viel zu loyal. Was aber nicht für die Truppe gilt. Keiner weiß was geschieht, wenn die Legionen ihn zum Imperator ausrufen. Das ist es, was Tiberius am meisten fürchtet. Die Soldaten lieben Germanicus und nicht ihn. Im Grunde darf Germanicus nichts unternehmen, was seine Beliebtheit steigert. Wenn er, wie einst der göttliche Caesar in Gallien, die rechtsrheinischen Germanen zum Ruhme Roms unterwirft sind die Tage des Tiberius gezählt.«

»Warum hat er den Germanicus dann zu seinem Stellvertreter gemacht?«, fragte ich verwirrt.

»Germanicus ist der Beste«, erklärte der Tribun geduldig. »Tiberius hatte keine Wahl. Augustus hat es so bestimmt. Wenn er aber Germanien in Richtung Rom verlässt, werden die Würfel neu gemischt. Deshalb soll Germanicus die Provinzen am Rhenus nur sichern. Tiberius will keinen neuen Krieg.«

»Es sei denn«, folgerte ich, »dass Tiberius ihn selber führt und gewinnt.«

»Das glaube ich nicht«, erwiderte der Tribun. »Tiberius ist ein Knauser. Er sieht keine Notwendigkeit, den Staatsschatz wegen einiger Sümpfe und Moore zu ruinieren.«

»Warum erzählst du mir das alles?«, fragte ich lauernd. »Hast du keine Angst davor, dass ich alles Piso hintertrage?«

Lucius Flavius lachte. »Das widerspräche meiner Menschenkenntnis. Außerdem hat das Gespräch nie stattgefunden.«

Die Ausführungen des Tribuns erschienen mir plausibel. Trotzdem lag mir eine Frage auf der Zunge. »Und was hat das alles mit dir zu tun, Tribun?«

»Ich gelte als ein Freund des Germanicus«, antwortete Lucius Flavius ungeduldig. »Und ich möchte Piso und seinen Freunden nicht die Möglichkeit geben, mich wegen eines dummen Fehlers abzuservieren. Wenn ich eine Empfehlung ausspreche, darf es keine böse Überraschung geben.«

Ich brauchte etwas Zeit, um die Informationen zu verarbeiten. In meiner Abwesenheit war Vieles geschehen, was ich in Zukunft bedenken musste, wenn ich mir keine Feinde schaffen wollte.

»Wer sind die Freunde des Germanicus?«, fragte ich gerade heraus.

»Das braucht dich nicht zu interessieren, Optio. Sieh es als Zeichen meiner Wertschätzung, dass ich bereits zu viel gesagt habe.«

»Verzeih mir, Tribun.« Ich fühlte, dass ich zu weit gegangen war.

Flavius winkte ab. »Sorge dafür, dass in den Unterlagen nichts Belastendes gefunden wird. Ich habe noch kein Ersuchen an das Tabularium im Oppidum Ubiorum gestellt. Die Archive der untergegangenen Legionen sind dorthin geschafft werden. Sie werden vernichtet, wenn die letzten Ansprüche ausgeglichen und keine Nachforschungen mehr angestellt werden. Das kann aber noch Jahre dauern.«

»Wie stellst du dir das vor, Tribun? Gibst du mir etwas mit, was mir Zutritt verschafft?«

Lucius Flavius schaute mich aus großen Augen an. »Nein, Sextus Valerius, nichts Schriftliches. Du wirst wissen, was zu tun ist. Das Gesuch auf Einsicht in die Stammrollen der achtzehnten Legion wird in drei Tagen auf dem Tisch des Legaten liegen. Bis der sich regt, werden noch einmal ein paar Tage vergehen. Zeit genug, einen Blick in die Unterlagen zu werfen. Du wirst einen Weg finden.«

Der Tribun hielt mir die Schale hin. »Nimm dir etwas mit.«

Ich dankte und griff noch einmal hinein.

»Ist deine hübsche Gefährtin auch in Mogontiacum?«

»Ja, Tribun. Sie möchte an meiner Seite bleiben und in den Canabae eine Taverne eröffnen.«

Julius Flavius rieb sich die Hände. »Ausgezeichnet. Sie ist eine geschäftstüchtige Frau. Schick sie zu mir, wenn sie Hilfe braucht. Das ist unverfänglicher, als einem Offizier der varianischen Legionen seinen Rang zurückzugeben. Nimm noch mehr von den Feigen und schenke sie deiner Frau. Sie heißt Lucilla, oder?«

»Ja, Lucilla«, bestätigte ich.

»Ist es nicht gut gelaufen?« Lucilla sah mir an, dass mich etwas bedrückte.

»Es ist nichts«, beruhigte ich sie. »Alles geht seinen Gang. Ich muss aber für ein paar Tage ins Oppidum Ubiorum. Es eilt, und ich werde mich noch heute nach einem Schiff umsehen.«

»Sagst du mir, warum?«, fragte sie leicht verärgert.

»Nein. Es ist dienstlich. Es tut mir leid.« Ich wollte Lucilla nicht durch etwas beunruhigen, was sich wahrscheinlich als völlig unbegründet herausstellen würde.

»Ich dachte es mir«, sagte sie resignierend.

»Ich kann dir nicht bei der Suche nach einer Wohnstätte mit Schankraum helfen. Du kannst aber zu einem Tribun der zweiten Legion gehen, wenn du Schwierigkeiten hast. Er heißt Lucius Flavius und war kurze Zeit in Augusta.«

»Ich erinnere mich«, strahlte Lucilla. »Damit hast du mir mehr als genug geholfen. Geh ins Oppidum Ubiorum und komm schnell zurück.«

Wir mieteten für die nächsten Tage einen Raum in der Mansio. Die Stadt war voller Menschen und ich musste die Miete im Voraus entrichten. Dafür kam mir der Patron mit einem abschließbaren Schuppen entgegen, in dem Lucilla ihre Sachen unterbrachte.

»Sextus. Sextus Valerius!« Ich schaute nach allen Seiten, konnte den Rufer jedoch in dem Gewimmel von Menschen nicht ausmachen.

Ich hatte das Schiff vor einigen Stunden im Hafen verlassen und mich sofort im Oppidum Ubiorum umgesehen. Ich war überrascht, welchen hohen zivilisatorischen Standard die werdende Metropole am unteren Rhenus bereits ausstrahlte. Dagegen war Mogontiacum eine Stadt der Haudegen und Generäle.

Die regelmäßig angelegte Stadt umgab eine mächtige Holz-Erde-Befestigung, deren Außenseite sorgfältig verputzt war. Man hatte in den Putz sogar die Konturen gewaltiger Quadersteine eingeritzt und mit roter Farbe ausgemalt. Die Ecktürme und die vier Tore waren aus Tuffsteinen erbaut und verstärkten den wehrhaften Eindruck. Die Repräsentationsbauten am Rhenus, wie der Kernbau des Praetoriums[94] und die Tempel des Mars und der capitolinischen Trias[95] waren ebenfalls aus Stein errichtet. Den Barbaren am jenseitigen Ufer sollte der Atem stocken, wenn sie dieses Sinnbild imperialer Macht vor Augen hatten. Die von hölzernen Kolonnaden gesäumten Hauptstraßen waren breiter, als ich es von Mogontiacum gewohnt war. Der sorgfältig gepflegte Belag aus Kies wies keine Schadstellen auf, was auf ein funktionierendes Abwassersystem schließen ließ. Hinter dem Komplex des Praetoriums lag am Schnittpunkt von Cardo und Decumanus[96] das sakrale Centrum der Germania Magna. Hier, in der Mitte des von Kolonnaden gesäumten Forums, erhob sich der monumentale Altar für Roma und den Kaiser, dem die Stadt ihren Namen verdankte. Das Trinkwasser floss mittels hölzerner Leitungen aus den Vorbergen in die Sammelbecken der Stadt. Ein Luxus, den ich bisher nur aus meiner italischen Heimat kannte. In Mogontiacum verfügte nur das große Legionslager über eine funktionierende Versorgung mit Trinkwasser. Die im Raster angelegten Insulae[97] der Wohn- und Arbeitsviertel bestanden aus soliden, mehrgeschossigen und sauber verputzten Fachwerkhäusern, die auf steinernen Sockeln gründeten. Es gab sogar erste im italischen Stil angelegte Stadtvillen mit Atrium und Peristyl[98]. Ich schätzte, dass bis zu zehntausend Menschen in der Stadt und den vor den Toren gelegenen Gewerbevierteln lebten. Hinzu kamen noch die Besatzungen des im Norden gelegenen Zweilegionenlagers und des Flottenstützpunkts im Süden. An Markttagen und zu hohen Festen konnte sich die Anzahl der sich in der Stadt aufhaltenden Menschen leicht verdoppeln. Wie in Mogontiacum verband eine Brücke die Ufer

94 Palast
95 Jupiter, Juno, Minerva
96 Hauptstraßen einer römischen Stadt
97 Häuserblöcke
98 nach oben offener Innenhof mit Umgang

des Flusses. Es war aber keine Schiffsbrücke, sondern eine wesentlich tragfähigere Konstruktion. Man hatte in regelmäßigen Abständen stabile Stämme schräg ins Flussbett getrieben und mit festen Stricken verbunden. Über diesen Jochen lag eine Fahrbahn, die nicht bei jedem Schritt schwankte.

Zuerst fragte ich mich zum Praetorium durch, das sich in der Nähe des Lagers befand. Ich umrundete den riesigen Gebäudekomplex, in dem bereits Drusus und Agrippa residiert hatten. Ich widerstand dem Impuls, die Wache sofort um Einlass zu bitten. Eine innere Stimme hatte mich zur Vorsicht gemahnt, und ich beschloss, mich zuerst um eine Unterkunft zu bemühen. Ich fand eine Bleibe in einer Mansio am Hafen, von der es nicht weit zu den Principia war. Ich bin heute noch dem Gott dankbar, der mich zu der Taverne führte, von deren Porticus aus ich einen freien Blick auf das Machtzentrum Germaniens hatte.

»Sextus, bei allen Göttern! Bist du es wirklich?«

Ich sprang von der Bank auf und schloss Quintus in meine Arme, der wie aus dem Boden gewachsen vor mir stand.

Als die Sonne unterging, saßen wir immer noch unter der Porticus und erzählten von unseren Erlebnissen. Quintus war immer noch außer sich vor Freude, dass ich überlebt hatte. Ausführlich erzählte er mir, wie er durch seine Anwerbung zur ersten Legion den Fängen des Fabricius entkommen konnte. Nach einigen Krügen Wein und einer üppigen Portion gebratenem Spanferkel in Fischsauce mit Bohnen und Weizenbrot kam ich endlich auf den Grund meiner Reise ins Oppidum zu sprechen.

»Die Vorsicht deines Tribuns ist nicht unberechtigt«, sagte er schmatzend. Er tunkte sein Brot in die letzten Saucenreste und kaute den Bissen genüsslich herunter. »Es hat einigen Streit um Einträge gegeben, die nachträglich vorgenommen worden sein sollen. Es ging hauptsächlich um Soldansprüche. Bei einem Gefallenen oder Vermissten, dessen Tunika dunkle

Flecken aufwies, wurden den Angehörigen der ausstehende Sold und die Rücklagen verweigert.«

»Hast du auch davon gehört, dass man auf diese Weise versucht hat, unliebsame Untergebene loszuwerden?«, fragte ich gespannt.

»Nicht, dass ich wüsste«, antwortete mein Freund. »Aber ausschließen kann ich das nicht.«

Ich überlegte. »Hast du etwas von Lucius und den anderen gehört? Oder sie in der Stadt gesehen?«

»Bei allen Göttern, nein!«, rief Quintus in gespieltem Entsetzen. »Mir ist keiner von unseren Freunde über den Weg gelaufen. Was aber nichts heißen muss. Das Oppidum ist groß.«

»Du meinst?«, fragte ich, »dass ich einen Blick in die Rollen werfen sollte?«

»Das solltest du«, bejahte Quintus meine Frage. »Dein Tribun hat Recht.«

»Hast du ihm von unseren Feinden erzählt?«, bohrte Quintus nach.

»Nein, warum sollte ich? Das geht ihn nichts an.«

»Dann ist dieser Lucius Flavius ein weitsichtiger Mann – oder mit allen Ränken der Intrige vertraut.«

»Eher das Zweite«, sagte ich nach einiger Überlegung. Ich erzählte Quintus, was Flavius mir über Germanicus, Tiberius und Piso anvertraut hatte. Der Freund hörte aufmerksam zu und pfiff zwischen den Lippen, als ich fertig war.

»Davon habe ich auch gehört, Sextus. Überall wird geredet. In den Tavernen, auf den Latrinen und im Bad. Da kommt einiges auf uns zu. Tiberius und Germanicus tun so, als ob sie eins wären. In Wahrheit verachten sie sich und gönnen dem anderen nicht das Schwarze unter dem Fingernagel. Agrippina, die Frau des Germanicus, soll ihre Finger auch im Spiel haben. Ein schönes Weib, aber durchtrieben. Sie soll ihrem Großvater Augustus sehr ähnlich sein. Ich fürchte, dass wir kleinen Legionäre uns eines Tages für eine Seite entscheiden müssen. Pluto sei uns gnädig, wenn wir dann eine falsche Entscheidung treffen. Ich halte mich da raus. So lange es geht«, fügte er noch hinzu.

»Wie komme ich da rein?«, unterbrach ich die Erörterungen meines Freundes und deutete auf den Eingang der Principia.

Quintus stützte den Kopf in die Hände und legte die Stirn in Falten. Plötzlich überzog ein Leuchten sein Gesicht, und er schlug mit der flachen Hand auf den Tisch.

»Chaerea. Ich werde mir von Chaerea eine Genehmigung ausstellen lassen. Damit gehst du ins Tabularium und lässt dir die Rollen geben. Aber nur, wenn du auch unter meinem Namen nachschaust.«

»Chaerea? Wer ist Chaerea?«

»Mein Centurio bei der Ersten. Der Kerl ist eine Wildsau, aber ein ganzer Kerl. Der war bei der siebzehnten Legion und hat sich mit hundertzwanzig Mann bis nach Vetera durchgeschlagen. Ich kann es gut mit ihm. Er ist mir was schuldig.«

Ich verzichtete darauf, Quintus nach dem Grund der Gefälligkeit zu fragen.

Lucilla betrachtete sich im Spiegel, dem wertvollsten Accessoire ihres Haushaltes. Sie hatte das sündhaft teure Teil einst von einem Centurio in Confluentes geschenkt bekommen. Die blank polierte, versilberte Platte umgab ein hölzerner Rahmen, den der Künstler mit geschnitzten Akanthusblättern verziert hatte. Nur Venus und Lucilla wussten, welche Gegenleistung er dafür erhalten hatte.

Lucilla nickte zufrieden und betrachtete mit Hingabe ihr Spiegelbild. Sie hatte sich für ihre weiße Tunika aus feinstem Leinen entschieden, die ihre Rundungen perfekt zur Geltung brachten. Um die Hüften schlang sich ein schmaler Gürtel aus rotgefärbtem Leder. Nach Art der Griechen hatte sie ein blaues Tuch um die Schultern gelegt, das bis zu ihren schlanken Fesseln hinabfiel. Ihren Aufzug vervollständigten zierliche Sandalen und silberdurchwirkte Bänder, die sie in ihr Haar geflochten hatte. Übermütig schüttelte sie ihre schwarzen Lo-

cken und nippte an dem Wein, um sich in Stimmung zu bringen. Bevor sie die Türe ihrer Unterkunft hinter sich zuzog, öffnete sie noch einen gläsernen Flakon und benetzte sich mit Rosenwasser. Dann machte sie sich auf den Weg zu Lucius Flavius.

Dem Tribun stockte der Atem, als Lucilla, umgeben von einer betörenden Duftwolke, in seine Dienstwohnung geführt wurde.

»Etwas billig, aber reizend«, fuhr es ihm durch den Kopf. Er wies seinen Sklaven an, sie alleine zu lassen und ging ihr mit ausgebreiten Händen entgegen.

»Was kann ich für dich tun, schöne Frau?« Er wies auf die Schale mit den eingelegten Feigen und reichte ihr einen Pokal mit Wein.

Lucilla ließ sich nicht zweimal bitten. Sie nippte an dem blauen Glas und steckte sich eine der süßen Köstlichkeiten in den Mund. Dann ließ sie wie unbeabsichtigt ihr Tuch von den Schultern gleiten. Deutlich zeichneten sich die Spitzen ihrer Brüste unter dem dünnen Gewebe der Tunika ab.

Lucius Flavius holte Luft und geleitete sie zu dem Ruhebett. Er schüttelte kurz die Kissen auf und forderte sie auf, sich niederzulassen. Dabei berührte er mit der Hand ihre Hüfte.

Lucilla wich etwas zurück, aber nicht so weit, als dass er es als Ablehnung empfinden musste. Sie wusste, dass man mit höher gestellten Persönlichkeiten ein wenig spielen, ihre Begierde voll entflammen musste, wenn man an sein Ziel gelangen wollte.

Sie erzählte dem Tribun gestenreich von ihren vergeblichen Versuchen, ein angemessenes Objekt für ihre Taverne zu finden. Die besten Lagen waren entweder vergeben oder im Unterhalt zu teuer. Während sie sprach, berührte sie ihn mit ihren Fingerspitzen und legte ihm schließlich die Hand auf den Unterarm.

Lucius Flavius hörte geduldig zu und streute hin und wieder eine Frage ein. Als sie fertig war, schaute sie mit einem verführerischen Augenaufschlag zu ihm hoch.

Der Tribun lächelte und strich ihr sachte über den Oberschenkel, wobei Lucilla den Mund öffnete und sich mit der Zunge über die Lippen fuhr.

»Was bist du bereit zu geben?«, fragte Flavius und schaute ihr tief in die Augen.

»Alles«, flüsterte Lucilla und löste den Gürtel.

Als der Tribun am nächsten Morgen erwachte, war Lucilla bereits gegangen. Was sie hinterlassen hatte, waren der rote Gürtel und einige verschmierte Spuren ihrer Schminke auf dem weißen Laken. Lucius Flavius roch an seinem Oberarm und beschloss, am Vormittag noch die Lagerthermen aufzusuchen. Dann ging er zu seinem Schrein und öffnete ihn. Er grüßte die goldene Statuette der Venus mit einer leichten Verbeugung des Oberkörpers, legte einige Weihrauchkörner in die bronzene Schale zu ihren Füssen und murmelte ein kurzes Dankgebet. Als die Körner verbrannt und der betörende Duft sich verflüchtigt hatte, rief er nach seinem Sklaven.

Er übergab dem Mann Lucillas Gürtel und ein Körbchen, in das er einige Feigen legte.

»Bring das der Frau, die du gestern zu mir gebracht hast. Richte ihr meine Grüße aus und sage ihr, dass sie willkommen ist, wenn ihr Mann nicht in Mogontiacum ist.«

Lucilla hatte sich, sobald sie in der Mansio angekommen war, schnell in eine züchtige Matrone verwandelt. Mit der Schrifttafel in der Hand, die der Tribun ihr gegeben hatte, suchte sie umgehend das Streifenhaus auf, das ihr gestern gefallen hatte.

»Ich habe doch gesagt, dass ich nicht an dich vermiete.« Der Mann hatte bereits vor Tagen ein gutes Angebot von ei-

nem treverischen[99] Metzger erhalten und dachte nicht daran, in seinem Haus eine Taverne zu dulden.

Lucilla lächelte und reichte ihm die Tafel mit dem Siegel des Lucius Flavius.

»Selbstverständlich, ehrbare Frau«, murmelte der Mann. »Wann möchtest du einziehen?«

»Morgen«, antwortete Lucilla und reichte ihm einen Beutel mit Denaren. »Das reicht für dieses Jahr.«

Der Besitzer wog das Geld in seiner Hand, löste die Verschnürung und warf einen Blick hinein. »Jawohl, Domina. Ich wünsche dir viel Erfolg. Das ist eine sehr gute Lage.«

Am nächsten Nachmittag hielt ich tatsächlich eine zusammengeklappte und versiegelte Schreibtafel in den Händen. Ich erbrach das Siegel, überflog den Inhalt und steckte die Anweisung des Chaerea hinter meinen Gürtel. Ich war mir sicher, damit an mein Ziel zu kommen.

Der zuständige Centurio, ein hinkender Griesgram, verweigerte mir jedoch den Zugang zum Tabularium. Erst als ich die Tafel hervorholte und sie ihm unter die triefenden Augen hielt, ließ er mich widerwillig eintreten.

»Da.« Er wies auf die bis zur Decke reichenden Holzgestelle, die alle Wände des fensterlosen Raumes einnahmen. »Such dir raus, was du brauchst. Klopfe an die Türe, wenn du gehen willst.« Er schlug die Türe hinter sich zu und schob von außen den Riegel vor.

Es roch wie in einer Gruft nach feuchtem Putz und kaltem Bienenwachs. »Kein Wunder«, dachte ich bei mir. Schließlich ruhten hier die Schicksale von mehr als fünfzehntausend Menschen, deren Knochen im Saltus Teutoburgiensis vermoderten. Langsam ging ich die Regale ab, und es dauerte eine Zeit, bis ich hinter die Systematik der Ablage kam. Danach wurde es einfacher. Bald stand ich vor dem gesuchten Gestell

99 Treverer: keltischer Volksstamm in der Südeifel und im Hunsrück

und fand anhand der auf den Stirnseiten der Trennbretter angebrachten Ziffern das richtige Fach.

Ich nahm die dort liegenden Lederfutterale heraus und trug sie zu dem Arbeitstisch, der in der Mitte des Raumes stand. Dann setzte ich mich und öffnete die erste Lederumhüllung, die gleich die Richtige war. Der Papyrus raschelte, als ich die Rolle heraushob und langsam entrollte.

Ich kam mir vor wie Orpheus auf seinem Gang in die Unterwelt. Gesichter tauchten auf, wenn ich in einem der Einträge einen mir bekannten Kameraden erkannte. Ich machte mir aber nicht die Mühe, die Zeugnisse ihres kurzen Lebens zu entziffern. »Gefallen« war der häufigste Schlusseintrag, und nur selten stand ein »Gefangen« am Ende der Zeile. Man hatte sich nicht die Mühe gemacht, die Einträge in alphabetischer Reihenfolge vorzunehmen. Zuerst stieß ich auf meinen Freund Quintus, hinter dem nur die Ernennung zum Immunes vermerkt war. Sonst nichts. Dann las ich meinen Namen.

Sextus Valerius, Immunis, dann Optio, ausgezeichnet mit zwei Armillae, Verdacht auf Kameradendiebstahl, bestraft wegen Verleumdung durch Einziehung der Armillae, häufige Krankmeldungen, Aufsässigkeit gegen Vorgesetzte. Ich ballte die Fäuste, und meine Hände zitterten vor Wut, als ich zum letzten Eintrag kam. »Desertus ad hostem« – zum Feind übergelaufen.

Das hätte mein Todesurteil bedeuten können, wenn der Eintrag in die falschen Hände geraten wäre. Vielleicht hätte mich das Zeugnis des Caedicius vor dem Schlimmsten bewahrt. Aber man hätte mich zumindest aus der Legion gestoßen, was ein Leben in Elend und Schande nach sich gezogen hätte.

Ich stand tief in der Schuld von Lucius Flavius. Ohne die Umsicht des Tribuns wäre die fatale Manipulation meiner Vita öffentlich geworden und hätte ein Verfahren nach sich gezogen.

Es gab keinen Zweifel, wer hinter dieser Intrige steckte. Es mussten meine ehemaligen Freunde und Kampfgefährten sein, wobei es mich nicht interessierte, wer von ihnen hier gewesen war. Sie hatten es gemeinsam geplant, um mich loszuwerden. Was ihnen bei der Flucht aus Aliso nicht gelungen war, hatten sie durch diese Niedertracht nachholen wollen. Und mir war bewusst, dass sie nicht aufgeben würden, bevor sie ihr Ziel erreicht hatten.

Ich holte mein Rasiermesser hervor, das ich vorsorglich eingesteckt hatte. Vergeblich versuchte ich, den Eintrag durch vorsichtiges Kratzen zu entfernen. Das minderwertige Material, das außerdem unter der Feuchte gelitten hatte, riss sofort ein. Kurz entschlossen setzte ich das Messer ein zweites Mal ein und trennte die komplette Seite entlang der Klebestellen heraus. Ich stopfte das Blatt unter die Tunika und schaute mich im Raum um.

In einem der Fächer fand ich schließlich einen verschlossenen Tiegel mit Kleber und einen Spatel, um die Masse gleichmäßig zu verteilen. Es roch nach Tannenharz, als ich das Gefäß öffnete und damit die Enden der durchtrennten Rolle bestrich. Dann drückte ich die bestrichenen Stellen mit den Händen zusammen und wartete, bis der Kleber angetrocknet war. Vorsichtig rollte ich die Schriftrolle mit den Stäben zusammen, packte sie zurück ins Futteral und schaffte alles wieder an seinen Platz.

Aus Angst, im letzten Augenblick doch noch entdeckt zu werden, war ich bei meiner Arbeit ins Schwitzen gekommen. Ich spürte, wie das Blatt unter der Tunika am Oberkörper klebte.

»Es riecht.« Der hinkende Centurio sog die Luft durch die Nase ein und ließ seine Blicke durch den Raum wandern. Da er aber nichts Verdächtiges entdeckte, stellte er seine Suche ein und ließ mich durch die Türe auf den Gang treten. Ich drückte ihm einen Denar in die Hand und warf mir den Mantel um die Schulter. Der Mann drehte immer noch die Münze zwischen den Fingern, als ich um die Ecke bog und zum Ausgang eilte.

»Und bei mir haben sie keinen Eintrag gemacht?«, fragte Quintus. »Nicht einmal das bin ich ihnen wert!«

»Gib auf dich Acht«, mahnte ich ihn. »Die geben keine Ruhe, bis der letzte Zeuge ihres Verbrechens für immer schweigt.«

»Pah!« Quintus schlug mit der Hand auf den Pugio, den er an der Seite trug. »Ich kann mich wehren.«

»Unterschätze keinen von ihnen«, beschwor ich ihn, »das sind Mörder, die vor nichts zurückschrecken.«

»Ich werde aufpassen«, antwortete Quintus. »Was machen wir eigentlich mit dem Blatt? Nimmst du es als Beweis mit nach Mogontiacum?«

»Bist du von allen Göttern verlassen?«, fuhr ich ihn an. »Dann hätte ich es gleich im Tabularium lassen können. Ich werde es vernichten.«

»Eine Beerdigung erster Klasse?«, scherzte Quintus.

»Was meinst du damit?«, fragte ich erstaunt.

Quintus erhob sich von der Bank und ging in das Innere der Taverne, um wenig später mit einer bronzenen Kasserolle zurückzukommen. »Hab ich mir ausgeliehen.« Er grinste wie ein Faun, als er seine Utensilien zum Feuermachen auf den Tisch legte. Ein Schlag mit dem in Hirschhorn gefassten Eisen auf den Feuerstein reichte und der Zunderschwamm begann zu schwelen. Er ließ ihn in das Gefäß fallen und blies hinein, bis die erste Flamme aufzüngelte. »Mach schon!«

Ich hatte inzwischen das Blatt hervorgezogen und einige Fetzen abgerissen. Ich reichte sie meinem Freund, der damit die Flamme nährte. Immer weitere Stücke riss ich herunter, bis alles in der feurigen Lohe zu Asche verglüht war.

»Komm mit«, forderte Quintus mich auf und erhob sich.

Das Gefäß in den Händen, folgte ich Quintus bis zur Mitte der Brücke über den Rhenus. Der Strom war in den letzten Tagen wegen der Regenfälle mächtig angeschwollen und zerrte an den Brückenjochen. Es hatten sich Äste und anderes Treibgut verfangen, die entfernt werden mussten, bevor einzelne

Teile der Konstruktion sich losreißen und aufwändige Reparaturen notwendig machen würden.

Ich hob die Kasserolle, entschuldigte mich bei den Manen der auf dem Blatt verzeichneten Toten und schüttete die Asche in den Strom. Es war mir bewusst, dass ich damit das letzte sichtbare Andenken einer ganzen Centurie dem Vergessen auslieferte.

»Wir müssen den Geistern der Toten ein Opfer darbringen«, murmelte Quintus und reichte mir das Brot, das wir aus der Taverne mitgebracht hatten. Ich bröckelte die Krumen ins Wasser, worauf mein Freund den Inhalt eines Weinkruges folgen ließ. Der Wurf einiger kleiner Münzen beendete unser improvisiertes Totengedenken.

Eine Woche nach meiner Rückkehr aus dem Oppidum Ubiorum kam die Antwort auf das Ersuchen des Legaten. Ich wurde zu Lucius Flavius gerufen, der mir mitteilte, dass die Nachforschungen nichts ergeben hätten. Mit einem Augenzwinkern merkte er noch an, dass man rätselte, wie sich eine ganze Centurie in Luft auflösen konnte. Noch am gleichen Tag hielt ich meine Wiedereingliederung als Optio »ad spem«[100] in den Händen. Mit ein wenig Glück konnte ich bei nächster Gelegenheit die ersehnte Beförderung zum Centurio erhalten.

Es gab aber einen Wermutstropfen. Gaius Piso hatte in seiner peniblen Sicht der Dienstvorschrift dafür gesorgt, dass mir von meinem ersten Jahressold von tausendzweihundert Sesterzen nur die Hälfte blieb. Zuerst wurde mir mein Handgeld in Rechnung gestellt, das ich Marcus Vitulus in Augusta abgepresst hatte. Des Weiteren musste ich mich von meiner Ausrüstung trennen, die ich mir zusammengestellt hatte. Ich wurde völlig neu ausgerüstet, was mir ebenfalls vom Sold abgezogen wurde. Man begründete das mit einer neuen Vorschrift, nach der die einzelnen Einheiten möglichst einheitlich ausgerüstet sein sollten. Mir war bewusst, dass meine alte Ausrüstung im

100 Anwärterschaft auf das Centuriat

Magazin überholt wurde, um an den nächsten weiterverkauft zu werden. Die Familie Piso war dafür bekannt, sich ungeahnte Geldquellen zu erschließen.

Ich erhielt einen der neuen Helme, die über einen tiefer herabgezogenen Nackenschutz und breitere Wangenklappen verfügte. Die Crista war mit gefärbten Federn und nicht mehr mit Rosshaar versehen. Anstelle des gewohnten Kettenpanzers erhielt ich einen der neuen Schienenpanzer. Es kostete einige Denare, ihn in der Lagerschmiede so umarbeiten zu lassen, sodass er bequem am Oberkörper anlag. Die Segmentata bot einen besseren Schutz gegen Stich- und Pfeilverletzungen, schränkte aber die Bewegungsfreiheit ein. Es war mir nur noch mit Mühe möglich, meine Arme über die Schultern zu heben. Anstatt meines früheren Gladius, der sich in der Mitte leicht verjüngte, musste ich jetzt einen mit gerader Klinge und gedrungener Spitze an der Seite tragen. Der Vorteil der Waffe lag in der größeren Wucht, aber er lag schwerer in der Hand. Es brauchte viele Stunden am Übungspfahl, bis ich mich an die Handhabung gewöhnt hatte. Wie alle Legionen, die von Augustus aufgestellt worden waren, trug mein Scutum neben dem Blitzsymbol das Zeichen des Capricornus. Einen Teil meiner Barschaft tauschte ich gegen wertvolle Bronzebeschläge, mit den ich das Cingulum verzierte. Was mir blieb, waren die Armillae, mit denen mich Varus einst persönlich ausgezeichnet hatte.

Zusammen mit den anderen Optiones und Feldzeichenträger unserer Kohorte war ich in einem separaten Wohnhaus untergebracht. Neben einer Gemeinschaftsküche und einem Raum für die Ausrüstung gab es für jeden Bewohner einen separaten Schlafraum. Das Gebäude lag in der Nähe der Lagerthemen. Das hatte den Vorteil, die dortigen Latrinen zu benutzen, die immer penibel gepflegt wurden.

Nach den ersten Wochen wurde kein Einwand mehr erhoben, wenn ich die meisten Nächte in den Canabae bei Lucilla verbrachte. Ihre neue Taverne, die sie dank Lucius Flavius anmieten durfte, lag in der Nähe der Porta Praetoria. Es war ein solides und zweigeschossiges Haus aus weißverputztem Fachwerk. Es verfügte sogar über einen geräumigen Kellerraum zur Kühlung der Getränke und ein ziegelgedecktes Dach. Im Untergeschoss befanden sich der Schankraum und die Küche. Über eine Treppe gelangte man ins Obergeschoss mit den Wohn- und Schlafräumen. Am besten gefiel mir die weit vorgezogene Porticus, unter der bei schönem Wetter viele Gäste Platz finden konnten. Die Nähe zum Lager brachte es mit sich, dass ihr die Nachbarschaft von lauten Schmieden oder übel riechenden Gerbereien erspart war. Ein Großteil meiner neuen Kameraden ging bald dazu über, ihren Wein bei Lucilla zu trinken. Selbst der Tribun ließ es sich nicht nehmen, hin und wieder auf einen Krug vorbeizuschauen. Ich freute mich auf das gute Einvernehmen, das zwischen meiner Gefährtin und Lucius Flavius herrschte.

Lucillas Geschäfte gingen bald so gut, dass sie ihre Grundausstattung aus irdenem Geschirr gegen Glanztonware aus Südgallien ersetzen konnte. Für hochstehende Gäste, wie den Tribun, hatte sie sich sogar einen kleinen Posten gläserner Trinkpokale zugelegt. Viel zum Aufschwung der Taverne trug ihre aresacische[101] Magd Samocna bei. Sie war nicht nur wohlgebaut und hübsch, sondern konnte auch hervorragend kochen. Sie lebte in dem angebauten, soliden Schuppen, der für die kalte Jahreszeit mit einer gemauerten Feuerstelle ausgestattet war.

»Und?«, fragte ich Lucilla, die sich zu mir setzte. Während ich mit den letzten Gästen unter der Porticus saß, hatte sie die Einnahmen des Tages gezählt.

»Zwei Denare, sieben Sesterze, drei Dupondi und Kupfer im Wert von zwei Sesterze. Das kann sich für einen verregneten Sommerabend sehen lassen.«

101 Unterstamm der Treverer, der um Mainz siedelte

»Die Männer haben heute einen Abschlag auf ihren Jahressold erhalten«, antwortete ich. »Da sitzt das Geld locker.«

»Wenn es jeden Tag so wäre, würde ich den Verdienst eines Centurios haben«, antwortete sie keck. »Wie sieht es mit deiner Beförderung aus, Sextus?«

»Es stehen zurzeit keine Entlassungen an und Ausfälle wegen Tod oder Krankheit sind auch nicht zu erwarten.«

»Was ist mit dem Centurio deiner Einheit? Der Mann hat länger als fünfundzwanzig Jahre gedient und hustet sich die Seele aus dem Leib.«

»Die Dienstzeit steigt auf dreißig Jahre«, erklärte ich ihr, »wenn keine Entlassung gewährt wird.«

»Sextus.« Lucilla setzte eine besorgte Miene auf. »Die Legionäre beginnen zu murren. Ich höre so einiges. Die von der vierzehnten Legion sollen einen Signifer verprügelt haben.«

»Was du nicht so alles hörst«, merkte ich amüsiert an. »Der Mann ist unfähig und geht nachlässig mit den Ansprüchen seiner Männer um. Das ist ein Einzelfall.«

»Erzähl mir nichts, Sextus«, erwiderte Lucilla ernst. »Ich will keine Revolte in Mogontiacum. Die Männer schlagen dann alles entzwei. Und sie beginnen meistens mit der Taverne.«

»Ich sage dir Bescheid, wenn es so weit ist, Lucilla.« Die Sorge meiner Gefährtin war berechtigt, aber ich war müde und wollte kein anstrengendes Gespräch führen. Ich war erst am Nachmittag von einem dreitägigen Übungsmarsch zurückgekehrt. Es hatte die ganzen Tage geregnet und die Rekruten hatten sich am letzten Abend geweigert, unser Lager mit Wall und Graben zu umgeben. Als Optio »ad spem« musste ich zum wiederholten Mal den kränkelnden Centurio vertreten und hatte dabei alle Mühe gehabt, die Disziplin aufrechtzuerhalten. Die Männer waren erst nach massiven Drohungen bereit gewesen, einen Graben auszuheben und den Auswurf mit den Schanzpfählen[102] zu befestigen. Bei der Rückkehr hatte

102 Sudis oder auch Pilum Murale (umstritten)

ich deshalb Strafmaßnahmen wie Latrinen- und verschärften Wachdienst angeordnet.

»Wollt ihr noch etwas essen? Porcellum Coriandratum – gebratenes Spanferkel in Honigwein und Knoblauchsauce mit Koriander, Pinienkernen, Rosinen?« Ich nickte, und die Magd stellte eine Schüssel mit dem zerkleinerten Fleisch und ein Weidenkörbchen mit aufgewärmten Gerstenbrot vor uns hin.

Ich nahm einen der Löffel, die sie dazugelegt hatte, und spießte mit dem spitzen Ende ein Fleischstück aus der Sauce. Der Sud war würzig eingekocht, und das Fleisch zerfiel im Mund.

»Köstlich«, lobte ich das Mädchen, das vor Freude rot anlief.

Lucilla probierte nur ein wenig und überließ mir die Schüssel. »Bist du dir sicher«, sprach sie mich an, »dass Lucius Poblicius und seine Freunde das ganze Gold und Silber gerettet haben? Man erzählt sich, dass Asprena im Verdacht steht, die Soldgelder des Varus an sich gebracht zu haben. Es sind viele Münzen, auch solche mit dem Stempel des Varus, in Vetera und im Oppidum Ubiorum in Umlauf gebracht worden. Vielleicht hast du deinen früheren Freunden Unrecht getan?«

»Lucilla«, entgegnete ich gereizt, »ich weiß, was ich gesehen habe. Und ich habe dir auch erzählt, dass sie im Oppidum die Stammrolle verfälscht haben. Glaubst du, dass man das wegen ein paar Münzen tut?«

Lucilla schüttelte den Kopf. »Vergiss die Sache, Sextus. Uns geht es doch gut in Mogontiacum. Außerdem hast du keine Beweise, oder?« Sie schaute mich prüfend an.

»Die werden sich finden, Lucilla. Irgendwann werden sie einen Fehler machen. Ich habe mich entschlossen, mit dem Tribun über die Sache zu reden.«

»Das machst du nicht, Sextus. Du wirst alles zerstören.«

Ich schob die Schüssel zur Seite und atmete durch. Lucilla hatte es geschafft, mich zu verärgern.

»Was glaubst du«, fuhr ich sie an, »was ich tun soll? Soll ich es hinnehmen, dass sie versucht haben, mich zu töten? Dass sie versucht haben, meinen Namen zu zerstören? Darüber hinweggehen, dass sie ein Vermögen geraubt haben, um das sie der Statthalter beneiden würde? Sie haben getötet, und sie werden es wieder tun, bis es keine Mitwisser mehr gibt. Ich werde nicht darauf warten, dass man mir eines Tages in der Latrine einen Pugio in den Rücken stößt!«

»Du übertreibst«, entgegnete Lucilla schnippisch. »Du solltest am Abend nicht so viel Wein trinken. Das vernebelt dir die Sicht auf die Realität. Hast du vergessen, dass du gut von Lucius` Geld in Augusta und auch hier gelebt hast? Du bist selbstgerecht.«

Ich fuhr hoch, wobei ich beinahe die Sitzbank umgerissen hätte. »Das verstehst du nicht«, schnauzte ich sie an. Ich holte meinen Mantel aus der Schlafkammer und zog es vor, die Nacht in meinem Quartier im Lager zu verbringen.

Am nächsten Morgen klopfte Lucilla mit verweinten Augen an die Tür meines Dienstraumes. »Komm zurück«, bat sie unter Tränen. »Ich war im Unrecht. Mach es so, wie du es für richtig hältst. Ich werde zum Heiligtum der Isis gehen und um deinen Schutz bitten.«

Ich kannte den eingezäunten Bretterverschlag, in dessen Innern die Priester dunkle Riten abhielten. Sie waren vor einem Jahr mit einer ägyptischen Einheit nach Germanien gekommen.

Obwohl mich der fremdartige Kult abstieß, rührte mich Lucillas Vorhaben. Ich schloss sie in die Arme und gab ihr einen Kuss.

»Lass dich bitte von den Priestern nicht zu dunklen Praktiken überreden«, flüsterte ich ihr ins Ohr. »Auf Magie und Verfluchung stehen schwere Strafen. Man würde dir die Taverne wegnehmen und dich von hier fortjagen.«

Lucilla schaute mich aus großen Augen an. »Dann bitte ich Minerva, über dich zu wachen.« Sie nestelte am Ausschnitt meiner Tunika. »Geh nicht zum Tribun, Sextus. Spiele nicht mit seiner Gunst.«

Ich strich ihr übers Haar und vermied eine Antwort.

Von den kräftigen Schlägen der beiden Ruderer angetrieben, glitt der schmale Kahn stromaufwärts. Sie waren am frühen Morgen in Vetera aufgebrochen, hatten zuerst den Rhenus überquert und waren dann in die Mündung der träge fließenden Lupara hineingeglitten. Außer den beiden Ruderern waren noch zwei Männer an Bord. Ein Kräftiger, der das Steuer hielt und ein Untersetzter, der im Bug saß und sorgsam die von Weiden gesäumten Ufer musterte.

Der Beginn der geheimen Mission war mehrmals aufgeschoben worden. Zuerst war man sich mit den germanischen Verhandlungspartnern nicht über den Preis einig geworden. Der Legat und die Geldgeber waren nicht gewillt gewesen, eine Summe von zwanzig Denaren für jeden Gefangenen zu entrichten. Es handelte sich nicht nur um überlebende Legionäre und Unteroffiziere bis zum Optio, sondern auch um Frauen und Kinder. Als Gefangene hatten sie ohnehin das römische Bürgerrecht verloren, und man musste sehen, wie man nach ihrer Rückkehr mit ihnen verfuhr. Die Verhandlungen hatten sich bis nach den Iden des Maius[103] hingezogen. Dann verlangte ein Tribun, dass die angegebenen Namen mit den Einträgen in den Stammrollen abgeglichen werden sollten. Wieder gingen Wochen ins Land, bis der Centurio Gaius Fabricius und der Signifer Kaeso Vorrenus den Befehl erhielten, sich für den nächsten Morgen bereitzuhalten. Um auf ihrem Weg möglichst wenig Aufmerksamkeit zu erzeugen, hatten sie darauf bestanden, nur von Titus und Flavius begleitet zu werden. Der Legat hatte ohne weiteres zugestimmt. Bei einem Scheitern des Unternehmens wäre zwar das Auslösegeld für dreißig Gefangene, aber darüber hinaus nur das Leben zweier unterer Offiziere und der beiden Legionäre zu beklagen gewesen. Nichts, wofür man sich vor dem Propraetor[104] und Statthalter Tiberius hätte verantworten müssen.

---

103 15. Mai
104 Oberbefehlshaber

Am dritten Tag ihrer Reise näherten sie sich dem verlassene Aliso. Unweit des abgebrochenen Anlegers steuerte Kaeso ans Ufer und vertäute das Boot am Stamm einer Erle. Ohne Worte machten Kaeso und Titus sich auf den Weg. Man hatte unterwegs alles genau abgesprochen.

Am Abend kehrten sie mit vier Säcken der vergrabenen Beute zurück. Das war das Äußerste gewesen, was sie mitschleppen und unauffällig unter dem Proviant verbergen konnten.

»Gold und Silber?«, fragte Fabricius.

Kaeso bejahte. »Und zwei Säcke mit kleinen Werten. Wie wir es mit Lucius ausgemacht haben.«

»Warum so viel?« Fabricius begann misstrauisch zu werden und hätte am liebsten die Säcke geöffnet. »So viel müssen wir den Germanen nicht zahlen.«

»Geld ist Geld«, antwortete Kaeso. »Lucius hat seine Pläne.«

»Du folgst Lucius wie ein Schoßhündchen«, antwortete Fabricius ungehalten.

»Lucius ist kein Held«, erwiderte Kaeso, »aber wenn es um Geschäfte geht, gibt es keinen Besseren. Er hat uns reich gemacht.«

Fabricius brummte noch etwas in sich hinein und hielt es dann für besser, zu schweigen. Sie nahmen die Fahrt wieder auf und erreichten in der mondhellen Nacht den Ort, an dem der Austausch stattfinden sollte.

Die Germanen, die das Boot längst ausgemacht hatten, ließen ihre Geschäftspartner einen ganzen Tag warten, bis sie einige Krieger zum Fluss schickten.

Die Männer vom Stamm der Brukterer machten sich einen Spaß daraus, sich lautlos an die um ihr Feuer sitzenden Römer anzuschleichen. Wie aus dem Boden geschossen hielten sie den überraschten Fremdlingen die Spitzen ihrer Speere an die Kehlen.

»Kommt mit«, radebrechte einer der Krieger in holprigem Latein, »unser Anführer will euch sehen.«

»Die beiden gehen.« Kaeso hatte sich als erster gefangen und wies auf Fabricius und Flavus. »Zwei von uns müssen beim Kahn bleiben.«

»Du gehst«, wies der Centurio den Signifer zurecht. »Vergiss nicht, wer du bist.«

Kaeso schluckte. Dann besann er sich und schloss sich mit Flavus den Kriegern an.

Fabricius grinste selbstgefällig. Obwohl ihre Lage alles andere als rosig war, hatte er für sich die Dinge geradegerückt.

Die beiden Römer folgten den Kriegern bis zu einer Anhöhe. Die Germanen hatten zwischen den Eichen einige Tücher aufgespannt, unter denen die Gefangenen mit ihren Bewachern lagerten.

Man hatte den für den Austausch bestimmten Römern – drei Frauen, sechs Kinder und dreiundzwanzig Männer, darunter siebzehn ehemalige Legionäre – die Hände gebunden. Um beweglich zu sein, waren ihnen die Fußfesseln abgenommen worden.

»Habt ihr das Geld?« Einer der Bewacher erhob sich und baute sich vor den Unterhändlern auf. Den Waffen nach zu urteilen – er trug ein Langschwert und einen römischen Pugio im Gürtel – musste es sich um den Anführer handeln. Ihm folgte ein mittelgroßer, flachsblonder Krieger. Der Mann hatte weit auseinanderstehende, graublaue Augen, die seinem Gesicht einen tückischen Ausdruck gaben. Über seinen Unterarm zog sich eine Narbe, die von einem Schwerthieb herrührte.

»Ja«, antwortete Kaeso, »beim Kahn.«

»Dann holt es«, befahl der Anführer ungeduldig

»Gebt uns einige Gefangene als Zeichen eures guten Willens mit«, entgegnete Kaeso unerschrocken.

Als dem Anführer die Worte des Römers übersetzt wurden, zuckte seine Hand zum Schwertgriff.

»Gib ihnen die Frauen und Kinder mit«, mischte sich der Blonde mit der Narbe ein. »Ein Krieger soll das Geld in Emp-

fang nehmen. Wenn es hier ist, bringen wir die übrigen Gefangenen zum Fluss.«

Der Anführer überlegte und gab schließlich sein Einverständnis. »Du bringst sie zum Fluss, Marser. Meine Arbeit ist beendet, wen das Geld hier ist.«

Marbod nickte zufrieden. Er hatte in der Nacht einen Einfall gehabt, über den er mit den Römern sprechen wollte.

Fabricius wollte zuerst nur das Geld für die übergebenen Gefangenen herausrücken. Kaeso gelang es aber, ihn eines Besseren zu belehren.

Während sie auf die übrigen Gefangenen warteten, nahmen sie den Frauen und Kindern die Fesseln ab und wiesen sie an, sich an der Uferböschung niederzulassen. Die Dankesbezeugungen der Befreiten wiesen sie brüsk zurück. Für Kaeso und Fabricius waren sie lediglich Ware, für die sie bezahlt hatten und die sie wohlbehalten zurückbringen mussten. Es kümmerte sie nicht, was weiter mit ihnen geschah. Wahrscheinlich würden sie ihren Auslösewert in Vetera zurückerstatten, was von den Geldgebern abhing. Wenn man es genau betrachtete, waren sie in rechtlicher Hinsicht zu Sklaven geworden. Die ehemaligen Legionäre würden es besser haben. Tiberius brauchte Soldaten, wenn er seine Pläne zur Sicherung der Grenzen umsetzen wollte. Wie die anderen würde man sie aber ordentlich schröpfen, ehe sie ihren alten gesellschaftlichen Status zurückgewonnen hätten.

Fabricius begann bereits ungeduldig zu werden, als sich ein langer Menschenzug dem Lagerplatz näherte. Wie versprochen brachte Marbod, der Marser, die Gefangen.

»Ich habe etwas mit dir zu bereden«, wandte er sich an Kaeso, als die Männer übergeben waren.

»Wir sprechen!« Fabricius trat zwischen den Marser und den Signifer, dem nichts anderes übrig blieb, als dem ranghöheren Centurio den Vortritt zu lassen.

»Es gibt noch einige Gefangene«, begann der Marser bedächtig. »Aber nicht mehr viele. Bleiben wir danach im Geschäft? Verkauft ihr Waffen?«

Fabricius wusste zuerst nicht, was er sagen sollte. Dann polterte er los: »Du glaubst, dass wir unseren Feinden Waffen verkaufen? Dafür würde ich meinen Kopf riskieren. Ich ...« Er schien überfordert und stieß Kaeso mit dem Ellbogen leicht in die Seite.

»Der Centurio meint, dass es gefährlich ist.« Kaeso empfand Genugtuung, weil Fabricius offenbar nicht wusste, wie er mit der Situation umgehen sollte. »Wir denken darüber nach. Was braucht ihr?«

»Klingen«, antwortete Marbod kurz angebunden. »Gute Klingen, wie den neuen Gladius.«

»Was bietet ihr dafür?«, bohrte Kaeso nach.

»Gefangene.«

Fabricius winkte ab. »Für den Preis eines Gefangenen bekommt ihr nicht einmal einen halben Gladius. Wenn ihr die Tribune und die Centurionen mit den hohen Rängen nicht geschlachtet hättet, sähe es besser aus.«

»Das ist nicht mehr zu ändern«, erwiderte Marbod ärgerlich. »Wir könnten mit dir beginnen.«

Kaeso versuchte sofort die Wogen zu glätten. »Der Centurio will wissen, ob ihr etwas anderes anzubieten habt.«

»Felle, Bernstein, blonde Mädchen, gewebte Stoffe, Honig.« Der Marser zählte die einzelnen Posten an den Fingern ab.

»Wir denken darüber nach.« Fabricius gab sich Mühe, möglichst unbeteiligt zu klingen.

»Ich erwarte eure Antwort bei der nächsten Übergabe. Wir zahlen gut.« Marbod deutete mit geschlossenen Armen eine Verbeugung und zog sich zurück. Er rieb sich zufrieden die Hände, als er dem Lagerplatz der Brukterer zustrebte, um sich seinen Anteil am Austausch auszahlen zu lassen.

»Bei Mars« schimpfte Fabricius lauthals. »Was für ein eingebildeter Barbar! Er will Schwerter, um Römer abzuschlachten.«

»Wir werden mit Lucius darüber sprechen«, fiel ihm Kaeso ins Wort. »Hast du gehört, was er anzubieten hat?«

»Aber keine Waffen«, fuhr der Centurio ihn an. »Nicht mit mir.«

Trotz der Bedenken von Lucilla war ich auf dem Weg zu Lucius Flavius. Es hatte einen Vorfall gegeben, von dem ich ihn in Kenntnis setzen musste.

Ich hatte mich nach meinem Dienst mit einem Krug Wein unter die Porticus gesetzt, als es in der Taverne laut wurde. Das war nicht ungewöhnlich, aber als die ersten Becher an den Wänden zerschellten, sprang ich auf, um im Innern nach dem Rechten zu sehen. Ich kam gerade zur rechten Zeit, um zwei Kampfhähne zu trennen, die sich in einer Weinlache auf dem Lehmboden balgten.

»Gib es dem Tiberiusfreund«, schrien die Freunde des Legionärs, den ich am Halstuch gepackt hielt.

»Recht so«, brüllte der andere mir zu und schlug dem Mann die Faust in die Magenprobe. Der Getroffene röchelte und erbrach sich unter Krämpfen. »Nieder mit den Freunden des Germanicus. Nieder mit …«

Weiter kam er nicht, denn ein gut gezielter Krug zerschellte am Kopf des Schlägers und streckte ihn zu Boden. Im Nu bildeten die zwei verfeindeten Parteigänger zwei Gruppen, die sich wüste Beschimpfungen zuwarfen. Ich sah aus den Augenwinkeln, wie Lucilla und Samocna die teuren Glaskelche und einige Schüsseln von den Tischen rissen und sich nach hinten in Sicherheit brachten.

»Seid ihr von allen Göttern verlassen?«, brüllte ich gegen den Tumult an. »Der Blitz des Jupiters soll euch treffen, wenn ihr nicht Ruhe gebt!«

»Was will denn der kleine Optio?«, schrie es aus einer Ecke. »Willst du den Helden spielen?«

Dem Mars sei Dank flog in diesem Moment die Türe auf. Angeführt von einem Centurio stürmten fünf Legionäre mit Knüppeln herein und drängten sich zwischen die Widersacher. Es waren die Männer der ersten Kohorte, die in dieser Woche für die Sicherheit im Lager und den Canabae zuständig waren. Egal, ob beteiligt oder unbeteiligt, prügelten sie alle Gäste auf die Straße, wo das Gemetzel weiterging.

Ich war hinter ihnen ins Freie gestürzt und klammerte mich mit der Rechten an eine Holzsäule des Vordachs. Ein Schlag hatte mich am Kopf getroffen und mir fast die Besinnung geraubt.

In diesem Augenblick klirrte eine weitere Abteilung der Ersten aus der Porta Praetoria, um ihre Kameraden zu unterstützen. Die Straße war im Nu geräumt und die verfeindeten Gruppen sammelten sich außerhalb der Reichweite der Sicherungskräfte.

»Schilde hoch und zusammenschließen«, befahl der Centurio, der ahnte, was kommen würde.

Die Ruhestörer klaubten den Kies von der Straße, der wie Hagel auf die Schilde niederging.

»Nieder mit den Schergen des Piso«, schallte es aus dem Dunkel. »Zahlt uns endlich den ausstehenden Sold! Behandelt uns nicht wie Tiere.«

»Schilde hoch, Gladii raus!«, befahl der Centurio. Die Klingen flogen aus den Scheiden und die eisenstarrende Front stampfte im Marschtritt gegen die Randalierer. Bevor die Legionäre heran waren, hatte sich die wütende Menge zerstreut und in die Dunkelheit geflüchtet.

Lucius Flavius hörte mir mit gerunzelter Stirn zu. Als ich fertig war, spielte er nervös mit seinem silbernen Stilus, bis er ihn unbeherrscht in die Ecke warf.

»Das ist der dritte Vorfall in diesem Monat. In Vetera und im Oppidum Ubiorum soll es noch wilder zugehen. Und bei den pannonischen Legionen gärt es auch. Wenn die in Rom nicht endlich handeln, kann das außer Kontrolle geraten.«

»Piso soll endlich den ausstehenden Sold auszahlen«, bemerkte ich trocken. »Ein zufriedener Soldat rebelliert nicht.«

Der Tribun lachte. »Piso ist ein Knauser, wie sein Herr Tiberius. Der tut alles, um Augustus zu gefallen. Hast du noch so einen Vorschlag?«

Ehe ich antworten konnte, fuhr Flavius in seinem Monolog fort. »Selbst wenn Tiberius es wollte, sind ihm die Hände gebunden. Es gibt kein Geld, das er auszahlen kann. Augustus hat zwei zusätzliche Legionen in Germanien stationiert. Dafür mussten tausende Rekruten angeworben werden.«

Er hielt kurz inne. »Dazu gibt es dieses Gerede um Asprenas.«

»Du meinst«, unterbrach ich ihn, »dass er die Soldgelder des Varus an sich gebracht hat?«

»So sagt man«, sinnierte der Tribun. »In Vetera und im Oppidum Ubiorum sind viele Münzen mit dem Stempel des Varus aufgetaucht.

»Das ist Unsinn«, platzte ich heraus.

»So?« Die Stimme des Tribuns schnitt durch den Raum. »Was weißt du? Du warst doch bis zum Schluss beim Statthalter.«

Einen Augenblick lang war ich versucht, die Wahrheit herauszuschreien. Doch ich beherrschte mich. Lucilla hatte Recht. Wem nutzte es, wenn ich mich mit unbeweisbaren Anschuldigungen zwischen die Mühlsteine der großen Politik wagte? Ich brauchte Beweise, wenn ich nicht zum Opfer der Mächtigen werden wollte. Und die hatte ich nicht. Es gab nur mein Wort und das eines Immunis gegen das Zeugnis meiner früheren Kameraden. Und wozu die fähig waren, hatte ich gerade erfahren. Irgendwann, wenn mein Rang und damit mein Wort mehr Gewicht hätten, würde ich der Wahrheit zu ihrem Recht verhelfen. Immer unter der Voraussetzung, dass Lucius und seine Kumpane einen Fehler machten. Aber heute war der Zeitpunkt noch nicht gekommen.

»Was meinst du mit Unsinn?«, bohrte Lucius Flavius nach.

»Die Münzen können schon länger im Umlauf sein«, log ich den Tribun an. »Wahrscheinlich sind sie den Cheruskern in die Hände gefallen, die damit die Händler bezahlen.«

Der Tribun ließ mich nicht aus den Augen und wiegte unschlüssig den Kopf.

Ich beschloss, dem Gespräch eine andere Richtung zu geben.

»Wenn man den unzufriedenen Legionären den überfälligen Urlaub gewährt, können sie sich etwas nebenher verdienen. Um Geld einzusparen, kann man auch die anstehenden Entlassungen bewilligen.«

Lucius Flavius schüttelte amüsiert den Kopf. »Dafür müssten noch mehr Rekruten angeworben werden.

»Die weniger verdienen als die Entlassenen«, hielt ich dagegen.

»Die Abfindung, Optio. Hast du an die Abfindung gedacht?«

»Ist das der Grund«, hakte ich nach, »weshalb der Centurio meiner Einheit nicht den wohlverdienten Abschied erhält? Er hat seine Dienstzeit bereits um zwei Jahre überschritten. Ich führe die Centurie seit drei Monaten.«

»Du musst dich noch etwas gedulden, Sextus. Wenn er stirbt, rückst du nach. Bitte die Götter, dir zu helfen.«

»Darauf liegt kein Segen, Tribun.«

»Wie dem auch sei.« Flavius schien keine Lust mehr zu haben, das Gespräch fortzuführen. Er wechselte unvermittelt das Thema.

»Ist der Schaden groß, den Lucilla erlitten hat?«

»Sie wird es überleben«, erwiderte ich kurz angebunden. »Sie wird mehr darunter leiden, wenn die Legionäre ihren Sold nicht pünktlich bekommen.«

»Sie soll zu mir kommen, Sextus. Ich werde versuchen, den Schaden zu regulieren. Außerdem muss ich mit ihr über die Steuer sprechen. Es werden bald Schatzungen durchgeführt.

Der Steuerbevollmächtigte benötigt die Höhe ihrer Einnahmen, um sie einzustufen.«

»Wann soll sie kommen, Tribun?«

»In den nächsten Tagen, Sextus.«

Ich war schon auf dem Weg zur Tür, als der Tribun mich noch einmal zurückrief. »Du wirst morgen zu einem weiteren Übungsmarsch aufbrechen. Das wird die Männer beschäftigen. Wenn du sie richtig forderst, werden sie nicht auf dumme Gedanken kommen.«

»Wohin soll es gehen?«, fragte ich.

»Auf die andere Seite des Rhenus in die Montes Taunensium[105]. Es wird Zeit, den Mattiakern[106] zu zeigen, dass es uns noch gibt. Es werden drei weitere Centurien teilnehmen.«

»Das ist aber kein Übungsmarsch«, stellte ich fest. »Eher ein Erkundungsunternehmen.«

»Nenne es wie du willst, Sextus Valerius. Ihr werdet fünf Tage unterwegs sein. Und wenn ihr zurück seid, müssen die hölzernen Wasserleitungen zum Lager überholt werde. Außerdem müssen die Bleiauskleidungen der Sammelbecken erneuert werden. Die Hälfte des Wassers versickert, weil sie undicht sind.«

Ich war bedient. Dagegen war das Aufklärungsunternehmen ein Spaziergang. Es gab außer der Reinigung der Latrinen keine verhasstere Arbeit. Die Bleiplatten mussten über dem Feuer erhitzt und in die maroden Holzkästen genagelt werden. Die dabei entstehenden Dämpfe würden meine Legionäre auf Tage schwächen und für Krankheiten anfällig machen.

Lucius hatte darauf bestanden, den nächsten Freikauf von Gefangenen, der im Herbst stattfand, selber zu leiten.

Ungewollte Unterstützung erfuhr er in seinem Vorhaben durch Caedicius, der im Auftrag des Legaten ein Gespräch mit ihm führte. Asprenas war daran interessiert gewesen, ei-

105 Taunus
106 chattischer Volksstamm

nen detaillierten Bericht über den Zustand des aufgegebenen Lagers von Aliso zu erhalten. Der Propraetor und Statthalter Tiberius plante für das nächste Jahr eine weitere Expedition über den Rhenus und hatte sich das Ziel gesetzt, einige Stützpunkte im Vorfeld des Rhenus neu zu besetzen. Darüber hinaus hoffte der Legat, etwas über die Stimmungslage der antirömischen Koalition des Arminius in Erfahrung zu bringen. Der Praefekt Caedicius hielt sowohl den Signifer, als auch den unbeweglichen und aufbrausenden Fabricius für ungeeignet, eine Aufgabe zu lösen, die diplomatisches Geschick erforderte. Der Centurio hatte sich fügen und verärgert in Vetera zurückgeblieben müssen, während Kaeso und seine Helfer wieder dabei waren.

Das Lösegeld, das ihn am Vortage des Aufbruchs von Caedicius ausgehändigt worden war, hatte er zum größten Teil in einige Gladii, Dolche und Eisenbarren investiert. Es war nicht leicht gewesen, die Waffen zu beschaffen, weil über ihren Bestand sorgfältig Buch geführt wurde.

Lucius war beklommen zumute gewesen, als er Aliso durch die offenstehende Porta Praetoria betrat. Beide Torflügel lagen zerborsten in der Einfahrt. Auf der Suche nach Metall hatten die Barbaren als erstes die eisernen Angeln entfernt. Danach hatten sie die Gebäude durchsucht und dabei jeden Nagel entfernt. Selbst die Abfallgruben waren auf der Suche nach weggeworfenem Kochgeschirr und anderen Metallgegenständen durchwühlt worden. Danach hatten die Plünderer die bleiernen Abwasserrohre aus dem Boden gegraben und die Böden der Baracken aufgerissen. Einige Mannschaftsunterkünfte waren vollständig verfallen, weil der letzte Frühjahrssturm die Dächer abgedeckt hatte. Die Fabricae waren zum Teil abgetragen worden. Sie waren leichter gebaut als die anderen Gebäude, weshalb die Barbaren ihren Bedarf an Bauholz zuerst hier befriedigt hatten. Im Bereich des Exerzierplatzes und der Baracken war das Unkraut bis in Hüfthohe geschossen. Auch die Lagerstraßen befanden sich in einem erbärmlichen Zustand. Frost und Regen hatten ihr Zerstörungswerk ungehindert ausführen können. Aliso glich einer Stadt der Toten, die sich nachts aus ihren Gräbern erheben, um auf ihren früheren Spuren zu wandeln.

Die fester gefügten Bauten, wie das Praetorium und die Principia hatten den zweijährigen Leerstand hingegen gut überstanden. Ebenso die Befestigungswälle und die Türme, die man mit wenig Aufwand wieder instand setzen konnte. Lucius macht sich auf seinen Wachstafeln eifrig Notizen, denen er sogar einige Skizzen beifügte.

Als er seine Arbeit beendet hatte, sucht er das Versteck mit den Münzsäcken. Entgegen seines Rates, den er im Sommer Fabricius gegeben hatte, befanden sie sich immer noch am gleichen Ort. Bevor er Titus und Flavus anwies, die Säcke in ein neues Versteck zu bringen, opferte er den Manen des toten Reiters, der seine Habgier mit dem Leben bezahlt hatte. Mit Schaudern erinnerte er sich daran, wie Kaeso den Ahnungslosen von hinten mit der Schaufel erschlagen hatte.

Am folgenden Tag wurden ihm wie vereinbart die Gefangenen zu einem leicht erhöhten Preis übergeben. Wie erhofft war Marbod ebenfalls zugegen.

»Hast du Schwerter?«, sprach der Marser ihn geradeheraus an.

Lucius hielt sich den Zeigefinger zum Zeichen des Schweigens vor die Lippen und bat den Marser, später zum Kahn zu kommen. Als sich Marbod am Abend mit einem jungen Burschen und einem Packesel einfand, hatte Lucius bereits alles vorbereitet. Er schlug eine Decke auseinander, worauf die fein säuberlich ausgerichteten Klingen im Schein der Fackeln glänzten. Die Hände des Marsers zitterten, als er sich einen Gladius griff und mit den Fingern über die Schneide fuhr.

»Nur zehn?«, fragte er lauernd. Er packte die Waffe und ließ sie in kreisenden Bewegungen sausen.

»Für heute ja«, entgegnete Lucius. Er hatte bei dem Imponiergehabe des Barbaren nicht mit der Wimper gezuckt. »Es ist schwer, an gute Klingen zu kommen. Und riskant.«

»Ich brauche mehr«, erwiderte Marbod. »Viel mehr!«

»Was ist mit den Waffen, die ihr im Saltus Teutoburgiensis erbeutet habt?«, fragte Lucius wie beiläufig. Er hielt seinen Gesprächspartner genau im Auge, der einen Pugio aufgenommen und aus der Scheide gezogen hatte.

Marbod machte eine wegwerfende Handbewegung. »Die Schwachköpfe haben das meiste den Göttern geopfert. Daran hat auch Arminius nichts ändern können.«

»Geopfert?«, fragte Lucius.

»Ja, geopfert. Verbogen, zerschlagen und im Moor oder grundlosen Tümpeln versenkt. Die nützen keinem mehr was.«

»Was habt du mit den Waffen vor?« Lucius stellte sich bewusst unwissend, um sein Gegenüber auszuhorchen.

»Das braucht dich nicht zu interessieren«, entgegnete Marbod. »Wir führen nicht nur Krieg gegen euch. Arminius will mit den Markomannen abrechnen, die ihn vor zwei Jahren im Stich gelassen haben. Was glaubst du, warum er nicht über den Rhenus gegangen ist?«

Lucius lächelte. Er dachte an die nutzlosen Bemühungen der Barbaren, Aliso zu erstürmen.

»Uns aus dem Hinterhalt zu massakrieren ist das eine«, antwortete er vorsichtig. »Aber ein besetztes Lager oder eine Stadt zu erstürmen, das andere. Glaubst du, dass ihr es gegen uns in einer offenen Feldschlacht aufnehmen könnt?«

Marbod schob den Pugio in die Scheide zurück und trat einen Schritt an Lucius heran. »Nicht mit unseren Waffen«, sagte er lauernd. »Darum geht es mir aber nicht. Ich will keinen Krieg gegen euch führen. Ich will Geschäfte machen und das liefern, was man haben will. Arminius hat viele Feinde. Auch im eigenen Volk. Bevor er sich mit den Markomannen anlegt, muss er sich erst gegen euren Freund Segestes behaupten.«

»Den Vater seiner Frau?«, fasste Lucius interessiert nach. Er fand immer mehr Gefallen an dem Gespräch mit dem redseligen Barbaren.

Marbod lachte. »Der Cherusker hat das Mädchen entführt, weil es einem anderen versprochen war. Der dummen Gans soll es sogar gefallen haben.«

Lucius stimmte in das Lachen ein und schlug dem Marser jovial auf die Schulter. »Ich habe etwas anderes mitgebracht, was viel leichter zu beschaffen ist als fertige Klingen. Schau!« Er griff in einen Korb und holte einen Barren aus bestem Eisen hervor. Er fasste das schwere Stück an den verdünnten Enden und reichte es dem Marser. »Ihr habt gute Schmiede, Marbod. Damit könnt ihr alles herstellen, was euer Herz begehrt.«

Marbod ließ einen Pfiff hören und wog den Barren in den Händen. »Was willst du dafür, Römer?«

Lucius überlegte. »Einen Barren für eine junge Sklavin mit blonden Haaren. Oder so viel Bernstein, wie in dieses Gefäß geht.« Er hielt wies auf einen Kochtopf am Feuer.

»Zwei Barren«, entgegnete der Marser.

»Eine Sklavin und die Hälfte des Bernsteins für zwei Barren. Oder drei Barren für zwei Sklavinnen. Aber hübsch müssen sie sein.«

»Und was verlangst du für einen Gladius?«, hakte Marbod nach. Beide Männer schienen beim Handeln in ihrem Element zu sein.

»Das Doppelte«, erwiderte Lucius ungerührt.

Marbod zog eine enttäuschte Grimasse. »Das ist zu viel, Römer.«

Lucius bückte sich und nahm einen Gladius und einen Pugio von der Decke. »Das ist für dich, Marbod. Ein Geschenk deines neuen Geschäftspartners.«

Der Marser strahlte wie ein Kind, dem man soeben seinen größten Wunsch erfüllt hatte. Beinahe ehrfürchtig nahm er die beiden Waffen entgegen und steckte sie in den Gürtel.

»Den Gladius trägst du besser am Schulterriemen«, belehrte ihn Lucius fürsorglich.

Marbod nickte. »Was ist mit den Barren und den übrigen Waffen? Ich habe weder Sklavinnen noch Bernstein dabei.«

»Dann nehme ich sie wieder mit, und wir machen den Handel beim nächsten Mal«, bedauerte Lucius. Er ahnte, dass sein Gegenüber nicht ohne ein Tauschgut gekommen war.

Marbod druckste ein wenig herum. Dann zog er einen Beutel hervor und schüttete den Inhalt auf die Decke neben die Schwerter. Jetzt war es Lucius, dem der Atem stockte. Was da aus dem Beutel kullerte, waren schwere Ringe, alle aus purem Gold. Es war ihm bewusst, dass man die Kleinode den toten Tribunen und Rittern nach der Schlacht von den Fingern geschnitten hatte.

»Einen Ring für einen Gladius und einen Pugio«, forderte Marbod.

Lucius überschlug im Kopf den Wert des Goldes und den Gewinn, den er damit erzielen konnte. Es war keine saubere Ware, weil er die Ringe einschmelzen musste. Sein Schmied würde Arbeit bekommen.

»Alles«, er wies auf die Decke und den Korb mit den Barren, »für die Hälfte der Ringe.« Er hielt die Rechte hin, in die der Marser nach einigem Zögern einschlug.

Eine Woche später machte das Boot mit Lucius und seinen Männern am gegenüberliegenden Ufer von Vetera fest. Es war eine langwierige Fahrt geworden, weil die Freigekauften den ganzen Weg am Ufer zurücklegen mussten.

Von dem zusätzlichen Handel hatte er seinen Begleitern je einen Ring abgetreten. Er wog den Beutel in der Hand und wusste, dass er ein Vielfaches von dem in Händen hielt, was er für die Waffen und die Barren ausgegeben hatte. Er würde einen Teil zurücklegen, dem Mercurius einen Weihestein stiften und von dem Rest neue Ware kaufen. Das Einzige, was ihm Unbehagen bereitete, war die Frage, wie Titus und Fla-

vus mit ihrem neuen Reichtum umgehen würden. Sie hatten in der Vergangenheit mehrfach bewiesen, dass sie leichtsinnig mit ihrem Anteil am Varusgold umgegangen waren. Er hatte darüber mit Kaeso gesprochen, der ihm zusicherte, mit den beiden zu reden. Wer den Signifer kannte, der wusste, dass mit ihm nicht zu spaßen war.

Lucius wartete, bis der letzte Nachzügler am Liegeplatz angekommen war. Dann teilte er den Männern und Frauen mit, dass sie warten sollten, bis man sie abholen würde. Die Befreiten lagerten am Ufer, während Titus und Flavus sich in die Riemen stemmten und den Kahn in weitem Bogen über den Fluss ruderten.

Divus Drusus[107]

Lucius hatte in den vergangenen Monaten noch weitere Unternehmungen auf die andere Rhenusseite geleitet. Dann gab es keine Gefangenen mehr, die man auslösen konnte. Er musste sich überlegen, unter welchen Umständen er seinen lukrativen Handel mit dem Marser weiterführen konnte. Er grübelte den ganzen Winter, ohne eine befriedigende Lösung zu finden. Schließlich kam ihm der Zufall zur Hilfe.

An einem trüben Tag vor den Kalenden des Martius erreichte ihn der Befehl, sich umgehend bei Asprenas einzufinden. Es hatte sich bis zu ihm herumgesprochen, dass am Vormittag hoher Besuch gekommen war. Wenn man ihm aber gesagt hätte, dass er heute dem Caesar Tiberius Auge in Auge gegenüberstehen würde, hätte er an einen schlechten Scherz geglaubt.

Es lag in der Art des Tiberius, unangemeldet zu erscheinen. Er hasste das Protokoll und war stets darauf bedacht, die notwendigen Dinge möglichst unauffällig zu regeln. Ohne den schlichten Reisemantel und den das Gesicht halb verdeckenden Helm erkannte Lucius ihn sofort an den zeitlos jungenhaften Gesichtszügen des Julisch-Claudischen Hauses. Lucius war ihm noch nie begegnet, aber er hatte schon oft die Münzen mit seinem Konterfei in den Händen gehalten. Trotz der Ähnlichkeit zu Augustus hatte er nichts von dem leutseligen und gewinnenden Wesen des Princeps'. Die grauen Augen blickten kalt, und der schmallippig verkniffene Mund erweckte den Eindruck ständigen Misstrauens.

»Ist das der Optio, der die wichtigen Informationen beschafft hat?« Tiberius sprach leise, was alle Anwesenden zwang, ihm ihre ungeteilte Aufmerksamkeit zuzuwenden.

»Das ist er«, bestätigte Asprenas.

107 göttlicher Drusus

»Lucius Poblicius, zweite Centurie, dritte ...« Tiberius unterband die vollständige Meldung mit einer laschen Handbewegung.

Lucius fühlte sich unbehaglich und hatte Mühe, dem eisigen Blick nicht auszuweichen.

»Woher stammen deine Informationen?«

»Von einem Marser, der bei den Freikäufen der Gefangenen zugegen war.«

»Ist dem Mann zu trauen?« Tiberius ließ Lucius kaum Zeit, seine Antworten zu vollenden. Wie der Bolzen eines Scorpios schwirrte bereits die nächste Frage durch den Raum. »Wann triffst du ihn wieder?«

»Ich weiß es nicht, Imperator. Es werden keine Gefangenen mehr zum Kauf angeboten.« Lucius überlegte seinen nächsten Satz genau. »Der Marser hat aber angedeutet, dass er an anderen Dingen interessiert ist.«

»Waffen?« Die Stimme des Tiberius klang tückisch.

»Auch Waffen, Caesar. Jeder Germane will unsere Waffen haben.«

Caedicius, der sich bisher im Hintergrund gehalten hatte, räusperte sich, und Asprenas starrte den Optio aus großen Augen an. Sie erwarteten einen strengen Verweis vom Feldherrn. Über die Züge des Tiberius huschte dagegen so etwas wie ein Lächeln.

»Ich schätze Männer, die sich nicht scheuen, die Wahrheit zu sagen.«

Lucius atmete durch.

»Aber keine Waffen!«, fuhr Tiberius hastig fort. »Biete alles an, was das Herz eines Barbaren begehrt, aber keine Waffen.«

»Der Marser wären auch mit Eisen zufrieden«, gab Lucius zu bedenken.

»Kein Eisen, Optio. Nichts, womit man gegen uns kämpfen kann.«

»Dann wird es schwierig, Imperator.«

Asprenas und Caedicius hoben in gespielter Empörung die Köpfe. »Mäßige dich, Optio«, fuhr der Legat Lucius an.

Tiberius ließ die Männer stehen und ging zum Arbeitstisch des Legaten. Er nahm eine der herumliegenden Schreibtafeln und einen Stilus und kritzelte etwas hinein. Dann kam er zurück und reichte Lucius die zusammengeklappte Tafel.

»Das verschafft dir freien Zutritt zum Magazin. Nimm dir, was du brauchst. Aber keine Waffen und nur wenig Eisen. Den Erlös rechnest du mit dem Verwalter ab. Beschaffe mir weitere Informationen. Wenn wir zufrieden sind, wirst du befördert. Ich brauche Männer, auf die ich mich verlassen kann.«

Lucius wusste nicht, wie ihm geschah. Er kniff sich in den Arm und stellte erleichtert fest, dass er nicht träumte.

»Ich werde morgen mit sechs Kohorten über den Rhenus gehen und Aliso instandsetzen lassen. Der Centurio der Vorausabteilung hat mir mitgeteilt, dass deine Aufzeichnungen hervorragend waren.« Auf einen Wink des Tiberius eilte sein Leibsklave mit einem Kästchen herbei. Der Imperator wühlte darin mit den Fingern herum und zog einen silbernen Armreif hervor. »Nimm das für deine bisherigen Dienste, Optio. Außerdem wirst du mich mit anderen verdienten Männern zu den diesjährigen Drususfeierlichkeiten in Mogontiacum begleiten.«

Lucius war sich der Möglichkeiten, aber auch der Risiken bewusst, die ihm die unverhoffte Gunst des Tiberius eröffnete. Er würde seinem einmal eingeschlagenen Weg folgen und weiter am Ausbau seiner Geschäfte arbeiten. Ihm kam dabei die eher defensive Vorgehensweise des Propraetors zugute, die darauf abzielte, keine unnötigen militärischen Risiken einzugehen. Es würde nicht mehr lange dauern, bis Augustus die Augen für immer schließen und Tiberius den Thron besteigen würde. Ein verlustreicher Feldzug oder gar eine Niederlage des Tiberius würden Augustus vielleicht davon überzeugen, im letzten Moment doch noch Germanicus vorzuziehen.

Aber Lucius musste darauf achten, dass seine Mitstreiter die Regeln einhielten, die Tiberius ihm aufgezeigt hatte. Ein Fehler, wie der übermäßige Verkauf von Waffen, konnte alles verderben. Wer das Vertrauen des stets misstrauischen Thronfolgers enttäuschte, musste damit rechnen, alles zu verlieren. Gerade Titus und Flavus stellten aufgrund ihrer bescheidenen geistigen Mittel ein ständiges Risiko dar. Trotz der Vorhaltungen Kaesos hatten sie nicht aufgehört, mit ihrem Reichtum zu prahlen. Er hatte schon darüber nachgedacht, wie er sich von ihnen trennen könnte. Aber es war ihm nicht gelungen, Kaeso davon zu überzeugen, auf ihre Dienste zu verzichten. Fabricius war das nächste Problem. Der hochdekorierte Centurio sah es unter seiner Würde, sich einem Optio und einem Signifer unterzuordnen. Es war eine Herausforderung, die unterschiedlichen Charaktere zu kontrollieren.

Lucius sah es als eine günstige Wendung des Schicksals an, Tiberius nach Mogontiacum zu begleiten. Er hatte erfahren, dass der Versuch, Sextus auszuschalten, fehlgeschlagen war. Der frühere Freund hatte trotz der Manipulation an der Stammrolle seinen Dienstgrad zurückerhalten und war in die zweite Legion übernommen worden. Vielleicht konnte es ihm gelingen, Sextus eines Besseren zu belehren.

Dagegen würde es schwierig werden, sich aus der Politik herauszuhalten. Er galt jetzt als Günstling des Tiberius, was ihm zunächst große Vorteile brachte. Was aber, wenn Tiberius nach Rom gehen und Germanicus das Kommando im Nordwesten übernehmen würde? Der Lieblingsneffe des Augustus würde nichts unversucht lassen, die Träume seines Vaters Drusus von der großen germanischen Provinz zu verwirklichen.

Lucius wischte den Gedanken beiseite. »Darüber mache ich mir Gedanken, wenn es so weit ist«, murmelte er vor sich hin, als er bei den Magazinbaracken angelangt war. Er zückte die Zutrittsberechtigung des Tiberius, um sich einen Überblick über die Bestände zu machen.

Das neue Jahr brachte endlich die längst überfällige Ernennung zum Centurio.

Trotz der hingebungsvollen Pflege meiner Gefährtin, war mein Vorgänger nicht unerwartet verschieden. Lucilla hatte ihr Herz für den alten Haudegen entdeckt und ihn täglich mit Essen aus der Taverne versorgt. Sie hatte es sich nicht nehmen lassen, es persönlich vorbei zu bringen. Einige Spötter behaupteten, sie hätte ihm mit ihren Reizen den letzten Rest an Lebenskraft genommen.

Gaius Piso hatte zähneknirschend meiner Beförderung stattgeben müssen, aber darauf verzichtet, mich zu empfangen. Es blieb Lucius Flavius überlassen, mir die Insignien des Centurios, den Vitis und meine Ernennungsurkunde zu überreichen. Wegen des Spardiktats des Tiberius erhielt ich zwar vorläufig nur die Hälfte des mir zustehenden Soldes, was aber ein Vielfaches meiner bisherigen Bezüge ausmachte. Selbstverständlich musste ich die mit der Beförderung einhergehenden Kosten, wie den Erwerb der Beinschienen und der quergestellten Crista, selber tragen. Auch die Einrichtung meiner Dienstwohnung am Kopfende der Mannschaftsbaracke musste ich aus den eigenen Mitteln bestreiten. Ich benötigte unter anderem einen Arbeitstisch und einen Klappsessel für mein Dienstzimmer. Die anderen Einrichtungsgegenstände schaffte ich aus meiner bisherigen Stube in mein neues Domizil. Schreibtafeln für die täglichen Rapporte und Wachparolen bekam ich dagegen von einem Secretarius in den Principia gestellt.

Obwohl ich den Centurio einige Zeit vertreten hatte, war ich überrascht, dass der tägliche Verwaltungsaufwand den eines Optios bei weitem überstieg. Ich besprach mich jetzt jeden Morgen vor dem Dienstantritt mit meinem neuen Stellvertreter, einem bisherigen Immunis, und dem Signifer meiner Einheit. Es musste ein Dienstplan für den Tag erstellt und eine neue Parole ausgegeben werden. Danach teilte mir der Signifer die Zahl der Urlauber und den Krankenstand mit. Der eigentliche Dienst begann eine Stunde nach Sonnenaufgang und endete mit Einbruch der Dämmerung. Die Ausbildung der Rekruten überließ ich größtenteils dem Optio. Ich sah meine vordringlichste Aufgabe darin, die Männer auf den eigentlichen Kampf vorzubereiten. Neben den üblichen Taktiken des Formationsgefechts machte ich sie auch mit den Tücken des Grenzkrieges bekannt. Sie sollten von meinen Erfahrungen profitieren, die ich während der Clades Variana, in Aliso und in Augusta gesammelt hatte.

Wenn ich am Abend nicht zu müde war, zog es mich zu Lucilla in die Taverne, wo ich dann auch die Nacht verbrachte. Meine Gefährtin schien sehr stolz auf ihren Centurio zu sein. Trotzdem drängte sie mich, auf der Rangleiter weiter nach oben zu steigen. Sie bestand darauf, dass ich es zumindest zum Centurio des Primus Ordo bringen müsste. Als ich ihr erzählte, dass die Barbaren die Centurionen der ersten Ordnung zu Ehren ihrer Götter schlachten würden, hatte sie mich aus großen Augen angesehen.

»Sie sind einen ehrenvollen Tod gestorben, Sextus. Dafür errichten die Angehörigen ihnen auch prachtvolle Grabsteine.«

»Und verprassen die Abfindung«, erwiderte ich sarkastisch, »wenn sie ausgezahlt wird«.

»Hast du daran gedacht«, erwiderte sie schnippisch, »dem Jupiter einen Stein für deinen Aufstieg zu weihen?«

Ich versprach ihr, am nächsten Tag einen Steinmetz aufzusuchen.

Eine meiner ersten Amtshandlungen bestand darin, den Tribun Lucius Flavius aufzusuchen, um mir neue Instruktionen geben zu lassen.

Er hatte mich bereits erwartet und schob mir gönnerhaft die mit einer neuen Süßigkeit gefüllte Schale zu. In Mohnsamen gewälzte, locker ausgebackene Globuli mit einer Füllung aus in Defrutum eingelegten Trockenkirschen.

»Und?«, fragte er voller Erwartung. »Deine Gefährtin war hingerissen.«

Ich griff noch einmal zu und musste mir eingestehen, dass ich selten etwas Delikateres gekostet hatte. Trotzdem missfiel es mir, dass sich Lucilla bereits daran erfreut hatte. Sie war oft beim Tribun, und es gab bereits Gerede.

»Du hast eine patente Frau, Centurio.« Flavius kniff mir verschwörerisch ein Auge. »Weißt du eigentlich, womit sie den Leiden deines Vorgängers ein Ende gesetzt hat? Du solltest keinen Streit mit ihr beginnen. In diesem Fall solltest du dich für längere Zeit mit der Lagerküche begnügen.« Er lachte schallend, bis ihm die Tränen kamen.

Ich schluckte meine Empörung mit einem Becher Wein herunter. Ich traute meiner Gefährtin einiges zu, wenn es um ihren und damit auch um meinen Vorteil ging. Aber in keinem Fall einen Giftmord.

Als der Tribun sich beruhigt hatte, legte er mir eine Liste vor, auf der ich die Namen von vierzehn Einheiten entzifferte. Meine Centurie war nicht darunter.

»Das sind die Centurien und Kohorten, die sich in den vergangenen Wochen besonders aufsässig gezeigt haben. Hast du der Aufzählung noch etwas hinzuzufügen?«

Ich verneinte. Obwohl mir einiges zu Ohren gekommen war, lag es mir fern, weitere Gerüchte und Mutmaßungen in die Welt zu setzen.

»Die betreffenden Einheiten werden in das Lager der Auxiliare verlegt oder als Vexillation[108] nach Pannonia[109] entsandt.

»Als ob es dort nicht genug Unruhe gibt«, kommentierte ich seine Aussage.

»Wohin soll ich sie sonst schicken?«, gab er missmutig zurück. »Es herrscht zurzeit Ruhe an den Grenzen. Tiberius hat angeordnet, dass die Feierlichkeiten für Divus Drusus nicht gestört werden dürfen.«

»Hast du mich deshalb kommen lassen, Tribun?«

---

108 berittene Hilfstruppe

109 Pannonien in West-Ungarn

Lucius Flavius richtete sich in seinem Sessel auf, als wenn er mir etwas besonders Wichtiges mitzuteilen hätte. »Du und deine Männer gelten als besonders zuverlässig. Der Legat hat angeordnet, dass nur die loyalsten Einheiten mit dem Schutz der Gäste betraut werden. Es wurden noch nie so viele hohe Besucher erwartet.« Er zählte an der Hand die wichtigsten Honoratioren ab. »Tiberius wird mit Germanicus kommen, dazu die Legaten aller am Rhenus stationierten Truppen und die Vertreter aller gallischen und germanischen Civitates. Das sind mehrere Tausend Gäste, nicht eingerechnet die Zahl der sie begleitenden Einheiten. Alleine Tiberius bringt seinen ganzen Hofstaat aus Beamten, Sklaven und Praetorianern[110] mit. Er wird von Mogontiacum aus direkt nach Rom weiterreisen. Der Gesundheitszustand von Augustus hat sich dramatisch verschlechtert. Germanicus wird nach den Feierlichkeiten die Funktionen seines Onkels Tiberius übernehmen.«

»Sehr zur Freude von Gaius Piso«, konnte ich mir nicht verkneifen.

»Du weißt jedenfalls, was auf dich zukommt.« Der Tribun verzichtete darauf, auf meine Bemerkung einzugehen. »Halte dich bereit, eine verantwortungsvolle Aufgabe wartet auf dich. Das ist eine gute Gelegenheit, Germanicus auf dich aufmerksam zu machen.«

Ich nickte, obwohl ich mir vorgenommen hatte, mich aus der Politik herauszuhalten. Andererseits eröffnete mir der Machtwechsel von Tiberius zu seinem Neffen vielleicht die Möglichkeit, gegen Lucius und seine Helfershelfer vorzugehen.

Lucilla war außer sich, als ich ihr erzählte, wer alles zu den Feierlichkeiten erwartet wurde. Sie überschlug auf einer Schreibtafel die zu erwartenden Einnahmen und schwelgte in Euphorie. Später setzte sie sich mit Samocna zusammen und überarbeitete das Angebot ihrer Gerichte.

---

110 kaiserliche Leibwachen, Elitesoldaten

Als Samocna gegangen war, sprach ich sie auf mein Gespräch mit Lucius Flavius an.

»Hast du von dem Gerücht gehört, dass mein Vorgänger dein Essen nicht vertragen hat?«

»Wie bitte?«, keifte sie mich an. »Du meinst wohl, ob er sich überfressen hat! Was hältst du von mir?«

Ich beließ es dabei und murmelte eine Entschuldigung. Es tat mir leid, eine derartige Untat überhaupt in Erwägung gezogen zu haben. Lucilla sprach in den nächsten Wochen nur das Nötigste mit mir und verschloss die Kammer, wenn sie zu Bett ging.

Lucius machte sich mit Feuereifer daran, seine Geschäftsbeziehungen zu den Barbaren auszubauen. Die Rückendeckung durch Tiberius brachte es mit sich, dass er nicht mehr darauf angewiesen war, seine Geschäfte unter dem Deckmantel der Verschwiegenheit durchzuführen. Er musste nur darauf achten, den Handel mit Waffen und Eisenbarren zu verschleiern. Die ersten Lieferungen hatte er noch selbst durchgeführt. Er war aber bald dazu übergegangen, Kaeso und Fabricius damit zu betrauen. Es war ihm wichtig, die Vorgänge von Vetera aus zu koordinieren – zumal er das Gefühl hatte, dass seine Unternehmungen von Asprenas argwöhnisch beäugt wurden. Dass er mit seiner Vermutung richtig lag, hatte der gestrige Tag bewiesen. Caedicius hatte ihm eine Warnung zukommen lassen, dass Asprenas Beweise für illegale Waffenlieferungen sammle. Vielleicht suchte der Legat nach einer Möglichkeit, die gegen ihn erhobenen Vorwürfe der Veruntreuung durch eine spektakuläre Enthüllung zu entkräften. Lucius war sich auch bewusst, dass der anstehende Wechsel von Tiberius zu Germanicus seine Situation nicht verbessern würde. Der Legat galt als ein erklärter Anhänger des zukünftigen Oberbefehlshabers.

Das waren die Gründe, warum er um eine Unterredung mit Fabricius und dem Signifer gebeten hatte. Aus Vorsicht bestimmte er eine leerstehende Fischerhütte zum Treffpunkt.

Auf dem Hinweg suchte er noch das Versteck auf, in dem die meisten der noch vorhandenen Geldsäcke ruhten. Die Freunde staunten nicht schlecht, als er mit einem der verschmutzten Beutel unter dem Arm erschien.

»Was willst du damit?«, fragte Kaeso und zeigte auf den Sack, den Lucius behutsam abgesetzt hatte.

»Später«, antwortete Lucius kurz angebunden. »Wir müssen zuerst etwas anderes bereden. Unser Handel mit den Barbaren steht auf dem Spiel.«

»Was?«, entfuhr es Fabricius. »Was ist geschehen?«

»Asprenas ist misstrauisch geworden«, begann Lucius beherrscht. »Er beobachtet jeden unserer Schritte.«

»Der soll auf sich selbst aufpassen«, warf Kaeso unwirsch ein. »Er soll sich selbst bereichert haben!«

»Und womit?«, trumpfte Lucius auf. »Man wirft ihm die Veruntreuung unseres Eigentums vor.« Er betonte dabei das Wort »Eigentum.«

Fabricius lachte. »Das ist ein Scherz. Er soll in Varus' Kasse gegriffen haben. Das waren nicht die Soldgelder, sondern die Zulagen und die Rückstellungen für die anstehenden Entlassungen.«

»Wo ist der Unterschied?«, entgegnete Kaeso. Dann wandte er sich an Lucius. »Er will uns das Verschwinden der Gelder anlasten?« Der Signifer schmunzelte verschmitzt.

»Nicht direkt«, berichtigte Lucius. »Er verdächtigt mich und damit uns, unsaubere Geschäfte mit den Barbaren zu machen. Er sucht etwas, um von sich abzulenken.«

»Wie kommt er dazu?«, ereiferte sich der Centurio. »Wir haben uns immer vorgesehen.«

»Ich habe von Anfang an gesagt, dass Titus und Flavus ein Risiko darstellen.« Lucius war laut geworden. »Warum habt ihr sie nicht im Zaum gehalten? Selbst der größte Dummkopf muss sich die Frage stellen, woher die so viel Geld haben.«

»Soll ich das übernehmen?«, fragte Kaeso und klopfte auf seinen Pugio.

»Dazu ist es zu spät, Das würde uns erst recht verdächtig machen«, entgegnete Lucius barsch. »Der Legat ist das Problem. Asprenas muss weg.«

»Asprenas?« Fabricius bog sich vor Lachen. »Bist du von allen Göttern verlassen, Lucius? Du willst den Legaten umbringen?«

Lucius wartete, bis der Centurio sich beruhigt hatte. »Nicht den Legaten«, stellte er richtig. »Wir werden seinen Ruf töten.«

Die beiden schauten ihn fassungslos an. Sie waren von Lucius viel gewohnt und hatten ihn stillschweigend als den Lenker der Gruppe akzeptiert. Aber dieses Mal war er entschieden zu weit gegangen. Sie redeten wild gestikulierend auf ihn ein, bis Lucius sich Gehör verschaffte.

»Ruhe«, brüllte er seine Kameraden an, die verdutzt innehielten. »Es gibt nur einen Weg, Freunde, und das ist dieser.« Er klopfte dabei auf den Geldsack an seiner Seite. »Dieses Geld wird bei Asprenas gefunden werden und seine Schuld beweisen. Der Beutel ist mit dem Zeichen der achtzehnten Legion versehen, und es sind genug Münzen darin, die das Zeichen des Varus tragen.« Er riss die Verschnürung auf und schüttete einen Teil des Inhalts auf den Boden.

»Bist du wahnsinnig?«, kreischte Fabricius. »Weißt du, was das wert ist? Das ganze Gold und Silber? Das ist unser Geld!«

»Nur ein kleiner Teil«, hielt Lucius dagegen. »Was glaubst du, was uns bleibt, wenn Asprenas mit uns fertig ist? Nichts, sage ich dir. Nichts! Unser Leben ist dann keinen Quadrans mehr wert. Ich möchte nicht in die Gasse geschickt und von unseren Legionären totgeschlagen werden.«

»Du bist ein Fuchs, Lucius.« Kaeso hatte sich als erster gefangen und die Bösartigkeit des Plans erkannt. »Wenn man das Geld bei Asprenas findet, kann er beschuldigen, wen er will. Selbst sein Freund Germanicus kann ihm dann nicht mehr helfen. Die Legionen von Vetera würden rebellieren, wenn er ungestraft davonkäme. Und Tiberius wird ihm erst recht keine Träne nachweinen. Er wird einen Mann seiner

Wahl zum Legaten bestimmen. Man wird Asprenas in den letzten Winkel des Imperiums versetzen, und wir werden unsere Ruhe haben.«

»Das sehe ich auch so«, stimmte Lucius zu. Alleine die Vorstellung des gedemütigten Legaten ließ ihn grinsen. Warum musste sich Asprenas auch in Dinge einmischen, die ihn nichts angingen?

In der folgenden mondlosen Nacht schlichen Titus und Flavus mit dem Sack und einem Tuch an den Bretterzaun, der den Garten des Praetoriums vom Lager abschirmte.

Die Verschwörer hatten noch in der Fischerhütte bestimmt, dass die beiden Gehilfen den gefährlichen Auftrag durchführen sollten. Sollten sie erwischt werden, konnte man ihnen alles in die Caligae schieben. Schließlich hatten sie durch ihr leichtfertiges Verhalten das Misstrauen des Legaten geweckt.

Die beiden warteten, bis die Wache ihren Rundgang beendet hatte. Dann hebelten sie mit ihren Dolchen zwei Planken aus der Verankerung und schlüpften durch die Lücke hinein. Vorsichtig schauten sie sich um, ob sich außer ihnen noch jemand in dem umzäunten Areal aufhielte.

»Nichts«, flüsterte Titus und schob den Pugio in die Scheide. »Siehst du den Baum, Flavus?«

Der Angesprochene spähte angestrengt in die Richtung, die Fabricius angegeben hatte. Als Primus Ordo hatte der Vorgesetzte Zugang zum Wohnbereich des Legaten und war deshalb mit der Örtlichkeit vertraut.

»Dahinten.« Flavus wies auf die dunklen Umrisse einer knapp mannshohen Buche, die vor drei Jahren im hinteren Bereich des Gartens als Schattengeber gepflanzt worden war.

Titus presste den Beutel fest an die Brust, um ein verräterische Klirren zu verhindern und huschte lautlos hinter seinem Freund her. Das dichte, kurz geschnittene Gras dämpfte ihre Schritte.

»Pass doch auf«, wisperte Flavus. Titus wäre fast über ihn gestolpert, als er die verabredete Stelle erreichte.

Sie schnitten mit ihren Dolchen in den Boden und hoben vorsichtig eine Grassode heraus. Sie legten das Stück auf der Oberseite nieder und lockerten mit ihren Dolchen den Boden auf. Um Spuren zu vermeiden, schaufelten sie die Erde mit den bloßen Händen auf das mitgebrachte Tuch. Als das Loch tief genug war, legten sie den Sack hinein und häuften die Erde darüber. Sie drückten alles mit den Händen fest und schüttelten die letzten Krumen aus dem Tuch über die planierte Oberfläche. Zum Schluss setzten sie den Soden wieder ein, steckten das Tuch weg und fegten mit den Fingern die letzten Spuren zur Seite. Niemand würde erkennen, dass sich jemand an der Stelle zu schaffen gemacht hatte.

Die beiden schnauften erleichtert durch, als sie den Durchschlupf passiert und die Bohlen wieder befestigt hatten. Dann eilten sie zum Haus des Fabricius, um die erfolgreiche Durchführung ihrer Mission zu melden.

»Sag das noch einmal«, forderte ich den Tribun auf, der mir am Tisch gegenüber saß. Lucius Flavius war unvermittelt in der Taverne aufgetaucht und hatte mich nach draußen gebeten. Ich hatte mir noch von Samocna einen Weinkrug und zwei Becher geben lassen und war ihm unter die Porticus gefolgt.

»Asprenas ist weg«, kam er meiner Aufforderung nach. »Er ist gestern nach Africa aufgebrochen. Er löst dort als proconsularischer[111] Statthalter Aulus Caecina ab. Caecina wird neuer Legat der niedergermanischen Legionen.«

»Caecina soll bei den Truppen beliebt sein. Er hat sich bereits mehrfach ausgezeichnet.«

»Bei den Truppen beliebt?« Lucius Flavius schnaufte verächtlich. »Er ist vor allem bei Tiberius beliebt. Der Nachfolger des Augustus positioniert seine Anhänger.«

---

111 der Proconsul verwaltet in der Regel als ehemaliger Consul eine Provinz

»Das lässt Augustus zu?«, fragte ich erstaunt. »Selbst Tiberius kann noch nicht machen, was er will.«

»Doch«, beharrte der Tribun. »Vor allem dann, wenn er einen Grund hat.«

»Du meinst die Gerüchte wegen der Varusgelder?«

»Keine Gerüchte mehr, Sextus.« Lucius Flavius spielte mit seinem Becher. »Man hat einen Teil der Gelder gefunden.«

Ich zuckte zusammen, als ob mich ein Insekt gestochen hätte. »Was hat man wo gefunden?«

»Einen Sack mit dem Zeichen der achtzehnten Legion«, antwortete der Tribun. »Prall gefüllt mit Silber und Gold, alles frische Prägungen. Dazu Sesterzen und Dupondi mit dem Stempel des Varus.«

»Wo?«, bohrte ich weiter.

»Im Garten seines Dienstsitzes in Vetera.«

»Aber das ...«, brachte ich stockend hervor. »Das kann nicht sein.«

»Warum nicht?«, fragte Flavius verblüfft.

»Weil es nicht sein kann«, beharrte ich auf meiner Meinung. »Das muss ihm jemand untergeschoben haben.«

Der Tribun fixierte mich kalt. »Du hast eine Ahnung, wer das getan haben könnte? Ich wusste, dass du mehr über das Varusgold weißt. Oder irre ich mich?«

Ich blieb ihm die Antwort schuldig und drehte meinen geleerten Becher zwischen den Händen.

»Kannst du etwas beweisen?« Die Stimme des Tribuns schnitt wie die Klinge eines Pugios in mein Bewusstsein.

Statt einer Antwort schüttelte ich den Kopf.

»Bei Mars und Jupiter, Sextus. Halte deinen Mund, wenn du nichts Genaues weißt. Mir kannst du vertrauen, aber leg dich nicht mit den Männern des Tiberius an. Asprenas ist eh nicht mehr zu helfen. Es ist nicht das erste Mal, dass er unter Verdacht geraten ist. Auf diese Gelegenheit hat Tiberius nur gewartet.«

Ich hatte inzwischen meine Fassung wiedergewonnen. »Was ist genau geschehen? Wieso hat man die Münzen bei ihm gefunden?«

»Es gab einen anonymen Hinweis. Tiberius war im Oppidum Ubiorum und hat sofort reagiert. Er hat seinen Bluthund Seianus mit zwanzig Praetorianern auf einem Schnellruderer nach Vetera bringen lassen. Der Lagerpräfekt Caedicius hatte keine Wahl und musste dem Kommando den Zutritt zum Praetorium gewähren. Ihm blieb nicht einmal Zeit, den Legaten zu warnen. Sie gingen in den Garten, gruben den Boden auf und wurden sofort fündig. Der Verfasser der Anzeige hatte die Stelle genau beschrieben, an der man suchen musste.«

»Hat man eine Vermutung«, fragte ich, »wer hinter dem anonymen Hinweis stecken könnte?«

»Vielleicht eine Intrige des Tiberius«, mutmaßte der Tribun. Dann fixierte er mich wieder mit seinen Augen. »Kennst du einen Lucius Poblicius? Er muss mit dir in der fünften Kohorte der achtzehnten gedient haben.«

»Ja«, presste ich zwischen den Zähnen hervor. »Wir waren einmal befreundet. Ihm und seinen Freunden habe ich es verdanken, dass die Marser mich erwischt haben. Ich habe dir davon erzählt.«

Der Tribun nickte. »Der Mann wurde nach der Abreise des Asprenas von Tiberius persönlich zum Centurio befördert. Begründet wurde das mit den Verdiensten, die er sich beim Freikauf von Gefangenen erworben hat. Er hat sogar die offizielle Erlaubnis des Tiberius, mit den Barbaren zu handeln. Natürlich zum Wohle des Imperiums.«

Lucius! Mir wurde schwindelig und ich musste mich an der Tischkante festhalten. Wie hatte er das nur wieder geschafft? Es konnte geschehen, was wollte: Der Kerl schien zehn Leben zu haben und wie eine Katze immer auf den Füßen zu landen. Schlagartig wurde mir bewusst, dass ich unter den gegebenen Voraussetzungen meine Rache begraben musste.

»Ist dir nicht gut?«, fragte der Tribun.

»Es ist nichts«, murmelte ich gedankenverloren. »Lassen wir die Vergangenheit ruhen.«

Als ich später alles Lucilla erzählte, lachte sie mich aus.

»Habe ich dir nicht längst gesagt, dass du diese unsinnige Rache vergessen sollst? Leg dich niemals mit Männern an, denen du nicht gewachsen bist. Sei froh, dass du aus der Sache herausgekommen bist und dass es dir gut geht. Ich will nichts mehr von den Geldern des Varus und deinem Freund Lucius hören.«

Ich begann zum ersten Mal zu zweifeln, ob Lucilla bei all ihren Vorzügen die richtige Gefährtin für mich war.

Lucius hatte beim Sturz des Asprenas nicht triumphiert. Er wusste, dass ihm die Umstände in die Hände gespielt hatten. Er opferte den Matronen einen riesigen Korb mit Feldfrüchten und Obst. Diese Fruchtbarkeitsgöttinnen, die er in Vetera kennen und schätzen gelernt hatte, waren mit den Ubiern auf die linke Seite des Rhenus gekommen. Er bedachte auch die Glücksgöttin Fortuna mit einem üppigen Geldgeschenk.

Damit ließ er es aber genug sein und widmete sich der Sicherung seiner bisher gemachten Gewinne. Er hatte bereits so viel Edelmetall an verschiedenen Orten gehortet, wie ein Centurio Primus Ordo in seiner ganzen Laufbahn nicht verdienen kann. Lucius dachte aber nicht daran, es dabei bewenden zu lassen. Ihm war durch die Vermittlung eines Händlers ein Grundstück im Oppidum Ubiorum zugefallen, das einen immer größeren Wert darstellte. Es lag auf einer Insula zwischen dem Legionslager und dem Praetorium. Sollte die Metropole am Rhenus weiter wachsen und eines Tages zur Colonia erhoben werden, würde man den Wert in Gold kaum aufwiegen können. Er dachte daran, sich weitere Grundstücke an besonders exponierten Stellen zuzulegen. Dafür brauchte er aber weiteres Geld und das sollte ihm der Handel mit dem Marser verschaffen.

Er hatte inzwischen einen Weg gefunden, sein Angebot an kriegstauglichen Klingen zu vergrößern. Anstatt die Gladii auf riskanten Wegen anzuschaffen, ließ er sie selbst herstellen. Er hatte einen Veteranen kennengelernt, der früher in der Lagerschmiede seinen Dienst abgeleistet hatte. Der Mann hauste in einer bescheidenen Hütte am Rand der Canabae, wohin sich nur dann und wann ein Einheimischer verirrte. Er besorgte ihm eine Esse, Werkzeug und Roheisen, worauf der Alte gegen gutes Geld die Produktion aufnahm. Er musste jetzt nur noch dafür sorgen, dass die Ware ungesehen auf die andere Seite des Rhenus gelangte.

Bei der Durchführung der Handelsunternehmungen vertraute er weiterhin auf Kaeso und Fabricius, die sich ihm nach der Ausschaltung des Legaten bedingungslos untergeordnet hatten. Es war dem Signifer sogar gelungen, seine beiden Helfer zu disziplinieren. Wenn der Frieden, den Tiberius gesichert hatte, noch einige Jahre hielt und sich nichts Unvorhergesehenes ereignete, würden sie die Legion als reiche Männer verlassen.

Neben seinen Unternehmungen musste er aber darauf achten, seinen Dienst als Centurio nicht zu vernachlässigen. Das galt in gleichem Maße für seine Männer. Sein Rang und seine Funktion waren der perfekte Deckmantel, unter dem er mit offiziellem Wohlwollen seine Ziele verwirklichen durfte. Deshalb war er auch peinlich darauf bedacht, jeden Fehler zu vermeiden. Ein solcher Fehler wäre es gewesen, sich den Drususfeierlichkeiten in Mogontiacum durch einen Vorwand zu entziehen.

Einige Wochen nach der Absetzung des Asprenas ritt er deshalb mit der Delegation aus Vetera in das Oppidum Ubiorum, um sich dort Tiberius und Germanicus anzuschließen.

Meine dringlichste Aufgabe bestand darin, die Einheiten für den Sicherungsdienst auszusuchen. Es mussten während der Feierlichkeiten sowohl das Theater, der Weg zum Congregationsaltar und Verbrennungsplatz, die nach Mogontiacum führenden

Straßen und der Zugang zur Porta Praetoria freigehalten werde. Die Ein- und Umwohner der Stadt sowie die Bediensteten und Sklaven der einzelnen Delegationen würden in Massen vor Ort sein, um einen Blick auf die hochgestellten Persönlichkeiten zu werfen. Den größten Andrang erwartete man am Altar. Dort sollten im Laufe der Feierlichkeiten fünfzig geschmückte Stiere geopfert und das an riesigen Spießen gebratene Fleisch an die Massen verteilt werden. Zusätzlich sollten alle Tavernen und Örtlichkeiten bewacht werden, in denen berauschende Getränke angeboten wurden. Für diese Aufgaben kamen nur Mannschaften in Betracht, von denen keine Unmutsbekundungen oder Schlimmeres erwartet wurden. Den Männern wurden dennoch schärfste Strafen für etwaige Verstöße angedroht.

Gemeinsam mit den anderen Centurionen und Optionen ließen wir unter der Aufsicht eines Tribuns die Mannschaften mit Scutum und Pilum Aufstellung nehmen. Eine andere Gruppe sollte in Tuniken und Mänteln versuchen, das Spalier der Legionäre zurückzudrängen und wenn möglich, zu zersprengen, was ihnen am Anfang mühelos gelang. Die Legionäre reagierten hilflos, weil sie weder die Schwerter zum Stoß, noch die Spitzen ihrer Pila einsetzen durften. Am Ende des Tages hatten sie es aber gelernt, die quergestellten Lanzen so zu halten, dass sie mit den Schilden eine verkeilte Barriere bildeten. Der Druck der andrängenden Masse verteilte sich in die Breite, so dass die Legionäre ihm standhielten, wenn sie einen Fuß vorsetzten und ihre Schulter gegen das abgesetzte Scutum stemmten. Der Gebrauch der Waffen war nur im äußersten Notfall vorgesehen.

Für den persönlichen Schutz der Delegierten waren die Legionäre unserer ersten Kohorte zuständig. Um Tiberius und Germanicus brauchten wir uns nicht zu sorgen. Diese Aufgabe übernahmen die Praetorianer des persönlichen Begleitschutzes.

In der Zwischenzeit waren die restlichen Einheiten damit beschäftigt, die Straßen und Wege von Stadt und Lager sauber herauszuputzen. Es wurden Wagenladungen mit Kies herangekarrt, um Löcher und Unebenheiten zu beseitigen. Eine Centurie wurde beauftragt, den Abfall aus den Spitzgräben der Lagerumwallung zu entfernen und verstürzte Stellen auszubessern. An den Streifenhäusern der Straßenfronten wurden, falls nötig, auf Kosten der Besitzer Putz und Anstrich erneuert. Eine ganze Kohorte der vierzehnten Legion war damit beschäftigt, die hölzernen Zuschauerränge des Theaters auszubessern und um fünf Sitzreihen hangaufwärts zu erweitern. Das vor drei Jahren fertig gestellte Kenotaph des Drusus erhielt eine farbliche Auffrischung und der das Denkmal bekrönende Pinienzapfen eine neue Vergoldung. Zwei Tage vor dem Beginn der Feierlichkeiten waren die Arbeiten zur Zufriedenheit von Gaius Piso abgeschlossen und alles erwartete voller Spannung die Ankunft des Tiberius.

Mir blieb es jedoch nicht vergönnt, einen Blick auf die höchsten Repräsentanten des Imperiums zu werfen. Am Vorabend der Ankunft wurde ich überraschend zu Lucius Flavius befohlen.

Am Vortag war abseits der Ansiedlung bei den warmen Quellen am anderen Rhenusufer das Gehöft eines Kleinbauern überfallen und niedergebrannt worden. Ein germanischer Angriff auf ein Ziel in unmittelbarer Nähe des Brückenkopfes war das letzte, was der Tribun an diesem Tag gebrauchen konnte. Er musste reagieren und ein Kommando über den Fluss schicken, wenn er sich nicht dem Vorwurf einer leichtfertigen Nachlässigkeit aussetzen wollte.

»Sextus, ich brauche einen kampferfahrenen Offizier, der die Situation richtig einschätzt und die Plünderer, wenn möglich, unschädlich macht. Traust du dir das zu?«

Ich bejahte mit Freude. Was lag mir an dem Trubel der Feierlichkeiten und den unkalkulierbaren Risiken einer aus dem Ruder laufenden Menschenmasse? Nichts. Es war mir zehnmal lieber, in den Wäldern der Montes Taunensium eine Bande verlauster Barbaren aufzuspüren. Wahrscheinlich handelte es sich um eine dieser unseligen Blutrachen, die ihren Ursprung in einem sinnlosen Besäufnis mit anschließendem Streit hatte.

»Ich habe mich für deine Centurie entschieden, weil ich die Reiterei in Mogontiacum brauche. Wir haben aber noch vierzig Pferde in den Ställen, die nicht gebraucht werden. Ältere und unansehnliche Tiere, die dem Auge des Tiberius missfallen könnten. Wie viele von deinen Legionären können reiten?«

»Mehr als die Hälfte, Tribun. In der Mehrzahl Bauernsöhne, die schon als Kind auf einem Pferd gesessen haben.«

»Nimm die, Sextus, die am besten reiten können. Vierzig Mann müssen ausreichen, das Problem zu beheben. Die anderen sollen mit dem Optio wie geplant ihren Dienst bei den Festlichkeiten tun.«

Nach meiner Rückkehr befahl ich meinem Optio, die Centurie antreten zu lassen und ließ die Reiter vortreten. Ich hielt eine kurze Ansprache und erläuterte den Auserwählten unseren Auftrag. Dann marschierte ich mit ihnen zum Magazin, wo die Männer ihre Scuta und Pila gegen die wesentlich handlicheren Parmae und Hastae der Auxiliare eintauschten.

Als unser Trupp am nächsten Tag die Brücke erreichte, trieb uns der Optio der Brückenwache zur Eile an. Er wies auf mehrere große Punkte, die sich auf dem Fluss unserem Standpunkt näherten.

»Beeilt euch, auf die Brücke zu kommen, wenn ihr nicht warten wollt, bis die Schiffe vorüber sind.« Er gab die Anweisung, die geöffnete Durchfahrt wieder zu schließen, worauf die Planken wieder an ihren Platz geschoben wurden.

Ich befahl, abzusitzen und die Tiere am Zügel zu nehmen, weil sie vor dem schwankenden Untergrund scheuten. In einer langen Reihe, ein Tier hinter dem anderen, bewegten wir uns langsam vorwärts. Als der letzte Reiter die Durchfahrt passiert hatte, eilte sich die Brückenwache, die Planken wieder einzuziehen. Die Flottille war inzwischen so nahe herangekommen, dass wir die eintauchenden Ruderblätter und die vom

Wind geblähten Segel erkennen konnten. Das vorausfahrende Schiff, eine schnittige Kriegsgaleere, trug das rote Segel mit dem Zeichen des Adlers. Ich sah eine Gruppe gewappneter Männer mit wehenden Helmbüschen und vom Wind geblähten Mänteln auf dem Mitteldeck stehen. Es mussten Tiberius, Germanicus und die sie begleitenden Offiziere sein, die den am Ufer versammelten Massen zuwinkten. Das Geschrei der Menge war bis zum jenseitigen Ufer zu hören, das ich beinahe erreicht hatte. Als meine Gruppe sich hinter der Brückenzufahrt sammelte, passierte das Flaggschiff mit den kaiserlichen Gästen die Lücke und hielt mit weit ausgreifenden Ruderschlägen auf den Anleger zu.

Wir hielten uns nicht lange auf, weil ich noch bei Tageslicht die Ansiedlung bei den warmen Quellen, die Aquae Mattiacorum[112] genannt wird, erreichen wollte. Als die Schatten länger wurden, erreichten wir den Ort, der seine Entstehung den heiltätigen Quellen verdankte.

Ich war noch nie hier gewesen, hatte aber gehört, dass eine der Quellen so heiß sei, dass man in ihrem Wasser Eier kochen könnte. Es handelte sich um eine Behauptung, die ich nicht bestätigen konnte. Das in einer Quellfassung gesammelte Wasser war zwar warm, aber bei weitem nicht heiß genug, um darin Speisen zuzubereiten. Man hatte diese und andere Quellen mit hölzernen Schutzbauten überdacht, die einen geregelten Badebetrieb bei jedem Wetter gewährleisteten. Sie waren aber nicht mit den Thermen zu vergleichen, die ich aus meiner italischen Heimat kannte. Der Ort wurde hauptsächlich von älteren Offizieren aus dem nahen Mogontiacum besucht, die Linderung und Heilung für die im Dienst zugezogenen Gebrechen suchten.

Im Talgrund verteilten sich neben den primitiven Wohnbehausungen noch weitere Gebäude, die der Unterbringung und der Unterhaltung der Gäste dienten. Eine Mansio, Tavernen und Geschäfte, in denen man eine Besonderheit des Ortes

112 Wiesbaden

erwerben konnte. Die Ablagerungen der Quellen waren so farbhaltig, dass sie es vermochten – zermahlen und in Wasser aufgelöst – dem Haupthaar einen blondroten Schimmer zu verleihen. Ich widerstand aber der Versuchung, für Lucilla etwas von dem ockergelben Pulver zu erwerben.

Über dem Tal war zum Schutz der Ansiedlung auf einer Anhöhe ein festes Lager erbaut worden, das zwei Auxiliarcenturien Platz bot. Im Hilfstruppenlager von Mogontiacum riss man sich darum, hierhin versetzt zu werden. Der Grund waren die freizügigen Huren und die billigen Tavernen des Ortes.

Ich hielt mich nicht lange im Ort auf, sondern stieg den Pfad zum Lager hinauf, um mir vom diensthabenden Centurio einen Lagebericht geben zu lassen. Vorher hatte ich meine Männer ermahnt, sich beim Besuch der Tavernen zu mäßigen.

Der Lagerpräfekt im Range eines Centurio schilderte mir eine Situation, mit der ich nicht gerechnet hatte. Ich war bisher davon ausgegangen, es mit wenigen Plünderern oder einer Stammesauseinandersetzung zu tun zu haben. Der Mann belehrte mich jedoch eines Besseren. Es handelte sich auch nicht um einen einzelnen Überfall auf ein einsames Gehöft, sondern um ein gezielt geplantes Unternehmen. Er berichtete von ungefähr zwanzig gut bewaffneten Kriegern, die seit einigen Tagen die Gegend beunruhigten. An den Vicus und das angrenzende Lager hatten sie sich zwar nicht herangetraut, aber mehrere Ansiedlungen in der Umgebung heimgesucht. Er zählte vier Höfe und einen kleinen Weiler auf, die in den vergangenen Tagen ausgeraubt und eingeäschert worden waren. Eine traurige Bilanz mit fünf Toten, acht Verschleppten und mehreren Dutzend Flüchtlingen, die sich in das Lager geflüchtet hatten.

Der Centurio, ein bärtiger Raeter, begleitete mich zu den Vertriebenen, die in einer Ecke des Lagers rings um ihre abgestellten Karren kampierten. Er hatte ihnen zugespitzte Stangen und Zeltbahnen aushändigen lassen, mit denen sie sich primitive Unterkünfte errichtet hatten. Ich versprach denen, die mich verstehen konnten, die baldige Rückkehr auf ihr Land.

Dann begann ich mit der Befragung, die leider wenig verwertbare Informationen lieferte. Ich erfuhr, dass die Mordbrenner vorwiegend in der Nacht ihr Unwesen trieben und mit äußerster Brutalität vorgingen. Wer sich ihnen in den Weg gestellt stellte, hatte seinen Mut mit dem Leben oder der Gefangenschaft bezahlt. Am meisten bedauerte ich die Frauen, deren Kinder in der Gewalt der Eindringlinge waren. Sie hatten es offenbar hauptsächlich auf die heranwachsenden, blonden Mädchen abgesehen, für die auf den Sklavenmärkten eine große Nachfrage bestand. Das war organisierter Menschenraub an einem Stamm, der sich bisher in der Nähe der römischen Ansiedlung sicher gefühlt hatte.

Ich bat den Centurio um seine Unterstützung und war froh, dass er mir zwanzig Auxiliare mit ebenso vielen Reittieren zur Verfügung stellte. Mit einer Streitmacht von sechzig gut ausgerüsteten Reitern fühlte ich mich stark genug, der Bande auf den Leib zu rücken. Leider musste ich die Nacht in der Mansio des Ortes verbringen. Fast die Hälfte meiner Legionäre hatte sich nicht an das Gebot der Enthaltsamkeit gehalten und sich stattdessen betrunken. Zur Wahrung der Disziplin ordnete ich empfindliche Geldstrafen an und ließ an einem besonders verstockten Gregarius vor der angetretenen Truppe die Prügelstrafe vollziehen.

Bis auf den Delinquenten, den ich bis zu unserer Rückkehr der Obhut des Centurios überließ, waren am nächsten Morgen alle Legionäre und Auxiliare vollzählig angetreten. Sie erwiderten mit lauten Stimmen meinen Morgengruß und brannten darauf, den Plünderern eine Lektion zu erteilen. Nach der Opferzeremonie für Mars, die der Signifer durchführte, schwangen sie sich in die Sättel und schlugen voller Begeisterung ihre Lanzenschäften an die Schilde.

Gesichert durch eine Vorhut von sechs Reitern erklommen wir in einer auseinandergezogenen Reihe die ersten Höhen des bewaldeten Bergmassivs. Die Pfade waren gut ausgetreten aber schmal, so dass wir hintereinander reiten mussten. Nur selten fand ein Sonnenstrahl seinen Weg durch das dichte Blätterdach und wir waren froh, wenn wir eine Lichtung erreichten.

Am Nachmittag fanden wir die erste Spur der Menschenjäger. Aus den heruntergebrannten Resten des Hofes stieg noch Rauch auf. Als wir in den Ruinen nach etwas Brauchbarem stocherten, entfachten wir an einigen Stellen die Glut der schwelenden Balken zu hellen Flammen. Wir mussten die Pferde wegführen, weil sie vor dem Brandgeruch und der Hitze scheuten.

Plötzlich hörte ich meinen Namen rufen und sah, wie die Legionäre zum Waldrand liefen. Ich bahnte mir einen Weg durch die Menschentraube, die sich am Rande der Lichtung gebildet hatte.

»Komm, Sextus, schnell!«, rief der Signifer und winkte mich zu sich. Zu seinen Füßen kauerte eine schmutzig und verhärmt wirkende Frau, die ein vielleicht dreijähriges Kind im Arm hielt. Die beiden hatten sich im Wald versteckt und waren herausgekommen, als sie unsere Legionäre erkannt hatten. Auf den Gesichtern waren deutlich die Spuren eingetrockneter Tränen zu erkennen. Ich sprach die Frau an, die bei näherem Hinsehen noch sehr jung war.

»Wer bist du? Was ist geschehen?«

Die Frau rang nach Worten und brachte endlich einige zusammenhängende Sätze in unserer Sprache zustande. »Sie kamen heute früh, als wir schliefen. Ich wurde vom Geschrei unseres Knechts geweckt. Während mein Mann seine Waffen suchte, packte ich das Kind und verließ das Haus durch den Hinterausgang. Ich versteckte mich in den Büschen und sah, wie sie zuerst meinen Mann und dann den Knecht auf die Lichtung zerrten und mit ihren Schwertern totschlugen. Dann durchsuchten sie das Haus. In der Vorratskammer fanden sie die Frau und die Tochter des Knechts. Sie fesselten sie und nahmen sie später mit. Dann schlachteten sie das Federvieh und zündeten das Haus an. Bevor sie aufbrachen, warfen sie die beiden Toten in den Brunnen und zogen unsere einzige Kuh am Strick hinter sich her.«

»Waren die Mörder beritten?«, fragte ich die Frau, als ich mich gefasst hatte.

»Ich glaube ja, Dominus. Sie müssen die Pferde aber zurückgelassen haben. Nur der Anführer saß auf einem Rappen. Ein unheimlicher Mann mit einer Narbe am Arm.«

Ich dachte unwillkürlich an Marbod, schob den Gedanken an den Marser aber sofort weg.

»In welche Richtung sind sie gegangen?«, fragte ich weiter.

»Dahin.« Die Frau wies mit der Hand nach Norden.

Ich überlegte, bis ich einen Entschluss gefasst hatte.

»Ihr da.« Ich wies auf drei unserer Legionäre, die sich mit dem Reiten schwer getan hatten und bei der Verfolgung der Barbaren nur hinderlich gewesen wären. »Ihr bringt die Frau und ihr Kind nach Mattiacorum und wartet dort auf uns.«

»Danke, Dominus«, sagte die Frau und schaute zu Boden. »Aber ich muss zuerst meinen Mann und den Knecht begraben.«

Die drei Reiter schauten zum Brunnen und schüttelten den Kopf.

»Ihr helft der Frau«, bestimmte ich in einem Ton, der keinen Widerspruch duldete. Zum Schluss gab ich der Frau noch zwei Denare aus meinem Beutel und hoffte, mir das Geld von den Mordbrennern wieder zu holen.

Es bereitete uns keine Schwierigkeiten, die Spur der Menschenräuber zu verfolgen. Offenbar rechneten sie nicht mit einer Verfolgung. Einer unserer Männer verstand sich auf das Lesen der Spuren. Er stellte anhand der Pferdeäpfel und der Abdrücke im Boden fest, dass wir ihnen immer näherkamen.

Als es dämmerte, waren wir höchstens eine Stunde hinter ihnen.

An einer Lichtung ließ ich die Männer absitzen. In Ermangelung von Schaufeln und Schanzpfähle ließ ich einige junge Bäume fällen, aus denen wir einen improvisierten Verhau erstellten. Das musste ausreichen, um uns und die Tiere in der Nacht vor unliebsamen Überraschungen schützen. Als die Arbeiten abgeschlossen waren, bestimmte ich noch die Wachen, aß etwas und rollte mich in meine Decke.

Ich lag noch lange wach und starrte mit offenen Augen in die Sterne. Dabei ging mir der Mann mit der Narbe am Arm nicht aus dem Sinn. Ich hatte eine Vorahnung, dass der nächste Tag Ungemach bringen würde.

Lucius hatte keinen Sinn für die Schönheit des Rhenustales und den großartigen Ausblick auf die Stadt mit dem hoch ragenden Denkmal des Drusus. Seine Augen hingen an den Legionären, die das Ende der Brücke erreicht und das jenseitige Ufer erklommen. Als die Reiter hinter den Wällen des Brückenkopfes verschwunden waren, machte er sich bereit, das Schiff zu verlassen.

Gaius Piso hatte es sich nicht nehmen lassen, höchstpersönlich am Anleger zu stehen um Tiberius und seine Begleiter formvollendet zu begrüßen. Lucius hatte noch das Gebrüll im Ohr, mit der die Menge die kaiserlichen Gäste begrüßte. Der Marsch zum Lager glich einem Triumphzug. Kopf an Kopf drängelte sich die Menge am Straßenrand, um einen Blick auf die hohen Besucher zu werfen. Hochrufe brandeten auf, als sie Tiberius und Germanicus ansichtig wurden.

Tiberius blickte sich nervös um und wandte sich seinem Neffen zu, der hinter ihm auf dem von zwei Rappen gezogenen Streitwagen stand. Es schien ihm bewusst zu sein, dass die Menge eher den vergötterten Feldherrn und weniger ihn feierte.

Germanicus überragte seinen Onkel um einen halben Kopf, obwohl er den versilberten Helm mit dem purpurnen Rossschweif unter dem Arm trug. Mit seinen blauen Augen, dem blondschimmernden Haar und dem energischen Kinn glich er dem jungen Augustus – Abgott der Legionäre und Held der Massen. Er trug einen feldroten Umhang über seinem bronzenen Brustpanzer, der mit Götter- und Heldengestalten reich verziert war. Im Gegensatz zu Tiberius, der grimmig blickte, lachte er in die Menge und winkte mit dem freien rechten Arm.

Lucius ging, seinem Rang entsprechend, in der letzten Reihe der kaiserlichen Delegation. Hinter ihm folgte nur noch der Marschblock der achtzig Praetorianer, die nicht zögern würden, jeden Versuch eines Übergriffs auf die Person des Tiberius oder seines Neffen im Blut zu ersticken.

Lucius war sich nicht mehr sicher, ob er nicht besser in Vetera geblieben wäre. Er musste jeden Augenblick damit rechnen, Sextus über den Weg zu laufen. Dank der Rückendeckung des Tiberius konnte er ihm zwar nur wenig anhaben. Dem Thronfolger würde es aber nicht gefallen, wenn einer seiner Günstlinge mit wilden Anschuldigen und Vorwürfen konfrontiert wurde. Lucius würde sich zumindest erklären müssen – vor allem dann, wenn sich ein solcher Vorfall in der Öffentlichkeit ereignete. Er konnte sich nicht darauf verlassen, dass ihn sein früherer Freund ignorieren würde. Je näher sie dem Lager und damit dem wahrscheinlichen Stationierungsort von Sextus kamen, desto unbehaglicher wurde ihm zu Mute.

Für Tiberius, Germanicus und die Legaten des niedergermanischen Heeres waren großzügige Quartiere im Praetorium bereitgestellt worden. Die unteren Ränge und die Praetorianer wurden dagegen in geräumten Mannschaftsbaracken untergebracht. Lucius hatte das Glück, die Dienstwohnung eines Centurios zugeteilt zu bekommen, der sich auf einem mehrtägigen Erkundungsritt befand. Er dachte unwillkürlich an den Trupp, den er auf der Brücke gesehen hatte.

Es war weniger die Neugierde und mehr die Gewohnheit, die ihn dazu trieb, einen Blick in die Schriftrollen und Schreibtafeln auf dem Arbeitstisch zu werfen. Er musste sich setzen, und das Herz pochte ihm im Hals, als er das Zeichen und die Handschrift des früheren Freundes erkannte. Gleichzeitig dankte er dem Mercurius[113]*, dass ihm eine Begegnung mit Sextus erspart blieb.*

Trotz seiner Erleichterung hatte er Schwierigkeiten, in den Schlaf zu kommen. Er stand wieder auf, schlüpfte in die Diensttunika und warf sich den Mantel über. Man hatte ihm die Taverne direkt an der Porta Praetoria empfohlen und er beschloss, ihr einen Besuch abzustatten.

Lucius saß lange mit dem Rücken zur Wand unter der Porticus und beobachtete das Treiben auf der Straße. Er genoss die laue Sommernacht und beobachtete die hübsche Bedienung, die sich ihm als Samocna vorgestellt hatte.

Die junge Frau spürte die Blicke und wandte sich errötend dem neuen Gast zu. Er gefiel ihr, obwohl er nicht wirklich gutaussehend war. Die großen ausdrucksstarken Augen hatten es ihr angetan, als er das erste Mal bei ihr bestellte.

»Centurio?« Sie kam dienstbeflissen zu ihm herüber. »Hast du noch einen Wunsch?«

»Setz dich zu mir.« Lucius lächelte sie an. »Es sind nur noch wenige Gäste da, und in Gesellschaft trinkt es sich besser.«

Samocna errötete, aber sie widerstand der Versuchung.

»Meine Herrin sieht es nicht gerne«, sagte sie mit Bedauern.

»Was sieht sie nicht gerne?«

Samocna wurde schummerig zu Mute. »Lucilla will nicht, dass wir mit den Gästen trinken.«

»Schade«, sagte Lucius. »Du gefällst mir, Mädchen.«

Samocna wand sich vor Verlegenheit und unterdrücktem Verlangen. »Vielleicht später, wenn mein Dienst zu Ende ist.«

»Vielleicht«, antwortete Lucius. »Was hast du bloß für eine grausame Herrin.«

---

113 Gott der Händler und Diebe

»Sie ist eine gute Herrin, Centurio. Die beste, die ich je hatte.« Samocnas Stimme klang trotzig, denn sie ließ nichts auf ihre Herrin kommen. »Da drüben, schau!« Sie wies auf eine Frau, die aus der Gaststube heraus unter die Porticus getreten war. »Das ist Lucilla, meine Herrin.«

Lucius erstarrte, als wenn der Blitz des Jupiters neben ihm eingeschlagen wäre. Er erkannte das Gesicht und die wallenden Haare. Und er wusste, dass er die geschwungenen Hüften und verführerischen Brüste vor langer Zeit umschlungen und liebkost hatte.

»Lucilla?«, fragte er so laut, dass sie es hören musste.

Lucilla drehte den Kopf und hielt wie vom Donner gerührt in der Bewegung inne.

»Lucius? Lucius Poblicius!« Der Klang ihrer Stimme schwankte zwischen ungläubigem Erschrecken und freudigem Erstaunen. Sie kam langsam herüber und setze sich zu Lucius an den Tisch.

Samocna entfernte sich unauffällig. Sie ahnte, dass es jemanden mit älteren Ansprüchen gab und sie nur stören würde. Es war in jedem Fall angeraten, Lucilla nicht in die Quere zu kommen und sich besser um die anderen Gäste zu mischen. Die beiden hatten definitiv etwas zu klären.

»Schön, dich zu sehen«, begann Lucius verhalten. »Was hat dich nach Mogontiacum verschlagen?«

»Du hast dich damals in Confluentes nicht einmal von mir verabschiedet«, entgegnete Lucilla.

»Wir mussten in der Früh aufbrechen«, verteidigte sich Lucius. »Der Signifer hat es befohlen. Ich wäre gerne geblieben.«

»Warum habe ich nichts von dir gehört, Lucius? Nicht einmal eine kurze Nachricht.«

»Ich…«, begann Lucius verlegen. »Ich …«

»Was habt ihr mit Sextus gemacht?«, setzte Lucilla nach. »Was hat er euch getan?«

»Ihr kennt euch?«, fragte Lucius wenig geistreich. »Habt ihr euch in Mogontiacum getroffen?«

»Nein, in Augusta.« Lucillas Stimme bebte vor Ärger. »Er ist mein Gefährte. Wir teilen das Bett.«

»Ach«, reagierte Lucius enttäuscht. Dann fing er sich. »Hat er dir alles erzählt?« Das Lauern in seiner Stimme war nicht zu überhören.

»Ja, Lucius. Hat er.«

»Und?«, bohrte er nach.

»Das ist eure Sache«, antwortete sie ausweichend. »Sextus kennt meine Meinung. Lasst euch gegenseitig in Ruhe.«

»Plant er etwas gegen mich, Lucilla?«

Sie zuckte mit den Achseln.

»Lucilla.« Er griff nach ihrer Hand, was sie duldete. »Ich habe nichts gegen ihn. Das kannst du mir glauben.«

»Das glaube ich dir nicht, Lucius. Was habt ihr im Oppidum Ubiorum gemacht?«

»Er ließ uns keine Wahl«, verteidigte sich Lucius. »Ich musste uns schützen.«

»Das hätte ihn töten können, Lucius. Desertus ad hostem.«

»Was?«, ereiferte sich Lucius. »Das war ich nicht. Das war Fabricius! Ich habe ihm gesagt, er solle etwas hineinschreiben, was eine Beförderung unmöglich macht. Wie hat er es erfahren?«

»Halte Sextus nicht für dumm«, erwiderte Lucilla. »Er hat geahnt, was ihr vorhabt. Es gibt keinen Eintrag mehr.«

»Also deshalb.« Lucius lächelte.

»Was, deshalb?« Lucilla hatte Mühe, sich zu beherrschen.

»Nur so«, antwortete Lucius. »Alle Achtung.«

Lucilla schaute ihn irritiert an. Dann hatte sie ihre Angriffslust wiedergefunden. »Stimmt es, dass ihr das Gold geraubt habt? Habt ihr die Mitwisser beseitigt? Habt ihr Sextus beim Ausbruch aus Aliso in den Tod schicken wollen?«

»Ich nicht, Lucilla«, antwortete Lucius empört. »Im Gegenteil. Ich habe versucht, ihn vor den anderen zu schützen. Warum hat er sich auch eingemischt, wenn er schon nicht mitmachen wollte? Es war eine einmalige Gelegenheit. Das Gold *gehörte niemanden. Dein Sextus hat die anderen gegen sich aufgebracht. Mein Freund Sextus und sein Sinn für Gerechtigkeit.« Beim letzten Satz klang seine Stimme verächtlich.*

»Ach, Sextus.« Lucilla lächelte still vor sich hin. »Du kennst ihn doch.«

»Macht es Sinn, mit ihm zu reden, Lucilla?«

Sie schüttelte den Kopf. »Auf keinen Fall, Lucius. Geht euch aus dem Weg. Es ist besser so.«

»Gilt das auch für uns?« Lucius berührte sie leicht mit der Hand am Arm.

»Lucius«, stammelte sie. »Lass das sein. Es führt zu nichts Gutem.«

Lucius spürte, dass er immer noch eine große Wirkung auf die Frau ausübte. Er strich ihr über die Wange und steckte eine Strähne, die ihr ins Gesicht gefallen war, hinter das Ohr.

»Ich möchte dich wiedersehen, Lucilla. Wir müssen reden. Ich komme morgen nach den Feierlichkeiten.« Er erhob sich und strich ihr noch einmal über das Haar.

»Du musst noch zahlen«, rief sie ihm nach.

»Entschuldige.« Er kehrte zurück und legte drei Denare auf den Tisch. »Behalte den Rest.«

Lucilla blieb noch eine Weile sitzen und spielte gedankenverloren mit den Münzen in ihrer Hand. Dabei blickte sie versonnen zur Porta Praetoria, durch die Lucius verschwunden war.

Lucius konnte den Beginn der Feierlichkeiten kaum erwarten. Je eher es losginge, desto früher könnte er zu Lucilla gehen. Seine Geduld wurde jedoch auf eine harte Probe gestellt.

Da er im Gefolge des Tiberius gekommen war, stand ihm einer der begehrten Plätze im Theater zu. Viele mussten sich mit einem Platz am Hafen oder auf der vorbeiführenden Straße bemühen. Diese Schaulustigen bekamen von den berühmten Rednern und hohen Gästen nur hin und wieder etwas zu hören. Er fand sich schließlich in einer der obersten Reihen wieder, von wo er einen guten Blick auf die Orchestra hatte und jedes Wort verstehen konnte. Es dauerte bis zum späten Vormittag, ehe der letzte Geladene an seinem Platz war.

Endlich erfolgte unter dem Klang der Cornus und Tubae der Einmarsch der kaiserlichen Gäste. Tiberius und Germanicus schritten der Ehrengarde voran, die auf ihren Schultern die Bahre mit dem in Wachs nachgeformten Körper des göttlichen Drusus trug. Die sie begleitenden Praetorianer bildeten einen weiten Kordon um die Orchestra. Die Träger setzten die kostbare Last auf einem vorbereiteten Postament ab, während die Priester unter dem Absingen ritueller Formeln Unmengen von Weihrauch verbrannten.

Als erster trat Tiberius vor und pries seinen Bruder mit bewegenden Worten. Ein Raunen ging durch die Reihe, als Germanicus an seine Stelle trat. Unter Tränen erinnerte er an die glorreichen Taten seines Vaters und beschwor die anwesenden Legaten und Tribune, sein Vermächtnis weiterzuführen. Als er geendet hatte, erhoben sich die Offiziere und die Vertreter der gallischen und germanischen Civitates von ihren Plätzen und entfachten einen Begeisterungssturm, der von den außerhalb lauschenden Massen mitgetragen wurde. Tiberius scharrte währenddessen ungeduldig mit dem Fuß und verschränkte die Arme hinter dem Rücken. Nach dem Heerführer des germanischen Heeres folgten unzählige Reden, die den Toten priesen und Tiberius viel Glück für seine Reise nach Rom wünschten.

»Dann ist er endlich weg«, hörte Lucius einen seiner Sitznachbarn tuscheln.

Es wurde Nachmittag, und Lucius musste sich weiter in Geduld üben. Endlich, die Dämmerung hatte bereits eingesetzt, formierte sich auf der Orchestra der feierliche Zug, der den gewaltigen Scheiterhaufen oberhalb des Theaters zum Ziel hatte.

An Stangen befestigte Götterbildnisse und eine übermenschengroße Büste des Drusus bildeten den Beginn der Prozession. Dahinter kamen die Priester, die jetzt die Bahre mit dem

Scheinleichnam trugen. Ihnen folgten Tiberius, Germanicus und die hohen Würdenträger. Denen schlossen sich die Vertreter der Bürgerschaften, die Aquiliferes mit den Adlern der in Mogontiacum stationierten Legionen und die Träger der Feldzeichen an. Den Schluss bildeten die Offiziere. Am Ausgang des Theaters warteten die Treiber mit den Ochsen und reihten sich hinter den Priestern ein. Die Opfertiere schüttelten ihre blumenbekränzten Köpfe, als ob sie ahnten, dass der Tag für sie schlecht enden würde. Langsam näherte sich der feierliche Zug dem abgesperrten Bezirk mit dem Scheiterhaufen und dem Altar des göttlichen Drusus.

Kaum, dass es hell wurde und wir etwas erkennen konnten, ließ ich zum Sammeln blasen. Die Legionäre brachen in aller Eile das Lager ab und formierten sich zum Abmarsch.

Ich hatte gehofft, dass die Barbaren ebenfalls ein Nachtlager aufgeschlagen hatten und sah mich bald in meiner Annahme bestätigt. Nach etwas mehr als einer Stunde stießen wir auf die noch glimmenden Reste ihrer Lagerfeuer.

Unser Fährtenleser stieg vom Pferd und inspizierte das niedergetretene Gras und die umliegenden Büsche.

»Wann sind sie aufgebrochen?«, fragte ich

»Vor kurzem«, antwortete er nachdenklich. »Höchstens eine Stunde.«

Er wiegte den Kopf und durchmaß noch einmal das Areal des Lagerplatzes.

»Komm endlich«, forderte ich ihn auf. »Oder ist noch etwas?«

»Das sind mehr, als ich dachte«, antwortete er nachdenklich. Er hielt die Rechte mit vier ausgestreckten Fingern hoch, revidierte die Zahl aber auf drei. »Vierzig, eher dreißig Mann, Centurio.«

Damit hatte ich nicht gerechnet. Jetzt bereute ich es, die drei Legionäre bei der Frau und ihrem Kind gelassen zu haben. »Allergrößte Vorsicht«, schärfte ich den Männern ein. »Wenn es geht, reiten wir in Zweierreihen. Jeder schützt mit seinem Schild die ungedeckte Seite des anderen.«

Die Legionäre blickten sich vielsagend an und lösten die Riemen, mit denen sie ihre Schutzwaffe an den Sattelhörnern befestigt hatten. Es wurde ernst. Sie wussten, dass ich keine unsinnigen Befehle gab.

»Die Helme«, befahl ich streng. »Setzt die Helme auf.«

»Was machen wir«, fragte ein junger Rekrut mit banger Stimme, »wenn wir angegriffen werden?«

»Sofort aus den Sätteln, einen Kreis bilden und die Pferde in die Mitte nehmen. Dann meine Befehle abwarten.«

»Und wenn man dich als Ersten aus dem Sattel schießt?«, fragte der Signifer. Die Erfahrenen unter den Reitern lachten roh.

Ich blieb ihm die Antwort nicht schuldig. »Das glaube ich nicht. Du gibst mit deinem ranzigen Bärenfell die beste Zielscheibe ab.« Jetzt hatte ich die Lacher auf meiner Seite.

»Aufbruch!«, ordnete ich wieder im Befehlston an. »Die Vorhut wird jede Viertelstunde abgelöst. So kommt jeder Mal dran. Sperrt die Augen auf und haltet die Waffen bereit.«

Wir drangen im zügigen Schritt immer tiefer in die Waldberge ein. Die Rekruten und unerfahrenen Gregarii zuckten bei jedem Knacken oder Rascheln zusammen. Ich beorderte sie schließlich in die Mitte unseres Zuges, wo sie am wenigsten Schaden anrichten konnten. Es wäre unverantwortlich gewesen, sie bei der Vorhut einzusetzen. Das Schicksal unserer Abteilung konnte von der Wachsamkeit der Vorausreitenden abhängen.

Ich wurde nervös, weil wir den Vorsprung der Menschenjäger nur unmerklich verkürzten. Dazu kam die gespenstische Stille. Es schien, als hätten sich die tierischen Bewohner des Waldes in Sicherheit gebracht.

»Schneller«, feuerte ich die Männern an, die ihre Tiere antrieben.

»Achtung, Centurio!« Der Fährtensucher zeigte auf eine Spur, die sich links des Pfades im feuchten Gras abzeichnete. »Da sind einige umgekehrt. Die sind hinter uns.«

Ich wusste sofort, was das zu bedeuten hatte. Der Feind war uns vorausgeeilt, um uns zu verleiten, ihm nach zu preschen. Gleichzeitig war eine Gruppe umgekehrt, um uns von hinten anzufallen. Ich war mir sicher, bald auf eine Baumsperre oder einen Verhau treffen.

»Zusammenschließen«, brüllte ich die Legionäre an. Meine Worte waren kaum verklungen, als hinter der nächsten Biegung ein Stamm den Weg versperrte.

»Runter von den Pferden!« Im gleichen Augenblick erhielt ich einen heftigen Schlag gegen die Schulter. Ohne den Schutz meines Schienenpanzers hätte mich der Pfeil schwer verwundet. Stattdessen lag er mit verbogener Spitze vor mir am Boden. Instinktiv ging ich die Knie und riss meinen Schild hoch. Ein weiterer Pfeil schwirrte in Kopfhöhe an mir vorbei, während sich ein weiterer krachend in meine Parma bohrte.

»Sammeln«, brüllte ich gegen das Chaos an. »Bildet einen Kreis! Die Tiere in die Mitte!«

Speere sausten aus dem Unterholz heran. Ich sah aus den Augenwinkeln, wie ein Rekrut den Schaft eines Wurfgeschosses mit beiden Händen umklammerte und schreiend nach hinten fiel. Die Frame eines Barbaren hatte ihm glatt den Oberschenkel durchschlagen. Ich zog meinen Gladius aus der Scheide und sprang auf.

Ich wusste, dass wir an den Feind heran mussten, wenn sich das Drama des Saltus Teutoburgiensis nicht wiederholen sollte. Die Barbaren hatten die meisten ihrer Wurfwaffen eingebüßt und würden uns langsam mit ihren Pfeilen zusammenschießen, wenn wir liegenblieben.

Ich schrie und warf mich, auf den Schutz meines Panzers vertrauend, den Schild voran in die Büsche. Ich lief direkt in einen Gegner hinein, der noch versuchte, mir auszuweichen. Von meinem Schild an der Schulter getroffen, geriet er ins

Straucheln und fiel über eine Wurzel. Sofort war ich über ihm und stach mit dem Gladius zu. Ohne mich darum zu kümmern, wo und wie schwer ich ihn getroffen hatte, sprang ich zur Seite und entging damit eine gegen mich geschleuderte Lanze.

Im unübersichtlichen Kampfgetümmel, wo es keinen Schutz durch die eigene Formation gibt, hat man nur eine Möglichkeit zu überleben: Immer in der Bewegung bleiben. Wer verharrt, um sich zu orientieren, wird sich im Elysium[114] wiederfinden, ohne zu wissen, wie er dort hingekommen ist.

Der Werfer stand keine zehn Meter entfernt und schien es nicht zu fassen, dass er mich verfehlt hatte. Was ihm augenblicklich zum Verhängnis wurde: Eine Hasta fuhr ihm durch Schild und Brust und nagelte ihn an den nächsten Baum.

Rechts und links von mir nahm ich Kämpfer wahr, die ich als die eigenen erkannte. Ich ließ mich etwas zurückfallen und hatte damit die Gelegenheit, mir einen Überblick zu verschaffen. Soweit ich sehen konnte, flohen die Barbaren tiefer in den Wald hinein. Sie hatten offenbar nicht mit unserer überfallartigen Attacke gerechnet und keine Sicherung vorgesehen.

»Zurück!«, rief ich den Männern hinterher, »kommt zurück!« Es machte keinen Sinn, den Gegner zu verfolgen. Die Gefahr, den Anschluss an die eigenen Leute zu verlieren, war groß und endete meistens mit dem Tod. In solchen Augenblicken macht sich der tägliche Drill bezahlt. Die Männer machten kehrt und eilten zurück. Ein Legionär fragt nicht nach dem Sinn eines Befehls, sondern gehorcht. Zusammen mit unserer Bewaffnung macht das unsere Überlegenheit aus. Die Barbaren haben dem nur ihre ungestüme Kampfeswut dagegenzusetzen, die nach dem ersten Rückschlag in Verzagtheit übergeht.

Mein Befehl kam keinen Augenblick zu früh. Dem Geschrei nach, das vom Pfad zu uns drang, attackierte der Feind unsere Stellung von hinten. Wir hasteten zurück und kamen gerade

114 das Paradies, der Himmel der Römer

noch rechtzeitig. Ein Knäuel kämpfender Leiber und durchgehender Pferde nahm die gesamte Breite des Weges ein. Wir brüllten und stürzten uns mit gezücktem Gladius ins Getümmel. Die Barbaren, die gerade noch in der Übermacht waren und kurz davor standen, das Kommando aufzureiben, sahen sich mit einem Schlag in die Defensive gedrängt. Sie ließen von uns ab und rannten davon, als wenn die Geister der Unterwelt hinter ihnen her wären.

Jetzt galt es, dran zu bleiben und ihnen keine Möglichkeit zu geben, sich erneut zu sammeln. Was eben noch falsch war, war jetzt die einzig richtige Option, zumal der Wald lichter wurde und einer grasbewachsenen Lichtung wich. Dicht hinter den Fliehenden erreichten wir den Lagerplatz der Barbaren, die nicht daran dachten, sich noch einmal zum Kampf zu stellen. Wer konnte, griff sich eines der hysterisch wiehernden Pferde und galoppierte davon.

Einer der ersten, der sich auf den Rücken eines Tieres schwang, schrie etwas, das nach »Weg hier« klang. Er war zu weit entfernt, um Einzelheiten zu erkennen. Aber die untersetzte Gestalt und die weit auseinanderstehenden Augen ließen mich an Marbod denken. Leider verdeckte sein Mantel den linken Unterarm.

Die, die es nicht auf ein Pferd schafften, wurden von unseren nachdrängenden Männern zu Boden gerissen oder auf der Stelle niedergehauen.

»Macht Gefangene!«, rief ich laut, »tötet nicht alle!« Ich schlug einem der Legionäre die zum Stoß bereite Lanze zur Seite und wies ihn an, den Mann zu fesseln.

»Beute und Waffen einsammeln!«, gab ich meinen nächsten Befehl. »Schafft alles in die Mitte der Lichtung.«

Ich atmete durch, nahm den Helm vom Kopf und wischte mir mit dem Schweißtuch durch das erhitzte Gesicht. Dann ging ich zu der Stelle, an der man unsere Toten und Verwundeten zusammentrug. Ich überflog ihre Zahl und musste mir eingestehen, dass ich meine Männer in ein verlustreiches Gefecht geführt hatte. Sechs Legionäre, darunter die gesamte Vorhut und vier Rekruten hatten diesen Tag mit dem Leben bezahlt. Dazu kamen vier Schwer- und sieben Leichtverletzte, die bald wiederhergestellt sein würden. Mir fielen die klaffenden Verletzungen der Toten sofort ins Auge. Solche Wunden schlägt nur der Gladius und nicht die eher primitiven Waffen der Barbaren.

Etwas abseits lagen die toten Angreifer.

»Achtundzwanzig«, bemerkte der Signifer, der zu mir getreten war. Er hatte das schwere Bärenfell abgenommen und kühlte seinen roten Kopf im Luftzug. Seine Standarte hatte er inmitten des anwachsenden Beutehaufens aufgepflanzt. »Dazu kommen noch zwei Gefangene. Was sollen wir mit ihnen machen?«

»Verhören«, antwortete ich kurz angebunden. »Wo sind sie?«

»Dahinten.« Ich folgte dem Signifer zum Waldrand, wo man die beiden gefesselt abgelegt hatte. Zwei Legionäre, die sich auf ihre Lanzen stützten, bewachten sie. Die Männer beobachteten gespannt das Treiben um die Beute.

»Nennt ihr das wachen?«, herrschte ich sie an. »Es wird alles gerecht aufgeteilt.«

Die Gefangenen brüteten stumm vor sich hin, als ich mit dem Signifer zu ihnen trat.

»Chatten?«, fragte ich den, der einen weniger verstockten Eindruck machte.

»Du hältst den Mund«, zischte ihm der andere Gefangene zu. Der Mann stöhnte, als ihm der Signifer in den Bauch trat.

»Chatten und Marser.« Die Angst vor den genagelten Caligae des Signifers hatte ihm den Mund geöffnet.

Der Getretene spuckte aus und wälzte sich zur Seite. Ich hinderte den Signifer, noch einmal zuzutreten und wandte mich wieder dem ersten Gefangenen zu.

»Und was bist du?«, fragte ich.

»Chatte.«

»Was machen die Marser hier? Ihr Stammesgebiet liegt im Norden. Zehn Tagesmärsche von hier.«

Der Signifer zog seinen Pugio und machte einen Schritt auf den Mann zu.

»Sie haben uns Waren gebracht.«

»Welche Ware?« Ich wurde aus dem Gestammel nicht so recht klug.

»Römische Schwerter«, gestand der Gefangene. Die Drohgebärde des Signifers und sein Leidensgenosse, der sich gerade geräuschvoll erbrach, hatten seine Zunge gelockert. Er schien zu wissen, dass er kooperieren musste, wenn er den heutigen Tag überleben wollte.

»Wer führt euch an?«, fragte ich weiter.

»Rando«, antwortete der Mann ängstlich. »Er ist tot.« Er wies mit dem Kopf auf die toten Angreifer, wobei er den Signifer nicht aus den Augen ließ.

»Schau mich an, wenn du mit mir sprichst«, herrschte ich ihn an. Der Mann zuckte zusammen.

»Sind die Marser auch tot?«

»Nein, Herr. Sie haben sich als Erste in Sicherheit gebracht.«

»Auch der auf dem Pferd, der etwas gerufen hat?«

»Ja, Herr. Das war Marbod, der uns die Schwerter verkauft hat. Die anderen sind seine Gehilfen.«

Also hatte ich mich doch nicht geirrt. Irgendein Gott hatte Gefallen daran gefunden, meinen Weg mit dem des Marsers zu kreuzen.

»Warum haben die Marser an eurem Raubzug teilgenommen?«

»Weil Rando sie mit der Beute bezahlen wollte. Die Marser wollen vor allem blonde Frauen und Mädchen haben. Deshalb sind sie auch mitgekommen.«

»Warum Frauen?«, fragte ich weiter.

»Weil …«, druckste der Mann herum.

»Weil was?«, setzte ich ihn unerbittlich unter Druck.

»Um sie an die Römer zu verkaufen.«

»An welche Römer, Chatte?«

»An die aus dem Norden, Herr. Marbod hat erzählt, dass ein Offizier aus Vetera ganz versessen darauf ist.«

Ich stutzte. Konnte es möglich sein, dass es sich um jemanden handelte, den ich nur zu gut kannte? »Hat dieser Marbod einen Namen genannt?«

Der Gefangene dachte nach, dann schüttelte er den Kopf. »Nein, Dominus. Keinen Namen.«

»Denk nach!«, drängte ich den Mann. »Handelt es sich um einen Tribun oder einen Centurio?«

»Ich glaube, ein Centurio.«

»Aus welcher Legion?«

»Ich weiß es nicht«, antwortete der Gefangene zerknirscht. »Ich würde es dir sagen, wenn ich es wüsste.«

Meine Gedanken überschlugen sich. »Hast du die Namen Lucius oder Kaeso gehört?«

Wieder schüttelte der Chatte den Kopf. »Nein, Herr.«

»Hast du ihn gesehen?« Ich gab die Hoffnung nicht auf, doch noch etwas Verwertbares aus dem Chatten herauszubekommen.

Der Gefangene verneinte. »Ich habe keinen gesehen. Der Offizier handelt nur mit den Marsern. Waffen für Bernstein und Frauen.«

Mehr war aus dem Gefangenen fürs Erste nicht herauszubringen. Ich musste das Gehörte auch erst einmal verarbeiten.

»Passt gut auf die beiden auf«, trug ich den Wachen auf. »Ich werde später noch einmal mit ihnen reden.«

Ich wandte mich jetzt den Sachen zu, die wir erbeutet hatten. Man hatte mittlerweile die Frau und das Kind des toten Knechtes gefunden, die sich im Wald versteckt hatten. Auch die Kuh war blökend aus dem Dickicht getrabt. Einer der Legionäre machte sich daran, den Inhalt ihres prall gefüllten Euters in einen Helm zu melken, der danach von Mann zu Mann weitergereicht und geleert wurde. Ich wandte mich den Waffen zu, die man abseits der Wertgegenstände niedergelegt hatte. Darunter befanden sich sechs Gladii neuester Bauart und ebenso viele Dolche. Ich griff mir eines der Schwerter heraus und überprüfte die Klinge. Das war bester Stahl, wie er nur von den raetischen Schmieden hergestellt wurde.

Der Signifer, der zu mir getreten war, pfiff durch die Zähne. »So was hätte ich auch gerne. Dafür muss man den Sold von drei Monaten auf den Tisch legen.«

»Pack die Waffen weg und gib sorgfältig darauf Acht. Die muss ich in Mogontiacum vorlegen.« Der Mann nickte und befahl zwei Legionären, die Schwerter und die Dolche in eine Decke einzuschlagen und auf eines der Packpferde zu binden.

»Was machen wir mit der Frau und dem Kind, Centurio?«

»Ich werde sie mit der Kuh dem Weib des toten Bauern übergeben. Oder hast du einen besseren Einfall?«

Der Signifer wirkte enttäuscht. »Wenn du weiter so freigiebig bist, Centurio, wird nicht viel von der Beute übrig bleiben.«

»Es wird genug übrig bleiben«, entgegnete ich kurz. »Kümmere dich um die Wertgegenstände. Ich brauche eine genaue Aufstellung.«

Der Signifer verzog das Gesicht und machte sich fluchend daran, die übrigen Wertsachen fein säuberlich auf seiner Schreibtafel aufzulisten. Darunter zählten auch die zurückgelassenen Reittiere der Geflohenen. Sie sollten verkauft und der Erlös zusammen mit dem gemünzten Geld, das sich in den Taschen und Beuteln der Toten und Gefangenen gefunden hatte, unter den Teilnehmern meines Kommandos aufgeteilt werden. So wollte es das ungeschriebene Gesetz der Legion.

Einen Teil der Münzen behielt ich jedoch ein. Es handelte sich um die kleineren Werte bis zum Sesterz, die mit dem Stempel des Varus gekennzeichnet waren. Ich fragte mich sofort, wie sie den Weg in die Taschen der Chatten gefunden hatten. Gab es einen Zusammenhang zu den Geldern, die Lucius und Kaeso damals mitgehen ließen? Hielt ich einen Beweis in der Hand, mit dem man meinen früheren Freunden etwas nachweisen konnte? Vielleicht einen Hinweis auf die Unschuld des Asprenas? Ich musste nach meiner Rückkehr sofort Flavius aufsuchen, der Beweise von mir gefordert hatte. Alleine der Hinweis auf den verbotenen Handel mit Waffen musste sein Interesse wecken.

Während die eingefangenen Pferde der Menschenräuber mit dem Beutegut beladen wurden, schaute ich nach den Gefangenen. Ich versprach ihnen, mich für sie einzusetzen, wenn sie kooperativ blieben. Sie stimmten zerknirscht zu, was ich ihnen nicht übelnehmen konnte. Wenn es gut lief, erwartete sie die Sklaverei oder die Übernahme in eine weit entfernt stationierte Auxiliareinheit. Wenn sie Pech hatten, steckte man sie zu den Gladiatoren oder verurteilte sie »ad bestias« in der Arena.

Am Abend erreichten wir den Vicus bei den warmen Quellen, und ich entließ die Auxiliare in ihr Lager. Nachdem meine Männer ihre Zeltplanen neben dem Vicus aufgespannt hatten, entließ ich sie in die Tavernen. Dieses Mal gab es keine Beschränkungen. Sie sollten ihren Erfolg und die überstandene Gefahr ausgiebig feiern.

Bevor ich mich dem Treiben meiner siegestrunkenen Männer anschloss, stieg ich mit dem Signifer den Hügel zum Auxiliarlager hoch. Wir wollten mit dem Centurio den Verkauf des Beuteguts und die Verteilung des Erlöses an die Angehörigen meiner Einheit besprechen. Der Centurio kam uns entgegen, indem er sich erbot, die Beute für einen Schätzwert aufzukaufen. Ich erklärte sofort mein Einverständnis, weil den Männern das Geld morgen ausgezahlt würde und uns ein großer Verwaltungsaufwand erspart blieb. Dann bat ich ihn noch, dem Signifer und mir auch für den folgenden Tag noch eine Unterkunft zu gewähren. Ich hielt es nicht für angemessen, mit meiner mitgenommenen Truppe die Feierlichkeiten zu stören. Außerdem mussten für einige Verwundete noch Wagen beschafft werden, wenn ich sie nicht zurücklassen wollte.

Ich überließ dem Signifer die Abwicklung unserer Vereinbarung und suchte die Überlebenden des Überfalls auf. Sie waren in einem Schuppen neben der Lagerschmiede untergebracht worden. Man hatte ihnen für die Kuh eine leerstehende Hütte in der Nähe der heißen Quelle angeboten. Die beiden Frauen, die ihr Leben weiter gemeinsam meistern wollten, hatten nach einigem Überlegen zugestimmt. Sie erzählten mir, dass sie in Zukunft die Sicherheit der Ansiedlung vorziehen und ein Waschgeschäft eröffnen wollten. Ich hielt es für einen klugen Einfall, weil die Zahl der Gäste in den letzten Jahren stetig angestiegen war. Außerdem bewunderte ich ihren zupackenden Unternehmungsgeist. Anstatt sich in Trauer um ihre getöteten Männer zu verzehren und ihr Schicksal zu beklagen, taten sie das Notwendige, um ihr Überleben zu sichern. Ich schenkte ihnen noch drei weitere Denare, die sie dankbar annahmen.

Die Freude der Legionäre und Rekruten kannte keine Grenzen, als ich ihnen eröffnete, dass sie morgen ihren Anteil an der Beute erhalten würden. Sie ließen mich hochleben und tranken auf meine Gesundheit. Bis spät in die Nacht lauschte ich ihren Geschichten, die mit der Anzahl der geleerten Weinkrüge immer grotesker wurden. Demnach hatten wir hunderte Barbaren getötet und Tausende in die Flucht geschlagen.

Lucius war einer der Letzten, der durch die Absperrung gelassen wurde. Etwas befremdet betrachtete er die feierliche Prozession der ritterlichen Offiziere, die sich in zwei Gruppen aufteilten und in entgegengesetzter Richtung den Scheiterhaufen umrundeten.

Ein heller Lichtschein flammte auf, als das Holz entzündet wurde. Lucius sah, wie das Wachs der Puppe Blasen warf, ehe es vom Feuer erfasst wurde. Ein langgezogenes Brausen stieg in den Nachthimmel, als ein Diener einen Käfig öffnete und ein Adler seine Schwingen öffnete. Mit einem Schrei erhob sich der majestätische Vogel in die Lüfte, kreiste einige Male über dem heiligen Bezirk und verschwand in der Nacht. Ein Bote der Götter, der die Seele des vergöttlichten Feldherrn heimholte.

Bis auf das Schlachten der Stiere war das offizielle Totengedenken beendet. Lucius musste aber noch eine ganze Weile ausharren, weil die Menge zu den Zelten am Opferplatz strömte. Jeder wollte sich seinen Anteil am Fleisch der Opfertiere sichern. Überall entflammten Feuer, und der Geruch von gebratenem Fleisch vertrieb den Duft von Weihrauch und Duftölen. Endlich hatte sich die Menge soweit gelichtet, dass er sich drängend einen Weg nach draußen bahnen konnte.

Den ganzen Vormittag gelang es Lucilla nicht, sich auf ihre Arbeit zu konzentrieren. Am Mittag gab sie es auf und überließ Samocna die Taverne. Sie zog sich in ihre Kammer zurück, wo sie ebenfalls keine Ruhe fand. Unablässig kreisten ihre Gedanken um Lucius und um das Gespräch, das er am Abend mit ihr führen wollte.

Warum hatte sie es überhaupt so weit kommen lassen und ihn nicht gleich weggeschickt? Sie war verwirrt und wusste nicht, wie sie ihm gegenübertreten sollte. Am meisten beunruhigte es sie, dass sie seinem Lockungen beinahe nachgegeben hatte.

Dabei war Sextus der bessere Mann. Er war rechtschaffen, tapfer und sah blendend aus. Alles Eigenschaften, die man bei Lucius vergebens suchte.

Aber warum zitterte sie, wenn sie an seine Berührungen dachte? Woher kam dieses Verlangen? Waren es seine Augen oder seine Hände, die vor Jahren ihren Körper auf eine Art liebkost hatten, wie es vorher und nachher keiner getan hatte?

Wie hatte er es bloß geschafft, dass ihr bisheriges Leben in Trümmern lag? Sie war bis heute Morgen überzeugt gewesen, Sextus zu lieben und an seiner Seite alt zu werden. Sicherlich hatte sie sich die eine oder andere Freiheit genommen, und sie waren auch nicht immer einer Meinung. Aber er war treu und ehrlich. Ein Mann, auf den man bauen konnte. Ein festes Fundament, das ihr Richtung und Halt gegeben hatte. Dafür hatte sie sogar das Problem mit dem altersschwachen Centurio beseitigt.

Sie vergrub den Kopf in den Händen und wusste mit einem Schlag, was ihr fehlte. Es waren das Abenteuer und die Herausforderung. Alles wagen oder untergehen! Alles war ein Spiel, und es kam nur darauf an, mit dem Risiko zu spielen und zu gewinnen. Das war es, was sie wollte. Ein Leben, wie Lucius es führte.

Es wurde dunkel, und Lucius war immer noch nicht gekommen. Wie hatte sie so töricht sein können, seine Ankündigung ernst zu nehmen? Wie damals hatte er mit ihr gespielt, um sie dann alleine zurückzulassen. Lucilla war enttäuscht und zugleich froh, dass sie keine Entscheidung treffen musste.

Sie beschloss, sich schlafen zu legen. Morgen war ein neuer Tag, und sie würde alles in einem anderen Licht sehen. Sie würde sich auf Sextus freuen und die Begegnung mit Lucius wie einen schlechten Traum verdrängen.

Sie schlüpfte aus der Tunika und hüllte sich in ihre Decke, als es klopfte. Mit pochendem Herzen zog sie sich wieder an und öffnete die Türe.

»Du wolltest schlafen gehen?«, fragte Lucius und trat ein. »Ich konnte nicht früher kommen.«

»Nein, nein.« Lucilla gab sich alle Mühe, möglichst unbefangen zu erscheinen. »Ich wollte mir nur eine frische Tunika anziehen. Hast du Hunger?«

Sie wies auf den Tisch, auf dem sie vor Stunden einen Imbiss und einen Krug mit Wein bereitgestellt hatte.«

»Gerne«, antwortete Lucius und legte seinen Arm um ihre Schulter. »Aber mehr als nach Wein dürstet es mich nach dir.«

Lucilla leistete keinen Widerstand, als er sie an sich zog und küsste.

»Und Sextus?«, fragte er, als sie voneinander abließen. »Was ist mit Sextus?«

»Was soll mit ihm sein?«, antwortete sie kess. »Er ist nicht hier und wird auch nicht vor morgen Abend zurückkommen. Wir haben die Nacht für uns.«

Als Lucilla erwachte, hielt sie ihre Augen noch für einen Moment geschlossen. Sie wollte sich den Anblick ersparen, den Platz neben sich verlassen zu sehen. Lucius war sicherlich längst gegangen. Was ihr blieb, war die Erinnerung an eine unvergessliche Nacht voller Liebe und Leidenschaft. Es war bereits hell geworden, als sie erschöpft und glückselig voneinander gelassen hatten.

»Es hilft nichts«, dachte sie resigniert und öffnete die Lider, um sie sofort wieder zu schließen. »Was für ein böses Spiel treibt Venus mit mir?«, fuhr es ihr durch den Kopf. Sie gab sich einen Ruck und schaute noch einmal hin.

In diesem Augenblick öffnete Lucius seine Augen und lächelte sie an. »Hast du gut geschlafen, Lucilla?«

Sie erwiderte sein Lächeln und fuhr ihm behutsam durch das abstehende Haar. »Du musst dich schön machen, Centurio.«

»Du hast Recht«, antwortete Lucius. »Es wird Zeit zu gehen. Sonst werden die Leute reden. Ich wollte aber nicht gehen, ohne mich zu verabschieden.«

»Samocna wird schweigen. Ich bin ihre Herrin.«

»Trotzdem«, erwiderte Lucius. »Ich muss ins Lager, um meine Habseligkeiten zu packen. Das Schiff wartet nicht.«

»Du kehrst schon heute nach Vetera zurück?«, fragte Lucilla enttäuscht.

»Es ist besser so«, versuchte Lucius, sie zu beschwichtigen.

»Und wenn ich mit dir komme?« Lucilla hatte in der Nacht beschlossen, um diesen Mann zu kämpfen und falls nötig, alles hinter sich zu lassen.

»Das ist kein guter Einfall«, entgegnete Lucius. »Ich brauch dich hier in Mogontiacum.«

»Hier?« Lucilla verstand nicht, was Lucius damit meinte.

»Ich gebe dir Bescheid, wann du nach Vetera kommen kannst. Das muss vorbereitet werden.«

Lucilla hatte das Gefühl, dass Lucius ihr etwas verschwieg. »Gibt es etwas, was ich wissen muss?«

Lucius schaute sie prüfend an. »Nicht du bist das Problem, Lucilla. Es ist Sextus.«

»Sextus?«, fragte sie erstaunt. »Warum? Die einzige, die ein Problem bekommt, bin ich. Oder fürchtest du seine Rache?«

»Er verachtet mich für das, was ich getan habe. Und er will mir schaden.«

»Hast du Angst?«, fragte Lucilla herausfordernd.

»Angst?« Lucius lachte. »Nein, aber ich kenne ihn. Ich muss mir ein Problem vom Hals halten.«

»Und deshalb soll ich in Mogontiacum bleiben?« Lucilla setzte sich im Bett auf und schlang sich die Decke um den Körper.

Lucius ignorierte ihre Geste. »Wenn wir in Vetera eine Zukunft haben wollen, musst du eine Zeit lang auf ihn achtgeben. Ich muss über alles informiert werden, was er gegen mich plant.«

»Bist du deshalb gekommen?« Lucilla war empört. »Ich soll ihn aushorchen? Oder soll ich ihn unschädlich machen, weil ihr es nicht könnt? Wie stellst du dir das vor? Soll ich ihn vergiften, oder ist dir ein Messer lieber? Es ist besser, wenn du jetzt gehst.«

»Das hätten Fabricius und Kaeso längst getan, wenn ich sie gelassen hätte. Er war mein Freund.« Lucius sprang aus dem Bett und zog sich die Tunika über.

»Wohin gehst du?«, fragte Lucilla mit zitternder Stimme.

»Du hast gesagt, dass ich gehen soll«, schnauzte Lucius sie an.

»So hab ich das nicht gemeint«, verteidigte sich Lucilla weinerlich. »Sag mir, was ich tun soll.«

Lucius gab sich besänftigt und setzte sich zu ihr auf die Kante der Bettstatt. »Schreibe mir, wenn du glaubst, dass es wich-

tig ist. Du kannst nachkommen, wenn von Sextus keine Gefahr mehr droht. Ein oder zwei Jahre. So lange brauche ich, bis ich in Vetera alles geregelt habe.«

Lucilla nickte stumm und wischte sich eine Träne aus den Augenwinkeln.

»Hier.« Lucius griff nach seinem Beutel und zählte ihr drei Aurei aufs Laken.

»Was soll ich damit?«, fragte Lucilla mit großen Augen.

»Für deine Mühen«, antwortete Lucius und streichelte ihre nackte Schulter.

Lucilla begann zu zittern.

»Wir sind Geschäftspartner. Du hältst mir den Rücken frei. Dafür steht dir ein Anteil an unserem Gewinn zu.«

»Unser Gewinn?«, fragte Lucilla ungläubig.

»Unser Gewinn«, wiederholte Lucius. »Wenn ich das nächste Mal komme, gibt es mehr.«

»Du kommst wieder?«, strahlte Lucilla. »Wann?«

»Du wirst es erfahren.« Er beugte sich zu ihr herunter und gab ihr einen langen Kuss. »Warte auf mich.«

Lucius war zufrieden, denn er hatte mehr erreicht, als er gedacht hatte. Er konnte zwar nicht damit rechnen, Lucilla bald wiederzusehen, hatte in ihr aber eine wertvolle Verbündete gefunden. Dank ihrer Hilfe schien es möglich zu sein, seinen früheren Freund zu kontrollieren. Das Problem mit Quintus schien sich ebenfalls erledigt zu haben. Man hatte nichts mehr von ihm gehört, seitdem er seinen Dienst in der ersten Legion angetreten hatte.

Es hatte ihm auch gefallen, an der Seite der bedeutendsten Männer des Imperiums nach Mogontiacum gereist zu sein. Er bedauerte es, dass Tiberius nach Rom weiterreisen und nicht an den Rhenus zurückkehren würde. Er war sich aber sicher, von der Gunst des zukünftigen Imperators und seiner in Germanien gebliebenen Anhänger zu profitieren.

Er gab sich alle Mühe die Diensträume des Sextus in dem Zustand zu verlassen, wie er sie vorgefunden hatte. Zuerst strich er das Laken glatt und faltete die Decke. Dann legte er die Dokumente und Dienstlisten wieder an ihren Platz. Als er fertig war, packte er seine Habseligkeiten und seine Rüstung in den ledernen Reisesack und wuchtete ihn unter das Vordach der Mannschaftsbaracke. Den Helm mit dem quergestellten Federbusch stellte er oben drauf.

Aber anstatt jetzt nach einem Träger Ausschau zu halten, kehrte Lucius noch einmal zurück.

»Ich danke dir für die Gastfreundschaft«, murmelte er leise vor sich hin.

Lucius grinste über das ganze Gesicht, als er seinen Beutel hervorholte und einen Aureus in die Mitte des Arbeitstisches platzierte. Er schien aber nicht zufrieden zu sein, denn er nahm das Goldstück noch einmal auf und polierte es am Saum seiner Tunika.

Als er die Tür erreicht hatte, drehte er sich auf der Schwelle noch einmal um und ließ seinen Blick durch den Raum schweifen. In diesem Augenblick fand die Sonne eine Lücke zwischen den Wolken und schickte ihre Strahlen durch das Fenster. Sie trafen das Geldstück, das in ihrem Schein glänzte.

Dann zog er die Türe endgültig hinter sich zu und zitierte einen Legionär herbei. Er befahl dem Mann, sein Gepäck zu nehmen und betrat wenig später, den schwitzenden Legionär im Schlepptau, das Deck des Schnellruderers.

Venator Caesaris[115]

Ich ließ die Legionäre am nächsten Tag ausschlafen, bevor es an die Auszahlung der Kriegsbeute ging. Der Tag war inzwischen so weit fortgeschritten, dass ich den Rückmarsch für den nächsten Morgen ansetzte. Nach insgesamt vier Tagen zogen wir wieder nach Mogontiacum ein.

Bis auf die Sklaven und Tagelöhner, die zur Beseitigung der festlichen Überreste eingesetzt waren, hielten sich nur wenige Menschen im Freien auf. Die Gäste waren abgereist und die Bewohner schienen sich von den Anstrengungen der Festtage zu erholen.

Ein anderes Bild bot sich mir auf dem Exerzierplatz des Legionenlagers. Einige besonders eifrige Centurionen hatten ihre Männer zum Strafdienst antreten lassen. Ein probates Mittel, die Folgen einiger durchzechter Nächte zu vertreiben.

Ich entließ meine Centurie in ihre Contubernien und legte nach einer eiligen Wäsche eine frische Tunika an. Den Besuch der Lagerthermen verschob ich auf einen späteren Zeitpunkt. Ich brannte darauf, Lucius Flavius die Ergebnisse meiner Mission vorzulegen.

Bis zu diesem Zeitpunkt war mir nichts Ungewöhnliches in meinen Diensträumen aufgefallen. Aus Gewohnheit warf ich noch einen Blick auf meinen Arbeitstisch und zuckte zusammen. Wie war der Aureus dorthin gekommen? Ich konnte mich nicht erinnern, ihn dort abgelegt zu haben. Jemand anderes musste ihn dort zurückgelassen haben. Aber wer und warum? Misstrauisch räumte ich die Herdplatte beiseite, unter der ich meine wertvollen Münzen verwahrte. Es fehlte nichts. Also legte ich die Münze zu den anderen und schob die Platte wieder an ihren Platz. Es gab jetzt Wichtigeres, als mir Gedanken um den mysteriösen Zuwachs meines Vermögens zu machen.

---

115 Der Jäger des Caesars

Ich nahm den Beutel mit den gestempelten Münzen, klemmte mir einen der erbeuteten Gladii unter den Arm und machte mich auf den Weg in die Principia.

»Schon zurück?«, begrüßte mich der Tribun etwas verhalten. Man sah ihm an, dass er in den letzten Tagen nur unregelmäßig geschlafen hatte. Seine Gesichtshaut wirkte grau und unter den Augen hatten sich dicke Tränensäcke gebildet. Trotzdem forderte er mich freundlich auf, Platz zu nehmen.

»Du hast mir etwas mitgebracht?« Er wies auf das Schwert und den Beutel mit den Münzen, die ich neben mir abgelegt hatte.

»Wofür hältst du das?«, fragte ich und reichte ihm das Schwert.

Lucius Flavius schaute mich aus großen Augen an. »Willst du mich auf den Arm nehmen, Centurio? Das ist ein Gladius, wie es ihn zu Tausenden gibt.«

»Ich bitte dich, ihn genauer anzuschauen«, erwiderte ich.

Der Tribun schien verärgert, zog aber nach einigem Zögern die die Waffe aus der Scheide. »Etwas ungepflegt, Centurio. Deine Legionäre sollen besser auf ihre Schwerter achtgeben. Ist es das, was du mir sagen willst?«

»Nein«, erwiderte ich, »den Gladius hat bis vor kurzem ein Chatte getragen.«

»Ein Chatte?« Der Tribun schien etwas ratlos. »Du meinst einen Auxiliar?«

»Nein, Tribun. Einen Krieger, der uns angegriffen hat.«

»Ein Krieger hat euch angegriffen, Centurio?«

Ich hätte den Tribun schütteln können. War ich so schwer zu verstehen?

»Nein«, antwortete ich unwillig. »Es waren mehr als vierzig. Ich habe vier Legionäre und zwei Rekruten verloren. Dazu kommen noch vier Verwundete und einige Männer mit leichten Blessuren.«

Lucius Flavius hob den Gladius. »Und alle waren mit unseren Schwertern bewaffnet?«

»Das habe ich nicht gesagt«, erwiderte ich. »Wir haben sechs davon erbeutet Und einige Dolche.«

»Wie kommen die Barbaren an unsere Schwerter, Centurio?« Lucius Flavius schien mich endlich verstanden zu haben. »Hat es in letzter Zeit ungeklärte Verluste oder Diebstähle gegeben?«

Ich schüttelte den Kopf. »Nein Tribun, aber ich habe eine Erklärung. Wir haben zwei Gefangene gemacht, deren Vernehmung ergeben hat, dass sie die Schwerter von den Marsern bekommen haben. Und die haben sie gegen Sklaven von römischen Waffenhändlern erhalten.«

Ich schwieg eine Weile, damit der Tribun die Informationen verarbeiten konnte. »Das ist noch nicht alles«, fuhr ich dann fort. »Bei den Waffenhändlern scheint es sich unter anderem um einen Centurio aus Vetera zu handeln.«

»Wer sagt das, Centurio? Die Gefangenen?«

Ich bejahte.

Der Tribun Lucius Flavius kratzte sich am Kopf und seine Augen schweiften von mir zum Gladius und weiter zu dem Beutel, den ich in der Hand hielt. Der Mann war plötzlich hellwach.

»Was ist in dem Beutel?«

Statt einer Antwort schüttete ich den Inhalt auf die Tischplatte. Der Tribun nahm sich einige Münzen, betrachtete sie und warf sie zu den anderen. »Du sprichst in Rätseln, Sextus Valerius. Was soll ich mit den Münzen?«

»Hast du auf die Einprägungen geachtet? Die Münzen tragen alle das Zeichen des Varus.«

»Ja, und?«, wendete der Tribun ein. »Davon gibt es viele. Die Barbaren haben nicht viele Möglichkeiten, ihr Geld auszugeben. Da sammelt sich im Lauf der Zeit einiges an.«

»Ich bin überzeugt«, hielt ich dagegen, »dass sie aus der gleichen Quelle stammen, wie die, die Asprenas den Hals gebrochen haben.«

»Das ist eine kühne Behauptung, Centurio. Hast du Beweise? Oder ist das alles?« Er wies auf den Gladius und die Münzen.

»Hast du Zeit?«, fragte ich ihn. »Es wird aber einige Augenblicke dauern.«

Ich hatte mir spontan überlegt, dass der Zeitpunkt gekommen war, ihm meine Geschichte zu erzählen. Ich war überzeugt, dass ich keine bessere Gelegenheit bekommen würde. Jetzt oder nie.

»Bitte.« Lucius Flavius machte eine einladende Handbewegung und lehnte sich zurück. »Aber wehe dir, wenn du meine Zeit vergeudest!«

Ich ignorierte seine Androhung und begann. Der Gesichtsausdruck meines Gegenübers wechselte im Laufe der Erzählung von unverhohlener Skepsis zu lebhaftem Interesse. Hin und wieder stellte er kurze Fragen, die ich knapp beantwortete. Als ich fertig war, sagte er kein Wort, sondern stierte stumm an die Decke. Er war still und die einzigen Laute, die zu hören waren, stammten von den Centurionen auf dem Exerzierplatz und einer Fliege, die sich brummend einen Weg ins Freie suchte.

»Bei den Blitzen des Jupiters und den Schatten der Unterwelt!« Lucius Flavius schlug mit der flachen Hand auf den Tisch. »Warum hast mir davon nichts erzählt, Centurio?«

»Wollte ich«, widersprach ich heftig. »Aber du hast Beweise gefordert. Das sind sie!« Ich wies auf den Tisch. »Jetzt habe ich geredet.«

»Schon gut.« Der Tribun hob beschwichtigend beide Hände. »Das reicht, um mich zu überzeugen. Ich glaube dir, Sextus Valerius.« Er unterbrach sich für einen Augenblick. »Aber das reicht nicht aus, den Legaten Piso zum Handeln zu zwingen. Im Gegenteil. Man wird über dich und deine Beweise herfallen, bis nichts mehr davon übrig bleibt. Du verdächtigst Männer, die in der Gunst des Tiberius stehen. Glaubst du«, fuhr er fort, »dass Caecina, der neue Legat in Vetera, ein Interesse daran hat, Asprena Abbitte zu leisten? Hast du eine Vorstellung davon, wer sonst noch alles in die Sache verstrickt sein könnte?«

Ich wusste, dass der Tribun Recht hatte, aber ich war entschlossen, nicht zurückzustecken. Ich hatte den ersten Schritt getan und mich offenbart. Es gab jetzt kein Zurück mehr.

»Gib mir zehn Männer, Tribun. Ich reite zu den Marsern und bringe dir stichhaltige Beweise. Ich habe dir von Gernot, dem Schmied erzählt.«

Der Tribun nickte.

»Ich werde ihn bitten, mir zu helfen. Er ist nicht gut auf Marbod zu sprechen.«

Lucius Flavius trommelte mit den Fingern auf der Tischplatte und dachte angestrengt nach. Dann schien er einen Entschluss gefasst zu haben.

»Ich werde mit Germanicus reden. Alles andere macht keinen Sinn. Wenn der Oberbefehlshaber der germanischen Legionen zustimmt, wirst du zu den Marsern gehen. Vorher nicht.«

»Wann wirst du mit ihm sprechen?«, fragte ich ungeduldig.

»Das kann etwas dauern.« Lucius Flavius machte eine bedauernde Geste. »Er begleitet Tiberius ein Stück des Weges. Danach reist er nach Lugdunum, um die Steuerschatzung vorzubereiten. Es kann einige Wochen, wenn nicht Monate dauern, bis er wieder in Mogontiacum ist.«

»Monate?«, fragte ich bestürzt.

»Verliere nicht die Geduld, Sextus. Wir haben nur einen Versuch. Wenn wir übereilt handeln, machen wir alles zunichte. Wir brauchen die Rückendeckung von Caesar Germanicus.«

»Du glaubst«, warf ich ein, »dass wir seine Unterstützung bekommen?«

»Unbedingt, Sextus. Der Caesar wird sich die Gelegenheit nicht entgehen lassen, gegen einige seiner ärgsten Widersacher vorzugehen.«

»Auch wenn sie von Tiberius gedeckt werden, Tribun?«

»Das Schmuggeln von Waffen in feindliche Gebiete ist ein schweres Verbrechen. Selbst wenn Tiberius es unter der Hand geduldet hat, muss er die Schuldigen fallenlassen. Noch lebt Augustus, und der Senat würde entrüstet die Bestrafung der Schuldigen erzwingen.«

Auch wenn es mir schwerfiel, mich zu gedulden, der Tribun hatte Recht. Es konnte nur mit der Billigung des Germanicus gelingen.

»Ich erwarte absolutes Schweigen«, fuhr Lucius Flavius fort. »Du redest mit keinem darüber, auch nicht mit Lucilla. Hier haben selbst die Wände Ohren. Wenn die Verdächtigen gewarnt werden, war alles umsonst. Wer weiß bisher davon?«

Ich dachte angestrengt nach. »Nur die, die bei der Unternehmung dabei waren.«

»Was wissen sie?«, bohrte der Tribun nach.

»Dass einige Marser mit unseren Waffen ausgerüstet waren. Vielleicht reimt sich der Signifer etwas zusammen. Der hat an dem Verhör teilgenommen.«

»Lass alle antreten, die dabei waren«, beschwor mich der Tribun. »Nimm ihnen den Eid ab, Stillschweigen zu wahren.«

Ich stimmte ihm zu.

»Was ist mit den Gefangenen, Sextus? Wo sind sie untergebracht?«

»Ich habe sie in eine Arrestzelle sperren lassen. Sie werden gut bewacht. Ich möchte sie noch einmal verhören.«

»Schaff sie weg«, entschied der Tribun. »Wenn Piso sich um sie kümmert, sind sie tot. Wir brauchen sie noch.«

»Wohin, Tribun?«

»Ins Lager der Auxiliare. Ich tue so, als wenn sie sich verpflichten wollten.«

»Dann sind sie morgen weg zu ihrem Stamm«, gab ich zu bedenken.

»Nicht, wenn ich vorher mit ihnen gesprochen habe.«

In diesem Augenblick betrat ein Secretarius des Legaten den Raum.

»Nicht jetzt!«, wies Lucius Flavius ihn ab. »Du siehst, dass ich beschäftigt bin.«

»Es eilt«, rechtfertigte sich der Mann. »Es gibt Beschwerden wegen der Einquartierungen der Festgäste. Einige Baracken sind völlig verwüstet. Dort haben die Praetorianer des Tiberius gehaust.«

»Und damit kommst du zu mir?« Der Tribun stand dicht vor einem Wutausbruch. »Das ist die Sache des Lagerpräfekten!«

Der Mann murmelte eine Entschuldigung und zog sich mit einem resignierten Gesichtsausdruck zurück. Wahrscheinlich hatte ihn der Präfekt an den Tribun verwiesen. Die Sache ging mich nichts an, aber sie hatte mich auf einen Einfall gebracht.

»Kann es sein«, wandte ich mich an Lucius Flavius, »dass meine Diensträume einem Gast zur Verfügung gestellt wurden?«

»Frag den Secretarius«, lautete die lapidare Antwort. »Du holst ihn noch ein, wenn du dich beeilst. Wir sind ohnehin fertig. Ich gebe dir Bescheid, wenn es Neuigkeiten gibt.«

Ich fing den Secretarius tatsächlich noch vor dem Vorzimmer des Lagerpräfekten ab. Er setzte seine Schreibtafeln auf ein Fenstersims ab und suchte die entsprechende heraus.

»Jawohl, Centurio.« Er mühte sich ab, die etwas verlaufenen Schriftzüge zu entziffern. »Ein Centurio von der Legio V Alaudae aus Vetera. Der Name ist L. …. Der Rest ist nicht mehr lesbar. Die Tafel hat zu lange in der Sonne gelegen. Das Wachs ist verlaufen. Ich weiß aber, dass auf dieser Tafel die persönlichen Begleiter des Tiberius vermerkt sind. Sieh hier.« Er zeigte auf eine intakte Stelle. »Hier stehen die Namen Caecina, Caedicius, …«

»Bei Pluto«, entfuhr es mir, »pass besser auf deine Dokumente auf!« Ich ließ den Mann stehen und eilte in meine Wohnung.

Es konnte nur Lucius sein, der bei mir genächtigt hatte. Wer sonst hätte sich den Spaß mit der Münze erlaubt? Er musste im Geld schwimmen. Es war zwar nicht wichtig, aber nachzuweisen war ihm der Aufenthalt in meinen Diensträumen nicht. Hatte Lucius einen persönlichen Schutzgott, der zur rechten Zeit seine Spuren verwischte? Obwohl ich mir nicht viel davon versprach, durchsuchte ich die Wohnung nach einem Hinweis auf seine Anwesenheit. Wie ich es erwartet hatte, wurde ich nicht fündig.

Trotzdem ließ ich die Angelegenheit nicht auf sich beruhen, zumal ich nur noch unter Mühen einschlief und des Nachts oftmals schweißgebadet erwachte. Ich fühlte mich unwohl, als wenn ich meine Wohnung mit einem Geist teilen würde. Immer wieder dachte ich an die niederträchtige Manipulation an der Stammrolle und redete mir ein, dass er vielleicht etwas Belastendes hinterlassen haben könnte. Ich konnte mir nicht vorstellen, dass meine Feinde darauf verzichten würden, mich auf die eine oder andere Art loszuwerden. Warum sonst hatte er das Risiko auf sich genommen, mir zu begegnen und war zu den Feierlichkeiten gekommen?

Zuerst untersuchte ich zum wiederholten Mal den Schreibtisch und die Regale. Für einen Mann wie Lucius wäre es ein Leichtes gewesen, mir einen von ihm verfassten Papyrus unterzuschieben. Danach klopfte ich den Putz nach Hohlräumen ab. Schließlich räumte ich die tönerne Bodenplatte der Feuerstelle zur Seite und schaute unter die Bohlen des Fußbodenbelages. Als ich fertig war, musste ich einige Legionäre damit beauftragen, meine Diensträume gründlich zu renovieren.

Meine Ansprache, die ich unmittelbar nach meiner Besprechung mit dem Tribun an meine Legionäre und Rekruten gerichtet hatte, hätte ich mir ersparen können. Einige der Männer waren direkt nach ihrer Ankunft in Lucillas Taverne geeilt, um mit ihren Erlebnissen zu prahlen.

Als ich Lucilla am Abend aufsuchte, sprach sie mich darauf an.

»Ihr seid von Chatten überfallen worden?«

»Woher weißt du das?«

»Einige deiner Männer waren hier. Sie erzählten von einem Hinterhalt. Die Barbaren sollen mit Gladii gekämpft haben.«

»Vergiss den Unsinn«, wies ich sie zurecht. »Es war alles halb so schlimm. Die Männer brauchen eine Ausrede für ihr Versagen. Wir haben einige Männer verloren.«

»Aber du hast gesiegt, mein tapferer Centurio.« Sie schmiegte sich an mich und küsste mich voller Leidenschaft. Ihr Blick verriet jedoch, dass sie mir kein Wort glaubte.

Für die geschwätzigen Legionäre nahm der Tag kein gutes Ende. Obwohl sie sich keiner Schuld bewusst waren, womit sie im Recht waren, traf sie die volle Strenge der Vorschriften. Sie wurden für eine Woche zum Latrinendienst eingeteilt und mussten einen Teil der Kriegsbeute abtreten. Lucius Flavius wollte sichergehen, dass es keine römischen Waffen in Barbarenhänden gegeben hatte.

Lucilla wusste, dass Sextus ihr die Wahrheit vorenthalten hatte. Ihr Gefährte war irgendwie verändert von seinem Einsatz jenseits des Rhenus zurückgekehrt. Wenn sie versuchte, ihm etwas zu entlocken, speiste er sie mit Ausflüchten und Nichtigkeiten ab. Das ging so weit, dass er sich rarmachte, um ihren Fragen zu entgehen. Allmählich begann sie sich zu fragen, was sein Schweigen zu bedeuten hätte. Durfte oder wollte er nicht darüber sprechen? Sie entschied sich für das Erstere und kam zu der Überzeugung, dass einige Militärwaffen in den Händen einer Räuberbande ein ernstes Problem darstellten.

Sie hielt diese Erkenntnis für so wichtig, dass sie sich eines Nachts an einen Tisch setzte und eine Nachricht an Lucius verfasste. Als sie fertig war, faltete sie den Papyrus so klein, dass er in einem leeren Krüglein Platz fand. Lucius würde darüber hinwegsehen, dass das Gefäß vorher mit Fischsauce gefüllt gewesen war. Dann wartete sie ab, bis ein befreundeter Händler mit einer Ladung von Wein und Würzsauce nach Vetera aufbrach. Ein hohes Beförderungsgeld und die Mär von einem Liebesbrief zerstreuten die Bedenken des Mannes. Er rechnete sich einen stattlichen Nebengewinn aus, wenn er auf jeder Reise ein delikates Schreiben befördern würde.

Aus den Wochen, die der Tribun bis zur Ankunft des Germanicus veranschlagt hatte, wurden Monate. Er ließ mir schließlich mitteilen, dass der Caesar sich entschlossen hatte, den Winter im milden Lutetia zu verbringen. Ich war zur Untätigkeit verdammt und sehnte das Frühjahr herbei.

Es wurde ein sehr kalter und schneereicher Winter, wie er oft auf einen heißen Sommer folgt. Es war ein Wetter, bei dem man nicht einmal einen Hund, geschweige denn die Legionäre zu einem Übungsmarsch vor die Tür gejagt hätte. Selbst das Exerzieren fiel der Kälte zum Opfer und die Latrinen mussten mit Spitzhacke und Schaufel geleert werden. Nach mehreren Wochen Müßiggang wurde die Stimmung unter den Legionären immer aufgeladener. Oft reichte ein nichtiger Anlass aus, dass die Männer sich an den Hals gingen. Es gab ungeklärte Todesfälle und die Wachmannschaften hatten alle Mühe, die Ordnung einigermaßen aufrechtzuerhalten.

Zu allem Überfluss untersagte Piso die diesjährigen Saturnalien und schloss die Tavernen, was zum offenen Aufruhr führte. Die Legionäre rotteten sich zusammen und brüllten die altbekannten Parolen von Diensterleichterung und Auszahlung der gestundeten Bezüge. Aus Angst, massakriert zu werden, verließ Piso das Lager und floh mit seinen Leibwachen auf die andere Rhenusseite nach Castellum. Das gab Lucius Flavius und dem Lagerpräfekten die Möglichkeit, der Lage wieder Herr zu werden. Als erstes öffneten sie die Tavernen und ließen den ausstehenden Sold auszahlen, was sich positiv auf die Stimmung auswirkte. Ein satter und ausreichend mit Wein versorgter Legionär rebelliert nicht gerne. Die Ankündigung, dass Piso im nächsten Jahr durch den Konsul Silius abgelöst werden sollte, bereinigte die prekäre Situation vollends. Jeder hoffte, dass sich der neue Befehlshaber weniger knauserig zeigen würde.

Der Tribun Lucius Flavius war außer sich vor Freude, als ihn die Nachricht von der Ablösung des Legaten erreichte. Anders als Caecina im Norden, galt Silius als ein zuverlässiger und treuer Freund des Germanicus. Piso kehrte unter dem Spott der Legionäre kleinlaut nach Mogontiacum zurück. Den Rest seiner Amtszeit verbrachte er im Praetorium, das er nur zu offiziellen Anlässen verließ.

Lucilla widmete die ruhigen Monate dem Verfassen unzähliger Briefe. Sie sagte mir, dass sie für eine Freundin aus ihren Kindertagen bestimmt wären, die im Oppidum Ubiorum lebte. Mir war es Recht, hin und wieder meine Ruhe vor ihrem unsteten Wesen zu haben. Auf heiße Liebesnächte folgten Tage, an denen sie nicht ansprechbar war oder grundlos zu zanken begann.

Als wir dachten, dass dem Winter langsam die Luft ausginge, kehrte er plötzlich mit einer nie dagewesenen Frostperiode zurück. Wegen der treibenden Eisschollen mussten sogar die Schwimmkörper der Brücke eingeholt werde. Dem Verkehr ans andere Ufer tat das jedoch keinen Abbruch, weil der Fluss seit Jahren wieder einmal zufror.

Endlich nahte das Frühjahr und mit ihm die Hoffnung auf die baldige Ankunft des Germanicus. Ich begann bereits, mir die Sätze zurechtzulegen, mit denen ich ihn von meinem Vorhaben überzeugen wollte. Der Tribun war anfangs gegen meine Anwesenheit gewesen. Ich hatte ihn aber schließlich davon überzeugt, mich dem Feldherrn vorzustellen.

Leider hatte ich die gefangenen Chatten nicht mehr verhören können. Wie ich es vorhergesehen hatte, hatten sie die erste Gelegenheit genutzt, um zu ihrem Volk zu türmen. Ich tröstete mich damit, dass ich wahrscheinlich nicht mehr aus ihnen herausbekommen hätte, als das, was ich ohnehin schon wusste.

Aber aus dem Frühjahr wurde Sommer und der Erwartete war immer noch nicht gekommen. Ich begann unruhig zu werden, weil ab dem fortgeschrittenen Herbst an eine Mission zu den Marsern nicht mehr zu denken war. Und auch der Herbst ging vorüber, ohne dass sich etwas tat.

Lucius Flavius vermutete, dass Germanicus eine größere Aktion, vielleicht sogar einen neuen Krieg gegen die aufständischen Cherusker und ihre Verbündeten plane. Dafür brauchte er aber geordnete Verhältnisse in Gallien, was ihn davon abhielte, an den Rhenus zu kommen.

Endlich kam die Kunde von seinem Aufbruch. Beinahe täglich erreichten uns Nachrichten, wie weit der Caesar vorangekommen war. Nach einem kurzen Aufenthalt in Bingium rückte er schließlich an der Spitze seiner Praetorianer ins Lager von Mogontiacum ein. Die Legionäre liefen vor der Porta Praetoria zusammen und bereiteten ihm einen begeisterten Empfang.

Die gute Stimmung, die Lucius aus Mogontiacum mitgenommen hatte, war seit Lucillas erstem Brief verflogen. Es brauchte nicht viel Phantasie, um sich vorzustellen, wie die Waffen in die Hände der Chatten gelangt waren. Zumal Lucilla auf die Beteiligung einiger Marser hingewiesen hatte. Er hatte Fabricius immer wieder eingeschärft, es nicht zu übertreiben. Aber anstatt sich zurückzunehmen, hatte er sich wahrscheinlich unter der Hand mit weiteren Kriegswaffen versorgt. Er hätte genauso gut mit seinem Gladius in einem Wespennest herumstochern können.

Auch die weiteren Schreiben, die ihn aus Mogontiacum erreichten, waren nicht dazu angetan, ihn zu beruhigen. Alles, was Lucilla schrieb, deutete darauf hin, dass sich etwas zusammenbraute.

Lucius war aber ein Mann der Tat. Anstatt das Schicksal zu beklagen, opferte er Mercurius und Fortuna eine Ziege. Da-

nach ließ er Kaeso und Fabricius kommen und unterrichtete sie von der fatalen Entwicklung. Fabricius beteuerte zwar seine Unschuld, willigte aber darin ein, den Handel mit Kriegswaffen vorerst ruhen zu lassen.

Trotzdem beschloss Lucius, das nächste Unternehmen selber durchzuführen. Er musste sich dringend mit Marbod besprechen, der offenbar jedes Maß an Vernunft aufgegeben hatte.

Bevor er mit Caecinas Bewilligung aufbrach, widmete er sich noch einem anderen Problem. Falls die Ereignisse eine Untersuchung in Vetera auslösen sollten, musste er gewappnet sein. Das dringlichste Problem bestand dabei in der Beseitigung des eingeschmolzenen Goldes, das sie aus Aliso mitgebracht hatten. Sowohl Kaeso als auch Fabricius hatten erfolglos versucht, einige Stücke gegen gemünztes Geld einzutauschen. Selbst Marbod hatte sich geweigert, sie anzunehmen, weil er nicht wusste, was er damit anfangen sollte. Lucius kratzte daraufhin seine gesamten Barmittel zusammen und kaufte seinen Freunden die Schmuckstücke ab.

Er gönnte sich manchmal die Freude, die Stücke aus ihrem Versteck unter dem Dielenboden zu holen und sie vor sich auszubreiten. Danach packte er sie wieder in den bronzenen Kessel, stellte ihn zurück ins Loch und breitete die Bodendielen darüber. Es würde einige Jahre dauern, bis er die Armreife, Phalerae und Torques ohne Verdacht zu erregen veräußern könnte. Bis dahin musste er sich damit begnügen, in unregelmäßigen Abständen eines der Schmuckstücke über seinen Hehler abzusetzen.

Kaeso übernahm die Aufgabe, sich unliebsamer Zeugen zu entledigen. Als erstes traf es den alten Schmied, der sich beklagt hatte, dass er keine Gladii mehr schmieden sollte. Als Ausgleich verlangte er ein Schweigegeld, das er in Form einer nächtlichen Flussbestattung erhielt. Als nächstes reiste der düstere Signifer ins Oppidum Ubiorum, um Quintus zu beseitigen. Obwohl es schwer war, an ihn heranzukommen, wäre es einmal fast geglückt. Der Mann schien aber mit allen

Göttern im Bunde zu sein und entging Kaesos Stahl im letzten Augenblick. Danach wurde er an einen unbekannten Ort versetzt, den man erst ermitteln musste, ehe es der Signifer ein zweites Mal versuchte. Es gab aber noch einen Mann im Oppidum, den man am Plaudern hindern musste. Fabricius sollte es übernehmen, den versehrten Centurio aus dem Tabularium auszuschalten. Sie hatten auch wiederholt beratschlagt, ob Titus und Flavus nicht ein zu großes Risiko darstellten. Man war aber übereingekommen, ihre Dienste weiter in Anspruch zu nehmen. Man hätte sich nach anderen Helfern umsehen müssen, was das Problem nur verlagert hätte.

Lucius bekam einen schalen Geschmack im Mund, wenn er an das Töten dachte. Er hasste es, wusste jedoch, dass es unumgänglich war. Er konnte den im Saltus Teutoburgiensis eingeschlagenen Weg nicht mehr verlassen. Selbst Sextus würde ihm keine Wahl lassen, wenn er ihm eines Tages zu nahe rücken würde.

Was war er bloß für ein Narr gewesen, dass er den Aureus zurückgelassen hatte! Sein Übermut musste ihn reizen und auf seine Spur führen. Er war keinen Deut besser als Kaeso und Fabricius.

»Sextus«, murmelte er und vergrub den Kopf zwischen den Händen. »Was machst du, wenn du erfährst, dass ich dir dein Mädchen weggenommen habe?« Ein Lächeln stahl sich über sein Gesicht. »Lucilla ist es wert, alter Freund. Du weißt eh nichts mit ihr anzufangen. Du kennst weder sie noch ihre geheimen Wünsche und Bedürfnisse.«

Seine Gedanken schweiften weiter zu Lucilla. Er musste sich noch etwas gedulden, bis er sie nach Vetera holen durfte. Sollte sie sich nach ihm verzehren; das war das beste und einzige Mittel, sie dauerhaft zu halten. Ihr war kein Leben in einem goldenen Käfig beschieden. Wie er selbst war sie ein Raubtier, das seine höchste Befriedigung im Schlagen der Beute empfindet. An allem, was ihr in den Schoss fiel, verlor sie schnell das Interesse.

Ich hatte es mir auf einem Schemel im Flur vor dem Empfangsraum des Legaten bequem gemacht und wartete darauf, hineingerufen zu werden. Die Stimmen, die durch die geschlossene Türe nach draußen drangen, wurden immer lauter. Leider konnte ich sie weder zuordnen noch verstehen. Plötzlich wurde die Tür aufgerissen und Gaius Piso stürmte mit hochrotem Kopf hinaus. Er streifte mich kurz mit einem abwesenden Blick und eilte weiter.

»Centurio, der Statthalter will dich sehen.« Ich folgte dem Praetorianer, der mich aufgerufen hatte, durch das Vorzimmer. Die Türe zum Empfangssaal stand offen, und ich konnte die ersten Worte des neuen Statthalters auffangen.

»Solange die Pisos, Caecinas und wie sie sonst noch heißen alles hintertreiben, was ich anordne …« Germanicus hatte mich bemerkt und führte seinen Satz nicht zu Ende.

»Das ist der Centurio Sextus Valerius von der ersten Legion«, stellte mich Lucius Flavius vor.

»Danke, Tribun«, unterbrach ihn die wohltönende Stimme des Germanicus. »Ich habe schon einiges von dir gehört, Sextus Valerius. Setz dich.«

Er wies auf einen Klappsessel, dessen Gestänge aus versilberter Bronze gefertigt war. Ein rotes Kissen lag auf dem eisernen Sitzgeflecht. Ich nahm Haltung an, grüßte und nahm umständlich Platz.

Ich saß neben dem Tribun und einem Offizier der zweiten Legion, der mir als Cassius Chaerea vorgestellt wurde.

Ohne mein Gesicht von Germanicus abzuwenden, warf ich aus den Augenwinkeln einen Blick auf den Mann, dem ich den Zutritt zum Tabularium im Oppidum Ubiorum verdankt hatte. Muskulös und mit offenem Gesicht glich er eher einem Held der Arena als einem Offizier. Ein Athlet, nach dem sich die Mädchen mit schmachtendem Blick umdrehten.

Vor uns stand Germanicus, die Hände auf die Rückenlehne eines kostbaren Sessels gestützt. Außer uns waren noch einige Praetorianer der kaiserlichen Leibwache im Raum, die

die Zugänge bewachten. Sie trugen versilberte Harnische und goldene Helme mit purpurnen Rossschweifen. Ein schwarzer Sklave wuselte herum und füllte die gläsernen Becher auf den zierlichen Beistelltischchen auf.

»Was können wir für dich tun?« Der Feldherr blickte mit Wohlwollen auf mich herab.

»Gib mir zehn Männer und einen Monat.« Lucius Flavius atmete hörbar, während Cassius Chaerea amüsiert lächelte.

»Dem Jupiter sei Dank, Centurio. Ich dachte schon, du wolltest eine Legion oder zumindest eine Kohorte.«

Chaerea lachte lauthals, bis ihn eine Handbewegung des Caesars verstummen ließ. »Du leidest nicht an mangelndem Selbstvertrauen, Centurio.« Germanicus verschränkte die Arme vor der Brust und streckte den Rücken durch.

Mir war bewusst, dass ich mich weit vorgewagt hatte. Vielleicht sogar zu weit. Aber ich wusste auch, dass ich es mit einem Mann zu tun hatte, der für sein kühnes Handeln bekannt war. Ich entschied mich spontan, nicht als Bittsteller aufzutreten. Ich hatte Jahre auf diesen Augenblick gewartet und wollte mich nicht länger gedulden. Mehr als einmal hatte ich dem Tod ins Angesicht geschaut und eine bösartige Intrige nach der anderen überstanden. Ich fühlte, dass ich jetzt alles in die Waagschale werfen musste, wenn ich der Wahrheit und der Vergeltung zu ihrem Recht verhelfen wollte.

»Es gibt Männer in der Legion«, fuhr ich selbstbewusst fort, »die unserer Sache schaden. Sie haben geraubt und getötet.«

»Tun wir das nicht alle, Centurio?«, spottete Chaerea. »Wir sind in der Legion und führen keine griechischen Tragödien auf.«

»Sie haben Varus bestohlen und töten Legionäre«, erwiderte ich unbeeindruckt. »Außerdem beliefern sie den Feind mit Waffen.«

»Lucius Flavius erzählte mir davon«, bemerkte Germanicus wie beiläufig. »Ich bin entschlossen, zu handeln. Dafür habe ich Cassius Chaerea mitgebracht. Er soll der Sache nachgehen. Warum soll ich dich damit betrauen?«

Wut und Enttäuschung verleiteten mich fast zu einer ungebührlichen Reaktion. Ich war nicht gewillt, einem anderen den Vollzug meiner Rache zu überlassen. Fieberhaft suchte ich nach einer Möglichkeit, Germanicus von seinem Entschluss abzubringen.

»Ich zweifle nicht an deinen Fähigkeiten«, wandte ich mich an Chaerea.

»Das hätte ich dir auch nicht geraten«, antwortete der Angesprochene schroff.

»Aber ich kenne die Marser«, fuhr ich in ruhigem Ton fort. »Es gibt dort Menschen, die mir zu Dankbarkeit verpflichtet sind und die mich unterstützen werden. Du würdest dagegen auf eine Mauer des Schweigens und der Ablehnung treffen.«

Chaerea machte eine wegwerfende Handbewegung, wogegen Germanicus mir aufmerksamer zuhörte.

»Und ich kenne die Verantwortlichen«, fuhr ich fort. »Ich weiß, wie sie denken und handeln.«

Dann wandte ich mich Germanicus zu. »Lass mich mit Chaerea gehen, wenn du mir die Führung dieser Unternehmung nicht zutraust.«

Germanicus tauschte einen langen Blick mit Chaerea, bis dieser zustimmend nickte.

»Einverstanden«, entschied der Caesar. »Gibt es Männer, die du dabeihaben möchtest?«

Ich dachte kurz nach. »Einen, Caesar. Ein Legionär, der von Anfang an dabei war und auf den ich mich verlassen kann. Du kennst ihn.«

Die letzten Worte waren an Chaerea gerichtet, der mich erstaunt anschaute.

»Ein Legionär namens Quintus. Er dient in deiner Centurie.«

»Ein pfiffiger Untersetzter oder ein einfältiger Kräftiger?«, fragte er neugierig.

»Der Erstere«, versicherte ich.

Ein Grinsen überzog das Gesicht Chaereas. »Ich habe nichts dagegen einzuwenden. Ein brauchbarer Kerl. Er hat mir schon manchen Dienst erwiesen.«

»Wann gehen wir?«, fragte ich ungeduldig. »Die feuchte Jahreszeit hat begonnen und es wird bald die ersten Nachtfröste geben.«

Germanicus schaute zu Chaerea, der sich mit der Hand über das Kinn fuhr. »Wir sollten bis zum Frühjahr warten, Caesar. Dann haben wir vielleicht die Möglichkeit, sie zu erwischen. Das ist die Zeit, in der die Händler ausschwärmen, um ihre Kunden mit neuen Waren zu versorgen.«

»Centurio?«, fragte Germanicus. Ich brauchte einen Moment, um zu erkennen, dass ich gemeint war.

»Ich denke, dass Chaerea Recht hat.« Der Aufschub passte mir nicht, aber ich bemühte mich, die Enttäuschung wegzustecken.

»Noch eines.« Germanicus schaute zuerst Chaerea, dann den Tribun und schließlich mich an. »Es handelt sich bei den Waffenhändlern aller Voraussicht nach um Lucius Poblicius, Kaeso Vorrenus und Gaius Fabricius? Alles Offiziere der fünften Legion?«

Ich nickte.

»Mir ist bekannt, dass sie, warum auch immer, in der Gunst des Tiberius stehen. Vor allem dieser Lucius soll ihm wertvolle Dienste geleistet haben. Auch der Legat Caecina hält große Stücke auf ihn.«

»Was sicher nicht billig war«, platzte ich heraus.

»Keine Unüberlegtheiten«, wies Germanicus mich augenblicklich zurecht. »Ich erwarte stichhaltige Beweise für die Schuld dieser Männer. Unwiderlegbare Tatsachen, die Tiberius zwingen, sie fallenzulassen. Beim geringsten Zweifel muss ich sie im Namen des Tiberius schützen. Und …« Er hob die Rechte. »Absolutes Stillschweigen. Wenn sie gewarnt werden, braucht ihr nicht aufzubrechen. Nach allem, was der Centurio mir erzählt hat, sind die Männer nicht zu unterschätzen.

Sprich mit dem Tribun und mit Chaerea. Sonst mit keinem. Hast du mich verstanden?«

Ich erhob mich und salutierte.

Bevor ich entlassen war, trat Caesar Germanicus zu mir und legte mir seine Hand auf die Schulter. »Du bist ein guter Offizier, Sextus Valerius. Du hast dich im Varischen Krieg, bei der Belagerung von Aliso und bei der Vertreibung der Plünderer bewährt. Du wirst Großes erreichen, wenn du auf der richtigen Seite bleibst. Ich habe viel mit dir vor.«

Auf dem Weg hinaus klopfte Lucius Flavius mir auf die Schulter und Chaerea stieß mich leicht über die Schwelle. »Wir bereden alles Weitere bei einem Becher Wein. Der Tribun hat mir gesagt, dass man dich bei der schönen Tavernenwirtin hinter der Porta Praetoria trifft.«

Sextus kam Lucilla wie verwandelt vor, seitdem er sich mit dem Tribun, diesem Kriegsheld Chaerea und dem Caesar Germanicus getroffen hatte. Je länger der Winter dauerte und das Frühjahr näher rückte, desto mehr wandelte sich seine Ungeduld in hoffnungsvolle Erwartung. Sie hatte ihn noch nie so unternehmungslustig gesehen.

Solange Chaerea sich in Mogontiacum aufhielt, trafen sich die beiden beinahe täglich und steckten die Köpfe zusammen. Leider hatte sie nicht in Erfahrung bringen können, um was es bei ihren Gesprächen ging. Ihre Fragen hatte Sextus stets abgeblockt. Sie reimte sich schließlich zusammen, dass es wichtig sein musste, was sie auch Lucius schrieb. Sie hatte erfahren, dass der gutaussehende Centurio aus dem Oppidum Ubiorum ein enger Freund des Germanicus war und dem Kreis der Männer angehörte, die mit dem Caesar Pläne für die Rückeroberung der rechtsrheinischen Gebiete schmiedeten.

Ihr Verhältnis zu Sextus wandelte sich zum Besseren. Er verbrachte die Nächte wieder öfters bei ihr und behandelte sie so liebevoll wie zu Beginn ihrer Beziehung. Er schien offensichtlich seinen Argwohn überwunden zu haben. Zu den

Saturnalien hatte er sie sogar mit einem kostbaren Geschenk überrascht. Sie hatte viel Freude an der golden eingefassten Gemme, die den Raub der Europa durch den Göttervater Zeus darstellte. Die in den weißen Stein eingeschnittenen Figuren glänzten rosafarben, wenn sie das Schmuckstück ins Licht hielt.

Von Lucius hatte sie nie etwas vergleichbar Schönes erhalten. Er hatte auch keines ihrer Schreiben beantwortet. Offenbar war sie ihm nicht die Mühe wert, ihr einige Worte zu widmen. Ein einziges Mal war der Briefbote zu ihr gekommen und hatte ihr verstohlen einen Beutel mit hundert Denaren in die Hand gedrückt.

»Für deine Mühen von deinem Verehrer«, hatte der Mann ihr ins Ohr geflüstert.

Lucilla hatte beschlossen, dass dies ihre Loyalität nur unzureichend würdigte. Sie verzehrte sich nach seinen Küssen und Berührungen und weniger nach einem Beutel mit gemünztem Silber.

Mit der Zeit verblassten ihre Erinnerungen an die gemeinsame Liebesnacht. Lucilla war keine Frau, die man zu lange alleine lassen sollte. Sie spürte, wie ihre Gefühle sich wieder Sextus zuwandten. Vielleicht war es nur der unerfüllte Traum eines enttäuschten Mädchens gewesen, der sie in die Arme des mysteriösen Verführers getrieben hatte. Ein Irrtum, der leicht zu revidieren war. Schließlich gestand sie sich ein, dass der ihr vom Schicksal zugewiesene Platz an Sextus' Seite zu suchen war.

Lucilla schrieb zwar weiterhin ihre Nachrichten, die aber spärlicher und belangloser ausfielen.

Lucius spürte beim Lesen von Lucillas Zeilen, dass sie ihm langsam entglitt. Er wusste, dass er sich mehr um sie kümmern musste, wenn er sie halten wollte. Es gab aber Dringenderes, was seine ganze Aufmerksamkeit forderte. Und er wollte nicht zu denen gehören, die ihre Bestimmung den eigenen Gefühlen unterordneten. Er wollte nicht zu einem Antonius werden, der Kleopatra zuliebe sein Schicksal verraten hatte.

Das Frühjahr nahte, und er musste Caecina dazu bringen, ihm weitere Handelsunternehmungen zu bewilligen. Er wusste, dass es schwierig werden würde. Die Stimmung der unzufriedenen Legionäre drohte in eine offene Revolte zu eskalieren. Der Legat würde sich schwertun, in dieser Situation einen seiner loyalsten Offiziere und zuverlässigsten Informanten über den Rhenus zu schicken.

Dem Mars sei Dank, hatte Fabricius endlich das Problem im Tabularium des Oppidums Ubiorum gelöst. Wenige Tage nach seinem Verschwinden war die schrecklich zugerichtete Leiche des versehrten Centurios in der Nähe von Novaesium[116] *angeschwemmt worden. Die Untersuchung, die der oberste Verwaltungsoffizier, der Cornicularius, angeordnet hatte, war ins Leere gelaufen.*

Leider war es seinem finsteren Gefährten nicht gelungen, an Quintus heranzukommen. Er beschloss, Kaeso damit zu betrauen, weil sich Fabricius auffällig oft im Oppidum aufgehalten hatte. Er brauchte ihn auch dringender zur Wiederaufnahme der Handelsbeziehungen mit den Marsern. Marbod hatte beim letzten Kontakt durchblicken lassen, dass er keinen Wert auf die Teilnahme von Kaeso legte. Die beiden Männer schienen sich zu misstrauen.

Auf dem Weg zu seinem Vorgesetzten hatte Quintus noch darüber gegrübelt, ob er sich etwas hatte zuschulden kommen lassen. Die Freude stand ihm im Gesicht geschrieben, als er mich unerwartet an Chaereas Seite sah.

»Dein Freund möchte, dass du uns begleitest«, machte Chaerea es kurz. »Pack deine Sachen. Wir brechen im Morgengrauen auf und werden mehrere Wochen unterwegs sein«

116 Neuss

Ohne nach dem Warum oder Wohin zu fragen, grinste Quintus über das ganze Gesicht. Er salutierte, machte kehrt und stapfte auf seinen Caligae zurück ins Lager.

Wir trafen uns am Nachmittag in »unserer Taverne«, wo er mich mit Fragen löcherte.

»Es geht also wirklich los?«, fragte er begeistert, als ich ihm alles erzählt hatte. »Bei allen Göttern und den Verfluchten der Unterwelt, wir werden es ihnen endlich heimzahlen!«

Dann wurde er ruhiger. »Es hat den Centurio aus dem Tabularium erwischt. Man hat seine Leiche bei Novaesium gefunden. Er hat keinen schönen Tod gehabt. Ich kenne die Handschrift. Das kann nur Fabricius gewesen sein. Sie wollten einen weiteren Mitwisser loswerden.«

Der Tote war nicht mein Freund gewesen, so dass sich mein Bedauern in Grenzen hielt. Trotzdem empfand ich sein Ende als eine Bedrohung.

»Haben sie auch versucht, sich an dich heranzumachen?«, fragte ich nach einer Weile.

»Nicht dass ich wüsste«, antwortete Quintus. »Aber ich habe seitdem noch mehr achtgegeben.«

Ich drehte meinen Becher in den Händen bis der Patronus an den Tisch trat und fragte, ob ich etwas darin verloren hätte.

»Es ist gut, dass ich hier wegkomme«, sagte Quintus nach einer Weile. »Es wird ungemütlich werden. Augustus soll sehr krank sein und man rechnet täglich mit dem Eintreffen der Todesnachricht.«

»Na und?«, fragte ich. »Dann wird Tiberius Imperator.«

»Hier geht jetzt schon alles drunter und drüber«, setze mein Freund seine Betrachtungen fort. »Es reicht ein Funke und hier geht alles in Flammen auf. Viele meinen, dass Tiberius das Erbe einbehalten wird. Es wird keine Sonderzahlungen geben.«

»Das wäre übel«, bemerkte ich teilnahmslos. »Als ob es nichts Wichtigeres gäbe, als die paar Denare?«

»Die paar Denare?«, fragte Quintus fassungslos. »Daran wird alles festgemacht! Die Legionäre sind wütend. Keine Entlassungen, kaum Urlaub, um sich etwas dazuzuverdienen, keine Solderhöhungen, verschärfte Dienste. Sag mir nicht, dass es in Mogontiacum anders wäre.«

»Doch«, widersprach ich. »Es gab auch Ärger bei uns. Aber der Wechsel von Piso zu Silius hat einiges bewirkt.«

»Was man von Caecina und Caetronius, dem Legaten der Ersten nicht behaupten kann. Das sind scharfe Hunde, die uns nicht das Schwarze unter dem Fingernagel gönnen. Und was ist mit den Gerüchten, dass es Krieg geben soll? Dein Tribun und Germanicus sollen gute Freunde sein. Hast du nichts gehört?«

»Nichts Bestimmtes«, antwortete ich wahrheitsgemäß. »Vielleicht ist das die Lösung. Die Legionäre liegen untätig in ihren Quartieren. Und es gab noch nie so viele Truppen in Germanien wie heute. Krieg bedeutet Beute und Abenteuer.«

»Wenn wir gewinnen«, hielt Quintus dagegen. »Außerdem kann ich auf Abenteuer verzichten. Ich möchte keine zweite Clades Variana[117] erleben. Es hat mir gereicht.«

Ich kam nicht mehr dazu, Quintus zu antworten, weil ein Legionär an unseren Tisch trat. »Ihr sollt sofort zu Cassius Chaerea kommen.«

»Warum?«, fragte ich erstaunt. »Wir waren vor drei Stunden noch bei ihm gewesen.«

Der Legionär kaute an seiner Unterlippe. »Ich weiß nichts Genaues, Centurio. Im Praetorium herrscht das reinste Chaos. Der Legat Silius hat im Namen von Caecina eine Urlaubs- und Ausgangssperre angeordnet. Augustus soll im Sterben liegen. Keiner darf die Stadt verlassen. Das gilt auch für die Offiziere. Es soll in Vetera einen Aufruhr mit Toten und Verwundeten gegeben haben.«

Ich hatte das Gefühl, als ob man mir den Boden unter den Füssen weggezogen hätte. Ich flehte innerlich zu den Göttern,

---

117 Varusschlacht

dass es nicht wahr sei. Sollte das Unternehmen im letzten Augenblick abgeblasen werden?

Der erste Tote lag am Rande der Via Praetoria, nur wenige Schritt neben dem Zugang in die Principia. Der Rekrut war von den Legionären der ersten Kohorte der Legio Rapax förmlich in den Matsch getreten worden. Caecina hatte in seiner Angst vor einem Sturm der Verwaltungsgebäude die berüchtigte Einheit zum Angriff antreten lassen. Sie hatten den Spuk der lamentierenden Soldaten im ersten Anlauf hinweggefegt und jeden niedergeknüppelt, der nicht schnell genug das Weite gesucht hatte. Wie Abfall lagen die anderen Toten mit verdrehten Gliedern im Dreck, während sich der Medicus und seine Gehilfen, die Capsarii[118], um die Verletzten kümmerten. Sklaven waren damit beschäftigt, die Blutlachen mit Sand zu bedecken, den sie später mit Schaufeln in die bereitstehenden Karren warfen.

Lucius unterdrückte ein Würgen und eilte zu seinen Leuten, die der Optio vor ihrer Baracke in Reih und Glied hatte antreten lassen. Er richtete einige beruhigende Worte an die Männer und ermahnte sie, sich von den Ausschreitungen fernzuhalten.

Der Schreck riss ihm fast die Worte von den Lippen, als er aus den Augenwinkeln eines der entfernter stehenden Offiziershäuser in Flammen aufgehen sah. Er hatte nur noch Gedanken für seinen Schatz und beendete die Ansprache mit einigen dahingeworfenen Phrasen. Den Legionären war es gleich, weil sie sowieso nicht auf seine Worte geachtet hatten.

Er hetzte über die Via Sagularis, bog wieder in die Via Praetoria ein und nahm die Abkürzung hinter den Latrinen zu seinem Quartier. Erleichtert stellte er schon aus der Ferne fest, dass es unversehrt war. Trotzdem begann sein Herz zu hämmern, weil die Eingangstüre weit offen stand. Auf dem Lehmboden des Flures, von dem die einzelnen Dienstwohnungen abgingen, lagen die zertrümmerten Reste eines Weinkruges.

118 Sanitäter

Er atmete tief durch, als er das Schloss vor seiner Eingangstür verschlossen fand. Mit zitternden Händen fingerte er den Schlüssel hervor und löste die Sicherung.

Ein erster Blick überzeugte ihn davon, dass niemand seine Diensträume betreten hatte. Er gab der Türe einen Stoß, dass sie zuschwang und setzte sich auf den nächsten Schemel. Es dauerte eine Weile, bis Lucius sich beruhigt hatte. Dann begann er klar zu denken.

Zum Ersten hatte keiner sein Quartier nach Wertsachen durchsucht.

Zum Zweiten war es gut, dass Fabricius vor drei Tagen zu den Marsern aufgebrochen war. Ab heute würde keiner Vetera mehr verlassen dürfen. Der Tumult war der zweite Vorfall in den letzten Tagen gewesen. Der Lagerpräfekt Caedicius würde wie beim ersten Mal mit aller Härte reagieren. Er würde die Aufwiegler ausfindig machen und sie hinrichten lassen, was die Stimmung gegen die Obrigkeit weiter anheizen musste.

Zum Dritten musste er seine Wertsachen in Sicherheit bringen. Der nächste Tumult würde sich vielleicht gegen die Offiziere und ihre Quartiere richten. Und wenn die aufgebrachten Legionäre eines beherrschten, war es das Plündern. Sie würden keinen Stein und keinen Pfosten an ihrem Platz lassen, bis sie sicher waren, alles gefunden zu haben.

Lucius erhob sich, schob das Gestell seiner Bettstatt zur Seite und zog den Pugio. Er setzte die breite Klinge an und hebelte die Dielen heraus. Dann grub er mit den Händen im lockeren Sand, bis er den in einen Sack eingeschlagenen Kessel mit dem Geschmeide zu fassen bekam. Er legte den Dolch zur Seite, hob das Gefäß heraus und stellte es neben sich ab.

»Verflucht«, dachte er noch. »Ich habe das Schloss nicht vorgelegt.«

In diesem Augenblick gab die Türe unter einem festen Schlag nach und ein Mann betrat den Raum.

Die Torwache wollte uns zuerst keinen Zutritt zum Lager gewähren. Erst als der Legionär ihnen einen schriftlichen Befehl Chaereas unter die Nase hielt, ließen sie uns passieren.

Im Innern herrschte ein Betrieb wie in einem Bienenstock. Bewaffnete und unbewaffnete Soldaten, die ihre Ausgehtuniken trugen, wuselten scheinbar ziellos umher. Dazwischen brüllten Centurionen ihre Befehle und Cornubläser riefen zum Sammeln.

Quintus bahnte uns einen Weg durch das Chaos, indem er die größeren Ansammlungen umging. Wir wurden mehrmals angerufen, konnten aber passieren, weil wir uns als Männer Chaereas zu erkennen gaben. Ich dankte meinen Schutzgöttern, dass man noch keine Parolen ausgegeben hatte.

Vor der Mannschaftsbaracke, an deren Kopfende Chaereas Diensträume lagen, sah ich mehrere Pferde, die man an die Holzsäulen des Vordaches angebunden hatte. Als wir nahe genug herangekommen waren zählte ich zehn Reittiere und drei Maultiere, die mit Säcken bepackt waren.

»Kommt rein«, rief Chaerea, der unter dem Vordach gewartet hatte.

Wir eilten über die Schwelle, worauf Chaerea die Türe hinter uns zuschlug.

»Ihr müsst weg. Sofort. In einer Stunde kommt hier keiner mehr raus.«

»Was ist …?«

»Frag nicht«, schnitt mir Chaerea das Wort ab. »Ich müsste längst beim Legaten sein. Habe nur noch auf euch gewartet.«

»Reiten wir morgen, oder nicht?«, unterbrach ich ihn.

»Ich komme hier nicht weg«, erklärte Chaerea. »Aber ihr reitet. Und zwar sofort.«

»Aber ich brauche meine Sachen«, protestierte ich.

»Was?«, fragte Chaerea.

»Meine Ausrüstung«, wiederholte ich. »Wie du siehst, habe ich nur meine Ausgehtunika und das Cingulum mit dem Pugio dabei. Ich muss in die Herberge, um den Rest zu holen.«

»Keine Zeit«, drängte Chaerea ungeduldig. »Nimm dir, was du brauchst. Geld? Mantel? Gladius? Bedien dich.« Er wies auf einen Kasten, in dem seine Privatsachen untergebracht waren. »Du gibst es mir zurück, wenn ihr wieder hier seid. Dein Zeug lasse ich in der Herberge abholen. Was ihr sonst noch braucht, ist auf den Packtieren.«

»Quintus!«, fuhr er fort. »Du rennst in dein Contubernium und bist in wenigen Augenblicken wieder da. Eure Begleiter sind bereits unterwegs und werden gleich eintreffen.«

»Was ist mit dir?«, fragte ich.

»Das interessiert nicht«, erwiderte Chaerea grob. »Obwohl es mir in der Seele weh tut. Es wird schwierig genug, dem Legaten zu erklären, dass ihr den Befehl zum Hierbleiben nicht mehr erhalten habt. Seht zu, dass ihr ohne großes Aufsehen über die Brücke kommt.«

Er schaute mir in die Augen und legte mir die Hand auf die Schulter. »Überführe die Verbrecher, Sextus Valerius. Die Praetorianer werden dir wie mir folgen. Du bist jetzt der Venator Caesaris, der Bluthund des Germanicus.«

Chaerea ging zu seinem Arbeitstisch, nahm einen umfangreichen Beutel und drückte ihn mir in die Hand. »Das wirst du brauchen.«

Ich schaute hinein und sah, dass er mich mehr als großzügig mit Geldmitteln versehen hatte.

»Wir rechnen ab, wenn du zurück bist.« Zum Abschied gab er mir noch einige Instruktionen und äußerte noch einmal sein Bedauern, nicht dabei sein zu können.

Dann kamen Quintus und das restliche Begleitkommando.

Wir führten die Tiere am Halfter aus dem Lager heraus, schwangen uns in die Sättel und trabten zur Brücke.

»Halt«, rief uns eine Stimme scharf an. »Die Brücke ist gesperrt. Hier kommt keiner rüber.«

Lucius griff nach dem Pugio und wirbelte herum.

»Kaeso«, stöhnte er auf und ließ die Waffe sinken. »Was tust du hier?«

»Ich sah dich ins Haus eilen und bin dir gefolgt«, stotterte der Signifer verlegen. »Ich dachte, du brauchst Hilfe. Mir war, als wäre jemand hinter dir her.« Während er sich rechtfertigte hingen seine Augen voller Gier an dem Geschmeide.

Lucius griff hastig nach einer Decke und breitete sie über den Kessel. »Das gibt dir nicht das Recht, meine Türe einzutreten«, erwiderte Lucius scharf.

Lucius Gedanken überschlugen sich. Es war nicht mehr zu ändern, dass Kaeso von seinem Versteck wusste. Er hatte nur zwei Möglichkeiten: Ihn auf der Stelle umzubringen, oder ihn zu bitten, bei der Verlagerung des Schatzes zu helfen. Ihn wegzuschicken, war keine Lösung. Er hatte Kaesos Blick gesehen. Er würde ihm heimlich folgen.

Er hielt immer noch den Pugio in der Hand. Aber er wusste, dass er dem kriegserfahrenen Signifer im offenen Kampf nicht gewachsen war. Also legte er die Waffe auf den Tisch und griff in den Kessel.

»Hier.« Er warf Kaeso einen Armreif zu, den dieser geschickt auffing. »Hilf mir, das Gold in Sicherheit zu bringen. Es muss hier weg.«

Kaeso grinste. »Das sehe ich auch so. Wo bringen wir es hin?«

»Wo es keiner findet«, antwortete Lucius. »Besorg einen Karren. Wir schaffen es weg. Denk in der Zwischenzeit darüber nach, wie wir ungesehen aus dem Lager kommen.«

Kaeso überlegte einen Moment, ob er sich darauf einlassen sollte, dann verschwand er durch die offene Tür.

Als er hinaus war, schoss Lucius ein Gedanke durch den Kopf. Wenn er jetzt das Gold nehmen und damit verschwinden würde, hätte der Signifer das Nachsehen. Er packte den Kessel, um ihn probeweise anzuheben. Es war hoffnungslos. Ohne ein Gefährt würde er nicht weit kommen und schnell eingeholt werden. Er ließ den Kessel wieder ab und verfluchte seine Unvorsichtigkeit.

Es schloss es zwar aus, dass sich Kaeso heimlich an dem Gold bereichern würde. Es musste dem Signifer bewusst sein, dass er dann keinen ruhigen Augenblick mehr haben würde, solange er, Lucius, noch lebte. Aber er würde Kaeso, wenn sie alleine oder im Gefecht waren, niemals mehr den Rücken zukehren dürfen. Das Gold war eine Versuchung, der Kaeso nicht widerstehen konnte.

Schneller als erwartet kehrte der Signifer mit einem Handkarren zurück. Sie packten den Kessel zu zweit und schleppten ihn vor das Haus. Dann ging Lucius noch einmal hinein und kehrte mit einem Ledersack zurück. Sie sahen sich nach allen Seiten um, ehe sie das Behältnis auf die Ladefläche wuchteten, den Sack hinterher warfen und eine Decke darüber breiteten. Kaeso packte die Deichsel, während Lucius von hinten schob.

Jeden Schatten in der anbrechenden Dunkelheit nutzend, kamen sie ungesehen bis zum Tor, dessen Flügel unbewacht offenstanden. Offenbar fühlte sich in dem Tumult keiner für die Sicherheit des Lagers verantwortlich. Lucius atmete erst auf, als sie neben der abschüssigen Straße hinter einer Buschreihe Schutz gesucht hatten.

Sie warteten, bis es vollkommen dunkel war und setzten ihren Weg fort. Am Ufer verließen sie den Weg und versteckten den Karren im hohen Schilf. Dann suchten sie nach einer Stelle, die Lucius für geeignet hielt.

»Du willst das Gold im Fluss versenken?«, fragte Kaeso.

»Hast du einen besseren Einfall?«, entgegnete Lucius.

Kaeso schüttelte den Kopf. »Aber wie willst du es wiederfinden?«

Lucius blieb die Antwort schuldig und suchte weiter. Zur Vorsicht hatte er den Pugio aus dem Gürtel gezogen, ohne dass es dem Signifer aufgefallen wäre.

Sie stießen zuerst auf den Kahn eines Schiffers. Fortuna war mit ihnen, denn der Fischer hatte eine Stange zum Staken im

Boot gelassen. »Merk dir die Stelle Kaeso. Wir brauchen das Ding gleich.«

Der Signifer nickte.

Dann fielen Lucius die drei Weiden auf, die dicht am Ufer eine unverwechselbare Gruppe bildeten. »Hier ist es, Kaeso. Hol den Kahn.«

Der Signifer fluchte leise, wagte aber keinen Widerspruch.

Während er seinen Auftrag erledigte, sammelte Lucius mehrere Handvoll Flusskiesel und legte sie ins Boot.

Es plätscherte und knarrte, als Kaeso sich Lucius Standort näherte. Sie sicherten das Gefährt, indem sie es mit dem am Bug befestigten Tau an eine der Weiden banden. Dann hievten sie mit vereinten Kräften den Kessel an Bord. Der Kahn schwankte, und Kaeso wäre beinahe ins Wasser gefallen.

Kaeso ließ sich im Heck nieder und Lucius stakte einige Schritte in den Strom hinaus. Dann rammte er die Stake in den Grund, bis der Kahn still lag. Lucius prüfte Wassertiefe und Strömung, ehe er zufrieden nickte. Gemeinsam packten sie die Schmuckstücke in den Sack, stopften ihn in den Kessel und bedeckten alles mit den Flusskieseln. Auf drei hoben sie den Kessel über die Bordwand und ließen ihn langsam im Wasser versinken.

»Tut mir leid, Optio.« Ich trieb mein Pferd auf die Brücke und drängte den Mann ans Geländer. Die fünf Legionäre, die ihm unterstanden, hatten sich mit einem Sprung auf die Zufahrt in Sicherheit gebracht. Der Wachoffizier wäre ins Wasser gefallen, wenn er sich nicht am Handlauf festgekrallt hätte.

»Das dürft ihr nicht«, schrie er verzweifelt. »Ich habe meine Befehle.«

»Vergiss deine Befehle«, antwortete ich brüsk. »Hier.«

Ich griff in meinen Beutel und gab ihm einige von Chaereas Denaren. »Ihr habt nichts gesehen.« Seine Legionäre grinsten verschmitzt.

»Aber ... «, protestierte der Mann noch einmal schwach.

Unser Zug war an ihm vorüber, ehe er seinen Satz zu Ende bringen konnte. Eine Viertelstunde später trieben wir unsere Pferde die jenseitige Uferböschung hinauf. Tiere und Reiter waren froh, wieder festen Boden unter den Hufen zu spüren. Die am rechten Ufer postierten Wachen wussten noch nichts von der Sperrung der Brücke und ließen uns ungehindert passieren.

Wir ritten so weit in die Uferwälder hinein, bis ich sicher war, dass man uns nicht mehr zurückholen würde. Ich ließ absitzen und die Männer entfachten ein Feuer, in dessen Schein wir unser kurzes Nachtlager aufschlugen. Beim ersten Morgenlicht saßen wir wieder in den Sätteln und arbeiteten uns in östlicher Richtung voran.

Es sollte so etwas wie einen Weg geben, den wir aber in der Dunkelheit verpasst hatten. Deshalb kamen wir nur sehr langsam voran. Erst als wir auf einen Bachlauf stießen, wurde es besser. Am Nachmittag erreichten wir eine kahle Anhöhe, von der aus wir auf den Rhenus und das Oppidum Ubiorum herabblickten. Dann ging es wieder durch dichtes Gebüsch, bis wir endlich auf den Weg stießen, der die Stadt mit den Wohngebieten der Barbaren im Osten verband. Er war aber nicht mit unseren Straßen zu vergleichen. Eher mit einem breiten Trampelpfad, den die Räder der Handelskarren in den durchwurzelten Waldboden gefurcht hatten.

Wir hatten uns bei dem ersten Treffen mit Chaerea abgesprochen, eine möglichst unauffällige Route in unser Einsatzgebiet zu wählen. Das schloss die Pfade und Wege entlang der nach Osten führenden Flüsse wie der Lupia[119] und der Rura[120] aus. Wenn wir den römischen Truppen und Händlern aus dem Weg gehen wollten, blieb uns nur der beschwerliche Weg durch die Wälder.

Meine Begleiter, von denen ich bis auf Quintus keinen kannte, stellten sich als gestandene Soldaten und gute Kameraden heraus. Wie man es von kampferprobten Praetorianern erwarten konnte, die bis auf die beiden Syrer den größten Teil meiner Truppe ausmachten. Die Syrer hatte Chaerea wegen ihres Geschicks im Umgang mit Pfeil und Bogen ausgesucht.

119 Lippe
120 Ruhr

Da wir nicht zu viele Lasten mit uns herumschleppen wollten, hatten wir nur wenig Proviant mitgenommen. Den Schützen kam die Aufgabe zu, uns mit frischen Fleisch zu versorgen, bis wir bewohntes Gebiet erreichten.

Alle wussten um das Risiko, dass wir mit dieser Reise auf uns genommen hatten. Es hatte zwar in den letzten Jahren keine größeren kriegerischen Auseinandersetzungen gegeben, ein Frieden lag aber in weiter Ferne. Es kam immer häufiger zu gegenseitigen Provokationen und bewaffneten Zwischenfällen. Arminius und seine Verbündeten schienen ihre Kräfte für eine neuerliche Auseinandersetzung zu sammeln. Der Cherusker musste Informationen über den Zustand unserer Legionen und die Differenzen zwischen Germanicus und Tiberius erhalten haben.

Meine Praetorianer machten keinen Hehl daraus, dass sie Germanicus treu ergaben waren und die abwartende und hinhaltende Politik des Tiberius verachteten. Sie sprachen offen darüber, ihren Abgott Germanicus im Falle des Ablebens des Augustus zum neuen Imperator auszurufen. Sie hofften auf ein schnelles Ende unserer Mission, um ihrem Feldherrn im entscheidenden Augenblick zur Seite zu stehen.

Den Syrern und auch Quintus war es gleich, wer in Zukunft das Sagen haben würde. Sie waren Soldaten, die zu ihrem Eid standen und auf ein besseres Leben nach ihrer Entlassung hofften.

Ich selber hatte mich, obwohl ich es mir noch nicht offen eingestand, längst entschieden. Meine Gönner und Freunde standen allesamt auf der Seite des Germanicus, während sich meine Feinde in der Gunst des Tiberius sonnten. Ich wusste, dass sich mein Schicksal mit der großen Politik verbunden hatte. Mein Erfolg musste die Partei des Tiberius schwächen und Germanicus stärken. Alleine aus diesem Grund konnte ich mir keine bessere Begleitung als die der Praetorianer wünschen.

Es ging immer weiter bergan. Hatten wir eine Anhöhe erklommen, wartete bereits der nächste Anstieg. Wenn die Bäume zurücktraten, um einer Lichtung Platz zu schaffen, eröffneten sich uns atemberaubende Ausblicke. Soweit das Auge reichte, reihte sich Hügel an Hügel, ein unendliches Meer bewaldeter Wogen.

Wir brauchten keinen Hunger zu leiden. Die Bäche und Flüsse wimmelten vor Fischen und es gab Wild in Hülle und Fülle. Auf die ersten menschlichen Spuren stießen wir erst nach einer Woche. Es handelte sich um ein Jagdlager, dessen Feuer seit Tagen erloschen waren.

Mehr als ein Woche hielten wir uns in nordöstlicher Richtung, bis wir von einer Anhöhe aus den gewundenen Lauf der Rura erblickten. Wir schwenkten nach Osten und mussten nach meinen Berechnungen in einigen Tagen die ersten Dörfer der Marser erreichen.

Eines Morgens erwachten wir inmitten von Rauchfahnen. Unser niederbrennendes Lagerfeuer hatte im Boden einen Schwelbrand entfacht, den wir mit dem Wasser eines nahen Baches mühsam löschten. Wir wollten nicht, dass unser Kommen frühzeitig entdeckt wurde.

Ich scharrte mit den Füßen den Humus beiseite und legte eine feste Schicht schwarzglänzenden Gesteins frei.

»Was für ein Reichtum«, stellte Quintus staunend fest. »Wissen die Barbaren eigentlich, auf welchem Schatz sie sitzen?«

»Ich sehe hier keinen Barbaren sitzen«, bemerkte einer der Praetorianer trocken. Der Mann hatte die Lacher auf seiner Seite.

Ich nahm einen der Brocken und wiegte ihn in der Hand. Ich hatte schon von den schwarzen Steinen gehört, die weitaus länger und heißer brannten als die mühsam gewonnene Holzkohle.

»Packt etwas davon ein«, wies ich die Männer an. Ich wollte sie nach unserer Rückkehr den dafür Zuständigen übergeben.

Es konnte von Wichtigkeit sein, dass die rechtsrheinischen Berge neben Holz und Honig noch mehr Verwertbares boten.

»Komm mit, Centurio«, weckte mich einer der Praetorianer am nächsten Morgen.

»Was gibt es?«, fragte ich übellaunig und blinzelte gegen die aufgehende Sonne.

»Barbaren«, flüsterte der Mann und hielt sich den Zeigefinger an die Lippen. »Einer der Syrer hat sie gesehen.«

Ich war auf der Stelle hellwach und folgte dem Mann. Es ging leicht bergan, bis wir an ein Gebüsch kamen, hinter dem das Gelände zu einem kleinen Talkessel abfiel. Wir ließen uns auf die Knie herab und robbten durch das hohe Gras bis zur Kante. Die Hälfte meines Kommandos und ein Bogenschütze hatten sich uns angeschlossen. Der Rest sollte bei den Pferden bleiben. Vorsichtig bog ich einige Büschel zur Seite und spähte hinab.

Ich sah eine in einen weiten Umhang gehüllte Gestalt, die sich unter Mühen mehrmals niederkniete und jedes Mal etwas in einen Sack steckte. Den Bewegungen nach musste es sich um einen alten Menschen halten.

»Das ist ein Kräuterweib«, wisperte ich Quintus zu, der mir gefolgt war.

»Wir sollten sie nach dem nächsten Dorf fragen«, antwortete er leise.

Ich gab zwei Praetorianern Handzeichen, die Alte zu umgehen und in ihrem Rücken hinabzusteigen. Würden Bogenschützen gebot ich, den Pfeil von der gespannten Sehne zu nehmen.

Ich erhob mich und eilte mit Quintus den Abhang hinab. Als die Frau uns sah, richtete sie sich mit einer nicht für möglich gehaltenen Schnelligkeit auf und versuchte zu fliehen. Sie sah die den Hang herab rutschenden Praetorianer und stieß einen spitzen Schrei aus.

Als ich mich bis auf wenige Schritte genähert hatte, machte sie eine abwehrende Bewegung und zückte ihr Messer. Sie steckte es sofort in ihren Sack, als ich eine Hand auf den Griff meines Gladius legte. Um sie zu beruhigen, machte ich eine beschwichtigende Bewegung mit den Armen und sprach sie an.

»Ich will dir nichts tun. Sag mir, wo dein Dorf ist.«

Sie schien mich nicht zu verstehen und ich versuchte es in der Sprache der Marser, von der mir Gernot einige Brocken beigebracht hatte.

Ihre Antwort konnte ich nicht verstehen.

In der Zwischenzeit waren die Praetorianer herangekommen und stellten sich zu uns.

»Dorf?«, versuchte ich es noch einmal.

Sie wies mit der Rechten nach Süden und brabbelte wieder etwas Unverständliches.

»Wie weit?« fragte ich weiter.

Sie schaute mich an, als ob sie mich nicht verstehen würde.

»Es macht keinen Sinn«, bemerkte Quintus. »Sie versteht uns nicht.«

»Doch«, hielt ich ihm entgegen. »Sie hat immerhin das Wort ‚Dorf' verstanden und die Richtung angegeben.

»Bist du dir sicher?«, fragte Quintus.

»Ich versuche es noch einmal.« Als ich mich der Frau zuwenden wollte, sah ich sie nicht mehr. Sie war verschwunden.

»Wo ist die Alte?«, wandte ich mich an die Praetorianer, die untereinander tuschelten. Die Männer sahen hoch, schauten in alle Richtungen und schüttelten die Köpfe.

»Beim Jupiter«, entfuhr es mir. »Das kann nicht wahr sein. Sie war eben noch hier.« Ich wies auf die Stelle, wo sie eben noch gestanden hatte.

»Sie ist mit den bösen Mächten im Bunde!« Der Syrer spreizte die Finger zu einer bannenden Geste.

»Sucht sie!«, befahl ich den Männern. Doch so sehr sie sich auch bemühten, die Alte blieb verschwunden. Als wenn der Erdboden sich aufgetan und sie verschluckt hätte.

»Und jetzt?«, fragte Quintus. Ich hörte seiner Stimme an, dass ihm die Sache unheimlich vorkam.

»Wir reiten in die Richtung, die sie uns angezeigt hat«, entschied ich.

»Centurio«, flüsterte der Bogenschütze. »Die Frau ist eine Hexe. Sie steht mit dem Bösen im Bunde.« Selbst die sonst so unerschrockenen Praetorianer pflichteten ihm bei.

»Unfug«, schalt ich die Männer aus. »Seid ihr kleine Kinder, die sich vor der Dunkelheit fürchten? Wir suchen jetzt dieses Dorf.«

Wir suchten in der Richtung, die die Alte angezeigt hatten und stießen bald auf einen Pfad, der anscheinend häufig benutzt wurde.

»Das muss ein sehr kleines Dorf sein«, mutmaßte Quintus. »Ich sehe nur Hufspuren und einige Fußabdrücke. Für einen Wagen oder Karren ist der Weg zu schmal.«

»Vielleicht hat die Hexe ihn verzaubert?«, scherzte ich.

»Damit spaßt man nicht«, erwiderte Quintus und griff nach seinem Amulett, das er an einer Kette um den Hals trug. Der silberne Glücksbringer stellte einen springenden Delphin dar.

»Wie willst du vorgehen, wenn wir eine Ansiedlung finden? Vor das erste Haus reiten und nach Gernot fragen?«

Wenn ich ehrlich war, hatte ich mir darüber noch keine Gedanken gemacht. »Wir werden sehen«, antwortete ich mürrisch. »Kommt darauf an, wie groß es ist.«

»Sextus, sollten wir nicht besser die Bogenschützen vorausschicken? Einer von ihnen hat mir erzählt, dass er schon mal als Kundschafter eingesetzt war. Die können das.«

»Wenn die nicht wieder aus einer Alten eine ganze Barbarenhorde machen.«

»Sextus.« Die Stimme meines Gefährten klang gedämpft. »Fordere nicht das Böse heraus.«

Ich dachte eine Weile über Quintus´ Vorschlag nach. Doch ich kam nicht mehr dazu, eine Entscheidung zu treffen. Vor uns öffnete sich der Pfad zu einer Lichtung, auf der ich im hohen Gras flache Erhebungen ausmachte. Eine davon war erst vor kurzem aufgeworfen und mit einem Pfahl bekrönt worden. Jetzt fielen mir auch weitere Pfosten und größere Steine im Gelände auf.

»Bei Pluto und Charon«, flüsterten die Männer hinter mir.

»Die Alte hat uns zu einem Friedhof geschickt.« Quintus betrachtete argwöhnisch die Lichtung und griff wieder nach seinem Amulett.

Ich spürte ein Kribbeln im Nacken und fühlte mich beobachtet. »Weiter«, befahl ich leise. Der Ort war mir nicht geheuer.

»Es stinkt«, meinte der vorderste Praetorianer und zog sein Halstuch über Mund und Nase.

Auch ich hatte den stechenden Verwesungsgeruch wahrgenommen.

»Das kommt von dahinten.« Quintus wies auf die Bäume an der gegenüberliegenden Seite.

»Schaut nach, was da ist!«, befahl ich den Syrern, die sich widerwillig trollten.

Wir schützten uns alle mit unseren Halstüchern und folgten den Kundschaftern. Der Gestank wurde unerträglich, als wir den Waldrand erreichten.

»Weiter!«, trieb ich die Männer an. »Zieht die Schwerter!«

Nach kurzer Zeit stießen wir auf die haltenden Syrer, die wie gebannt auf eine mächtige Eiche starrten. Ich schaute hin und erkannte eine Hand, die man in Kopfhöhe an den Stamm genagelt hatte. Ich ritt näher und berührte die grausige Trophäe mit der Spitze meines Gladius. Es klirrte metallisch bei der Berührung.

»Ein Feldzeichen«, murmelte Quintus. »Die Schwurhand einer Standarte. Da ist noch verkrustetes Blut dran. Die hat einem Manipel gehört.«

Da ich in letzter Zeit nichts über den Verlust eines Feldzeichens erfahren hatte, musste das Teil aus der Schlacht im Saltus Teutoburgiensis stammen. Durch Gernot wusste ich, dass Marser an den Kämpfen teilgenommen hatten.

»Lass das hängen«, schnauzte ich einen Praetorianer an, der sich daran zu schaffen machte. »Wir wollen keinen Ärger. Weiter.«

Nach wenigen Schritten wurde uns bewusst, dass wir uns in einem sogenannten Heiligtum der Barbaren befanden. Angenagelte Schädel, an die Zweige gehängte Tiere und Totenköpfe, die aus leeren Augenhöhlen stierten, säumten unseren Weg. Bald stießen wir auch auf den ersten Altar, einen aus klobigen Vierkanthölzern zusammengehauenen Tisch, an dem noch das Blut der letzten Kulthandlung klebte. Auf die Quelle des Gestanks stießen wir einige Augenblicke später. Das Gelände neigte sich zu einer Kuhle, an deren tiefsten Stelle sich ein Tümpel gebildet hatte. Rund um das schwarze Gewässer waren bizarre Figuren in den Boden gerammt.

Mein Schreck hielt sich in Grenzen, weil ich ähnlichen Götzenbildnissen nach meiner Gefangennahme durch die Marser begegnet war. Meine Männer hatten so etwas noch nicht gesehen und wendeten ihre Augen ab.

»Das sind nur krumm gewachsene Äste, die menschlichen Körpern gleichen«, versuchte ich, sie zu beruhigen. »Die Barbaren schnitzen Gesichter hinein, um ihnen ein menschliches Aussehen zu geben.«

»Schmeißt den Dreck ins Wasser«, krächzte ein Praetorianer heiser. »Ich will diesen Mist nicht sehen.«

»Untersteh dich«, wies ich den Mann zurecht.

Wieder hatte ich das Gefühl, von hinten beobachtet zu werden. Ich trieb mein Pferd im Kreis und hieb mit dem Gladius blindlings auf die Büsche. Meine kopflose Aktion hatte keinen Erfolg. Außer einer Elster, die krächzend das Weite suchte, scheuchte ich nichts auf. Ich musste mich geirrt haben.

»Da, Sextus!« Quintus zeigte auf ein Gestell am anderen Ufer, das mit einer Decke oder Ähnlichem behangen war. »Da kommt der Gestank her.«

Ich ritt um den Tümpel herum und hielt auf das Gerüst zu. Als ich näherkam, erhoben sich hunderte Schmeißfliegen sirrend in die Luft. Einige Männer kämpften damit, sich nicht zu übergeben, als sie aufgeschlossen hatten. Selbst die Gäule wieherten angstvoll und zerrten mit den Mäulern an den Zügeln. Wir hatten Mühe, sie nicht durchgehen zu lassen.

Was von weitem wie eine Decke ausgesehen hatte, entpuppte sich als das Fell eines abgehäuteten Pferdes, an dem noch der Schädel und die Hufe hingen. Der Rest des Kadavers lag einige Schritte daneben. Tausende Maden wimmelten darauf herum.

»Bei allen Göttern«, machte Quintus seiner Empörung Luft. »Das sind doch Wilde. Wie kann man so etwas tun?«

»Es sind nicht deine Götter«, wies ich ihn zurecht. »Machen wir, dass wir weiterkommen. Wo ein Friedhof und ein Heiligtum sind, müssen Menschen leben.«

»Die ich nicht sehen will, Sextus.« Die Männer raunten zustimmend.

Ich tat, als hätte ich nichts gehört und trieb mein Pferd vom Tümpel weg tiefer in den Wald hinein. Der Gestank legte sich und ich atmete erleichtert frische Luft. Trotzdem blieb die Vorstellung, von unsichtbaren Blicken verfolgt zu werden.

»Bleibt zusammen«, wies ich das Kommando an. »Beachtet jeden Baum und jeden Strauch. Wir werden beobachtet.«

Die Praetorianer zogen wieder die Schwerter und die Bogenschützen fingerten ihre Pfeile aus den Köchern und hielten ihre Bögen im Anschlag.

Es sind oft nur Augenblicke, die über Leben und Tod, Sieg oder Niederlage entscheiden.

Ich bemerkte aus den Augenwinkeln eine Bewegung im Unterholz, die nicht von einem Tier herrühren konnte. Dann sah ich das Gesicht, das zwischen den Blättern hervorlugte.

»Deckung!«, schrie ich den Männern zu und drückte mich flach auf den Rücken meines Pferdes. Ein Pfeil zischte vorbei, ohne Schaden anzurichten. Wäre ich aufrecht im Sattel geblieben, hätte er mich vielleicht getroffen. Ich drückte meinem Pferd die Fersen in die Flanken und preschte mit vorgehaltenem Gladius zu der Stelle, an der ich den Angreifer vermutete. Rechts und links von mir sah ich geduckte Gestalten in wollenen Kitteln auf den Pfad stürmen. Einige hielten Schwerter, die meisten anderen Speere in den Händen. Bevor ich mein Ziel erreichte, verlor der verdeckte Schütze die Nerven und floh in den Wald. Mein Pferd holte ihn mit mehreren Sätzen ein, und ich schlug ihm die flache Seite meiner Klinge an den Kopf. Der Mann strauchelte, krachte mit der Stirn gegen einen Ast und ging zu Boden. Ich parierte meinen Gaul, glitt aus dem Sattel und warf mich auf den Angreifer, der sich nicht wehrte.

Es war mir gleich, ob ihm mein Schlag oder der Ast das Bewusstsein genommen hatte. Den Kittel bis auf die Ellbogen herunterzureißen, ihn umzudrehen und den Gladius an den Hals zu setzen, war das Werk eines Augenblicks. Er schlug die Augen auf und starrte mich entsetzt an. Erst jetzt bemerkte ich die Narbe, die sich über seinen Unterarm zog. Ein Blick in sein Gesicht machte mich sicher, Marbod erwischt zu haben. Ich steckte den Gladius weg und hielt ihm stattdessen den Pugio an die Kehle.

»Aufstehen!«, befahl ich rau, zerrte ihn hoch und stieß ihn in Richtung des Weges. Nach wenigen Schritten kamen mir Quintus und die Praetorianer entgegen.

»Kümmer dich um das Pferd!«, rief ich meinem Freund zu und schubste den Marser voran. Marbod war vor Schreck wie gelähmt und befolgte alle Anweisungen.

Auf dem Weg war außer meinen Gefährten niemand zu sehen. Die Angreifer mussten sich zurückgezogen haben, als ich ihren Anführer überwältigte.

»Sag deinen Leuten, dass sie herauskommen und ihre Waffen niederlegen sollen!«

Marbod dachte immer noch nicht daran, Widerstand zu leisten. Der Schock der plötzlichen Gefangennahme hatte seinen

Widerstandswillen gebrochen. Er kam der Aufforderung nach, worauf ein Dutzend verschüchterte Männer, darunter drei Greise und zwei Halbwüchsige den Schutz der Büsche verließen. Es waren Bauern, Viehzüchter und keine Krieger. Ich konnte nicht verstehen, dass er gewagt hatte, uns mit diesem kümmerlichen Haufen anzugreifen.

Marbod nickte seinen Leuten zu, worauf sie ihre Speere fallen ließen.

»Fesseln«, befahl ich weiter und zeigte auf Marbod. Die Syrer sprangen hinzu und banden Marbod die Arme auf dem Rücken zusammen.

»Ans Pferd binden.«

Sie nahmen das lange Ende des Stricks und befestigten ihn an einem Sattelhorn.

»Du da!« Ich zeigte auf einen der Marser, die unschlüssig die Szene betrachteten. Der Mann hatte einen Gladius im Gürtel. »Komm her und gib mir das Schwert.«

Der Mann zögerte, wurde aber von seinen Mitstreitern nach vorne geschoben. Gehorsam holte er den Gladius hervor und reichte ihn mir mit dem Griff voran. Ich nahm die Waffe und reichte sie an Quintus weiter, der sie auf einem der Packtiere verstaute.

»Wo hast du das her?«, fragte ich barsch.

»Für drei Kühe eingetauscht«, stotterte der Mann. »Es ist mein größter Besitz.«

»Da!« Ich hatte meinen Beutel hervorgeholt und ihm etwa zwanzig Denare vor die Füße geworfen. »Ich kaufe dir das Schwert wieder ab.«

Meine Männer schauten mich an, als ob ich den Verstand verloren hätte.

Der Marser lächelte dankbar, als er die Münzen eingesammelt und unter seinem Kittel verstaut hatte.

»Wo ist euer Dorf?« Ich hielt mich an dem Mann mit dem Gladius, der mir jetzt verpflichtet war.

»Da hinten.« Er wies den Weg hinab. »Tausend Schritte und noch einmal Tausend.« Er hielt zwei Finger in die Höhe. »Vielleicht etwas mehr.«

»Lebt bei euch ein Schmied, der Gernot genannt wird.«

Der Mann bejahte.

»Führ uns hin und sag den anderen, dass sie in Sichtweite vor uns bleiben sollen.«

»Jawohl, Dominus.«

Irgendwie hatte ich das Gefühl, dass der Marser froh war, heil und mit einem Gewinn von zwanzig Denaren aus der Sache herausgekommen zu sein.

Marbod spuckte hingegen angewidert auf den Boden.

»Lass das bleiben«, fuhr ich ihn an.

Der Marser blickte störrisch zur Seite.

Ob er mich wiedererkannt hatte? Ich wollte ihm nicht den Gefallen tun, ihn auf unsere erste Begegnung anzusprechen. Er brauchte nicht zu wissen, dass ich mir sicher war, dass er an den Überfällen in den Montes Taunensium beteiligt war. Ich wollte ihn vorerst im Ungewissen halten und zuerst mit Gernot sprechen, ehe ich mich auf eine Vorgehensweise festlegte.

»Warum hast du ihm Geld gegeben, Centurio?«, fragte einer der Praetorianer auf dem Marsch zum Dorf.

»Weil wir keinen Krieg führen, sondern nach Beweisen für ein Verbrechen suchen. Wir sind auf die Mithilfe der Leute angewiesen.«

»Aha«, antwortete der Soldat, ohne allzu überzeugt zu wirken.

Marbod hatte sich unterdessen einige Schritte zurückfallen lassen. Er wäre beinahe hingeschlagen, als ich derbe an dem Strick zerrte.

»Sieh zu, dass du nicht zurückbleibst. Oder soll ich dich hinter mir her schleifen?«

Wenn Blicke töten könnten, wäre ich in diesem Augenblick tot aus dem Sattel gesunken.

Jetzt, so kurz vor dem Ziel unseres Unternehmens, verspürte ich ein Kribbeln im Magen. Wie würde sich Gernot verhalten? Es waren fast vier Jahre vergangen, seitdem wir uns das letzte Mal gesehen hatten. War inzwischen etwas geschehen, was seinen Hass gegen die Römer genährt hatte? Was war mit Harald, dem Vorsteher des Dorfes, der in Aliso seine Hand verloren hatte? Lebte er noch? Was war mit den übrigen Marsern, die damals dabei waren? Wie würden sie reagieren, wenn ich mit dem gebundenen Marbod ins Dorf ritt? Wo war eigentlich die Kräuterhexe? Sie musste im Dorf gewesen sein und Marbod von unserem Kommen unterrichtet haben. Wie hätte er uns sonst auflauern können?

Als die Lichtung mit den ersten Feldern und Häusern zwischen den Bäumen auftauchte, befahl ich meinen Männern, dichter aufzuschließen und ihre Waffen griffbereit zu halten.

»Da kommt unser Held.«

Das kam vom umgestürzten Stamm einer Eiche, der vor uns auf der rechten Seite des Weges lag. Spott und Häme der hellen Stimme galten nicht uns, sondern Marbod, der dem Blick der jungen Frau verschämt auswich.

Ich zügelte mein Pferd neben dem Baumstamm und hob meine Hand zum Gruß. Die junge Frau erwiderte meinen Blick, hütete sich aber, gleichfalls zu grüßen.

Marbod trat mit den Füßen auf der Stelle und schaute angestrengt weiter in die andere Richtung. Ich war mir sicher, dass er mir diese Erniedrigung niemals vergeben würde.

Das Mädchen, ich schätzte sie auf siebzehn Jahre, hatte ihre blonde Haarpracht mit einem blauen Band im Nacken gebändigt. Sie trug ein hirschledernes Kleid und einen Stoffmantel, der von einer bronzen Fibel an der Schulter zusammengehalten wurde. Ihre zierlichen Füße steckten in Halbstiefeln, die über die Knöchel reichten. Um die Taille schlang sich ein schmaler Gürtel, an dem ein perlenverziertes Gehänge befestigt war, das bis auf die Oberschenkel herabreichte. Daran war ein kleines Messer mit Scheide befestigt, wie es die Frauen für die Hausarbeit benötigten. Auf mich hatte dieser Bestandteil der germanischen Tracht immer einen wehrhaften Eindruck gemacht. Sie war schlank und hatte ein Gesicht, an dem man nicht vorbeischaute. Auf dem Sklavenmarkt müsste man für eine solche Schönheit ein Vermögen auf den Tisch legen.

»Wie heiß du?«, fragte ich freundlich.

Sie blieb mir die Antwort schuldig, hob den Kopf in den Nacken und wischte sich eine Strähne aus der Stirn.

Ich drückte dem Pferd leicht die Fersen in die Seite, zog an dem Strick und ritt im Schritt auf die Lichtung hinaus. Zu beiden Seiten des Weges erstreckten sich Felder, auf denen das Getreide bis in Kniehöhe gewachsen war. Die dazu gehörigen Hütten und Höfe rückten immer näher, Ich schaute mich noch einmal um. Das Mädchen, das mir versonnen nachgeblickt hatte, schlug ertappt den Blick zu Boden.

Eine gänzlich andere Begegnung mit dem weiblichen Geschlecht wartete auf mich hinter den ersten Häusern.

»Halt!«, schrillte es uns entgegen. Die Kräuterfrau sprang auf den Weg und streckte uns ihre knorrigen Hände entgegen. Graue Strähnen fielen ihr ins Gesicht, und ihre Augen starrten blutunterlaufen.

»Halt, Römer. Seid verflucht. Gebt Marbod frei und verschwindet.«

Sofort sammelte sich eine Menge hinter der Alten. Ich sah gezückte Messer, gezogene Schwerter und gesenkte Speere.

»Tötet die Römer«, kreischte die Hexe wie von Sinnen.

Marbod zerrte an den Fesseln, während die Menge feindselig näher rückte.

»Waffen ziehen!«, befahl ich den hinter mir haltenden Männern. Ich sah aus den Augenwinkeln, wie die uns folgenden Marser einen Bogen schlugen und sich hinter ihren Dorfgenossen einreihten.

»Zurück«, rief eine Stimme, die mir bekannt vorkam. »Haltet Frieden!«

Die Menge teilte sich und ließ Platz für zwei Männer, die mit gemessenen Schritten auf mich zuhielten. Es waren Gernot und der Dorfvorsteher, der in Aliso seine Hand verloren hatte. Während die Jahre spurlos an meinem Freund vorübergegangen waren, schien der andere sehr gealtert.

»Waffen runter!«, befahl Gernot unmissverständlich.

Er hatte mich längst erkannt und grüßte mich mit den Augen. Auch der Dorfvorsteher nickte mir zu.

»Weg hier! Geht nach Hause. Hier gibt es nichts zu sehen.« Gernot schien im Dorf großen Respekt zu genießen. Die Ersten wandten sich bereits zum Gehen, und es dauerte nicht lange, bis sich die Menge zerstreut hatte. Trotzdem wurden wir weiterhin misstrauisch aus der Ferne und den Fenstern und Türen der umstehenden Häuser beäugt.

»Freya und Nerthus verfluchen die Fremden. Sie haben das Heiligtum der Tanfana geschändet. Vertreibt sie aus unserem Dorf!« Die Kräuterhexe hatte immer noch nicht aufgegeben.

»Gib endlich Ruhe, Gunda«, rief Gernot in Richtung des Hauses, aus dem der Zwischenruf gekommen war. Die Türe schlug zu, und es blieb ruhig.

»Kommst du in Frieden?«, fragte Gernot.

Ich bejahte.

»Dann freue ich mich dich zu sehen, Sextus.« Dann betrachtete er unseren Gefangenen.

»Was habt ihr mit Marbod gemacht?«

»Frag besser Marbod, was er gemacht hat«, erwiderte ich.

»Und …?«, wandte sich Gernot an den Gefesselten. »Was ist geschehen?«

Marbod spuckte aus und hielt dem Dorfvorsteher die gefesselten Hände hin. »Mach mich los.«

Der Alte blickte mich fragend an.

»Er hat uns hinter eurem Opferplatz aufgelauert«, erklärte ich ruhig.

»Du meinst den Hain, in dem wir Tanfana verehren?«

»Ich weiß nicht«, entgegnete ich Harald, »wen ihr wo verehrt. Wir haben keine Kultstätte entweiht. Du meinst doch den Wald mit den Opfergaben an den Bäumen und der Tümpel mit den Stelen und dem Pferdeopfer?«

Harald bestätigte meine Beschreibung.

»Ihr könnt von Glück sagen, dass keinem deiner Leute bei dem Überfall auf uns etwas geschehen ist. Das sind Praetorianer!« Ich wies mit der Hand auf meine Männer.

»Quintus ein Praetorianer?«, lächelte Gernot. »Sei mir trotzdem gegrüßt.«

Quintus wirkte eher erheitert als gekränkt.

»Nein«, antwortete ich ebenfalls schmunzelnd. »Der nicht.« Es tat gut, wie die aufgestaute Spannung in sich zusammenfiel.

Unterdessen war die junge Frau, die ich zuletzt am Waldrand gesehen hatte, an Gernots Seite getreten. Sie trug einen Brotfladen und einen Krug in der Hand.

»Möchtest du deinen Freunden nicht den Willkommenstrunk anbieten?« Sie riss ein Stück von dem Fladen und reichte es mir zusammen mit dem Krug. Ich biss hinein und nahm einen Schluck. Dann gab ich beides an Quintus weiter.

»Das ist meine Schwester Hildiko«, stellte mir Gernot das Mädchen vor. »Ich habe dir damals von ihr erzählt.«

»Ich dachte es mir«, antwortete ich. »Wir sind uns schon vor dem Dorf begegnet.«

Gernot und der Dorfvorsteher nahmen ebenfalls von dem Fladen und spülten den Bissen mit dem Wasser aus dem Krug herunter.

»Ihr seid jetzt unsere Gäste«, erklärte der Alte mit gewichtiger Miene. »Das Gastrecht ist uns heilig. Keiner aus dem Dorf wird euch etwas tun.« Er zog sein Messer und ging zu Marbod. »Darf ich? Das ist nicht mehr nötig.«

»Mach ihn frei«, gab ich meine Zustimmung. »Er soll sich aber von uns fernhalten.«

Sobald Marbod von dem Strick befreit war, machte er sich eilends aus dem Staub.

»Du bist also Sextus, der meinem Bruder und dem Dorfvorsteher das Leben gerettet hat?« Hildiko lächelte mich an. »Verzeih, dass ich dir nicht meinen Namen genannt habe. Ich hielt es nicht für angebracht.«

Ich lächelte zurück und wusste, dass ich diese Augen nie wieder vergessen würde. Sie waren nicht blau, sondern eher grün, wie das Wasser eines Bergsees in der Morgensonne.

Ohne uns lange aufzuhalten, hatte mir Gernot eine Schlafkammer in seinem Haus angeboten, was ich dankend angenommen hatte.

Es war eines der größeren Gebäude des Dorfes und war von einem halbhohen Flechtzaum aus Haselreisern umgeben. Den Zugang zum Hof bildete ein aus groben Balken gefertigtes Tor, dessen Flügel an ledernen Angeln hing. Den Weg zum Wohnhaus säumten einige Nebengebäude. Ich unterschied einen Stall, zwei Vorratsspeicher auf hüfthohen Stelzen und eine vorne offene Schmiede, in der mein Freund seinem Tagwerk nachging. Neben der Scheune befand sich wegen der Feuergefahr der Brunnen des Anwesens. Den mit Brettern verschalte Schacht und den hüfthohen Aufbau schützte ein auf vier Pfosten ruhendes Satteldach.

Meine Männer wurden in der Scheune untergebracht, in der es Heu und genügend Futter für die Pferde gab. Für die Reittiere wurde ein Teil der Viehweide abgetrennt. Die Syrer bastelten aus Stangen und Zeltbahnen einen provisorischen Unterstand für die Tiere.

Den Freiraum zwischen den Nebengebäuden und der Umzäunung nahmen Beete ein, auf denen Rüben, Hülsenfrüchte und Kräuter gediehen.

Das schilfgedeckte Hauptgebäude war aus lehmverputztem Fachwerk errichtet. Über dem Eingang prangte am rotgestrichenen Querbalken der Schädel eines Auerochsen. Einen großen Teil des dreischiffigen Innenraums nahm die geräumige Wohnhalle ein. Hier befand sich die gemauerte Feuerstelle des Hauses. Außer einigen Kästen für den Hausrat bestand die Einrichtung aus einem langen Tisch, an dem die Bewohner des Anwesens ihre Mahlzeiten zu sich nahmen. Was es mit den regelmäßigen Vertiefungen in der Tischplatte auf sich hatte, sollte ich bei der ersten Mahlzeit erfahren. An den Wänden hingen die Schilde des Hausherrn und ein Teil seiner Waffen. So sehr ich auch schaute, konnte ich keine römischen Beutewaffen entdecken. Gekocht wurde auf der Feuerstelle oder unter dem Vordach des Seiteneingangs, wo sich auch der Backofen befand. Eine Türe führte in den Schlaftrakt des Hauses. Hier lagen, durch Flechtwerk voneinander getrennt, die Schlafkammern der Bewohner. Der hintere Teil des Hauses war den Ställen für das Vieh und die Reittiere des Hausherrn vorbehalten. Er verfügte über einen gesonderten Zugang. Hildiko räumte für die Dauer unseres Aufenthaltes ihren Raum und quartierte sich bei der Küchenmagd ein. Die Kammer bot genug Platz für zwei Schlafstätten. Es gab sogar ein kleines Fenster, das bei Kälte und Nässe mit einem dafür vorgesehenen Brett verschlossen wurde. Für meine Ausrüstung stand ein geräumiger Kasten bereit.

Nachdem wir uns eingerichtet hatten, wurde das Essen in der Halle aufgetragen. Auf dem Tisch standen einige gedrechselte Holzschüsseln, aus denen es dampfte und herrlich roch. Ich ließ mich auf der Bank neben Gernot nieder und wartete darauf, dass man mir einen Teller brachte. Der Hausherr reichte mir aber lediglich einen Löffel und wies auf die Schüssel.

»Bedien dich, Sextus. Dir steht als mein Ehrengast der erste Bissen zu.«

Hildiko, die mir gegenüber Platz genommen hatte, stieß mich unter dem Tisch mit dem Fuß an und wies auf die Vertiefungen. Ich verstand und schaufelte mir mit der Schöpfkelle eine gute Portion in die nächstgelegene Kuhle.

»Pass gut auf deinen Löffel auf«, scherzte Gernot. »Der Vorbesitzer hat ihn abgegeben und liegt seitdem auf dem Friedhof.«

Ich begriff nicht und ließ mir unter dem Gelächter der Anwesenden den Sinn des Wortspiels erklären. Jeder Bewohner hatte seinen eigenen Löffel, der im Falle des Ablebens an den nächsten weitergegeben wurde.

Das Essen war einfach, aber sehr schmackhaft. Gernot hatte am Vortag ein Reh erlegt, dessen Fleisch in mundgerechte Stücke zerlegt, in Bier und Kräutern gekocht wurde. Dazu gab es Fladenbrot und frisch angesetztes Gerstenbier. Während die Bewohner aus gedrechselten Holzbechern tranken, hatte man Quintus und mir Pokale aus Glanzton bereitgestellt. Die Gefäße, die jeder Offizierstafel zur Ehre gereicht hätten, mussten Gernot ein kleines Vermögen gekostet haben.

Neben Quintus und mir waren Gernot, Hildiko, die Knechte und Mägde anwesend. Später gesellte sich noch Harald, der Dorfvorsteher, zu uns. Er war gekommen, um sich über den Zweck unseres Besuches unterrichten zu lassen. Während des Essens besprachen wir jedoch nur Belangloses. Ich erzählte von meinem Aufstieg in Mogontiacum, und Gernot gab den neuesten Dorfklatsch zum Besten. Es wurde viel gelacht, weil wir uns bemühten, die ernsten Themen vorerst außen vor zu lassen. Erst als wir fertig waren und die Mägde den Tisch abräumten, lud Gernot den Dorfvorsteher und mich auf einen Umtrunk ein. Ich schloss daraus, dass das, was er mit mir bereden wollte, nicht für alle Ohren bestimmt war.

Quintus zog sich mit zwei bis an den Rand mit Bier gefüllten Eimern in die Scheune zu unseren Männern zurück. Sie hatten aus Platzgründen ihr Essen dort eingenommen.

»Du bist Hildiko bereits vor dem Dorf begegnet?«, fragte Gernot, nachdem wir uns auf die Bank neben dem Eingang zurückgezogen hatten.

»Ja. Aber ich glaube nicht, dass es Marbod gefallen hat, was sie sagte.«

Gernot schaute mich an und schüttelte missbilligend den Kopf. »Sie soll aufhören, den Burschen zu reizen. Ich habe es ihr schon hundert Mal gesagt. Das nimmt kein gutes Ende.«

»Du hast mir damals erzählt«, fragte ich neugierig, »dass er ihr nachstellt. Also hat er sein Ziel immer noch nicht erreicht?«

Gernot lachte. »Sie will ihn nicht, was ich gut verstehen kann. Er gibt es aber nicht auf. Außerdem versucht er jeden einzuschüchtern, der sich ihr nähert.«

»Dann ist sie noch frei?«

»Bist du interessiert?«, antwortete Gernot. »Sie ist ein sehr schönes Mädchen. Und klug dazu.« Er lachte, was mir einen kleinen Stich versetzte.

»Warum bist du gekommen?« Harald kam zum eigentlichen Grund unserer Zusammenkunft. »Wenn sich ein Offizier mit zehn Praetorianern durch die Wälder bis zu uns durchschlägt, will er keinen Freundschaftsbesuch machen. Oder sehe ich das falsch?«

Ich dachte kurz nach und begann mit aller Vorsicht mein Anliegen vorzutragen.

»Es gibt Hinweise auf verbotenen Waffenhandel. Eine Spur führt zu den Marsern.«

»Hinweise?«, fragte Harald gedehnt.

»Eher Beweise«, erwiderte ich.

»Was für Beweise?«, fragte Gernot. Er hatte bis jetzt geschwiegen und die Sorge stand ihm ins Gesicht geschrieben.

»Waffen, Münzen und die eindeutige Aussage eines Gefangenen.«

»Und warum kommst du zu uns? Es gibt viele marsische Dörfer.« Harald machte den Eindruck, als wenn er das Problem von sich abwälzen wollte.

»Weil ich eure Hilfe brauche. Ich habe sonst keine Freunde unter den Marsern.«

»Das ehrt dich.« Gernot legte mir eine Hand auf die Schulter. »Aber was sagt dir, dass wir dir helfen können?«

»Weil es einen Namen gibt: Marbod.«

»Es gibt viele Marbods.« Harald wirkte entrüstet. »Das sind alles keine stichhaltigen Beweise. Nur Gerüchte.«

»Lass Sextus weiterreden«, versuchte Gernot den Dorfvorsteher zu beschwichtigen. »Er ist nicht wegen einiger Gerüchte gekommen.«

»Ich habe Marbod gesehen, Harald. In den Montes Taunensium.«

Beide Männer starrten mich ungläubig an und forderten mich auf, zu erzählen. Außer dem Rauschen des Windes in den Baumkronen war nichts zu hören, als ich fertig war.

»Wusstet ihr von dem Waffenhandel?«, fragte ich in die Stille hinein.

»Ich weiß, dass Marbod oft weg ist, um mit den Römern zu handeln«, antwortete Harald. »Von Waffen weiß ich aber nichts. Ich hätte es nicht geduldet. Ich will keine Schwierigkeiten mit den Römern.«

»Ich habe einem der Männer, die an dem Angriff auf uns beteiligt waren, einen Gladius abgenommen. Ich glaube, dass es noch mehr davon gibt. Ist dir das nicht aufgefallen?«

»Woher soll ich wissen, woher die Männer ihre Waffen haben?«, rechtfertigte sich der Dorfvorsteher. »Viele haben gegen euch gekämpft. Alleine im Saltus Teutoburgiensis sind unzählige Waffen erbeutet worden.«

»Es handelt sich aber um neue Schwerter.«

»Woher soll ich das Wissen«, empörte sich Harald. »Gladius ist Gladius.«

»Wenn ich dich richtig verstanden habe«, merkte Gernot an, »sind Römer an dem Handel beteiligt. Warum legt ihr denen nicht das Handwerk? Damit hättet ihr das Problem beseitigt.«

»Das würde ich gerne«, gab ich ihm Recht und lachte sarkastisch. »Dazu fehlen mir aber die Beweise. Es gibt Verdächtige, die aber sehr geschickt vorgehen. Sie werden von allerhöchster Stelle gedeckt.«

»Und du bist hier«, folgerte Gernot, »um die Beweise zu beschaffen.«

Ich stimmte ihm zu und überließ die beiden ihren Gedanken, ehe ich fortfuhr.

»Wenn ich sage, wen ich im Verdacht habe, werdet ihr alles tun, mir zu helfen.«

Die beiden schauten mich interessiert an.

»Wer?«, fragten beide gleichzeitig.

»Ihr kennt sie alle. Lucius Poblicius, Kaeso Vorrenus und Gaius Fabricius.«

Harald stöhnte bei den Namen von Kaeso und Fabricius auf, während Gernot seinen Kopf in den Händen barg.

»Bist du dir sicher?«, fragte Gernot schließlich.

»Absolut sicher. Bei meinen und bei euren Göttern.« Die beiden hingen mir an den Lippen, als ich ihnen alles Wissenswerte schilderte. Die Skepsis und Zurückhaltung des Dorfvorstehers wandelte sich in offenen Hass. Ich selbst hatte die Szene noch vor Augen, wie er auf den Befehl des Fabricius die Hand auf den Block legen musste und Kaeso mit einem grausamen Grinsen zugeschlagen hatte. Als ich fertig war, strich er sich mit der gesunden Hand über den Stumpf und stand auf.

»Dein Anliegen wird das Dorf spalten, aber ich werde alles tun, dir zu helfen. Marbod hat es sich selber zuzuschreiben, wenn er mit diesen Verbrechern Geschäfte macht.«

»Nicht nur das, Harald.« Es tat mir Leid, die Sorgen des Dorfvorstehers zu mehren. Aber es musste sein, wenn ich Erfolg haben wollte. »Er spielt mit eurem Leben. Germanicus wird die Schuldigen mit aller Härte bestrafen. Der Waffenhandel bedroht das Leben römischer Bürger. Er wird sich an euch rächen, wenn ihr den oder die Schuldigen deckt.«

»War es nötig, ihm Angst zu machen?«, fragte Gernot, als Harald gegangen war.

Ich schüttelte den Kopf. »Nein, Gernot. Es ist mir ernst. Ihr müsst euch vorsehen. Gleichgültig wie die Sache ausgeht, Germanicus wird bald nach einem Grund suchen, die Schande der Clades Variana auszumerzen. Der Handel mit römischen Waffen ist ein schweres Verbrechen, das auf euch zurückfallen kann. Tut alles, den Caesar zu besänftigen.«

Gernot blickte nachdenklich in den sternenübersäten Nachthimmel. »Es wird schon nicht so schlimm kommen, Sextus. Es gibt noch etwas anderes, was mich bedrückt.«

Ich schaute ihn an.

»Hildiko«, meinte er. »Ich denke an Hildiko. Marbod lässt sie nicht in Frieden, obwohl sie ihn bereits mehrfach abgewiesen hat. Er ist ein Mann, der sich mit Gewalt holt, was man ihm vorenthält. Er ist der reichste Mann im Dorf …«

»Du weißt jetzt hoffentlich warum«, warf ich ein.

»Wie gesagt«, fuhr Gernot fort, »er glaubt, alles und jeden kaufen zu können. Auch Hildiko.«

»Wenn wir genügend Beweise haben, nehme ich ihn mit. Dein Problem hätte sich damit erledigt.«

»Wenn das so einfach wäre, Sextus. Er hat Freunde im Dorf, weil viele von seinem Geld leben.«

»Du meinst die braven Krieger, die gegen uns versagt haben?« Gernot spürte die Provokation und lachte geringschätzig. »Ihr hattet Glück, dass die jungen Krieger bei der Jagd waren.«

»Wusstest du eigentlich etwas von der Aktion?«, fragte ich unvermittelt.

»Nein. Glaub mir.« Gernot versuchte, den aufkeimenden Zwist im Ansatz zu ersticken. »Ich stand in der Schmiede und habe nur gesehen, dass die Alte zu Marbod rannte. Harald und ich wären eingeschritten, wenn wir etwas von einem Überfall auf Römer gehört hätten. Wir lieben euch nicht, wollen aber keine Schwierigkeiten.«

»Gilt das auch für mich?«

»Natürlich nicht, Sextus.« Gernot lachte. »Würden wir sonst hier zusammensitzen? Aber was deine Leute betrifft ist es so, wie ich es gesagt habe. Da gibt es nichts zu beschönigen.«

»Schon gut«, lenkte ich ein. »Lass uns im Fall von Marbod und den anderen zusammenarbeiten. Alles Weitere wird sich finden. Einverstanden?« Ich hielt ihm die Hand hin.

»Einverstanden.« Gernot schlug grinsend ein. »Unter der Bedingung, dass du an Hildikos Sicherheit denkst.«

»Soll ich sie mitnehmen, wenn ich gehe?«, fragte ich kess.

»Das wäre eine Möglichkeit, über die ich noch nicht nachgedacht habe«, antwortete Gernot. Ich war überrascht über die Ernsthaftigkeit, die in seiner Antwort mitschwang. Alles lag mir ferner, als mich auch noch um das Wohlergehen des Mädchens zu kümmern. So anziehend und hübsch Hildiko auch war. Lucilla würde es mir niemals verzeihen, wenn ich mit der hübschen Marserin nach Mogontiacum zurückkäme.

»Du kannst dich auf mich verlassen«, antwortete ich gegen meine innere Überzeugung.

Fabricius hatte sein Standlager in dem Dorf bezogen, das er von der letzten Unternehmung her kannte. Es waren nur zwei Tagesmärsche bis zur Lupia und einer bis zu Marbod. Auch bis zum aufgelassenen Lager[121], in dem Tiberius vor zehn Jahren den Winter verbracht hatte, war es nicht weit. Es wäre ihm zwar lieber gewesen, im Dorf des Handelspartners ein Quartier zu beziehen, aber Marbod hatte darauf bestanden, ihre Geschäftsbeziehung nicht öffentlich zu machen.

Direkt nach seiner Ankunft hatte er Marbod die Nachricht zukommen lassen, dass er dieses Mal zwanzig Gladii zu verkaufen hätte. Nach Rücksprache mit Kaeso hatten die beiden entschieden, Lucius' Anordnung zu unterlaufen. Wer konnte schon wissen, wie lange sie ihre Geschäfte überhaupt noch abwickeln konnten? Er war sich sicher, dass es bald zu einer Revolte der Legionen kommen musste und was danach war,

121 Anreppen

wussten nur die Götter. Jetzt galt es, so viel Gewinn wie möglich zu machen, um die kargen Zeiten zu überstehen. Fabricius schlug die Decken auseinander und betrachtete die Schwerter, die er mit einer gefälschten Anweisung aus dem Magazin abgezweigt hatte. Es waren gute Waffen, die, falls sie in falsche Händen gerieten, viel Schaden anrichten konnten. Dagegen rechnete er den Gewinn hoch, den er damit erzielen würde. Seine anfänglichen Vorbehalte gegen den Verkauf von Kriegswaffen hatte er längst aufgegeben. Seit dem Tag, als Lucius und Kaeso seinen Weg in Aliso gekreuzt hatten, war er mehr und mehr den Lockungen des Goldes erlegen.

Am folgenden Tag war es nicht der Bote, sondern Marbod selbst, der an seine Türe klopfte.

»Wir stecken in Schwierigkeiten«, eröffnete der Marser dem erstaunten Römer. »Es sind Römer in unserem Dorf. Ich glaube, sie suchen nach etwas. Einem meiner Leute haben sie sogar für viel Geld einen Gladius abgekauft.«

»Was für Römer, Marbod? Warum sind sie gekommen? Wer sind sie? Hast du Namen?«

»Ein Centurio mit zehn Mann, darunter Praetorianer. Den Offizier kenne ich. Ich bin ihm in Aliso begegnet. Wir hatten ihn gefangen, aber der Schmied hat ihn damals laufenlassen.«

»Du meinst Gernot?«, fragte Fabricius. Ihm kam ein schrecklicher Verdacht.

»Heißt der Centurio Sextus? Sextus Valerius?«

»Ja«, antwortete der Marser verkniffen. »Ich hasse ihn. Ich bin in meinem ganzen Leben noch nicht so gedemütigt worden. Der Mann muss weg.«

»Setz dich und trinke was, Marbod. Ich muss nachdenken.« Fabricius war sich darüber im Klaren, dass er seine Mission sofort abbrechen und zu Lucius zurückkehren müsste, um ihm Bericht zu erstatten. Andererseits musste er herausbekommen, was Sextus hier suchte. Vielleicht ergab sich sogar die Möglichkeit, den lästigen Kerl für immer loszuwerden. Seit seiner gescheiterten Urkundenfälschung im Tabularium des Oppi-

dums Ubiorum hatte er gehofft, ihn eines Tages in die Finger zu bekommen. Fabricius war kein Mann, der vor Schwierigkeiten davonlief. Die Götter hatten ihm diese Gelegenheit geschenkt, und er war entschlossen, zu handeln.

»Geh zurück in dein Dorf, Marbod. Finde heraus, warum Sextus gekommen ist. Und dann hilf mir, ihn aus dem Weg zu schaffen.

»Nichts lieber als das«, bekräftigte der Marser.

Am nächsten Morgen erbot sich Hildiko, mir das Dorf zu zeigen. Da Harald noch nichts von sich hatte hören lassen, nahm ich das Angebot gerne an, zumal Gernot in seiner Schmiede beschäftigt war. Ich war neugierig, mehr über das Leben dieses uns rätselhaften Volkes zu erfahren.

Ich hatte nicht erwartet, ein so geordnetes Gemeinwesen vorzufinden. Man hatte uns immer erzählt, dass die Barbaren in verwanzten Verschlägen hausten und ihre Tage mit Saufen und Spielen verbringen würden, wenn sie nicht gerade Römer abschlachteten. Stattdessen sah ich sorgfältig errichtete Holzhäuser mit lehmverputzten Flechtwänden und strohgedeckten Dächern, die sich weit zur Erde herabneigten. Sorgfältig geschnittene Hecken aus Haselsträuchern oder hüfthohe Lattenzäune umgaben die meisten Anwesen. Die Bewohner lagerten ihre Nahrungsmittel in hochliegenden Speichern oder kühlen Grubenhäusern. Wegen der feuchten Kühle standen dort auch die Webstühle, auf denen die Frauen die Stoffe für Decken und Kleidung herstellten.

Das größte Anwesen gehörte dem Dorfvorsteher. Hildiko erzählte mir, dass in seiner Halle das ganze Dorf Platz finden würde. Hier wurden nicht nur die Feste, sondern bei schlechtem Wetter auch die Versammlungen abgehalten, die das tägliche Leben regelten.

Besonders angetan war ich von den handzahmen Frettchen, die man für die Mäusejagd abgerichtet hatte. Hildiko lockte eines herbei, nahm es hoch und legte es in meine Arme. Das

Tierchen schnüffelte an meiner Tunika und schien ein lebhaftes Interesse an meiner Gürteltasche zu haben. Dann stellte es plötzlich die Ohren hoch, sprang herab und jagte mit weiten Sprüngen unter einen Holzstapel, um wenig später mit einem erbeuteten Nager im Maul wieder vorzukommen. Es schaute sich vorsichtig nach allen Seiten um und verschwand dann mit seiner Beute im nächsten Gebüsch.

Ich sah auch viele Hunde, die faul in der Sonne dösten. Die größeren, für die Jagd abgerichteten Tiere, waren vorsorglich angeleint. Wegen des schönen Sommerwetters hatte man die Rinder und Pferde auf die großen Weiden am Dorfrand getrieben. Es waren ausnahmslos gesunde und kräftige Tiere. Die Schweine waren im Wald, wo sie sich unter der Obhut der Hütejungen an Eicheln und Bucheckern gütlich taten. Auf den Feldern wuchsen Gerste und Dinkel. Dazwischen gab es Flächen, auf denen im Wechsel Heu für den Winter gemäht wurde.

Als ich Hildiko auf den Friedhof und den Opferhain ansprach, reagierte sie ablehnend. »Gernot hat mir gesagt, dass wir dort nicht hingehen sollen. Viele glauben, dass alleine die Anwesenheit eines Römers das Heiligtum der Tanfana entweiht.«

»Glaubst du das auch?«

Sie lachte und machte eine wegwerfende Handbewegung.

»Was ist das für ein Heiligtum?«, fragte ich weiter. »Ich habe keine Gebäude gesehen.«

»Dummer Römer«, Hildiko machte sich offensichtlich über mich lustig. »Wir sperren unsere Götter nicht in Häuser. Ein Heiligtum, wie du es meinst, wirst du nicht finden.« Sie wies in die Runde. »Überall ist Tanfana. Jedes Dorf hat einen Hain, wo man ihr opfert.«

»Wer ist Tanfana?« Ich war neugierig geworden.

»Sie wacht über den Wald, die Tiere und die Menschen. Nerthus und Frija dienen ihr. Wenn du mehr wissen möchtest, musst du die alte Gunda fragen.«

Ich lehnte dankend ab.

Wir hatten uns inzwischen der Stelle genähert, wo ich Hildiko das erste Mal getroffen hatte.

»Komm!« Sie nahm mich bei der Hand und zog mich zu dem Baumstamm. »Ich möchte dich etwas fragen, Sextus.«

Ich setzte mich neben sie und sie rückte ein wenig an mich heran, so dass sich unsere Hüften leicht berührten. Es durchlief mich heiß, als sie meine Hand nahm und mich aus großen Augen anblickte.

»Hast du eine Frau Sextus? Erzähl mir von ihr.«

Ich hatte alles erwartet, nur nicht, dass sie mich auf Lucilla ansprach. Trotzdem erfüllte ich ihren Wunsch. Ich wunderte mich, wie gleichgültig ich ihr meine Gefährtin schilderte.

»Du liebst diese Frau nicht, Sextus. Warum lebst du mit ihr?«

»Ich weiß es nicht, Hildiko. Lass uns über etwas anderes sprechen.«

Sie lachte. »Dann erzähl mir von euren Städten. Ist es schön, dort zu leben?«

Während ich auch diesem Wunsch nachkam, begannen ihre Augen zu leuchten. Sie hatte noch nie den Rhenus oder ein aus Stein errichtetes Gebäude gesehen. Immer wieder unterbrach sie mich mit Fragen. Im Laufe unseres Gesprächs drängte sich mir der Gedanke auf, dass ich Begehrlichkeiten weckte, die ich nicht erfüllen konnte. Je länger wir sprachen, desto vertrauter wurde unser Gespräch.

Es war bereits Mittag, als wir aufgestört wurden. Wir waren derart in unser Gespräch vertieft, dass wir Marbod erst bemerkten, als er bereits vor uns stand.

»Was hast du mit dem Römer zu bereden?«, fragte er anmaßend. Dann sprach er mich an: »Halt dich von Hildiko fern. Sie ist mir versprochen.«

»Davon träumst du!«, erwiderte Hildiko spitz. »Lass mich endlich in Ruhe. Du wirst mich niemals bekommen.«

Ich erhob mich von dem Stamm und schritt auf Marbods zu. »Es ist besser, du gehst.«

Die Hand des Marsers zuckte zum Griff des Messers, aber er besann sich im letzten Augenblick eines Besseren. Ich war mit meinem Gladius ungleich besser bewaffnet als er. »Wir rechnen noch ab, Römer«, giftete er mich stattdessen an. Er hob den Arm, so dass wir seine Narbe sehen mussten. »Ich habe unsere letzte Begegnung nicht vergessen. Dafür wirst du bezahlen.«

Ich widerstand dem ersten Impuls, meinen Gladius zu ziehen und Marbod auf der Stelle niederzuhauen.

»Gib auf dich acht«, warnte mich Hildiko, als der Marser weit genug entfernt war. »Er ist hinterhältig und gefährlich.«

»Mach dir keine Sorgen, Hildiko.« Ich legte meinen Arm um ihre Schulter, worauf sie sich mit einer schnellen Bewegung an mich schmiegte. »Ich bin schon mit ganz anderen Dingen fertig geworden.«

»Es wäre schön«, antwortete sie, »von dir beschützt zu werden.« Sie hauchte mir einen Kuss auf die Wange und lief zum Dorf zurück.

»Was hast du mit Hildiko gemacht?«, fragte Gernot, als ich den Hof betrat. »Sie ist gerade ins Haus gerannt und hat die Tür hinter sich zugeschlagen. Ist etwas geschehen?«

»Wir sind Marbod begegnet«, antwortete ich kurz.

»Also ist er wieder zurück«, murmelte mein Freund. »Harald hat schon nach ihm suchen lassen. Er hat für heute Abend eine Dorfversammlung einberufen. Du sollst ebenfalls kommen.«

»Er will über den Waffenhandel sprechen?«, fragte ich neugierig.

»Auch«, antwortete er kurz angebunden. »Aber frag nicht, mehr weiß ich auch nicht.«

Am Abend drängten die Menschen in die Halle des Dorfvorstehers. Harald hatte Bänke aufstellen und die große Tafel entfernen lassen, damit möglichst viele hineinpassten. Als ich mit Gernot erschien, ging ein Raunen durch den Raum. Von einigen schlug mir der blanke Hass entgegen, während andere mir freundlich zunickten. Wir nahmen unsere Plätze neben dem Dorfvorsteher ein.

Harald wartete ab, bis sich die Halle gefüllt hatte. Marbod erschien als einer der letzten und setzte sich zu den jungen Kriegern, die ihn lautstark begrüßten. Als sich der Lärm gelegt hatte, erhob sich der Dorfvorsteher und rief mit lauter Stimme Wodan und Thyr an. Dann richtete er sich an die Menge.

»Ich habe euch gerufen, weil uns ein großes Unglück droht.«

Marbods Anhänger lachten höhnisch.

»Es sind Männer in friedlicher Absicht zu uns gekommen. Wir haben sie feindselig empfangen und ihnen nach dem Leben getrachtet.« Harald hatte sich bei den letzten Worten an Marbod und seine Anhänger gewandt.

»Trotzdem«, fuhr er fort, »haben sie das Gespräch gesucht. Ich habe lange mit ihnen gesprochen und mich von ihren friedlichen Ansichten überzeugen lassen.«

Er zeigte auf mich, bevor er fortfuhr. »Dieser Mann ist hier, um gewissenlosen Verbrechern das Handwerk zu legen. Es handelt sich um römische Offiziere, die euch mit ihrer Gier nach Gold verführt haben.«

Die Menge tuschelte aufgeregt.

»Wer seinen Besitz hergab und gegen römische Waffen eintauschte, hat unser Volk in große Gefahr gebracht. Die Römer haben den Handel mit Kriegswaffen mit strengen Strafen belegt. Jeder wird unnachgiebig verfolgt, der gegen dieses Gebot verstößt. Das gilt für Römer wie für uns.«

Er erhob seine Stimme, dass es von den Wänden widerhallte. »Wollt ihr, dass die Römer mit ihren Legionen kommen und alles niederbrennen?«

Ich war beeindruckt, weil ich Harald einen solchen Auftritt nicht zugetraut hatte.

»Seht her«, rief er in die Menge. »Seht ihr diesen Stumpf? Die Römer haben mir die Hand genommen. Trotzdem unterstütze ich das Anliegen dieses Mannes, um Unheil von uns fernzuhalten.«

»Was sollen wir tun?«, fragten einige.

»Niemals«, schrien die jungen Krieger. »Die Römer sollen kommen. Wir werden sie davonjagen. Arminius wird uns helfen.«

Marbod schaute mich an, verschränkte die Arme und grinste.

Als die Menge begann, wild durcheinanderzuschreien, hielt ich meinen Zeitpunkt für gekommen. Ich erhob mich und hielt den Beutel Chaereas in die Höhe.

»Jeder«, rief ich gegen den Lärm an. »Jeder, der Waffen gekauft hat, bekommt sein Geld von mir zurück. Ich brauche sie als Beweis, um die Schuldigen zu überführen. Und ich brauche Namen.«

Ich löste die Verschnürung und griff in den Beutel. »Hier, seht selber.«

Ich hielt ihnen die geöffnete Hand hin, in der es golden und silbern funkelte. »Das gibt euch Caesar Germanicus, wenn ihr helft, die Schuldigen zu überführen.«

Alle redeten wirr durcheinander und mutmaßten, wie viel Gold und Silber ich bei mir hätte.

Marbod war bleich geworden. Sicherlich hatte er mir diese plumpe, aber wirkungsvolle Bestechung nicht zugetraut.

»Hört nicht auf den Römer«, versuchte er sich Gehör zu verschaffen. »Sie werden euch alles wieder abnehmen.«

»Du willst dir bloß dein Geschäft nicht verderben lassen«, schrie ihm ein alter Mann ins Gesicht.

»Kommt morgen zum Haus des Schmieds«, rief ich so laut ich konnte. »Geld gegen Schwerter, bis der Beutel leer ist. Wer zuerst kommt, wird zuerst bezahlt.«

»Tod den Römern«, kreischte in diesem Moment eine sich überschlagende Stimme. Die Menge wich erschrocken zur Seite, als Gunda, die Kräuterhexe, nach vorne wankte. Ihre

Augen flackerten irre und sie rang ihre schmutzigen Hände. Wahrscheinlich hatte sie von den roten Pilzen mit den weißen Punkten gegessen, um sich in Stimmung zu bringen.

»Jagt diesen Mann aus dem Dorf. Er wird dereinst mit den Legionen wiederkommen, die Felder verwüsten und die Häuser niederbrennen. Er wird die Männer töten, eure Frauen und Kinder in die Sklaverei führen. Donars Blitz wird euch treffen, wenn ihr sein Gold nehmt.«

Es war der bisher schwerste Aufruhr, den Vetera erlebt hatte. Trotz der Warnungen der Priester, die Legionen bei einem drohenden Gewitter nicht in Paradeformation antreten zu lassen, wollte Caecina seine Anordnung nicht rückgängig machen. Es kam, wie es kommen musste. Ein Blitz zuckte vom Himmel und tötete achtzehn Legionäre der Legio Rapax. Die Macht der Naturgewalt hatte die Unglücklichen in ihren Rüstungen verschmoren lassen. Mehr als dreißig Verletzte mussten darüber hinaus ins Lazarett getragen werden. Die aufgebrachten Legionäre sprachen von der gerechten Strafe Jupiters und kreideten dem Legaten das Sakrileg an.

Es kam nicht zu der Ansprache, die Caecina anlässlich der Parade geplant hatte. Das Gerücht, dass Caecina weitere Dienstverschärfungen verfügen wollte, brachte das Fass zum überlaufen. Wieder brannten einige Baracken nieder und zum ersten Mal kam es zu tätlichen Angriffen auf unbeliebte Offiziere. Caecina ließ Caedicius mit aller Härte vorgehen und erließ den Befehl, den Großteil der Truppen vorzeitig in das geplante Übungslager bei Novaesium abrücken zu lassen.

Lucius fuhr der Schrecken in die Glieder, als er erfuhr, dass Kaeso in Vetera zurückbleiben sollte. Er war sich sicher, dass der Signifer die Gelegenheit nutzen würde, um das Gold an sich zu bringen. Seitdem sie den Schatz im Rhenus versenkt hatten, hatten sie sich argwöhnisch beäugt und waren sich nach Möglichkeit aus dem Weg gegangen.

Wenn er sichergehen wollte, musste er den Schatz heben und an einem anderen Ort in Sicherheit bringen. Um freie Hand zu haben, richtete es Lucius am Vorabend des Aufbruchs ein, dass Kaeso dienstlich im Lager gebunden war. Als die Schatten länger wurden und die Sonne sich dem Horizont näherte, warf er sich seinen Mantel über und machte er sich auf den Weg zum Rhenus.

Chaerea fluchte laut vor sich hin. Er hatte soeben erfahren, dass der Legat Caetronius sich entschlossen hatte, mit den hiesigen Legionen am Übungslager bei Novaesium teilzunehmen. Er hoffte wie Caecina, die Aufsässigkeit der Legionäre durch den Ortswechsel und die damit verbundenen Anstrengungen in den Griff zu bekommen. Es war auch im Oppidum zu weiteren Übergriffen gekommen.

Chaerea war hingegen der Ansicht, dass die Konzentrierung der aufsässigen Verbände erst recht zur befürchteten Katastrophe führen musste. Er hatte lange auf die verantwortlichen Tribune und den Legaten eingeredet, ohne sich durchsetzen zu können. Caetronius hatte ihm sogar unverblümt dargelegt, dass ihm eine Revolte nicht unrecht käme.

»Es wird Zeit, Centurio, das Problem endgültig in den Griff zu bekommen. Wenn wir alle Unruhestifter und Aufwiegler an einem Ort konzentrieren, können wir sie mit einem Schlag loswerden. Ich warte nur darauf, dass sie aus der Deckung kommen.«

»Du spielst mit dem Feuer, Legat«, hatte er geantwortet, worauf Caetronius ihn von der Wache hinauswerfen ließ.

Chaerea machte sich auch Sorgen um die Männer, die er mit Sextus Valerius über den Rhenus geschickt hatte. Es hatte einigen Unmut gegeben, weil sie beim Aufbruch die Brückenwache bestochen hatten. Einer der Männer hatte bei seinem Centurio geplaudert, der wiederum den Tribun von dem Vorfall in Kenntnis gesetzt hatte.

Er würde es Sextus nicht ersparen können, sich bei seiner Rückkehr einer Untersuchung zu stellen. Es würde Schwierigkeiten geben, wenn das Unternehmen nicht mit dem erhofften Erfolg endete.

Falls es überhaupt jemanden interessierte. Wenn sich die Truppen bei ihrer Rückkehr im Aufruhr befänden, würden sich weder Germanicus noch die Legaten um einige überführte Waffenschieber scheren.

Je länger Sextus fort war, desto größer wurden die Sorgen, die Lucilla sich um ihn machte. Von Lucius hatte sie immer noch nichts gehört, was ihr aber nur noch wenig ausmachte.

Dem Tavernengeschwätz hatte sie entnommen, dass die niedergermanischen Legionen kurz vor der Revolte standen. Beinahe täglich kamen ihr neue Gerüchte zu Ohren.

Als sie die Unwissenheit nicht mehr ertrug, suchte sie den Tribun auf. Der gab sich aber wenig redselig, was ihre weiblichen Reize nicht zu ändern vermochten. Weniger als eine Stunde später war sie mit einer nichtssagenden Auskunft in ihre Taverne zurückgekehrt.

Was hatte sie bloß an diesem Mann gefunden, der sie eben mit Nichtigkeiten abgespeist hatte? Wie die anderen hohen Offiziere schien er nur ein Interesse an seinem persönlichen Fortkommen zu haben. Er hatte seinen Spaß mit ihr gehabt und sie fallengelassen, bevor sie ihm schaden konnte.

Die Geschäfte liefen auch nicht zu ihrer Zufriedenheit. Der Sold wurde immer knapper, was sie deutlich spürte. Wenn nicht das Geld von Lucius wäre, müsste sie sich ernsthafte Sorgen um den Fortbestand der Taverne machen.

Lucius fühlte eine wachsende Unruhe, je mehr er sich dem Rhenus näherte. Irgendetwas schien nicht zu stimmen, aber er konnte sich nicht erklären, was es sein könnte. Als ihn nur noch eine Baumreihe vom Ufer trennte, begann er zu laufen.

Er nahm eine Abkürzung, brach durch die Büsche und sah das Wasser im Abendlicht aufblitzen.

Sein Atem stockte, und er wischte sich über die Augen, als wenn er einen schlechten Traum verscheuchen wollte. Es half nichts. Die Baumgruppe, bei der er das Gold versenkt hatte, befand sich mittlerweile mitten im Strom. Mehr als hundert Schritte trennte ihn die reißende Flut von seinem Schatz. Die ungewöhnlich starken Regenfälle der letzten Tage hatten den Fluss anschwellen lassen und es musste Wochen dauern, bis der Wasserstand soweit gesunken war, dass er es noch einmal versuchen konnte.

»Was hast du getan, Charon«, verfluchte er den Fährmann, der die Verstorbenen über den Styx ins Reich der Toten ruderte. »Willst du mein Gold?«

Dann besann er sich und beruhigte seinen keuchenden Atem. Er dachte an Kaeso und ein grimmiges Lächeln zuckte um seinen Mund.

»Wenn ich nicht an das Gold komme, wirst du es auch nicht stehlen können.«

Er quälte sich zurück die Anhöhe hinauf, schleppte sich durch das Lager und ließ sich matt auf seine Bettstatt fallen.

Es war nur der Umsicht von Quintus zu verdanken gewesen, dass der Tag nicht in einem Blutbad endete.

In dem Tumult, der Gundas Auftritt folgte, schlich sich Hildiko aus dem Saal, um meine Männer zu alarmieren. Quintus hatte alle Mühe, die Praetorianer davon abzuhalten, mit gezogenen Waffen in die Halle zu stürmen, um mich vor dem Zorn der aufgeputschten Menge zu schützen. Er stellte sich ihnen in den Weg und brachte sie soweit zur Vernunft, dass sie sich mit der Sicherung des Zugangs begnügten.

Als er den Saal betrat, legte sich der Aufruhr so weit, dass keine Gefahr mehr bestand. Einige besonnene Männer hatten inzwischen die wild um sich schlagende Hexe durch den Seiteneingang nach draußen geschleppt und in einen Schuppen gesperrt. Auch Marbod und seine Leute hatten den Augenblick genutzt und sich ungesehen entfernt.

Ich winkte Quintus zu mir und trug ihm auf, die Praetorianer wieder ins Quartier zu schicken. Bevor sich die Halle leerte, versuchte ich, weitere Informationen zu erlangen. Leider konnte oder wollte mir keiner einen Namen nennen.

»Lass es bleiben«, flüsterte Hildiko mir ins Ohr. Sie hatte sich auf den freien Platz neben mir gesetzt. »Du wirst heute nichts erfahren. Die reden nur, wenn sie glauben, alleine zu sein. Marbod ist zwar gegangen, seine Augen und Ohren sind aber noch hier. Er hat viele Zuträger, und keiner möchte ihn sich zum Feind machen.« Dann stand sie auf, um zu gehen.

»Bleibe noch etwas«, bat Harald. »Ich traue Marbod nicht. Du solltest nicht alleine gehen.«

Ich wollte mich anbieten, sie zu begleiten, was Gernot verhinderte.

»Ihr beiden da«, wandte er sich an die Knechte, die den Großteil der Bänke bereits hinausgeschafft hatten. »Bringt meine Schwester sicher nach Hause und haltet Wache, bis ich komme.«

Die restlichen Knechte reichten aus, um die Böcke und Bohlenplatten der Tafel wieder aufzurichten. Als sie fertig waren, setzten wir uns an eine Ecke des langen Tisches und besprachen den Verlauf der Versammlung.

»Glaubst du nicht, dass du etwas übertrieben hast?«, fragte ich Gernot. »Als ob er Hildiko etwas antun wird. Er ist doch ganz vernarrt in sie.«

»Sicher ist sicher«, meinte er. »Marbod hat sich den Verlauf der Versammlung sicher anders vorgestellt. Er wird sich rächen wollen. Sein Ansehen hat einen schweren Schlag erhalten.«

»Wir müssen auf ihn achten«, bestätigte Harald den Schmied. »Ich hätte ihn festsetzen sollen. Aber er hat sich davongemacht und wird sich vorläufig nicht mehr blickenlassen.«

»Glaubt ihr«, fragte ich ahnungsvoll, »dass Gundas Auftritt uns geschadet hat?«

»Nein.« Gernot schüttelte den Kopf, »Aber es hat die Zerrissenheit des Dorfes aufgezeigt. Der dritte Teil steht zu Marbod. Die anderen wollen nur in Frieden leben.«

»Was glaubt ihr, wird morgen jemand kommen?«

»Wir werden sehen.«, antwortete Gernot. »Wenn sie sich trauen.«

Es wurde gerade hell und dicker Nebel lag auf den Feldern, als Hildiko an meine Tür klopfte. Weil ich nicht antwortete, trat sie ein und stellte einen Holzzuber mit Wasser und ein Tuch neben mein Lager.

»Mach dich fertig, Römer. Da draußen sind Männer, die auf dich warten. Soll ich sie hereinlassen?«

»Haben sie Schwerter bei sich?«, fragte ich verschlafen.

»Weiß ich nicht, Sextus. Sie tragen Deckenbündel unter dem Arm.«

»Bitte sie ins Haus. Ich komme gleich.«

Ich erfrischte mich, schlüpfte in meine Tunika und legte zur Vorsicht den Gurt mit dem Pugio an. Als ich den Wohnraum betrat, sah ich drei Männer um den Tisch sitzen, die ihre Bündel vor sich abgelegt hatten. Hildiko ging mit einem Krug von einem zum anderen und bot ihnen einen Schluck Wasser an.

Ich trat an den Tisch und grüßte die frühen Besucher.

»Was gibst du für einen Gladius?«, kam der älteste von ihnen direkt zur Sache.

»Zehn Denare für einen Gladius.«

»Das ist wenig«, antwortete der Mann. Er klang enttäuscht. Du hast Enno gestern im Wald zwanzig gegeben.«

»Zwanzig für einen neuen Gladius. Die mit der breiten Klinge.«

»Das ist kein gutes Geschäft«, meinte ein anderer. »Wir haben fünfzehn für einen Gladius bezahlt. Egal ob neu oder alt.«

»Fünfzehn für einen alten und fünfundzwanzig für einen neuen«, verbesserte ich mein Angebot.

Die Männer tuschelten miteinander. »Zwanzig für jeden, wie bei Enno«, meinte schließlich der Dritte.

Ich gab mich zufrieden, weil ich die Beschaffung der Beweise nicht in Frage stellen wollte. »Abgemacht.« Ich hielt ihnen die Rechte hin, in die sie einer nach dem anderen einschlugen.

In diesem Augenblick klopfte es an der Tür, und weitere Männer betraten den Raum. Mein Beutel leerte sich zusehends und der Stapel von Schwertern wuchs in die Höhe.

Gernot kam jetzt hinzu und pfiff durch die Zähne, als er zwölf Gladii zählte. Darunter waren fünf neue.

Ich griff noch einmal in meinen Beutel und holte einen Aureus hervor. Die Männer bekamen große Augen, als ich die Münze hochhielt.

»Das ist für den, der mir einen Namen nennt. Von wem bekommt Marbod die Schwerter?«

Es wurde ruhig im Raum. Die Männer schienen mit sich zu kämpfen, bis bei einem die Gier siegte.

»Einer, den man Fabricius nennt«, murmelte er leise. »Ein hochrangiger Centurio der fünften Legion.«

Ich zögerte, ihm die Münze zu geben.

»Weiter«, spornte ich ihn an. »Gibt es noch mehr Namen?«

Der Mann schüttelte den Kopf.

»Dann beschreib mir diesen Fabricius. Wie sieht er aus?«

»Nicht groß«, meinte der Mann, »aber kräftig. Ein brutales Gesicht. Und die Augenbrauen sind zusammengewachsen.«

»Das ist er«, raunte Gernot mir zu.

»Wo hast du ihn gesehen?«, fuhr ich fort. Endlich hatte ich eine erfolgversprechende Spur der Bande gefunden.

»In einem der Nachbardörfer.«

»Wann?«

»Voriges Jahr, Dominus. Aber er soll bald wieder kommen. Marbod hat gesagt, dass es bald neue Schwerter und Roheisen gibt.« Er hielt erschrocken inne, als wenn er zu viel gesagt hätte. Obwohl ich ihn weiter bedrängte, brachte ich nichts mehr aus ihm heraus. Vielleicht wusste er auch einfach nicht mehr.

»Ihr könnt gehen«, beendete Gernot die Befragung.

Die Männer erhoben sich und stießen an der Tür beinahe mit Harald zusammen. Sie traten ehrerbietig zur Seite und ließen dem Dorfvorsteher den Vortritt. Dann eilten sie sich, das Haus zu verlassen.

»Marbod ist verschwunden«, teilte Harald uns sachlich mit. Er ist seit gestern nicht mehr gesehen worden.«

»Zu schön, um wahr zu sein«, bemerkte Gernot sarkastisch. »Er ist früher wieder da, als uns lieb ist.«

»Ich will es hoffen«, entgegnete ich. »Er weiß mehr als die anderen.«

»Du glaubst doch nicht, dass er redet?« Gernot lachte verächtlich. »Du kannst ihm jedes Glied einzeln ausreißen. Er wird nichts sagen.«

»Nicht direkt«, sinnierte ich. »Aber wir könnten uns an ihn dranhängen und jeden seiner Schritte beobachten. Er wird uns zu seinen Geschäftspartnern führen. Du hast gehört, dass man Fabricius erwartet.«

»Reichen dir die Beweise nicht?«, fragte Harald verwundert. »Du hast Schwerter und einen Namen.«

»Ein überführter Täter ist der beste Beweis«, hielt ich ihm vor.

»Es ist nicht gut, wenn du zu lange hierbleibst«, flehte Harald mich an. »Dein Aufenthalt entzweit die Menschen. Wir möchten in Frieden leben, wenn du das Dorf verlassen hast.«

Ich schaute Gernot an, der die Augen niederschlug.

»Eine Woche«, bat ich die beiden Marser. »Gebt mir eine Woche. Wir werden uns so unauffällig wie möglich verhalten.«

»Eine Woche«, entschied Harald schließlich zu meinen Gunsten. »Aber bedränge die Leute nicht.«

Am nächsten Morgen war Marbod immer noch nicht zurückgekehrt, und ich machte mir Gedanken, ob er sich nicht dauerhaft abgesetzt hatte. Ich kam schließlich zu der Überzeugung, dass er Fabricius suchte, um ihn von unserer Ankunft zu unterrichten. Entweder würde Fabricius sofort das Weite suchen, was ich nicht glaubte. Oder er würde versuchen, uns auszuspähen und nach Möglichkeit unschädlich zu machen. Es galt, wachsam zu bleiben.

Fabricius' Fluchen war im ganzen Dorf zu hören, als Marbod ihm Bericht erstattet hatte.

»Ich muss sofort zurück.« Wie ein wildes Tier im Käfig, ging er in seiner Kammer auf und ab, bis er schließlich vor Marbod stehenblieb. »Lucius muss erfahren, dass sein verfluchter Freund unsere Fährte aufgenommen hat.«

»Das wirst du nicht tun«, entgegnete Marbod wütend. »Ich habe mehr als zwei Dutzend Krieger, die für mich durchs Feuer gehen. Wir schnappen uns diesen Dreckskerl und drehen ihm den Hals um. Dann habt ihr Ruhe. Lucius wird es dir danken.«

»Bist du dir sicher?«, zweifelte Fabricius.

»Hast du einen besseren Vorschlag, Römer? Oder willst du mit dem Henker Bekanntschaft machen, wenn du zurückkehrst? Du glaubst doch nicht, dass dieser Sextus sich mit einigen Schwertern zufriedengibt? Er will euren Kopf.«

Fabricius dachte nach. »Wie viele Männer hat er dabei?«

»Acht Praetorianer, zwei Syrer und einen, der Quintus heißt.«

»Quintus?«, murmelte Fabricius. »Der steht auf meiner Liste ganz oben. Direkt hinter Sextus Valerius.«

»Dann lass uns keine Zeit verlieren«, drängte der Marser. »Je eher wir sie unschädlich machen, desto besser. Sonst machen sie mir noch meine Leute abspenstig.«

Den Rest des Tages und auch den folgenden ließ ich nichts unversucht, Informationen über den Verbleib von Marbod einzuholen. Hatte ich mich geirrt? Vielleicht hielt er sich lediglich verborgen und wartete unseren Aufbruch ab.

»Geh nicht alleine!«

Hildiko stand, ein Weidenkörbchen in der Hand, unschlüssig in der geöffneten Tür.

»Ich will nur nach den Pilzen schauen, Gernot. Es hat in der Nacht geregnet. Sie müssen gesprossen sein.«

»Denk daran, was ich dir gesagt habe«, beharrte ihr Bruder auf seiner Warnung. »Wir hatten beschlossen, uns vorzusehen.«

»Lass sie doch«, beschwichtigte ich Gernot. »Ich werde sie begleiten.«

Hildiko lächelte, als wenn sie es gerade darauf abgesehen hätte.

Wir verließen das Dorf auf einem Weg, den ich noch nicht kannte. Es ging leicht bergan, bis wir vor der Höhe eine Lichtung erreichten.

»Wie sind da«, sagte Hildiko und zog ihr Messer. »Du musst die Pilze knapp über dem Boden abschneiden, damit die Wurzeln im Boden bleiben. Dann kommen sie bald wieder.«

»Schön«, meinte ich. »Aber wo sind die Pilze?«

»Mach die Augen auf«, neckte sie mich und wies auf eine Stelle im Schatten einer jungen Tanne. »Hier wachsen sie am liebsten. Siehst du?«

Sie nahm mich bei der Hand und führte mich hin. Beinahe unabsichtlich berührten sich unsere Schultern, als wir uns niederknieten. Sie zuckte aber nicht zurück, sondern rieb sich leicht an mir.

»Siehst du? So wird es gemacht.« Als wir uns erhoben, war das Körbchen zur Hälfte gefüllt.

»Woran erkennst du, ob ein Pilz essbar ist?«, fragte ich neugierig. In meiner Heimat gab es auch viele Pilze, aber ich hatte nie Interesse gezeigt, mich in der Suche anleiten zu lassen. Das war die Aufgabe der Küchensklavin. Ich hatte lieber den alten Cherusker bei der Hasenjagd begleitet.

Hildiko erklärte mir, dass ich fürs Erste die Pilze mit den Lamellen meiden sollte. »Da gibt es viele giftige«, belehrte sie mich. »Nimm die, die ein Kissen haben. Siehst du?«

Sie zeigte mir die Unterseite eines Steinpilzes und ich nickte.

»Du gehst links und ich rechts. Da hinten«, sie zeigte auf die gegenüberliegende Seite der Lichtung, »treffen wir uns wieder.«

Mehr recht als schlecht versah ich meinen Part und langte weit vor ihr am Treffpunkt an. Um sie nicht zu verärgern, bemühte ich mich, einige Pilze zu finden.

»Lass sehen«, sprach sie und setzte sich ins Gras. Ihren nunmehr gefüllten Korb stellte sie neben sich ab.

»Aha«, murmelte sie und begutachtete meine Ausbeute. »Willst du mich loswerden?«

Ich schaute sie irritiert an.

»Mit den beiden hier kannst du eine ganze Familie auslöschen. Habe ich dir nicht gesagt, dass du die mit den Lamellen stehen lassen sollst?«

»Sie sehen doch schön aus«, erwiderte ich.

»Die Schönheit hat zuweilen eine dunkle Seite«, lachte sie mich an.

»Meinst du da jemand Bestimmtes?«, neckte ich sie.

»Vorsicht, Römer, sonst lasse ich einen davon in dein Essen fallen.« Sie hob einen der Pilze auf, die vor mir lagen.

»Und was ist damit?« Ich reichte ihr ein besonders schönes Exemplar.

»Der bringt dich nicht um.« Sie schien sich mühsam das Lachen zu verkneifen. »Wenn du den isst, wirst du zwei Tage lang Unsinn reden. Wie Gunda.«

Ich lachte und ließ mich nach hinten auf den Rücken fallen. Ich schaute in den blauen Himmel, wo weiße Wölkchen ihre Bahn zogen. Dann schloss ich die Augen und genoss die Wärme der Sonne. Gleich darauf musste ich niesen, weil mich etwas an der Nase kitzelte. Ich schlug die Lider auf und schaute in Hildikos Gesicht, die sich über mich gebeugt hatte. In ihrer Hand hielt sie noch den Grashalm, mit dem sie mich berührt hatte.

»Es ist heiß, Römer. Ich kenne einen Platz, der dir gefallen wird. Kommst du mit?«

Sie stand auf und hielt mir ihre Hand hin. Ich ließ mir gerne aufhelfen, wobei ich ein Stolpern vortäuschte, um ihr näher zu kommen. Sie fing mich auf und schmiegte sich dabei für einen Augenblick an meine Brust.

»Komm.« Sie zerrte an meiner Hand und zog mich hinter sich her die Anhöhe hinauf.

Oben wartete einer der schönsten Ausblicke auf mich, die ich je gesehen hatte. Der Hang endete in einem Talkessel, an dessen Sohle das Wasser eines Sees blinkte. Sie rannte voran, so dass ich Mühe hatte, ihr zu folgen. Verschwitzt holte ich sie am Ufer ein, das von drei Seiten von Felsen umgeben war. Etwa ein Viertel des Sees bedeckten Seerosen, die in voller Blüte standen.

Hildiko streifte ihre Schuhe ab und löste die Fibeln, die ihr Kleid an den Schultern zusammenhielten. Mir stockte der Atem, als der Stoff an ihrem Körper zu Boden glitt und sie vollkommen nackt vor mir stand. Sie stützte die Hände in die Hüften und schaute mich herausfordernd an.

»Schauen darfst du, Römer. Aber nicht berühren.«

Sie drehte sich von mir weg und stürzte sich mit einem hellen Aufschrei in die Fluten.

»Komm rein, Sextus. Es ist herrlich.«

Ich ließ mich nicht zweimal bitten, schlüpfte aus der Tunika und legte das Schurztuch ab. Dann folgte ich ihr ins Wasser. Auf dem Rücken schwimmend, umkreisten wir uns und bespritzten uns mit Wasser, bis sie plötzlich abtauchte. Direkt neben mir kam sie hoch und drückte mich mit einer schnellen Bewegung unter Wasser. Ich spürte ihren nackten Körper an meiner Haut und tauchte prustend wieder auf. Wie die Fische jagten wir uns noch eine Weile im Wasser, bis sie wieder aufs Ufer zuhielt und an Land ging. Sie rannte zu ihrem Kleid und hatte es sich wieder übergeworfen, als ich den Fluten entstieg.

Der Venus sei es gedankt, war das Wasser so kalt gewesen, dass ich sie nicht mit meiner vollen Männlichkeit erschreckte. Ich streifte mir ebenfalls die Tunika über und legte mich neben sie ins Gras. Als ich ihr meinen Kopf zuwandte, schaute sie mich versonnen an und pflückte mir den Stängel einer Wasserpflanze aus dem Haar. Ich lächelte sie an, was sie erwiderte.

»Wir sollten gehen«, sagte sie schließlich. »Sonst macht Gernot sich Sorgen. Wir sind bereits den halben Tag weg.

»Kommen wir wieder hierhin zurück, Hildiko?«

»Wie lange bleibst du denn noch?«, fragte sie.

»Einige Tage. Vielleicht eine Woche.«

»Nicht länger?« Hildiko schien enttäuscht und sprach kaum ein Wort, bis wir das Dorf erreichten.

Ich trottete in Gedanken neben ihr her. »Du bist auf dem besten Weg, dich in das Mädchen zu verlieben«, schoss es mir durch den Kopf. Mir fiel auf, dass ich nur einmal an Lucilla gedacht hatte, nachdem ich Hildiko begegnet war. »Es wird Zeit, zurückzukehren.«

»Wo führst du mich hin?«, fragte Fabricius, als Marbod den ihm bekannten Weg zum Dorf verließ.

»Wir nehmen den wenig begangenen Weg über den Bergsee«, erklärte der Marser. »Wir sollten nicht gesehen werden.«

Sie hatten den rückwärtigen Hang des Talkessels beinahe erklommen, als ein lautes Jauchzen zu ihnen hinaufdrang. Die beiden ließen sich auf die Knie herab und schlichen zur Felskante.

»Bei Wodans Blitzen«, fluchte Marbod, als er nach unten schaute. Fabricius hatte seinen Begleiter noch nie so bleich und entsetzt gesehen.

»Ein schönes Mädchen.« Fabricius strich sich übers Kinn. »Kennst du es?«

Marbod achtete nicht darauf, was er sagte, sondern stierte wie gebannt hinunter. Als die beiden aus dem Wasser stiegen und sich nebeneinander ins Gras legten, war es um seine Fassung geschehen.

»Verfluchter Römer«, stöhnte Marbod und vergrub sein Gesicht in den Händen.

»Römer?«, fragte Fabricius. »Der Mann ist ein Römer?«

»Das ist der Mann, den du haben willst.« Marbod hatte sich wieder in der Gewalt.

»Das ist Sextus?«, fragte Fabricius und verschattete die Augen, um besser sehen zu können. »Und wer ist das Mädchen? Kennst du es?«

»Nicht wichtig«, erwiderte Marbod tonlos.

Fabricius blickte auf und sah den Tod in den Augen des Marsers. »Geht mich auch nichts an«, murmelte er. Er dachte nach. »Kommen wir unbemerkt an sie heran, Marbod? Das würde unser Problem lösen.«

»Ehe wir auf der anderen Seite des Sees sind, sind die längst wieder im Dorf.« Marbod wies nach unten, wo Sextus und Hildiko sich gerade zum Aufbruch bereitmachten.

»Was schlägst du vor?«

Der Marser überlegte eine Weile. »Ich muss mit einem meiner Leute oder besser mit Gunda sprechen. Ich war einige Tage nicht hier. Sie wird wissen, wie wir an den Römer rankommen.«

»Und wo willst du diese Gunda treffen?«, fragte Fabricius. »Wer ist sie überhaupt?«

»Die Kräuterfrau des Dorfes und eine Dienerin der Nerthus. Man sagt ihr seherische Kräfte nach.«

»Tut man das?«, bemerkte Fabricius abschätzig. »Mir soll es recht sein, wenn sie uns hilft.«

»Sie verlässt am Abend das Haus, um im letzten Licht ihre Kräuter zu sammeln. Sie sollen dann besonders gut wirken. Wir werden sie bei ihrem Haus abpassen. Es liegt außerhalb des Dorfes.«

Als ich mit Hildiko Gernots Haus erreichte, wurden wir bereits erwartet.

Harald war dagewesen und hatte mir ausrichten lassen, dass ich mich am Abend mit meinen Leuten in seinem Haus einfinden sollte. Er hatte beschlossen, zu Ehren der Römer ein Fest auszurichten, an dem das ganze Dorf teilnehmen sollte, womit die männlichen Bewohner gemeint waren.

»Warum macht er das?«, fragte ich erstaunt. »Wir sollen uns doch von den Dorfbewohnern fernhalten.«

»Gilt das auch für Hildiko und dich?« Gernot lächelte verschmitzt.

»Das beantwortet meine Frage nicht«, erwiderte ich trocken.

Hildiko war rot geworden und machte sich an der Kochstelle zu schaffen.

»Harald will euch loswerden.« Gernots Ton wurde verbindlich. »Er hofft, dass sein Cervisia die Zungen löst. Vielleicht wird der eine oder andere reden und dir die Informationen geben, die noch fehlen. Dann gibt es keinen Grund mehr, länger zu bleiben.«

»Und wenn es Streit gibt?« Ich hielt das Ganze für einen schlechten Einfall des Dorfvorstehers.

»Das habe ich ihm auch gesagt«, gab Gernot mir Recht. »Er wollte sich aber nicht beirren lassen.«

»Wann beginnt das Fest?« Ich hatte mich damit abgefunden, dass es nicht mehr zu ändern war.

»Wenn die Sonne untergegangen ist. In einer Stunde.«

Als ich mich mit Quintus fertig machte, klopfte Hildiko an die Kammertür. Es war kühl geworden und sie hatte sich ein blaues Tuch um die Schultern gelegt.

»Ihr geht hin, Sextus?«

»Was bleibt uns anderes übrig?«

»Gib auf dich Acht und lass dich nicht von Marbods Leuten provozieren.«

»Hast du etwas gehört, Hildiko?«

»Nein, Sextus.« Sie wirkte trotzdem besorgt. »Ich habe kein gutes Gefühl. Aber ich kann dir nicht sagen, warum.« Sie legte mir die Hand auf den Arm, zog sie aber schnell wieder weg, weil Quintus interessiert hinschaute.

Ich dankte ihr und hoffte, dass der Abend schnell vorübergehen würde.

»Nimmst du nicht wenigstens deinen Pugio mit?«, fragte Quintus, als ich meinen Gürtel anlegte.

»Alle Geladenen sollen unbewaffnet kommen. Wenn es Streit geben sollte, bleibt es bei ein paar blauen Flecken. Ein Messer ist schnell gezogen, wenn man es im Gürtel hat.«

»Das gefällt mir nicht«, argwöhnte der Gefährte.

»Mir auch nicht, Quintus. Das kannst du mir glauben.«

Bevor wir gingen, holte ich die Statuette des Mars aus meinem Gepäck und platzierte sie auf dem Schemel. Ich stellte eine kleine Schale daneben, in der ich einige Weihrauchkörner zum Glimmen brachte. Als der Duft den Raum erfüllte, wedelten wir uns mit den Händen den Rauch ins Gesicht.

»Ein kümmerlicher Schutz«, meinte Quintus, als die kleine Zeremonie beendet war. »Ein Gladius an der Seite oder ein Pugio wären mir lieber. Ich trau den Burschen nicht.«

Marbod und Fabricius warteten den Abend in der Nähe von Gundas Behausung ab, die sie nicht aus den Augen ließen. Fabricius hatte es anfangs nicht glauben wollen, dass die Kräuterfrau in dem maroden Hochspeicher eines niedergebrannten Hofes lebte. Gernot hatte ihm daraufhin erklärt, dass sie keine Wahl gehabt hätte, weil sie niemand im Dorf haben wollte. Man sagte ihr nach, dass sie den »bösen Blick« habe, mit dem sie das Vieh und die schwangeren Frauen verhexen würde.

Als sich der Himmel im Westen rot färbte und das erste Käuzchen schrie, öffnete sich eine Luke, durch die eine Leiter hinausgeschoben wurde. Ein Oberkörper erschien, der sorgfältig den Stand der Kletterhilfe prüfte. Dann begann die Alte, die Sprossen herabzusteigen.

Marbod führte die Finger zum Mund und pfiff gerade so laut, dass es die Alte hören musste. Sie fuhr zusammen und ließ die Leiter fahren, die sie gerade im Farn verstecken wollte.

»Wer ist da?«

»Ich bin es, Gunda. Marbod. Du brauchst keine Angst zu haben.«

»Du bist nicht alleine, Marbod. Wer ist das?«

»Ein Feind des Römers, der unsere Leute zum Verrat aufwiegelt.«

»Er ist auch ein Römer.« Gunda spreizte die Finger der Rechten zu einer bannenden Geste.

»Er will uns helfen, den Römer, den man Sextus nennt, zu verderben.«

Gunda schnäuzte sich und sah Marbod an. »Warum bist du gekommen?«

Fabricius machte eine wegwerfende Handbewegung. Für ihn machte das Gespräch mit dieser offensichtlich verrückten Alten keinen Sinn mehr. Marbod warf ihm einen warnenden Blick zu und wandte sich wieder an die Alte.

»Wie kommen wir an ihn ran? Wohnt er noch bei Gernot?«

»Das tut er«, antwortete Gunda und kicherte. »Hildiko macht ihm schöne Augen.«

»Halt den Mund, Hexe!« Marbod hob den Arm, als wenn er die Frau schlagen wollte.

Die Alte ließ sich nicht einschüchtern und hielt dem Marser den ausgestreckten Zeigefinger unter die Nase. »Sei freundlich zu Gunda, wenn du etwas erfahren möchtest.«

Marbod kämpfte mit sich und seinem Zorn. »Entschuldige meine Unbeherrschtheit«, murmelte er dann.

Fabricius schüttelte den Kopf, verbiss sich aber einen Kommentar.

»Was bekommt Gunda, wenn sie dir hilft, den Römer zu töten?«

»Willst du Gold?«, fragte Marbod.

»Kein Gold. Gunda will ein anderes Haus. Ihre Knochen sind zu alt für den Speicher. Es wird sonst der Tag kommen, an dem sie ihre Behausung nicht mehr verlassen kann.«

»Was nicht das Schlechteste wäre«, brummt Fabricius.

Gunda warf ihm einen bösen Blick zu, dem der Römer auswich.

»Du wirst eine bequemere Hütte bekommen«, versprach Marbod.

»Dann höre!« Gunda streckte ihren krummen Rücken und baute sich vor Marbod und Fabricius auf. »Harald hat für heute Abend in die Halle geladen. Alle Männer und die Römer werden kommen. Die Frauen bleiben alleine zu hause. Wir werden den Römer Sextus aus der Halle locken.«

»Ein guter Einfall«, spottete Fabricius. »Als ob Sextus sich ohne Schutz hinaus traut. Er ist ein Haufen Kuhmist, aber nicht dumm.«

»Das kommt drauf an«, belehrte ihn die Alte. »Man wird ihm ausrichten, dass er alleine kommen muss, wenn er eine bestimmte Person treffen will.«

»Welche Person?«, fragte Marbod misstrauisch.

»Hildiko«, antwortete Gunda. »Hildiko wird ihn um ein Stelldichein bitten.«

»Hildiko?« Marbod schluckte.

Das Bier, das Harald frisch hatte ansetzen lassen, begann seine Wirkung zu tun. Ich hatte mir vorgenommen, mich zurückzuhalten, was aber nicht möglich war. Sobald ich meinen Becher geleert hatte, stand eine der Mägde neben mir, um nachzufüllen. Anfangs hatte ich mich noch dagegen gewehrt, mich dann aber in mein Schicksal ergeben. Schließlich fand ich sogar Gefallen an dem Gebräu, das die Sinne so angenehm vernebelt. Dem Bacchus sei Dank hatte ich den sauren Met gemieden, der ebenfalls gereicht wurde. Ich verabscheute den Honigwein, der den nächsten Tag mit Kopf- und Gliederschmerzen ruinierte.

Das Fest hatte mit den üblichen Liedvorträgen des Dorfbarden begonnen. Ich verstand nur wenige Worte des in einer altertümlichen Sprache vorgetragenen Vortrags. Aber das, was ich heraushörte, war nicht dazu angetan, meine Stimmung zu heben. Er sang von Fabeltieren, die Feuer speien, von abgeschlachteten Feinden und immer wieder hörte ich den germanischen Namen des Arminius heraus. Einige Passagen waren den Zuhörern so bekannt, dass sie in den Singsang einfielen, bis die Halle bebte.

Die Luft wurde wegen der brennenden Feuer und den Ausdünstungen der Menge immer stickiger. Das Blut pochte mir in den Ohren und ich begann mich unwohl zu fühlen. Hatte die alte Kräuterhexe etwas unter das Bier gemischt? Ich rieb mir mit den Handballen über die Schläfen und fühlte mich sogleich besser.

Die Hoffnung des Dorfvorstehers auf einen regen Austausch der so verschiedenen Gäste hatte sich bisher nicht erfüllt. Römer und Marser blieben unter sich. Hier und da trank man sich zu, wendete sich aber dann wieder dem vertrauten Sitznachbarn zu.

Ich war derart mit der Musterung der Gäste beschäftigt, dass ich den Jungen mit dem blauen Tuch erst bemerkte, als er direkt vor mir stand.

»Dominus«, flüsterte er mir ins Ohr, »das schickt dir Hildiko. Du sollst sie bei dem umgestürzten Baum treffen. Es ist wichtig.«

»Was hat sie gesagt?«, fragte ich nach. »Der Junge wiederholte seine Worte und verschwand in der Menge. Ich starrte eine Weile auf das Tuch in meinen Händen, bis Quintus mich anstieß.

»Was wollte der Junge von dir?«

»Nichts«, wimmelte ich den Gefährten ab. »Es ist nichts.«

»Aber das Tuch? Hildiko trägt so etwas.«

»Was du nicht sagst«, erwiderte ich mürrisch und erhob mich. »Ich muss kurz an die frische Luft. Ich bin gleich wieder da.«

Ich spürte, wie Quintus mir ratlos hinterherstarrte, als ich die Halle verließ.

»Was kann sie nur von mir wollen?«, schoss es mir durch den Kopf. Ich knüllte das Tuch zusammen und hielt es mir an die Nase. Es roch unverkennbar nach Hildiko. »Sie wird ihre Gründe haben«, beruhigte ich das aufkeimende Misstrauen und machte mich auf den Weg.

Gespannte Ruhe lag über dem Feldlager, dass die vereinten Legionen des niedergermanischen Heeres in der Nähe des Stützpunktes Novaesium bezogen hatten. Als Letzte waren die Einheiten der Legio V Alaudae am Abend eingetroffen. Müde und zerschlagen vom langen Marsch hatten sie ihre Zelte neben denen der Legio XXI Rapax aufgeschlagen, die bereits am Mittag das Lager erreicht hatten. Die Legionen I und XX aus dem nahen Oppidum Ubiorum hatten ihre Areale schon am Vortag abgesteckt. Mehr als zwanzigtausend Legionäre waren dem Befehl des Oberkommandierenden Caecina nur widerwillig gefolgt. Die meisten erachteten es als eine reine Schikane, ihre bequemen Quartiere gegen die matschigen Wiesen der Rhenusauen einzutauschen.

Ein Reiter preschte an der bestürzten Torwache vorbei und zügelte das Pferd vor dem Zelt des Legaten. Er riss die lederne Meldetasche vom Sattel und sprang vom Rücken des Pferdes. Als die Wache ihn aufhalten wollte, nannte er die Parole und eilte ins Zelt. Er platzte mitten in eine Besprechung hinein, die sich sofort auflöste, als er seine Nachricht übermittelt hatte. Wenig später wusste bereits das halbe Lager, dass der Imperator Augustus die Reise zu seinen Ahnen angetreten und Tiberius seinen Platz auf Erden eingenommen hatte.

Lucius wäre beinahe aus dem Feldbett gefallen, als ein Legionär ihn an der Schulter rüttelte. »Augustus ist tot«, schrie der Mann und stürzte aus dem Zelt.

»Wer ist tot?«, fragte er sich und setzte sich auf die Kante des Bettes. Dann erhob er sich mit staksigen Beinen und wankte zu dem eisernen Dreifuß mit der bronzenen Waschschüssel. Er tauchte den Kopf hinein, was seine Lebensgeister weckte und langte nach dem Tuch, das über einer Querstrebe des Waschgestells hing.

»Augustus ist tot«, schallte es von draußen. »Tiberius ist der neue Imperator.«

Lucius war sich bewusst, dass Augustus sich den schlechtesten Augenblick ausgesucht hatte, dieser Welt den Rücken zu kehren. Die Nachricht seines Todes musste die lange glimmende Glut der Empörung aufflammen lassen.

Wie um ihn zu bestätigen, erhob sich ein wüstes Geschrei. »Wo bleibt unser Geld? Was ist mit dem Testament des Augustus? Wird man uns das kaiserliche Erbe auszahlen?«

Lucius gehorchte einer inneren Stimme, die ihm riet, sich nicht mit den Insignien des Centuriats vor den Männern zu zeigen. Er warf seinen Stock, das Riemengeflecht mit den Phalerae und den quergestellten Helmbusch in die Truhe und schlug den Deckel zu. Dann warf er sich seinen Mantel über und wagte sich hinaus.

Keine zehn Schritte weiter wäre er beinahe in den Reiter gelaufen, der vom Zelt des Oberbefehlshabers zum offenen Walldurchlass galoppierte. Er sprang im letzten Moment zur Seite und sah dem Mann nach, der eine wichtige Botschaft an den Caesar Germanicus in seiner Umhängetasche mit sich führte. Caecina hatte ein kurzes Schreiben aufgesetzt, das von einer unmittelbar bevorstehenden Revolte des niedergermanischen Heeres berichtete.

Ich hatte keine Mühe, den Treffpunkt im Licht des aufgegangenen Vollmondes zu finden. Mein Herz tat einen Sprung, als ich Hildiko, mit dem Rücken an den Baumstamm gelehnt, auf der Erde sitzen sah. Sie wandte den Kopf in meine Richtung, erkannte mich und stieß einen Schrei aus.

»Renn weg, Sextus. Es ist eine Falle.«

Weiter kam sie nicht. Ein Schatten löste sich aus der Dunkelheit und schlug ihr auf den Mund.

»Sextus«, gurgelte sie, »es ist ...« Wieder schlug der Schatten zu und das Mädchen verstummte.

Eine dumpfe Angst schnürte mir die Kehle zu. Ich hatte nur den Gedanken, Hildiko zu Hilfe zu kommen. Im Rennen griff ich nach meinem Pugio, den ich aber auf Geheiß des Dorfvorstehers im Haus gelassen hatte. Aber nichts konnte mich aufhalten, mich unbewaffnet auf Hildikos Peiniger zu stürzen. Ich war nur noch wenige Schritte entfernt, als ich Marbod erkannte. Da erhielt ich einen Schlag in die Seite, strauchelte und schlug hart auf dem Boden auf. Ein zweiter Schatten war in mich hineingerannt, der sich mit katzenartiger Geschwindigkeit vom Boden aufrappelte.

Im letzten Moment sah ich den Stahl in der Hand des Mannes, weil er das Mondlicht reflektierte. Ich rollte mich zur Seite und sprang auf. Die sausende Klinge hatte meinen Kopf nur um eine Handbreit verfehlt. Wieder holte der Schatten aus, aber dieses Mal hatte ich die Bewegung frühzeitig erkannt und mich durch einen Satz rückwärts in Sicherheit gebracht.

»Bleib stehen, Feigling«, hörte ich eine Stimme, die ich nur zu gut kannte.

»Verfluchter Meuchelmörder«, schrie ich Fabricius an, der einen Schritt zurückwich. Er war sich nicht sicher, ob ich bewaffnet war. »Ist das alles, Feigling.« Ich griff nach einem abgebrochenen Ast, den irgendein wohlmeinender Gott auf den Weg geworfen haben musste.

»Du bist tot«, zischte Fabricius, der erkannte, dass ich mich nur mit diesem elenden Knüppel verteidigen würde. Er schnellte auf mich zu, und ich hatte Mühe, seinen blindwütigen Schlägen auszuweichen.

Mir war bewusst, dass ich nicht lange durchhalten konnte. Irgendwann würde mich einer der Hiebe verletzten und dann würde es um mich und Hildiko geschehen sein. Ich musste an ihn heran, um seiner Klinge zu entgehen. Der Gedanke, mich ins Unterholz zu flüchten, kam mir nicht. Niemals würde ich Hildiko der Gewalt dieser Mörder überlassen.

Wieder schlug Fabricius zu. Ich sprang zur Seite und warf mit dem Knüppel nach seinem Kopf, was ihn irritierte. Zeit genug für mich, ihn anzuspringen und zu Boden zu reißen. Ich bekam seine Schwerthand zu fassen und schlug ihm mit der Rechte in verzweifelter Wut gegen den Kopf. Er ließ das Schwert fahren und krallte sich um meinen zum Schlag erhobenen Arm. Ich befreite mich mit einem Ruck, riss ihn hoch und rammte ihm mein Knie in den Unterleib. Der Angreifer klappte zusammen, griff sich mit beiden Händen an sein Gemächt und stieß einen unterdrückten Schrei aus. Noch aus der Bewegung heraus schnellte mein Knie erneut hoch und traf ihn mit voller Wucht unter das Kinn. Der Kopf flog hoch und ich knallte ihm die Faust an die Schläfe. Wie vom Blitz getroffen sackte Fabricius zusammen und rührte sich nicht.

»Sextus«, schrie es vom Baumstamm her. Ich schaute nicht hin sondern wehrte instinktiv den Dolchstoß Marbods ab, der seinem Kumpanen zur Hilfe geeilt war.

Wütend funkelten die blutunterlaufenen Augen des Marsers aus seiner hassverzerrten Fratze. »Du Hund«, schrie er und erhob den Arm zum erneuten Stoß.

In diesem Augenblick krachte es wie von zersplitterndem Holz. Marbod erstarrte in der Bewegung, drehte sich um sich selbst und sackte zusammen. Hinter ihm stand Hildiko, die den zerbrochenen Knüppel noch in den gefesselten Händen hielt.

»Hildiko«, rief ich sie an, aber sie schien mich nicht zu hören. Wie von Sinnen trat sie dem Marser immer wieder gegen den Kopf.

»Hildiko«. Ich riss sie zur Seite, nahm das Messer auf, das dem Marser entglitten war und zerschnitt ihre Handfesseln. »Hilf mir, sie zu fesseln. Ich brauche sie lebend.«

»Töte sie.« Sie entwand sich meinen Griff und trat noch einmal zu. Sie musste die Nase getroffen haben, denn es knackte. Blut spritzte rot auf ihr Kleid und Marbod heulte vor Schmerz. Ich griff erneut zu und es gelang mir, Hildiko zu bändigen.

»Ich brauch sie lebend«, schrie ich sie an und schüttelte sie an den Schultern. Sie wand sich unter meinem Griff, während ihr die Tränen die Wangen herabrannen.

»Sie wollten uns töten!« Sie trommelte mit ihren Fäusten gegen meine Brust.

»Hildiko! Komm zu dir. Hilf mir die beiden zu binden.«

Sie kam zu sich und half mir, Marbod auf den Bauch zu drehen, der sich die Hände vor die Nase presste und laut stöhnte. Ich bog seine Arme auf den Rücken, während Hildiko den zerschnittenen Strick vom Boden aufhob. Während ich ihn fixierte, schlang sie eines der Stücke um seine Handgelenke und machte einen festen Knoten. Dann wandten wir uns Fabricius zu, der immer noch nicht aus seiner Ohnmacht erwacht war. Ich dachte schon, ihn getötet zu haben, als er röchelnd die Augen aufschlug. Wenige Augenblicke später hatten wir auch ihn gefesselt.

»Danke«, murmelte ich und nahm Hildiko in die Arme. »Ohne dich hätte mich Marbod vielleicht erwischt.«

Hildiko schlug verschämt die Augen zu Boden. Wie ein Kind, dachte ich, dass man gerade gelobt hat.

»Wie bist du ihnen in die Hände gefallen? Was ist geschehen?«

»Sie haben die Türe eingetreten, den Knecht niedergeschlagen und mich gefesselt aus dem Haus gezerrt. Draußen vor der Tür wartete Gunda auf die beiden. Marbod riss mir das blaue Umhangtuch herunter und gab es Gunda, die damit verschwand. Dann haben sie mich zu dem Baumstamm geschleppt und mich dort angebunden. Nerthus sei Dank, konnte ich mich losreißen, als Marbod auf dich losging.«

»Tapferes Mädchen«, lächelte ich sie an.

»Und was jetzt«, fragte sie mit einem Blick auf die beiden Meuchelmörder, die stumm vor sich hin stierten.

»Lauf zur Halle und hol Gernot, Quintus und meine Männer. Ich bleibe hier. Beeil dich, wahrscheinlich schleicht Gunda hier irgendwo herum.«

Hildiko warf einen Blick auf die nahen Häuser des Dorfes und rannte los.

Als ich sie nicht mehr sah, spürte ich, meine Knie und Hände zitterten. Ich setzte mich auf den Baumstamm und holte mehrmals tief Luft. Dann hielt ich den Atem an, wartete eine Weile ab und ließ die Luft stoßweise entweichen. Das Zittern und die Schwäche hörten auf.

Die Gefangenen hatten unterdessen begonnen, miteinander zu tuscheln. Zur Sicherheit stand ich auf, nahm den Gladius vom Boden und streckte mir Marbods Messer in den Gürtel. Vom Dorf waren laute Rufe und eilige Schritte zu hören, die auf mich zuhielten. Wenig später langten meine Freund und die Praetorianer an. Es hätte nicht viel gefehlt und sie hätten die Gefesselten auf der Stelle massakriert. Ich musste energisch werden, bis sie von den beiden abließen.

»Was ist mit dir, Sextus. Sie wollten dich umbringen?« Quintus blickte verständnislos.

»Wir nehme sie mit«, erklärte ich. »Die beiden werden reden und alles gestehen, um ihre Haut zu retten oder sich wenigstens den Tod in der Arena zu ersparen. Wir werden sie bekommen, Quintus. Alle, die in ihre Machenschaften verstrickt sind.«

Inzwischen war auch Harald gekommen. »Unseliger«, fuhr er Marbod an. »Du hast unser heiliges Gastrecht geschändet. Schande über dich und alle, die dir geholfen haben.«

»Sperr sie ein«, wandte ich mich an den Dorfältesten. »Ich werde sie mitnehmen, wenn ich gehe.«

»Beide?«, fragte Harald verstört. »Marbod auch?«

»Den erst recht«, erwiderte ich unnachgiebig.

»Wir können sie in den Speichern hinter meinem Hof schaffen«, schlug er ergeben vor. »Dort sind sie sicher.«

»Meine Praetorianer werden sie trotzdem bewachen. Ich traue deinen Leuten nicht.«

Marbod wich meinem Blick aus.

Als wir mit den Gefangenen durch das Dorf zum Speicher zogen, standen alle, die eben noch fröhlich gezecht hatten, stumm und ernüchtert am Wegesrand.

»Das geschieht den Verbrechern Recht«, brach eine Alte als erste das Schweigen. »Marbod hat Schande über uns gebracht.«

Viele stimmten ihr zu, während andere verhalten zischten.

»Schlachtet den Römer«, rief ein anderer, »aber gebt Marbod frei. Kein Marser in Feindeshand.«

Bevor die Stimmung kippen konnte, erreichten wir den Speicher. Wir schafften die Gefangenen hinauf, sicherten die Tür und stellten die Leiter zur Seite. Zur Sicherheit postierte ich zwei bewaffnete Praetorianer unter den Zugang, die alle zwei Stunden abgelöst werden sollten.

Mir war an diesem Tag nicht mehr zum Reden zumute. Ich schärfte meinen Leuten noch ein, wachsam zu sein und suchte meine Kammer auf. Dort warf ich mich auf mein Lager und stierte zur Decke.

Ich fühlte keinen Triumph sondern nur eine lähmende Leere. Eigentlich hatte ich alles erreicht, wovon ich all die Jahre geträumt hatte. Aber jetzt, am Ziel meiner Wünsche, fühlte ich mich angeekelt und verbraucht. Wäre das Mädchen nicht gewesen, würde ich jetzt tot im Wald liegen. Eigentlich hätte ich Dankbarkeit empfinden müssen, aber ich schämte mich, das Mädchen da hineingezogen zu haben. Sie hatte ihre Zuneigung zu mir beinahe mit dem Leben bezahlt. Und was konnte ich ihr dafür geben? Ich musste zurück und würde sie zurücklassen - ohne Hoffnung, sie jemals wiederzusehen. War das meine Dankbarkeit? Ich musste sie enttäuschen, aber es war nicht zu ändern. Ich war vor Jahren angetreten einen Frevel zu sühnen und der Gerechtigkeit zu ihrem Recht zu verhelfen. Und ich durfte diesen Weg nicht verlassen.

Eine Frage schoss mir durch den Kopf: Was hatte ich erreicht? Fabricius war des Todes, das war sicher. Aber würden die Beweise ausreichen, seine Mitstreiter ans Messer zu liefern? Kaeso und Lucius waren gerissen. Sie hatten bestimmt alles getan, die Beweise ihrer Niedertracht zu vertuschen. Zeit hatten sie genug gehabt. Und wollte ich Lucius wirklich dem Strafgericht der Legion überantworten? Er war mein Freund gewesen und hatte mich mehr als einmal vor seinen Freunden in Schutz genommen. Ich wischte den Gedanken zur Seite. Er war schuldig wie alle, die sich an dem Gold des Varus bereichert und unsere Feinde mit Waffen ausgerüstet hatten. Wie viele Legionäre würden deshalb noch sterben müssen?

Und das Gold des Varus? Es war wahrscheinlich verschwunden, längst beiseite geschafft oder in den Ankauf von Waffen und Schmuggelwaren investiert worden. Aber ich würde ruhiger leben, wenn Kaeso und Fabricius ihre Strafe erhalten hätten. Sonst würden die beiden keine Ruhe geben, bis sie mich getötet hätten. Fabricius hatte mir bewiesen, wozu sie fähig waren.

Meine letzten Gedanken galten wieder Hildiko. Warum hatten wir uns nicht unter anderen Umständen kennengelernt. Ich mochte sie mehr, als ich mir eingestehen wollte. An Lucilla verschwendete ich in dieser Nacht keinen Gedanken.

Schließlich hatte Morpheus, der Herr über die Träume, ein Einsehen. Aber ich schlief unruhig und Nachtmahre plagten mich bis in den frühen Morgen.

Am nächsten Tag führte mich mein erster Weg zum Speicher. Es goss wie aus Kübeln und schon nach wenigen Schritte waren meine Caligae und der Saum des Mantels vom Matsch verschmiert. Ich verließ die Dorfstraße und stapfte durch das Gras des Wegrains, was mich bis zu den Knien durchnässte. Die Wachen erzählten mir, dass es in der Nacht ruhig geblieben sei. Sie waren nicht von den Dorfbewohnern belästigt worden.

Zurück im Haus, eröffnete ich Gernot und Hildiko, dass ich, sobald es die Witterung zuließ, aufbrechen wollte.

»Das kann Tage dauern«, unkte Gernot mit einem Blick in den verhangenen Himmel. »Der Sommer verabschiedet sich mit einem frühen Herbststurm.«

Wie um seine Schwarzseherei zu bestätigen fegte eine heftige Böe durch die Baumkronen und fegte das erste Laub von den Zweigen.

»Es bleibt dabei«, beharrte ich. »Sobald es aufklart ziehen wir los.«

»Schanzen!«, brüllte der Centurio seine Legionäre an. »Wollt ihr wohl schanzen! Mach ihnen Beine, Optio!«

»Centurio, ich ...« Der Angesprochene suchte nach Worten, um den Vorgesetzten von seinem Vorhaben abzubringen.

»Wirst du wohl gehorchen?« Der Optio gab es auf und machte die paar Schritte zu den Männern, die bis zu den Waden im Matsch standen.

Vor Stunden waren sie mit Schaufeln und Hacken in Reih und Glied angetreten. Es war nicht sonderlich anstrengend gewesen, handliche Grassoden aus dem Boden zu stechen und hinter sich aufzuschichten. Als sie aber den durchgesogenen Boden der feuchten Flussaue freigelegt hatten, wurde es eine Sisyphusarbeit. Der Lehm schmatzte und klebte an den Schaufelblättern. Unter der Last zerbrachen viele Stiele in den Händen der Arbeiter. Keuchend und fluchend wölbten sie mit dem Auswurf einen Wall, der, je länger es regnete, immer wieder in den entstehenden Graben zurückrutschte. Auch die Grassoden, mit denen sie die Böschung befestigten, fanden keinen Halt und glitten herab. Nutzlos lagen die Schanzpfähle, die an beiden Enden zugespitzten Abwehrpfähle im Gras. Es machte keinen Sinn, sie in das feuchte Erdreich der Wallkrone zu rammen und mit Stricken zu verzurren. Der mühsam aufgeschichtete Wall musste unter der Belastung zerfließen und in den Graben rutschen.

»Weitermachen«, rief der Optio den Männern im Graben zu, von denen einige ihre Grabwerkzeuge beiseitegelegt hatten.

»Soll er doch seinen Graben selber ausheben«, rief ein aufgebrachter Legionär.

»Das ist die reinste Schinderei«, schrie ein weiterer.

In diesem Augenblick öffnete der Himmel seine Pforten und schickte einen weiteren Regenguss herab.

»Wir haben die Schnauze voll, Optio. Sag das dem Centurio.«

Der Unteroffizier machte eine hilflose Bewegung mit den Armen und ging zu seinem Vorgesetzten, um Meldung zu machen.

»Was?«, brüllte der Centurio.

Der Optio wiederholte seine Worte, worauf der Vorgesetzte an den Grabenrand trat. »Wer weigert sich, weiterzuarbeiten?«

Statt einer Antwort, klatschte die Ladung einer Schaufel gegen seine Beinschienen. Er packte darauf seinen Rebstock, sprang in die Grube und begann wie wild auf die Männer einzuschlagen.

»Versager, Faulpelze, Drückeberger«, schrie er mit sich überschlagender Stimme.

Es knallte metallen, als ihm der Hieb einer Schaufel den Helm vom Kopf riss. Dann warf ihn ein Stoß gegen die Brust um. »Elende Hunde ...«, rief er noch. Dann war nur noch ein Gurgeln zu hören, als ihn die Männer mit dem Gesicht nach unten in den Schlamm der Grabensohle drückten. Er trat und schlug mit Armen und Beinen um sich, aber die aufgebrachten Legionäre waren unerbittlich. Seine Bewegungen wurden immer schwächer, bis er nur noch zuckte. Sie ließen den Centurio erst los, als er ertrunken war.

»Tod den Blutsaugern und Schindern«, schrie ein Immunis der Nachbarcenturie, der den Vorfall beobachtet hatte.

»Bringt sie alle um. Tötet die Centurionen«, tönte es von allen Seiten.

Unter den Tritten und Schlägen der entmenschten Soldateska nahmen die Offiziere der anderen Centurien Reißaus. Wer die Situation unterschätzte oder zu langsam war, wurde auf der Stelle niedergemacht.

Chaerea, der auf dem Weg ins Kommandeurszelt war, geriet zufällig in den Aufruhr und bahnte sich mit dem Gladius in der Hand einen Weg durch die aufgepeitschte Menge. Es gelang ihm, was nur wenigen vergönnt war. Er erreichte Dank seiner Kraft und Entschlossenheit sein Ziel.

Lucius hatte den Beginn der Raserei bei der Legio Rapax von weitem beobachtet. Er nahm seine Beine in die Hand und rettet sich hinter den eisenstarrenden Ring, den die Praetorianer und Elitekohorten um die Kommandeurszelte gezogen hatten.

Der Geist des Ungehorsams hatte aber auch sie ergriffen. Als der Befehl erging, mit Waffengewalt die Sicherheit im Lager wiederherzustellen, weigerten sie sich, vorzugehen. Sie erklärten den Offizieren, ihren Fahneneid zu erfüllen und das Leben der Vorgesetzten zu schützen. Sie weigerten sich jedoch, gegen ihre Kameraden das Schwert zu ziehen.

Caecina rettete schließlich die Situation. Zuerst lieferte er den wütenden Massen einen Centurio namens Septimius aus, der sich mit letzter Kraft zu ihm geflüchtet hatte. Der Offizier war bei den Männern der Rapax wegen seiner Grausamkeit im Umgang mit Untergebenen besonders verhasst. Die wütende Meute riss ihn buchstäblich in Stücke und warf die geschändeten Überreste in den Fluss.

Dann ließ er verbreiten, allen Legionären einen Vorschuss auf das Erbe des Augustus aus der Truppenkasse auszuhändigen und richtete neben seinem Zelt eine Zahlstelle ein.

Weil kein Signifer oder Centurio der Rapax seine Ehre mit der Bestechung von Verrätern beschmutzen wollte, suchte

Caecina händeringend nach Freiwilligen. Lucius ergriff die Gelegenheit und meldete Kaeso und sich als freiwillige Zahlmeister. Der mit der Durchführung betraute Tribun war froh, geeignete Männer für den nicht ungefährlichen Auftrag gewonnen zu haben.

Die Männer erschienen in Zehnergruppen, nahmen ihre fünf Sesterzen in Empfang, quittierten die Summe und kehrten in ihre Zelte zurück. Es dauerte bis spät in die Nacht, ehe sich die Schlange vor der Auszahlungsstelle verlaufen hatte. Als letzter betrat Caecina höchstpersönlich das Zelt.

»Du bist Lucius Poblicius, Centurio der fünften Legion und du der Signifer Kaeso Vorrenus, ebenfalls von der fünften?«

Die beiden bestätigten und machten ihre Meldung. Caecina musterte die beiden, bis Lucius begann, innerlich unruhig zu werden.

»Ich habe schon einiges von dir gehört«, wendete sich der Legat und stellvertretende Oberkommandierende der niedergermanischen Legionen an Lucius. »Hast du nicht den Austausch der Gefangenen organisiert und Tiberius wertvolle Informationen über die andere Seite des Rhenus beschafft?«

Lucius nickte und war skeptisch, was jetzt kommen würde.

»Centurio, du scheinst keine Gelegenheit auszulassen, um uns von deinen Qualitäten zu überzeugen.«

Lucius schluckte.

»Nimm diesen Ring.« Der Legat zog am kleinen Finger der linken Hand und reichte Lucius das mit einem blauen Onyx versehene Schmuckstück. Der Stein zeigte einen springenden Löwen. »Wann immer du in Schwierigkeiten bist, zeige diesen Ring. Du wirst sofort zu mir vorgelassen. Ich brauche Männer wie dich, die mir und der Sache des Imperators Tiberius verbunden sind.«

»Speichelleckender Günstling«, dachte Chaerea, der die Szene als persönlicher Wachoffizier des Legaten verfolgt hatte. »Wenn das nicht der Lucius ist, von dem Sextus mir erzählt hat.«

Er rieb sich nachdenklich das Kinn. »Warte ab«, murmelte er leise, »was dein Freund aus dem Land der Marser mitbringt.«
Lucius spürte Chaereas Augen auf sich ruhen, schaute auf und wich dem Blick des Kriegshelden aus.

Anstatt aufzuklaren wurde es immer stürmischer. Am Nachmittag beschloss ich, unseren Aufbruch auf den nächsten Tag zu verschieben. Bei Einbruch der Dunkelheit setzten wir uns an den Tisch und nahmen, wie ich dachte, unsere letzte Mahlzeit im Dorf ein. Wir waren schweigsam, weil jeder seinen eigenen Gedanken nachhing. Nur Hildiko versuchte vergeblich, ein Gespräch in Gang zu bringen. Später verstummte auch sie und warf mir hin und wieder einen Blick zu, den ich nur schwach erwiderte. Es quälte mich, sie bald verlassen zu müssen.

Ich hatte mich endlich durchgerungen, in meine Kammer und zu meinen Gedanken zurückzukehren, als die Tür aufgerissen wurde. Quintus stand im Rahmen und winkte mich mit bleichem Gesicht zu sich.

»Was ist?«, fragte ich. »Du bist völlig durchnässt.«

»Die beiden Wachen«, brachte er mühsam hervor und warf einen Blick auf die Anwesenden.

»Was ist mit den Wachen, Quintus?« Eine furchtbare Ahnung durchzuckte mich. Am liebsten hätte ich meine Ohren vor dem verschlossen, was ich jetzt hören würde.

»Sie sind tot, Sextus.« Mein Gefährte rang nach Worten. »Sie liegen tot unter der Plattform. Ich wollte sie gerade mit einem der Syrer ablösen. Man hat ihnen die Kehlen durchschnitten.«

»Was ist mit den Gefangenen?«

»Weg. Sie sind fort.«

Hildiko stieß einen heiseren Schrei und klammerte sich an der Tischplatte fest, während Gernot wie vom Schlag gerührt schien.

Ich sprang auf rannte in die Kammer und riss meinen Gladius aus dem Kasten. In der Wohnhalle warf ich mir den Mantel über und schrie Gernot an, die Praetorianer zu holen. Das war nicht nötig, denn sie warteten bereits mit entschlossenen Mienen vor dem Haus.

»Sie können nicht weit sein«, rief ich Gernot zu, der dadurch aus seinem Brüten erwachte. »Wir müssen ihnen nach. Jedes Haus wird durchsucht. Kommst du mit?«

»Glaubst du, dass die Leute sich das gefallen lassen?«, widersetzte er sich.

»Gernot! Ich brauche dich dabei.«

»Soll ich Hildiko alleine lassen?«, schnauzte er mich an. »Marbod wird sich rächen wollen. Und wenn er dich nicht kriegt, lässt er seine Wut an dem Mädchen aus.«

So wütend ich war, ich wusste, dass er Recht hatte.

»Komm mit«, bat ich ihn verbindlicher. »Quintus wird sich um Hildiko kümmern.«

»Gut«, sagte er. »Aber auf deine Verantwortung.«

Was in den nächsten Stunden folgte, war meiner Wut und Verbitterung geschuldet. Mit den Praetorianern an meiner Seite gingen wir von Haus zu Haus und verschafften uns gewaltsam Zutritt. Die Menschen ließen es geschehen, aber ich wusste, dass ich mir damit die letzten freundlichen Gefühle verscherzte, die der eine oder andere noch für mich oder meine Sache hegte.

Es war sinnlos. Das einzige was ich herausbekam war die Tatsache, dass Gunda ebenfalls verschwunden war. Und ich fand den Jungen, der mir Hildikos vermeintliche Botschaft und das blaue Tuch übermittelt hatte. Das war alles. Die Dorfbewohner wollten oder konnten mir nicht sagen, wo die beiden Geflüchteten untergekrochen waren.

Bei einem der letzten Häuser stellte sich Harald mir mit einem flammenden Appell in den Weg. Es kam darauf zu einem kleinen Handgemenge, in dem einer der Praetorianer einen Mann am Arm verletzte. Das Blut brachte mich zur Besinnung und ich brach die Suche ab.

Als sich der Himmel im Osten bereits rötete, ließ ich drei Pferde satteln und ritt bis zum Mittag ziellos die Umgebung des Dorfes ab. Die Erschöpfung und die Einsicht, die Gefangenen verloren zu haben, ließen mich schließlich umkehren.

Zurück im Dorf, bat ich Gernot um trockenes Holz für einen Scheiterhaufen. Der Regen hatte aufgehört und ich wollte die Gefallenen nicht ohne irgendeine Zeremonie in fremder Erde verscharren. Außerdem traute ich es Marbod zu, dass er sie nach seiner Rückkehr ausgraben und ihre Schädel als Trophäen an seinen Türbalken nageln würde.

Am Nachmittag war das Feuer heruntergebrannt und wir füllten die Asche in zwei Krüge, die wir abseits des Weges vergruben. Wir gaben jedem Toten noch einen Sesterz für Charon und einige persönliche Gegenstände für ihre Reise in die Unendlichkeit mit.

Zurück im Dorf, befahl ich den Männern, ihre Sachen zu packen und in einer halben Stunde marschbereit zu sein.

»Wir sollten uns wie Freunde verabschieden.« Gernot reichte mir die Hand in die ich einschlug. »Es tut mir leid, dass alles so gekommen ist, Sextus.«

»Du kannst nichts dafür, Gernot. Die Götter waren uns nicht gewogen und haben uns ihre Gunst im letzten Augenblick entzogen.«

Der Marser trat an mein Pferd und strich ihm über die Nüstern. »Nimm Hildiko mit. Sie hat hier keine Zukunft mehr. Viele Leute werden ihr niemals verzeihen, was sie für dich getan hat. Ich kann sie nicht immer schützen. Wenn Marbod sie nicht tötet wird sie ein ehrloses und einsames Leben führen.«

Marbods Entkommen hatte alles geändert. Warum nur hatte ich Hildiko nicht gewähren lassen oder ihm gleich selber den Schädel eingeschlagen? Keiner hätte im Dorf auch nur daran gedacht, den römischen Waffenschieber Fabricius zu befreien. Ich wäre mit ihm zurückgekehrt und Hildiko hätte hier in Frieden leben können. Stattdessen hatte ich mir die Feindschaft des Dorfes zugezogen und Hildiko war zu einem Leben in der

Fremde verdammt. Gernot hatte Recht. Bei den Marsern war ihr Leben kein As[122] mehr wert.

»Ist gut«, beschied ich ihm kurz angebunden. »Ich nehme sie mit.«

»Kümmerst du dich um sie, Sextus?«

»Du bist mein Freund, Gernot. Es ist mir eine Ehre und eine Verpflichtung, ihr beizustehen. Du kannst dich auf mich verlassen. Ich verspreche es dir.«

Gernot reichte mir die Hand und drückte mich dann an sich. »Gib gut auf sie Acht. Sie ist das Beste, was ich habe.«

»Hildiko«, wandte er sich jetzt an seine Schwester. »Hol deine Sachen. Du gehst mit dem Römer.«

Als sie wieder herauskam, befestigte er ihre Habseligkeiten am Sattel und half ihr auf das Pferd. Dann drehte er sich zur Seite, damit sie seine Tränen nicht sehen konnte und gab dem Gaul einen Klaps. Das Tier setzte sich in Bewegung und folgte den anderen, die auf der Dorfstraße dem Wald zustrebten.

Ich reichte Gernot noch einmal die Hand und schloss schnell auf. Inzwischen hatten sich einige Dorfbewohner versammelt, um unseren Abmarsch beizuwohnen. Es waren keine freundlichen Blicke, mit denen wir bedacht wurden. Statt eines Abschiedsgrußes hörte ich Verwünschungen, die uns und vor allem Hildiko galten.

»Verschwinde, Römerhure.«

»Lass dich hier nie mehr sehen.«

Als wir vorüber waren, prasselten einige Steine auf den Weg, die jedoch keinen Schaden anrichteten. Am Baumstamm drehte sich Hildiko noch einmal um und winkte ihrem Bruder einen letzten Abschiedsgruß.

Ich beneidete Gernot nicht. Es musste dauern, bis er den Verlust seiner Schwester überwinden und sich von dem Verdacht, ein Römerfreund zu sein, befreien würde.

---

122 kleinwertige römische Münze

Furor Legionum[123]

Unter normalen Umständen hätte ich mich glücklich geschätzt, mit einem Mädchen wie Hildiko an der Seite nach Hause zurückzukehren.

Aber was sollte ich nur mit ihr anfangen? An meiner Seite konnte sie vorerst nicht bleiben. Es wäre vielleicht das Beste gewesen, sie einer begüterten Familie im Oppidum Ubiorum als Hausmagd anzudienen. Kaum angedacht, verwarf ich diese Möglichkeit. Ich hatte Gernot versprochen, mich um seine Schwester zu kümmern und sie nicht in fremde Hände zu geben. Wer weiß, was aus dem Mädchen werden würde?

Dann kam die Möglichkeit in Betracht, ihr im Oppidum eine vorläufige Bleibe zu organisieren und sie nach der Erledigung meiner Angelegenheiten mit nach Mogontiacum zu nehmen.

Oder sollte ich sie direkt nach Mogontiacum zu Lucilla schicken? Sie konnte ihr dort in der Taverne zur Hand gehen und in Ruhe meine Rückkehr abwarten. Aber was würde Lucilla dazu sagen? Sie würde sie sicherlich als eine Konkurrenz im eigenen Haus ansehen und damit sogar Recht haben. Hildiko war mir nicht gleichgültig und das musste sich noch verstärken, je länger wir zusammen waren.

Auch ich musste irgendwann eine Entscheidung treffen. Aber wollte die junge Frau mich überhaupt? Mit ein wenig Abstand würde sie ihre Gefühle vielleicht als Schwärmerei für einen römischen Offizier abtun und es verfluchen, mir über den Rhenus gefolgt zu sein. Sie war ein Kind der Wälder und ich war mir nicht sicher, ob sie sich in meiner Welt zurechtfinden würde.

»Darf ich dich etwas fragen, Sextus?« Als ob sie meine Gedankenspiele erraten hätte, lenkte sie ihr Pferd an meine Seite. Sie machte eine gute Figur auf dem Gaul und ich war erstaunt,

123 Zorn der Legionen

wie gut sie mit dem mächtigen Tier zurechtkam, das einer der getöteten Praetorianer geritten hatte.

»Tu das«, antwortete ich.

»Du machst dir zu viele Gedanken um mich. Ich weiß, worauf ich mich eingelassen habe.«

»Tust du das?«, fragte ich wenig geistreich.

»Ich brauche nicht mehr als einen trockenen Schlafplatz und etwas zu essen. Wir können später überlegen, was ich mit meinem neuen Leben beginne. Es ist wichtiger, dass du zuerst deine Aufgabe erfüllst. Du musst diesen Männern das Handwerk legen. Sonst werden sie dich töten und nicht aufhören, Unglück über die Welt zu bringen. Sie sind gefährlich.«

Ich war beschämt, dass mich dieses Mädchen an meine eigentlichen Pflichten erinnern musste. Nicht einmal Lucilla hatte jemals so zu mir gesprochen. Meine Gefährtin hatte sich nur um mein Fortkommen gekümmert, wenn sie damit ihren eigenen Status aufbessern konnte. Hildiko war hingegen logisch und selbstlos.

»Was glaubst du«, fuhr sie fort, »wird Fabricius machen?«

»Auf dem schnellsten Weg nach Vetera zurückkehren, um seine Freunde zu warnen.«

»Das kannst du nicht verhindern«, folgerte sie scharf. »Er hat bestimmt irgendwo seine Helfer zurückgelassen. Ich nehme an, dass er mit einem Boot die Rura oder die Lupia hinaufgerudert ist. Er wird vor dir zurück sein.«

»Ich weiß«, antwortete ich.

»Du musst ihn als ersten unschädlich machen. Du kannst ihm seine verbotenen Geschäfte beweisen und ihn des Mordes an den Praetorianern anklagen. Er ist erledigt.«

»Wenn er nicht untertaucht«, erwiderte ich. »Er ist nicht so dumm, zu warten, bis man ihn holt.«

»Aber die anderen. Kaeso und Lucius? Kannst du denen etwas nachweisen?«

»Nicht mehr als vorher auch. Es gibt nur die Waffen, die ich in deinem Dorf sichergestellt habe. Wenn ich Fabricius hätte, könnte ich ihn zu einer Aussage zwingen. Da gibt es Möglichkeiten.«

»Wenn ich Lucius oder Kaeso wäre«, meinte Hildiko, »Würde ich ihn umbringen und verschwinden lassen.«

Ich lachte das erste Mal seit Tagen. »Ich möchte dich nicht zum Feind haben, Hildiko. Ich sollte dich besser einem Anwerber der Legion vorstellen. Vielleicht braucht Germanicus einen neuen Praetorianer?«

Hildiko lachte ebenfalls und berührte mich leicht mit der Hand. »Nicht schlecht, wenn ich ein Mann wäre.«

Fabricius schaute den Knechten zu, wie sie das Boot aus dem Versteck zogen, die darüber ausgebreiteten Äste entfernten und es zum Wasser schoben. An Kinn und Schläfe waren noch die Abdrücke zu sehen, die Sextus Knie und Faust hinterlassen hatten. Besonders die Kinnpartie hatte es übel erwischt. Der Kieferknochen schien zumindest angebrochen und er hatte drei Backenzähne verloren. Er spuckte aus und sah, dass die Wunde wieder geblutet hatte.

»Wenn ich den Hund das nächste Mal erwische, wird es sein Ende sein.«

Marbod hatte Mühe, die genuschelten Worte zu verstehen. »Du sprichst wie ein altes Weib, dass keine Zähne mehr im Mund hat.«

»Warum hast du dem Mädchen nicht eins übergezogen, bevor du mir zu Hilfe kamst?«

Marbod tastete nach der Stelle am Hinterkopf, an der Hildiko ihn mit dem Knüppel getroffen hatte.

»Deine Nase solltest du dir auch richten lassen.«

»Halt`s Maul, Fabricius. Hast du dir schon überlegt, wie du aus der Sache rauskommst? Die werden dich in Vetera nicht freudig erwarten.«

»Ich werde mir mit Lucius etwas überlegen. Zur Not tauche ich eine Weile ab. Der Bursche hat gute Verbindungen und

wird die Sache schon richten. Zu dumm, dass uns dieser Sextus entwischt es. Was wirst du tun?«

Marbod strich sich über die geschwollene Nase. »Zurück ins Dorf gehen. Gernot und Harald werden es nicht verhindern können. Ich habe dort viele Freunde. Dann kümmere ich mich als erstes um die kleine Römerhure.«

»Vielleicht erhört sie dich endlich«, spottete der Römer. »Du solltest sie im See wie einen jungen Hund ertränken. Das wird sie im letzte Augenblick an Sextus erinnern.«

»Ich wünsche dir eine gute Reise.« Marbod hatte die Worte eher herausgestoßen als gesprochen. Er schwor sich, dem Römer diese Kränkung nicht zu vergessen. Dann fasste er sich und hielt Fabricius die geöffnete Handfläche hin.

»Hast du nicht etwas vergessen? Ich habe dich nicht umsonst zu deinen Leuten und an den Fluss gebracht. Außerdem bekommt Gunda zwei Goldmünzen. Du hast es versprochen.«

Fabricius fluchte und überlegte kurz, ob er Marbod nicht einfach den Gladius in die Eingeweide rammen sollte. Der Kerl begann lästig zu werden.

»Hier.« Er warf ihm einen Beutel zu. »Da ist alles drin. Säuberlich abgezählt. Ich hoffe, dass wir uns so bald nicht wiedersehen.«

»Ich wünsche dir ein langes Leben, Römer. Du kannst es gebrauchen.« Er grinste zum Abschied und wartete, bis sich das Boot unter wuchtigen Riemenschlägen flussabwärts bewegte. Dann stieg er langsam die Uferböschung hoch und begann seinen mehrtägigen Rückweg.

Caecina hatte sich in der Nacht mit den Legionsstäben und wenigen zuverlässigen Kohorten auf eine flache Anhöhe außerhalb der Sichtweite des Hauptlagers zurückgezogen und einen Befestigungswall anlegen lassen. Dort fanden sich bald alle Offiziere und Verwaltungschargen ein, die einen Racheakt der Mannschaften fürchteten. Den ganzen nächsten und den übernächsten Tag beäugte man sich misstrauisch.

Am folgenden Morgen traf endlich die erlösende Nachricht bei Caecina ein, dass Germanicus mit seinen Praetorianern im Anmarsch sei. Der Caesar hatte sich nach der Thronbesteigung des Tiberius sofort an den Rhenus in Marsch gesetzt, um das schlimmste zu verhüten. Auf den Boten des Legaten war er kurz hinter der Augusta Treverorum[124] *gestoßen. Er las den Bericht Caecinas und ließ die Truppe im Eilmarsch vorrücken.*

Von dem großen Lager konnte Lucius nur den Schein der Lagerfeuer sehen. In der Richtung, wo es liegen musste, hatte sich der Horizont rötlich verfärbt. Wenn der Wind günstig stand, wehten aus der Ferne Gesangsfetzen herüber.

Als er Schritte hörte, wendete er den Kopf und zuckte unmerklich zusammen. Er hatte den Ankömmling erkannt. Seit sie gemeinsam den Schatz im Rhenus versenkt hatten, war ihm die Nähe des Signifers nicht mehr geheuer.

»Hast du es schon gehört, Lucius?«

»Was soll ich gehört haben?«, fragte Lucius argwöhnisch.

»Germanicus ist heute im Oppidum Ubiorum eingetroffen. Er will morgen zu den Legionen sprechen.«

»Das wurde auch Zeit«, murmelte Lucius. »Er ist der einzige, der die Männer beruhigen kann. Sie lieben ihn.«

Kaeso scharrte nervös mit der Fußspitze im feuchten Boden. »Da gibt es noch etwas.«

»Und?«, fragte Lucius, der das Gespräch am liebsten abgebrochen hätte.

»Zur gleichen Zeit sind Schnüffler des Senats im Oppidum erschienen. Lauter Vertraute des Tiberius. Sie sind die Vorhut einer senatorischen Delegation unter Munatius Plaucus, der im letzten Jahr Konsul war.

»Wenn Tiberius den Plaucus schickt, rechnet er mit Schwierigkeiten«, antwortete Lucius nachdenklich.

»Was bedeutet das für uns?«, wollte Kaeso wissen.

---

124 Trier

»Schwierigkeiten, Kaeso. Ich sagte es schon.«

»Und welche?«, fragte der Signifer genervt. Er spürte die Ablehnung, die sein Kamerad ausstrahlte.

»Was weiß ich, Kaeso. Vielleicht hat er Angst, dass Germanicus der Sache nicht gewachsen ist. Die Revolte hat sich schon längere Zeit angekündigt und Germanicus hat bis jetzt nichts unternommen.«

Der Signifer setzte eine verschmitzte Miene auf und rückte näher an Lucius heran. »Was hältst du von dem Gerücht, dass die Legionen Germanicus zum Imperator ausrufen wollen?«

»Nichts.« Lucius wendete sich angewidert ab. Der Mundgeruch des ungepflegten Signifers widerte ihn an. »Alles nur Latrinengeschwätz.«

Kaeso schien immer noch nicht gehen zu wollen. Er wippte unruhig auf den Fußballen. »Hast du etwas von Fabricius gehört? Ist er zurück?«

»Nein«, antwortete Lucius. »Er ist seit Tagen überfällig. Eigentlich hätte er sich längst hier einfinden oder zumindest eine Nachricht schicken müssen.«

»Vielleicht ist die Nachricht im Wirbel der letzten Tage untergegangen?«

»Vielleicht.« Lucius gab sich den Anschein größter Gelassenheit. In Wahrheit war er aber zutiefst beunruhigt. Eine Priesterin hatte ihm vor Tagen geweissagt, dass ein Unglück geschehen würde. Er hätte Fabricius in dieser zugespitzten Lage nicht gehen lassen dürfen.

Fabricius´ Kahn hatte ohne weitere Zwischenfälle den Rhenus erreicht. In der Ferne waren bereits die Türme des Doppellegionslagers von Vetera auszumachen. Seinen Gehilfen hatte er die dramatischen Ereignissen im Dorf der Marser unterschlagen und ihnen vorgegaukelt, gute Geschäfte angebahnt zu haben.

Eine halbe Stunde später machte er seinen Kahn am Anleger fest. Er wunderte sich, nur wenige Soldaten im Hafenbereich anzutreffen. Als er einen einheimischen Fischer darauf ansprach, erzählte ihm der Mann, dass die meisten Soldaten ins Übungslager gezogen seien.

Fabricius hielt es für das Beste, seine Männer nach Hause zu schicken und sich selber unsichtbar zu machen. Er wollte zuerst mit Lucius sein zukünftiges Verhalten absprechen. Er steckte in großen Schwierigkeiten und dürfte jetzt keinen weiteren Fehler machen.

Nachdem er seine Habseligkeiten aus dem Kahn geholt hatte, zog er sich die Kapuze seines Umhangs tief in die Stirn und schlich vom Hafengelände. Er durchquerte die Zivilsiedlung und steuerte einen abseits liegenden Weiler am Ufer an. Er kannte hier einen alten Mann, der ihm einen Gefallen schuldete.

Der Sohn des Alten war vor Jahren in einen Diebstahl verwickelt gewesen und nur deshalb der Hinrichtung entgangen, weil er ihn gegen ein horrendes Bestechungsgeld laufen gelassen hatte. Er blieb stehen und schaute in seinen Geldbeutel. Der Mann würde ihn schröpfen und versuchen, möglichst viel von dem Geld zurückzubekommen, das er ihm damals gezahlt hatte. Aber er würde ihm Obdach und Nahrung gewähren, bis er seine Angelegenheiten geregelt hatte. Zur Sicherheit nahm er einige Denare und den Aureus aus dem Beutel und steckte die Münzen in seine wollenen Strümpfe. Dann betrat er das Dorf und klopfte an die Hütte des Alten.

Obwohl ich es eilig hatte, ins Oppidum Ubiorum zurückzukehren, brauchten wir länger, als ich veranschlagt hatte. Die Unbilden des Wetters und der schlechte Zustand von Wegen und Pfaden, die unter den Regengüssen gelitten hatten, kosteten uns zwei ganze Tage. Endlich sahen wir den Rhenus und hielten auf die Brücke zu.

Man musste uns gesehen haben, denn ich sah zwei Reiter, die in scharfem Galopp auf uns zuhielten.

»Die haben es aber eilig«, wunderte sich Quintus und setzte eine bedenkliche Miene auf. »Die kommen nicht zur Begrüßung. Da muss etwas geschehen sein.«

Ich pflichtete ihm bei und gab das Signal zum Halten.

Die Reiter kamen bis auf Rufweite heran, parierten ihre Tiere durch, berieten sich kurz und trabten wieder an. Sie hatten offenbar erkannt, dass von uns keine Gefahr ausging.

»Ihr seid es«, begrüßte mich einer der beiden. Es war der Wachoffizier, dem ich bei unserem Aufbruch die Denare gegeben hatte. »Ihr hättet euch keinen schlechteren Zeitpunkt für eure Rückkehr aussuchen können. Im Oppidum und im Lager geht alles drunter und drüber.«

»Was ist geschehen?« Die Begrüßung hatte meinen Argwohn verstärkt.

»Die Legionen sind im Aufstand. Es haben mehr als hundert Centurionen dran glauben müssen. Die schlachten alles vom Optio aufwärts ab.«

»In der Stadt?«, fragte Quintus.

»Nein«, wiegelte der Wachoffizier ab. »Im Übungslager bei Novaesium. Hier gibt es nur wenige Sicherungsverbände. Aber es gibt Gerüchte, dass die Aufständischen die Stadt plündern wollen, wenn sie kein Geld erhalten.«

»Wo ist Germanicus? Was ist mit Caecina und den anderen Legaten und Tribunen?« Ich war wie vor den Kopf gestoßen. Das durfte alles nicht wahr sein. Wen würde es jetzt noch interessieren, dass ich einen Waffenschieber überführt hatte?

»Germanicus ist gestern gekommen. Sie verhandeln jetzt mit den Meuterern«, klärte uns der Mann auf. »Ihr kommt mit mir. Wir brauchen hier jeden Mann.«

Meine Männer blickten unschlüssig.

»Es gibt keine Wahl«, begegnete ich ihrem Unmut. »Oder wollt ihr nach Novaesium und euch den Meuterern anschließen?«

Die Praetorianer protestierten gegen meine Unterstellung.

»Dann gibt es nichts mehr zu bereden«, entschied ich im Befehlston. »Ihr habt einen Eid geschworen.«

Während es in den Straßen nur so von Menschen wimmelte, herrschte im Legionslager eine gespenstische Leere. Die wenigen verbliebenen Einheiten versahen den Wachdienst an den Toren oder waren zur Sicherung des Praetoriums abgestellt worden.

Die gespannte Erwartung, die sich über die Stadt und das Lager gelegt hatte, löste sich erst am folgenden Morgen. Bis dahin hatten wir eine unruhige Nacht in Quintus´ leerstehender Mannschaftsbaracke verbracht. Es wurde gemeldet, dass es eine Einigung gegeben hätte und dass die Legionen am nächsten Tag zurückkehren würden. Eine weitere Eskalation und eine Plünderung der Stadt waren nicht mehr zu erwarten.

Ich nutzte die Ruhe vor dem Eintreffen der Legionen zu einem Rundgang durch die Stadt. Hildiko konnte es kaum erwarten, all die Wunder zu sehen, die man sich in ihrem Dorf über die Stadt am Rhenus erzählt hatte.

Unser erstes Ziel war die Suche nach einer Unterkunft, in der sie die nächsten Tage verbringen sollte. Es war undenkbar, sie nach der Rückkehr der Legionen weiter im Lager unterzubringen. Ein hübsches Mädchen inmitten tausender aufgeputschter Soldaten zu belassen wäre unsinnig und fahrlässig gewesen. Wir fanden eine saubere Kammer in einer Seitengasse des Cardo Maximus[125]. Es waren nur wenige Schritte bis zum Praetorium, in das man sich bei Gefahr flüchten konnte. Das Zimmer verfügte sogar über ein Fenster aus dem man, da es im Obergeschoss lag, auf den Fluss sehen konnte. In Hildikos Wahrnehmung barg der nüchterne Raum Wunder über Wunder. Beinahe zärtlich glitten ihre Finger über den weißen Putz der Innenauskleidung, den eine kundige Hand mit Blumenornamenten bemalt hatte. Auf den Brettern des Wandregals stapelte sich Essgeschirr aus Glanztonware, und die Tür

125 römische Hauptstraße (heutige Hochstraße / Schildergasse in Köln)

des Kleiderschrankes verfügte über eine vergitterte Öffnung. Am meisten hatten es ihr die Löwenköpfe des zierlichen Tisches angetan. Ich unterwies sie im Gebrauch der Öllampen und der gemauerten Feuerstelle, die sie nur bei geöffnetem Fenster benutzen durfte.

»Ist das eines der Häuser, die man Palast nennt?«, fragte sie kindlich.

»Nein«, lachte ich. »In einem Palast gibt es noch ganz andere Dinge. Das hier ist ein normaler Wohnraum, für die durchreisenden Gäste.«

»Zeigst du mir einen solchen Palast, Sextus?«

»Gerne, aber richte dich erst einmal ein.«

Später gab ich gab dem Patronus der Herberge einige Münzen, die für die Unterkunft und das Essen der ersten Tage ausreichten.

Hildiko war traurig, als ich sie bald darauf verlassen musste.

»Du bleibst nicht hier?«, fragte sie. »Es gibt hier bestimmt auch ein Zimmer für dich.«

»Ich kann nicht«, bedauerte ich. »Ich bin Offizier und mein Platz ist bei den Legionären. Ich schaue so oft vorbei, wie ich es einrichten kann.«

Zum Abschied gab ich ihr noch einige Sesterze für notwendige Anschaffungen. Sie bedankte sich, aber ich sah in ihren Augen die Angst, sich unter fremden Menschen bewegen zu müssen, wenn sie mein Geschenk nutzen wollte.

Als es dunkel wurde, beschloss ich, mit Quintus unserer Taverne einen Besuch abzustatten. Wir machten einen Umweg, der uns einen Blick auf die Rückseite der Herberge gestattete. Es berührte mich, als ich Hildikos Fenster erleuchtet sah.

Wir waren die einzigen Gäste, weil die Taverne hauptsächlich von Legionären aufgesucht wurde. Die wenigen Handwerker und Reisenden, die man an normalen Tagen hier antraf, hatten es vorgezogen, nach Anbruch der Dunkelheit zuhause zu bleiben. Es hatte sich eine lähmende Stille über die Stadt gelegt.

»Hörst du das?«, fragte Quintus und setzte seinen Becher ab.

Ich lauschte zur Türe und spürte im gleichen Augenblick den Boden vibrieren. Dann klirrten die Becher und Krüge in den Wandregalen und Tischen mit leisem Klang. Schließlich drang das Grollen tausender marschierender Caligae zu uns hinein.

»Das sind die Legionen«, rief Quintus und sprang auf. »Die Legionen kehren zurück.«

Ich folgte ihm auf die Straße, an deren Seiten sich die Menschen versammelten. Immer lauter dröhnte es heran, bis die ersten Legionäre in die zum Lager führende Straße einbogen.

Hinter der Vorhut ritt Caecina inmitten der untergeordneten Legaten und Tribune.

Caecinas' Gesichtszüge wirkten im Schein der Feuerbecken und Fackeln seltsam starr und blass. Man hatte ihn offenbar gezwungen, den demonstrativen Umweg durch die Stadt zum Lager zu nehmen. Auch die Offiziere des Stabes, unter ihnen unser Freund Chaerea, wirkten angespannt. Ganz anders die Legionäre, die hinter ihren Feldzeichen an uns vorbeifluteten. Sie begannen zu singen und Zoten in die Menge zu werfen. Vielen sah man an, dass sie zu viel getrunken hatten.

Quintus begann unruhig zu werde. »Ich muss zu meiner Einheit, Sextus.«

»Bleib«, raunte ich ihm zu. »Heute gibt es keine Ordnung. Du kommst noch früh genug zu deinen Leuten.«

Bevor ich am nächsten Tag Hildiko aufsuchen konnte, wurde ich zu Cassius Chaerea befohlen, dessen Stellvertreter ich meine Anwesenheit gemeldet hatte. Ich war in der Frühe hingegangen, hatte ihn aber nicht angetroffen.

»Und?«, begrüßte er mich jovial und bot mir einen Platz an. »Schon gefrühstückt?«

Ich verneinte.

»Dann essen wir gemeinsam.« Er riss die Türe auf und rief nach Brot, Käse und Posca, dem Gemisch aus Wein, Essig und Wasser, das besser schmeckt, als es die Zutaten erahnen lassen.

»Hunde!«, brach es aus Chaerea heraus, als ich meinen Bericht beendet hatte. »Verdammte Hunde! Die haben uns jahrelang zum Narren gehalten. Und weißt du, was das Beste daran ist?« Die Stimme meines Gegenübers triefte vor Sarkasmus. »Erstens können wir nur etwas beweisen, wenn wir Fabricius kriegen.«

»Und zweitens?«, fragte ich gespannt.

»Es interessiert niemanden, Sextus. Keiner weiß, wie die Sache hier ausgeht. Es kann Wochen oder Monate dauern, bis wieder geregelte Zustände herrschen. Bis dahin können wir den Caesar nicht mit deinen Ermittlungen belasten. Wir müssen warten und einen günstigen Zeitpunkt abpassen.«

Ich hatte mich auf diese Möglichkeit vorbereitet, war aber trotzdem enttäuscht.

»Chaerea«, hielt ich ihm vor. »Ich habe mein Leben und das meiner Männer aufs Spiel gesetzt, um diese Verbrecher zu überführen!«

»Tröste dich mit dem Mädchen«, schlug Chaerea vor.

Ich schluckte. »Ist das alles, was du dazu zu sagen hast?« Ich stand kurz davor, den Raum zu verlassen.

»Hast du eigentlich eine Ahnung, was hier geschehen ist?«, schrie er mich an. Wir waren beide aufgesprungen.

»Nein«, lenkte ich ein. »Aber du wirst es mir erzählen.«

Chaerea schnaufte durch, bevor er sich setzte. »Wage das nicht noch einmal.« Er drohte mir mit dem ausgestreckten Zeigefinger.

»War es so schlimm?«, konterte ich.

Plötzlich überzog ein Grinsen das Gesicht des Haudegens. »Du bist ein Mann nach meinem Geschmack, Sextus.« Dann schaute er zur Zimmerdecke, wie man es macht, wenn man lange Zurückliegendes in die Gegenwart zurückrufen möchte. »Ja, Sextus. Es war furchtbar.«

Ich lehnte mich zurück und folgte gebannt seinem Bericht.

Er erzählte von den ersten Gewaltausbrüchen, die innerhalb weniger Augenblicke außer Kontrolle geraten waren.

»Es blieb uns nichts anderes übrig, als uns zurückzuziehen, um unser eigenes Leben zu schützen. Wir hofften, dass mit dem Erscheinen des Germanicus Ruhe einkehren würde. Aber die Lage geriet völlig außer Kontrolle, als der Caesar eine mäßigende Ansprache an die aufmarschierten Legionen halten wollte. Obwohl nur die ersten Reihen etwas von dem verstanden, was er sagte, wurde er niedergeschrien. Sie überhäuften ihn mit Forderungen nach Entlassungen, Soldzahlungen, Urlaub und verbesserten Dienstbedingungen. Am meisten hatten sie es auf die angeblichen Grausamkeiten der Centurionen abgesehen, von denen sie Unzählige massakriert hatten. Einige besonders Wagemutige stürmten nach vorne, rissen sich die Tuniken herunter und zeigten ihm die Narben und Striemen, die sie im Dienst mit der Waffe oder durch ungerechtfertigte und grausame Bestrafungen erhalten hatten.

Plötzlich kippte die Stimmung in die andere Richtung. Es erklangen Sprechchöre, die den Namen des Germanicus skandierten und lauthals seine Ernennung zum Imperator forderten. Du hättest die Gesichter von Caecina und den anderen Tiberiusfreunden sehen müssen! Nicht zu reden von den Spionen, die Tiberius geschickt hat. Die waren dabei und haben ihre Schreibtafeln vollgekritzelt.«

»Und?«, fragte ich unruhig, »was hat der Caesar gemacht?«

Chaerea lachte lauthals und beugte sich vor. »Nichts hat er gemacht. Er hat geschwiegen und dann eine Lobrede auf Tiberius gehalten. Er wird sich niemals gegen den Vaterbruder stellen.«

»Was man von Tiberius nicht behaupten kann«, entgegnete ich spitz.

»Pass auf, was du sagst«, warnte mich Chaerea und senkte seine Stimme zum Flüsterton. »Hier haben die Wände Ohren. Die Schnüffler des Tiberius geistern überall herum. Ein falsches Wort zur falschen Zeit und du wachst mit einem Pugio zwischen den Rippen auf.«

»Wie ging es weiter?«, wollte ich wissen.

Die Massen tobten dieses Mal vor Enttäuschung. In völliger Verkennung der Situation kokettierte der Caesar jetzt mit seinem Selbstmord, was ihm mit Spott vergolten wurde. Die Meuterer beruhigten sich erst, als Germanicus Münzen in die Menge werfen ließ. Schließlich versprach er, den Forderungen nach Geld und besserer Behandlung nachzukommen.«

»Damit hat er die Aufrührer beruhigt und die Wogen geglättet«, folgerte ich.

»Wie man es nimmt«, antwortete Chaerea. »Die fünfte und die einundzwanzigste Legion sind auf dem Rückmarsch nach Norden und Caecina hat die erste und die fünfte hierher geführt. Er bricht morgen nach Vetera auf.«

»Vielleicht sollte ich doch um eine Audienz beim Caesar ersuchen?«, versuchte ich mein Glück noch einmal. »Die größte Gefahr scheint vorbei zu sein.«

»Der Caesar Germanicus ist vom Sommerlager aus direkt nach Mogontiacum aufgebrochen, um den dortigen Legionen den Treueid abzunehmen. Er braucht einen freien Rücken, bevor er mit den Meuterern abrechnet.«

»Dann gehe ich nach Mogontiacum, Cassius.«

»Das wirst du nicht«, entgegnete Chaerea. »Du bist hier auf Befehl des Caesars. Du wirst deinen Posten nicht verlassen. Oder willst du alles aufs Spiel setzen? Glaubst du, dass Germanicus dich anhört, wenn du seine Befehle missachtest?«

»Mag sein, dass du Recht hast, Cassius. Aber du kannst nichts dagegen einwenden, wenn ich das Mädchen nach Mogontiacum bringe. Nach allem was geschehen ist, ist sie hier nicht sicher.«

»Du bleibst«, blieb Chaerea hart. »Quintus wird sie bringen und sofort zurückkehren.«

Ich war am Ende meiner Möglichkeiten angelangt. Chaerea war der höherrangige Offizier und es war sinnlos, mich weiter zu widersetzen. Ich erhob mich, um den Raum zu verlassen, doch Chaerea hielt mich zurück.

»Dein Lucius«, begann er, »dient doch als Centurio bei der Fünften.« Er gab mir eine kurze Beschreibung seines Äußeren. »Ist er das?«

Ich bestätigte seine Beschreibung.

»Dein Freund arbeitet gerade an seiner Laufbahn. Er hat Caecina einen großen Dienst erwiesen und ist deshalb von ihm ausgezeichnet worden. Sei vorsichtig, wenn du gegen ihn vorgehst. Vielleicht solltest du dich mit dem Kopf von Fabricius begnügen.«

»Niemals!«, dachte ich bei mir.

Hildiko war untröstlich, als ich ihr wenig später mitteilte, dass sie mit Quintus nach Mogontiacum gehen sollte. Es tröstete sie nur wenig, dass ich in bunten Farben die Vorzüge der obergermanischen Metropole schilderte. Es ging ihr nicht um die Stadt, sondern um mich. Es missfiel ihr, dass sie die Zeit bis zu meiner Rückkehr bei Lucilla verbringen sollte.

Ich ließ mich aber nicht umstimmen. Die Lebensumstände im Oppidum Ubiorum waren zurzeit viel zu gefährlich für eine junge Frau, die sich in meiner Welt noch nicht zurechtfand. Ich hatte zwar kein gutes Gefühl, sie Lucillas Obhut zu überantworten, aber alles war besser als hierzubleiben.

Auf ihr Bitten hin stimmte ich jedoch zu, den Abend und die Nacht in ihrer Kammer zu verbringen, die sie am nächsten Tag schon wieder verlassen sollte. Wir redeten lange, bis sie spät in der Nacht in meinen Armen einschlief.

Wie ein Kind hatte sie sich an mich gekuschelt und ich lauschte ihrem regelmäßigen Atem. Lange betrachtete ich im flackernden Schein des Öllichts ihre wunderschönen Gesichtszüge. Es tat mir unendlich leid, dass ich ihr nicht den Schutz bieten konnte, den ich Gernot versprochen hatte. Aber ich wusste, dass es keine andere Lösung gab, als sie nach Mogontiacum zu schicken. Fortuna hatte beschlossen, die Welt im Chaos versinken zu lassen und uns auf unbestimmte Zeit zu trennen.

Sie weckte mich am Morgen mit einem schüchternen Kuss auf die Wange. Als wir die Herberge verließen, wartete Quintus bereits in der Schankstube. Ich begleitete die beiden noch bis zum Anleger und half meinem Gefährten, zwei Plätze auf einem Frachtkahn zu bekommen. Ich gab ihr zum Abschied noch etwas Geld und versprach ihr, bald nachzukommen.

Ich war nie ein Freund großer Abschiedsworte gewesen und war froh, dass sie es ebenso hielt. Ich sah Tränen in ihren Augen, als sie im letzten Augenblick ihre Arme um mich schlang. Wie zufällig trafen sich unsere Lippen, und ich erwiderte ihren Kuss.

Es zerriss mich, als das Schiff ablegte und mit der Strömung immer schneller an Fahrt aufnahm. Ein letztes Mal winkte ich ihr noch zu, dann war sie meinen Blicken entschwunden. Wie ein Blitz traf mich die Gewissheit, dass ich sie liebte.

Was eben noch richtig gewesen war, hatte sich jetzt ins Gegenteil verkehrt. Ich hatte es für richtig erachtet, Hildiko als Schutzbefohlene in die Sicherheit von Lucillas Obhut zu entsenden. Aber Amor hatte vor wenigen Augenblicken entschieden, dass ich mich zugunsten der Marserin von meiner Gefährtin trennen würde. Ich kannte Lucilla und wusste, dass sie über genug Gespür verfügte, die Situation richtig zu deuten. Sie würde ihren ganzen Einfluss geltend machen, die Dinge in ihrem Sinne zu regeln. Ich hatte Hildiko in bester Absicht in Schwierigkeiten gebracht.

Aber was sollte ich tun? Ich konnte ihr nicht mit dem nächsten Schiff hinterherreisen. Ich war unabkömmlich. Mir blieb nur die Hoffnung, dass alles gut gehen würde und ich bald die Erlaubnis bekäme, nach Mogontiacum zurückzukehren.

Daraus wurde aber nichts. Es blieb mir gerade so viel Zeit, am Altar der Venus ein Opfer darzubringen und die Göttin um ihren Schutz anzuflehen. Dann erfasste mich der Malstrom der Ereignisse und spie mich dort aus, wo ich niemals hinwollte.

Es begann damit, dass der Caesar Germanicus bereits am nächsten Tag aus Mogontiacum zurückkehrte. Der Schnellruderer hatte die Strecke in weniger als vier Tagen hin und zurück bewältigt. Wir erfuhren, dass es ihm gelungen war, die obergermanischen Legionen ohne große Komplikationen auf sich einzuschwören. Meine zweite Legion war mit gutem Beispiel vorangegangen. Leichte Schwierigkeiten hatte es erwartungsgemäß nur bei der Vierzehnten im Außenlager gegeben. Nach kurzem Zögern folgten sie jedoch dem Beispiel der anderen und leisteten den Treueid. Damit hatte der Caesar den Rücken frei, die Dinge bei uns wieder gerade zu rücken.

Der Caesar war nicht alleine aus Mogontiacum zurückgekehrt. Er hatte seine hochschwangere Frau Agrippina und seinen Sohn Caligula mitgebracht. Agrippina genoss als Enkelin des Augustus die Hochachtung der Truppe und alle Legionäre waren vernarrt in den jüngsten Sprössling des Caesars. Man hatte dem Winzling einst ein paar Soldatenstiefel gefertigt, mit denen er unbeholfen durch die Lagergassen stolziert war. Von diesem Tag an war er der Glücksbringer der rheinischen Legionen. Germanicus baute wohl auf den besänftigenden Einfluss seiner Liebsten gegen den aufrührerischen Geist der Soldaten.

Noch am gleichen Tag erhielt ich den Befehl, mich der neu gebildeten Schutztruppe des Chaerea anzuschließen, die für die Sicherheit der senatorischen Delegation sorgen sollte. Es ehrte mich, diesen verantwortungsvollen Auftrag erhalten zu haben, aber ich legte keinen Wert auf diese zweifelhafte Gesellschaft. Bei den Schutzbefohlenen handelte es sich ausnahmslos um enge Vertraute und ergebene Anhänger des Tiberius, denen der Caesar Germanicus ein Dorn im Auge war.

Als ich Chaerea um die Versetzung in einen anderen Truppenteil bat, erteilte er mir einen strengen Verweis.

»Bei allen Göttern, Sextus. Was glaubst du, warum ich dich in meine Truppe geholt habe? Ich brauche zuverlässige und erfahrene Offiziere. Hast du darüber nachgedacht, was geschieht, wenn der Delegation etwas zustößt? Für Tiberius gäbe es keinen besseren Vorwand, um Germanicus abzuberufen.«

Er blickte mich durchdringend an. »Denk an Lucius. Er hat dir gezeigt, wie es geht. Biedere dich bei den richtigen Leuten an und du wirst ein offenes Gehör für deine Anliegen finden.«

»Du meinst«, folgerte ich, »die Bestrafung von Fabricius und seiner Kumpane?«

»Dass man dir alles zweimal erklären muss, Sextus.« Cassius Chaerea schüttelte den Kopf und widmete sich seinem Helmbusch, der vor ihm auf der Arbeitsplatte lag. Er bearbeitete den roten Rossschweif mit einer solchen Hingabe, dass er darüber meine Anwesenheit zu vergessen schien. Ich zog mich zurück und spülte meinen Ärger in der Taverne hinunter.

Die Delegation des Munatius Plancus, dem Konsul des Vorjahres, langte bereits am gleichen Tag an. Unsere Aufgabe bestand darin, die Teilnehmer nicht aus den Augen zu lassen und ihnen sofort beizustehen, wenn ihnen Ungemach drohte. Das war keine leichte Aufgabe, weil sie sich darauf verständigt hatten, das Legionenlager und die Stadt sofort in Augenschein zu nehmen. Eitel wie Pfauen stolzierten sie durch die Straßen des Oppidums und diktierten unentwegt ihren Schreibern, die ihnen mit Bündeln von Schreibtafeln unter dem Arm folgten.

Ich weiß bis heute nicht, wer das Gerücht gestreut hatte, aber der Mann hatte gute Arbeit geleistet. Es hieß, dass die Delegation gekommen sei, um die Vergünstigungen, die Germanicus gewährt hatte, wieder rückgängig zu machen. Es sollte einen diesbezüglichen Beschluss des Senats geben.

Je länger wir unterwegs waren, desto mehr Legionäre rotteten sich längs unseres Weges zusammen. Sie beschimpften die in ihre purpurverbrämten Togen gekleideten Repräsentanten des Tiberius auf das Übelste. Aus den Flüchen wurden Drohungen, bis schließlich geschah, was geschehen musste.

An einer Straßenkreuzung flogen Steine und Munatius Plancus wurde von einem geworfenen Pugio am Arm verletzt. Der dickliche Glatzkopf hockte heulend auf dem Gehsteig und hielt sich den Arm. Wenn nicht der Adlerträger Calpurnius von der ersten Legion gewesen wäre, hätte es weitaus schlimmer enden können. Er fing mit dem Schild weitere Wurfgeschosse ab, bis wir die Meute auseinander gejagt hatten. Ich beschlagnahmte die Sänfte einer zufällig vorbeigetragenen Matrone, die unter lautem Protest ihren Weg zu Fuß fortsetzen musste. Wir hievten den massigen Körper in das grazile Tragegestell und waren froh, dass es bis zum Praetorium durchhielt, wo wir Plancus von einem Medicus verbinden ließen. Der ehemalige Konsul verzichtete fürs erste auf weitere öffentliche Auftritte und ließ sich in seinem Quartier von seinen Untergebenen bedauern.

Chaerea befürchtete zwar unliebsame Konsequenzen, dankte uns aber für den beherzten Einsatz, weil Munatius Plancus sich lobend über mich und den Adlerträger ausgesprochen hatte.

Germanicus war außer sich, als er von dem Vorfall erfuhr. Er beraumte für den nächsten Tag einen Aufmarsch der Legionen auf dem Exerzierfeld des Lagers an und ließ zu diesem Zweck ein hölzernes Podest wie für ein Tribunal errichten.

Voller Unruhe nahmen die Einheiten ihre Plätze hinter den aufgepflanzten Feldzeichen ein. Sie erwarteten nichts Gutes von der Ansprache des Caesars. Ein Raunen lief durch die Reihen, als Germanicus und Plancus die Bühne betraten. Es schien sie auch nicht zu beruhigen, dass Agrippina und der kleine Caligula ihre Plätze hinter dem Caesar einnahmen.

Ich stand neben Chaerea in der ersten Reihe, der eine bedenkliche Miene aufgezogen hatte.

»Hoffentlich macht der Caesar keinen Fehler«, raunte Cassius mir zu.

Als Germanicus, den Plancus an der Hand, nach vorne trat, verstärkte sich der Tumult in unserem Rücken.

»Schick den Plancus zurück nach Rom. Nieder mit Tiberius. Gerechtigkeit für die Legionen. Germanicus zum Imperator!«, schallte es aus allen Richtungen über den Platz.

Plancus bekam es mit der Angst und trat einen Schritt zurück. Germanicus holte ihn aber wieder nach vorne und breitete beide Arme aus, um Ruhe zu schaffen.

»Legionäre!«, rief er gegen den Lärm an. »Hört mich an!«

Endlich trat Ruhe ein, und er beteuerte, dass keiner daran dächte, die Vergünstigungen zurückzunehmen. Der aufkeimende Beifall schlug aber in Missfallensäußerungen um, als er den Versammelten Vorhaltungen wegen der Übergriffe auf die Mitglieder der Delegation machte.

»Schick die Schnüffler weg«, schallte es ihm entgegen.

Ich stand nahe genug am Podest, um zu sehen, wie ein zufriedenes Lächeln über die Züge des Caesars glitt.

Er beteuerte noch einmal die guten Absichten der Gesandtschaft und verließ unter dem Protest der Legionen die Rednerbühne.

Noch am gleichen Tag trat die Delegation ihren Rückweg an. Eskortiert von einer berittenen Auxiliareinheit verließ sie unter den Schmährufen der aufgebrachten Soldaten das Oppidum Ubiorum.

»Hast du das Gesicht des Caesars gesehen?«, fragte ich Cassius am Abend in der Taverne. »Das war der beste Weg die Schnüffler loszuwerden. Er hat sich demonstrativ vor sie gestellt, ihnen aber durch die Inszenierung Angst gemacht. Tiberius wird ihm nichts vorwerfen können.«

»Das mag sein«, erwiderte Cassius Chaerea. »Aber die Truppen hat er nicht überzeugt. Der Aufruhr kann jeden Augenblick wieder ausbrechen. Es ist noch längst nicht ausgestanden.«

Angeführt vom Lagerpräfekten Caedicius und den hohen Tribunen waren die fünfte und die einundzwanzigste Legion in Eilmärschen nach Vetera zurückmarschiert. Vor allem unter den Manipeln und Kohorten der Rapax war es zu Diszip-

linlosigkeiten gekommen, die aber ungeahndet blieben. Mehr als zwei Dutzend Gehöfte waren längs des Weges in Flammen aufgegangen, als sich die hungernden Legionäre auf eigene Faust mit Nahrungsmitteln versorgten. In Vetera wurden die Legionen bereits von Caecina und seinem Stab erwartet, die einen Tag zuvor mit dem Schiff angelangt waren.

Auf Lucius wartete in seinem Dienstraum eine flüchtig hingekritzelte Nachricht, die ihn im höchsten Maße beunruhigte. Fabricius bat ihn darin um eine sofortige Unterredung unter vier Augen. Umgehend machte er sich auf den Weg in das Versteck des Komplizen, das dieser ausführlich beschrieben hatte.

»Warst du von allen Göttern verlassen?«, fuhr er Fabricius an, als der ihm von dem Fiasko im Dorf der Marser erzählt hatte.

»Was schlägst du vor?«, fragte Fabricius. Der ehemals stolze Centurio machte einen zermürbten und vernachlässigten Eindruck. Er hatte sich seit Tagen nicht mehr rasiert und sein fettiges Haar stand büschelweise ab. Unter die Augen hatten sich scharfe Ringe eingegraben, und er roch, als hätte er sich längere Zeit nicht gewaschen.

»Du solltest deine Tunika waschen«, schlug Lucius verächtlich vor. »Du lässt dich gehen.« Fabricius setzte einen Weinkrug an die Lippen und trank in großen Schlucken.

»Das solltest du lassen.« Lucius nahm ihm den Krug aus der Hand und stellte ihn zur Seite. »Ich komme morgen wieder und bringe dir etwas zum Anziehen. Überleg dir bis dahin, wie es weitergehen soll. Du musst hier weg. Wenn sie dich erwischen, fliegen wir alle auf.«

»Ist das deine einzige Sorge?« Fabricius hatte sich etwas von seinem Kampfgeist bewahrt.

»Es geht nicht nur um deinen Kopf«, erwiderte Lucius grob.

»Bring Wein und etwas zu essen mit«, forderte Fabricius. »In diesem Nest gibt es nichts Vernünftiges.«

Lucius atmete tief durch, als er an der frischen Luft war. Was war nur aus dem Mann geworden? »Der ist erledigt«, murmelte er vor sich hin. »Eine Gefahr für alle.«

Ob Lucius wollte oder nicht, er musste die Sache mit Kaeso durchsprechen. Die Angelegenheit ging alle Beteiligten an.

»Soll ich das erledigen?«, fragte der Signifer und bleckte die Zähne. Dabei klopfte er an den Griff seines Pugios. »Fabricius muss weg. Der wird reden, wenn man ihm auf den Zahn fühlt. Es ist nur eine Frage der Zeit, wann dein Freund Sextus nach Vetera kommt. Ich hätte das längst erledigen sollen. Jetzt muss der Kerl eben dran glauben.«

»Untersteh dich«, maßregelte Lucius seinen Kumpanen. »Es muss eine andere Lösung geben. Wenn wir anfangen, uns gegenseitig umzubringen, wird das kein Ende mehr nehmen.«

»Wie meinst du das?«, fragte Kaeso lauernd.

Sobald der Legionär in Reisemantel und Ausgehuniform und die junge Frau mit der großen ledernen Umhängetasche sich einen Platz in der Taverne gesucht hatten, eilte Samocna an ihren Tisch. Sie hatte sich gewundert, dass die beiden die Taverne zuerst von außen in Augenschein genommen und sich dann an einige vorbeieilende Passanten gewandt hatten. Darauf hatten sie noch ein paar Worte miteinander gewechselt und waren schließlich hereingekommen.

»Womit kann ich euch dienen?«, fragte sie geschäftsmäßig und wischte mit ihrem Lappen einige Brotkrümel und Weinspritzer von der Tischplatte.

»Das ist doch die Taverne von Lucilla?«, fragte der Legionär.

»Du vermutest richtig!« Samocna gefielen der junge Soldat und das hübsche Mädchen mit dem ehrlichen, offenen Gesicht.

»Wir möchten mit Lucilla sprechen«, antwortete Quintus und lächelte die Trevererin an.

»Da könnte jeder kommen«, entgegnete Samocna kess. »Aber bei euch mache ich eine Ausnahme.« Sie zwinkerte Hildiko zu und ging nach hinten, um Lucilla zu holen.

»Ihr wollt mich sprechen?« Lucilla hatte sich vor dem Tisch der Neuankömmlinge aufgebaut und stützte ihre Hände auf die Tischplatte.

»Sextus Valerius schickt uns. Ich bin Quintus und das«, er wies auf seine Begleitung, »ist Hildiko. Sie ist die Schwester eines Freundes von Sextus. Er bittet dich, ihr Obdach zu geben und sie zu unterstützen, bis er nach Mogontiacum kommt.«

Lucilla holte tief Luft und fixierte die schöne Germanin. Sie hatte sofort Ungemach gespürt, als sie das Mädchen gesehen hatte. »Da könnte jeder kommen und um Unterkunft bitten. Kannst du bezahlen?«

»Sextus wird für die Kosten aufkommen«, erwiderte Quintus ungerührt.

»Lass es gut sein, Quintus. Ich bin hier nicht erwünscht. Wir suchen eine andere Unterkunft.« Hildiko griff nach ihrer Tasche, um sich zu erheben.

»So habe ich es nicht gemeint«, lenkte Lucilla ein. Ihr war bewusst geworden, dass sie Hildiko nicht so ohne weiteres auf die Straße setzen konnte, wenn sie keinen Streit mit Sextus provozieren wollte.

»Sie kann die kleine Kammer nehmen und mir in der Küche und beim Putzen der Taverne helfen«, mischte Samocna sich ungefragt ein. Sie schaute Hildiko an, die ihr Lächeln erwiderte.

»Du kannst bleiben, wenn du arbeitest.« Lucilla streckte die Hand aus, in die Hildiko zögerlich einschlug. Beiden Frauen war offenbar nicht wohl dabei, die nächste Zeit unter einem Dach verbringen zu müssen.

»Komm mit«, forderte Samocna das Mädchen auf, ihr zu folgen. Ich zeige dir die Kammer.«

Als Quintus und Lucilla alleine waren, gab ihr der Legionär einige Denare. »Das ist von Sextus. Es soll dem Mädchen an nichts fehlen.«

Lucilla nahm die Münzen und steckte sie in ihre Gürteltasche, in der sie das Wechselgeld für den Tavernenbetrieb verwahrte. »Was ist das für ein Mädchen? Wo kommt sie her? Was hat Sextus mit ihr zu schaffen?«

Quintus klärte sie in wenigen Sätzen auf, was Lucilla nicht zufriedenstellte.

»Warum setzt Sextus sich für sie ein?«

»Das fragst du ihn besser selber«, erwiderte der Legionär. »Er wird nach Mogontiacum kommen, wenn die Lage sich beruhigt hat.«

»Das kann Monate dauern.« Lucilla schnitt eine Grimasse.

»Sei's drum«, erwiderte Quintus. »Es ist Sextus' ausdrücklicher Wunsch, dass du Hildiko gut behandelst.«

Quintus hatte kein gutes Gefühl, als er zum Hafen zurückkehrte. Aber was hätte man auch erwarten können? »Niemand ist begeistert«, dachte er, »wenn einem auf unbestimmte Dauer ein Gast ins Haus gesetzt wird.«

Dann lächelte er, weil die hübsche Marserin kein gewöhnlicher Gast war. Er hätte sie mit Freuden bei sich aufgenommen.

»Hoffentlich geht das gut«, murmelte er. »Die beiden haben sich sofort als Rivalinnen ausgemacht.«

Nun, da die Delegation des Senats das Oppidum Ubiorum verlassen hatte, beschloss der Caesar, den nächsten Schritt zu tun. Chaerea bezeichnete es später als ein »perfektes Schmierentheater«.

Er ließ die Nachricht verbreiten, dass er gezwungen sei, seine Frau Agrippina samt dem kleinen Caligula und ihren Hofdamen in das Exil zu den Treverern zu schicken. Am folgenden Tag säumten tausende die Straße, über die der Zug der Frauen und Kinder aus der Stadt hinauszog. Wie Germanicus es vorhergesehen hatte, wandelten sich Wut und Erbitterung in Mitleid und Scham. Man bat den Caesar unter Tränen um Verzeihung und bestürmte ihn, seine Familie zurück in den Schutz der Legionen zu holen.

Die Stimmung hatte sich vollkommen gewandelt und Germanicus konnte jetzt das tun, was er insgeheim vom Anbeginn der Revolte an im Sinn hatte: Die schuldigen Aufrührer zu bestrafen und die Legionen in den Gehorsam zurückzwingen.

Zum Werkzeug seines Handelns bestimmte er Gaius Caetronius, den Legaten der ersten Legion. Ein Rädelsführer nach dem anderen musste das Podest auf dem Exerzierfeld besteigen und sich dem Schnellgericht des Legaten stellen. Die meisten wurden für schuldig befunden, was den sofortigen Tod bedeutete. Man stieß sie von dem Podest herab vor die Legionäre, die sich darum balgten, sie mit ihren Gladii in Stücke zu hauen. Es war eine furchtbare Rache, die Caesar Germanicus wegen der Ermordung der Centurionen und des Frevels an den Gesandten vollziehen ließ. Ich erfuhr später, dass ein Großteil der Gerichteten Anhänger des Tiberius waren.

Noch am gleichen Tag ging ein versiegeltes Schreiben des Caesars an Caecina nach Vetera ab. Germanicus kündigte darin sein Kommen und ein fürchterliches Strafgericht an, wenn die Aufrührer nicht vorher bestraft würden.

Nach dem Blutgericht senkte sich die Ruhe eines Gräberfeldes über die Straßen und Plätze des Oppidums Ubiorum. Es dauerte Tage, bis die Menschen sich wieder aus ihren Häusern trauten, um ihren täglichen Geschäften nachzugehen.

Als die Ruhe wiederhergestellt war, hoffte ich auf eine Audienz beim Caesar, um ihm meine Ermittlungen vorzulegen. Chaerea, der mein Anliegen vorbrachte, kehrte mit der Nachricht zurück, dass ich mich am nächsten Tag im Praetorium einfinden sollte.

In der Begleitung von Chaerea und von Quintus, den ich als Zeugen präsentieren wollte, verbrachten wir den halben Vormittag im Vorzimmer des Audienzsaales, ehe wir vorgelassen wurden. Quintus sollte allerdings warten, bis man ihn hereinrufen würde.

Einen der sichergestellten Gladii unter dem Arm, schritten wir über die Schwelle.

»Halt!«, rief einer der Praetorianer, die uns hinter der Tür erwarteten. »Keine Waffen.«

»Das ist keine Waffe«, erläuterte ich dem grobschlächtigen Elitesoldaten, der sein Schwert gezogen hatte. »Das ist keine Waffe, sondern ein Beweisstück.«

»Gib her«, schnauzte mich der Centurio des Wachkommandos an. »Ich nehme es.«

Ich übergab ihm den Gladius und durfte passieren.

Germanicus hatte die Szene schmunzelnd von seinem Sessel aus beobachtet. »Die Männer tun nur ihre Pflicht, Sextus Valerius.« Dann begrüßte er Chaerea mit einem Nicken und wies auf zwei bereitstehende Feldstühle in seiner Nähe. »Setzt euch.«

Ein Secretarius trat hinter ihn, flüsterte dem Caesar etwas ins Ohr und überreichte ihm einen Papyrus. Er überflog das Blatt und gab es zurück.

»Das ist ein Schreiben des Munatius Plancus, das er nach dem Übergriff auf die Delegation verfasst hat.« Germanicus sah mich scharf an. »Der ehemalige Konsul lobt darin ausdrücklich deinen umsichtigen Einsatz. Ich stehe in deiner Schuld, Sextus Valerius. Nicht auszudenken, wenn es Tote unter den Gesandten gegeben hätte.« Er hielt einen Moment inne. »Was kann ich für dich tun?«

»Mich anhören, Caesar«, antwortete ich mit fester Stimme. »Du erinnerst dich an mein Anliegen, dass ich in Mogontiacum vorbrachte?«

Germanicus nickte unmerklich. »Du meinst die Geschichte mit den illegalen Waffenlieferungen?«

»Ich habe im Gebiet der Marser ermittelt und kann dir Beweise liefern.« Ich wies auf den Centurio, der den Gladius in der Hand hielt. »Ich habe auch einen Zeugen mitgebracht. Er wartet vor der Tür. Dann gibt es noch sechs Praetorianer und zwei syrische Auxiliare, die dabei waren.«

»Das ist schön: Sextus Valerius. Gibt es Namen?«

»Einen Namen, Caesar. Gaius Fabricius, Centurio der zweiten Kohorte der Legio V Alaudae. Er war sogar in unserer Gewalt, wurde aber von feindlichen Marsern befreit. Das hat zwei Praetorianern meines Begleitkommandos das Leben gekostet.«

Germanicus forderte mich auf, zu erzählen und ich gab ihm einen detaillierten Bericht der Ereignisse. Der Caesar schwieg und starrte wie abwesend auf seine Stiefelspitzen, als ich fertig war.

»Ich bin überzeugt«, fuhr ich fort, »dass Fabricius sich in Vetera aufhält. Wenn man ihn festnimmt wird er reden und die anderen Schuldigen benennen.«

Germanicus hob den Kopf und schaute mich an. »Du kennst dich im Land der Marser aus?«

Ich nickte.

»Das ist gut«, sinnierte der Caesar und winkte dem Secretarius. »Hast du das aufgeschrieben?« Der Mann bejahte dienstbeflissen.

»Dieser Fabricius, Caesar …« Ich führte mein Satz nicht zu Ende, weil Germanicus abwinkte und Chaerea mir einen warnenden Blick zuwarf.

»Du wirst den Mann bekommen, wenn wir in Vetera sind«, sagte der Caesar so leise, dass ich mich vorbeugen musste, um ihn zu verstehen. Dann hob sich seine Stimme zu normaler Lautstärke.

»Ich habe beschlossen, dass Chaerea und du mich begleiten werdet. Ich habe nicht mehr viele Offiziere, die mir treu ergeben sind. Es sind zu viele gestorben in den letzten Wochen.« Er strich sich mit der Hand über die Stirn. »Ihr steht ab sofort zu meiner persönlichen Verfügung. Betrachtet euch als Mitglieder meiner Leibwache.«

»Wir kriegen sie, Cassius.« Stolz und Selbstzufriedenheit hatten meine Stimme so laut werden lassen, dass die Menschen sich auf den Fluren nach mir umdrehten.

»Freu dich nicht zu früh«, mahnte Cassius. »Noch hast du niemanden. Falls Fabricius überhaupt noch lebt. Da oben in Vetera hat das Schlachten noch nicht begonnen. Und Lucius und Kaeso haben sich bei Caecina unentbehrlich gemacht. Erhoffe dir nicht zu viel und gib dich auch mit weniger zufrieden.«

»Wir werden sehen, Cassius.« Warum war er nur so skeptisch? Auf dem Weg zum Ausgang ließ ich das Gespräch noch einmal an mir vorüberziehen. Ich stutzte.

»Cassius? Warum wollte Germanicus wissen, ob ich mich bei den Marsern auskenne?«

»Du hättest ihn fragen sollen, Lucius. Ich kann es dir nicht sagen.«

Im Innenhof packte er mich plötzlich am Arm und riss mich zur Seite. Ein kleiner Pfeil zischte an uns vorbei und bohrte sich mit der stumpfen Spitze in den Sand.

»Nicht getroffen«, heulte der kleine Schütze enttäuscht, der mit seiner Kinderwaffe auf uns angelegt hatte. »Der eine hat es verdorben.«

Die zwei Praetorianer, die zum Schutz des Kleinen abgestellt waren, grinsten dämlich.

»Verfluchte Kröte«, schimpfte Chaerea und zog mich mit sich fort. »Jetzt hast du Caligula, den jüngsten Sohn des Caesars, kennengelernt. Man sollte die Ratte schleunigst in den Rhenus werfen. Der wird mal ein richtiges Scheusal werden. Je schneller man die Welt von ihm befreit, desto besser.«

So oft Lucius auch nachdachte, es schien keine Lösung des Problems zu geben. Fabricius musste für lange Zeit untertauchen, wozu dem Centurio das Geld fehlte. Auch er konnte ihm nichts geben. Seine eigenen Reserven lagen im Rhenus und da kam er zurzeit nicht ran. Kaeso und seine Gehilfen würden ihm auch nichts geben. Da war er sich sicher. Vielleicht hatte Kaeso doch Recht damit, ihn zu beseitigen? Lucius schüttelte den Kopf. Das Töten musste aufhören.

Er nahm den Handspiegel vom Tisch und betrachtete sich darin. Er sah müde aus und dicke Ringe hatten sich unter seinen Augen eingegraben. Er schlief schlecht in letzter Zeit. Jede Nacht quälte ihn der gleiche Albtraum von einem Schatten, der sich mit einem Dolch in der Hand an ihn heranschlich. Er wollte schreien, blieb aber stumm. Er wollte weglaufen, aber seine Beine gehorchten ihm nicht. Dann hob sich die Klinge und er wachte schweißgebadet auf. Auch das musste ein Ende haben.

Vielleicht war es das Beste, wenn Fabricius für einige Jahre auf der anderen Rhenusseite untertauchte. Er könnte dort den Mittelsmann abgeben und die Geschäfte mit den Germanen koordinieren. Je länger Lucius darüber nachdachte, desto mehr überzeugte ihn diese Möglichkeit. Er musste unbedingt zu Fabricius gehen, um ihn von dieser Lösung seines Problems zu überzeugen.

Der zusätzliche Dienst bei einem Außenkommando hatte Kaesos Misstrauen geweckt. Wozu brauchte man bei einem Baueinsatz einen Feldzeichenträger? Und es war nicht zum ersten Mal, dass sein Dienstplan eine überraschende Änderung erfahren hatte. Es sah so aus, als ob ihn jemand für eine bestimmte Zeit beschäftigen wollte. Und er war sich sicher, dass dieser jemand nur Lucius sein konnte. Zuerst dachte Kaeso daran, dass es um den Schatz ginge. Ihm fiel aber das Hochwasser ein und er verwarf diesen Gedanken. Fabricius kam als zweite Möglichkeit in Betracht. Heckte Lucius etwas mit dem Centurio aus, was ihm nichts angehen sollte? Das musste es sein. Lucius hatte ihm auch wohlweislich den Aufenthaltsort des gemeinsamen Kumpans verschwiegen.

Bevor Kaeso ausrücken musste, rief er Titus und Flavus zu sich. Er instruierte seine Handlanger, Lucius unter keinen Umständen aus den Augen zu lassen.

Fabricius hatte zuerst ungehalten reagiert, als Lucius ihm seinen Vorschlag unterbreitete.

»Was ist mit meinen Bezügen und meiner Abfindung, wenn ich unter ungeklärten Umständen verschwinde? Wovon soll ich da drüben leben?«

»Hast du keine Rücklagen gebildet«, hatte Lucius gefragt.

»Nichts, wo ich auf die Schnelle rankomme«, lautete die patzige Antwort des Centurios. »Außerdem habe ich mich nicht die ganzen Jahre in der Legion abgeplagt, um als ein Niemand bei den Barbaren zu hausen.«

»Dir wird nichts anderes übrig bleiben«, meinte Lucius ungerührt. »Wenn Sextus kommt, wirst du den Tag nicht überleben. Du weißt, was auf den Schmuggel von Waffen steht. Da verstehen auch Caecina und Caedicius keinen Spaß.«

Fabricius winkte ärgerlich ab.

»Wenn die es nicht machen, wird Kaeso es tun«, drohte Lucius unmissverständlich.

»Kaeso?«, fragte Fabricius.

»Ja. Kaeso. Er hätte es längst getan, wenn er deinen Aufenthaltsort wüsste.«

»Kaeso ist ein Schwein. Was habe ich ihm getan?« Fabricius war bleich geworden.

»Er befürchtet nicht ohne Grund, dass du einem Verhör nicht standhältst. Du weißt, was die Henkersknechte mit einem anstellen.«

Fabricius starrte auf die schadhafte Flechtwand und griff nach dem Weinkrug, den Lucius ihm mitgebracht hatte. Er trank gierig, als ob sein Leben davon abhinge. »Lass mir etwas Zeit, Lucius. Ich werde es mir überlegen.«

»Überlege nicht zu lange«, warnte Lucius. »Wenn du eines nicht hast, ist das Zeit.«

»Verschwinde!«, brüllte der Centurio unvermittelt und warf den geleerten Krug nach seinem Besucher.

Lucius wich dem Scherben mit einer Drehung seines Oberkörpers aus.

»Ich komme in zwei Tagen wieder, Fabricius. Wenn du dich bis dahin nicht entschieden hast, werden die Dinge ihren Lauf nehmen. Kaeso kann es kaum erwarten, dich zu deinen Ahnen zu schicken.«

Hildiko hatte in den ersten Tagen alles versucht, es Lucilla Recht zu machen. Sie stand in der Frühe auf, um das Herdfeuer zu entfachen und Samocna bei der Säuberung der Gaststube zu helfen. Meistens begleitete sie die Treverin danach auf den Markt am Hafen, was ihr zunehmend Freude bereitete. Sie lernte von ihrer Lehrmeisterin die Grundzüge des Feilschens und hatte schon am zweiten Tag keine Mühe mehr, die unterschiedlichen Münzen in ihrer Werthaltigkeit zu unterscheiden. Mit den Einkäufen ging es direkt in die Küche, weil am Mittag die ersten Essensgäste kamen. Danach wusch sie das Geschirr und übernahm den Ausschank am roh gezimmerten Tresentisch.

Obwohl sie sich in allem sehr geschickt anstellte, ließ Lucilla kein gutes Haar an ihr. Immerfort kritisierte und mäkelte sie an der jungen Marserin herum, die es mit stoischer Ruhe ertrug. Es war nicht die sprachliche Barriere, die die beiden Frauen trennte. Hildiko hatte schon vor der Ankunft von Sextus einige Brocken des Lateinischen von ihrem Bruder gelernt. Die Tage mit Sextus im Dorf und der lange Rückweg hatten ihre Kenntnisse vertieft. Lucilla wiederum hatte sich lange genug in Augusta aufgehalten, um die chattische Sprache, die der marsischen ähnlich ist, leidlich zu verstehen. Auch Samocna hatte im Tavernendienst genug aufgeschnappt, um sich mit Hildiko gut zu verständigen.

Mit Samocna hatte es vom ersten Tag an keine Probleme gegeben. Es war offensichtlich, dass die beiden sich mochten, was Lucilla zur Weißglut brachte. Sobald sie die beiden bei einem kurzen Plausch erwischte, jagte sie die jungen Frauen auseinander und erinnerte sie an ihre Pflichten. Wenn ein Gast der Marserin ein kleines Trinkgeld zusteckte, nahm sie es ihr sofort ab und legte das Geldstück in die Kassette zu den Tageseinnahmen. Samocna übernahm darauf in stillem Einverständnis das Kassieren und steckte Hildiko hin und wieder eine Münze zu.

In der Nacht lag Hildiko lange wach, weinte in ihr Kissen und bat Nerthus um die baldige Rückkehr von Sextus.

»Sie muss hier weg«, schüttete Lucilla eines Morgens ihr Herz bei Samocna aus. »Ich ertrage sie nicht mehr. Sie hat bestimmt bei Sextus gelegen.«

»Das glaube ich nicht«, antwortete die Trevererin. »Hätte er sie sonst zu dir geschickt? Gib ihr die Möglichkeit sich zu beweisen. Sie ist in allem sehr geschickt und die Gäste lieben sie.«

»Das habe ich gesehen«, schnaubte Lucilla. »Alle haben nur noch Augen für sie. Hast du dir einmal die Mühe gemacht, sie dir genau anzusehen? Der Hintern, die Brüste und ihre schlanken Beine. Sie ist perfekt und das treibt mich in den Wahnsinn. Ich will sie nicht mehr sehen.«

»Du hättest sie abweisen können«, erwiderte Samocna tapfer. »Aber du hast Quintus' Geld genommen und ihm versprochen, sie gut zu behandeln. Es ist nicht richtig, was du tust.«

»Halt den Mund«, giftete Lucilla die Treverin an. »Du vergisst, mit wem du sprichst.«

Meine Berufung in die Leibwache des Caesars brachte einige Annehmlichkeiten mit sich. Zum einen erhöhten sich meine Bezüge um ein gutes Drittel und zum anderen stand mir eine Unterkunft im Praetorium zu. Wenn ich daran dachte, dass ich mich vor einigen Jahren hier hereingeschlichen hatte, um meinen Eintrag in der Stammrolle zu löschen, stahl sich ein leises Lächeln um meine Mundwinkel. Trotzdem machte ich, soweit es ging einen Bogen um den Flur, in dem die Tür zum Tabularium lag.

Chaerea hatte seinen Dienstsitz ebenfalls in die unmittelbare Nähe des Caesars verlegt. Seinem Dienstgrad nach musste er es bald zum Tribun gebracht haben. Unter der Hand vertraute er mir eines Abends bei einem Krug Wein an, dass er davon träumte, es zum Praetorianerpräfekten zu bringen.

Die Tage verliefen in angespannter Ruhe. Wir warteten täglich auf Nachrichten aus Vetera und fragten uns insgeheim, ob die Nachricht des Caesars ihren Bestimmungsort überhaupt erreicht hatte.

Sobald Kaeso von seinem Außenkommando zurückgekehrt war, verlangte er nach Titus und Flavus. Er kam jedoch nicht mehr dazu, sie über Lucius auszufragen. Zeitgleich mit den beiden erschien ein Legionär mit einem schriftlichen Befehl Caecinas. Er klappte die Tafel auseinander und las, dass er sich umgehend beim Legaten einzufinden hätte. Der raue Befehlston jagte ihm einen Schauer über den Rücken. War Sextus nach Vetera gekommen und hatte ihn beschuldigt? Oder hatte man Fabricius aufgegriffen? In aller Eile gürtete er sich mit seinem Cingulum und warf sich einen Mantel über.

Beim Hinausgehen wechselte er einen Blick mit Titus, der ihm zunickte und ein Auge kniff. Dabei streckte der Gehilfe die geöffnete Handfläche vor. »Später knurrte«, knurrte der Signifer.

Dann folgte er dem Legionär, der darauf bestanden hatte, ihn persönlich ins Praetorium zu begleiten. »Wie einen Immunis, den man beim Klauen erwischt hat«, schoss es ihm durch den Kopf. Mit zusammengekniffenen Lippen und weichen Knien betrat er den Dienstraum des Legaten. Lucius war ebenfalls anwesend, was seine Befürchtungen nicht minderte.

Lucius warf ihm einen kalten Blick zu und kümmerte sich nicht weiter um ihn. Mit ihnen befanden sich noch weitere Centurionen und höhergradige Mannschaftsränge im Raum.

Alles schlachterprobte Haudegen und Draufgänger der in Vetera stationierten Legionen,

Kaeso fühlte, wie sich sein Hals zusammenzog und begann zu schlucken. In diesem Augenblick flog die Tür auf und Caecina betrat in Begleitung von Caedicius den Raum. Alle Anwesenden schnellten hoch und grüßten zackig.

»Setzt euch wieder.« Der untersetzte Legat und Stellvertreter des Germanicus musterte die Männer mit zusammengekniffenen Augen. »Ihr seid die Besten und Tapfersten, die es in Vetera gibt. Was ich heute von euch verlange ist ungeheuerlich. Aber ihr werdet in die Geschichte eingehen. Der Caesar hat verlangt, die Schuldigen vor seiner Ankunft zu bestrafen. Ihr seid die Treuesten der Treuen, weshalb ich euch ausgewählt habe, den Willen des Caesars zu erfüllen.«

Caecina hielt zwei engbeschriebene Pergamente in den Händen. »Das hier«, er hielt einen der Bögen hoch, »ist der Befehl.« Er hob das Blatt, so dass es alle sehen konnten. »Und das hier…«, er reckte die Hand mit dem anderen Blatt in die Höhe und wedelte damit herum. »Hier sind die pflichtvergessenen Aufwiegler verzeichnet, die den morgigen Tag nicht erleben werden.«

Ein Raunen ging durch die Reihen der Anwesenden, aber keiner wagte es, dem barbarischen Befehl zu widersprechen.

»Fünf von euch«, fuhr Caecina fort, »bekommen eine Abschrift der Todesliste. Lucius Poblicius, der mir bisher gute Dienste geleistet hat, wird den Ablauf der Strafaktion koordinieren.«

Caecina blickte Lucius an, der stumm sein Einverständnis bekundete. »Was vor euch liegt wird als »Nacht der Gladii« in die Annalen der Legionen eingehen. Jupiter und Mars werden mit euch sein.«

Caecina legte eine Pause ein, um seine Worte wirken zu lassen. Dann winkte er nach hinten, worauf die Türe wieder aufgerissen wurde und zwei Sekretäre mit Lederbeuteln in den Armen den Raum betraten. Es waren exakt so viele Beutel wie Anwesende im Raum. Das Blutgeld des Caesars. Caecina schnürte einen der Beutel auf und schüttete den Inhalt auf die Tischplatte. Es blitzte silbern und golden.

»Das ist mehr als der Jahressold eines Centurios«, schoss es Kaeso durch den Kopf. Seine Laune hatte sich schlagartig gebessert.

Lucilla hatte sich entschieden. Die Barbarin musste aus dem Haus, bevor Sextus zurück nach Mogontiacum kommen würde. Nur über das Wie war sie sich noch nicht schlüssig.

Am einfachsten wäre es, sie mit ihren Sachen aus dem Haus zu werfen. Das würde Sextus aber nicht akzeptieren. Lucius hatte sich immer noch nicht gemeldet, und sie wollte Sextus auf keinen Fall verlieren.

Sie könnte sie des Diebstahls bezichtigen, was ihr zu unsicher war. Der Tribun würde niemals ein Verfahren einleiten, ohne Sextus davon in Kenntnis zu setzen. Der würde sich dann für die Marserin verwenden, was ihren Absichten nicht förderlich wäre.

Es blieb die Möglichkeit, dass ihr etwas zustoßen könnte. Sie dachte dabei an das Fläschchen, das den kranken Centurio von seinem Leiden erlöst hatte. Aber auch das erschien ihr zu gefährlich. Die Barbarin war jung und kräftig und Sextus würde Fragen stellen, warum und wie sie den Weg in die Dunkelheit angetreten wäre. Den Einfall, einen Anschlag auf ihr Leben in Auftrag zu geben, verwarf sie ebenfalls. Es würde dann Mitwisser geben, deren Schweigen sie teuer bezahlen müsste. Und das war ihr das Leben der Marserin nicht wert.

Schließlich kam sie zu dem Schluss, dass Hildiko aus freien Stücken gehen musste. Es sollte etwas geschehen, was ihr den Aufenthalt in Mogontiacum gründlich verleiden würde. Oder sie musste dafür sorgen, dass das Mädchen sich einbildete, hier nicht mehr sicher zu sein. Lucilla wusste, dass sie sehr überlegt und vorsichtig vorgehen musste. Das Mädchen war nicht dumm.

Hildiko wunderte sich, dass Lucilla ihre Feindseligkeit offenbar aufgegeben hatte und sich seit Tagen zuvorkommend um sie kümmerte. Auch Samocna freute sich für ihre neue Freundin, dass sich die Vorbehalte ihrer Herrin zerstreut hatten.

Lucilla suchte nun immer häufiger das Gespräch mit Hildiko. Eines Abends, die Gäste waren bereits gegangen, erzählte sie ihr bei einem Becher Wein, dass es wieder Gerüchte über Unruhen gäbe. Sie schob die Schuld auf die keltischen Auxiliare, die begonnen hätten, sich Schauergeschichten über einen germanischen Einfall zu erzählen. Sie warnte das Mädchen, das Haus nicht mehr alleine zu verlassen und vorsichtig mit den Gästen zu sein. Der Zufall wollte es, dass einige Tage später eine chattische Hure tot aus dem Hafenbecken gezogen wurde.

Hildiko war ernsthaft beunruhigt und begann, sich Gedanken um ihre Sicherheit zu machen. Sie hoffte, dass Sextus bald kommen würde. Aber die Nachrichten, die aus dem Norden nach Mogontiacum durchsickerten, wurden immer beunruhigender. Sie suchte die Zwiesprache mit Nerthus, doch die Göttin blieb stumm.

Lucilla spielte jetzt meisterhaft die besorgte Freundin und arbeitete daran, den Funken der Verunsicherung zu heller Glut zu entfachen.

Als erster schnappte sich Kaeso eine der Listen und warf einen Blick darüber. Lucius tat es ihm gleich und erschrak, als er die Namen durchging. Er fand die Namen der hartnäckigsten Aufwiegler und Marodeure neben denen der germanicustreuen Fraktion. Caecina schien die Situation zu nutzen, im Sinne von Tiberius reinen Tisch zu machen.

Nach kurzer und hitziger Diskussion kam man schließlich überein, die Morde in zweier- oder Dreiergruppen auszuführen. Lucius achtete darauf, dass legionsübergreifend vorgegangen wurde. Die von der »Rapax« sollten bei der »Alaudae« und umgekehrt ihre Aufträge erfüllen. Das würde nach der blutigen Nacht den Zusammenhalt der Legionen nicht gefährden.

Er war froh, dass er sich als Koordinator nicht an der blutigen Arbeit beteiligen musste. Eine Stunde, nachdem Caecina den Raum verlassen hatte, waren alle Aufgaben verteilt. Lucius sammelte die einzelnen Listen ein, die nicht mehr benötigt wurden. Die drei oder vier Namen, die jeder Gruppe zugeteilt waren, hatten sich ins Gedächtnis der jeweiligen Auftragsmörder eingebrannt. Die Listen wurden nur noch zum späteren Abgleich benötigt und würden darauf vernichtet werden.

Als er die Blätter noch einmal überflog, stutzte er. Eine Liste schien etwas länger als die anderen. Es war das Blatt, das Kaeso sich genommen hatte. Und richtig, es stand ein Name darauf, der bei den anderen fehlte: Gaius Fabricius.

»Was soll das?«, stellte er den Signifer zur Rede. Jetzt erinnerte er sich auch, dass Kaeso nach einer Feder und schwarzer Tinte gegriffen hatte, die auf dem Arbeitstisch bereit lagen. Irgendein Secretarius musste die Utensilien in der Eile des Aufbruchs zurückgelassen haben. Eine Gelegenheit, die Kaeso geistesgegenwärtig genutzt hatte.

»Das ist nicht mehr zu ändern«, erwiderte der Signifer dreist. »Vielleicht hat ja ein Gott Gerechtigkeit walten lassen. Der Name ist nicht mehr zu löschen. Man würde es sehen, wenn du dich daran zu schaffen machst.«

Lucius verzog das Gesicht, doch der Signifer schnitt ihm seine Entgegnung ab. »Es ist besser, wenn ich den Namen auch auf die anderen Listen setze. Oder willst du Scherereien bekommen?« Er nahm Lucius die Blätter aus den Händen und breitete sie auf dem Tisch aus. Dann griff er nach dem Schreibzeug.

Am liebsten hätte Lucius die Listen wieder an sich genommen. Doch er hielt sich zurück. »Soll er sie doch ergänzen«, dachte er bei sich. »Es wird ihm nichts nutzen. Oder kennt er etwa den Aufenthaltsort von Fabricius?« Er ging noch einmal seinen letzten Besuch in der Zivilsiedlung in allen Einzelheiten durch und war sich sicher, dass ihm keiner gefolgt war. Zumal er dafür gesorgt hatte, dass Kaeso anderweitig beschäftigt war. »Vielleicht will er lediglich vollendete Tatsachen schaffen«, folgerte er weiter. Sollte Fabricius später aufgegriffen werde, würde man ihn aufgrund des Eintrags ohne Befragung töten. Niemand würde Kaeso zur Rechenschaft ziehen, wenn er es sogar persönlich täte. Er würde nur einen längst erteilten Befehl ausführen.

Lucius lächelte. »Du bist eine Schlange, Signifer. Aber du wirst ihn nicht bekommen. Dafür werde ich sorgen.«

Die Aktion lief mit der Präzision eines eingeschossenen Scorpios ab, dem tödlichen Zusammenspiel von ausgeklügelter Mechanik und einer eingeübte Mannschaft.

Die ersten Morde wurden in absoluter Lautlosigkeit begangen. Man hatte dazu die Nachtstunden gewählt, in denen der Schlaf am tiefsten ist. Vorsichtig wurden die Räume der Offizierswohnungen mit Zweitschlüsseln geöffnet und die Opfer im Bett mit den Focale, dem Schweißtuch, erdrosselt oder mit dem Kissen erstickt. Keines der Opfer sollte durch Lärm oder Schreie vorzeitig gewarnt werden. Man hatte auch Sorge, dass die Mannschaften ihren Vorgesetzten zur Hilfe eilen könnten. Als die Mörder ihre Listen zur Hälfte abgearbeitet hatten, ließen sie alle Rücksichten fahren. Die Türen wurden eingetreten, die Delinquenten aus den Betten gezerrt und auf der Stelle mit dem Gladius oder dem Pugio abgeschlachtet. Fassungslos standen wenig später die aus dem Schlaf gerissenen Legionäre vor den blutigen Kadavern ihrer einstigen Vorgesetzten.

Über und über mit Blut bespritzt, hatten sich Kaeso und seine beiden Gehilfen auf die Pferde geschwungen und waren aus dem Lager galoppiert. Titus und Flavus hatten sich den Weg, den Lucius genommen hatte, genau eingeprägt. Es dauerte nicht lange und sie erreichten im frühen Morgenrot die ersten Katen des abseits liegenden Weilers.

Fabricius hatte die ganze Nacht keinen Schlaf finden können. Ein Weinkrug nach dem anderen war in seinen Schlund gewandert, bis sich seine Sinne vernebelten. Deshalb hörte er das Hufgetrappel der Pferde erst im letzten Augenblick.

Er ahnte, dass der Besuch ihm galt und er taumelte von seinem Schemel hoch zur Tür um nachzusehen, wer ihn zu dieser frühen Stunde mit seinem Besuch beehrte. Er fiel nach hinten, als die Tür nach innen aufgestoßen wurde und drei Gestalten in seine Hütte drangen. Er blinzelte gegen das Licht einer hochgehaltenen Laterne und erkannte die drei Gefährten. Instinktiv wusste er, dass dies das Ende war.

Er lallte noch etwas wie Gnade und Erbarmen. Im gleichen Moment fuhr ihm der Stahl des Gladius in den Bauch. Sein Todesschrei verging zu einem Gurgeln, als sich die Klinge heiß wie geschmolzenes Eisen durch seine Eingeweide fraß. Er wollte noch etwas sagen, brachte aber keinen Ton mehr heraus, weil Titus seine Kehle mit dem Pugio durchschnitt. Das Blut spritzte pulsierend gegen die Wände bis der Schwall schwächer wurde, als das Herz seine Arbeit einstellte. Es wurde schwarz um den Centurio, dessen letzter Gedanke dem Fährmann galt, den er ohne Münze um die Überfahrt bitten musste.

Als die letzten Zuckungen den geschändeten Körper durchliefen, drehte Kaeso den Kadaver auf den Bauch und hackte mit kräftigen Schlägen den Kopf von den Schultern. Flavus packte die triefende Trophäe in einen Sack und sie verließen die Hütte so schnell, wie sie gekommen waren.

Fabricius war das letzte Opfer, das in der Nacht vor den Iden des Octobris im ersten Jahr der Herrschaft des Tiberius sein Leben lassen musste. Als die Mörder im ersten Morgenlicht nach Vetera zurückkehrten, versäumte es Kaeso nicht, mit dem blutigen Sack in der Hand bei Lucius vorbeizuschauen.

Lucius wandte sich schaudernd ab, als der Signifer den Kopf an den spärlichen Haaren packte und hervorzog.

»Dein Sextus soll ruhig kommen«, verkündete Kaeso triumphierend. »Fabricius Mund ist für immer verschlossen.«

»Raus.« Lucius klang heiser. Er fühlte sich seit den letzten Stunden um Jahre gealtert. Er drängte seine Kumpane hinaus und verschloss die Tür.

Ira Caesaris[126]

Noch bevor der Bericht Caecinas im Praetorium des Oppidums Ubiorum angekommen war, hatte sich die Kunde vom Blutgericht herumgesprochen. Wir erhielten umgehend den Befehl, uns fertigzumachen und den Caesar am nächsten Tag nach Vetera zu begleiten.

Am Kai wartete in der Frühe bereits der Schnellruderer, der völlig ausreichte, den Caesar und seine nächste Umgebung, darunter auch Chaerea und mich, zu befördern. Wir hatten gerade unser Gepäck im Frachtraum unter dem Heck verstaut, als der Caesar mit seinen Praetorianern an Bord stieg. Er hatte im letzten Augenblick darauf verzichtet, seinen Jüngsten, Caligula, mitzunehmen. Agrippina hatte sich durchgesetzt, um dem gemeinsamen Sohn die grausamen Begleitumstände der Reise zu ersparen. Germanicus trug einen verkniffenen Ausdruck im Gesicht, als wenn er sich die Fahrt den Rhenus hinab am liebsten erspart hätte.

Chaerea raunte mir zu, dass in Vetera offenbar viel Blut geflossen sein musste. Der Caesar lehnte in seinem getriebenen Brustpanzer, den prachtvollen Helm unter den Arm geklemmt, am Mast und betrachtete das Ablegemanöver der Ruderknechte. Die weiß gestrichenen Ruderblätter tauchten in die Flut und trieben das Schiff stetig in die Mitte des Stromes, wo die Strömung am stärksten war. Der Wind stand günstig, so dass die Matrosen das große Segel mit dem kaiserlichen Adler hissten, was die Geschwindigkeit nahezu verdoppelte. Eine weiße Bugwelle vor uns herschiebend, schoss das weiße Schiff mit dem roten Segel seinem Ziel entgegen.

Der Fahrtwind war so stark, dass er die purpurnen Mäntel und Helmbüsche der Praetorianer aufbauschte. Einige der Männer kannte ich, weil sie Quintus und mich in das Dorf

126 der Zorn des Caesars

der Marser begleitet hatten. Wir grüßten uns stumm, um den Caesar nicht in seinem Brüten zu stören.

Die Sonne lachte am Himmel und beschien die grünen Wiesen zu beiden Seiten des Flusses. Der Wind trug das Kläffen von Hütehunden zu uns herüber, die darauf achteten, dass sich keiner der vielen weißen Punkte zu weit von der Herde entfernte. Wegen der häufigen Hochwasser waren die feuchten Weiden nur zur Schafzucht geeignet.

Nach nur einer Stunde passierten wir nahe dem Stützpunkt Novaesium das zerfurchte Gelände des diesjährigen Sommerlagers. Chaerea schilderte mir in allen Einzelheiten, wie hier die Erhebung der Legionen ihren Anfang genommen hatte.

Je weiter wir nach Norden vorankamen, desto einsamer und urwüchsiger erschienen die Landschaften zu beiden Ufern. Nur ein paar Fischerdörfer mit windschiefen Katen zeugten von der Anwesenheit von Menschen. Ein neugegründetes Dorf, das von den einheimischen Gelduba genannt wird, bezeichnete den Punkt, der das Gebiet der kürzlich eingewanderten Ubier von dem der nördlich siedelnden Cugerner[127] trennte.

Nicht ganz eine Stunde später passierten wir gegenüber der Mündung der Rura den Armeeposten Asciburgium[128].

Am späten Nachmittag kamen auf einer Anhöhe die Holztürme und Erdwälle des Doppellegionslagers von Vetera, dem Ziel unserer Reise, in Sicht. Ich betrachtete den Ort, in dem ich die ersten Jahre meines Soldatenlebens verbracht hatte, mit zwiespältigen Gefühlen. Schloss sich hier der Kreis, der mit meinem und Lucius′ Aufbruch in das Land der Cherusker begonnen hatte? Waren der damalige Freund und seine Kumpane überhaupt noch am Leben oder hatte sie die Flut der Revolte hinweggespült?

»Ich sollte den Caesar an meinen Auftrag erinnern.«

127 germanischer Stamm, der nördlich der Ubier siedelte

128 der Moerser Stadtteil Asberg

Chaerea schüttelte den Kopf. »Nicht jetzt, Sextus. Er wird dir nicht zuhören. Er hat Wichtigeres zu tun. Wer weiß, was uns da hinten erwartet?« Er wies auf das Lager, dessen Umrisse im Abendlicht immer deutlicher hervortraten.

Ein kühler Windstoß fegte übers Deck, der uns erschauern ließ.

»Es wird kalt«, äußerte Chaerea und wickelte sich fester in seinen Mantel. »Die warmen Tage sind vorüber. Es dauert nicht mehr lange, bis die Blätter von den Bäumen fallen.«

Das Schiff schwankte und zitterte leicht, als der Steuermann das Ruder herumlegte. Mit einer schäumenden Bugwelle schossen wir in weitem Bogen auf den Anleger unterhalb des Lagerhügels zu.

Die folgende Stunde zählte zu den bittersten, die ich in meinen noch jungen Leben erlebt hatte.

Der auch von weitem auffällige Schnellruderer war frühzeitig erkannt worden, so dass sich eine große Menschenmenge am Anleger versammelt hatte. Den besten Platz für die öffentliche Begrüßung des Caesars hatte sich Caecina mit seinem Gefolge gesichert. Neben ihm erkannte ich noch den Lagerpräfekten Caedicius, dann erstarrte ich, weil ich nicht glauben wollte, wer sich in der zweiten Reihe für den Empfang bereithielt. Ich klammerte mich an die Reling.

Noch von Bord des Schiffes erkannte ich Kaeso, der mich hämisch angrinste. Neben ihm stand Lucius, der den Augenkontakt mit mir suchte. Unsere Blicke trafen sich für einen flüchtigen Augenblich. Ich wandte mich ab, um meine Enttäuschung vor den beiden zu verbergen. Aus den Augenwinkeln sah ich noch, wie der Signifer Lucius am Arm fasste, der ihn aber grob abschüttelte und einen Schritt zur Seite tat.

»Hast du einen Geist gesehen?«, raunte Cassius mir zu. »Du bist bleich wie eine frischgekälkte Wand.«

»Sie sind da«, flüsterte ich ihm zu. »Direkt hinter dem Legaten in der zweiten Reihe.«

»Alle Achtung«, flachste Chaerea. »So dicht lässt Caecina nur die besonders Vertrauten an sich heran.«

Ich strafte ihn mit einem verächtlichen Blick.

»Wo ist Fabricius?« Chaerea gab sich unbeeindruckt.

»Nicht da«, antwortete ich gequält. »Sonst hätte ich auch den Glauben an die Götter verloren.«

Wir hatten uns inzwischen dem Caesar angeschlossen und hielten auf das wartende Empfangskomitee zu. Ich hörte nicht hin, als Caecina seine Willkommensrede hielt und wich den Blicken meines ehemaligen Freundes und des Signifers aus, die auf mir lasteten. Dann hörte ich wie aus weiter Ferne die für mein Vorhaben verhängnisvollen Worte des Legaten.

»Ich möchte dir einige meiner treusten Offiziere vorstellen, Caesar. Der Centurio Lucius Poblicius und der Signifer Kaeso Vorrenus haben maßgeblich dabei geholfen, uns von der Pest zu befreien, die unsere Legionen ergriffen hatte. Ihnen ist es in besonderem Maße zu danken, dass die Aufrührer und Verräter ihr verdientes Ende gefunden haben.«

»Lucius Poblicius? Kaeso Vorrenus?« Germanicus dachte nach. »Ich habe eure Namen schon einmal gehört.« Er legte eine kurze Pause ein und ich erwartete das Unmögliche.

Dann fuhr der Caesar fort: »Ich danke euch für den Einsatz, den ihr für unsere Sache gezeigt habt. Ich werde es nicht vergessen.«

Ich wünschte nur, dass sich der Boden auftäte und mich verschlingen würde. Aber nichts dergleichen geschah. Dann musste ich noch ertragen, wie die Umstehenden heftig applaudierten.

»Es tut mir leid«, sagte Chaerea, als wir in unseren Unterkünften neben den Principia angelangt waren.

Ich wollte ihm eine geharnischte Antwort geben, wurde aber durch ein heftiges Klopfen an der Tür daran gehindert. Ich öffnete und sah einen jungen Immunis, der mir einen Korb hinhielt. »Den schickt dir ein alter Freund.« Der Junge wirbelte auf den Fersen herum und rannte weg.

»Was war das denn?« wunderte sich Chaerea.

Ich stellte den schweren Korb auf den kleinen Beistelltisch, entfernte das Tuch und hätte mich am liebsten auf der Stelle übergeben.

»Ist das Fabricius?«, fragte Chaerea, der an mir vorbei in den Korb schielte.

»Dreimal darfst du raten«, antwortete ich finster und warf das Tuch wieder darüber. Ich konnte den in Todesqualen verzerrten Mund und die starren Augen des Gaius Fabricius nicht länger ertragen.

Samocna war die Veränderung, die mit Hildiko vorgegangen war, nicht entgangen. In einer ruhigen Stunde, Lucilla war ausgegangen, sprach sie die neue Freundin darauf an. Sie gestand ihr ein, dass sie sich Gedanken um die germanenfeindliche Stimmung in der Stadt mache.

»Lucilla hat mich gewarnt, nicht mehr alleine aus dem Haus zu gehen.«

»Warum das?«, fragte Samocna erstaunt. »Du musst Lucilla nicht alles glauben.«

»Du tust ihr unrecht«, entgegnete Hildiko entrüstet. »Sie hat sich in letzter Zeit sehr um mich gekümmert. Sie ist viel freundlicher als am Anfang.«

Samocna schüttelte den Kopf. »Es gibt nicht mehr Gefahren als sonst auch. Das kannst du mir glauben.«

»Aber die Chattin«, beharrte Hildiko, »die man tot aus dem Hafen gezogen hat.«

»Das war eine Hure, die es wahrscheinlich zu wild getrieben hat«, erwiderte Samocna. »Vielleicht hat sie den Patronus betrogen oder einen Auxiliar oder Legionär um sein Geld geprellt. So was geschieht leider öfters.«

»Und was ist mit den vielen Soldaten, die täglich nach Norden marschieren? Es wird Krieg geben und dann bin ich hier nicht mehr sicher.«

Samocna schüttelte den Kopf. Sie spürte, dass sie die Freundin nicht überzeugt hatte.

»Ich weiß es nicht, aber es wird einen Grund geben. Wenn ich etwas erfahre, werde ich es dir zuerst sagen. Mach dir nicht so viele Sorgen.«

Hildiko nickte.

»Und mach keine Dummheiten, Hildiko. Oder hast du bereits einen Entschluss gefasst? Willst du von hier weg?«

»Nein.« Hildiko wies den Gedanken weit von sich. »Nein, es geht mir hier gut. Lucilla und du, ihr kümmert euch sehr um mich. Hoffentlich kommt Sextus bald zurück. Dann wird alles besser werden.«

»Bestimmt wird er bald kommen«, stimmte Samocna ihr zu. Insgeheim nahm sie sich seit diesem Gespräch vor, noch mehr als bisher auf das Mädchen zu achten. Sie traute Lucilla mitsamt ihrer gespielten Fürsorge nicht über den Weg.

Die Blutnacht vom Vortag hatte die Erwartungen des Caesars übertroffen. Es blieb Germanicus erspart, selber Gericht über die Aufrührer zu halten. Er bedauerte zwar den Verlust einiger seiner Parteigänger, glaubte dies aber mit der zurückgewonnenen Handlungsfreiheit verschmerzen zu können. Es gab lange Unterredungen mit Caecina und das unvermeidliche Defilee entlang der in einer Reihe aufgebahrten Toten. Dieser Gang blieb auch Chaerea und mir nicht erspart. Ich kannte einige der Opfer aus meiner Zeit in Vetera und hätte mir diese Zurschaustellung gerne erspart.

Noch in der Nacht wurde ich überraschend zu Germanicus gerufen.

»Mir ist aufgefallen«, sagte der Caesar nach einer kurzen Begrüßung, »dass du einen enttäuschten Gesichtsausdruck mit dir herumträgst. Kanntest du einige der Aufrührer?«

»Nur flüchtig«, gestand ich ein.

»Bedrückt dich etwas anderes?«, fragte der Caesar weiter.

»Nein«, log ich und hoffte, dass ich wieder entlassen würde. Ich wollte nur alleine sein und darüber nachdenken, wie es weitergehen sollte. Der Kopf des Fabricius hatte meine Ermittlungen auf den Ausgangspunkt zurückgeworfen.

»Sextus Valerius!« Germanicus sah mich streng an. »Du wolltest mir einen Zeugen nennen. Ich habe deine Ermittlungen nicht vergessen. Der Handel mit Kriegswaffen ist ein Geschäft, das ich nicht durchgehen lasse.

»Es hat sich erledigt, Caesar.«

Germanicus sah mich überrascht an.

»Von dem, den ich dir als Zeuge benannte, ist nur noch der Kopf übrig. Die Täter haben ihre Spuren verwischt.«

»Du wolltest mir noch andere Namen nennen. War es nicht so?«

»Es gibt keine weiteren Namen. Der Centurio Fabricius hat sie mit zu den Schatten genommen.«

»Es muss noch weitere Zeugen geben«, beharrte der Caesar. »Würde es Sinn machen, bei den Marsern nachzuforschen?«

»Ja, Caesar. Wenn ich die anderen überführen will, wäre das der einzige Weg.«

»Gut«, meinte Germanicus. »Du sollst deinen Willen bekommen. Es wird in wenigen Tagen beginnen.«

Ich war überwältigt. Der Tag hatte eine unvorhergesehene Wendung genommen. Vor wenigen Augenblicken war ich noch der Überzeugung gewesen, dass alles verloren sei. Und jetzt gab mir der Caesar die Möglichkeit, meine Ermittlungen wieder aufzunehmen. Darauf hätte ich niemals zu hoffen gewagt.

»Du wirst mich begleiten«, fuhr Germanicus fort. »Du wirst alle Möglichkeiten bekommen, die Urheber der Verbrechen zu überführen.«

»Wie meinst du das, Caesar?«, fragte ich misstrauisch. Die Sache kam mir nicht geheuer vor. Wollte Germanicus sich höchst persönlich an den Ermittlungen beteiligen? »Undenkbar«, schoss es mir durch den Kopf.

»Ich werde so bald wie möglich einen Schlag gegen die Marser führen. Sie sind der Waffenschieberei ebenso schuldig wie die betroffenen Römer. Die Nachfrage bestimmt das Angebot. Du wirst uns auf dem kürzesten Weg zu ihren Dörfern führen.«

»Caesar!«, begehrte ich auf. »Sie haben mich gastfreundlich empfangen, sie …«

»Schluss damit«, unterbrach mich Germanicus. »Das ist ein Befehl. Deine Ermittlungen haben die Schuld der marsischen Barbaren aufgedeckt. Du hast nicht nur einen Namen, sondern auch Gladii mitgebracht. Ich werde die Dörfer der Barbaren dem Erdboden gleichmachen. Und du wirst mir dabei zur Seite stehen.«

Ich war wie vor den Kopf geschlagen. Der Tritt eines Ochsen hätte nicht wirkungsvoller sein können als die Entschlossenheit des Caesars. Ich sollte an einem Unternehmen teilnehmen, das meinen Freunden unter den Marsern die Heimat und das Leben nehmen würde. Wie sollte ich Hildiko, mit dem Blut ihres Volkes an den Händen, jemals wieder unter die Augen treten?

Chaerea versuchte mich zu beruhigen, erreichte aber eher das Gegenteil.

»Du musst!«, schrie er mich schließlich an. »Du kannst dich nicht verweigern. Germanicus wird dich aburteilen lassen.«

»Ich bin kein Mörder«, warf ich ihm an den Kopf.

»Du bist ein Soldat Roms«, erwiderte er aufgebracht. »Du hast deinem Imperator und dem Imperium Gehorsam geschworen. Wenn du diesen Schwur brichst, bist du des Todes.«

»Was würdest du an meiner Stelle tun, Cassius?«

»Gehorchen, Sextus. Gehorchen, wenn du etwas für deine marsischen Freunde tun willst.«

»Wie meinst du das?«, fragte ich.

»Germanicus will ein Exempel statuieren. Und er will die Legionen beschäftigen. Sie sollen fremdes und nicht eigenes Blut vergießen. Sie haben viel zu lange untätig in Bereitschaft gelegen. Es kommt dem Caesar nicht auf ein Leben mehr oder weniger an. Ich würde versuchen, meine Freunde da rauszuholen, bevor es losgeht. Das bist du ihnen schuldig. Ändern kannst du nichts mehr. Die Dörfer der Marser werden brennen und die Menschen in die Sklaverei gehen.«

»Was die Legionen übrig lassen«, ergänzte ich düster. »Lass mich alleine.«

»Das könnte dir so passen!« Chaerea lachte. »Damit du dir irgendeinen Unsinn ausdenkst? Ich habe eine bessere Idee.«

»Und was?«, fragte ich gereizt.

»Wir gehen in die nächste Taverne und spülen den ganzen Dreck runter.«

Chaerea hielt mich am Ärmel meiner Tunika zurück. »Kein unbedachtes Wort und keinen Streit, hast du mich verstanden?«

Wir standen vor einer der typischen Soldatentavernen der Lagervorstadt. Ein reichlich heruntergekommener Holzschuppen mit einem windschiefen Vordach. Aus dem Innern schlug uns Grölen und Gelächter entgegen. Chaerea hatte mich mit Vorbedacht dorthin geführt, um eine Begegnung mit höheren Offizieren zu vermeiden. Er liebte diese Spelunken, in denen einfache Legionäre, ausgemusterte Veteranen und billige Huren verkehrten.

Wir bahnten uns einen Weg durch den mit Tischen und Bänken vollgestellten Schankraum bis zum hüfthohen Verkaufstresen. Zur Vorsicht hatten wir uns einen Pugio an den Gürtel gehakt. Die Gäste rückten bereitwillig zusammen, um uns durchzulassen. An dem frischen Rot unserer Tuniken und dem Metall an unseren Cingulae waren wir eindeutig als Offiziere zu erkennen.

»Was kann ich für euch tun, werte Herren?« Der Patronus wischte eilfertig mit einem Lappen die Pfützen und Spritzer von der Holzplatte. »Wollt ihr nicht Platz nehmen?«

»Danke«, antwortete Chaerea. »Wir bleiben hier. Gib uns Wein, den besten, den du hast.«

»Sehr wohl«, antwortete der verschrobene Patron unterwürfig.

Er hatte die Becher noch nicht gefüllt, als wir von hinten angesprochen wurden.

»Ihr sucht eine unvergessliche Nacht, hohe Herren? Ihr werdet Prudentia nicht vergessen.«

Wir drehten uns zu der Frau um, die uns in leidlichem Latein angesprochen hatte. Das Auffallendste an Prudentia waren ihre hängenden Brüste und die Lücken in ihrem Gebiss. Sie streichelte Chaerea den Oberschenkel, bis dieser ihre schmuddelige Hand abschüttelte.

»Lass die Gäste in Frieden!« Der Patronus hob die Hand und drohte mit dem Scheuerlappen nach der Dirne zu werfen. »Mach, dass du rauskommst.«

»Hier.«

Prudentia fing geschickt den Sesterz auf, den Chaerea ihr zugeworfen hatte. »Prudentia wünscht euch ein langes Leben, Domini.«

Ehe der Patronus seine Drohung wahrmachen konnte, war die Hure im Getümmel untergetaucht.

Die nächste Störung war weit unangenehmer.

»Hab ich es dir nicht gesagt«, frohlockte Kaeso. Lucius blinzelte gegen die vom Qualm der Öllampen verrauchte Luft des Gastraums und nickte zustimmend.

Die beiden hatten sich in der vom Tresen äußersten Ecke niedergelassen und das Erscheinen der beiden Offiziere beobachtet. Während der Signifer Sextus Valerius sofort erkannt hatte, war sich Lucius nicht sicher. Sie hatten deshalb Pru-

dentia nach vorne geschickt, die mit der erwarteten Nachricht zurückkehrte.

Es gab nur einen Grund, warum Lucius sich zu einem Besuch der Taverne entschlossen hatte: Er wollte sich nur in der Öffentlichkeit mit Kaeso treffen, um ihr gemeinsames Verhalten gegenüber Sextus abzustimmen. Sie hatten beide mit seinem Erscheinen gerechnet, aber nicht an der Seite des Caesars.

»Wie nannte sich der andere?«

Prudentia dachte kurz nach. »Cassius. Der eine hat ihn Cassius genannt.«

»Danke«, sagte Lucius und gab ihr eine Münze. »Du kannst gehen.«

»Wenn du noch einen Sesterz drauflegst, komme ich mit dir«, lockte die Hure mit ihrem verführerischsten Lächeln.

»Hau ab, alte Hexe«, fuhr Kaeso sie an. Dann stand er auf und griff sich einen Würfelbecher vom Nachbartisch. Den Protest der Spieler erstickte er mit einem Blick. Man kannte den Signifer und wusste, dass man einen Streit mit ihm vermeiden sollte.

»Lass das sein«, versuchte Lucius ihn umzustimmen. »Bleib hier.«

»Wenn dein Freund schon mal hier ist, möchte ich meinen Spaß mit ihm haben. Er kann uns nichts mehr anhaben.«

»Ein Spielchen, Centurio?«

Ich brauchte mich nicht umzudrehen, um mir Gewissheit zu verschaffen. Diese Stimme hatte mich jahrelang bis in meine Träume verfolgt. Etwas krachte neben mir auf den Tresen und ich vernahm das leise Klirren von Würfeln.

»Was ist dein Einsatz, Centurio? Denare, Sesterzen oder Aurei? Ich kann es mir leisten, Sextus.«

»Mach dass du wegkommst, Kaeso«, zischte ich den Signifer an. Gleichzeitig wischte ich mit der Hand den Becher herunter, so dass die Würfel über Boden kullerten.

»Sextus«, warnte mich Chaerea und legte mir die Hand auf die Schulter.

Ich schüttelte sie ab und drehte mich um. Keine Handbreit passte zwischen mich und Kaeso, der einen Schritt zurückwich.

»Er will nicht mit mir spielen«, höhnte der Signifer in Richtung der Gäste. »Ihr habt es alle gesehen. Er hat meine Würfel vom Tisch geworfen.«

Abrupt drehte er sich mir um. »Heb sie auf!«

Ich ballte die Fäuste und nahm eine breitbeinige Stellung ein.

»Lass dich nicht drauf ein.« Chaerea packte mich dieses Mal am Arm. »Er will dich provozieren.«

»Spielt es sich gut mit dem Geld der Toten?«, antwortete ich so laut, dass es alle hören mussten. Es wurde still im Raum und die, die uns zunächst saßen, räumten fluchtartig ihre Tische.

Ich wusste, dass Kaeso schnell war, aber damit hatte ich nicht gerechnet. Die Hand des Signifers zuckte zum Gürtel, und es blitzte hell, als er zustieß. Obwohl ich mich zur Seite warf, ritzte die Klinge meine Hand.

Chaerea riss mich zurück, um dem nächsten Stoß zuvorzukommen. Der Signifer kam aber nicht dazu. Die erhobene Hand schien in der Luft stillzustehen. Er stieß einen Schmerzensschrei aus und die Waffe klirrte auf den Boden, als ihm jemand den Arm auf den Rücken drehte.

Ich holte mit der Rechten aus, um sie Kaeso in die verzerrte Fratze zu hauen, was mir nicht gelang. Chaerea hielt mein Handgelenk umklammert und drückte meinen Arm nach unten.

Ich trat mit den Füßen nach dem Signifer, verfehlte ihn aber, weil Lucius ihn nach hinten riss.

»Du verfluchtes Dreckschwein«, brüllte der Signifer mich an. Sein Gesicht verzog sich vor Schmerz und Wut zu einer Fratze. »Ich krieg dich! Du bist tot, Sextus Valerius.«

Einige beherzte Gäste bändigten den irren Signifer, was Lucius nutzte, um sich schützend vor ihn zu stellen.

»Wir müssen reden, Sextus.«

»Niemals«, schnaubte ich. »Den Zeitpunkt hast du vor Jahren versäumt.«

Lucius schüttelte den Kopf, packte Kaeso am Ausschnitt der Tunika und zog ihn hinter sich her aus der Gaststube. Ich wollte ihnen nach, wurde jedoch von Chaerea daran gehindert.

»Bist du noch bei Verstand, Sextus? So bekommst du den Mistkerl nie.«

»Noch ein solcher Auftritt, Kaeso, und ich mache meine Geschäfte in Zukunft alleine.«

Lucius hatte den Signifer vor der Taverne zur Rede gestellt. »Du und Fabricius hattet eines gemeinsam.«

»Und was?«, fragte der Signifer lauernd.

»Eure gefährliche Unbeherrschtheit. Du setzt alles aufs Spiel, was wir uns in Jahren aufgebaut haben. Ich habe keine Lust, wegen dir alles zu verlieren.«

»Dann achte auf dein Gold«, geiferte der Signifer. »Ich würde den Rhenus nicht mehr aus den Augen lassen.«

»Willst du mir drohen, Kaeso?«

»Nicht drohen, Lucius. Warnen. Wenn du mich im Stich lässt, hole ich mir das, was mir zusteht.«

»Das Gold steht dir nicht zu. Es gehört mir. Wir haben uns nichts mehr zu sagen.« Lucius drehte dem Signifer den Rücken zu und ließ ihn stehen.

»Du wendest mir den Rücken zu?«, rief der Signifer ihm nach. »Das würde ich in Zukunft nicht mehr tun.«

Lucius blieb stehen und überlegte, ob er es sofort erledigen sollte. Er war aber unbewaffnet, und selbst wenn er den Pugio dabei gehabt hätte, war er dem Signifer nicht gewachsen. Kaeso war ein Dreckskerl, aber ein guter Kämpfer. Ohne sich weiter um Kaeso zu kümmern, beschleunigte er seine Schritte und schlug die Richtung zu den Principia ein.

»Er oder ich«, ging es ihm durch den Kopf. »Du musst ihn loswerden, sonst erledigt dich Kaeso. Dir muss etwas einfallen.«

Er ließ sich trotz der vorgerückten Stunde bei einem ihm nahestehenden Tribun melden und bat ihn um einen persönlichen Begleitschutz. Er begründete sein Anliegen mit einem Racheakt, den er wegen seiner Beteiligung an der Beseitigung der Aufrührer befürchtete. Der Tribun genehmigte ihm zwei Bataver von den Auxiliaren, die für ihre Treue bekannt waren. Lucius wartete, bis die Söldner mit ihrem Gepäck in den Armen vor den Principia eintrafen. Bevor sie ihn in seine Unterkunft begleiteten, versprach er ihnen einen zusätzlichen Sold und händigte ihnen einen Vorschuss aus. Die beiden Männer bedankten sich und versicherten ihm, ihn zu jeder Tages- und Nachtzeit zu beschützen.

Es war in dieser Nacht das erste Mal seit langem, dass er beruhigt die Augen schloss. Mit den beiden Batavern würden es selbst Titus und Flavus nicht aufnehmen.

Germanicus bekam einen Wutanfall, als ich mit Chaerea am nächsten Morgen bei ihm vorstellig wurde. Er hatte von dem Vorfall gehört und uns kommen lassen.

»Noch ein solcher Vorfall, Centurio, und du wirst den Rest deines Lebens Latrinen putzen. Ich dulde es nicht, dass du Streit mit Caecinas Männern suchst. Wer die Männer des Legaten angreift, verdirbt es sich mit Tiberius. Das ist das letzte, was ich gebrauchen kann. Haben wir uns verstanden?«

Ich gab mich zerknirscht und murmelte eine Entschuldigung.

»Lauter, Centurio. Ich habe dich nicht verstanden.«

Ich wiederholte meine Worte, was den Caesar zufriedenstellte.

»Ihr meidet ab sofort die Nähe dieser Leute. Kann ich mich darauf verlassen?«

»Ich werde auf ihn achtgeben, Caesar.« Chaerea streckte seinen Rücken durch und salutierte.

Germanicus drohte mir mit dem Zeigefinger und ließ uns stehen.

»Du hast es verdorben, Sextus.« Chaerea ging ruhelos in unserer Unterkunft auf und ab. »So kriegst du sie nicht. Da nützen dir auch die stichhaltigsten Beweise nichts mehr. Du hast den Caesar verärgert.«

»Das ist nicht mehr wichtig, Cassius. Ich kriege sie. Wenn nicht mit, dann eben gegen das Gesetz. Das ist eine persönliche Sache.«

»Das sehe ich«, sagte Chaerea. »Pass auf dich auf und befolge meinen Rat.«

»Welchen Rat, Cassius?«

»Rede mit Lucius. Er wird Kaeso ans Messer liefern. Die beiden sind sich nicht mehr grün. Nur Jupiter weiß, wer oder was zwischen den beiden steht.«

»Das kann nur das sein«, meinte ich und machte mit Daumen und Zeigefinger die Geste des Geldzählens.

Samocna hatte ihre Einkäufe schneller als geplant erledigt und war weit vor der Zeit in die Taverne zurückgekehrt. Sie wollte gerade durch den Schankraum in die angrenzende Küche gehen, als sie stutzte. Sie unterschied deutlich zwei Stimmen, eine weibliche und eine männliche, die sich in gedämpftem Ton unterhielten. Sie presste die Umhängetasche eng an den Körper, um ein überflüssiges Geräusch zu vermeiden und stellte sich neben den Spalt der angelehnten Tür. Am Tonfall erkannte sie Lucilla und bei ihrem Gesprächspartner musste es sich um einen Fischer handeln, wie sich bald herausstellte.

»Wenn ich nach dir schicke, kommst du sofort zu mir. Hast du mich verstanden?«

Der Fischer murmelte undeutlich sein Einverständnis.

»Du wirst ein Mädchen zum Hafen begleiten und sie mit deinem Kahn übersetzen.«

Samocna hörte das Klimpern einiger Münzen.

»Den Rest bekommst du, wenn du sie sicher am anderen Ufer abgesetzt hast.«

»Warum nimmt sie nicht die Brücke?«, fragte der Fischer.

»Weil ich nicht will, dass sie gesehen und womöglich zurückgeschickt wird. Setze sie so weit von der Brücke entfernt ab, dass sie nicht auf den Gedanken kommt, umzukehren.«

»Jawohl, Herrin. Ich ..«

Samocna hatte der Unterredung mit solcher Spannung zugehört, dass sich ihr Griff um die Tasche gelockert hatte. Sie glitt ihr aus den Händen und krachte mit den Einkäufen zu Boden, was das Gespräch abrupt beendete.

»Was tust du hier, Samocna?« Lucilla hatte die Tür aufgerissen und stand breitbeinig auf der Schwelle. Sie musterte ihre Gehilfin mit größtem Misstrauen.

»Ich bin früher zurückgekommen und wollte die Sachen in die Küche tragen. Dabei ist mir vor der Tür die Tasche aus den Händen geglitten. Sie ist so schwer.« Samocna bückte sich nach den Äpfeln und Zwiebeln, die in alle Richtungen gekollert waren.

»Den Göttern sei Dank«, stöhnte sie in gespielter Freude. »Die Eier sind ganz geblieben.«

Als sie die Küche betrat, schlüpfte der Fischer an ihr vorbei. Der Mann verabschiedete sich mit einem Händedruck von Lucilla und verließ die Taverne.

»Wo ist Hildiko?«, fragte Samocna.

»Sie ist in ihre Kammer gegangen, um noch etwas vor der Abendschicht zu ruhen. Es hat sich eine Gruppe von Offizieren angesagt.«

Samocna hatte gerade begonnen, ihre Einkäufe wegzuräumen, als Lucilla zu ihr zurückkam.

»Du wolltest doch deine Familie besuchen?«, fragte sie betont fürsorglich.

»Ja«, antwortete die Treverin. »Aber es hat keine Eile.«

»Ich gebe dir ab Morgen drei Tage frei. Deine Mutter wird sich freuen.«

»Danke, Lucilla.« Samocna wusste genau, dass ihre Herrin sie nur aus einem Grund aus dem Haus haben wollte. Sie hatte genug von dem Gespräch mitbekommen, um sich den Rest zusammenreimen zu können. Hildiko sollte unter einem Vorwand auf die andere Seite des Rhenus abgeschoben werden.

Die kluge Treverin lächelte. »Lucilla, du hast deine Rechnung ohne Samocna gemacht.«

Es dauerte drei Tage, bis die Kontingente der im Oppidum Ubiorum stationierten Legionen in Vetera eintrafen. Agrippina hatte es sich nicht nehmen lassen, sie mit Caligula zu begleiten. Sie würde gleich nach unserem Aufbruch ins Oppidum Ubiorum zurückkehren.

Die Zeit hatte ausgereicht, unterhalb der Einmündung der Lupia eine provisorische Schiffsbrücke aus Kähnen und Bohlen über den Fluss zu schlagen. Am folgenden Tag sammelten sich die Truppen auf dem Exerzierfeld zum Abmarsch. Germanicus und sein Stab, darunter auch Chaerea und ich, überquerten zuerst die schwankende Behelfsbrücke.

Germanicus hielt vor dem Aufbruch eine zündende Ansprache an die aufmarschierten Legionen. Er appellierte an das Ehrgefühl der Männer und forderte sie auf, ihre Verfehlungen während der Revolte auszumerzen. Obwohl ihn nur die vordersten Reihen verstanden, brachen die Truppen in lauten Jubel aus.

Für alle sichtbar gingen wir auf einer Erhöhung hinter dem Ufer in Stellung

Kohortenweise, um die Brücke nicht zu überlasten, überquerten die Truppen den Rhenus und defilierten an uns vorüber. Sie grüßten den Caesar mit lauten Zurufen und hochgereckten Standarten. Die Familie des Germanicus war ebenfalls mit über den Rhenus gekommen. Während Agrippina aus ihrer Sänfte heraus den Vorbeizug betrachtete, hatte Caligula so lange gebettelt, bis der Caesar ihn zu sich aufs Pferd hob. Chaerea verzog das Gesicht, als der kleine Quälgeist ihm den

Mittelfinger zeigte. Eine Geste, die er sich bei den Legionären abgeschaut hatte.

Die vorbeimarschierenden Blöcke der Legionäre boten einen beeindruckenden Anblick. Auf den blank geputzten Schilden prangten neben den Blitzsymbolen Jupiters die Embleme der einzelnen Einheiten; der Bär, der Stier oder der Capricornus. Auf den Helmen wippten die farbigen Feder- oder Rosshaarbüschel und die Kettenhemden waren auf Hochglanz poliert. Am meisten stachen die Praetorianer mit ihren silbernen Helmen und den purpurnen Rossschweifen und Mänteln hervor.

Gespannt erwartete ich den Vorbeimarsch der fünften Legion. Ich erkannte sie schon von weitem an der seltsam wippenden Helmzier, der sie ihren Namen verdankte. Viele machten sich über die »Lerchen«, wie sie genannt wurden, lustig. Ein Vorurteil, das dieser Eliteeinheit nicht gerecht wurde.

Wenn ich gehofft hatte, dass mir der Anblick von Lucius und Kaeso erspart bleiben würde, wurde ich enttäuscht. Ihre Kohorten zählten zu denen, die von Caecina für das Unternehmen abgestellt worden waren. Zuerst sah ich Kaeso, der seinem Manipel das Feldzeichen mit der erhobenen Schwurhand vorantrug. Direkt hinter ihm führte Lucius seine Centurie an uns vorüber. Er blickte mir nur kurz ins Gesicht, während Kaeso mich unverschämt angrinste.

Nach der letzten Kohorte folgten die Verbände der berittenen Auxiliare und der kleine Tross. Germanicus hatte das Unternehmen auf wenige Tage beschränkt, was die geringe Anzahl der Verpflegungswagen für die zwölftausend Legionäre und mehrere hundert Auxiliare erklärte.

Chaerea, der an der Lagebesprechung teilnehmen durfte, hatte mir vor dem Aufbruch erklärt, worum es dem Caesar bei dem Unternehmen in erster Linie ankam. Um seine Offensive im nächsten Jahr nicht durch einen Einfall der Germanen gefährden zu lassen, hatte er sich zu einer »Vorwegstrategie« entschlossen. Es gab Gerüchte, dass die Cherusker die Revolte nutzen könnten, um in das scheinbar entblößte Gallien einzufallen. Germanicus schien zu befürchten, dass Tiberius ihn nach einem Grenzübertritt der Cherusker abberufen könnte. Eine Demonstration der Stärke sollte dem Feind die Lust daran verderben. Dabei bot das kleine Volk der Marser ein perfektes Ziel. Sie wohnten nahe genug am Rhenus, um ihnen noch vor dem Winter einen vernichtenden Schlag zu versetzen. Die Gefahr eines Misslingens der Aktion oder gar eine empfindliche Niederlage waren verschwindend gering. Die öffentlich geäußerten Beweggründe wie die Stärkung der Kampfmoral oder die Unterbindung illegaler Waffengeschäfte waren nur zweitrangig. Meine Ermittlungen hatten ihm höchstens einen Vorwand, aber keinen Grund geliefert.

Als die Nachhut vorüber war, zog die Familie des Caesars wieder zurück über die Brücke. Wir saßen nach der kurzen Verabschiedung auf und folgten dem Caesar, der sich, nachdem wir die Kolonnen überholt hatten, an die Spitze des Heereszuges setzte.

Während der ersten Rast wurden die Helmzierden abmontiert und die ledernen Schutzhüllen über die Schilde gezogen. Die Parade war beendet und der Krieg gegen die Marser hatte begonnen.

Im Gefühl der Sicherheit verzichteten wir darauf, am Abend ein Marschlager mit Wall und Graben anzulegen. Die einzigen Erdbewegungen bestanden in dem Ausheben der provisorischen Latrinen: pro Centurie ein quadratisches Loch, über das ein frisch gefällter Baumstamm gelegt wurde. Wie Pilze nach einem Herbstregen waren inzwischen die Zelte aus dem Boden gewachsen. Bald stieg der Rauch der ersten Lagerfeuer in den verhangenen Abendhimmel. Es roch nach feuchtem Qualm, bratendem Fleisch, feuchtem Heu und frischem Leder.

Nach dem Essen gesellte sich Quintus zu uns und nahm mich zur Seite. Seine Einheit war ebenfalls zu dem Unternehmen abkommandiert worden.

»Sei bitte wachsam«, wandte er sich besorgt an mich. »Ich habe Titus und Flavus beobachtet. Sie lassen dich nicht aus den Augen und schleichen die ganze Zeit hier herum. Es würde mich nicht wundern, wenn sie etwas gegen dich ausgeheckt haben.«

»Unter den Praetorianern kann mir nichts geschehen«, versuchte ich ihn zu beruhigen. »Aber halte mich weiter auf dem Laufendem. Was machen Lucius und Kaeso?«

»Kaeso sitzt am Feuer und würfelt.«

»Und Lucius?«

»Er scheint sich von Kaeso fernzuhalten. Er hat sich von Caecina eine Wache zu seiner Sicherheit stellen lassen, die ihm nicht von der Seite weicht.«

Ich dankte dem Gefährten und schickte ihn zurück zu seiner Einheit.

Als ich Chaerea von Quintus′ Beobachtung erzählte, nickte er nur. »Die gehen sich bald gegenseitig an die Kehle.«

Wir kamen in den nächsten Tagen schnell voran, weil der Caesar uns ein hohes Marschtempo in dem unwegsamen Gelände abverlangte. Bevor wir am Abend müde in die Zelte krochen, fanden wir uns zur Lagebesprechung beim Caesar ein. Wir hatten in etwa den Weg gewählt, den ich vor einigen Wochen genommen hatte. Germanicus war ganz versessen darauf, unsere Marschleistungen mit meinen Angaben zu vergleichen. Als wir nach meinen Berechnungen das Dorf der Marser nur noch einen guten Tagesmarsch entfernt lag, ließ der Caesar zum ersten Mal ein befestigtes Lager anlegen, das als Operationsbasis dienen sollte. Von hier aus sollten die Einheiten nach einem Ruhetag in ihre Bereitstellungsräume aufbrechen. Der Angriff war so konzipiert worden, dass möglichst viele Dörfer zum gleichen Zeitpunkt attackiert und zerstört werden sollten. Man wollte dem Gegner keine Zeit lassen, Abwehrmaßnahmen oder eine geordnete Flucht zu koordinieren. Angreifen, töten, zerstören und Beute machen waren die Ziele des Feldzuges. Bevor der Frost kam, wollte man wieder zu Hause sein.

Es wurden Kundschafter ausgesandt, die alle mit dem gleichen Ergebnis zurückkehrten: Die Marser waren völlig ahnungslos und hatten keine Vorsichtsmaßnahmen getroffen. Einige erzählten, dass man sich in den Dörfern offenbar auf ein großes Fest vorbereiten würde.

Je näher wir dem Ziel kamen, desto verzweifelter suchte ich nach einem Weg, meine Freunde unter den Marsern zu retten. Ich entwickelte jeden Tag neue Pläne, die ich am Abend wieder verwarf. Es blieb schließlich nur eine einzige Möglichkeit übrig.

Ich musste mich rechtzeitig vor dem Angriff von der Truppe absetzen und ins Dorf der Marser schleichen, um Gernot zu warnen. Selbst wenn das gelingen sollte, stand mir ein riskanter Rückweg bevor. Es war mir bewusst, dass ich mein Leben riskierte. Auf Hochverrat stand die Todesstrafe. Aber ich musste es riskieren, das war ich Gernot schuldig.

Ich hatte mich bereits damit abgefunden, den schweren Weg in der kommenden Nacht anzutreten, als Chaerea mich in meinem Zelt aufsuchte.

»Ich habe dir etwas mitgebracht, was dir weiterhilft.« Er reichte mir eine Tafel, in der ein kurzer Befehl eingeritzt war. Darin wurde ich aufgefordert, mit Quintus einen letzten Erkundungsgang zu dem vor uns liegenden Dorf zu machen.

»Wem habe ich das zu verdanken?«, fragte ich Chaerea geradeheraus.

Er reichte mir noch einmal die Tafel. »Schau genau hin. Das ist mein Siegel.«

»Warum diese zusätzliche Erkundungsgang, Cassius? Wie willst du das vor dem Caesar begründen?«

»Da wird mir etwas einfallen, Sextus. Geh endlich und warne deine Leute. Sie sollen sich in Richtung des Sees absetzen. Dort gibt es keine Sicherungen.«

»Was ist, wenn die Leute nicht fliehen, sondern kämpfen?« Ich war mir nicht sicher, dass ich Gernot zur Flucht überreden könnte.

»Dann werden sie sterben. Es stehen ein paar Dutzend Marser gegen drei schwerbewaffnete Centurien. Die Leute sollen nur das notwendigste mitnehmen und verschwinden. Es liegt an dir, sie davon zu überzeugen. Bete zu Mercur, er wird dir helfen.«

»Wie soll ich dir danken, Cassius?«

»Gar nicht, Sextus. Ich erleichtere nur mein Gewissen. Ich bin ein Soldat und kein Schlächter.«

»Geht!«, keifte die alte Gunda, »geht fort von hier. Ihr werdet alle sterben, wenn ihr meinen Worten nicht folgt. Frigga spricht aus mir. Ich habe die heiligen Hölzer befragt. Es wird ein schreckliches Morden und Brennen über die Marser kommen.«

Der Sänger, der gerade sein Lied anstimmen wollte, blieb stumm und ein Raunen zog durch den Saal. Fast ausnahmslos hatten sich am frühen Abend die Dorfbewohner im Versammlungshaus eingefunden, um den Auftakt des Festes zu Ehren der Tanfana zu feiern. Die Ernte war eingefahren und die Ähren längst gedroschen. Jetzt, wo der Winter und die karge Jahreszeit drohten, wollten alle noch einmal das Leben in vollen Zügen genießen. Drei Tage voller Freuden, in denen man zu Ehren der Göttin zechen und essen durfte.

»Stopft der Hexe das Maul«, lallte ein Betrunkener. »Sie kann sich nicht damit abfinden, dass Harald den Marbod wegen der Verletzung des Gastrechts von den Feiern ausgeschlossen hat.«

»Hast du was mit ihm, Gunda?«, grölte ein anderer. »Geh und tröste ihn mit deinem Liebreiz.«

Der Saal dröhnte vom Lachen der Zecher.

»Ich hab genug«, murmelte Gernot und erhob sich. Der Auftritt der Kräuterhexe war ein willkommener Anlass, dem Fest den Rücken zu kehren. Er hatte schon den ganzen Tag mit sich gerungen, überhaupt hinzugehen. Als junger Krieger hatte er sich immer auf das Tanfanafest gefreut. Aber seit einigen Jah-

ren waren ihm die zügellosen Aufdringlichkeiten, die damit einhergingen, verleidet.

»Ich begleite dich nach Hause.« Harald warf sich seinen Mantel über und folgte dem jüngeren Freund nach draußen.

»Es wird bald den ersten Frost geben.« Gernot wickelte sich in seinen Umhang und betrachtete das Laub, das den Boden in dichten Haufen bedeckte. »In wenigen Tagen werden die Bäume ihr Blätterkleid verloren haben.«

»Was hältst du von Gundas Weissagung?«, fragte der Alte. »Als heute die Sonne durch die Wolken brach, leuchteten die Bäume in herbstlichem Rot. Es roch nach Blut.«

»Hat sie dich auch mit ihrem Geschwätz angesteckt?«, scherzte Gernot. »Die Römer sind noch nie im Herbst in den Krieg gezogen. Sie werden es auch dieses Mal nicht tun. Ich sehe auch keinen Grund, warum sie es überhaupt tun sollen.«

»Möge Nerthus bewirken, dass du Recht hast. Ich habe kein gutes Gefühl.«

»Dagegen kann ich etwas tun«, lachte Gernot. »Ich werde die Magd bitten, einen Topf mit Beerenwein aufs Feuer zu stellen. Das vertreibt die bösen Geister.«

»Wenn du noch nicht genug hast?« Jetzt lächelte auch Harald. »Gegen einen warmen Becher in guter Gesellschaft habe ich nichts einzuwenden.«

Marbod hatte sich mit seinen engsten Freunden und Anhängern auf eine Anhöhe hinter dem Dorf zurückgezogen. Er hätte auch in seinem Haus bleiben können, hatte es aber vorgezogen, das Dorf während der Feierlichkeiten zu verlassen und sein eigenes Fest zu feiern. Unter den aufgespannten Planen warteten die Bottiche und Krüge darauf, geleert zu werden. Die da unten sollten wissen, dass man ihm den Spaß nicht verderben konnte.

»Marbod«, wurde er von einem der Freunde angesprochen, die ihn hier herauf begleitet hatten. »Darf ich dir eine Frage stellen?«

»Nur zu, Hatto.« Das Bier hatte den sonst so finsteren Mann leutselig werden lassen.

»Hast du wirklich Römer gesehen?«

»Wer soll sonst durch den Wald kommen und die Raben in Schwärmen aufscheuchen. Es müssen viele sein.«

»Meinst du nicht, dass wir die anderen warnen sollten?«

»Warum, Hatto? Sollen sie doch alle verrecken, die Römerfreunde. Wer sich mit dem Feind gegen das eigene Volk verbündet, hat nichts Besseres verdient.« Marbod machte eine Pause. »Wenn es dich beruhigt«, fuhr er fort. »Ich habe Gunda nach unten geschickt.«

»Da kommt Gunda«, rief ein anderer und schwenkte seinen geleerten Becher in die Richtung des zu ihnen hochführenden Pfades.

»Und?«, fragte Marbod, als die Alte keuchend vor Anstrengung vor ihm stand. »Haben sie dir geglaubt?«

»Nein«, schniefte Gunda. »Sie sind alle des Todes.«

»Tanfana hat sie mit Blindheit geschlagen und ihre Ohren verstopft«, wendete sich Marbod an seine Begleiter. »Ich habe mein Möglichstes getan. Wodan soll sie in Gnaden aufnehmen.«

»Du willst sie wirklich ihrem Schicksal überlassen?«, fragte ein anderer.

»Was denn sonst«, erwiderte Marbod ungehalten. »Du hast es doch gehört. Sie wollten Gunda nicht glauben. Du kannst gerne nach unten gehen und mit den Römern kämpfen, wenn du deine Ahnen sehen willst.«

Der Mann streckte abwehrend die Hände aus und schöpfte sich aus dem Bottich Bier in seinen Becher.

Lucilla schloss die Türe zur Schankstube und räumte noch die letzten Becher weg, bevor sie an den erkalteten Herd trat. Sie fegte mit einem Reisigbündel die Asche zur Seite und steckte einen Haken in das dafür vorgesehen Loch, um die Platte anzuheben. Sie musste ihre ganze Kraft aufwenden, um die Fliese aus den Fugen zu heben und beiseite zu schieben. Dann griff sie in das Loch und holte den Beutel hervor, in dem sie ihre Ersparnisse aufbewahrte. Ihre Finger holten zwei Aurei hervor, von denen sie aber einen wieder zurücklegte. Stattdessen nahm sie einige Denare aus der bronzebeschlagenen Kassette, in der sie die Tageseinnahmen verwahrte.

»Das muss für die Barbarin reichen«, murmelte sie vor sich hin und schob die Herdplatte wieder an ihren Platz.

Heute war der Tag, an dem Hildiko das Haus verlassen würde. Samocna war seit zwei Tagen bei ihrer Familie im nahen Bingium, so dass sie freie Hand hatte. Der Fischer musste bald kommen, wenn er pünktlich war. Sie horchte noch einmal in die Nacht, ob noch späte Zecher auf der Straße waren, bevor sie zu Hildiko ging.

Sie rüttelte die Marserin, bis sie sich schlaftrunken aufsetzte. »Es ist soweit, Kind. Der Mann kommt gleich.«

»Soll ich nicht doch lieber bleiben?«, fragte Hildiko und suchte in den Augen ihrer Beschützerin nach einer ehrlichen Antwort.

»Du musst«, antwortete Lucilla. »Wir haben es so besprochen. Jeder Tag, den du länger bleibst, kann dich das Leben kosten. Die Cherusker sind in das untere Germanien eingefallen. Das Volk lechzt nach Blut. Ein Soldat hat es mir vor einer Stunde bestätigt.«

»Aber Samocna«, widersetzte sich Hildiko. »Ich möchte mich von ihr verabschieden.«

»Sie wird es verstehen«, tröstete Lucilla das Mädchen. »Du kommst wieder, wenn alles ruhig ist. Geh nach Augusta und warte dort ab, bis ich dir eine Nachricht zukommen lasse. Die Menschen dort werden dich gut behandeln.«

»Vielleicht hast du Recht«, gab Hildiko nach. »Aber du sagst Sextus, wo ich bin?«

»Sicherlich. Sobald er nach Mogontiacum kommt, werde ich ihm sagen, wo er dich findet. Vielleicht kommt er dich bald besuchen.«

In diesem Augenblick klopfte es an die Tür.

»Es ist der Fischer«, sagte Lucilla, als sie den Mann hereingelassen hatte. Sie schloss die Marserin in die Arme und drückte sie an sich.

»Ich werde die Götter bitten, dass sie dich beschützen.« Dann griff sie nach den Münzen und legte sie Hildiko in die Hand. Das ist für dich, damit du über die ersten Wochen kommst. Den Fischer habe ich bereits bezahlt.

Sie geleitete Hildiko und den Fischer, der die Habseligkeiten des Mädchens trug, noch bis vor die Tür. Als die beiden auf die Straße einbogen, atmete sie tief durch und schob den Riegel vor.

Wir erreichten unsere Angriffsstellung am Nachmittag des folgenden Tages. Um jedes unnötige Geräusch zu vermeiden, schlugen wir kein Lager auf. Die Legionäre suchten sich einen halbwegs bequemen Platz unter einem Gebüsch und wickelten sich in ihre Decken und Planen, um noch ein wenig Ruhe zu finden. An Schlaf war nicht zu denken, weil die Anspannung mit jeder Stunde stieg.

Quintus und ich hatten unsere Decken unter den tiefhängenden Ästen einer Buche ausgebreitet und besprachen noch einmal unsere Vorgehensweise. Der Gefährte hatte sich nicht davon abbringen lassen, mich zu begleiten.

Es waren höchstens drei Meilen bis zum Dorf, die wir in zwei Stunden zurücklegen konnten. Uns verblieben dann immer noch mehrere Stunden, um rechtzeitig bei der Truppe zurück zu sein. Die Wolken hatten sich mit der Dämmerung verzogen und es versprach eine mondhelle Nacht zu werden, was unsere Aufgabe erleichtern musste. Ich nahm von Zeit zu Zeit einen Schluck aus meiner Feldflasche, die ich mit Wein gefüllt hatte. Die Centurionen hatten die Weinrationen an die Mannschaften verteilen lassen, um den Rekruten und jungen Immunes die Angst zu nehmen. Ich trank ihn, um meine Nervosität und das Kribbeln in den Gliedern zu bekämpfen.

Ich wollte mich gerade fertig machen, als ich leise nach mir rufen hörte. Ich gab mich zu erkennen und folgte dem Legionär, der Quintus und mich zum Sammelplatz brachte. Ich war überrascht, Chaerea anzutreffen.

»Was gibt es?«, fragte ich misstrauisch. Ich befürchtete, dass er das Unternehmen im letzten Augenblick absagen könnte.

»Da ist jemand, der dich sprechen will, Sextus. Hör dir an, was er zu sagen hat. Es ist wichtig.«

Ein Schatten löste sich hinter einem Baum und kam mit langsamen Schritten auf uns zu.

»Lucius«, entfuhr es mir, als ich die Gestalt an seinem Gang erkannte. Er wurde von zwei Auxiliaren begleitet, die in angemessenem Abstand stehenblieben.

»Ich habe dir gesagt, dass ich nicht mit dir reden will.«

»Ich will dich warnen«, sagte der frühere Freund unbeeindruckt. »Es könnte dein Leben retten.«

»Das glaube ich nicht«, entgegnete ich abweisend. »Du hättest dir den Weg sparen können.«

»Kaeso hat herausbekommen, welcher Einheit man dich zugeteilt hat. Ich bin ihm gefolgt. Er muss ganz in der Nähe sein.«

»Warum sagst du mir das?«

»Ich bin dir keine Rechenschaft schuldig«, erwiderte Lucius. »Du weißt jetzt, was du wissen musst. Mars soll mit dir sein.«

Er hielt mir die Hand hin, die ich jedoch ausschlug. »Schade«, murmelte er mehr zu sich selbst und forderte seine Begleiter mit einer Handbewegung auf, ihm zu folgen.

»Du hättest dich bedanken sollen«, sagte Chaerea mit einem leisen Vorwurf in der Stimme.

Ich blieb ihm die Antwort schuldig, worauf er nach hinten winkte. Ich kannte die beiden Männer, die mit ihren Bögen in der Hand aus dem Dunkel traten. Es waren die syrischen Bogenschützen, die meinem Ermittlungstrupp angehört hatten.

»Sie werden dich begleiten. Das ist ein Befehl. Sie haben bei ihren Göttern geschworen, alles zu vergessen, was sie in dieser Nacht sehen werden.«

Seit Stunden lag Kaeso mit seinen beiden Helfern in dem Gebüsch unterhalb der Anhöhe. Solange es noch hell war, hatten sie die Stellungen der drei Angriffscenturien gut im Blick gehabt. Das Versteck war gut gewählt, weil jeder, der zum Dorf wollte, hier vorbei musste. Auch nach Einbruch der Dunkelheit war das Mondlicht hell genug, um jede Annäherung zu beobachten.

Es hatte Kaeso zehn Denare gekostet, bis der zuständige Tribun ihm einen Blick in die Angriffsbefehle gewährt hatte. Dann hatte er sich unter dem Vorwand eines Erkundungsgangs von seiner Truppe entfernt. Den Befehl dazu hatte er sich selbst ausgestellt und eine Zweitschrift zwischen die übrigen Befehle gesteckt.

Kaeso war sich sicher, dass er eine solche Möglichkeit nicht oft bekommen würde. Wer würde schon Fragen stellen, wenn ein Centurio mit seiner Begleitung tot im Wald gefunden würde. Man würde die Schuldigen bei den Feinden suchen.

Er fluchte leise, als sich eine Wolkenbank vor den Mond schob und die Sicht versperrte. Endlich war sie vorübergezogen und das Himmelsgestirn tauchte den Wald wieder in ein silbernes Licht.

»Verdammt!« Kaeso sah gerade noch, wie eine Gruppe dunkler Gestalten aus dem Sichtfeld entschwand. Es musste Sextus Trupp sein, der unbemerkt vorüber gehuscht war.

Ehe Kaeso und seine Männer sich fertig gemacht hatten, schickte Luna wieder eine Wolke vorbei. Der Signifer musste sich zähneknirschend eingestehen, dass er den günstigen Zeitpunkt verpasst hatte. Das einzige, was er noch tun konnte, war die Richtung zum Dorf einzuschlagen und auf sein Glück zu vertrauen. Es war ihm gleich, ob er Sextus im Dorf oder auf dem Rückweg stellen würde. Wichtig war nur, dass er ihn erwischen würde.

Unser Zeitplan geriet schon nach wenigen hundert Schritten in Verzug. Wir hatten alle entbehrlichen Ausrüstungsteile zurückgelassen und huschten gebückt unserem Ziel entgegen. Solange der Mond schien, kamen wir gut voran. Leider bewölkte es sich wieder, so dass wir uns aufs Geratewohl durch das Unterholz schlagen mussten. Nach einer Stunde sah ich ein, dass wir den direkten Weg verfehlt hatten. Mit Mercurius Hilfe gelang es mir aber, mich auf einer mondbeschienenen Anhöhe wieder zu orientieren. Spät, aber nicht zu spät, erreichten wir schließlich die Lichtung, auf der sich die Umrisse des Dorfes abzeichneten.

Quintus stieß mich an und zeigte auf die große Halle. Durch die geöffnete Tür fiel Licht nach draußen und wir erkannten einige torkelnden Gestalten, die an der Hauswand ihre Notdurft verrichteten. Gleichzeitig drangen Singen und Grölen der Betrunkenen bis zu uns.

»Die feiern ein Fest«, bemerkte ich kopfschüttelnd.

»Das Fest der Tanfana«, berichtigte mich Quintus. »Es wird in diesen Nächten in allen Dörfern gefeiert. Der Caesar ist bei der Wahl des Angriffszeitpunkts gut beraten worden.«

»Und jetzt?«, fragte ich mich ratlos. Ich suchte Gernots Haus und stieß einen Seufzer der Erleichterung aus. Durch das Fenster an der Giebelwand fiel etwas Licht nach draußen.

»Kommt«, flüsterte ich meinen Kameraden zu und zeigte auf das Haus. Sie verstanden und folgten mir.

Als wir die Tür erreichten, horchte ich kurz durch das Fenster und erkannte die Stimme des Freunds, der sich in angeregtem Ton unterhielt. Ich machte mir nicht die Mühe, anzuklopfen, sondern stieß die Tür auf und huschte mit meinen Begleitern ins Haus.

»Sextus!«, rief Gernot erschreckt, als er mich erkannte. Ihm und dem alten Dorfvorsteher war der Schreck in die Glieder gefahren, als wir ins Haus stürmten.

»Bei allen Göttern, Sextus, was tust du hier?«

»Ihr müsst hier weg«, entgegnete ich ihm hastig. »Packt eure Wertsachen zusammen und dann nichts wie raus. In weniger als einer Stunde werden unsere Legionen alles töten und niederbrennen, was ihnen vor die Schwerter kommt.«

Gernot und Harald starrten mich an, als wenn ich ein Geist wäre. Ich erklärte ihnen in wenigen Worten, dieses Mal etwas ausführlicher, den Ernst der Lage.

Die beiden waren geschockt.

»Wir bleiben.« Gernot hatte sich als erster gefasst. »Ich werde unsere Leute nicht dem sicheren Tod überlassen.«

»Schick Harald in die Halle«, schlug ich ihm vor. »Er soll alle mitnehmen, die noch laufen können. Ich kenne einen Weg, auf dem ihr unbemerkt hier raus kommt. Eilt euch.«

Harald warf sich seinen Mantel über und huschte zur Tür hinaus, während Gernot seine Knechte und Mägde alarmiert. Die Bediensteten schwärmten sofort aus, um jeden zu alarmieren, den sie antrafen.

»Muss ich dir danken, oder soll ich verfluchen, Sextus? Hast du die Römer zu uns geführt?«

»Wenn er es nicht getan hätte«, mischte Quintus sich ein, »wäre es ein anderer gewesen. Sextus ist hier, um euch zu retten.«

Gernot nickte abwesend und begann, mit fahrigen Bewegungen seine Waffen und wichtigsten Besitztümer zusammenzupacken. Er war gerade fertig geworden, als die ersten Flüchtlinge vor dem Haus eintrafen.

Es waren nicht viele, die Harald und den Knechten gefolgt waren. Man hatte den Dorfvorsteher ausgelacht und nach einigem Hin und Her aus der Halle geworfen. Die trunkene Meute wollte sich ihren Spaß nicht verderben lassen.

»Geh zu Gunda«, hatte man ihm höhnisch nachgerufen. »Die hat den gleichen Unsinn erzählt.«

Den Knechten war es nicht besser ergangen. Nur Wenige hatten wie Gernot ihre Sachen zusammengerafft und waren ihnen gefolgt. Es waren nur ein paar Dutzend Kinder, Frauen und Alte, die ihren Worten Glauben geschenkt hatten. Schließlich fanden sich noch einige Männer aus der Halle ein, die sich Haralds Worte zu Herzen genommen hatten.

»Wohin?«, fragte Gernot tonlos. Er strich mit der Hand über den Türpfosten, den er selber in wochenlanger Arbeit mit Schnitzereien verziert hatte. Er wusste, dass sein Lebenswerk bald nur noch Asche und Rauch war.

»Zum See.« Ich zeigte in die Richtung des Pfades, den ich einst mit Hildiko gegangen war. »Dort stehen keine Truppen. Hinter der Anhöhe seit ihr sicher.«

»Kommst du mit?«, fragte Gernot.

»Bis zum See«, antwortete ich. »Dann müssen wir zusehen, dass wir zurückkommen. Ich will nicht als Hochverräter enden.«

»Danke.« Es kostete den Marser Überwindung, mir die Hand hinzustrecken. »Das werde ich dir nicht vergessen, Sextus.«

Es wurde kälter, als wir uns dem See näherten, in dem ich mit Hildiko vor ein paar Wochen noch geschwommen war. Weiße Nebelschwaden stiegen von der Wasserfläche in die Höhe und tauchten die Umgebung in ein milchiges Licht.

Harald hüstelte und schlug sich die Arme um den Oberkörper. Der Dorfvorsteher hatte es als einziger versäumt sich mit einem Mantel oder einer Decke gegen die Nachtkühle zu schützen.

»Nimm das.« Ich reichte ihm meinen Mantel, den er sich dankbar überwarf. In einer langen Schlange, einer hinter dem anderen, bewegten wir uns auf dem schmalen Uferpfad der gegenüberliegenden Seite des Sees zu. Dahinter stieg der Steilhang in die Höhe, hinter dem die Rettung wartete.

Ich ging mit Harald und Gernot voran, dicht gefolgt von Quintus und den Syrern, die ihre Pfeile auf die Sehnen gelegt hatten. Vorsichtig musterten wir den Pfad und das nach oben ansteigende Gebüsch, das auf der Höhe in einen dichten Wald überging.

Kaeso und seine Helfer hatten die Spur von Sextus Trupp verloren und irrten planlos durch die Nacht. Sie erklommen schließlich eine Anhöhe um sich im zurückgekehrten Mondlicht zu orientieren. Unter sich sahen sie einen See, von dessen Oberfläche weiße Nebelschwaden aufstiegen.

»Und wo ist das Dorf?«, fragte Titus hämisch. »Gib es zu, Kaeso, du hast uns in die Irre geführt.«

»Hört ihr das?«, fragte Flavus und deutete über den See. Deutlich wehten jetzt Gesangsfetzen und Grölen zu ihnen hinauf.

»Das muss das Dorf sein«, sagte Kaeso mit einem triumphierenden Seitenblich auf Titus.

Als sie bis zur Hälfte den steilen Abhang hinabgestiegen waren, stutzte der Signifer.

»Runter«, flüsterte er seinen Handlangern zu und duckte sich. Auf der anderen Seite des Gewässers war ein Trupp Menschen am Ufer erschienen, der sich nach kurzer Beratung in ihre Richtung in Marsch setzte.

Kaeso schlich den Rest des Abhangs hinab und deutete auf ein Gebüsch. »Versteckt euch«, wisperte er und schnellte voraus. Als der Zug sich näherte gingen sie in die Knie und bogen sachte die Zweige zur Seite.

»Fortuna ist mit uns«, frohlockte der Signifer still. »Seht ihr, was ich sehe?«

Titus und Flavus nickten.

»Der da vorne im Militärmantel muss Sextus sein. Daneben sehe ich Quintus und ... Beim Jupiter, das ist der Schmied aus Aliso.« Seine Stimme bebte vor Aufregung.

»Lasst sie so nahe heran, dass ihr nicht fehlen könnt. Dann rammt diesem Mistkerl eure Speere durch die Brust und danach nichts wie weg.«

Die beiden Gehilfen nickten und packten bebend vor Jagdfieber die Schäfte ihrer Wurfspeere.

»Noch nicht«, flüsterte Kaeso, »noch nicht.« Er wartete, bis die Spitze der Menschengruppe nur noch wenige Schritte entfernt war.

»Jetzt!«

Titus und Flavus sprangen auf und holten zum Wurf aus.

Je näher sie dem Hafen kamen, desto größer wurden Hildikos Zweifel. Sollte sie wirklich in den Kahn steigen und sich auf der andere Seite des Rhenus absitzen lassen? Ihr fiel ein, dass Samocna sie gewarnt hatte, nichts zu übereilen. Warum war sie nicht da gewesen, als sie ihren Rat brauchte?

»Komm, Mädchen. Trödel nicht rum«, schnauzte der Fischer und schlug eine schnellere Gangart an.

Warum hatte Lucilla auf ihrem sofortigen Aufbruch bestanden. Wollte sie verhindern, dass sie sich mit der Freundin besprechen konnte?

Dann kamen sie zum Hafen und der Schmerz schnitt Hildiko ins Herz, als der Kahn vor ihr im Wasser dümpelte.

Der Fischer stellte ihr Gepäck ab und zog das Gefährt am Ankertau mit nervigen Armen zu sich heran.

»Komm schon, Mädchen!« Er streckte die Hand aus, um ihr beim Einsteigen behilflich zu sein.

Hildiko wusste, dass es kein Zurück mehr gäbe, wenn sie nach der Hand griff. Sie würde Samocna und Sextus nicht wiedersehen.

»Nicht, Hildiko. Tu es nicht!«

Sie wandte sich nach der Stimme um, die nach ihr gerufen hatte.

»Bleib, Hildiko. Lucilla hat dich belogen.«

Die Marserin zog ihre Hand zurück, griff mit der anderen nach ihrem Gepäck und rannte in die Richtung, aus der die Stimme gekommen war.

Ein Schatten löste sich von der Holzwand eines Schuppens und kam auf sie zu.

»Samocna«, rief Hildiko und warf sich ihrer Freundin in die Arme.

»Komm«, sagte die Treverin, als Hildiko ihre Tränen abgewischt und sich beruhigt hatte. Ich habe eine sichere Unterkunft für dich gefunden.«

Der Fischer fluchte, vertäute das Boot wieder am Anleger und stahl sich davon. Es ging ihn nichts mehr an und das Fahrgeld würde ihm keiner mehr nehmen.

Das einzige, an das ich mich erinnern kann war eine Bewegung rechts vor uns. Ich sah etwas metallisch aufleuchten und hörte einen hässlich knirschenden Schlag. Harald sackte mit zwei Wurfspeeren in der Brust zusammen und war sofort tot.

»Harald!«, schrie Gernot und fing den Dorfvorsteher mit beiden Armen auf.

Ich hatte sofort den Gladius aus der Scheide gerissen und stürmte nach vorne. Irgendetwas zischte an mir vorbei und klatschte gegen einen der Angreifer, der in die Knie brach. Ein zweiter Pfeil fuhr ihm gleichzeitig durch den Hals. Er versuchte wieder hochzukommen röchelte und stürzte nach hinten. Die beiden Syrer hatten geistesgegenwärtig ihre Bögen hochgerissen und ihr Ziel getroffen. Der zweite Werfer stutzte und wollte nach hinten flüchten, bevor ich heran war. Da sah ich eine weitere Gestalt, die ihn aufhielt und gegen mich stieß. Die Klinge meines Gladius fuhr ihm durch den Bauch und trat am Rücken wieder heraus. Ich riss verzweifelt an der Waffe, um sie wieder freizubekommen, was der dritte Angreifer nutzte. In weiten Sätzen hetzte er den Abhang hinauf, bis ihn etwas in der Bewegung aufhielt. Der Mann stieß einen Schrei aus, fasste sich an die Wade und rutschte hinab. Quintus und der zweite Syrer setzten ihm nach und schlugen ihn nieder, als sie ihn erreichten.

Ich schaute mich um und sah Gernot neben dem toten Harald auf dem Boden hocken. Die übrigen Marser kamen langsam herbei und umringten ihren Vorsteher. Sie rückten an einer Stelle auseinander und ließen Quintus und den Syrer durch, die den bewusstlosen Angreifer neben Harald ablegten.

Quintus drehte ihn auf den Rücken und ich schaute in Kaesos hässliche Fratze. Er zuckte mit dem Bein, in dem der Pfeil steckte und schlug die Augen auf.

»Es sind Flavus und Titus«, rief der zweite Syrer, der die beiden Toten auf den Weg zerrte.

Kaeso schloss die Augen und riss sie erst wieder auf, als Quintus ihm in die Seite trat.

»Welcher finstere Gott hat dich gerettet«, fragte der Signifer fassungslos. »Ich habe doch gesehen, wie die Speere dich getroffen haben.«

»Ihr habt den Mann getötet, der meinen Mantel trug«, erwiderte ich angeekelt.

Kaeso richtete sich auf und spuckte in meine Richtung.

In diesem Augenblick dröhnten aus der Richtung des Dorfes die Cornus der Legion und ein langgezogenes Geschrei brandete auf. Gernot richtete sich auf, blickte in Richtung des Feldgeschreis und zog das Messer. Ohnmächtig vor Wut presste er die Lippen aufeinander und mahlte mit den Kiefern.

»Beim Jupiter Sextus. Wir müssen zurück.« Quintus zog den Dolch und machte einen Schritt auf Kaeso zu, der zusammenzuckte und die rechte Hand hob. »Ich erledige das.«

»Halt, Quintus! Ich will ihn lebend. Er soll vor Germanicus reden.«

»Das kannst du nicht machen«, widersetzte sich Quintus meiner Anordnung. »Lucius hat dich vor ihm gewarnt.«

»Hat es was genützt, Quintus?«

»Darauf kommt es nicht an.«

Gernot packte mich am Arm und funkelte mich an. »Lass ihn mir, Römer. Er soll für alles büßen, was dort unten geschieht.« Er zeigte auf den Himmel, der sich zu röten begann.

»Nimm diesen Dreck mit«, stieß ich in plötzlichem Entschluss hervor. »Zieh ihm die Haut von den Knochen oder nagel ihn an den nächsten Baum.«

Gernot nickte und beugte sich über Kaeso. Der Signifer heulte auf, als Gernot ihm den eingedrungen Pfeil vollends durch die Wade stieß. Es knackte, als er die freiliegende Spitze am Schaft abbrach. Dann packte er das Geschoss an der Fiederung und riss es heraus.

Kaeso heulte vor Schmerz, als sich zwei Männer auf ihn stürzten, ihm die Hände auf den Rücken banden und den Abhang hinauf stießen.

»Gernot«, rief ich dem Freund nach, der sich daraufhin umdrehte. »Ich kann mich auf dich verlassen. Er stirbt!«

»Einen Tod, den ich meinem schlimmsten Feind nicht wünsche.« Gernot packte den Signifer an den Fesseln und zerrte ihn den Hang hoch.

»Zum Dorf!«, befahl ich den Syrern und Quintus. »Wir müssen zurück.«

Als wir das Dorf erreichten war bereits alles vorbei. Überall lagen Tote und Sterbende und die Felder und Höfe standen in hellen Flammen. Es wurde so heiß, dass wir die Halstücher abbanden und uns damit den Scheiß von der Stirn wischten. Die Wut der Angreifer hatte am grausamsten rund um das Versammlungshaus gewütet. Es war zuerst in Brand gesetzt und die in Todesangst ins Freie taumelnden Betrunkenen in Stücke gehauen worden. Immer mehr Gebäude gingen in Flammen auf, nachdem die Wertsachen herausgeschafft worden waren. Das Vieh wurde abgestochen und die besten Stücke in blutige Säcke gepackt. Den Rest ließ man den Füchsen und Wölfen.

Etwas abseits hatte man die Gefangenen zusammengepfercht. Es waren fast ausnahmslos junge Frauen und Kinder, für die man auf dem Sklavenmarkt die höchsten Preise erzielen konnte.

Als die Hörner zum Sammeln bliesen, hatten wir uns längst unauffällig unter die Mannschaften gemischt. Wir meldeten uns umgehend bei Chaerea, der uns die zurückgelassenen Ausrüstungsteile aushändigte.

»Und?«, fragte er kurz angebunden.

»Gernot und einige andere haben es geschafft.«

Er nickte zufrieden. »Habt ihr etwas von Kaeso und seinen Leuten gehört? Sie werden vermisst.«

»Tot«, stieß ich hervor. »Sie sind tot.«

»Gut«, meinte Chaerea. »Ein Problem weniger.«

Ich erfuhr später, dass der Signifer und seine Kreaturen die einzigen Gefallenen in unserem Abschnitt waren. Auch in den anderen Dörfern waren die Legionen auf keine Gegenwehr gestoßen. Bis auf einige Überfälle rachedurstiger Marser während des Rückmarsches gab es keine Kampfhandlungen mehr. Insgesamt hatten wir nur eine Handvoll Gefallene und einige Dutzend Verwundete zu beklagen.

Kurz vor dem Rhenus stieß ich auf Lucius, der gerade seine Centurie zum Marsch über die Brücke ordnete. Ich überlegte kurz, ob ich weiterreiten sollte, wendete dann aber und hielt auf ihn zu.

Er bemerkte mich, als ich nur noch wenige Pferdelängen von ihm entfernt war.

Ein Lächeln huschte über sein Gesicht.

»Du kommst spät«, begrüßte er mich, »aber du kommst. Hast du es dir anders überlegt und möchtest doch mit mir reden?«

»Erwartest du meinen Dank, weil du mich vor Kaeso gewarnt hast?« Es gefiel mir nicht, wie selbstverständlich er über die Jahre der Feindschaft hinwegging. »Ich glaube nicht, dass es dir um mich ging. Du wolltest den Signifer loswerden. Hast du darauf spekuliert, dass ich die Drecksarbeit für dich erledigen würde.«

Ich sah die Enttäuschung in Lucius Augen. War ich in meiner Unversöhnlichkeit zu weit gegangen? Sofort musste ich aber daran denken, dass Quintus und Gernot mich daran gehindert hatten, Kaeso mitzunehmen. Es wäre meine letzte Gelegenheit gewesen, den Raub des Varusgoldes aufzuklären. Kaeso war tot und würde nicht mehr reden. Wenn Lucius mich mit seiner Warnung zur Rücksichtnahme verpflichten wollte, dann war ihm das gelungen.

Ich wollte weiterreiten, wurde aber von Lucius daran gehindert.

»Wie sind sie gestorben? Ich habe gehört, dass sie gefallen sind.«

»Kaeso, Titus und Flavus sind wie elende Straßenräuber krepiert.«

Lucius atmete hörbar aus.

»Du kannst beruhigt sein«, legte ich nach. »Sie werden nicht mehr reden. Du kannst das Gold des Varus behalten. Es wird dir kein Glück bringen.«

Lucius Augen verengten sich Schlitzen, als er mich ansah. Ich hatte offenbar einen wunden Punkt getroffen. »Was weiß du schon von Glück?«, erwiderte er.

»Sag mir eines, Lucius, war es das alles wert?« Ich konnte seine Überheblichkeit nicht mehr länger ertragen.

»Du meinst das Gold, Sextus? Ja, das war es.« Er zog seinen goldenen Armreif von seinem Handgelenk und hielt ihn mir hin.

Ich wendete mein Pferd und ließ ihn stehen.

Selbst nach der Clades Variana steckte der Stachel der Niederlage nicht so tief wie an diesem Tag. Ich war am Ende meines Weges angelangt, ohne das eigentliche Ziel erreicht zu haben. Der Raub der Varusgelder würde ungesühnt bleiben. Einer der Hauptschuldigen war davongekommen und es bestand keine Aussicht mehr, ihn dafür zur Verantwortung zu ziehen. Ich hatte alles nur Erdenkliche unternommen, war aber letztendlich gescheitert. Immer, wenn ich gedacht hatte, endlich am Ziel zu sein, wurde mir der Erfolg von dunklen Schicksalsmächten aus der Hand geschlagen. Hatte ich Fehler begangen, die alle zwischenzeitlichen Erfolge zunichte gemacht hatten? War ich zu selbstgerecht gewesen und hatte ich mich allzu sehr von persönlichen Rachegefühlen leiten lassen?

Quintus ritt auf der Brücke an meine Seite und blickte mich nachdenklich an. »Du wirkst unzufrieden, Sextus. Ist es das Gespräch, das du mit Lucius hattest?«

»Warum lassen die Götter ihn davonkommen, Quintus? Die Mühen, die Gefahren und das ganze Blut, das vergossen wurde, soll das alles umsonst gewesen sein?«

Quintus dachte eine Weile nach. »Es war nicht umsonst, Sextus. Die wirklichen Verbrecher sind tot und Lucius kann froh sein, dass er davongekommen ist. Lass es dabei bewenden. Geh nach Mogontiacum und kümmer dich um Hildiko. Ich habe kein gutes Gefühl dabei, sie in Lucillas Obhut zu wissen. Das Mädchen wiegt alles auf, was geschehen ist.«

Eine Stunde später zogen die siegreichen Legionen im Triumph in Vetera ein. Die Zurückgebliebenen standen an den Straßen und jubelte den Helden zu, die später in den Tavernen mit ihren Taten prahlten.

Am nächsten Tag hielt der Caesar Germanicus eine begeisternde Ansprache an seine Truppen. Er lobte den Mut und die Tapferkeit der Legionen, die damit ihre Ehre wiederhergestellt hatten.

Meine Pflichten hielten mich dann noch zwei Wochen im Oppidum Ubiorum fest. Danach war es endlich soweit. Wegen meiner Verdienste im Kampf gegen den Waffenschmuggel hatte Germanicus meinem Gesuch stattgegeben, nach Mogontiacum zur zweiten Legion zurückzukehren.

Chaerea hatte hingegen dem Werben des Caesars nachgegeben und seinen Dienst bei den Praetorianern der kaiserlichen Leibwache angetreten. Germanicus hatte ihm den Wechsel mit seiner Ernennung zum Tribun schmackhaft gemacht.

Chaerea vertraute mir vor unserem Abschied noch an, dass es mehr als nur ein Gerücht wäre, dass im nächsten Frühjahr mit einer Offensive gegen die Barbaren zu rechnen sei. Er gab mir den Rat, die kommenden Monate zu genießen, weil die obergermanischen Legionen die Operationen mit einem Einfall in das Gebiet der Chatten eröffnen sollten.

An den Nonen des Decembris[129] bestieg ich das Schiff, das mich nach Mogontiacum bringen sollte.

Meine Freude, Hildiko wiederzusehen, wich mit jeder zurückgelegten Meile der Angst, dass ihr etwas zugestoßen sein könnte. Hinzu kam die Sorge, wie sie die Nachricht von der Vernichtung ihres Dorfes aufnehmen würde.

War es ein Fehler gewesen, sie der Obhut einer Frau zu überlassen, mit der ich mich längst auseinandergelebt hatte? Es würde mir auch nicht erspart bleiben, meiner bisherigen Gefährtin zu erklären, dass ich eine andere liebte.

Endlich kündigte die große Flusskehre das Ende der Reise an. Noch bevor das Schiff im Hafen anlegte, gab ich einem mitgereisten Legionär den Befehl, mein Gepäck ins Lager zu bringen. Sobald wir längsseits zum Kai lagen, sprang ich von Bord und lief die Straße zur Porta Praetoria hinauf. Mein Herz pochte im Hals, als ich die Taverne vor mir sah. Ich verlangsamte meine Schritte und wartete unter dem Vordach, bis ich wieder zu Atem gekommen war. Dann öffnete ich die Eingangstür und betrat die leere Schankstube.

Ich musste mehrmals laut rufen, bis Lucilla, gefolgt von Samocna, nach vorne kam. Die Taverne war zu dieser frühen Stunde noch nicht geöffnet und Lucilla wahrscheinlich noch mit den Vorbereitungen in der Küche beschäftigt gewesen.

Ein Leuchten zog über ihr Gesicht und sie fiel mir lachend um dem Hals, als sie mich erkannte.

---

129 der neunte Tag des Monats vor dem Vollmond

»Wo ist Hildiko?«, fragte ich, nachdem ich ihre stürmische Begrüßung über mich hatte ergehen lassen.

»Sie ist nicht mehr hier, Sextus«, bedauerte Lucilla. »Sie ist eines Nachts gegangen. Ich konnte sie nicht aufhalten. Man hat mir erzählt, dass ein Fischer sie auf die andere Seite des Rhenus gebracht hat.«

Meine schlimmsten Befürchtungen hatten sich bewahrheitet. Die Sehnsucht nach dem geliebten Menschen und die Freude auf das Wiedersehen zerstoben im Bruchteil eines Augenblicks.

»Du lügst!« Ich stieß sie weg und begann unruhig im Zimmer auf und ab zu gehen. »Du hast sie aus dem Haus geekelt. Gib es zu!«

»Und wenn schon«, giftete sie mich an. »Hast du geglaubt, dass ich es so einfach hinnehme, wenn du mir eine Rivalin ins Haus schickst?«

Lucilla stand zornbebend vor mir, die Fäuste in die Seiten gestützt. »Was hat diese Barbarin, was ich nicht habe?«

»Ich will dich nicht mehr sehen«, brach es aus mir hinaus. Ich machte auf der Stelle kehrt und verließ die Taverne.

»Dominus«, rief Samocna hinter mir her, als ich die Straße erreicht hatte. »Warte doch.« Sie lief mir nach und fasste mich am Arm.

»Was willst du?« Ich schüttelte sie wütend ab.

»Willst du Hildiko sehen?«

Ich brachte vor Überraschung kein Wort heraus.

»Nun komm schon.« Sie fasste mich bei der Hand und zog mich hinter sich her die Straße hinab. Auf der halben Strecke zum Hafen, verließen wir die Hauptstraße und bogen in eine kleine Gasse ab. Wir folgten dem ungekiesten Weg bis zu einem kleinen Gehöft, das sich am Rand des Lagerdorfes behauptet hatte. Samocna klopfte an die Pforte und rief etwas in ihrem treverischen Dialekt, was ich nicht verstand.

Eine alte Frau öffnete die Tür und wies mir den Weg in den Innenhof, nachdem Samocna ihr erklärt hatte, wer ich sei.

Mit klopfenden Herzen trat ich durch die Hintertür auf den umzäunten Wirtschaftshof an dessen gegenüberliegenden Seite ein Schuppen stand. Durch das geöffnete Fenster nahm ich die Gestalt einer jungen Frau wahr, die sich im Innern zu schaffen machte.

Ich rief laut »Hildiko« und blieb stehen.

Einige Augenblicke geschah nichts, dann flog die Tür auf und sie stand im Rahmen.

»Sextus!« Sie begann zu laufen und fiel mir in die Arme.

Wenige Tage nach der Rückkehr von Sextus Valerius verließ ein hoch bepackter Wagen die Stadt und rumpelte auf der holprigen Straße seinem fernen Ziel im Norden entgegen.

Lucilla hatte noch am gleichen Tag den Tribun Lucius Flavius aufgesucht, der ihr versprach, einen Käufer für die Taverne zu finden. Er streckte ihr sogar einen Teil des zu erwartenden Erlöses vor und versprach, den Rest nach der Abwicklung des Geschäfts nach Vetera zu schicken. Zusammen mit ihren Rücklagen und dem Geld, dass Lucius ihr geschickt hatte, war es eine ansehnliche Summe. Mehr als genug, um damit in einer fremden Stadt ein neues Leben zu beginnen.

Sie drehte sich nur noch einmal kurz um und warf einen letzten Blick auf die entschwindende Stadt. Lucilla war kein Mensch, der lange an vergangenen Dingen festhielt. Sie wies den Wagenführer an, schneller zu fahren und begann ein Lied zu trällern.

»Lucius wird Augen machen, wenn er mich sieht.« Ein Lächeln zog über das Gesicht der schönen Frau.

Es war der Tag der längsten Nacht und des kürzesten Tages. Eine Gruppe von Männern und Frauen, die einen gefangenen Römer mit sich schleppten, näherte sich dem Hain der Tanfana. Sie hatten ihre notdürftig wiederhergestellten Behausungen verlassen, um die Göttin mit einem Opfer gnädig zu stimmen. Einzig und allein aus diesem Grund hatte Gunda die Beinwunde des Gefangenen versorgt und ihn am Leben gehalten.

Es war einige Wochen her, seitdem die Römer ihr Dorf zerstört und die Ernte vernichtet hatten. Keiner wusste, wie er den Winter überstehen sollte, wenn die Cherusker und die Brukterer ihnen nicht unter die Arme greifen würden.

Es waren nicht viele, die dem Morden entgangen waren. Ein paar Dutzend Menschen, zu denen noch die stießen, die das Dorf vor dem Fest verlassen hatten.

Gernot führte den Zug der Überlebenden an. Zum Missfallen von Marbod hatte man den Schmied auf der Dorfversammlung zum neuen Vorsteher bestimmt. Er hatte sich aber gefügt, weil es nicht mehr zu ändern war.

Als sie am Tümpel angelangt waren, banden sie den zitternden Signifer an den Baum und machten Gunda Platz, die mit einem Messer in der Hand auf den wimmernden Römer zuhielt.

»Marbod«, flehte Kaeso den einzigen Anwesenden an, von dem er sich Gnade versprach. »Du kennst mich doch. Wir haben uns damals am Ufer der Lupara getroffen. Hilf mir, ich habe dir nichts getan!«

Marbod schaute verlegen zur Seite, während Gunda ihr Messer an die Kehle des Opfers setzte.

»Marbod«, schrillte die Stimme des Signifers in höchster Todesnot. »Ich weiß, wo Gold ist. Viel Gold.«

Marbod machte einen Schritt auf den Baum zu.

»Varusgold!«

Eine Hand umschloss Gundas Arm und zog die Faust mit dem Messer von der Kehle des Römers.

Die Ereignisse um Sextus Valerius
werden in einem zweiten Band fortgeführt.

Spurensuche

Chauken
Albis
Friesen
Amista
Visurgis
Longobarden
Kalkriese
Cherusker
Bataver
henus
Noviomagus
Brukterer
Aliso
Vetera
Lupia
Cugerner
Asciburgium
Rura
Marser
Novaesium
Oppidum Ubiorum
Sugambrer
Ubier
Bonna
Augusta
Antunacum
Laguna
Confluentes
Roedgen
Bodobriga
Chatten
Treverer
Straße
Aquae Mattiacorum
Markomannen
Treverer
Bingium
Höchst
Mosella
Straße
Mogontiacum
Moenus
Augusta Treverorum
Straße
Sextus' Weg
Moor
Berge
Wälder

Je weiter man sich zeitlich von den Kernzeiten der römischen Präsenz in unseren Regionen entfernt, desto schwieriger gestaltet sich das Vorhaben, attraktive Bodendenkmäler dieser Epoche zu präsentieren. Was für die nachrömische Zeit der merowingischen Ära gilt, hat auch seine Entsprechung im Beginn der römischen Expansion nach Gallien und Germanien.

Es war nicht an der Zeit, Wunderwerke der Architektur oder Ingenieurskunst zu errichten. Es wurde eher improvisiert als sorgfältig gestaltet. Es waren die militärischen und politischen Erfordernisse, die den Takt angaben.

Festungen wurden über Nacht in Holz-Erde-Technik gleichsam aus dem Boden gestampft und genauso schnell wieder eingerissen. Man begnügte sich mit schindel- oder strohgedeckten Gebäuden aus Holz, die bisweilen verputzt wurden. Die Legionslager erinnern eher an die Forts der Indianerkriege, als an die späteren Festungen aus Quadern und Beton. Es war der »wilde« (Nord-)Westen des römischen Reiches, der noch einige Jahrzehnte auf seine Erschließung warten musste.

Trotzdem hat es die Archäologie geschafft, der Erde viele Geheimnisse zu entreißen. Sie hat damit die Grundlage großartiger Rekonstruktionen geschaffen, die wir in den archäologischen Parks und Museen von Haltern, Kalkriese, Waldgirmes und Oberaden bestaunen können. Hinzu kommen wenige steinerne Zeugnisse, wie das Ubiermonument in Köln, dem einzigen erhaltenen römischen Gebäude der Zeitenwende. In den Museen erschließt uns die Vielzahl der Exponate ein reales Bild jener Epoche. Erzeugnisse des alltäglichen Lebens wie Keramik, Schmuck und andere Luxusgüter zeugen vom zivilisatorischen Stand der Kolonisten aus dem Süden. Waffen und Werkzeuge belegen die militärische und technische Überlegenheit der Eroberer.

Ich habe mich entschlossen, nur die Standorte in die Spurensuche aufzunehmen, die eine wirkliche und nachhaltige Begegnung mit der Vergangenheit ermöglichen. Örtlichkeiten wie Koblenz, Andernach, Boppard, Bonn, Neuss oder Moers-

Asberg habe ich zwar ich in die Romanhandlung integriert, mich aber entschieden, sie wegen ihrer fehlenden oberirdischen Zeugnisse nicht eingehender zu besprechen.

Zur Verdeutlichung der historischen Abläufe um die Zeitenwende und in den ersten Jahrzehnten des 1. Jahrhunderts n. Chr. ist der Spurensuche ein historischer Überblick angegliedert.

Ich wünsche dem Leser, dass er auf den folgenden Seiten einige Anregungen für kommende Tages- und Wochenendausflüge findet.

Teilansicht des Schlachtfeldes
vom Aussichtsturm aus gesehen
mit freundlicher Genehmigung vom Museum und Park Kalkriese

Zwischen den Orten Bramsche und Bad Essen liegen an der B 218 (Hinweisschilder Varusschlacht) das Museum und der Park Kalkriese.

Die zahlreichen römischen Funde (Münzen) bewogen den Historiker Theodor Mommsen bereits im 19. Jahrhundert, den Ort der Varusschlacht an den Nordrand des Wiehengebirges im Osnabrücker Land zu verorten.

Weitere Funde und die seit 1989 andauernden Grabungen am Kalkrieser Berg belegen, dass es sich mit größter Wahrscheinlichkeit um den Ort der historischen Auseinandersetzung zwischen dem Cherusker Arminius und dem römischen Statthalter Varus handelt. Als hinreichendes Indiz sind die mittlerweile über 1600 aufgefundenen Münzen zu nennen, die häufig mit dem Stempel des Varus (VAR) gekennzeichnet sind und bis spätestens 2 v. Chr. geprägt wurden. Neuere Münzen kamen erst ab 10 n. Chr. in den Umlauf.

Die eindeutigsten Hinweise auf die Schlacht stammen von dem Flurstück »Obereich«, das im Jahre 2000 Bestandteil des Museumsparks wurde. Das 1997 eröffnete Infozentrum wurde fünf Jahre später durch einen preisgekrönten Museumsneubau ersetzt. Der an das Museum angesetzte Aussichtsturm ermöglicht einen großartigen Überblick auf einen Teil des antiken Schlachtfeldes.

Auf dem Weg in ihre Winterquartiere war hier das römische Heer (17., 18. und 19. Legion) samt Reiterei und Hilfstruppen von den Cheruskern und den mit ihnen verbündeten Stämmen ausmanövriert und aufgerieben worden. Es war eine der entscheidenden Niederlagen der römischen Armee, die der Geschichte eine andere Richtung gab. Die Römer zogen sich an den Rhein zurück und gaben in den folgenden Jahren den Plan von der Einrichtung einer neuen Provinz auf. Anstatt die Germanen zum größten Teil in das Imperium zu integrieren und zu romanisieren, schuf dieser Verzicht die Voraussetzungen zur Bildung starker germanischer Stammesverbände, denen Jahrhunderte später ein maßgeblicher Anteil am Untergang des römischen Reiches zukam.

Zeitgenössische Berichte (u.a. Tacitus und Cassius Dio) und die Erkenntnisse der modernen Archäologie gestatten mittlerweile eine detaillierte Sicht auf die damalige Katastrophe.

Es war dem cheruskischen Adligen Arminius im Jahre 9 n. Chr. gelungen, eine schlagkräftige Koalition germanischer Stämme zusammenzubringen. Arminius, der einen großen Teil seiner Kindheit und Jugend in Rom zugebracht hatte, kannte als römischer Offizier aus eigener Anschauung die Stärken und die Schwächen der Legionen. Er wusste, dass seine unzulänglich bewaffneten Krieger den Römern in der Feldschlacht hoffnungslos unterlegen waren. Er verfolgte daher die Strategie, den Feind aus dem Hinterhalt anzugreifen und jeder offenen Konfrontation aus dem Weg zu gehen.

Als Kommandeur einer Auxiliareinheit und Vertrauter des Varus bereitete es ihm keine Schwierigkeiten, die Römer in unwegsames Gelände zu führen, das seinem Vorhaben günstig war. Kurz vor dem Erreichen des vorbereiteten Hinterhaltes setzte er sich ab und verwickelte die langgezogene Marschkolonne des Feindes in tagelange, unzählige Einzelgefechte.

Die germanischen Krieger griffen aus vorbereiteten Stellungen aus dem Hinterhalt an und fügten den Römern dank ihrer punktuellen Übermacht starke Verluste zu.

Im Bereich des Museumsparks ist es gelungen, durch gezielte Grabungen einen germanischen Schutzwall freizulegen, dessen Verlauf eiserne Stangen kennzeichnen. Er ist im Bereich eines »Landschaftsschnitts«, der auf das Bodenprofil des ersten Jahrhunderts abgetieft wurde, auf mehrere Meter rekonstruiert worden. Angelehnt an dieses mehr als mannshohe Verteidigungswerk (Erdwall mit Holzpalisade, Drainagegräben und Durchlässen) stürzten sich die Krieger auf die vorüberziehenden Truppen. Eingezwängt zwischen dem nahen Moor und dem am Hang gelegenen Wall müssen die Römer an diesem Engpass starke Verluste erlitten haben. Die Funde vor dem Wall (Schuhnägel, Geschossteile, Werkzeuge und sogar eine eiserne Gesichtsmaske) zeugen von dem verzweifelten, aber vergeblichen Versuch, das Hindernis zu erstürmen.

Nach tagelangen Kämpfen unter ungünstigen Wetterbedingungen, die sich über dutzende Kilometer hinzogen, brach schließlich die römische Militärdisziplin zusammen. Nur wenigen Legionären gelang die Flucht, während die meisten niedergemacht oder gefangengenommen wurden.

Erst Jahre später suchte ein römisches Heer unter dem Feldherrn Germanicus den Ort der Schlacht auf, ließ eilig einen Teil der herumliegenden Gebeine in Gruben bestatten und ein symbolisches Mahnmal errichten.

Ein Besuch des beindruckenden Ensembles aus Museum und Park vermittelt dem Besucher bleibende Eindrücke über eines der wichtigsten Ereignisse unserer Geschichte.

Museum und Park Kalkriese
Venner Straße 69
49565 Bramsche

Öffnungszeiten:
April bis Oktober täglich von 10.00 bis 18.00 Uhr
November bis März Dienstag bis Sonntag von 10.00 bis 17.00 Uhr

www.kalkriese-varusschlacht.de

Germanische Wallanlage »Am Oberesch«

Fotos mit freundlicher Genehmigung vom Museum und Park Kalkriese

Germanische Wallanlage von hinten mit Entwässerungsgräben

Eiserne Stangen kennzeichnen die Lage des Walls

Fotos mit freundlicher Genehmigung vom Museum und Park Kalkriese

Toranlage im Bauzustand

mit freundlicher Genehmigung vom LWL Römermuseum Haltern

Das Museum mit dem daran anschließenden archäologischen Park erreichen Sie über die B 58 im Stadtgebiet von Haltern (Hinweisschilder).

Verkehrstechnische und strategische Überlegungen werden um das Jahr 7 v. Chr. ausschlaggebend gewesen sein, das Lager in Bergkamen-Oberaden aufzugeben und ein dauerhaftes Standquartier in Haltern einzurichten.

Auf eine erste provisorische Befestigung folgte bald der Bau eines kleineren, aber dauerhaften Lagers, das auch im Winter belegt war. Mit großer Wahrscheinlichkeit war hier die 19. Legion stationiert, die in der Varusschlacht unterging. Neben dem Legionslager gab es im heutigen Stadtgebiet noch weitere militärische Einrichtungen. Auf dem Annaberg befand sich ein kurzfristig belegtes Marschlager ohne feste Inneneinbauten, das bis zu drei Legionen Platz bot. Am damaligen Flussufer konnten mehre Anlegestellen, bzw. befestigte Schiffsländen festgestellt werden.

Ein gewerbliches Produktionszentrum (Töpferöfen) konnte im Bereich des vermutlichen Lagerdorfes (Canabae) ergraben werden. Das zum Lager und zum Vicus gehörende Gräberfeld wurde mit mehr als hundert Bestattungen entlang der heutigen Weseler Straße (B 58) festgestellt. Das Lager und den Flottenstützpunkt am Lippeufer umgab eine doppelschalige Holz-Erde-Mauer (B 3 m, H 3 m) mit einem vorgelagerten, doppelten Spitzgraben (B 6 m, T 3 m) und Toranlagen an allen vier Seiten. Die Mauer, die in regelmäßigen Abständen durch Türme verstärkt war, umschloss ein Areal von 560 x 380 m.

Sowohl die Wehranlagen als auch die Innenbebauung wurden in Holzbauweise ausgeführt, von denen sich nur die Standspuren der Holzpfosten erhalten haben; funktionale Gebäude mit lehmverputztem Fachwerk und hölzernen Schindeldächern. Die im regelmäßigen Rechteckraster angelegten unbefestigten Straßen verfügten bereits über holzverschalte Entwässerungskanäle, in denen bleierne Leitungsrohre verlegt waren. Im Schnittpunkt der beiden Hauptstraßen (Via Principalis, Via Praetoria) lagen die Principia und das dahinter angrenzende Praetorium.

Weiterhin konnten ein Valetudinarium (Lazarett), Fabricae (Werkstätten) sowie mehrere Wohn- und Dienstgebäude für die höheren Offiziere nachgewiesen werden. Die Mannschaften waren centurienweise in Baracken untergebracht, die in den Außenbereichen des Lagers standen. Eine Vorsichtsmaßnahme, die es den Legionären bei Gefahr ermöglichte, möglichst schnell ihre Einsatzbereiche auf dem Wall zu erreichen.

Es wurden bisher nur Latrinen und keine Badegebäude nachgewiesen. Das Trinkwasser wurde aus Brunnen und Zisternen bezogen, die sich über das ganze Lagerareal verteilen.

Das Fundmaterial lässt auf eine Belegungszeit des Lagers von ca. 20 Jahren schließen. Die Katastrophe der Varusschlacht bedeutete noch nicht das Ende des Lagers. Die Quellen sprechen von einem Lager Aliso, in das sich viele Legionäre nach der Niederlage flüchteten. Sie überstanden eine längere Belagerung und konnten sich zum Rhein durchschlagen. Der Fund mehrerer germanischer Skelette in einem vor dem Wall liegenden Töpferofen kündet von bewaffneten Auseinandersetzungen. Die Leichen der gefallenen Angreifer waren auf diese wenig pietätvolle Art von den Belagerten entsorgt worden.

Wahrscheinlich ist Aliso nach einer zwischenzeitlichen Aufgabe neu besetzt worden und diente als Nachschubbasis für die folgenden Rachefeldzüge des Germanicus. Nach dem Abbruch der Offensive im Jahre 16. n. Chr. ist das Lager endgültig aufgegeben worden.

Das in jüngster Zeit neu errichtete Westtor mit der angrenzenden Holz-Erde-Mauer bietet einen beeindruckenden Eindruck der römischen Wehrtechnik des ersten Jahrhunderts.

Funde, die das Alltagsleben der Legionäre und die Geschichte des Lagers dokumentieren, können im hervorragend ausgestatteten Museum besichtigt werden.

Öffnungszeiten:
Dienstag bis Freitag von 9.00 bis 17.00 Uhr
Samstag, Sonntag und Feiertage von 10.00 bis 18.00 Uhr

www.lwl-roemermuseum-haltern.de

Innenansicht des Lagers

mit freundlicher Genehmigung vom LWL Römermuseum Haltern

Ansicht der Schiffslände

mit freundlicher Genehmigung vom LWL Römermuseum Haltern

Holz-Erde-Mauer

mit freundlicher Genehmigung vom Stadtmuseum Bergkamen

Das Stadtmuseum von Bergkamen finden Sie neben der Jahnstraße (Durchgangsstraße) im Ortsteil Oberaden (Hinweisschilder). Von hier aus führt ein »Archäologischer Lehrpfad« auf das Gelände des ehemaligen Römerlagers. Der ca. 1 km lange Weg zur wiederhergestellten Holz-Erde-Mauer ist gut ausgeschildert. Anschauliche Infotafeln beschreiben auf dem Weg die Funktion der militärischen Anlage.

Obwohl Oberaden nicht Bestandteil der Romanhandlung ist, habe ich mich entschlossen, die beispielhafte und anschauliche Rekonstruktion eines römischen Befestigungswalls in die Spurensuche aufzunehmen. Sie steht beispielhaft für die zahlreichen Befestigungsanlagen, die die Römer zu Beginn unserer Zeitrechnung im Nordweste des Imperiums errichteten.

In Oberaden befand sich von 11 – 8/7 v. Chr. das mit einer Fläche von 56 Hektar größte militärische Lager nördlich der Alpen. Vom Feldherrn Drusus angelegt, bot es Platz für zwei Legionen und diente bis zur Errichtung des Lagers in Haltern als Nachschubbasis für die Feldzüge ins Innere Germaniens. Im nahegelegenen Beckinghausen (Stadt Lünen) verfügte das Lager über einen gesicherten Hafenplatz an der Lippe.

In mehreren Grabungskampagnen wurden seit 1905 große Teile des Römerlagers und seiner Einbauten erforscht. Wie in den anderen Lagern waren sie ausschließlich in Holzbauweise errichtet worden. Einige der aufsehenerregenden Funde sind im Römermuseum ausgestellt. Es war ein Glücksfall für die Archäologie, dass sich im feuchten Boden viele Holzteile erhalten haben, die eine genaue Datierung erlaubten.

Das Lager war mit einem bis zu 5 m breiten und 3 m tiefen Spitzgraben umgeben. Dahinter erhob sich die 3 m breite und etwa gleich hohe Holz-Erde-Mauer. Zusätzlichen Schutz boten die im Abstand von 30 m errichteten hölzernen Türme. Die vier Lagertore wurden ebenfalls durch Doppeltürme gesichert.

Von der 2,7 km langen Mauer, die im Gelände teilweise als schwache Erderhöhung sichtbar ist, blieben nur die Fundamentgräben und die Standspuren der Türme erhalten. Vereinzelt hatten sich im Boden sogar einige Eichenpfosten erhalten.

Die Mauer bestand aus einer zweischaligen Balkenkonstruktion, in die der Aushub des Grabens verfüllt wurde. Zur Feldseite hin war die Mauer durch eine Brustwehr mit Zinnen bewehrt. Während die Türme vom Wehrgang über Leitern erstiegen wurden, führten innerhalb des Lagers breite Rampen auf den Wehrgang. Dies ermöglichte bei Gefahr einen schnellen Zugang auf den bedrohten Mauerabschnitt und ermöglichte den raschen Transport der auf den Wall platzierten Geschütze.

In akribischer Arbeit wurde im Bereich des früheren Nordtores ein Teilstück der Wallanlage wieder aufgebaut und im September 2012 feierlich eingeweiht. Mehrere Infotafeln erklären anschaulich die Bauweise der Rekonstruktion.

Funde aus dem Römerlager sind nebst anschaulichen Informationen im Römermuseum zu besichtigen.

Stadtmuseum Bergkamen
Jahnstraße 31
59192 Bergkamen

Öffnungszeiten:
Dienstag bis Freitag 10.00 bis 12.00 Uhr und 14.00 bis 17.00 Uhr
Samstag 14.00 bis 17.00 Uhr
Sonntag 11.00 bis 18.00 Uhr

www.stadtmuseum-bergkamen.de

Rückseite der Holz-Erde-Mauer

Detail der Holz-Erde-Mauer

Fotos mit freundlicher Genehmigung vom Stadtmuseum Bergkamen

nachempfundene Reiterstatue des Augustus

Am Rande von Waldgirmes, einem Ortsteil der Gemeinde Lahnau bei Wetzlar, liegt das teilrekonstruierte Forum der ehemaligen römischen Ansiedlung. Folgen Sie im Ort einfach den Hinweisschildern.

Als unter der Leitung der RLK (Reichslimeskommission) ab dem Jahr 1993 in Lahnau-Waldgirmes die Überreste einer frühen römischen Stadtgründung jenseits des Rheins aufgedeckt wurden, kam dies einer archäologischen Sensation gleich. Damit war erstmalig der Beweis erbracht, dass die in den Quellen erwähnten zivilen Neugründungen tatsächlich stattgefunden hatten. Die römische Expansion nach Germanien und der Versuch, eine neue Provinz einzurichten, beschränkten sich somit nicht auf die bisherigen militärischen Gründungen entlang von Lippe und Main.

In Waldgirmes wurden Belege für eine frühe Händlersiedlung mit ca. 200 Einwohnern ab dem Jahr 4 v. Chr. erbracht. Man kann von einer »multikulturellen Pioniergeneration« ausgehen, die sich aus Germanen, Römern und Keltogermanen zusammensetzte, von denen Letztere noch wenige Jahrzehnte vorher das Oppidum auf dem Dünsberg bei Gießen bevölkert hatten.

Um das Jahr 7 n. Chr. erhielt der Ort dann sein städtisches Aussehen, das durch die Grabungen zu Tage trat.

Innerhalb der von Wall, Holztürmen und Graben umwehrten, trapezförmigen Siedlung (7,7 Hektar) konnten ein regelmäßiges Straßennetz, zwei Brunnen, ein Forum, ein monumentales Verwaltungsgebäude und mehr als zwanzig Gebäude nachgewiesen werden. Es gibt nur wenige Belege für eine dauernde militärische Präsenz vor Ort. Die Siedlung hatte einen eindeutig zivilen Charakter, was die Funde unterstreichen.

Der freigelegte Verwaltungsbau verfügte als einziges frühes römisches Gebäude jenseits des Rheins über ein sorgsam gefügtes steinernes Fundament. Im 40 mal 40 m großen Innenhof des Forums wurden Gruben von insgesamt fünf Postamenten für repräsentative Reiterstatuen nachgewiesen. Diese

Sinnbilder imperialer Größe gehörten zur Standardausstattung eines römischen Forums.

Man kann das römische Waldgirmes mit Recht als den Vorposten einer geplanten Provinzialisierung ansehen. Hier wurde der Kern einer zivilen Siedlung gelegt, die sich später zu einer größeren Stadt entwickeln sollte. Dazu sollte es jedoch nicht kommen.

Die verlorene Varusschlacht im Jahre 9 n. Chr. brachte die erste Zäsur in der Entwicklung der Ansiedlung. Belegt ist durch die Grabungen eine Art »Bildersturm«, während dem die Reiterstatuen zerschlagen wurden. Ein vergoldeter Pferdekopf aus Bronze und viele weitere Bruchstücke von mindesten zwei verschiedenen Statuen wurden in einem Brunnen und der näheren und weiteren Umgebung gefunden.

Das war aber noch nicht das Ende. Es konnte nachgewiesen werden, dass die Besiedlung fortdauerte und Straßen ausgebessert wurden. Vermutlich wurde Waldgirmes erst nach dem Ende der Offensive des Germanicus um das Jahr 16 n. Chr. planmäßig geräumt und zerstört.

Der Besucher kann vor Ort die nachgestellten Grundrisse des Forums am Originalplatz besichtigen. Ein Reiterstandbild, die Interpretation eines zeitgenössischen Künstlers, das den jungen Augustus darstellen soll, wurde an seinem angestammten Platz aufgestellt. Von der Plattform eines künstlich aufgeschütteten Hügels hat man eine gute Übersicht auf das Gelände der einstigen römischen Stadt.

Das Gelände ist ganzjährig zu besichtigen.

www.waldgirmes.de

Das Forum aus der Draufsicht

aufgemauerte Grundrisse

Drusus Kenotaph

Das römische Mainz wurde um das Jahr 13 v. Chr. gegründet, als der Feldherr Drusus am strategisch günstigen Zusammenfluss von Rhein und Main ein Legionslager anlegen ließ. Im Schutz der Garnison entwickelte sich in den folgenden Jahrzehnten aus den zusammenwachsenden Lagerdörfern eine stadtähnliche Ansiedlung. Die Canabae um das Auxiliarlager in Weisenau und die sich bildende Ansiedlung im heutigen Dimmesser Ort wuchsen zu regelrechten Vorstädten heran.

Eine Ponton- oder Schiffsbrücke verband die Metropole mit Castellum, dem Brückenkopf auf der anderen Seite des Rheins. Eine feste Brücke mit steinernen Pfeilern wurde während des ersten Jahrhunderts n. Chr. errichtet. Ein zweiter Übergang kann auf der Höhe von Weisenau existiert haben.

Im Vergleich zu Köln legte die Stadt ihren militärischen Charakter niemals ab. Mogontiacum war und blieb für die nächsten Jahrhunderte die Stadt der »Haudegen« und Offiziere. Die Keimzelle der Stadt lag deshalb auch im Legionslager auf dem Kästrich. Das über dem Rhein gelegene Hochplateau hat seinen Namen bis heute bewahrt (Castra – Lager). Die Holz-Erde-Befestigungen wurden erst ab 70 n. Chr. nach den Zerstörungen des Bataveraufstandes in Stein ersetzt. Das Lager bot mit seinen 36 ha Platz für zwei Legionen. Vor Ort sind keine Spuren mehr sichtbar, weil das Lager im 4. Jahrhundert aus strategischen Erwägungen systematisch abgebrochen wurde. Das dabei gewonnene Steimmaterial wurde in die neue Umwallung verbaut. In den Überresten des spätantiken Stadttores auf dem Kästrich haben sich einige Spolien des alten Legionslagers erhalten. Dazu zählen u.a. die steinernen Bodenplatten der Tordurchfahrt.

Das Lager bezog sein Trinkwasser aus dem heutigen Finthen. Das Quellwasser wurde durch hölzerne Leitungen durch das Zahlbachtal bis an das Legionslager herangeführt, wo es in hölzernen Sammelbecken gesammelt wurde. Es sind Belege für die mit Bleiplatten ausgekleideten Sammler gefunden worden. Die noch heute erhaltenen Pfeilerstümpfe stammen von der steinernen Wasserleitung des späten ersten Jahrhunderts.

Von allen Seiten der Stadt aus sichtbar, wurde um die Zeitenwende ein erstes Monument (Kenotaph) für den in Germanien verstorbenen Feldherrn Drusus auf der höchsten Anhöhe der Stadt errichtet. Kaiser Augustus verfasste selbst ein Grabgedicht zur Verherrlichung des großen Feldherrn. Der heutige Drusussstein ersetzte das vorherige Grabmonument bereits im ersten Jahrhundert.

Die Feierlichkeiten, die im Jahre 9 v. Chr. zu Ehren des toten Feldherrn abgehalten wurden, erfuhren in der Folgezeit eine jährliche Wiederholung. An den Feierlichkeiten, die in der Verbrennung eines Scheinleichnams (Wachspuppe) und der Nachstellung der Apotheose (Vergöttlichung – Himmelfahrt) des Drusus gipfelten, nahmen die vor Ort stationierten Legionen und die Vertreter von ca. 60 Civitates der drei gallischen Provinzen teil.

Einen zentralen Ort bei den Feierlichkeiten nahm das Theater ein. Hier wurden die Lobreden an der Bahre des vergöttlichten Toten gehalten, und hier nahm die Prozession zum Verbrennungsplatz ihren Anfang.

Der Vorgängerbau des im zweiten Jahrhundert n. Chr. in Stein errichteten Theaters wird eine Holz-Erde-Konstruktion gewesen sein. Die hölzernen Sitzstufen der Zuschauerränge waren in den natürlichen Hang gebaut.

In der Verlängerung vom Theater zum Drususkenotaph erstreckte sich hangseitig der heilige Bezirk mit dem Konsekrationsaltar zu Ehren des Drusus und des Germanicus (ab 19 n. Chr.). Der auf der Höhe errichtete Tempel für den Kaiserkult wurde bereits kurz nach dem Tod des Germanicus in der ersten Hälfte des 1. Jahrhunderts errichtet. Die Feierlichkeiten (Kaiserkult) wurden bis in das 4. Jahrhundert n. Chr. hinein fortgeführt.

Unterhalb des Drusussteins vermutet man den Standort einen Triumphbogen zu Ehren des Germanicus, durch den die auf dem Hang verlaufende Straße nach Weisenau verlief. Der sogenannte Germanicusbogen in Mainz-Kastel ist wohl eher dem Domitian (spätes 1. Jahrhundert) zuzuschreiben.

Im Laufe der Jahre wuchsen die verschiedenen Vici im Stadtgebiet zu einer Metropole zusammen, die trotz ihrer Größe (ca. 30.000 Einwohner) nie den Status einer Colonia verliehen bekam. Der Schiffsanleger und das spätere Hafenbecken befanden sich in unmittelbarer Nähe des Theaters.

Funde aus dem frühen römischen Mainz sind im Römisch-Germanischen-Zentralmuseum (RGZM), im Museum für antike Schifffahrt und im Mainzer Landesmuseum zu besichtigen. Die unterschiedlichen Öffnungszeiten können Sie der jeweiligen Internetpräsenz entnehmen.

RGZM (Römisch-Germanisches-Zentralmuseum)
Ernst-Ludwig-Platz 2
55116 Mainz
O6131-91240

Öffnungszeiten:
Dienstag bis Sonntag 10.00 bis 18.00 Uhr

www.rgzm.de

Landesmuseum Mainz
Große Bleiche 49-51
55116 Mainz
06131-28570

Öffnungszeiten:
Dienstag bis Sonntag 10.00 bis 17.00 Uhr

www.landesmuseum-mainz.de

Stadttor auf dem Kästrich

Das römische Theater

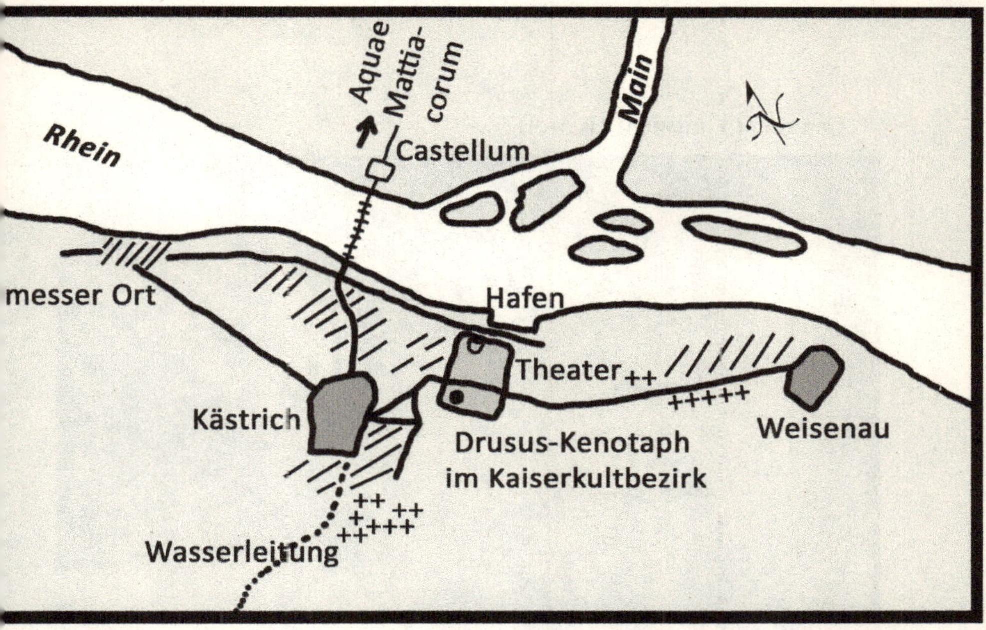

Skizze des röm. Mainz
zu Beginn des 1. Jahrhunderts n. Chr.

Das Grabmal des Lucius Poblicius
mit freundlicher Genehmigung
Rheinisches Bildarchiv Köln, Römisch-Germanisches Museum

Die Gründung Kölns fällt in die dreißiger Jahre des ersten vorchristlichen Jahrhunderts zur Zeit der ersten Statthalterschaft des Marcus Vipsanius Agrippa in Gallien. Der Feldherr und Verwaltungsfachmann ordnete die Umsiedlung der Ubier in die damals entvölkerten linksrheinischen Gebiete an und ließ einen Zentralort nach hellenistisch-römischen Vorbild mit einem regelmäßigen Straßennetz errichten. Der Mittelpunkt der Ansiedlung blieb den öffentlichen Gebäuden von Militär und Verwaltung vorbehalten. Als geplante Residenz einer neuen Provinz »Germania« erhielt der Ort mit der Ara Ubiorum ein zentrales Heiligtum zur Ausübung des Kaiserkults. Nach der Überlieferung rekrutierte sich ein Teil der Priesterschaft aus der Oberschicht unterworfener Germanenstämme. Segimundus, ein Sohn des Cheruskerfürsten und Rivalen des Arminius, Segestes, übte im Jahre 9. n. Chr. das Amt des Priesters aus.

Mit Beginn der ersten Offensiven auf die andere Rheinseite wurden zwei Legionen (I. und XX.) in unmittelbarer Nähe der Stadt stationiert. Im heutigen Köln-Alteburg entwickelte sich ein Flottenstützpunkt, der seinen Standort nach der Verlegung der Kölner Legionen nach Bonn und Neuss beibehielt.

Nach dem Abbruch der Offensiven gegen die Germanen wurde der geplante Verwaltungssitz der neuen Großprovinz zu einer Grenzstadt. Das Oberkommando des germanischen Militärbezirks verblieb jedoch in der Stadt. Die Verleihung der Coloniarechte im Jahre 50 n. Chr. durch die in Köln geborene Kaisergattin Agrippina d.J. leitete den steilen Aufstieg zur Metropole am Rhein ein.

Erst ab dem Ende des ersten und im zweiten Jahrhunderts n. Chr. entstanden ein Großteil der steinernen Bauten, die heute noch im Stadtbild anzutreffen sind (Stadtmauer, Thermen, Abwasserkanäle, Tempel, Ausbau des Praetoriums …).

Bereits im ersten Jahrhundert v. Chr. nahm das damalige Oppidum Ubiorum eine herausragende Stellung im Nordwesten des Imperiums ein. Es entwickelte sich ein zivilisatorischer Brennpunkt, der bereits über eine Fülle steinerner Repräsentationsbauten verfügte. Dazu zählen der heilige Bezirk mit der Ara Ubiorum und der Tempel der kapitolinischen Trias (Jupiter, Minerva, Juno) unter der heutigen Kirche St. Maria im Kapitol, der wohl in Sandstein mit Marmorauskleidung errichtet worden war.

In dem aus Tuffsteinen errichtete Zentralbau des Prätoriums residierte der Statthalter der neuen Provinz. Angeschlossen waren ein großer Verwaltungsbezirk mit Bädern und Kasernen für ca. 500 Mann. Ab 12 n. Chr. wurde es der Dienstssitz des niedergermanischen Militärbezirks, dem die Legionen aus Köln und Vetera unterstanden. Für die luxuriöse Ausstattung des Statthalterpalastes spricht die Verglasung der Fenster.

Das Trinkwasser bezog man aus dem Rhein und bereits früh durch eine hölzerne, mit Blei ausgekleidete Wasserleitung aus dem Vorgebirge. Die Straßen waren in der Regel gekiest und wurden von ein- bis zweigeschossigen Häusern mit straßenseitig vorgelagertem Säulenvordach (Porticus) gesäumt. In der Regel handelte es sich um verputzte Fachwerkbauten, die auf hölzernen oder steinernen Fundamenten gründeten. Es gab auch schon erste, nach mediterranem Vorbild errichtete Stadtvillen.

Ein kleinerer Hafen lag im Süden der »Hafeninsel«, der wegen der beginnenden Verlandung nur von kleineren Schiffen und Kähnen benutzt werden konnte. Große Lastkähne nutzten die Kaianlagen am Flussufer.

Die Bevölkerung wird je zur Hälfte aus italischen und germanisch-keltischen Gruppen bestanden haben. Die Bevölkerungszahl wird zu Beginn des ersten nachchristlichen Jahrhunderts bei ca. zehntausend Einwohnern gelegen haben und war damit wesentlich kleiner als in der coloniazeitlichen Epoche (ca. 40.000 Einwohner).

Die Stadt war von einer Holz-Erde-Mauer umgeben, die zur Feldseite wahrscheinlich mit bemaltem Putz (Quaderimitation) versehen war. Das einzige steinerne Zeugnis der ersten Kölner Umwallung ist das sogenannte Ubiermonument. Es handelt sich um einen aus Tuffquadern gefügten Eckturm der damaligen Befestigung. Der Eckturm gilt als das älteste römische Steingebäude auf deutschem Boden und ist in einem unterirdischen Schauraum zu besichtigen.

Das Doppellegionslager befand sich vielleicht in räumlicher Nähe zum innerstädtischen Praetorium am nördlichen Stadtrand in der Nähe des heutigen Bahnhofs und des Doms. Hierbei handelt es sich aber lediglich um eine Theorie, weil noch keine eindeutigen Befunde gemacht wurden.

Es gab auch bereits eine hölzerne Brücke (Joch- oder Pontonbrücke), die an der Stelle der spätantiken Steinbrücke über den Fluss führte. Da man bis heute keine eindeutigen Überreste gefunden hat, ist man beim Nachweis auf schriftliche Quellen angewiesen. Tacitus berichtet, dass Agrippina d. Ä., die Gattin des Germanicus, einen Abriss der Brücke aus Angst vor den Germanen im Jahre 15. n. Chr. verhinderte. Von einer vermutlichen Brückenkopfbefestigung auf der anderen Rheinseite haben sich ebenfalls keine Belege gefunden.

Die Gräberfelder lagen wie in späterer Zeit an den Ausfallstraßen jenseits der Wohnbebauung. Als Beispiel sei hier das Grabmal für Lucius Poblicius genannt, das neben anderen vor der Coloniagründung am heutigen Chlodwigplatz entstanden ist.

Das Oppidum Ubiorum war über die sogenannte Agrippastraße (Köln-Trier-Metz-Lyon) mit den Machtzentren im Inneren Galliens verbunden. Eine weitere Straße verband die Stadt in nördlicher und südlicher Richtung mit den Armeestandorten auf dem linken Rheinufer.

Römisch-Germanisches Museum
Roncalliplatz 4
50667 Köln
0221-221/24438 oder 24590

Öffnungszeiten:
Dienstag bis Sonntag 10.00 bis 17.00 Uhr
erster Donnerstag im Monat 10.00 bis 22.00 Uhr

www.museenkoeln.de/roemisch-germanisches-museum

Das Ubiermonument und das Praetorium sind in der archäologischen Zone zu besichtigen.

Praetorium und römischer Abwasserkanal
Kleine Budengasse 2
50667 Köln

Ubiermonument
An der Malzmühle 1
50676 Köln
Öffnungszeiten:
Dienstag bis Sonntag 19.00 bis 17.00 Uhr

www.museenkoeln.de/archaeologische-zone

Das Ubiermonument

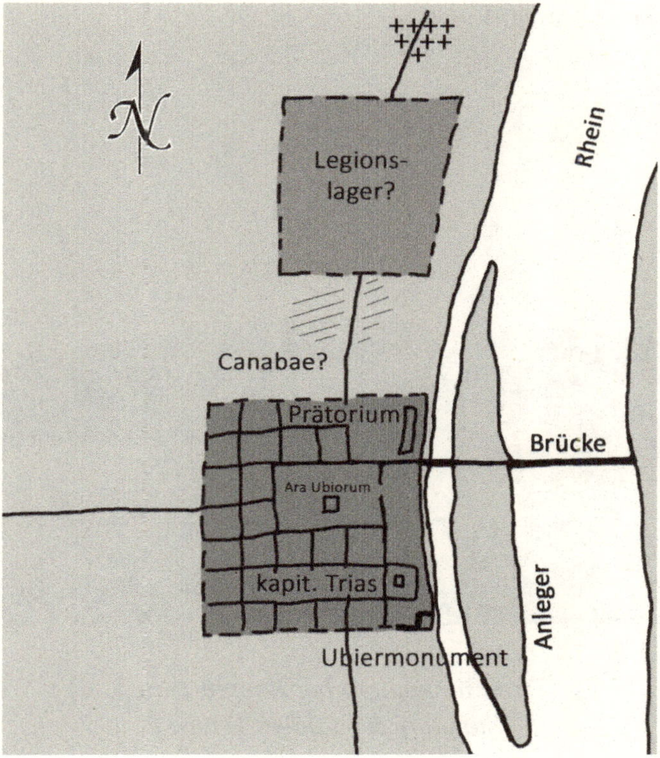

Skizze des Oppidum Ubiorum
zu Beginn des 1. Jahrhunderts n. Chr.

Der Fürstenberg bei Xanten-Birten.
Standort des Lagers Vetera I

Strategisch günstig gegenüber der Mündung der Lippe in den Rhein gelegen, ließ der römische Feldherr Drusus zu Beginn seiner Offensive gegen die rechtsrheinischen Germanen (ca. 12 v. Chr.) auf dem Fürstenberg beim heutigen Xanten-Birten ein Legionslager errichten.

Die ins Innere Germaniens führenden Wasserwege stellten die einzige Möglichkeit dar, möglichst rasch in die weitgehend unerschlossenen Gebiete östlich des Rheins vorzustoßen. Vetera kam damit eine herausragende strategische Bedeutung zu. Von der Erhebung des Fürstenbergs aus kontrollierten die Römer die wichtige Vormarsch- und Nachschubroute, die entlang der Lippe ins Landesinnere führte. Von hier gingen auch die notwendigen Impulse zur Sicherung der gewonnen Nachschubwege, wie der Anlage von Kastellen, entlang der Lippe aus. Nach der Niederlage in der Vausschlacht im Jahre 9 n. Chr. wurde Vetera zur Anlaufstelle für abgezogene oder geflohene Truppen und Zivilisten, die sich um die Militärstandorte angesiedelt hatten. Vetera wurde 14 n. Chr. auch Ausgangspunkt der Strafexpedition gegen die Marser und neben Mainz Aufmarschbasis für die sogenannten »Rachefeldzüge« des Germanicus (15/16 n. Chr.) gegen die Cherusker und Chatten. Auch nach der Aufgabe der römischen Expansion rechts des Rheins (17 n. Chr.) behielt Vetera seinen Status als herausragenden Truppenstandort im niedergermanischen Heeresbezirk und künftigen Provinz »Germania Superior«.

Im Jahre 70 n. Chr. wurde Vetera während des Bataveraufstandes zerstört und einige hundert Meter entfernt wieder aufgebaut. Der in einer Entfernung von ca. 2 km entfernt liegenden Zivilsiedlung wurde um 98 n. Chr. von Trajan der Rang einer Colonia verliehen (CUT – Colonia Ulpia Traiana). Das als Vetera II bezeichnete neue Lager auf dem Fürstenberg wurde während des ersten großen Frankeneinfalls zerstört (Ende 3. Jahrhundert n. Chr.) und nicht wieder aufgebaut. Stattdessen entstand eine Großfestung in den Ruinen der ebenfalls zerstörten Stadt, die Mitte des 4. Jahrhunderts n. Chr. im zweiten Frankensturm unterging. Die darauf folgende Siedlung ist bis auf das weiterbenutzte Gräberfeld (St. Viktor) noch nicht eindeutig lokalisiert worden.

Das als Vetera I bezeichnete Lager erfuhr mehrere Aus- und Umbauphasen. Von der unter Drusus gegründeten Befestigung (Lager B) haben sich nur wenige Spuren (Spitzgraben, Töpferöfen) im Gelände erhalten.

Die darauf folgende polygonale Anlage (Lager A/C) von ca. 36 ha für zwei Legionen (5. und 21. Legion 14. n. Chr.) ist mit mehreren Umwehrungsabschnitten und vorgelagertem Spitzgraben archäologisch erfasst worden. Eine Holz-Erde-Mauer umgab das Lager, dessen Einbauten aus verputzten Fachwerkgebäuden und einfachen Mannschaftsbaracken bestanden.

Eine hölzerne Leitung versah bereits Vetera I mit frischem Trinkwasser von der Hees. Ungepflasterte Straßen verbanden Vetera mit der Uferstraße und dem Zivilvicus.

Die Canabae Legionis (Lagerdorf) sind im Süden des Lagers nachgewiesen. Hier lebten die Familien der Besatzung und befanden sich die Tavernen und andere Einrichtungen des privaten militärischen Lebens. Das Gräberfeld lag ebenfalls in unmittelbarer Nähe des Lagers. Der Grabstein des in der Varusschlacht gefallenen Centurios Marcus Caelius wird hier seinen ursprünglichen Standort gehabt haben.

Es erfolgte wohl noch in spättiberischer Zeit der Ausbau (Lager K) in der neuen standardisierten Rechteckform mit abgerundeten Ecken. Auf einen weiteren Ausbau (Lager M) folgte dann in neronischer Zeit der »monumentale« Ausbau mit Steingebäuden im Innern (Praetorium, Principia, Lazarett, Offiziersunterkünfte etc.). Das mit einer sowohl 3 m breiten als auch hohen Holz-Erde-Mauer und zwei vorgelagerten Spitzgräben umwehrte Areal verfügte zusätzlich über ein rechtwinkliges Straßensystem und vier Toranlagen mit Wehrtürmen. Südlich des Lagers entstand ein Amphitheater, dessen Erdwälle noch heute für Aufführungen genutzt werden.

Entlang der am Rhein entlangführenden Straße entwickelte sich ein Zivilvicus, in dem Angehörige der einheimischen Stämme und einige Römer lebten. Am Ufer befanden sich die hölzernen Kaianlagen des Hafens, der Vetera mit den notwendigen Gütern versorgte. Über dieser Ansiedlung, die ebenfalls im Bataveraufstand zerstört wurde, entstand später die CUT.

Es empfiehlt sich ein Besuch des Lagergeländes auf dem Fürstenberg. Funde der verschiedenen Ausbauphasen von Vetera I und II und der CUT sind im LVR-Römermuseum zu besichtigen. Einen bleibenden Eindruck hinterlässt der Besuch des Archäologischen Parks (APX). Seit der Eröffnung im Jahre 1977 sind zahlreiche Monumente, Gebäude und Einrichtungen der Colonia Ulpia Traiana des 2. Jahrhunderts auf den Grundmauern und Fundamenten rekonstruiert worden.

LVR-Römermuseum und Archäologischer Park Xanten
Eingänge: Am Rheintor und Siegfriedstr. 39
46509 Xanten
Tel.: 02801-9889213

Öffnungszeiten von Museum und Park:
März bis Oktober: täglich 9.00 bis 18.00 Uhr
November: täglich 9.00 bis 17.00 Uhr
Dezember bis Februar: 10.00 bis 16.00 Uhr

www.apx.lvr.de

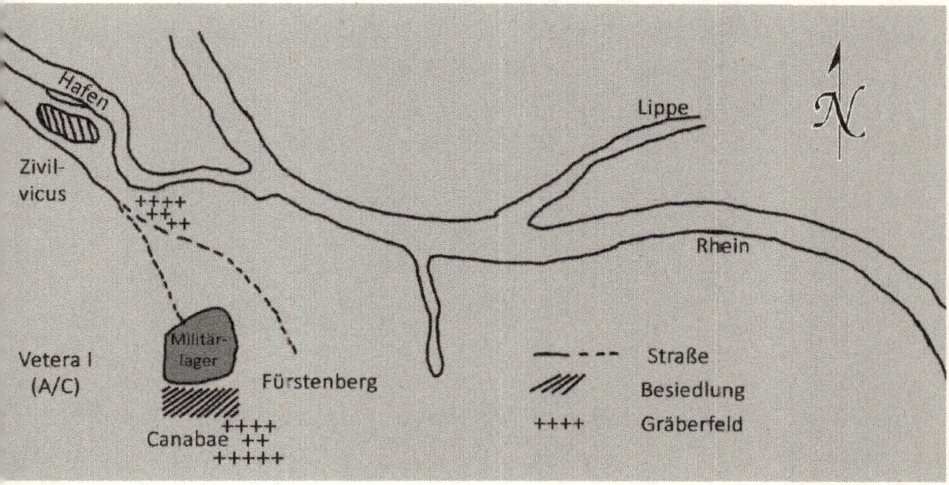

Skizze von Vetera I (A/C) und dem Zivilvicus zu Beginn des 1. Jahrhunderts n. Chr.

Grabstein des Marcus Caelius

Die römische Politik im Nordwesten des Imperiums vom Ende des Gallischen Krieges bis zur Katastrophe der Varusschlacht

Die Eroberung Galliens brachte eine Ausdehnung der römischen Macht bis zum Rhein. Julius Caesar überquerte im Verlauf der Kampfhandlung sogar zwei Mal den Rhein. Diese Brückenschläge im Neuwieder Becken dienten jedoch in erster Linie dazu, die rechtsrheinischen Stämme einzuschüchtern und von Angriffen auf die andere Rheinseite abzuhalten. Man beabsichtigte noch keine dauernde Eroberung der rechtsrheinischen Gebiete.

In den folgenden Jahrzehnten kam es aber wiederholt zu Übergriffen der germanischen Sugambrer, Tenkterer und Usipeter auf die kriegsbedingt siedlungsarmen Gebiete links des Flusses. Vor allem Caesars Vernichtungszüge gegen die Eburonen (53/51 v. Chr.) hatte für ein Machtvakuum gesorgt. Marcus Vipsanius Agrippa, der zweimal die Statthalterschaft in Gallien ausübte, veranlasste die Übersiedlung der rechtsrheinischen Ubier, um ein dauerndes Gegengewicht gegen die Aggressoren zu schaffen. Im Zuge dieser Umsiedlungen erfolgte die Gründung des Oppidum Ubiorum (Köln) und die Stationierung erster Truppenverbände am Rhein (Neuss, Bonn, Moers-Asberg). Die »Agrippastraße« von Lyon über Metz und Trier bis nach Köln verband den Vorposten der römischen Zivilisation am Rhein mit den römischen Zentren in Gallien.

Weitere Übergriffe endeten 16 v. Chr. mit der Niederlage des gallischen Statthalters Lollius gegen die Sugambrer in der Nähe von Tongeren. Besonders schmerzhaft wog im römischen Selbstverständnis der Verlust des Legionsadlers der 5. Legion.

Augustus sah sich daraufhin genötigt, die Dinge in Gallien und am Rhein selbst in die Hand zu nehmen (16 bis 13 n. Chr.). Er reorganisierte die Verwaltung der gallischen Provinzen und ließ mehrere Legionen und Hilfstruppen an den Rhein verlegen. Der Ausbau und die Einrichtung neuer Militärbasen dienten in erster Linie der Sicherung Galliens durch die natürliche Flussgrenze des Rheins. Die Stiefsöhne des Augustus, Tiberius und Drusus, hatten zur gleichen Zeit (15 v. Chr.) die Raeter besiegt und damit den Alpenraum bis zur unteren Donau gesichert.

Im Jahre 13 v. Chr. übertrug Augustus die Statthalterschaft Galliens und den Oberbefehl über die dort stationierten Legionen an Drusus. Die bisherige Politik der defensiven Grenzsicherung erfuhr eine offensivere Ausrichtung. Drusus wurde bevollmächtigt, militärische Kampagnen jenseits des Rheins zu führen.

Im Jahre 12 v. Chr. waren genügend Truppen in den Militärlagern am Rhein zusammengezogen worden, um in die Offensive zu gehen. Bis zum Jahre 9 v. Chr. unternahm Drusus Expeditionen, die die römischen Legionen bis zur Weser und an die Elbe führten. Im Zuge der militärischen Unternehmungen ließ der Feldherr mehrere Stützpunkt entlang der Lippe anlegen. Archäologisch nachgewiesen sind die Lager und Uferkastelle von Lünen-Beckinghausen, Dorsten-Holsterhausen, Olfen und das Doppellegionslager von Bergkamen-Oberaden. In die gleiche Zeit fallen die Errichtungen der Anlagen von Rödgen in der Wetterau und Hedemünden an der Werra.

Ein tödlicher Unfall beendete die Aktivitäten des von den Truppen verehrten Drusus. Er stürzte 9 v. Chr. während des Rückwegs von der Elbe von Pferd und starb an seinen Verletzungen. An seiner Stelle übernahm sein Bruder Tiberius den Oberbefehl und führte die geplante Mission bis 7 v. Chr. zu einem erfolgreichen Ende. Es gelang ihm, alle Widerstände zu brechen und Germanien im römischen Sinne zu »befrieden«. Einige Lager wie das von Oberaden und wahrscheinlich Beckinghausen wurden zu Gunsten von Haltern aufgegeben, das zum neuen militärischen Zentrum an der Lippe wurde (um 7 v. Chr.). In Waldgirmes bei Wetzlar kam es 3 v. Chr. zur Grün-

Die Unternehmungen des Drusus und des Tiberius von 12 bis 7 v. Chr.

dung einer überwiegend zivilen Siedlung, die alle Grundzüge einer zukünftigen Stadt (Straßen, Forum) aufwies. Die Einrichtung einer neuen Provinz »Germania« schien nur noch eine Frage der Zeit zu sein.

Tiberius hatte sich inzwischen mit Augustus überworfen und war durch Domitius Ahenobarbus im Jahre 6 v. Chr. abgelöst worden. Der neue Statthalter überschritt mit einem Heer die Elbe und ließ neue Verkehrswege, wie die »Pontes Longes« zur Erschließung des Hinterlandes anlegen.

Diese im Großen und Ganzen friedliche Entwicklung erfuhr jedoch im Jahre 1 n. Chr. einen derben Rückschlag. Die Quellen sprechen von einem großen Aufstand, einem »immensum bellum« der erst von Tiberius niedergeworfen werden konnte. Dieser hatte sich inzwischen mit Augustus ausgesöhnt und den erfolglosen Statthalter Marcus Vinicius (1/2 bis 4 n. Chr.) abgelöst.

Im Zuge dieser Unternehmungen wurde das Lager von Anreppen gegründet, wo der Statthalter wahrscheinlich den Winter 4/5 n. Chr. verbrachte. Nach Aussage der Quellen endeten die Unternehmungen mit einem vollständigen Sieg des Tiberius.

Um die errungenen Erfolge zu sichern, wurde 6 n. Chr. ein gewaltiges Unternehmen gegen den letzten verbliebenen Gegner, den Markomannenkönig Marbod begonnen. Von Wien und Mainz aus setzten sich zwölf Legionen in einer großen Zangenbewegung nach Böhmen in Marsch. Kurz vor dem Erreichen des Ziels musste der Kriegszug jedoch abgebrochen werden. In Pannonien war ein Aufstand ausgebrochen, zu dem Tiberius mit dem Großteil der Truppen hinbeordert wurde. Um den Rücken frei zu haben, schloss er vor seinem Aufbruch einen Kompromissfrieden mit Marbod.

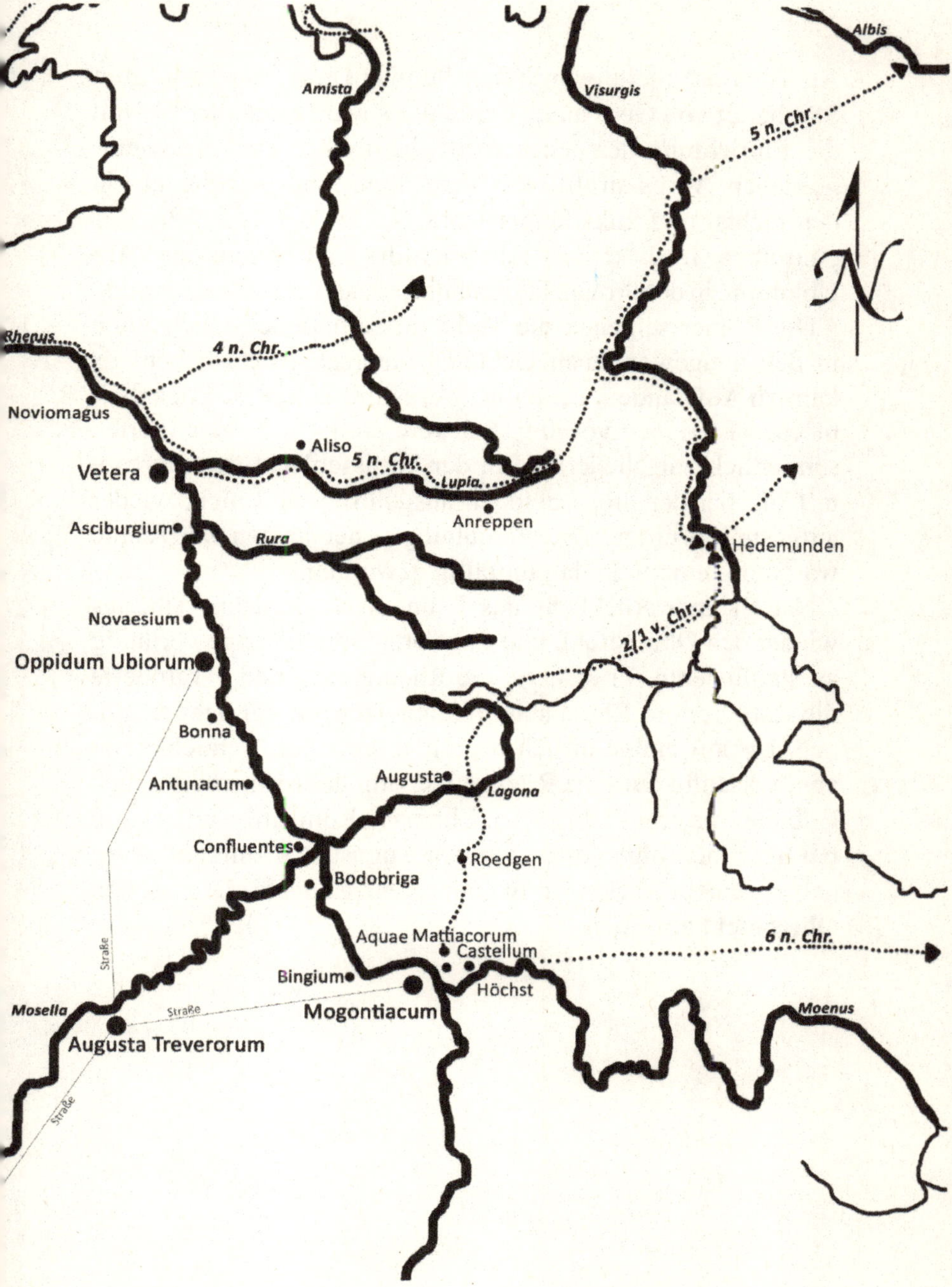

Die Unternehmungen des Ahenobarbus und des Tiberius von 6 v. Chr. bis 6 n. Chr.

An Tiberius' Stelle wurde nun Publius Quintilius Varus zum Statthalter von Germanien berufen. Es wurde mit aller Gewalt die Einrichtung der neuen rechtsrheinischen Provinz vorangetrieben. Varus straffte die Verwaltung und ließ Steuern in den rechts- und linksrheinischen Gebieten der neuen Provinz eintreiben. In diese Zeit fällt auch die Einrichtung der »Ara Ubiorum« in der Provinzhauptstadt Köln als neues Kultzentrum.

Die Römer schienen die Verhältnisse und Befindlichkeiten in den neugewonnenen Gebieten unterschätzt zu haben. Es kam zu Aufständen, gegen die Varus mit einem Teil der rheinischen Legionen vorging. Schwere taktische Fehler führten schließlich zur Niederlage in der Varusschlacht des Jahres 9 n. Chr., bei der drei Legionen ausgelöscht und nicht wieder aufgestellt wurden. Die Bemühungen der letzten Jahrzehnte waren mit einem Schlag hinfällig geworden.

Nach seiner Rückkehr aus Pannonien übernahm Tiberius wieder den Oberbefehl, und es gelang ihm, die Lage vorläufig zu stabilisieren. Er sicherte die Rheingrenze und vergrößerte die Zahl der am Rhein stationierten Truppen auf acht Legionen. Bis auf einige örtlich begrenzte Vorstöße, verzichtete er aber vorläufig auf eine Rückgewinnung der rechtsrheinischen Gebiete. Als er im Jahre 13 n. Chr. nach Rom aufbrach, um die baldige Nachfolge des erkrankten Augustus anzutreten, übergab er seinem Neffen Germanicus, dem Sohn des Drusus, den Oberbefehl am Rhein.

Glossar

ad bestias: Vollzug der Todesstrafe durch wilde Tiere in der Arena.

ad spem: zur Beförderung in die nächst höhere Dienststufe anstehend.

Ahenobarbus: »Eisenbart«. Römischer Statthalter in Germanien.

Alaudae: »Lerchen«. Zusatzname der V. Legion.

Aresaken: Treverisch-keltischer Volksstamm in der Nähe von Mainz

Armilla: Armreif. Tapferkeitsauszeichnung.

Auxiliare: Hilfstruppen

Bacchus: Gott des Weines

Ballista: Schleudergeschütz

Brukterer: Germanischer Volksstamm in den heutigen Niederlanden.

Canabae: Lagerdorf im Umfeld von militärischen Einrichtungen.

Chatten: Germanischer Volksstamm im heutigen Hessen.

Cherusker: Germanischer Volksstamm im heutigen Niedersachsen.

Cingulum: Militärgürtel

Clades Variana: »die Niederlage des Varus«, Schlacht beim heutigen Kalkriese.

Colonia: Mit Rechten versehener Titel, der einer Stadt verliehen wurde.

Contubernium: Zelt- oder Stubengemeinschaft von 8 Legionären oder Auxiliaren.

Cornus: Signalhorn

Corona Civica: Tapferkeitsauszeichnung für einen Militärangehörigen, der einem römischen Bürger das Leben rettete.

defrutum: eingedickter Wein, der zum Süßen verwendet wurde

Gemme: refliefierter Schmuckstein. Häufig in Ringen eingelassen.

Gregarius: niedrigster Rang in der Legion. Mit dem heutigen Schützen vergleichbar.

Iden: Der 15. in manchen Monaten auch 13. eines Monats

Insula: römisches Straßenviertel

Kalenden: der 1. eines Monats

Kenotaph: Scheingrab. Meistens in Ermangelung der Leiche des Toten errichtet.

Kline: Ruheliege

Kohorte: militärische Einheit. Ca. 500 Mann. Die erste Kohorte einer Legion verfügte über die doppelte Anzahl Legionäre.

Laren: persönliche Schutzgötter

Legat: Befehlshaber einer Legion. Mit dem heutigen General vergleichbar.

Lorica segmentata: Schienenpanzer ab dem Beginn des 1. Jahrhunderts.

Manen: Totengötter

Manipel: nicht-taktische Einheit. Zwei Centurien.

Montes Taunensium: Taunus

Nonen: der neunte Tag vor dem Vollmond eines Monats.

Oppidum Ubiorum: römischer Name für das frühe Köln.

Porta Praetoria: Lagertor

Pannonia: Ungarn

Parma: ovaler Schild der Auxiliare

Phalerae: Plaketten aus Metall oder Glas, die als Auszeichnungen verliehen wurden (Orden) und an einem Riemengeflecht über dem Panzer getragen wurden.

Pilum: Stoßlanze

Porta Decumana: Lagertor

Praefectus Castrorum: Lagerpräfekt

Praetorium: Dienstsitz des Befehlshabers.

Primpilar: hochrangiger Centurio. Mit dem heutigen Major oder Oberst vergleichbar.

Propraetor: Oberbefehlshaber

Radix Britannica: Heilpflanze. Half unter anderem gegen Skorbut.

Raeter: germanischer Volksstamm im Alpenraum.

Rapax: »räuberisch«. Beiname der 21. Legion.

Saltus Teutoburgiensis: der Teutoburger Wald.

Saturnalien: Fest zum Jahresende. Mit dem heutigen Karneval vergleichbar.

Scorpio: Handliches Pfeilgeschütz.

Scutum: Lang- / Rechteckschild der Legionäre

Secretarius: Schreiber / Sekretär

Segmentata: Schienenpanzer

Signifer: Feldzeichenträger

Stilus: Schreibgriffel, bevorzugt aus Metall.

Styx: Fluss zum Reich der Toten. Charon setzt die frisch Verstorbenen in seinem Kahn über.

Tabularium: Archiv

Tanfana: germanisches Waldheiligtum

Torques: metallener Halsreifen keltischen Ursprungs. Wurden als Tapferkeitsauszeichnung verliehen.

Valitudinarium: Lazarett

Vexillation: Reitereinheit

Via Praetoria: Lagerstraße, die zur Porta Praetoria führte.

Via Sagularis: Lagerstraße, die innen um den Wall verläuft.

Vitis: Rebstock. Gehörte zu den Insignien eines Centurios, verlieh das Recht, Untergebene zu züchtigen.

Wodan: germanischer Göttervater.

Römisches Münzsystem:
1 Aureus (Gold)
= 25 Denare (Silber)
= 100 Sesterze (Messing/Bronze)
= 200 Dupondien (Messing/Bronze)
= 400 Asse (Messing/Bronze)
= 800 Semis (Kupfer)
= 1600 Quadrans (Kupfer)

Zeittafel

113 bis 101 v. Chr.	Einfälle der Kimbern und Teutonen
102/101 v. Chr.	Marius siegt bei Aquae Sextiae und Vercellae gegen die Eindringlinge
58 bis 51 v. Chr.	Eroberung Galliens durch Julius Caesar
55 und 53 v. Chr.	Rheinübergänge Caesars im Neuwieder Becken
53 bis 51 v. Chr.	Vernichtung der Eburonen im Rheinland
39 bis 38 v. Chr.	Erste Statthalterschaft des M. Vipsanius Agrippa in Gallien. Übersiedlung der Ubier auf die linke Rheinseite. Gründung Kölns.
19 v. Chr.	Zweite Statthalterschaft Agrippas. Erschließung des Rheinlandes durch die »Agrippastraße« von Lyon nach Köln. Stationierung von Truppen in Stützpunkten am Rhein (Bonn, Neuss).
16 v. Chr.	Die Sugambrer überschreiten den Rhein und schlagen den Statthalter M. Lollius.
5 bis 13 v. Chr.	Augustus in Gallien und am Rhein. Siegreicher Alpenfeldzug unter Drusus und Tiberius.
12 bis 9 v. Chr.	Germanenfeldzüge des Drusus bis zur Elbe. Gründung von Xanten, Moers-Asberg und Oberaden. Tod des Drusus.
9 bis 7 v. Chr.	Siegreicher Abschluss der Offensive durch Tiberius.
8 bis 7 v. Chr.	Umsiedlung der Sugambrer auf die linke Rheinseite. Aufgabe von Oberaden zugunsten von Haltern. Gründung von Haltern und Anreppen.

6 bis 2 v. Chr.	L. Domitius Ahenobarbus Oberbefehlshaber in Germanien. Vorstoß über die Elbe. Gründung weiterer Stützpunkte und erste zivile Ansiedlung (Waldgirmes) rechts des Rheins.
2 v. Chr.	Kämpfe mit den Cheruskern.
4 bis 6 n. Chr.	Tiberius wieder Oberbefehlshaber am Rhein. Kämpfe gegen aufständische Germanen bis zur Elbe und »quasi« Errichtung einer Provinz Germanien mit der Provinzhauptstadt Köln.
6 n. Chr.	Abbruch der Offensive gegen die Markomannen unter Marbod wegen des pannonischen Aufstands.
7. n. Chr.	P. Quintilius Varus Statthalter in Germanien. Beginn der Romanisierung Germaniens.
9 n. Chr.	Niederlage des Varus und Verlust von drei Legionen gegen die Cherusker (Arminius).
9 bis 11 n. Chr.	Stabilisierung der Lage durch Tiberius. Stationierung von zwei weiteren Legionen am Rhein (insgesamt acht).
13 bis 16 n. Chr.	Germanicus Statthalter in Gallien und Oberbefehlshaber am Rhein.
14 n. Chr.	Revolte der niedergermanischen Legionen nach dem Tod des Augustus. Vergeltungszug gegen die Marser.

15/16 n. Chr.	»Rachefeldzug« des Germanicus gegen die Cherusker und ihre Verbündeten. Schlachten an den »Pontes Longi«, Idistaviso (Elfenwiesen) und am Angrivarierwall. Abbruch der verlustreichen Offensive und Verzicht auf eine Provinz im rechtsrheinischen Germanien. Abberufung des Germanicus.
19 n. Chr.	Tod des Germanicus
21 n. Chr.	Ermordung des Arminius

Eburonenlied

„Wir sind zwei Sänger, die zusammen ein Lied singen. Er singt es tief, und ich singe es hoch, und zunächst begreift niemand, dass es dasselbe Lied ist."

„Was für ein Lied ist das?"

„Es ist ein Lied von Verrat."

Das belgische Gallien, 54 v.Chr.

Nachdem Caesar Gallien mit Krieg überzogen hat, glaubt er die Könige und Stammesführer auf seiner Seite. Doch Fürsten verschwören sich gegen die Legionen, und Krieger ziehen gegen die Winterlager. Ambiorix, König der Eburonen, und Indutiomaro von den Treverern wagen den Aufstand.

Arist, Ambiorix' Sohn, und sein Ziehbruder Acco leben als Geiseln beim benachbarten Stamm der Aduatucer. Als sie von den Legaten der vierzehnten Legion in der Hoffnung auf Frieden ausgelöst werden, müssen sie ihre Rollen im Plan eines Verräters einnehmen.

Schwertbrüder
Print: 978-3-9815774-2-6, 13,90 €
eBook: 978-3-945025-16-1, 8,99 €

Verbranntes Land
Print: 978-3-9815774-7-1, 13,90 €,
eBook: 978-3-945025-19-2, 8,99 €

MARCUS

Wir schreiben das Jahr 355 nach Christus. Wo die „Pax Romana“ Jahrhunderte lang Sicherheit und Wohlstand garantiert hatte, herrschen Chaos und Auflösung.

Seit Jahren setzen fränkische und alamannische Scharen über den Rhein und legen die römischen Provinzen Germaniens und Ostgalliens in Schutt und Asche. Um der Lage Herr zu werden, ernennt der Imperator Constantius II. seinen Vetter Julian zum Stellvertreter und Caesar des Westens. Der „Ungeliebte“ soll das Unmögliche vollbringen und zieht von Mailand mit wenigen Getreuen nach Gallien, um ein schlagkräftiges Heer zu sammeln.

Marcus Julius Maximus, ein langgedienter Offizier, erlebt in diesen Tagen das Abenteuer seines Lebens. Beim Fall der Grenzfestung Gelduba wird er schwer verwundet, und nur die Kunst der Ärzte und sein Überlebenswille retten sein Leben.

Dunkle Schicksalsmächte und ein erbarmungsloser Feind treiben ihn durch die Provinzen an Rhein und Mosel. Angegriffen von fränkischen Plünderern führt er seine Truppen durch den Hunsrück an den Rhein. Dort muss sich seine Liebe zur schönen Alamannin Bissula gegen alle Widerstände beweisen, und er sieht sich unversehens in den großen politischen Skandal jener Tage, der Usurpation des Silvanus, verwickelt. Große Geschichte wird in seinem Beisein geschrieben, als Caesar Julian zu seinem Siegeszug antritt und die Grenze am Rhein ein letztes Mal für das Imperium zurückgewinnt.

Die angeschlossene Spurensuche informiert anhand von Fotos, Karten, Zeichnungen und Texten über die Handlungsorte des Romans. Der Autor überzeugt hierbei mit einem hohen Grad an historischem Sachverstand.

Marcus – Soldat Roms
Print: 978-3-9812285-0-2 13,90 €
eBook: 978-3-945025-13-0 8,99 €

Marcus – Tribun Roms
Print: 978-3-9812285-1-9 14,90 €
eBook: 978-3-945025-14-7 8,99 €

Marcus – Maximus Alamannicus
Print: 978-3-9812285-2-6 13,90 €
eBook: 978-3-945025-15-4 8,99 €

MARCELLUS

Germanien und der Westen Europas im Jahre 486 nach Christus. Die Strukturen des römischen Imperiums haben dem Druck von Völkerwanderung und inneren Krisen nicht standgehalten. An die Stelle der Imperatoren, Armeeführer und Statthalter sind wilde Kriegsherren getreten, die sich einen gnadenlosen Kampf um die Vorherrschaft liefern. Die Welt der Antike ist in Auflösung begriffen und das Mittelalter hat begonnen.

In diesen Jahren wächst Marcellus, ein junger Romane, am Hofe des Rheinfranken Sigibert heran. Die politschen Umstände und die Liebe zu einer kapriziösen Prinzessin zwingen ihn dazu, die Seiten zu wechseln. Er schließt dem Merowinger Chlodwig an, dessen Siegeszug durch nichts aufzuhalten scheint. Obwohl Marcellus seinem neuen Herrn die Schlacht von Zülpich gewinnt, wird er von dem undankbaren König in die Verbannung geschickt. Jahre später ist mit dem Sieg über die Alamannen und Westgoten der Kampf um die Vorherrschaft im Nordwesten Europas entschieden. Jetzt bietet sich für Chlodwig die Gelegenheit, mit seinen Feinden abzurechnen.

Und auch Marcellus steht am Scheideweg, um endlich Rache an alten Feinden zu nehmen oder ihnen zu vergeben.

Unerreichte historische Authentizität trifft auf eine packende Geschichte um Treue und Rache:

Realgeschichte pur!

Wie in Michael Kuhns Erstlingswerk, der Trilogie um den römischen Tribun Marcus Junius Maximus, ist der Handlung eine Spurensuche angegliedert. Der Leser ist gleichsam eingeladen, die Handlungsorte des Romans aufzusuchen und viel Wissenswertes über die Zeit des frühen Mittelalters aufzunehmen.

Marcellus – der Merowinger
Print: 978-3-9812285-3-3 19,90 €
eBook: 978-3-945025-25-3, 8,99 €

Marcellus – Graf von Arduena
Print: 978-3-9812285-6-4 19,90 €
eBook: 978-3-945025-26-0 8,99 €

Marcellus – Blutgericht
Print: 978-3-9815774-0-2 19,90 €
eBook: 978-3-945025-27-7 8,99 €

Murilega

Wie kam die Katze ins Rheinland?

Auf den Spuren der römischen Legionen gelangt die Kätz in Murilega zu Lucius Ovinius Secundus, einem Unteroffizier aus der Garnisonsstadt Mogontiacum. Als Beneficiarier kommt Lucius einem gefährlichen Geldfälscherring auf die Spur, der Verbindungen in die höchsten Kreise hat. Die Menge an Falschmünzen heizt in den besetzten Gebieten von Germania Superior die Inflation an und sorgt für Unruhen unter den Germanen.

Tatkräftige Unterstützung bei seiner Jagd bekommt Lucius von Muri, wie er seine Katze fortan nennt. Sie beginnt ihren Siegeszug nicht nur im Hinblick auf die Entlarvung von Geldfälschern, sondern auch, was die Verbreitung der Hauskatzen in Germanien angeht.

Ein Katzenkrimi vom Feinsten, der Freunde der Vierbeiner zugleich abtauchen lässt in die Zeit der Spätantike, in der die Katze zum neuen, geliebten Haustier wurde!

Print: 978-3-945025-04-8 9,95 €
eBook: 978-3-945025-22-2 6,99 €

Albis
Chauken
Friesen
Amista
Visurgis
Longobarden
Kalkriese
Cherusker
Bataver
Rhenus
Noviomagus
Brukterer
Aliso
Vetera
Lupia
Cugerner
Marser
Asciburgium
Rura